GOLDMANN

Buch

Auf der Suche nach dem Mörder seines Vaters trifft der junge Richard Cypher auf die schöne Kahlan, die nach Westland gekommen ist, weil ihre Heimat Midland von dem machtgierigen Magier Darken Rahl bedroht wird. Rahl braucht drei magische Kästchen, um Allmacht zu erlangen, und zwei davon befinden sich bereits in seinem Besitz.

Im Land der Schlammenschen erfahren Richard und Kahlan von der Hexe Shota, wo sich das dritte Kästchen befindet. Gejagt von Geistern, Dieben und Assassinen, setzen Richard und Kahlan alles daran, Rahl zuvorzukommen. Doch alles scheint vergebens, als Richard in die Gefangenschaft des Schwarzen Magiers gerät – und die ganze Wahrheit über seine Herkunft erfährt ...

Das Schwert der Wahrheit – eine epische, faszinierende und meisterlich erzählte Fantasy-Saga, vergleichbar nur mit Tad Williams' *Drachenbeinthron* und Marion Zimmer Bradleys *Nebel von Avalon.* Ein Traum von einem Buch!

»Eine phänomenale Fantasy, die alles Dagewesene in den Schatten stellt, und für Terry Goodkind der Beginn einer großen Karriere.«

Piers Anthony

Autor

Mit dem *Schwert der Wahrheit* legt Terry Goodkind eine Fantasy-Saga vor, die mit Witz und Spannung, Phantasie und Wirklichkeitsnähe neue Maßstäbe in diesem Genre setzt. Terry Goodkind lebt in Maine.

Terry Goodkind im Goldmann Verlag

Das Schwert der Wahrheit 1:
Das erste Gesetz der Magie (24614)

TERRY GOODKIND

DER SCHATTEN DES MAGIERS

Aus dem Amerikanischen
von Caspar Holz

GOLDMANN VERLAG

Die amerikanische Originalausgabe erschien unter
dem Titel »Wizard's First Rule«, Chapters 30–49,
bei Tor Books, New York

Umwelthinweis:
Alle bedruckten Materialien dieses Taschenbuches
sind chlorfrei und umweltschonend.
Das Papier enthält Recycling-Anteile.

Der Goldmann Verlag
ist ein Unternehmen der Verlagsgruppe Bertelsmann

Published in agreement with BAROR INTERNATIONAL, INC.,
Bedford Hills, New York, U.S.A. in association with
Scovil Chichak Galen Literary Agency.
Umschlaggestaltung: Design Team München
Umschlagillustration: AKG, Berlin
Satz: deutsch-türkischer fotosatz, Berlin
Druck: Graphischer Großbetrieb Pößneck
Verlagsnummer: 24658
SN Redaktion: Andreas Helweg
Herstellung: Peter Papenbrok
Made in Germany
ISBN 3-442-24658-X

3 5 7 9 10 8 6 4 2

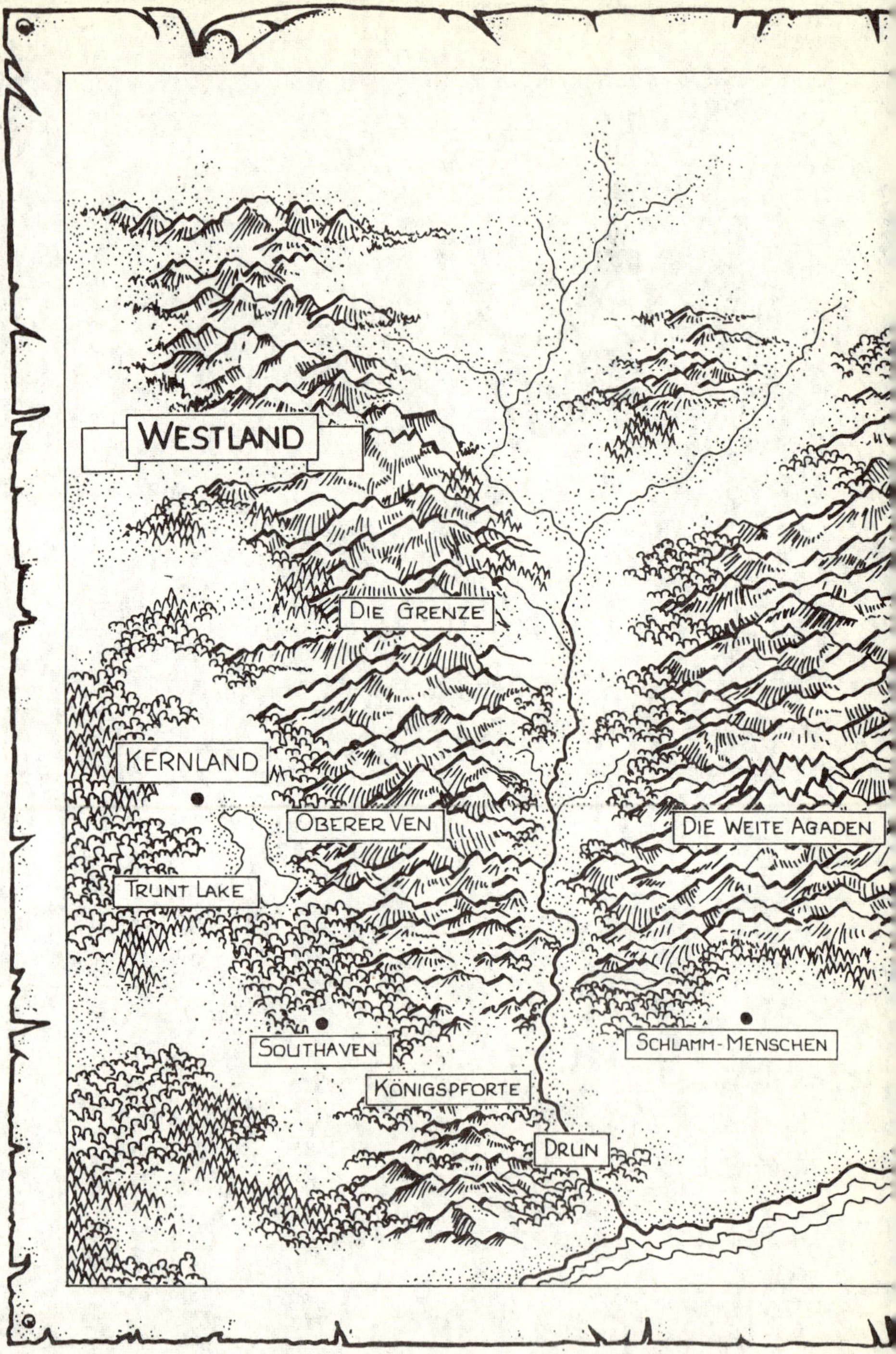

WESTLAND
DIE GRENZE
KERNLAND
OBERER VEN
DIE WEITE AGADEN
TRUNT LAKE
SOUTHAVEN
SCHLAMM-MENSCHEN
KÖNIGSPFORTE
DRUN

Aydindril
Rang 'Shada-Gebirge
D'Hara
Die Grenze
Die Midlands
Palast des Volkes
Azrith-Ebene
Tamarang
Die Wildnis
Callisidrin
Die Alte Welt
Kern
Tanimura

1. Kapitel

Kahlan«, sagte Richard, »erinnerst du dich noch, wie uns dieser Mann bei den Schlammenschen erzählte, Rahl sei auf einem roten Dämon reitend zu ihnen gekommen? Was hat er damit gemeint?«

Drei Tage waren sie mit Savidlin und seinen Jägern durch die Ebene gezogen. Dann hatten sie sich verabschiedet und ihm mit einem Blick in seine traurigen Augen versprochen, alles zu tun, um Siddin zu finden. Und jetzt waren sie schon seit einer Woche immer weiter hinauf in das Hochland gestiegen, in das Rang'Shada-Gebirge, das sich nordöstlich quer durch das ferne Hinterland der Midlands erstreckte und diese verlassene Gegend, die unter dem Namen Agaden bekannt war, schützend umarmte. Die schroffen Gipfel erhoben sich um diesen Ort wie eine Dornenkrone, die alles und jeden fernzuhalten schien.

»Das weißt du nicht?« Sie wirkte leicht überrascht.

Er schüttelte den Kopf, und sie ließ sich auf einen Felsen sacken. Vor Müdigkeit stöhnend streifte Richard seinen Rucksack ab, ließ sich auf den Boden fallen, lehnte sich an einen niedrigen Felsen und streckte die Arme nach hinten aus. Sie sah anders aus, jetzt, nachdem sie sich den schwarzweißen Schlamm aus dem Gesicht gewaschen hatte.

»Und, was bedeutet es nun?« wiederholte er seine Frage.

»Es war ein Drache.«

»Ein Drache! In den Midlands gibt es Drachen? Ich dachte, so etwas gibt es in Wirklichkeit nicht!«

»Doch, es gibt sie.« Sie sah ihn ungläubig an. »Ich dachte, das wüßtest du.« Er schüttelte einmal kurz den Kopf. »Na ja, woher auch, schließlich gibt es in Westland keine Magie. Drachen besitzen magische Kräfte. Wahrscheinlich können sie deshalb fliegen.«

»Ich dachte, Drachen wären nur Legenden. Alte Geschichten.« Er schnippte einen Stein mit Daumen und Zeigefinger fort und sah zu, wie er an einen Felsen prallte.

»Alte Geschichten von Dingen, an die man sich erinnert, schon möglich. Wie auch immer, sie sind durchaus lebendig.« Ihr war heiß. Sie schloß die Augen. »Es gibt verschiedene Arten. Graue, grüne, rote und noch ein paar andere, die nicht so häufig sind. Die grauen sind die kleinsten. Sie sind recht scheu. Die grünen sind erheblich größer. Die gerissensten und größten sind die roten. Einige Völker aus den Midlands halten sich die grauen als Haustiere und für die Jagd. Die grünen hält sich kein Mensch. Sie sind ziemlich dumm und schlecht gelaunt und können gefährlich werden.« Sie öffnete die Augen, legte den Kopf schräg und sah ihn unter ihren geschwungenen Brauen hervor an. »Die roten sind eine völlig andere Geschichte. Blitzschnell haben die dich geschmort und gefressen. Und klug sind sie noch dazu.«

»Sie fressen Menschen?« stöhnte Richard und rieb sich die Augen.

»Nur, wenn sie Hunger haben oder ihre Wut groß genug ist. Wir wären für sie nur ein kleiner Happen.« Sie sah ihn aus ihren grünen Augen an. »Ich verstehe nur nicht, wieso Rahl auf einem geritten ist.«

Richard mußte an dieses rote Etwas am Himmel denken, das im oberen Ven Forest über ihn hinweggeflogen war, kurz bevor er Kahlan zum ersten Mal gesehen hatte. Er warf den nächsten Stein an den Felsen. »Vermutlich ist er deswegen so schnell und kommt so weit herum.«

Sie schüttelte langsam den Kopf. »Nein. Das heißt, ich weiß nicht, warum sich ein roter Drache das gefallen lassen sollte. Sie sind geradezu versessen auf ihre Freiheit und halten sich aus den Angelegenheiten der Menschen heraus. Genaugenommen interessieren die sie einfach nicht. Sie würden lieber sterben, als sich unterjochen zu lassen. Wie gesagt, sie verfügen über magische Kräfte und könnten sogar diesem Kerl aus D'Hara einige Schwierigkeiten machen. Für eine Weile wenigstens. Es wäre ihnen sogar egal, wenn er mit einem seiner Zauber ihr Leben bedrohte. Eher würden sie sterben, als sich beherrschen zu lassen. Sie würden ganz einfach bis zum Tod kämpfen – ihrem eigenen oder dem ihres Gegners.« Sie beugte sich zu ihm vor und senkte bedeutungsschwer die Stimme. »Es ist schon sehr merkwürdig, wenn einer von ihnen Darken Rahl auf seinem Rücken trägt. Ich kann mir nicht vorstellen, daß jemand über einen roten Drachen gebietet.«

Sie sah ihn einen Augenblick lang an, richtete sich dann auf und kratzte an der Flechte auf dem Felsen.

»Können uns diese Drachen gefährlich werden?« Er kam sich bei der Frage ein wenig dumm vor.

»Eigentlich nicht. Bis jetzt habe ich nur einige rote von nahem gesehen. Ich war auf einer Straße unterwegs, als einer auf das Feld neben mir herunterstieß und sich zwei Kühe schnappte. Er trug sie beide gleichzeitig davon. Wenn wir einem roten begegnen und er ist schlecht gelaunt, könnte es ziemlichen Ärger geben. Aber das ist nicht sehr wahrscheinlich.«

»Wir sind schon einem roten begegnet«, erinnerte er sie ruhig. »Und das war ziemlich übel.«

Sie antwortete nicht. Ihrem Gesichtsausdruck nach zu urteilen war die Erinnerung für sie ebenso schmerzhaft wie für ihn.

»Ach, da seid ihr zwei ja!« rief eine fremde Stimme.

Die beiden schreckten hoch. Richard sprang auf und griff nach dem Schwert. Kahlan blieb halb in der Hocke.

»Setzt euch, bleibt sitzen«, beschwichtigte sie der Mann mit erhobenen Händen, während er den Pfad herab auf sie zukam. »Ich wollte euch nicht erschrecken!« Beim Lachen schüttelte sich sein weißer Bart. »Ich bin's nur, Old John. Ich habe euch gesucht. Setzt euch, setzt euch.«

Sein Bauch wölbte seinen Umhang und bebte beim Lachen. Das weiße Haar war genau in der Mitte gescheitelt, seine langen, lockigen Brauen und seine schweren Lider verdeckten die Augen. Wenn er lachte, legte sich sein fröhliches, rundes Gesicht in tausend Falten. Kahlan setzte sich vorsichtig wieder hin. Richard nur halb. Er hockte sich auf die Kante des Felsens, an dem er gelehnt hatte. Die Hand behielt er am Schwert.

»Was soll das heißen, du hast nach uns gesucht?« fragte Richard in einem Ton, der alles andere als freundlich klang.

»Mein Freund, der alte Zauberer, hat mich geschickt ...«

Richard sprang auf die Beine. »Zedd! Zedd hat dich geschickt?«

Old John hielt sich den Bauch vor Lachen. »Wie viele alte Zauberer kennst du denn, mein Junge? Natürlich war es der alte Zedd.« Er strich sich durch den Bart und zwinkerte den beiden zu. »Er hatte etwas Wichtiges zu erledigen, aber jetzt braucht er euch. Sofort. Also bat er mich, euch zu holen. Ich hatte gerade nichts Besseres zu tun, daher war ich einverstanden. Er hat mir erklärt, wo ich euch finden würde. Sieht aus, als hätte er recht behalten, wie gewöhnlich.«

Richard mußte schmunzeln. »Und, wie geht es ihm? Wo steckt er, und wozu braucht er uns?«

Old John zupfte ein wenig fester an seinem Bart und nickte. »Er hat mich gewarnt. Er hat mich gewarnt, du würdest eine Menge Fragen stellen. Es geht ihm gut. Ansonsten weiß ich auch nicht, wozu er euch braucht. Wenn Zedd gereizt ist, stellt man keine Fragen, sondern tut, was er sagt. Genau das habe ich getan. Und jetzt bin ich hier.«

»Wo steckt er? Wie weit ist es?« Die Aussicht, Zedd wiederzusehen, versetzte Richard in helle Aufregung.

Old John kratzte sich am Kinn und beugte sich ein Stück vor. »Kommt darauf an. Wie lange willst du noch rumstehen und Volksreden schwingen?«

Grinsend schnappte sich Richard seinen Rucksack. Die Müdigkeit war vergessen. Kahlan verzog amüsiert die Mundwinkel, als sie Old John den steinigen Pfad hinauf folgten. Richard ließ Kahlan vorgehen. Er wollte den Wald im Auge behalten, denn sie hatte ihm erzählt, daß es nicht mehr weit sei bis zu der Hexe. Er freute sich auf Zedd. Er hatte gar nicht gemerkt, wie sehr ihn die Sorge um seinen alten Freund innerlich angespannt hatte. Adie hatte sich bestimmt gut um ihn gekümmert, aber auch sie hatte nicht versprechen können, daß er wieder gesund würde. Hoffentlich hatte sich auch Chase erholt. Die Freude, Zedd wiederzusehen, überwältigte ihn. Er mußte ihm so viel erzählen und so viele Fragen stellen. Seine Gedanken rasten.

»Es geht ihm also gut?« rief Richard dem voraneilenden Old John nach. »Hat er sich wieder erholt? Er ist doch nicht noch dünner geworden? Das kann sich Zedd nicht erlauben.«

»Nein«, lachte Old John, ohne sich umzudrehen. »Er sieht aus wie immer.«

»Hoffentlich hat er euch nicht die Haare vom Kopf gefressen.«

»Keine Sorge, mein Junge. Was ißt so ein alter, klappriger Zauberer schon.«

Richard mußte schmunzeln. Zedd ging es vielleicht gut. Aber ganz erholt hatte er sich offenbar noch nicht, sonst hätte Old John keinen Krümel mehr im Haus.

Ein paar Stunden liefen sie Old John hinterher, dann wurde der Wald dichter und dunkler. Die Bäume wurden höher und standen näher beieinander. Der Pfad war steinig, schwer begehbar, besonders bei diesem Tempo. Aus dem Dunst schallten ihnen die Rufe unbekannter Vögel entgegen. An einer Weggabelung bog Old John ohne Zögern rechts ab und eilte weiter. Kahlan folgte ihm. Richard blieb stehen. Irgend etwas machte ihn unsicher, aber er wußte beim besten Willen nicht, was. Sobald er darüber nachdachte, kreisten seine Gedanken sofort um Zedd. Kahlan hörte, daß er stehengeblieben war, drehte sich um und kam zurück.

»Welcher Weg führt zu der Hexe?« fragte er.

»Der linke«, antwortete Kahlan mit einem Unterton von Erleichterung, schließlich war der Alte nach rechts gegangen. Sie hakte die Daumen unter die Riemen ihres Rucksacks und deutete mit dem Kinn auf mehrere schroffe Felsgrate, die er gerade durch die obersten Äste der Bäume erkennen konnte. »Die gehören zu dem Gebirge, das Agaden umgibt.« Die schneebedeckten Gipfel strahlten hell in der hohen, dünnen Luft. Noch nie hatte er Berge gesehen, die so wenig einladend wirkten. Ein Dornenkranz, in der Tat.

Richard blickte den linken Pfad hinunter. Er sah wenig begangen aus und verschwand rasch im dichten Wald. Old John blieb stehen und blickte sich, die Hände in die Hüften gestemmt, um.

»Was ist? Kommt ihr?«

Richard warf noch einen Blick auf den linken Pfad. Sie mußten das letzte Kästchen vor Rahl finden. Auch wenn Zedd sie brauchte, sie mußten herausfinden, wo sich dieses Kästchen befand. Das war ihre oberste Pflicht.

»Meinst du, Zedd kann warten?«

Old John zuckte mit den Achseln und zupfte an seinem Bart. »Weiß ich nicht. Aber wenn es nicht wichtig wäre, hätte er mich nicht geschickt. Es liegt bei dir, mein Junge. Aber zu Zedd geht es hier entlang.«

Richard hätte sich gerne um die Entscheidung gedrückt. Wenn er nur wüßte, ob Zedd warten konnte. Oder was er wollte. Schluß mit der Wünscherei, sagte er zu sich selbst. Denk nach.

Er sah den alten Mann stirnrunzelnd an. »Wie weit ist es?«

Old John zupfte an seinem Bart und blickte durch die Bäume in die Spätnachmittagssonne. »Wenn wir nicht zu früh haltmachen und nicht lange schlafen, sind wir morgen mittag da.« Er sah Richard an und wartete.

Kahlan schwieg. Er wußte, was sie dachte. Am liebsten würde sie überhaupt nicht zu Shota gehen. Selbst wenn sie zuerst zu Zedd gingen, so weit war es schließlich nicht, konnten sie notfalls immer noch zurückkommen. Vielleicht wußte Zedd schon, wo das Kästchen sich befand, vielleicht hatte er das letzte Kästchen sogar schon gefunden, dann brauchten sie überhaupt nicht mehr nach Agaden. Es war sinnvoller, zu Zedd zu gehen. Sie wollte es ihm gerade sagen.

»Du hast recht«, meinte er.

Sie war verwirrt. »Ich hab' doch gar nichts gesagt.«

Richard strahlte sie an. »Ich habe dich nachdenken gehört. Du hast recht. Wir gehen mit Old John.«

»Ich wußte gar nicht, daß meine Gedanken so laut sind«, murrte sie.

»Wenn wir durchmarschieren«, rief er Old John zu, »könnten wir vor dem Morgen da sein.«

»Ich bin ein alter Mann«, beklagte er sich und seufzte unüberhörbar. »Aber ich weiß, wie eilig ihr es habt. Und ich weiß, wie dringend er euch braucht.« Er drohte Richard mit dem Finger. »Ich hätte auf Zedd hören sollen, als er mich vor dir gewarnt hat.«

Richard lachte kurz und ließ Kahlan vorgehen. Sie schritt weit aus, um den Alten einzuholen, der bereits aufgebrochen war. Richard betrachtete sie abwesend, sah, wie sie sich ein Spinnennetz aus dem Gesicht riß, Teile davon ausspuckte. Irgend etwas bedrückte ihn, irgend etwas stimmte nicht. Wenn er nur dahinterkäme. Er überlegte und überlegte, doch immer wieder kam ihm nur Zedd in den Sinn und wie sehr er sich drauf freute, ihn wiederzusehen. Er konnte es kaum abwarten, mit ihm zu sprechen. Er ignorierte das Gefühl, sie würden beobachtet.

»Am meisten vermisse ich meinen Bruder«, sagte sie zu ihrer Puppe. Sie sah zur Seite. »Angeblich ist er gestorben«, vertraute sie ihr leise an.

Fast den ganzen Tag lang hatte Rachel der Puppe ihre Sorgen gebeichtet. Was immer ihr gerade einfiel. Wenn sie anfing zu weinen, sagte die Puppe, daß sie sie liebhätte, und schon fühlte sie sich besser. Manchmal mußte sie lachen.

Rachel legte ein Stöckchen nach. Ein gutes Gefühl, sich wärmen zu können und Licht zu haben. Trotzdem hielt sie das Feuer klein, wie Giller ihr geraten hatte. Bald wurde es wieder dunkel. Manchmal machten ihr die Geräusche im Wald angst, und sie fing an zu weinen. Aber immer noch besser, als im Kasten eingesperrt zu sein.

»Das war damals, ich hab' dir schon davon erzählt. Bei den anderen Kindern, bevor die Königin mich ausgesucht hat. Da hat es mir viel besser gefallen als bei der Prinzessin. Alle waren nett zu mir.« Sie sah die Puppe an, um festzustellen, ob sie zuhörte. »Manchmal kam ein Mann vorbei, Brophy. Die Leute haben schlimme Dinge über ihn erzählt, aber zu uns Kindern war er nett. Wie Giller. Er hat mir auch eine Puppe geschenkt, aber ich durfte sie nicht mitnehmen, als ich in das Schloß der Königin gezogen bin. Aber das war mir egal. Ich war so traurig, weil mein Bruder gestorben war. Ich hörte, wie einige sich erzählten, er sei ermordet worden. Ich weiß, das heißt, daß ihn jemand umgebracht hat. Warum bringen Menschen Kinder um?«

Die Puppe lächelte bloß. Rachel lächelte zurück.

Sie mußte an den neuen kleinen Jungen denken, den die Königin hatte einsperren lassen. Er redete komisch und sah komisch aus, trotzdem erinnerte er sie an ihren Bruder, weil er ständig Angst hatte. Ihr Bruder bekam auch ständig Angst. Rachel merkte sofort, wenn ihr Bruder Angst bekam. Er wurde dann immer ganz zappelig. Der neue Junge tat ihr leid. Wenn sie nur etwas zu sagen hätte, dann könnte sie ihm helfen.

Rachel hielt die Hände einen Augenblick übers Feuer, um sie zu wärmen, dann steckte sie eine in die Tasche. Sie hatte Hunger. Sie hatte nur wenige Beeren gefunden. Sie bot der Puppe eine große davon an. Die Puppe schien keinen Hunger zu haben, also aß sie sie selbst, dann noch eine Handvoll, bis sie alle aufgegessen hatte. Sie war immer noch hungrig, wollte aber nicht noch einmal auf die Suche gehen. In der Nähe wuchsen keine Beeren, außerdem wurde es dunkel. Sie wollte nicht draußen im Wald sein, wenn es dunkel wurde. Sie wollte in ihrer Launenfichte sitzen, mit ihrer Puppe. Neben dem warmen Feuer. Im Licht.

»Vielleicht wird die Königin etwas netter, wenn sie ihr Bündnis bekommt, was immer das ist. Sie spricht von nichts anderem, nur wie sehr sie sich ihr Bündnis wünscht. Vielleicht ist sie dann glücklicher und läßt den Leuten nicht ständig den Kopf abschlagen. Die Prinzessin will immer, daß ich mitgehe, aber ich mag nicht zusehen, also mache ich die Augen zu. Jetzt läßt sogar Prinzessin Violet schon den Leuten die Köpfe abschlagen. Sie wird jeden Tag ekelhafter. Ich habe Angst, daß sie mir den Kopf auch abschlagen läßt. Wenn ich nur weglaufen könnte.« Sie sah die Puppe an. »Ich wünschte, ich könnte weglaufen und brauchte nie wiederzukommen. Und dich würde ich mitnehmen.«

Die Puppe lächelte. »Ich liebe dich, Rachel.«

Sie hob die Puppe auf und drückte sie, dann gab sie ihr einen Kuß auf die Stirn.

»Aber wenn wir weglaufen, schickt Prinzessin Violet die Wachen hinter mir her, und dich werfen sie dann ins Feuer. Ich liebe dich.«

»Ich liebe dich, Rachel.«

Rachel drückte ihre Puppe ganz fest. Dann kroch sie ins Stroh und legte die Puppe neben sich. Morgen mußte sie zurück, und die Prinzessin würde wieder gemein zu ihr sein. Sie mußte die Puppe hierlassen, sonst würde man sie ins Feuer werfen.

»Du bist die allerbeste Freundin, die ich je hatte. Und Giller ist mein Freund.«

»Ich liebe dich, Rachel.«

Besorgt dachte sie darüber nach, was mit ihrer Puppe geschehen würde, ganz allein hier in der Launenfichte. Sie würde einsam sein. Was, wenn die Prinzessin sie nie wieder rausschmiß, wenn sie dahinterkam, daß sie sich gerne rausschmeißen ließ und sie deshalb einfach aus Gemeinheit im Schloß behielt?

»Hast du eine Ahnung, was ich tun soll?« fragte sie die Puppe und betrachtete das Flackern des Feuers auf den dunklen Ästen unter dem Baum.

»Giller helfen«, meinte die Puppe.

Sie rollte herum, stützte sich auf einen Ellenbogen und sah die Puppe an. »Giller helfen?«

Die Puppe nickte. »Giller helfen.«

Die Strahlen der untergehenden Sonne fielen von vorn im spitzen Winkel auf die Laubschicht und brachten den Pfad inmitten der dunklen Masse des Waldes zum Glühen. Richard hörte, wie Kahlan mit den Stiefeln gegen Steine stieß, die unter der farbenfrohen Decke verborgen lagen. Ein leichter Modergeruch lag in der Luft. Wo der Wind das Laub zusammengetragen hatte, in den feuchten Mulden und in großen Haufen im Schutz der Felsen, begann es zu faulen.

Obwohl es kalt wurde, trugen weder Richard noch Kahlan ihren Umhang. Bei dem Tempo, das Old John vorlegte, war ihnen warm geworden. Immer wieder riß Richard seine Gedanken von Zedd los, denn er mußte fast rennen, um Schritt halten zu können. Als er feststellte, wie sehr er außer Atem geriet, verbannte er Zedd endgültig aus seinen Gedanken. Irgend etwas stimmte nicht.

Endlich räumte er diesem Unbehagen einen Platz in seinen Gedanken ein. Wie konnte ihn ein alter Mann derart abhängen und dabei frisch und entspannt wirken? Richard fuhr sich mit der Hand an die Stirn. War er vielleicht krank, hatte er Fieber? Er fühlte sich tatsächlich heiß an. Vielleicht war er nicht gesund, vielleicht stimmte etwas mit ihm nicht. Seit Tagen hatten sie sich mächtig angestrengt, wenn auch nicht so wie jetzt. Nein, er war in Ordnung. Er war nur außer Atem. Eine Weile lang beobachtete er Kahlan, die vor ihm ging. Auch sie hatte Mühe, Schritt zu halten. Sie wischte sich ein Spinnennetz aus dem Gesicht und hetzte dem alten Mann hinterher. Richards Unbehagen wich einer dunklen Vorahnung.

Aus den Augenwinkeln sah er drüben links im Wald etwas, das sich ebenso schnell bewegte wie sie. Vermutlich nur ein kleines Tier. Aber es schien lange Arme zu haben, die über den Boden schleiften. Dann war es verschwunden. Sein Mund war wie ausgetrocknet. Alles Einbildung, versuchte er sich einzureden.

Er richtete sein Augenmerk wieder auf Old John. An manchen Stellen war der Pfad breit, an anderen, wo die Äste tief herunterreichten, schmal. Manchmal streiften Kahlan und Richard sie, oder sie schoben sie einfach aus dem Weg. Nicht so der Alte. Er hielt sich strikt in der Mitte des Pfades, wich jedem Ästchen aus und raffte seinen Umhang fest um sich.

Richards Blick fiel auf ein Spinnennetz, das golden in der untergehenden Sonne glitzerte und vor Kahlan quer über den Weg gespannt war. Beim Hindurchgehen zerriß sie das Netz mit dem Oberschenkel.

Der Schweiß auf seinem Gesicht war augenblicklich erkaltet.

Wieso hatte Old John das Netz nicht zerrissen?

Er sah nach oben und erblickte einen Ast, dessen Spitze in den Weg hineinragte. Der Alte wich aus. Aber nicht ganz. Die Spitze ging durch seinen Arm hindurch wie durch Rauch.

Sein Atem beschleunigte sich, als er die Fußspuren untersuchte, die Kahlan an einer Stelle mit weicherem Boden hinterlassen hatte. Von Old John waren keine zu sehen.

Blitzschnell packte Richard Kahlan am Hemd und riß sie hinter sich. Sie schrie überrascht auf. Er stieß sie zurück und zog mit der Rechten das Schwert.

Old John blieb halb umgedreht stehen, als er das Klirren des Schwertes hörte.

»Was gibt's, Junge? Hast du etwas gesehen?« Seine Stimme klang wie das Zischen einer Schlange.

»Allerdings.« Richard packte das Schwert mit beiden Händen, ging in Verteidigungsstellung. Seine Brust hob sich. Er spürte, wie sein Zorn seine Angst überflutete. »Wieso zerreißen die Spinnennetze nicht, wenn du hindurchgehst? Wieso hinterläßt du keine Fußspuren?«

Old John setzte ein träges, verschlagenes Lächeln auf und musterte ihn mit einem Auge. »Glaubst du vielleicht, der alte Freund eines Zauberers verfügt über keine besonderen Fähigkeiten?«

»Schon möglich«, sagte Richard. Sein Blick wanderte hin und her. »Aber sag doch mal, Old John, wie heißt dein alter Freund eigentlich?«

»Wieso? Zedd natürlich.« Er zog die Brauen hoch. »Wie sollte ich das wissen, wenn er nicht ein alter Freund von mir wäre?« Er hatte seinen Umhang fest um sich gerafft. Sein Kopf versank zwischen seinen Schultern.

»Ich habe dir dummerweise verraten, daß er Zedd heißt. Aber jetzt verrate du mir doch seinen Familiennamen.«

Old John musterte ihn mit finsterer Miene. Seine Augen bewegten sich langsam, abschätzend. Die Augen eines Tieres.

Mit einem plötzlichen Röhren, das Richard zusammenzucken ließ, wirbelte der Alte herum und riß seinen Umhang auf. Gleichzeitig wuchs er zur doppelten Größe.

Ein unvorstellbarer Alptraum erwachte zum Leben.

Pelz, Krallen und Fänge, wo einen Augenblick zuvor noch ein alter Mann gestanden hatte.

Ein knurrendes, um sich schnappendes Monster.

Richard stockte der Atem, als er in das klaffende Maul blickte. Plötzlich fing es an zu röhren und machte einen gewaltigen Schritt nach vorn. Richard wich drei Schritte zurück. Er packte das Schwert so fest, daß es schmerzte. Der Wald hallte wider von dem ohrenbetäubenden, tiefen, wilden, boshaften Schrei des Monsters. Das Maul klaffte bei jedem Schrei. Es beugte sich mit seinen rotglühenden, tiefsitzenden Augen über ihn und schnappte mit seinen gewaltigen Hauern zu. In höchster Bedrängnis ging Richard hinter dem Schwert in Deckung. Ein kurzer Blick, doch Kahlan war hinter ihm nirgends zu sehen.

Völlig unvermittelt griff die Bestie an. Richard hatte nicht den Hauch einer Chance, mit dem Schwert auszuholen. Er stolperte über eine Wurzel, stürzte und landete, alle viere von sich gestreckt, rücklings auf dem Boden. Er kam nicht zum Luftholen. Instinktiv hob er das Schwert, um das Monster aufzuspießen. Er erwartete, daß es sich auf ihn stürzen würde.

Spitze, von Sabber triefende Fänge versuchten über das Schwert hinweg wie wild nach seinem Gesicht zu schnappen. Er stieß das Schwert nach oben, das Ungetüm wich aus und funkelte das Schwert wütend aus roten Augen an. Es wich zurück, blickte rechts in den Wald, legte die Ohren an und verscheuchte fauchend irgendein Tier. Dann packte es einen Stein, doppelt so groß wie Richards Kopf, reckte seine plumpe Schnauze in den Himmel und zermalmte den Felsbrocken in seinen Krallen. Muskelstränge spannten sich. Der Felsbrocken zersplitterte mit einem lauten Knall, der durch den ganzen Wald hallte. Das Monster sah sich um, machte kehrt und verschwand rasch zwischen den Bäumen.

Richard lag keuchend auf dem Rücken und starrte mit aufgerissenen Augen in den Wald. Das Monster konnte jeden Augenblick zurückkommen. Er rief Kahlan. Keine Antwort.

Noch bevor er sich wieder ganz aufgerappelt hatte, sprang ihn ein aschfahles Ungetüm mit langen Armen an. Zum zweiten Mal lag er auf dem Rücken. Das Ungetüm kreischte vor Wut. Mächtige, knorrige Pranken versuchten, Richard das Schwert zu entwinden. Einer der Arme traf ihn am Kinn und hätte ihn fast bewußtlos geschlagen. Blutleere Lippen verzogen sich und enthüllten spitze Hauer. Das Untier heulte auf und starrte ihn aus hervortretenden gelben Augen an. Verzweifelt wollte es ihm ins Gesicht treten. Richard klammerte sich mit aller Macht an das Schwert und versuchte, es dem schmerzhaften Griff der langen Finger zu entreißen.

»Mein Schwert«, knurrte es, »gib mir mein Schwert.«

Die beiden rollten ineinander verschlungen über den Boden, wirbelten Blätter und Äste auf. Eine der kräftigen Pranken packte Richard am Haar, wollte seinen Kopf auf den Boden schmettern, auf einen Stein. Ächzend riß das Ungetüm eine von Richards schwitzenden Händen vom Schwert und packte mit der anderen zu. Mit sehnigen Fingern wollte es auch Richards Linke vom Heft lösen und bohrte ihm seine scharfen Krallen ins Fleisch.

Richard merkte, daß er verlieren würde. Das kleine drahtige Wesen war trotz seiner geringen Größe stärker als er. Entweder er ließ sich etwas einfallen, oder er wäre das Schwert in Kürze los.

»Gib her«, zischte es, drehte sich blitzartig mit seinem blassen Kopf zu ihm hin und versuchte, ihm ins Gesicht zu beißen. Die Ritzen zwischen seinen Hauern waren mit einer schwammiggrauen Masse verklebt. Sein übler Atem stank nach Kot. Der haarlose, wächserne Schädel hatte schmutzigschwarze Flecken.

Bei der nächsten Rolle griff Richard verzweifelt an seinen Gürtel und zückte sein Messer. Blitzartig drückte er es dem Monster in die Falten an seinem Hals.

»Bitte!« jaulte es. »Nicht töten! Nicht töten!«

»Dann laß das Schwert los. Sofort!«

Langsam und widerwillig löste das Vieh seinen Griff. Richard lag auf dem Rücken, das faulig stinkende Wesen auf seiner Brust. Es sackte schlaff über ihm zusammen.

»Bitte, töte mich nicht!« winselte es.

Richard befreite sich von dem ekelhaften Geschöpf und legte es auf den Rücken.

Endlich durchflutete ihn der Zorn des Schwertes, der verlorengegangen war.

Er nahm Maß. »Ich brauche bloß zu glauben, daß du etwas tust, was mir nicht paßt, dann stoße ich zu. Kapiert?« Heftiges Nicken. Richard beugte sich vor. »Wohin ist dein Freund verschwunden?«

»Freund?«

»Dieses große Ungetüm, das mich fast noch vor dir erwischt hätte.«

»Der Calthrop. Das ist kein Freund«, winselte es. »Du hast Glück. Calthrops töten nachts. Er hat auf die Nacht gewartet. Um dich zu töten. Nachts verfügt er über große Kräfte. Du hast Glück gehabt.«

»Ich glaube dir kein Wort! Du gehörst zu ihm.«

»Nein«, winselte es. »Ich bin euch nur gefolgt. Bis er dich tötet.«

»Warum?«

Die hervortretenden Augen suchten das Schwert. »Das ist mein Schwert. Gib es mir. Bitte.«

»Nein!«

Richard sah sich nach Kahlan um. Ihr Rucksack lag ein Stück hinter ihm auf dem Boden. Sie selbst konnte er nirgends sehen. Plötzlich erstarrte Richard vor Sorge. Sein Blick schweifte hektisch suchend über das Gelände. Der Calthrop hatte sie nicht, der war allein im Wald verschwunden. Er hielt dem Ungetüm am Boden die Schwertspitze unters Kinn und rief ihren Namen. Vielleicht erwiderte sie seine verzweifelten Rufe. Keine Antwort.

»Die Herrin. Sie hat die hübsche Lady geholt.«

Richard fuhr herum. Er blickte in die gelben Augen. »Was soll das heißen?«

Richard stieß fester zu. Er wollte mehr erfahren, und zwar sofort. »Wir haben euch verfolgt. Haben zugesehen, wie der Calthrop mit euch gespielt hat. Um zu sehen, was passiert.« Die gelben Froschaugen hingen wieder an dem Schwert.

»Um das Schwert zu stehlen«, fauchte Richard ihn an.

»Nicht stehlen! Es gehört mir! Gib her!« Er wollte wieder danach greifen. Richard stieß etwas fester zu, und das Ungetüm erstarrte.

»Wer ist deine Herrin?«

»Meine Herrin!« Er schüttelte sich, bettelte, freigelassen zu werden. »Meine Herrin ist Shota.«

Richard war verdutzt. »Deine Herrin ist Shota, die Hexe?«

Das Wesen nickte eifrig.

Er packte das Heft fester. »Warum hat sie die hübsche Lady entführt?«

»Weiß nicht. Vielleicht, um mit ihr zu spielen. Vielleicht, um sie zu töten.« Das Biest zwinkerte ihm zu. »Vielleicht, um dich zu fangen.«

»Bleib ruhig liegen«, sagte Richard, »oder ich spieße dich auf!«

Richard stellte ihm den Stiefel auf die Brust. Er griff in seinen Rucksack und holte ein Seil hervor. Dann fesselte er ihm die Hände und legte ihm das andere Ende als Schlinge um den Hals.

»Hast du einen Namen?«

»Gefährte. Ich bin der Gefährte meiner Herrin. Samuel.«

Richard zerrte den Gefährten auf die Beine. Blätter klebten auf der grauen Haut seiner Brust. »Du gehst vor. Eine falsche Bewegung, und ich breche dir mit diesem Seil das Genick. Kapiert?«

Samuel nickte eifrig und dann noch einmal langsam nach einem Seitenblick auf das Seil. »Nach Agaden. Der Gefährte bringt dich hin. Du wirst mich nicht töten?«

»Nicht, wenn du mich zu deiner Herrin bringst und es der hübschen, jungen Frau gutgeht.«

Richard spannte das Seil, damit Samuel wußte, wer das Sagen hatte. Dann steckte er das Schwert in die Scheide.

»Hier, du trägst das Gepäck der hübschen jungen Frau.«

Samuel riß Richard den Rucksack aus der Hand. »Meiner! Gib

her!« Er fing an, mit seinen gefesselten Pranken darin herumzukramen.

Richard riß scharf an dem Tau. »Das gehört dir nicht. Finger weg!«

Die Froschaugen füllten sich mit Haß. Sie starrten ihn an. »Wenn die Herrin dich tötet, wird Samuel dich fressen.«

»Wenn ich dich nicht zuerst verspeise«, spottete Richard. »Ich habe ziemlichen Hunger. Vielleicht mache ich mir unterwegs einen kleinen Eintopf aus dir.«

Der Haß wich gelbäugigem Entsetzen. »Bitte! Nicht töten. Samuel bringt dich zur Herrin und zur hübschen, jungen Frau. Versprochen.« Er machte ein paar Schritte, bis das Seil sich spannte. »Folge Samuel. Beeil dich«, sagte er, um seine Wichtigkeit unter Beweis zu stellen. »Samuel bitte nicht kochen«, murmelte er, als sie den Pfad zurückgingen.

Richard hatte keine blasse Ahnung, was für eine Art Wesen Samuel war. Irgend etwas an ihm war beunruhigend vertraut. Er war nicht sehr groß, aber kräftig. Richards Kiefer pochte noch, dort, wo Samuel ihn getroffen hatte, und Hals und Kopf taten von den beiden Aufprallen auf den Boden weh. Samuels Arme berührten fast den Boden, als er in seinem seltsamen Watschelgang dahintrottete und immer wieder murmelte, er wolle nicht gekocht werden. Dunkle, kurze Hosen, die mit Trägern gehalten wurden, waren seine einzige Bekleidung. Seine Füße waren unverhältnismäßig groß wie auch seine Hände und Arme. Sein Bauch war rund und dick. Wovon bloß, fragte sich Richard. Er hatte nirgendwo Haare, und seine Haut sah aus, als hätte sie seit Jahren keine Sonne mehr gesehen. Von Zeit zu Zeit hob Samuel einen Stock oder einen Stein vom Boden auf und sagte: »Meins! Gib her!«, ohne jemanden Bestimmtes zu meinen. Kurz darauf verlor er das Interesse und warf seinen neuesten Fund wieder fort.

Richard behielt sowohl den Wald als auch Samuel im Auge. Er

folgte dem Gefährten, trieb ihn immer wieder an, schneller zu gehen. Er hatte Angst um Kahlan, außerdem war er wütend über sich selbst. Old John, oder der Calthrop, wer auch immer, hatte ihn völlig übertölpelt. Unfaßbar, wie dumm er gewesen war. Er war auf die Geschichte reingefallen, weil er sie glauben und Zedd unbedingt wiedersehen wollte. Genau davor hatte er andere immer gewarnt. Er hatte dem Monster genau das gesagt, was es brauchte, um sich vor ihm auszuweisen. Er schämte sich.

Die Menschen glaubten etwas, weil sie daran glauben wollten, hatte er Kahlan erzählt. Und genau das hatte er getan, und Kahlan war deswegen in die Gewalt der Hexe geraten. Genau das, wovor sie solche Angst gehabt hatte. Und nur, weil er so dumm und nicht wachsam genug gewesen war. Wann immer er so nachlässig war, schien sie dafür bezahlen zu müssen. Wenn Kahlan etwas zustieß, würde die Hexe zu spüren bekommen, was es mit dem Zorn eines Suchers auf sich hatte, das schwor er sich.

Schon wieder, ärgerte er sich. Er ließ seine Phantasie mit sich durchgehen. Wenn Shota sie umbringen wollte, hätte sie das auf der Stelle getan. Sie hätte sie nicht nach Agaden verschleppt. Aber warum hatte sie das getan? Es sei denn, sie wollte mit ihr spielen, wie Samuel sich ausgedrückt hatte. Richard versuchte diesen Gedanken zu verdrängen. Bestimmt war sie hinter ihm her, nicht hinter Kahlan. Aus diesem Grund war wohl auch der Calthrop so schnell verschwunden. Die Hexe hatte ihn verscheucht.

Als sie die Gabelung erreichten, die sie vorhin passiert hatten, wählte Samuel den Weg, der zur Hexe führte. Obwohl es dunkel wurde, behielt der Gefährte das Tempo bei. Der Pfad stieg jetzt in steilen Serpentinen an, und schon bald hatten sie die Baumgrenze hinter sich gelassen und befanden sich auf einem offenen Pfad über nackten Fels, der stetig zu den schroffen, schneebedeckten Gipfeln hinaufführte.

Im mondbeschienenen Schnee erkannte Richard zwei Fußspuren,

von denen eine Kahlan gehörte. Ein gutes Zeichen. Sie lebte also noch. Es sah nicht danach aus, als wollte Shota sie töten. Zumindest nicht gleich. Der Pfad zog sich am Rand der schneebedeckten Gipfel dahin. Ohne Samuel, der den Paß kannte, hätte der Weg über die Gipfel Tage gedauert. Kalter Wind peitschte durch die Felsspalten und nahm ihnen in der eiskalten Luft den Atem. Samuel zitterte. Richard legte seinen Umhang um und zog Kahlans aus dem Rucksack, den Samuel trug.

»Das gehört der hübschen jungen Frau. Zieh es an. Es wird dich fürs erste wärmen.«

Samuel riß ihm den Umhang aus der Hand. »Meiner! Gib her!«

»Wenn du nicht damit aufhörst, gebe ich ihn dir nicht.« Richard spannte das Seil und zog den Umhang zurück.

»Bitte! Samuel ist kalt«, greinte er. »Bitte! Darf ich den Umhang der hübschen jungen Frau anziehen?«

Richard gab ihn zurück. Diesmal ergriff ihn sein Begleiter mit Bedacht und legte ihn sich, so gut es mit den gefesselten Pranken ging, um die Schultern. Der kleine Kerl verursachte bei Richard eine Gänsehaut. Er holte ein Stück Tavabrot hervor und aß es im Gehen. Immer wieder sah Samuel über die Schultern und beobachtete Richard beim Essen. Als er es nicht länger aushielt, bot er Samuel ein Stück an.

Der streckte seine Pranken aus. »Meins! Her damit!« Richard zog das Brot zurück, außer Reichweite. Gelbe Augen blickten ihn flehend im Mondschein an. »Bitte!« Vorsichtig legte Richard ihm das Brot in die grabschenden Hände.

Während sie durch den Schnee stapften, plapperte Samuel vor sich hin. Das Brot hatte er mit einem Bissen verschlungen. Böte Richard ihm die Gelegenheit, Samuel würde ihm, ohne mit der Wimper zu zucken, die Kehle aufschlitzen. Etwas Versöhnliches schien ihm völlig abzugehen.

»Samuel, weshalb läßt Shota dich bei ihr wohnen?«

Er sah über die Schulter. Seine gelblichen Augen starrten verwirrt. »Samuel ist Gesellschaft.«

»Und deine Herrin hat nichts dagegen, daß du mich zu ihr führst?«

Samuel stieß ein Gurgeln hervor, das Richard als Lachen interpretierte. »Die Herrin hat keine Angst vor dem Sucher.«

Kurz vor Einbruch der Dämmerung, am Rande eines Abstiegs in den dunklen Wald, streckte Samuel den Arm aus und zeigte nach unten. »Agaden«, gurgelte er. Mit einem höhnischen Grinsen über die Schulter meinte er: »Die Herrin.«

Im Wald herrschte drückende Hitze. Richard zog den Umhang aus und stopfte seinen und Kahlans in die Rucksäcke. Samuel sah zu, ohne zu protestieren. Er wirkte glücklich und zufrieden, wieder in Agaden zu sein. Richard tat, als könne er sehen, wohin sie gingen. Er wollte seinem Begleiter nicht verraten, daß er in der Dunkelheit fast völlig blind war. Richard ließ sich wie ein Blinder am Seil führen. Samuel sprang weiter, als sei es hellichter Tag. Wenn er seinen haarlosen Kopf zu Richard umdrehte, leuchteten seine gelben Augen wie zwei Laternen.

Allmählich durchflutete das Licht der Dämmerung den Wald, und Richard erkannte überall hohe Bäume, sah die von den Bäumen herabhängenden Moosfetzen, die sumpfigen Stellen, aus deren schwarztrübem Wasser Nebel aufstieg, die Augenpaare, die ihm aus den Schatten zuzuzwinkern schienen. Hohle Laute hallten durch Dunst, während er vorsichtig über das Gewirr aus Wurzeln stieg. Der Ort erinnerte ihn ein wenig an den Skowsumpf. Es roch genauso modrig.

»Wie weit ist es noch?«

»Bald da«, grinste Samuel.

Richard spannte das Seil. »Denk dran, wenn irgend etwas schiefgeht, stirbst du als erster.«

Das Grinsen auf den blutleeren Lippen verschwand.

Richard entdeckte dieselbe doppelte Fußspur, die er schon im Schnee gefunden hatte. Kahlan war also noch am Leben. Dunkle Gestalten folgten ihnen im dichten Unterholz und stießen gelegentlich ein Stöhnen und Jaulen aus. Besorgt fragte sich Richard, ob es noch mehr Geschöpfe wie Samuel gab. Oder noch schlimmere. Einige folgten ihnen in den Wipfeln, knapp außer Sichtweite. Es lief ihm eiskalt den Rücken hinunter.

Samuel verließ den Pfad und umkurvte die knorrigen Wurzeln der dickstämmigen Bäume.

»Was tust du da?« wollte Richard wissen, riß am Seil und brachte den Gefährten zum Stehen.

Samuel grinste ihn an. »Paß auf.« Er nahm einen kräftigen, armdicken Ast zur Hand und schleuderte ihn in die Wurzeln der Bäume. Die Wurzeln peitschten hervor, wickelten sich um den Ast und zerrten ihn unter ihr knorriges Gewirr. Richard hörte, wie er brach. Samuel lachte gurgelnd.

Je höher die Sonne kletterte, desto finsterer schienen die Wälder Agadens zu werden. Totes Geäst verknotete sich über den Köpfen, gelegentlich wehte ein Nebelschwaden über den Weg. Manchmal konnte Richard nicht einmal mehr Samuel am anderen Ende des feuchten Seils erkennen. Aber ständig konnte er irgendwelche Geräusche hören: Kratzen und Gepfeife von Wesen, die sie unsichtbar schnalzend aus nächster Nähe zu locken schienen. Manchmal wirbelte der Nebel auf, wenn eines dieser Geschöpfe ganz nah und trotzdem unsichtbar vorbeischoß.

Richard mußte an Kahlans Warnung denken: sie würden sterben. Er versuchte, den Gedanken aus seinem Kopf zu verbannen. Sie hatte die Hexe nie selber kennengelernt, kannte sie nur aus Erzählungen anderer. Aber was sie gehört hatte, machte ihr angst. Nicht einmal ein Zauberer würde sich nach Agaden trauen, hatte sie gesagt. Trotzdem, alles, was sie wußte, stammte aus zweiter Hand, sie hatte Shota persönlich nie gesehen. Vielleicht waren die Geschichten übertrieben. Sein Blick schweifte durch den bedrohlichen, abschreckenden Wald. Vielleicht aber auch nicht.

Vor ihnen, inmitten des dichten Gewirrs, brach Licht durch die Bäume, Sonnenlicht, und das Geräusch fließenden Wassers war zu hören. Je weiter sie gingen, desto heller wurde es. Kurz darauf hatten sie den Rand des finsteren Waldes erreicht. Der Pfad hörte einfach auf. Samuel gurgelte vor Wonne.

Weit unter ihnen breitete sich leuchtend grün und sonnendurchflutet ein langes Tal aus. Gigantische Felsgipfel ragten auf allen Seiten fast senkrecht empor. Felder mit goldenen Gräsern, unterbrochen von kleinen Eichen-, Buchen- und Ahornwäldchen, wiegten sich im Wind. Im dunklen Wald, dort wo sie standen, war es fast, als blickte man aus der Nacht hinaus in den Tag. Wasser stürzte ringsum von den Felsen die senkrechte Wand hinab und verschwand geräuschlos im Nichts, bis es weit unten die klaren Becken und Bachläufe erreichte, von wo ein fernes Donnern und Zischen heraufdrang. Ein feiner Gischtnebel legte sich feucht auf ihre Gesichter.

Samuel zeigte hinunter ins Tal. »Die Herrin.«

Richard nickte und ließ ihn weitergehen. Samuel führte ihn durch ein Labyrinth aus Unterholz, dichtstehenden Bäumen und farnbedeckten Felsen zu einer Stelle, die Richard ohne seinen kleinen Führer niemals gefunden hätte: ein Pfad, der, hinter Felsen und Schlingpflanzen versteckt, vom Rande eines steilen Abgrundes die Talwand hinabführte. Während des Abstiegs bot sich vom Pfad aus ein weiter Blick auf die wunderschöne Landschaft unten im Tal: Unter dem strahlend blauen Himmel wirkten die Bäume, die in Grüppchen auf sanft geschwungenen Hügeln standen, winzig, und Bäche mäanderten durch die Felder.

In der Mitte all dessen, im Zentrum eines Teppichs aus Riesenbäumen, stand ein wunderschöner Palast von atemberaubender Eleganz und Pracht. Zarte Türmchen reckten sich in den Himmel, gehauchte Brücken überspannten die hohe Kluft zwischen den Zinnen, Treppen ringelten sich um Türmchen. Bunte Fahnen und Wimpel über jeder Spitze flatterten leise knatternd im Wind. Der gesamte großartige Bau schien freudig in den Himmel reichen zu wollen. Richard blieb einen Augenblick lang mit offenem Mund stehen und konnte kaum glauben, was er sah. Er liebte sein Zuhause, das Kernland, aber etwas Vergleichbares gab es dort nicht. Dies war schlicht und einfach der schönste Ort, den er je gesehen hatte. Nie hätte er sich träumen lassen, daß ein Ort von solch außergewöhnlicher Pracht überhaupt existierte.

Die beiden zogen weiter die Talwand hinab. An manchen Stellen waren Tausende von Stufen in die Felswand geschlagen, die sich durch Tunnel wanden und sich im scharfen Knick nach unten spiralförmig unterquerten. Samuel sprang sie hinab, als hätte er dies schon tausendmal getan. Er war offensichtlich begeistert, wieder zu Hause und unter der Obhut seiner Herrin zu sein.

Unten im Tal führte im Sonnenlicht eine Straße durch die baumbestandenen Hügel und warm leuchtenden Weiden. Samuel sprang in seinem alten Tempo davon und gurgelte vor sich hin. Richard spannte gelegentlich das Seil, um ihn zurückzuhalten. Sie durchquerten die Talsohle und folgten eine Weile lang einem Bachlauf. Die Bäume standen enger beieinander – jeder einzelne ein Prachtexemplar – und schützten Straßen und Felder vor den Strahlen der Sonne. Die Straße stieg leicht an. Oben auf der Anhöhe schienen sich die Bäume versammelt zu haben, als wollten sie sich schützend vor etwas stellen. Richard konnte durch die Äste bereits die Türme des Palastes erkennen.

Sie betraten die Kathedrale aus Bäumen. Schattig, lautlos, alles einhüllend.

Richard hörte das Gurgeln von Wasser über moosbewachsenen Steinen. Kärglich drang das Licht der Sonne in die Stille. Es duftete süß nach Gras und Blättern.

Samuel reckte den Arm vor. Richard blickte in die angegebene Richtung, in die Mitte eines freien, geschützten Platzes. Dort befand sich ein Felsen. Aus einer Quelle in dessen Mitte sprudelte Wasser, lief über die Seiten und sammelte sich in einem kleinen, mit üppiggrünen, moosbewachsenen Steinen durchsetzten Bachlauf. Eine Frau in einem langen, weißen Kleid und mit weichem, braunem Haar saß mit dem Rücken zu Richard auf der Felskante in den Sprenkeln des Sonnenlichts und spielte mit den Fingern im glasklaren Wasser. Selbst von hinten wirkte sie irgendwie vertraut.

»Die Herrin«, sagte Samuel mit verklärtem Blick. Dann zeigte er neben die Straße, auf eine Stelle ganz in der Nähe. »Die hübsche Frau.«

Richard erkannte Kahlan, die wie erstarrt dastand. Irgend etwas an ihr war seltsam. Auf ihrem Körper bewegte sich etwas. Samuel drehte seinen fleckigen Schädel und zeigte mit seinem langen, grauen Finger auf das Seil. Er sah Richard aus einem gelben Auge an.

»Der Sucher hat es versprochen«, sagte er leise knurrend.

Richard löste das Seil, nahm dem Gefährten Kahlans Rucksack ab und legte ihn auf den Boden. Samuel machte ein verächtliches Gesicht, fauchte und verschwand plötzlich im Schatten, wo er sich hinhockte, um zu beobachten, was passierte.

Richard mußte schlucken. Dann ging er zu Kahlan. In seinem Magen bildete sich ein harter Knoten. Voller Entsetzen erkannte er, was sich dort auf ihr bewegte.

Schlangen.

Kahlan war begraben unter einem Knäuel wimmelnder Schlangen. Die er kannte, waren ausnahmslos giftig. Dicke, fette Biester hatten sich ihr um die Beine geschlungen, eine hatte sich um ihre Hüfte gewickelt, andere ringelten sich um ihre Arme, die schlaff herabhingen. Kleine Schlangen bohrten sich zappelnd durch ihr dichtes Haar, ließen die Zungen vorschnellen, andere ringelten sich ihr um den Hals, wieder andere glitten ihr vorne unter das Hemd und lugten zwischen den Knöpfen hervor. Als er sich ihr näherte, hatte er Mühe, seinen Atem zu kontrollieren. Sein Herz klopfte. Kahlan liefen die Tränen über die Wangen, und sie zitterte kaum merklich.

»Beweg dich nicht«, sagte er ruhig, »ich nehme sie herunter.«

»Nein!« erwiderte sie flüsternd. Ihr von Panik geweiteter Blick fand seine Augen. »Wenn du sie berührst oder ich mich bewege, werden sie mich beißen.«

»Schon gut«, versuchte er sie zu beruhigen, »ich hole dich hier raus.«

»Richard«, flehte sie ihn flüsternd an, »ich bin so gut wie tot. Laß mich. Verschwinde von hier. Lauf.«

Eine unsichtbare Hand schien sich um seine Kehle zu schließen. Er sah ihren Augen an, wie sehr sie sich zusammenreißen mußte, um nicht den Verstand zu verlieren. Er versuchte, so ruhig zu wirken, wie es eben ging, ihr Mut zu machen. »Ich lasse dich nicht allein«, hauchte er.

»Bitte, Richard«, flüsterte sie heiser, »tu's für mich, bevor es zu spät ist. Lauf weg.«

Eine dünne, giftige, gestreifte Viper, die sich mit ihrem Schwanz in ihr Haar geringelt hatte, ließ den Kopf vor ihr Gesicht hängen. Die rote Zunge zuckte. Kahlan schloß die Augen. Die nächste Träne kullerte ihr über die Wange. Die Schlange zappelte an ihrer Wange hinab und weiter über ihr Schlüsselbein. Der gestreifte Körper verschwand unter ihrem Hemd.

»Ich werde sterben. Du kannst mich jetzt nicht mehr retten. Bitte, Richard, bring dich in Sicherheit. Lauf weg, solange du noch eine Chance hast.«

Richard befürchtete, sie könnte sich absichtlich bewegen, damit sie gebissen und er gerettet würde; schließlich hätte er dann keinen Grund mehr zu bleiben. Er mußte sie überzeugen, daß das keinen Sinn ergab. Er sah sie nüchtern an.

»Nein. Ich bin hergekommen, um herauszufinden, wo das Kästchen ist. Ich werde nicht gehen, bevor ich es weiß. Sei jetzt still.«

Mit aufgerissenen Augen verfolgte sie, was die Schlange unter ihrem Hemd anrichtete. Sie biß sich auf die Unterlippe und runzelte die Stirn. Richard versuchte, die Trockenheit in seinem Mund herunterzuschlucken.

»Kahlan, halte einfach durch. Versuch, an etwas anderes zu denken.«

Wutentbrannt ging er zu der Frau auf dem Felsen, die ihm immer noch den Rücken zukehrte. Irgend etwas in seinem Innern warnte ihn, das Schwert zu ziehen, aber wie sollte er seine Wut darüber zügeln, was diese Frau Kahlan antat? Er sog den Atem durch die zusammengebissenen Zähne.

Als er sie erreicht hatte, erhob sie sich und drehte sich ruhig zu ihm um. Eine vertraute Stimme sagte seinen Namen.

Sein Herz schlug bis zum Hals, als er sah, welches Gesicht zu der Stimme gehörte.

2. Kapitel

Es war seine Mutter. Richard fühlte sich wie vom Blitz erschlagen. Er erstarrte am ganzen Körper. Seine Wut verflog, sein Zorn entließ ihn aus seinem Griff, als Mordgedanken und die Erinnerung an seine Mutter aufeinanderprallten.

»Richard«, lächelte sie ihn traurig an und zeigte ihm mit ihrem Lächeln, wie sehr sie ihn liebte und vermißte.

Seine Gedanken rasten. Er versuchte zu begreifen, was hier geschah. Unmöglich. Was hier geschah, war einfach nicht möglich.

»Mutter?« hauchte er.

Arme, die er kannte, an die er sich erinnerte, schlangen sich um ihn, trösteten ihn, lockten ihm die Tränen in die Augen, schnürten seine Kehle zu.

»Oh, Richard«, besänftigte sie ihn, »wie habe ich dich vermißt.« Sie fuhr ihm mit den Fingern durchs Haar, streichelte ihn. »Wie sehr habe ich dich vermißt.«

Taumelnd versuchte er, die Beherrschung über seine Gefühle zurückzugewinnen. Er versuchte mit aller Kraft, sich auf Kahlan zu konzentrieren. Er durfte sie nicht wieder im Stich, sich nicht erneut täuschen lassen. Denn sie war nur in Not geraten, weil er sich hatte täuschen lassen. Dies war nicht seine Mutter, es war Shota, die Hexe. Was aber, wenn er sich irrte?

»Richard, warum bist du zu mir gekommen?«

Richard legte ihr die Hände auf die schmalen Schultern und drückte sie sachte zurück. Sie ließ ihre Hände auf seine Hüfte gleiten, drückte ihn mit liebevoller Vertrautheit. Sie war nicht seine Mutter, versuchte er sich einzureden, sie war eine Hexe. Eine Hexe, die wußte, wo sich das letzte Kästchen der Ordnung befand, und genau das mußte er herausfinden. Aber warum tat sie das? Und wenn er sich irrte? War vielleicht dies hier die Wahrheit?

Mit dem Finger suchte er die kleine Narbe über ihrer linken Braue und betastete die vertraute Erhebung. Er selbst hatte ihr die Narbe beigebracht. Zusammen mit Michael hatte er mit den Holzschwertern gespielt und war gerade vom Bett gesprungen und hatte dabei ebenso wild wie törich nach seinem älteren Bruder geschlagen, als seine Mutter durch die Tür hereinkam. Er hatte sie mit dem Schwert an der Stirn getroffen. Ihr Schrei hatte ihm angst gemacht. Selbst die Prügel seines Vaters hatten nicht so geschmerzt wie der Gedanke an das, was er seiner Mutter angetan hatte. Sein Vater hatte ihn ohne Essen ins Bett geschickt. An jenem Abend war sie nach Einbruch der Dunkelheit gekommen, hatte sich zu ihm ans Bett gesetzt und war ihm mit den Fingern durchs Haar gefahren, während er geweint hatte. Er hatte sich aufgesetzt und gefragt, ob es sehr weh getan hatte. Sie hatte gelächelt und gesagt …

»Nicht so sehr wie dir«, flüsterte die Frau vor ihm.

Richard riß die Augen auf. Ein kalter Schauder lief über seinen Rücken. »Woher …«

»Richard.« Die Stimme von hinten klang ruhig und warnend. Er fuhr auf. »Bleib weg von ihr.« Es war Zedds Stimme.

Seine Mutter legte ihm die Hand auf die Wange. Er beachtete es nicht und drehte den Kopf, blickte die Straße zurück bis zur Anhöhe. Dort stand tatsächlich Zedd, zumindest glaubte er das. Er sah aus wie Zedd, andererseits sah die Frau auch aus wie seine Mutter. Dort stand Zedd, mit einem Gesichtsausdruck, den er kannte: dem Ausdruck kalter Gefahr, der Warnung.

»Richard«, war Zedds Stimme wieder zu hören. »Tu, was ich sage. Bleib weg von ihr. Sofort.«

»Bitte, Richard«, flehte seine Mutter, »verlaß mich nicht. Erkennst du mich denn nicht?«

Richard betrachtete ihre weichen Züge. »Doch. Du bist Shota.«

Er packte ihre Handgelenke, löste ihre Hände von seiner Hüfte und trat einen Schritt zurück. Sie legte traurig die Stirn in Falten. Den Tränen nahe sah sie zu, wie er sich entfernte.

Plötzlich wirbelte sie herum und sah den Zauberer an. Sie riß die Hände hoch. Mit einem ohrenbetäubenden Krachen schossen Blitze aus ihren Fingern und rasten auf Zedd zu. Sofort errichtete der Zauberer mit den Händen einen gläsernen Schutz, der das Licht mit seinem Glanz reflektierte. Shotas Licht prallte mit einem donnernden Scheppern zurück, wurde abgelenkt, streifte eine riesige Eiche und knickte deren Stamm ab. Ein Schauer von Spänen regnete herab. Der Baum krachte zu Boden. Die Erde bebte.

Zedd hatte die Hände bereits hochgerissen. Aus seinen gekrümmten Fingern schoß Zaubererfeuer. Kreischend raste es heran, rollte mit wildem Geheul durch die Luft.

»Nein!« schrie Richard.

Das gleißend blaugelbe Licht des flüssigen Feuerballs erhellte die Schatten.

Das durfte er nicht zulassen! Shota war der einzige Weg zu dem Kästchen! Die einzige Möglichkeit, Rahl zu stoppen.

Das Feuer breitete sich heulend aus und schoß genau auf Shota zu. Sie rührte sich nicht.

»Nein!« Richard riß das Schwert heraus und sprang vor sie. Mit einer Hand packte er das Heft, mit der anderen die Spitze und hielt es waagerecht vor sich wie einen Schild. Zauberkraft erfüllte ihn. Ihn packte der Zorn. Das Feuer hatte ihn erreicht. Das Donnern füllte seine Ohren. Er wendete das Gesicht ab, schloß die Augen, hielt den Atem an, biß die Zähne aufeinander und wartete auf den Tod. Er hatte keine Wahl. Die Hexe war seine einzige Chance. Er durfte nicht zulassen, daß sie starb.

Der Aufprall ließ ihn einen Schritt zurücktorkeln. Er spürte die Hitze. Selbst durch die geschlossenen Augen sah er das Licht. Mit wütendem Geheul prallte das Zaubererfeuer auf das Schwert und explodierte ringsum.

Und dann herrschte Stille. Er öffnete die Augen. Das Zaubererfeuer war verschwunden. Zedd vergeudete keine Zeit. Er schleuderte bereits eine Handvoll magischen Staub. Funkelnd kam er auf ihn zugeflogen. Richard bemerkte eine Bewegung hinter sich: Die Hexe schleuderte ebenfalls magischen Staub. Er glitzerte wie Eiskristalle und nahm Zedds Staub das Glitzern.

Zedd erstarrte, eine Hand in die Höhe gereckt, und regte sich nicht mehr.

»Zedd!«

Keine Antwort. Richard wirbelte zu der Hexe herum. Sie war nicht mehr seine Mutter. Shota trug ein schleierartiges Kleid in verschiedenen Grautönen auf der gazeähnlichen Oberfläche. Die Falten und losen Spitzen schienen in der leichten Brise zu fließen. Ihr volles, dichtes Haar war gewellt und braun, ihre glatte Haut makellos. Sie funkelte ihn aus Mandelaugen an. Sie war so schön wie der Palast hinter ihr und das Tal ringsum. Sie war so anziehend, daß es ihm fast den Atem raubte. Hätte es auch, wäre er nicht so wütend gewesen.

»Mein Held«, sagte sie mit einer Stimme, die nicht mehr die seiner Mutter war, sondern seidig, klar und unbeschwert klang. Ein verschlagenes Lächeln umspielte ihre Lippen. »Vollkommen überflüssig zwar, aber es ist die Absicht, die zählt. Ich bin beeindruckt.«

»Und wen spielst du jetzt? Wieder ein Hirngespinst aus meiner Erinnerung? Oder ist dies die wahre Shota?« Richard war außer sich. Nur zu deutlich spürte er den Zorn des Schwertes, beschloß aber, die Waffe aus dem Spiel zu lassen.

Ihr Lächeln wurde breiter. »Sind das wirklich deine Kleider?« neckte sie ihn. »Oder trägst du sie nur vorübergehend, zu einem bestimmten Zweck?«

»Welchen Zweck verfolgst du mit der Rolle, die du in diesem Augenblick spielst?«

Sie zog die Brauen hoch. »Nur den, dir zu gefallen, Richard. Das ist alles.«

»Mit einem Hirngespinst!«

»Nein.« Ihre Stimme wurde sanfter. »Dies ist kein Hirngespinst. So sehe ich mich selbst, die meiste Zeit wenigstens. Das ist die Wirklichkeit.«

Richard überging ihre Antwort und zeigte mit dem Schwert auf die Straße. »Was hast du mit Zedd gemacht?«

Sie zuckte mit den Achseln und sah geziert lächelnd fort. »Ich habe ihn nur daran gehindert, mir weh zu tun. Es geht ihm gut. Im Augenblick jedenfalls.« Die Mandelaugen unter ihren Brauen funkelten. »Ich werde ihn später töten, wenn wir beide uns unterhalten haben.«

Er packte das Schwert fester. »Und Kahlan?«

Shota sah zu Kahlan hinüber, die blaß und regungslos mit bebendem Mund jede von Shotas Bewegungen verfolgte. Richard wußte, daß sie die Hexe mehr fürchtete als die Schlangen. Shota runzelte die Stirn, dann drehte sie sich um, und ihr Gesicht schmolz wieder zu einem unschuldigen Lächeln.

»Sie ist eine gefährliche Frau.« In ihren Augen blitzte ein Wissen auf, das weit älter war als sie selbst. »Gefährlicher sogar, als sie ahnt. Ich muß mich vor ihr schützen.« Achselzuckend fing sie geschickt den wehenden Saum ihres Schleiers auf. Der Rest des Kleides kam zur Ruhe, als wäre der Wind eingeschlafen. »Ich habe es getan, damit sie sich nicht bewegt. Bewegt sie sich, wird sie gebissen. Wenn nicht, dann nicht.« Shota überlegte einen Augenblick. »Ich werde sie ebenfalls später töten.« Ihre Stimme klang viel zu zart, zu angenehm für das, was sie sagte.

Richard überlegte, ob er ihr mit seinem Schwert den Kopf abschlagen sollte. Sein Zorn schrie danach. Er malte es sich in den schillerndsten Farben aus und hoffte, auch Shota würde es sehen. Dann verdrängte er seine Wut ein wenig, ohne sie ganz zu unterdrücken.

»Und ich? Vor mir hast du keine Angst?«

Sie lachte kurz. »Vor einem Sucher?« Sie legte die Hand vor den Mund, so als wollte sie ihre Erheiterung verbergen. »Nein, ich denke nicht.«

Richard konnte kaum noch an sich halten. »Solltest du aber vielleicht.«

»Vielleicht. Vielleicht in normalen Zeiten. Aber dies sind keine normalen Zeiten. Wärst du sonst hier? Um mich zu töten? Du hast mich gerade gerettet.« Sie sah ihn an, als wollte sie sagen, er sollte sich schämen, etwas so Dummes zu sagen. Dann ging sie einmal um ihn herum. Er drehte sich mit, hielt das Schwert zwischen sie und sich, was ihr aber nichts auszumachen schien. »Dies sind Zeiten seltsamer Bündnisse, Richard. Nur die Stärksten sind klug genug, das zu erkennen.« Sie blieb stehen, verschränkte die Arme und musterte ihn mit einem nachdenklichen Lächeln. »Mein Held. Ich kann mich nicht daran erinnern, wann zum letzten Mal jemand auf den Gedanken gekommen ist, mir das Leben zu retten.« Sie beugte sich vor. »Sehr galant. Doch, wirklich.« Sie ließ einen Arm um seine Hüfte gleiten. Richard wollte sie daran hindern, tat es aber aus irgendeinem Grund nicht.

»Red dir nichts ein. Ich hatte meine Gründe.« Er fand ihre unbeschwerte Art zermürbend und gleichzeitig überaus attraktiv. Natürlich hatte er keinen Anlaß, sich zu ihr hingezogen zu fühlen, schließlich hatte sie gerade gesagt, sie würde seine beiden besten Freunde töten. Und nach Kahlans Benehmen zu urteilen, war das keine eitle Angeberei. Schlimmer noch, er hatte das Schwert gezückt und damit auch dessen Zorn entfesselt. Sogar dessen Zauberkraft war verhext worden. Er hatte das Gefühl zu ertrinken, und zu seiner Überraschung fand er das Gefühl angenehm.

Ihr Lächeln wurde breiter, ihre Mandelaugen funkelten. »Wie gesagt, nur die Starken sind klug genug, die nötigen Bündnisse einzugehen. Der Zauberer war nicht weise genug, er hat versucht, mich zu töten. Sie ist ebenfalls nicht klug genug, sie würde das gleiche tun. Sie wollte nicht einmal herkommen. Nur du warst klug genug zu erkennen, daß diese Zeiten nach einem außergewöhnlichen Bündnis verlangen.«

Richard hatte Mühe, wütend zu bleiben. »Ich gehe kein Bündnis mit jemandem ein, der meine Freunde töten will.«

»Obwohl sie zuerst versucht haben, mich umzubringen? Habe ich nicht das Recht, mich zu verteidigen? Soll ich mich hinlegen und sterben, nur weil es deine Freunde sind, die mich töten wollen? Richard«, sagte sie, schüttelte den Kopf und legte lächelnd die Stirn in Falten, »überlege dir, was du da sagst. Betrachte es mit meinen Augen.«

Er dachte darüber nach, sagte aber nichts. Sie drückte zärtlich seine Hüfte.

»Aber du bist sehr galant. Du bist mein Held, du hast etwas sehr Seltenes getan. Du hast dein Leben für mich riskiert, für eine Hexe. Eine solche Tat bleibt nicht unbelohnt. Du hast dir einen Wunsch verdient. Was immer du willst, sprich es einfach aus, und es sei dir gewährt.« Mit ihrer freien Hand machte sie eine gleitende Handbewegung. »Was es auch sei, mein Wort darauf.« Richard wollte gerade den Mund aufmachen, Shota aber legte ihm sachte einen Finger auf die Lippen. Sie schmiegte sich mit ihrem warmen, unter dem dünnen Kleid festen Körper an ihn. »Enttäusche nicht meine gute Meinung von dir, indem du zu schnell antwortest. Du kannst alles bekommen, was du willst, vergeude den Wunsch nicht. Denke sorgfältig darüber nach, bevor du fragst. Der Wunsch ist wichtig, er wurde dir aus gutem Grund gewährt. Vielleicht ist es der wichtigste Wunsch, den du je freihaben wirst. Eine zu voreilige Entscheidung könnte den Tod bedeuten.«

Richard kochte vor Wut. Und das, obwohl er sich von dieser Frau seltsam angezogen fühlte. »Ich brauche nicht darüber nachzudenken. Ich wünsche mir, daß du meine Freunde nicht tötest. Ihnen soll nichts geschehen. Laß sie gehen.«

Shota seufzte. »Ich fürchte, das macht die Dinge schwieriger.«

»Tatsächlich? Dein Wort gilt also nichts?«

Sie funkelte ihn beleidigt an. Ihre Stimme wurde eine Spur härter. »Mein Wort gilt in jedem Fall. Ich wollte dir nur klarmachen, daß es die Dinge schwieriger macht. Du bist hierhergekommen, um die Antwort auf eine wichtige Frage zu bekommen. Du hast einen Wunsch frei. Würdest du dir diese Antwort wünschen, ich würde sie dir geben. Ist es nicht das, was du in Wirklichkeit willst? Frag dich selber, was wichtiger ist, wie viele noch sterben werden, wenn du versagst.« Sie drückte noch einmal seine Hüfte. Das betörende Lächeln erschien wieder auf ihrem Gesicht. »Richard, das Schwert verwirrt dich. Die Magie beeinträchtigt dein Urteilsvermögen. Leg es ab, und denke noch einmal darüber nach. Wenn du klug bist, wirst du dir meine Warnung zu Herzen nehmen. Sie war nicht grundlos.«

Richard schob das Schwert wütend zurück in die Scheide, um ihr zu zeigen, daß er nicht gewillt war, seine Meinung zu ändern. Er sah sich zu Zedd um, der auf der Stelle erstarrt war. Er blickte hinüber zu Kahlan, die über und über mit wimmelnden Schlangen bedeckt war. Als sich ihre Blicke trafen, spürte er einen Stich im Herzen. Was Kahlan wollte, wußte er, er sah es in ihren Augen. Sie wollte, daß er den Wunsch dazu benutzte, das Kästchen zu finden. Richard wandte sich ab. Er konnte den Anblick ihrer Qual keinen Augenblick länger ertragen. Entschlossen sah er Shota an.

»Ich habe das Schwert weggesteckt, Shota. Es ändert nichts. Du wirst meine Frage auch so beantworten. Auch dein Leben hängt davon ab, ob ich die Antwort erfahre. Das hast du praktisch selbst zugegeben. Ich vergeude meinen Wunsch nicht. Ihn für eine Antwort zu benutzen, die du mir ohnehin geben willst, käme einer Vergeudung des Lebens meiner Freunde gleich. Und jetzt gewähre mir meinen Wunsch!«

Shota betrachtete ihn aus uralten Augen. »Lieber Richard«, sagte sie leise, »ein Sucher braucht seinen Zorn, aber du sollst ihn dir nicht so sehr zu Kopf steigen lassen, daß kein Platz mehr für Weisheit bleibt. Beurteile nicht übereilt Dinge, die du nicht völlig begreifst. Nicht alle Ereignisse sind das, was sie zu sein scheinen. Manche dienen auch deiner Rettung.«

Sie berührte ihn sacht an der Wange und erinnerte ihn sofort wieder an seine Mutter. Ihre Zärtlichkeit besänftigte ihn. Machte ihn irgendwie traurig. Er spürte in diesem Augenblick, wie die Angst vor ihr wich.

»Bitte, Shota«, flüsterte er. »Ich habe meinen Wunsch genannt. Gewähre ihn mir.«

»Dein Wunsch sei dir gewährt, lieber Richard«, hauchte sie traurig.

Er drehte sich zu Kahlan um. Die Schlangen waren noch immer auf ihr. »Shota, du hast mir etwas versprochen.«

»Ich habe dir versprochen, sie nicht zu töten und daß sie gehen kann. Sie darf mit dir gehen, wenn du losziehst, ich werde sie nicht töten. Aber sie stellt für mich noch immer eine Gefahr dar. Wenn sie sich nicht bewegt, werden ihr die Schlangen nichts tun.«

»Du hast behauptet, Kahlan hätte versucht, dich zu töten. Das ist nicht wahr. Sie hat mich hierhergebracht und wollte deine Hilfe, genau wie ich. Sie hatte keine bösen Absichten, und trotzdem hättest du sie umgebracht. Und jetzt tust du ihr das an.«

»Richard«, sie legte einen Finger an ihr Kinn und dachte nach, »du bist in dem Glauben hierhergekommen, ich sei böse, hab' ich recht? Du hast nichts von mir gewußt, und doch warst du bereit, mir Übles zuzufügen, nur weil du dir in deinem Kopf etwas zurechtgelegt hattest. Du hast dem Geschwätz anderer geglaubt.« Ihre Stimme war frei von Bosheit. »Leute, die eifersüchtig sind oder Angst haben, behaupten solche Dinge. Die Leute behaupten auch, es sei falsch, Feuer zu benutzen, und wer es dennoch tut, sei böse. Ist es deswegen vielleicht wahr? Die Leute sagen, der alte Zauberer sei böse und seinetwegen würden Menschen sterben. Ist das deswegen vielleicht wahr? Einige der Schlammenschen haben behauptet, du hättest den Tod in ihr Dorf gebracht. Stimmt das, weil irgendwelche Narren es behaupten?«

»Was für ein Mensch ist das, der versucht, mich glauben zu machen, er sei meine eigene Mutter?« fragte er voller Bitterkeit.

Shota wirkte ehrlich verletzt. »Liebst du denn deine Mutter nicht?«

»Doch, natürlich.«

»Gibt es ein größeres Geschenk, als jemandem eine verlorene Liebe wiederzugeben? Hat es dir keine Freude bereitet, deine Mutter wiederzusehen? Hätte ich dir ein größeres Geschenk machen können? Habe ich eine Gegenleistung verlangt? Eine Bezahlung? Für einen Augenblick habe ich dir etwas Wunderschönes, Reines geschenkt, eine lebhafte Erinnerung an die Liebe zwischen deiner Mutter und dir, und das zu einem Preis, den du nie begreifen wirst. Und auch darin siehst du etwas Böses? Und zum Lohn willst du mir mit deinem Schwert den Kopf abschlagen!«

Richard mußte schlucken, sagte aber nichts. Er wich ihrem Blick aus und schämte sich plötzlich.

»Sind deine Gedanken so vergiftet von den Worten anderer? Von ihren Ängsten? Ich verlange nichts, als daß man mich an meinen Taten mißt, daß man mich als die nimmt, die ich bin. Ich lasse mich nicht von anderen anspucken. Richard, sei kein Soldat in dieser Armee der Narren.«

Sprachlos mußte Richard mit anhören, wie ihm seine eigene Überzeugung entgegenschallte.

»Sieh dich um«, sagte Shota und machte eine ausladende Handbewegung. »Ist dies ein Ort voller Häßlichkeit und Bosheit?«

»Ich habe nie etwas Schöneres gesehen«, gab Richard kleinlaut zu. »Aber das beweist noch nichts. Was ist zum Beispiel das dort oben?« Er zeigte mit dem Kinn nach oben auf den Wald.

Sie sah kurz hinüber. »Betrachte es als meinen Burggraben.« Shota lächelte stolz. »Es hält die Narren ab, die mir etwas anhaben könnten.«

Die schwerste Frage hob Richard sich für zuletzt auf. »Und er?« Er warf kurz einen Blick in den Schatten, wo Samuel hockte und sie aus gelben Augen beobachtete.

Sie sah Richard in die Augen und sagte voller Bedauern: »Samuel, komm her.«

Das widerwärtige Geschöpf huschte über den Rasen, drückte sich an die Seite seiner Herrin und gab dabei ein seltsam kehliges Gurgeln von sich. Samuel heftete seinen Blick auf das Schwert und ließ es nicht aus den Augen. Shota streichelte ihm zärtlich über den Kopf.

»Ich denke, es ist Zeit für eine förmliche Vorstellung. Richard, darf ich dir Samuel vorstellen, deinen Vorgänger. Den vorigen Sucher.«

Richard riß die Augen auf und blickte den Begleiter an. Er war sprachlos.

»Mein Schwert! Her damit!« Samuel wollte danach greifen. Shota sprach warnend seinen Namen aus, ohne den Blick von Richard zu nehmen, und sofort zog das Geschöpf seine Hand zurück und schmiegte sich wieder an ihre Seite. »Mein Schwert!« jammerte er leise vor sich hin.

»Warum sieht er so aus?« fragte Richard vorsichtig. Er hatte Angst vor der Antwort.

»Du weißt es wirklich nicht, hab' ich recht?« Shota zog eine Braue hoch und betrachtete sein Gesicht. Ihr trauriges Lächeln kehrte zurück. »Die Magie. Hat dich der Zauberer nicht gewarnt?«

Richard schüttelte langsam den Kopf. Er brachte kein Wort hervor. Seine Zunge klebte am Gaumen.

»Dann solltest du mal mit ihm reden.«

Er zwang sich zu sprechen, es gelang nur mit Mühe. »Du meinst, die Magie könnte mir das antun?«

»Tut mir leid, Richard, aber darauf kann ich dir keine Antwort geben.« Sie seufzte tief. »Zu meinen Talenten gehört ein gewisser Blick für den Fluß der Zeit, für das Treiben der Ereignisse in die Zukunft. Hierbei aber handelt es sich um eine Art Magie, die Magie eines Zauberers, die ich nicht sehen kann. Ich bin blind für sie. Ich kann nicht erkennen, wie sie vorwärts treibt. Samuel war der letzte Sucher. Er kam auf der verzweifelten Suche nach Hilfe vor vielen Jahren hierher. Aber ich konnte nichts für ihn tun, außer ihn zu bemitleiden. Dann kam eines Tages plötzlich der alte Zauberer und holte das Schwert.« Sie zog bedeutungsvoll eine Braue hoch. »Eine sehr unangenehme Erfahrung – für uns beide. Ich muß gestehen, der alte Zauberer ist mir nicht in guter Erinnerung.« Ihre Züge lösten sich. »Bis zu diesem Tag betrachtete Samuel das Schwert der Wahrheit als sein Eigentum. Aber ich weiß es besser. Die Zauberer sind für alle Zeiten die Hüter des Schwertes und der ihm innewohnenden Magie. Sie übertragen seine Macht nur für eine gewisse Zeit sterblichen Menschen.«

Richard mußte daran denken, wie Zedd ihm erzählt hatte, er hätte das Schwert zurückgeholt, während der letzte vorgebliche Sucher von einer Hexe abgelenkt worden war. Dies war also der Sucher, dies war die Hexe. Kahlan hatte sich geirrt; es gab zumindest einen Zauberer, der sich nach Agaden wagte.

»Vielleicht weil er kein echter Sucher war«, brachte Richard hervor und versuchte sich zu beruhigen. Seine Zunge fühlte sich noch immer geschwollen an.

Sie dachte ehrlich besorgt darüber nach. »Vielleicht. Ich weiß es nicht.«

»Das muß es sein«, hauchte er. »Es muß einfach. Zedd hätte mich sonst gewarnt. Er ist mein Freund.«

Sie blickte ihn voller Ernst an. »Richard, es steht Wichtigeres auf dem Spiel als nur eine Freundschaft. Zedd weiß das und du auch. Schließlich hast du diese Dinge über sein Leben gestellt, als du mußtest.«

Richard sah zu Zedd hinüber. Wie gerne hätte er mit ihm geredet. Er brauchte ihn so dringend. War es möglich? Hätte er die Suche nach dem Kästchen so einfach über Zedds Leben gestellt, ohne einen weiteren Gedanken darauf zu verschwenden? »Shota, du hast versprochen, ihn gehen zu lassen.«

Shota betrachtete ihn einen Augenblick lang. »Tut mir leid, Richard.« Sie deutete mit einer Geste auf Zedd. Zedd flackerte, dann war er verschwunden. »Es war nur eine Täuschung. Ich wollte dir etwas beweisen. Es war nicht wirklich der alte Zauberer.«

Richard hätte verärgert sein müssen, aber das war er nicht. Er fühlte sich durch die Täuschung ein wenig verletzt und war traurig, daß Zedd nicht hier bei ihm war. Dann fuhr es ihm eiskalt durch den Körper, er bekam eine Gänsehaut.

»Ist das wirklich Kahlan? Oder hast du sie bereits getötet und mir nur ein Bild, einen Trick, eine weitere Illusion vorgegaukelt?«

Shota atmete tief durch. »Leider«, seufzte sie, »ist sie durchaus wirklich. Und genau da liegt das Problem.«

Shota hakte sich bei ihm ein und führte ihn zu Kahlan. Sie blieben vor ihr stehen. Samuel folgte und stellte sich neben die beiden. Seine Arme waren so lang, daß er, während er aufrecht stehend mit seinen gelben Augen vom einen zum anderen blickte, mit den Fingern Kreise in den Staub zog.

Shota betrachtete Kahlan einen Augenblick gedankenverloren. Sie schien über das Dilemma nachzudenken. Richard wollte nur, daß die Schlangen verschwanden. Trotz allem, was die Hexe über Hilfe und Freundschaft gesagt hatte, war Kahlan nach wie vor starr vor Angst, und das lag nicht an den Schlangen. Sie folgte Shota mit den Augen. Wie ein gefangenes Tier, das den Fallensteller sieht und nicht die Falle.

»Richard«, fragte Shota, ohne Kahlans starrem Blick auszuweichen, »könntest du sie töten, wenn du müßtest? Hättest du den Mut, sie zu töten, wenn sie deinen Erfolg gefährden würde? Wenn es um das Leben aller ginge? Sag jetzt die Wahrheit!«

Trotz ihres entwaffnenden Tons trafen Shotas Worte ihn wie ein Dolch aus Eis. Richard blickte in Kahlans aufgerissene Augen, dann musterte er die Frau neben sich. »Sie ist meine Führerin. Ich brauche sie«, sagte er schlicht, fast beiläufig.

Ein starrer Blick aus großen Mandelaugen. »Danach, Sucher, habe ich nicht gefragt.«

Richard sagte nichts. Er versuchte, sich nichts anmerken zu lassen.

Shota lächelte bedauernd. »Das habe ich mir gedacht. Deswegen war dein Wunsch ein Fehler.«

»Es war kein Fehler«, protestierte Richard. »Hätte ich ihn nicht auf diese Weise verwendet, du hättest sie getötet.«

»Stimmt«, nickte Shota voller Bitterkeit, »das hätte ich. Zedds Bild war eine Prüfung. Du hast sie bestanden, und als Belohnung habe ich dir einen Wunsch gewährt. Nicht, damit du etwas bekommst, was du dir wünschst, sondern damit ich dir eine Last abnehme, weil dir der Mut dafür fehlt. Das war die zweite Prüfung. Die, mein Lieber, hast du nicht bestanden. Deinem Wunsch muß ich entsprechen. Das ist dein Fehler. Du hättest zulassen sollen, daß ich sie an deiner Stelle töte.«

»Du bist wahnsinnig! Erst versuchst du mir einzureden, du seist nicht böse und ich soll dich an deinen Taten messen, und nun zeigst du dein wahres Gesicht und behauptest, ich hätte einen Fehler gemacht, weil ich nicht zugelassen habe, daß du Kahlan umbringst! Und aus welchem Grund? Hat sie dich irgendwie bedroht? Sie hat nichts dergleichen getan. Das würde sie auch nicht. Sie will nichts weiter, als Darken Rahl aufhalten, genau wie ich. Und wie du auch!«

Shota ließ ihn geduldig ausreden. Wieder stand dieser zeitlose Blick in ihren Augen. »Hast du nicht zugehört, als ich sagte, nicht alle Ereignisse sind das, was sie zu sein scheinen? Du urteilst wieder einmal vorschnell, ohne alle Tatsachen zu kennen.«

»Kahlan ist meine Freundin, alles andere zählt nicht.«

Shota holte Luft, als hätte sie Mühe, ruhig zu bleiben, so als spräche sie zu einem begriffstutzigen Kind. Er kam sich irgendwie dumm vor, als er ihren Gesichtsausdruck sah.

»Hör zu, Richard. Darken Rahl hat die Kästchen der Ordnung ins Spiel gebracht. Hat er Erfolg, hat niemand die Macht, ihn aufzuhalten. Nie mehr. Viele Menschen werden sterben. Du. Ich. Es liegt in meinem eigenen Interesse, dir zu helfen, denn du hast als einziger eine Chance, ihn aufzuhalten. Wie oder warum, weiß ich nicht, aber ich sehe den Fluß der Macht. Du bist der einzige, der eine Chance hat. Deswegen mußt du noch lange nicht Erfolg haben. Wie klein die Chance auch sein mag, es liegt alles in deinen Händen. Du sollst auch wissen, daß es Kräfte gibt, die dich bezwingen könnten, bevor du deine Chance nutzen kannst. Der alte Zauberer hat nicht die Macht, Darken Rahl aufzuhalten. Deswegen hat er dir das Schwert gegeben. Ich habe nicht die Macht, Rahl aufzuhalten. Aber ich habe die Macht, dir zu helfen. Mehr will ich nicht. Damit helfe ich mir selbst. Ich will nicht sterben. Aber wenn Darken Rahl siegt, wird genau das geschehen.«

»Das weiß ich alles. Deswegen habe ich ja gesagt, du würdest mir die Frage beantworten, ohne daß ich dafür meinen Wunsch benutzen müßte.«

»Aber ich weiß noch andere Dinge, Richard, von denen du keine Ahnung hast.«

Sie betrachtete ihn mit einer Traurigkeit, die schmerzte. Ihre Augen besaßen das gleiche Feuer wie Kahlans, das Feuer der Intelligenz. Richard spürte ihren Drang, ihm zu helfen. Plötzlich machte ihm ihr Wissen angst. Nicht, weil es ihn vielleicht verletzen könnte, sondern weil es schlicht die Wahrheit war. Richard bemerkte, wie Samuel das Schwert anstarrte, und wurde sich plötzlich seiner linken Hand bewußt, die auf dem Heft ruhte. Er spürte, wie fest er es umklammert hielt und wie die hervorstehenden Buchstaben des Wortes ›Wahrheit‹ sich schmerzhaft in seine Handfläche drückten.

»Was sind das für Dinge, die du weißt, Shota?«

»Das Einfachste zuerst«, seufzte sie. »Du erinnerst dich, wie du das Zaubererfeuer mit dem Schwert aufgehalten hast. Diese Bewegung mußt du üben. Ich habe dir diese Aufgabe aus einem bestimmten Grund gestellt. Zedd wird das Zaubererfeuer gegen dich einsetzen. Nur wird es beim nächsten Mal ernst. Der Fluß der Zeit verrät nicht, wer gewinnen wird, nur daß du eine Chance hast, ihn zu schlagen.«

Richard riß die Augen auf. »Das kann unmöglich …«

»Doch«, schnitt sie ihm das Wort ab. »Es ist ebenso wahr wie der Zahn, mit dem ein Vater dem Hüter des Buches zeigen wollte, wie es wirklich geholt wurde.«

Richard war bis aufs Mark erschüttert.

»Nein, ich kenne den Hüter des Buches nicht.« Sie sah ihn mit stechendem Blick an. »Den mußt du selber finden.«

Richard wagte kaum zu atmen, brachte es kaum über sich, die nächste Frage zu stellen. »Wenn das das Einfachste war, was ist dann das Schwerste?«

Das kastanienbraune Haar fiel Shota von der Schulter, als sie seinem Blick auswich und zu Kahlan hinüberschaute, die stocksteif dastand und die wimmelnden Schlangen ertrug. »Ich weiß, wer sie ist und wie sie für mich zur Gefahr werden kann …« Sie stockte und sah ihn an. »Ganz offensichtlich weißt du nicht, wer sie ist, sonst wärst du vielleicht nicht bei ihr. Kahlan verfügt über eine gewisse Kraft. Eine Zauberkraft.«

»Das weiß ich«, brachte Richard zögernd vor.

»Richard«, sagte Shota und suchte nach den richtigen Worten. Es fiel ihr schwer. »Ich bin eine Hexe. Wie gesagt, eine meiner Fähigkeiten ermöglicht es mir, die Dinge in ihrer Entwicklung vorauszusehen. Deshalb machen mir Narren angst.« Sie beugte sich vor, unangenehm weit vor. Ihr Atem duftete nach Rosen. »Bitte, Richard, sei keiner von diesen Narren. Fürchte dich nicht wegen Dingen vor mir, die ich nicht beherrschen kann. Ich kann die Wahrheit zukünftiger Ereignisse erkennen, aber ich bestimme oder beherrsche sie nicht. Und nur weil ich sie sehe, heißt das noch lange nicht, daß ich glücklich über sie bin. Nur durch unsere Handlungen im Hier und Jetzt können wir die Zukunft verändern. Du solltest weise genug sein, diese Wahrheit zu deinem Vorteil zu nutzen. Es hat keinen Sinn, mit dem Schicksal zu hadern.«

»Und welche Wahrheit kannst du erkennen, Shota?« flüsterte er.

Ihre Augen hatten eine Kraft, daß ihm der Atem stockte. Ihre Stimme war schneidend wie eine Klinge.

»Kahlan besitzt eine Kraft, und wenn sie nicht getötet wird, dann wird sie diese Kraft gegen dich einsetzen.« Sie sah ihm tief in die Augen, während sie sprach. »An dieser Wahrheit besteht kein Zweifel. Dein Schwert kann dich vor dem Zaubererfeuer beschützen, aber nicht vor ihrer Berührung.«

Die Worte versetzten Richard einen Stich, der sein Herz zu durchbohren schien.

»Nein!« hauchte Kahlan. Sie sahen beide zu ihr herüber. Kahlan verzog gequält das Gesicht. »Das würde ich nie tun, Shota! Ich schwöre, das könnte ich ihm unmöglich antun!«

Tränen liefen ihr die Wangen herab. Shota trat vor sie, steckte die Hand zwischen den Schlangen hindurch und berührte zart ihr Gesicht, um sie zu trösten.

»Ich fürchte, du wirst es dennoch tun, mein Kind. Es sei denn, man tötet dich.« Mit dem Daumen wischte sie eine herunterkullernde Träne fort. »Einmal warst du bereits nahe dran«, sagte Shota mit überraschendem Mitgefühl. »Um Haaresbreite.« Sie nickte leicht. »Es stimmt doch, oder? Sag es ihm. Sag ihm, ob ich die Wahrheit spreche.«

Kahlan blickte Richard an. Er sah ihr tief in die unergründlichen grünen Augen und mußte an die drei Gelegenheiten denken, als er das Schwert gehalten und sie ihn berührt hatte. Wie zur Warnung war die Magie zurückgeschreckt. Letztes Mal, bei den Schlammenschen und dem Angriff der Schattenwesen, war es so stark gewesen, daß er das Schwert fast durch sie hindurchgezogen hätte, bevor er gemerkt hatte, wer sie war. Kahlan runzelte die Stirn und wich seinem starren Blick aus. Sie biß sich auf die Unterlippe und stöhnte leise.

»Es ist also wahr?« fragte Richard kaum hörbar. Sein Herz schlug ihm bis zum Hals. »Du hättest um Haaresbreite deine Kraft gegen mich eingesetzt, wie Shota behauptet?«

Kahlans Gesicht verlor alle Farbe. Sie stieß ein lautes, gequältes Stöhnen aus. Dann schloß sie die Augen und begann, lange und klagend zu weinen. »Bitte, Shota. Töte mich. Du mußt es tun. Ich habe geschworen, Richard zu schützen, damit er Rahl aufhalten kann. Bitte«, flehte sie mit ersticktem Schluchzen. »Es ist die einzige Möglichkeit. Du mußt mich töten.«

»Das kann ich nicht«, flüsterte Shota. »Ich habe einen Wunsch gewährt. Einen sehr törichten.«

Es zerriß Richard förmlich, als er hörte, wie Kahlan um ihren eigenen Tod flehte. Der Klumpen in seinem Hals drohte, ihn zu ersticken.

Plötzlich stieß Kahlan einen Schrei aus und warf die Arme in die Luft, damit die Schlangen sie bissen. Richard griff noch nach ihnen, doch sie waren verschwunden. Kahlan streckte die Arme aus und suchte nach den Schlangen, die nicht länger da waren.

»Tut mir leid, Kahlan. Hätte ich sie dich beißen lassen, hätte ich den Wunsch nicht erfüllt, den ich gewährt habe.«

Kahlan sank auf die Knie, vergrub weinend das Gesicht im Boden, krallte sich in die Erde. »Es tut mir so leid, Richard«, schluchzte sie. Sie klammerte sich an seine Hosen. »Bitte, Richard«, schluchzte sie. »Bitte. Ich habe geschworen, dich zu schützen. So viele sind bereits gestorben. Nimm das Schwert und töte mich. Tu es. Bitte, Richard, töte mich.«

»Kahlan … niemals könnte ich …« Er brachte kein weiteres Wort hervor.

»Richard«, sagte Shota, selbst den Tränen nahe, »wenn sie nicht getötet wird, bevor Rahl die Kästchen öffnet, wird sie ihre Kraft gegen dich einsetzen. Das ist absolut sicher. Absolut. Dabei bleibt es, solange sie lebt. Ich habe dir deinen Wunsch gewährt, ich kann sie also nicht töten. Das mußt du tun.«

»Nein!« brüllte er.

Kahlan schrie gequält auf und zog ihr Messer. Sie wollte es sich gerade in den Körper rammen, als Richard ihr Handgelenk packte.

»Bitte, Richard …«, jammerte sie, an ihn gelehnt. »Du verstehst nicht. Ich muß es tun. Wenn ich lebe, bin ich verantwortlich für das, was Rahl tut. Für alles, was geschehen wird.«

Richard zog sie am Handgelenk hoch, drückte sie weinend an sich und bog ihr den Arm auf den Rücken, damit sie das Messer nicht gegen sich erheben konnte. Er warf Shota einen wütenden Blick zu. Sie stand einfach nur da, ließ die Arme schlaff herabhängen und sah zu. War das überhaupt möglich? Konnte es stimmen? Hätte er bloß auf Kahlan gehört und wäre nie hergekommen.

Er lockerte den Griff um Kahlans Arm, als er merkte, daß er ihr weh tat. Wie benommen überlegte er, ob er zulassen sollte, daß sie sich tötete. Seine Hand zitterte.

»Bitte, Richard«, sagte Shota mit Tränen in den Augen. »Von mir aus hasse mich für das, was ich bin, aber hasse mich nicht dafür, daß ich dir die Wahrheit gesagt habe.«

»Die Wahrheit, so wie du sie siehst, Shota! Aber vielleicht nicht die Wahrheit, so wie sie werden wird. Ich werde Kahlan nicht auf dein Wort hin töten.«

Shota nickte traurig und sah ihn aus feuchten Augen an.

»Königin Milena besitzt das letzte Kästchen der Ordnung.« Ihre Stimme war kaum mehr als ein Flüstern. »Aber sei gewarnt: sie wird es nicht mehr lange haben. Vorausgesetzt, du bist bereit, die Wahrheit zu glauben, wie ich sie sehe.« Sie blickte auf ihren Begleiter hinab. »Samuel«, sagte sie sanft, »führe sie aus Agaden hinaus. Nimm ihnen nichts weg, was ihnen gehört. Ich wäre sehr verstimmt, wenn du das tätest. Damit meine ich auch das Schwert der Wahrheit.«

Richard sah, wie ihr eine Träne die Wange hinunterlief, als sie sich umdrehte und die Straße hinaufging. Mitten im Schritt hielt sie inne und blieb einen Augenblick lang stehen. Ihr wunderschönes kastanienbraunes Haar fiel ihr auf die Schultern und über den Rücken ihres schleierartigen Kleides. Dann hob sie den Kopf, ohne sich jedoch umzuschauen.

»Wenn dies vorüber ist«, sagte sie mit vor Gefühl brechender Stimme, »und du solltest tatsächlich gewinnen … komm nie wieder hierher. Wenn du es doch tust … werde ich dich töten.«

Dann ging sie weiter, zu ihrem Palast.

»Shota«, flüsterte er heiser, »es tut mir leid.«

Sie blieb weder stehen, noch drehte sie sich um, sondern ging einfach weiter.

3. Kapitel

Als sie um die Ecke bog, wäre sie fast in seine Beine gelaufen, so leise ging er. Sie sah an seinem langen Silbergewand hinauf bis zu seinem Gesicht, weit oben in der Luft.

»Giller! Hast du mich erschreckt!«

Seine Hände steckten jeweils im anderen Ärmel. »Tut mir leid, Rachel. Ich wollte dir keine Angst einjagen.« Er blickte rechts und links den Flur hinunter, dann hockte er sich hin. »Was tust du gerade?«

»Ich muß etwas erledigen«, verriet sie ihm mit einem tiefen Seufzer. »Prinzessin Violet hat gesagt, ich soll die Köche für sie ausschimpfen, dann soll ich zu den Waschfrauen gehen und ihnen sagen, daß sie einen Soßenfleck auf einem ihrer Kleider entdeckt hat und daß ihr das nie passieren würde, also müssen sie es getan haben, und sollte sie jemals herausfinden, daß sie das noch einmal tun, läßt sie ihnen die Köpfe abschlagen. Ich will ihnen das nicht sagen, weil sie nett sind.« Sie berührte die hübsche Silberborte am Ärmel von Gillers Umhang. »Aber sie hat gesagt, wenn ich es nicht tue, kriege ich mächtigen Ärger.«

Giller nickte. »Nun, tu einfach, was sie gesagt hat. Ich bin sicher, die Waschfrauen wissen, daß du dir das nicht ausgedacht hast.«

Rachel blickte in seine großen, dunklen Augen. »Jeder weiß, daß sie sich ständig ihre Kleider selber mit Soße bekleckert.«

Giller lachte stumm. »Du hast recht. Ich habe es selbst schon gesehen. Aber es bringt kein Glück, schlafende Hunde zu wecken.« Sie verstand nicht, was er meinte, und verzog das Gesicht. »Das bedeutet, du bekommst Ärger, wenn du Prinzessin Violet darauf aufmerksam machst, also ist es am besten, du hältst den Mund.«

Rachel nickte. Sie wußte, das stimmte. Giller blickte wieder den Flur hinauf und hinunter, aber es war niemand sonst in der Nähe.

Er beugte sich vor und flüsterte: »Tut mir leid, daß ich nicht mit dir sprechen und mich erkundigen konnte. Hast du deine Kummerpuppe gefunden?«

Sie nickte und mußte lächeln. »Vielen Dank, Giller. Sie ist wunderbar. Ich bin noch zweimal rausgeschmissen worden, seit du sie mir gegeben hast. Sie hat mir gesagt, ich darf nicht mit dir sprechen, es sei denn, du sagst, es wäre sicher. Also habe ich einfach gewartet. Wir haben geredet und geredet, und ich fühle mich schon viel besser.«

»Da bin ich aber froh, Kind.« Er strahlte.

»Ich habe sie Sara genannt. Eine Puppe braucht einen Namen, weißt du.«

»Tatsächlich?« Er zog eine Braue hoch. »Das wußte ich gar nicht. Nun, Sara ist ein hübscher Name für sie.«

Rachel strahlte. Sie war froh, daß Giller der Name ihrer Puppe gefiel. Sie legte ihm einen Arm um den Hals und sagte in sein Ohr: »Sara hat mir auch ihren Kummer erzählt«, flüsterte sie. »Ich hab' ihr versprochen, dir zu helfen. Ich wußte gar nicht, daß du auch fortlaufen willst. Wann können wir fort, Giller? Prinzessin Violet macht mir solche angst.«

Sie umarmte ihn, und er strich ihr mit seiner großen Hand über den Rücken. »Bald, Kind. Aber zuerst müssen wir einiges vorbereiten, damit wir nicht erwischt werden. Wir wollen doch nicht, daß uns jemand folgt, findet und zurückbringt, oder?«

Rachel schüttelte, an seine Schulter gelehnt, den Kopf. Dann hörte sie Schritte. Giller hatte sie schon gehört. Er erhob sich und sah sich um.

»Rachel, es wäre sehr schlecht, wenn man uns miteinander sprechen sieht. Jemand könnte … das mit der Puppe herausfinden. Mit Sara.«

»Ich gehe jetzt besser«, sagte sie hastig.

»Keine Zeit. Drück dich an die Wand und zeige mir, wie tapfer und still du sein kannst.«

Sie tat, was er gesagt hatte, und er stellte sich vor sie und versteckte sie hinter seinem Umhang. Rachel hörte das Klirren von Rüstungen. Nur irgendwelche Wachen, dachte sie. Dann hörte sie das leise Kläffen. Der Hund der Königin! Es mußte die Königin mit ihrer Garde sein! Wenn die Königin herausfand, daß sie sich hinter dem Umhang des Zauberers versteckte, säßen sie schön in der Klemme. Vielleicht fand sie auch das mit der Puppe heraus. Sie biß die Zähne zusammen und drückte sich noch tiefer in die dunklen Falten. Der Umhang bewegte sich leicht, als Giller sich verbeugte.

»Majestät«, meinte Giller, als er sich wieder aufrichtete.

»Giller!« fauchte sie mit ihrer fiesen Stimme. »Was schleichst du hier oben herum?«

»*Herumschleichen,* Majestät? Meines Wissens stehe ich in Euren Diensten, um dafür zu sorgen, daß niemand hier *herumschleicht.* Ich habe lediglich das magische Siegel an der Juwelenkammer überprüft, um mich zu vergewissern, daß sich niemand daran zu schaffen gemacht hat.« Rachel hörte, wie der kleine Köter den Saum von Gillers Umhang beschnüffelte. »Wenn es Euer Wunsch ist, Majestät, überlasse ich die Dinge dem Schicksal, und stelle keine Nachforschungen an, wenn mich etwas besorgt.« Der kleine Köter kam um den Umhang herumgelaufen, sie konnte sein Schnaufen hören. Wenn er doch bloß verschwände! »Wir alle werden abends zu Bett gehen und in einem schlichten Gebet die guten Seelen darum bitten, daß sich mit Vater Rahls Eintreffen alles zum Besten wendet. Und sollte etwas nicht in Ordnung sein, nun, dann können wir einfach sagen, wir wollten nicht, daß hier irgend jemand *herumschleicht,* also haben wir nicht nachgesehen. Vielleicht hat er Verständnis dafür.«

Der kleine Köter fing an zu knurren.

»Reg dich nicht unnötig auf, Giller, ich habe doch nur gefragt.« Rachel sah, wie sich die kleine schwarze Schnauze unter den Saum schob. »Mein Kleiner, was hast du da gefunden? Was ist denn, mein Kleiner?«

Der Köter knurrte und bellte einmal kurz. Giller trat ein Stück zurück und drückte Rachel an die Wand. Das Mädchen versuchte, an Sara zu denken, und wünschte sich, sie wäre in diesem Augenblick bei ihr.

»Was gibt's, mein Süßer? Was riechst du da?«

»Ich fürchte, Majestät, ich habe mich auch in den Ställen herumgetrieben. Sicherlich riecht Euer Hund das.« Gillers Hand fuhr dicht neben ihrem Kopf unter den Umhang.

»In den Ställen?« Die Fiesheit war noch nicht ganz aus ihrer Stimme gewichen. »Was in aller Welt könnte dich in die Ställe geführt haben?« Rachel hörte, wie ihre Stimme lauter wurde. Die Königin hatte sich vorgebeugt, um ihren Hund aufzuheben. »Was machst du da, Schatz? Was soll das?«

Rachel nuckelte am Saum ihres Kleides, um sich nicht durch ihr Zittern zu verraten. Giller nahm die Hand aus dem Umhang. Rachel sah, daß er irgend etwas zwischen Daumen und Zeigefinger hielt. Der Köter schob seinen Kopf unter den Umhang und begann zu kläffen. Giller öffnete die Finger, und glitzernder Staub rieselte auf den Kopf des Hundes. Der Hund fing an zu niesen. Dann sah Rachel, wie die Hand der Königin ihn fortzog.

»Na, na, mein kleiner Schatz. Wird ja alles wieder gut. Armes, kleines Ding.« Rachel hörte, wie sie die Schnauze des Köters küßte, ständig tat sie das. Schließlich fing auch sie an zu niesen. »Wie sagtest du gerade, Giller? Was hat ein Zauberer in den Ställen zu suchen?«

»Wie ich gerade sagte, Majestät.« Auch Gillers Stimme konnte ganz schön gemein klingen, doch der der Königin gegenüber fand Rachel sie fast komisch. »Angenommen, Ihr wärt ein Mörder und wolltet Euch in das Schloß einer Königin schleichen, um ihr einen dicken, fetten Pfeil in den Wanst zu jagen, was meint Ihr, würdet Ihr einfach am hellichten Tag durch das Haupttor spaziert kommen? Oder würdet Ihr mit Eurem Langbogen eher auf einem Karren fahren, versteckt vielleicht unter einem Heuhaufen oder ein paar Säcken? Um Euch dann nachts aus den Ställen zu schleichen?«

»Nun ... ich ... na ja, meinst du es gibt ... hast du irgendwas gefunden?«

»Aber da Ihr nicht wollt, daß ich in den Ställen *herumschleiche*, werde ich das wohl auch von meiner Liste streichen! Wenn Ihr nichts dagegen habt, möchte ich dann aber von jetzt an in der Öffentlichkeit in deutlicher Entfernung von Euch stehen. Ich möchte nicht im Weg sein, wenn irgendwelche Untertanen aus der Ferne ihre Liebe zur Königin bezeugen wollen.«

»Zauberer Giller« – jetzt wurde ihre Stimme richtig nett, ganz so, als spräche sie zu ihrem Hund – »bitte verzeih. Ich war in letzter Zeit ein wenig gereizt, schließlich trifft Vater Rahl schon bald ein. Ich möchte nur, daß alles bestens läuft, dann werden wir alles erreichen, was wir wollen. Ich weiß, dir liegt nur mein Wohlergehen am Herzen. Bitte laß dich dabei nicht stören und vergiß die vorübergehende Torheit einer Dame.«

»Wie Ihr wünscht, Majestät.« Er verbeugte sich.

Die Königin eilte niesend weiter, den Flur entlang. Doch dann hörte Rachel, wie ihr trampelnder Schritt und kurz darauf das Klirren der Rüstungen abrupt verstummte.

»Übrigens, Zauberer Giller«, rief sie zurück. »Habe ich dir das schon gesagt? Ein Bote war hier. Vater Rahl wird früher kommen als erwartet. Viel früher. Und zwar schon morgen. Natürlich erwartet er das Kästchen, um das Bündnis zu besiegeln. Bitte kümmere dich darum.«

Gillers Bein zuckte so stark, daß er Rachel fast umgestoßen hätte. »Selbstverständlich, Majestät.« Er verbeugte sich ein zweites Mal.

Giller wartete, bis die Königin verschwunden war, dann packte er Rachel mit seinen großen Händen und klemmte sie sich unter den Arm. Seine Wangen waren nicht rot wie sonst, sondern blaß. Er legte ihr einen Finger auf die Lippen, und sie wußte sofort, daß sie still sein mußte. Wieder sah er sich verstohlen in dem Flur um.

»Morgen!« murmelte er vor sich hin. »Verflucht seien die Seelen. Ich bin noch nicht soweit.«

»Was ist denn, Giller?«

»Rachel«, flüsterte er und schob ihr die dicke Hakennase ganz dicht vors Gesicht. »Befindet sich die Prinzessin im Augenblick in ihrem Zimmer?«

»Nein«, antwortete Rachel flüsternd. »Sie ist ausgegangen, um einen Stoff für ein neues Kleid auszusuchen. Für Vater Rahls Besuch.«

»Weißt du, wo die Prinzessin ihren Schlüssel für die Juwelenkammer aufbewahrt?«

»Ja. Wenn sie ihn nicht bei sich hat, bewahrt sie ihn im Schreibtisch auf. In der Schublade an der Fensterseite.«

Er machte sich auf den Weg zu Prinzessin Violets Zimmer. Auf den Teppichen waren seine Schritte so leise, daß Rachel sie nicht hören konnte. »Wir ändern den Plan, Kind. Wirst du tapfer sein? Für mich und für Sara?«

Sie nickte. Dann schlang sie ihm die Arme um den Hals, um sich festzuhalten. Er rannte fast. Er lief an sämtlichen Holztüren mit den Spitzbögen vorbei, bis er zu der größten kam, einer Doppeltür hinten in einem kleinen Gang, eingefaßt von Steinschnitzereien. Das Zimmer der Prinzessin. Dort drückte er Rachel fest an sich.

»Also«, flüsterte er. »Du gehst hinein und holst den Schlüssel. Ich bleibe draußen und passe auf.«

Er setzte sie ab. »Beeil dich, los«, sagte er und schloß die Tür hinter ihr.

Die Vorhänge waren aufgezogen und ließen das Sonnenlicht herein. Niemand war im Zimmer. Keine der Dienerinnen machte sauber. Das Feuer war heruntergebrannt. Die Diener hatten noch kein neues für heute abend angezündet. Das riesige Himmelbett der Prinzessin war bereits gemacht. Rachel mochte den Bettbezug mit all den hübschen Blumen. Sie hatte sich immer gefragt, wozu die Prinzessin so ein großes Bett brauchte. Es reichte für zehn. Bei ihr zu Hause schliefen sechs Mädchen zusammen in einem Bett, das halb so groß war wie dieses, und das Bettzeug war weiß. Wie sich das Bett der Prinzessin wohl anfühlte? Nie hatte sie auch nur darauf gesessen.

Giller hatte gesagt, sie sollte sich beeilen, also durchquerte sie das Zimmer, lief über das Fell zu der polierten Kommode mit dem hübschen Astlochmuster im Holz. Sie steckte die Finger durch den goldenen Griff und zog die Lade auf. Es machte sie nervös, obwohl sie es früher schon getan hatte, wenn die Prinzessin sie nach dem Schlüssel geschickt hatte. Aber noch nie hatte sie es ohne Anordnung der Prinzessin getan. Der große Schlüssel für die Juwelenkammer lag in dem roten Samtetui, gleich neben dem kleinen Schlüssel für ihren Schlafkasten. Sie steckte den Schlüssel in die Tasche, schob die Lade zu und vergewisserte sich, ob sie ganz geschlossen war.

Sie wollte gerade zur Tür, als ihr Blick in die Ecke fiel, wo ihr Schlafkasten stand. Giller wollte, daß sie sich beeilte, trotzdem lief sie zu dem Kasten. Sie mußte einfach nachsehen. Sie kletterte hinein in das dunkle Innere und krabbelte in die hinterste Ecke, wo zusammengeschoben die Decke lag. Vorsichtig zog sie die Decke zurück.

Sara schaute sie an. Die Puppe war genau da, wo sie sie liegengelassen hatte.

»Ich muß schnell wieder weg«, flüsterte sie hastig. »Ich komme nachher wieder.«

Rachel küßte die Puppe auf den Kopf, deckte sie wieder mit der Decke zu und versteckte sie in der Ecke, damit niemand sie fand. Es konnte Ärger bedeuten, Sara ins Schloß zu bringen, aber der Gedanke, sie in der Launenfichte allein zu lassen, war unerträglich. Sie wußte, wie einsam und unheimlich es in der Launenfichte werden konnte.

Als sie fertig war, rannte sie zur Tür, zog sie einen Spaltbreit auf und blickte in Gillers Gesicht. Er nickte ihr zu und gab ihr ein Zeichen mit der Hand. Die Luft war rein.

»Der Schlüssel?«

Sie zog ihn aus der Tasche, wo sie ihren magischen Feuerstab aufbewahrte, und zeigte ihn ihm. Er lächelte und nannte sie ein gutes Mädchen. So hatte sie noch nie jemand genannt, jedenfalls schon lange nicht mehr. Er hob sie hoch und eilte durch den Flur zur engen Dienstbotentreppe. Selbst auf dem Steinboden konnte sie seine Schritte kaum hören. Unten angekommen, setzte er sie ab.

»Rachel«, sagte er und ging neben ihr in die Hocke, »hör gut zu, es ist sehr wichtig. Das ist kein Spiel. Wir müssen aus dem Schloß fliehen, sonst schlägt man uns beiden die Köpfe ab, genau wie Sara dir erzählt hat. Aber wir müssen schlau sein, sonst werden wir geschnappt. Wenn wir zu schnell weglaufen, ohne zuerst die richtigen Dinge zu tun, wird man uns auf die Schliche kommen. Und wenn wir zu langsam sind, nun ja, wir sollten einfach nicht zu langsam sein.«

Sie war den Tränen nahe. »Giller, ich habe Angst davor, daß man mir den Kopf abschlägt. Alle sagen, es tut furchtbar weh.«

Giller drückte sie fest an sich. »Ich weiß, Kind. Ich habe auch Angst.« Er legte ihr die Hände auf die Schultern, richtete sie auf und sah ihr in die Augen. »Aber wenn du mir vertraust und genau tust, was ich dir sage und mutig genug bist, können wir von hier fliehen. Dann gehen wir irgendwohin, wo niemand einem den Kopf abschlägt oder einen in einen Kasten sperrt und wo du deine Puppe haben darfst und sie dir niemand wegnimmt. Einverstanden?«

Die Tränen verschwanden. »Das wäre wunderschön, Giller.«

»Aber du mußt tapfer sein und genau tun, was ich dir sage. Einiges wird sehr schwer werden.«

»Ich verspreche es dir.«

»Und ich verspreche dir, Rachel, ich werde alles tun, um dich zu beschützen. Wir beide, du und ich, stecken zusammen in dieser Sache, aber auch eine Menge anderer Menschen verlassen sich auf uns. Wenn wir alles richtig machen, dann wird vielen unschuldigen Menschen vielleicht nicht der Kopf abgeschlagen.«

Sie bekam große Augen. »Oh, das wäre toll, Giller. Ich kann es nicht ausstehen, wenn man Menschen den Kopf abschlägt. Es macht mir eine Höllenangst.«

»Also gut. Als erstes mußt du die Köche ausschimpfen, wie man es dir aufgetragen hat. Und wenn du unten in der Küche bist, besorgst du einen großen Laib Brot, den größten, den du finden kannst. Wie du das machst, ist mir egal. Stiehl ihn, wenn es nicht anders geht. Besorg ihn einfach. Dann bringst du ihn hoch in die Juwelenkammer. Nimm den Schlüssel und warte drinnen auf mich. Ich muß mich um ein paar andere Dinge kümmern. Später erzähle ich dir mehr. Schaffst du das?«

»Klar«, nickte sie. »Das ist leicht.«

»Also, dann los.«

Sie trat durch die Tür auf den Flur im ersten Stock, während Giller geräuschlos die Treppe hinauf verschwand. Die Stufen zur Küche befanden sich am anderen Ende der großen Freitreppe in der Mitte, die die Königin benutzte. Rachel ging gerne mit der Prinzessin zusammen die große Treppe hinauf, denn sie war mit Teppich ausgelegt und nicht so kalt wie die Steinstufen, die sie benutzte, wenn sie ihre Botengänge machte. Der Flur öffnete sich in der Mitte, wo die große Freitreppe in einem großen Raum mit weißen und schwarzen Marmorquadraten auf dem Boden endete. Sie fühlten sich kalt an unter den Füßen.

Sie überlegte gerade, wie sie einen großen Laib Brot beschaffen könnte, ohne ihn zu klauen, als sie sah, wie Prinzessin Violet den großen Raum durchquerte und zur großen Treppe ging. Die königliche Näherin und zwei ihrer Gehilfen folgten ihr, in der Hand Ballen hübschen rosa Stoffs. Rachel sah sich rasch nach einem Versteck um, doch die Prinzessin hatte sie bereits gesehen.

»Oh, gut, Rachel«, sagte die Prinzessin. »Komm her.«

Rachel ging und machte einen Knicks. »Ja, Prinzessin Violet?«

»Was tust du hier?«

»Meine Botengänge. Ich war gerade auf dem Weg in die Küche.«

»Nun … das ist nicht mehr nötig.«

»Aber Prinzessin Violet, das muß ich doch!«

Die Prinzessin machte ein argwöhnisches Gesicht. »Wieso? Ich sagte gerade, es ist nicht mehr nötig.«

Rachel biß sich auf die Lippe. Der Argwohn der Prinzessin machte ihr angst. Sie versuchte zu überlegen, was Giller antworten würde. »Nun, wenn Ihr nicht wollt, werde ich nicht gehen«, sagte sie. »Aber Euer Mittagessen war einfach fürchterlich, und ich möchte wirklich nicht mit ansehen müssen, wie Ihr noch ein so grauenhaftes Mahl zu Euch nehmt. Ihr habt bestimmt Hunger auf etwas Gutes. Aber wenn Ihr nicht wollt, dann lasse ich es.«

Die Prinzessin ließ sich das einen Augenblick lang durch den Kopf gehen. »Geh nur. Wenn ich es mir genau überlege, war es tatsächlich grauenhaft. Sag ihnen aber auch, wie wütend ich bin!«

»Ja, Prinzessin Violet.« Sie machte einen Knicks. Dann machte sie kehrt und wollte gehen.

»Ich gehe zum Anprobieren.« Rachel drehte sich zu ihr um. »Anschließend will ich in die Juwelenkammer und einige Dinge ausprobieren, die zu meinem Kleid passen könnten. Wenn du mit den Köchen fertig bist, hole den Schlüssel und warte in der Juwelenkammer auf mich.«

Rachels Kehle war wie zugeschnürt. »Aber Prinzessin, wollt Ihr nicht lieber bis morgen warten, wenn das Kleid fertig ist, und dann sehen, wie hübsch die Juwelen zusammen mit dem Kleid aussehen?«

Prinzessin Violet machte ein überraschtes Gesicht. »Ja, tatsächlich. Es wäre gut, den Schmuck zusammen mit dem Kleid zu sehen.« Sie überlegte noch einmal einen Augenblick lang, dann ging sie die Treppe hinauf. »Gut, daß du daran gedacht hast.«

Rachel atmete auf und lief zur Dienstbotentreppe. Die Prinzessin rief ihr etwas hinterher.

»Ich habe es mir anders überlegt, Rachel. Ich brauche noch etwas für das Abendessen heute, ich muß also sowieso in die Juwelenkammer. Warte in ein paar Minuten dort auf mich.«

»Aber Prinzessin ...«

»Kein Aber. Wenn du den Köchen meine Nachricht mitgeteilt hast, holst du den Schlüssel und wartest in der Juwelenkammer auf mich. Ich komme, sobald ich mit dem Anprobieren fertig bin.«

Die Prinzessin stieg die Freitreppe hinauf und war verschwunden.

Was sollte sie jetzt machen? Giller wartete ebenfalls in der Juwelenkammer auf sie. Ihr Atem ging schwer, als müßte sie gleich anfangen zu weinen. Was sollte sie bloß machen?

Sie würde tun, was Giller verlangt hatte, was sonst. Sie würde tapfer sein. Damit man diesen Leuten nicht die Köpfe abschlug. Sie unterdrückte ihre Tränen und ging die Stufen zur Küche hinunter. Wozu Giller wohl den großen Laib Brot brauchte?

»Was denkst du?« flüsterte er. »Irgendwelche Ideen?«

Kahlan lag dicht neben ihm auf dem Boden und blickte besorgt über die Klippe auf das Geschehen unten.

»Keine Ahnung«, antwortete sie flüsternd. »Ich habe noch nie so viele kurzschwänzige Gars auf einem Fleck gesehen.«

»Was sie wohl verbrennen?«

»Sie verbrennen nichts. Der Rauch kommt aus dem Boden. Der

Ort heißt Feuerquelle. Dort, wo der Rauch aus der Erde steigt, das sind Schlote. Aus den anderen Öffnungen kocht Wasser von unten herauf. Dort drüben sind noch mehr, dort kocht noch etwas anderes hoch, eine stinkende gelbe Flüssigkeit und dicker Schlamm. Wegen der Dämpfe wagt sich kein Mensch an diesen Ort. Ich weiß wirklich nicht, was die Gars hier wollen.«

»Sieh doch, dort drüben, fast ganz hinten, wo die Hügel aufsteigen, wo sich der größte Schlot befindet. Obendrauf liegt etwas Eiförmiges, um das der Dampf nach oben steigt. Ständig steigen sie hinauf, sehen danach und fassen es an.«

Sie schüttelte den Kopf. »Deine Augen sind besser als meine. Ich kann nicht erkennen, was es ist, nicht einmal, daß es rund ist.«

Richard hörte und spürte das Grollen im Boden, dem manchmal ein starker Rauchschwall folgte, der donnernd aus den Öffnungen entwich. Der entsetzliche, atemberaubende Schwefelgestank wehte bis in ihr Versteck zwischen den verkrüppelten Stämmen des hohen Felskamms empor.

»Ich denke, das sollten wir uns mal genauer ansehen«, sagte er leise, halb zu sich selbst, während er die Bewegungen der Gars unten verfolgte.

Kahlan sah ihn überrascht an. »Das wäre mehr als tollkühn«, zischte sie. »Es wäre schlicht und einfach dumm. Ein Gar alleine ist schlimm genug, oder hast du das schon vergessen? Da unten müssen Dutzende sein.«

»Schon möglich«, räumte er widerwillig ein. »Was ist das da hinter ihnen, etwas oberhalb, an der Bergflanke? Eine Höhle?«

Ihr Blick suchte den finsteren Schlund. »Ja. Sie wird Shadrins Höhle genannt. Manche behaupten, sie reiche ganz durch den Berg hindurch, bis in das Tal auf der anderen Seite. Aber ich wüßte niemanden, der es genau weiß oder auch nur herausfinden möchte.«

Er sah, wie die Gars ein Tier zerfleischten und sich darum stritten. »Was ist ein Shadrin?«

»Der Shadrin ist ein Raubtier, das angeblich in den Höhlen lebt. Einige meinen, es sei nur ein Mythos, andere schwören, es gäbe ihn wirklich. Aber so genau wissen will das keiner.«

Er sah sie an, während sie die Gars beobachtete. »Und was glaubst du?«

Kahlan zuckte mit den Achseln. »Ich weiß nicht. In den Midlands gibt es viele Orte, an denen angeblich Raubtiere leben. Ich war an vielen und habe nie welche gesehen. Viele dieser Geschichten sind eben nur Geschichten. Aber nicht alle.«

Richard war froh, daß sie überhaupt etwas sagte. Soviel hatte sie seit Tagen nicht gesprochen. Das seltsame Verhalten der Gars schien ihre Neugier geweckt und sie fürs erste aus ihrer Zurückgezogenheit gerissen zu haben. Aber sie konnten unmöglich hier liegenbleiben und sich unterhalten. Sie vergeudeten ihre Zeit. Außerdem würden die Blutmücken der Gars sie finden, wenn sie zu lange blieben. Sie krochen zurück, fort von der Klippe. Kahlan hüllte sich einmal mehr in Schweigen.

Als sie die Gars hinter sich gelassen hatten, gingen sie weiter die Straße nach Tamarang entlang, zur Grenze des Landes der Wilden, dem Land, das von Königin Milena regiert wurde. Sie waren noch nicht weit gekommen, als sie an eine Gabelung kamen. Richard nahm an, sie würden rechts gehen, doch Kahlan meinte, Tamarang läge im Osten. Gars und Feuerquelle waren links von ihnen gewesen. Kahlan bog auf die linke Straße ein.

»Was machst du?« Seitdem sie Agaden verlassen hatten, mußte er sie wie ein Habicht im Auge behalten. Er konnte ihr nicht mehr trauen. Sie wollte sterben, und das würde sie auch schaffen, wenn er nicht gut aufpaßte.

Sie drehte sich um und sah ihn mit dem gleichen leeren Gesichtsausdruck an, den sie schon seit Tagen beibehielt. »Das ist eine sogenannte verkehrte Gabelung. Weiter oben, wo man wegen der Steigung und dem dichten Wald nicht viel erkennen kann, kreuzen sich die beiden Straßen und wechseln die Richtungen. Wegen der dichtstehenden Bäume ist der Stand der Sonne und die Richtung, in der man geht, nur schwer auszumachen. Wenn wir hier die rechte Gabelung nehmen, landen wir bei den Gars. Diese hier, die linke, führt nach Tamarang.«

Er machte ein ungläubiges Gesicht. »Wieso sollte sich jemand die Mühe machen, eine solche Straße zu bauen?«

»Das ist nur ein kleiner Trick, mit dem die alten Herrscher Tamarangs die Eindringlinge aus der Wildnis verwirrt haben. Dadurch gewannen die Verteidiger manchmal Zeit, um sich, wenn nötig, zurückzuziehen und zu sammeln und um dann von neuem gegen die Eindringlinge vorzugehen.«

Einen Augenblick lang betrachtete er ihr Gesicht und versuchte abzuschätzen, ob sie die Wahrheit sagte. Es brachte ihn fast um den Verstand, wenn er nicht wußte, ob Kahlan ihm die Wahrheit sagte.

»Du bist meine Führerin«, sagte er endlich. »Du bestimmst den Weg.«

Sie drehte sich wortlos um und ging weiter. Richard wußte nicht, wie lange er das noch ertragen konnte. Sie sprach nur wenn nötig, hörte nicht zu, wenn er sich unterhalten wollte, und zog sich jedesmal zurück, wenn er ihr zu nahe kam. Sie tat, als wäre seine Berührung Gift, dabei hatte sie doch eher Angst, sie könnte ihn berühren. Er hatte gehofft, ihre Reaktion auf die Entdeckung der Gars wäre ein Signal für eine Veränderung gewesen, doch er hatte sich geirrt. Schnell hatte sie sich wieder in sich selbst zurückgezogen.

Sie war wie eine Gefangene auf einem Zwangsmarsch, und er war gegen seinen Willen ihr Aufpasser. Er behielt ihr Messer im Gürtel. Er wußte, was passieren würde, wenn er es ihr zurückgab. Mit jedem Schritt entfernte sie sich mehr von ihm. Er war drauf und dran, sie zu verlieren, hatte aber nicht die geringste Idee, was er dagegen tun könnte.

Wenn sie nachts ihre Wachen übernehmen sollte, damit er etwas schlafen konnte, mußte er sie an Händen und Füßen fesseln, damit sie sich nicht hinter seinem Rücken umbrachte. Sie ließ es widerstandslos über sich ergehen. Er litt große Qualen. Selbst dann mußte er noch beim Schlafen ein Auge offenhalten. Er schlief zu ihren Füßen, damit sie ihn wecken konnte, falls sie etwas sah oder hörte. Die Anspannung hatte ihn todmüde gemacht.

Wären sie doch bloß nie zu Shota gegangen! Die Vorstellung, Zedd könnte sich gegen ihn stellen, war undenkbar, der Gedanke, Kahlan könnte es tun, unerträglich.

Richard packte etwas zu essen aus. Er versuchte, fröhlich zu klingen, in der Hoffnung, sie aufzuheitern. »Hier, möchtest du etwas von dem Trockenfisch?« Er grinste. »Schmeckt wirklich scheußlich.«

Nicht einmal sein Scherz brachte sie zum Lachen. »Nein danke. Ich bin nicht hungrig.«

Richard machte gute Miene zum bösen Spiel und gab sich alle Mühe, seinen Ärger nicht durchklingen zu lassen. »Kahlan, du hast seit Tagen kaum etwas gegessen. Du mußt etwas zu dir nehmen.«

»Ich habe gesagt, ich will nichts.«

»Komm schon, für mich, ja?« versuchte er sie zu überreden.

»Was wirst du als nächstes tun? Willst du mich festhalten und es mir in den Mund stopfen?«

Ihre Gelassenheit machte ihn noch wütender, doch er verbarg das, so gut es ging, hinter seinem Ton. »Wenn es sein muß.«

Sie wirbelte herum. Ihre Brust hob und senkte sich. »Richard! Bitte! Laß mich einfach gehen. Ich will nicht bei dir sein! Laß mich einfach gehen!« Zum ersten Mal seit Agaden hatte sie ihre Gefühle gezeigt.

Jetzt war es an ihm, seine Gefühle zu verbergen. »Nein.«

Sie funkelte ihn mit Feuer in ihren grünen Augen an. »Du kannst unmöglich jeden Augenblick auf mich aufpassen. Früher oder später …«

»Jede einzelne Minute … wenn es sein muß.«

Sie standen sich gegenüber und sahen sich wütend an. Dann war alles Gefühl aus ihrem Gesicht gewichen. Sie drehte sich um und ging weiter.

Sie waren nur wenige Minuten stehengeblieben, doch für das Monster, das ihnen folgte, hatte es gereicht, einen weiteren Fehler zu machen. Einen Augenblick lang hatte seine Wachsamkeit nachgelassen und es war zu nahe gekommen; nahe genug, daß Richard seine wilden, gelben Augen erkennen konnte, wenn auch nur für einen winzigen Augenblick. Seit dem zweiten Tag nach Agaden wurden sie verfolgt. Die Jahre allein im Wald hatten ihn aufmerksam dafür gemacht, ob er verfolgt oder ob ihm nachspioniert wurde. Dieses Spiel hatten er und die anderen Waldführer gelegentlich in den Wäldern Kernlands gespielt, um herauszufinden, wie weit sie sich gegenseitig folgen konnten, ohne entdeckt zu werden. Was immer ihnen jetzt folgte, es beherrschte das Spiel gut. Aber nicht so gut wie Richard. Dreimal hatte er bislang die gelben Augen gesehen, die sonst wohl kaum einer entdeckt hätte.

Samuel konnte es nicht sein. Das Gelb war anders, dunkler, die Augen standen dichter beieinander, und es war gerissener. Ein Herzhund konnte es ebenfalls nicht sein, der hätte längst angegriffen. Was immer es war, es beobachtete sie nur.

Richard war sicher, Kahlan hatte es nicht gesehen. Sie war zu tief in ihren eigenen trüben Gedanken versunken. Früher oder später würde sich das Wesen zu erkennen geben. Richard war vorbereitet. Aber im Augenblick hatte er mit Kahlan alle Hände voll zu tun, noch mehr Ärger konnte er nicht gebrauchen. Er drehte sich also nicht um, zeigte nicht, daß er Verdacht geschöpft hatte, ging nicht im Kreis, wie er und die anderen Waldführer das Manöver genannt hatten, sondern behielt die Augen im Blick, wann immer sie sich zeigten, ohne einen direkten Kontakt zu erzwingen. Er war ziemlich sicher, ihr Verfolger ahnte nicht, daß er Bescheid wußte. Im Augenblick wollte er es auch dabei belassen.

Kahlan ging mit hängenden Schultern voran, und er überlegte, was er in ein paar Tagen tun sollte, wenn sie Tamarang erreicht hatten. Ob es ihm gefiel oder nicht, sie war drauf und dran, diesen zähen Kampf zu gewinnen, ganz einfach deshalb, weil es so nicht weitergehen konnte. Sie konnte immer wieder scheitern, brauchte nur ein einziges Mal Erfolg zu haben. Er dagegen mußte jedesmal gewinnen. Ein winziger Fehler, und sie konnte sich das Leben nehmen. Er hatte keine Chance. Er würde verlieren. Was konnte er dagegen machen?

Rachel saß auf dem kleinen Hocker vor dem hohen, mit Samt bezogenen, mit Knöpfen und vergoldeten Schnitzereien verzierten Sessel, wartete und schlug die Knie zusammen. Beeil dich, Giller, sagte sie sich immer wieder, beeil dich, bevor die Prinzessin kommt. Sie hob den Kopf und betrachtete das Kästchen der Königin. Hoffentlich ließ Prinzessin Violet diesmal die Finger von dem Kästchen, wenn sie kam, um den Schmuck anzuprobieren. Rachel konnte es nicht ausstehen, wenn sie das tat, es machte ihr angst.

Die Tür öffnete sich einen Spaltweit. Giller schob seinen Kopf herein.

»Beeil dich, Giller«, zischte sie.

Er trat ganz durch die Tür. Dann steckte er den Kopf wieder nach draußen, blickte den Flur entlang nach beiden Seiten und schloß die Tür. Er sah sie an.

»Hast du das Brot?«

Sie nickte. »Hier ist es.« Sie zog das Bündel unter ihrem Stuhl hervor und legte es auf den Schemel. »Ich hab' das Brot in ein Handtuch gewickelt, damit es niemand sieht.«

»Gutes Mädchen.« Er lächelte, drehte sich um und kehrte ihr den Rücken zu.

Sie strahlte ihn an, dann machte sie ein besorgtes Gesicht. »Ich mußte es stehlen. Ich habe noch nie etwas gestohlen.«

»Ich versichere dir, Rachel, es ist für einen guten Zweck.« Er betrachtete das Kästchen.

»Giller, Prinzessin Violet kommt hierher.«

Er machte große Augen und drehte sich um. »Wann?«

»Nach der Anprobe für ihr neues Kleid, hat sie gesagt. Sie ist ziemlich kleinlich, es kann also ein Weilchen dauern, vielleicht aber auch nicht. Sie probiert gerne Schmuck an und betrachtet sich dann im Spiegel.«

»Verflucht seien die Seelen«, zischte Giller, »nichts ist jemals einfach.« Er machte kehrt und nahm das Kästchen der Königin von seinem Marmorpodest.

»Giller! Das darfst du nicht anfassen! Das gehört der Königin!«

Er wirkte ein bißchen böse, als er sie ansah. »Nein! Tut es nicht. Warte nur, ich werde es dir erklären.«

Er stellte das Kästchen auf den Schemel neben das Brot. Dann griff er unter seinen Umhang und holte ein weiteres Kästchen hervor. »Wie gefällt es dir?« Er hielt ihr das Kästchen mit einem schiefen Lächeln hin.

»Es sieht ganz genauso aus!«

»Gut.« Er stellte es auf das Podest, wo das echte gestanden hatte, dann setzte er sich neben sie und den Schemel auf den Boden. »Jetzt hör mir zu, Rachel. Wir haben nicht viel Zeit, und du mußt alles genau verstehen.«

Ihm war anzusehen, wie ernst er es meinte. Sie nickte. »Mach ich, Giller.«

Er legte die Hand über das Kästchen. »Dieses Kästchen besitzt magische Kräfte, und es gehört nicht der Königin.«

Sie runzelte die Stirn. »Nein? Wem denn?«

»Das zu erklären fehlt mir im Augenblick die Zeit. Vielleicht, wenn wir von hier fort sind. Das Wichtigste ist, die Königin ist ein schlechter Mensch.« Rachel nickte. Das wußte sie schon. »Sie schlägt Leuten den Kopf ab, nur weil ihr gerade danach ist. Sie hat Macht.

Macht bedeutet, daß sie tun kann, was sie will. Dieses Kästchen besitzt magische Kräfte und verhilft ihr so zu dieser Macht. Deswegen hat sie es gestohlen.«

»Ich verstehe. Genau wie die Prinzessin mich einfach schlagen, mein Haar schief schneiden und mich auslachen kann.«

Er nickte. »Richtig. Sehr gut, Rachel. Weiter. Es gibt einen Mann, der noch gemeiner ist als die Königin. Sein Name ist Darken Rahl.«

»Vater Rahl?« Sie war verwirrt. »Alle sagen, er sei nett. Die Prinzessin meint, er sei der netteste Mensch auf der ganzen Welt.«

»Die Prinzessin behauptet auch, ihr Kleid nie mit Soße zu bekleckern.« Er zog eine Braue hoch.

»Das ist gelogen.«

Giller legte ihr ganz sachte die Hände auf die Schultern. »Jetzt hör ganz genau zu. Darken Rahl, Vater Rahl, ist der gemeinste Mensch, den es je gegeben hat. Er tut mehr Menschen weh, als die Königin sich träumen lassen würde. Er tötet sogar Kinder. Weißt du, was das bedeutet, jemanden zu töten?«

Sie wurde traurig und bekam Angst. »Es bedeutet, daß man ihm den Kopf abschlägt oder so, ihn totmacht.«

»Ja. Und genau wie die Prinzessin lacht, wenn sie dich schlägt, so lacht Darken Rahl, wenn er Menschen umbringt. Du weißt doch, wie die Prinzessin beim Abendessen mit all den Lords und Ladies ist, richtig nett und sehr höflich. Und wie sie dich schlägt, sobald sie mit dir alleine ist?«

Rachel nickte. Sie hatte einen Kloß in der Kehle. »Die anderen sollen nicht wissen, wie gemein sie in Wirklichkeit ist.«

Giller hob einen Finger. »Genau! Du bist ein sehr kluges Mädchen! Nun, Vater Rahl ist genauso. Die Menschen sollen nicht wissen, wie gemein er ist, daher kann er sehr höflich sein und den Eindruck erwecken, er sei der netteste Mensch auf der Welt. Was immer du auch tust, Rachel, geh ihm aus dem Weg, wenn du kannst.«

»Ja, das mache ich, ganz bestimmt.«

»Aber wenn er mit dir spricht, dann sei genauso höflich wie er. Laß dir nicht anmerken, daß du Bescheid weißt. Niemand braucht zu erfahren, was du weißt. Dann bist du sicher.«

Sie lächelte. »Genau wie Sara. Ich erzähle niemandem davon, damit sie mir niemand wegnehmen kann. So ist sie sicher.«

Er legte den Arm um sie und drückte sie kurz. »Die Seelen seien gepriesen, du bist ein kluges Kind.« Es tat ihr richtig gut, als er das sagte. Noch nie hatte jemand gesagt, sie sei klug. »Hör genau zu, jetzt kommt das Wichtigste.«

Sie nickte. »Klar, Giller, mach' ich.«

Er legte die Hand auf das Kästchen. »Dieses Kästchen besitzt magische Kräfte. Wenn die Königin es Vater Rahl gibt, kann er die Magie benutzen, um noch mehr Menschen weh zu tun. Er wird noch viel mehr Leuten den Kopf abschlagen. Die Königin ist gemein. Und deshalb wird sie ihm das Kästchen geben.«

Sie bekam ganz große Augen. »Giller! Sie darf ihm das Kästchen nicht geben! Sonst werden sie all diesen Leuten den Kopf abschlagen!«

Unter seiner Hakennase machte sich ein strahlendes Lächeln breit. Er nahm ihr Kinn in die Hand. »Rachel, du bist das klügste Mädchen, das ich je kennengelernt habe. Ganz bestimmt.«

»Wir müssen das Kästchen verstecken, so wie Sara!«

»Genau das werden wir tun.« Er zeigte auf das Kästchen oben auf dem Podest. »Das ist eine Nachbildung. Das bedeutet, es ist nicht das echte, sondern eine Fälschung, damit sie eine Weile getäuscht werden und wir fliehen können, bevor sie dahinterkommen, daß das echte verschwunden ist.«

Sie betrachtete das falsche Kästchen. Es sah genauso aus wie das echte. »Giller, du bist der klügste Mann, den ich je gesehen habe.«

Sein Lächeln bekam einen Stich. »Ich fürchte, Kind, ich bin klüger, als es mir guttut.« Er lächelte wieder. »Folgendes werden wir tun.«

Giller nahm das Brot, das sie in der Küche gestohlen hatte, und brach es entzwei. Mit seinen großen Händen holte er ein wenig von dem Teig heraus. Einen Teil davon stopfte er sich in den Mund. Seine Backen wurden ganz dick, so viel war es. Dann stopfte er ihr etwas in den Mund. Sie kaute, so schnell sie konnte. Es war gut, noch warm. Als sie den Mittelteil aufgegessen hatten, nahm er das echte Kästchen, stopfte es in das Brot und klebte die beiden Hälften wieder zusammen. Er hielt es hoch, damit sie es sehen konnte.

»Was meinst du?«

Sie zog ein Gesicht. »Da sind überall Risse. Jeder sieht, daß man es auseinandergebrochen hat.«

Er schüttelte den Kopf. »Du bist richtig schlau. Nun, schließlich bin ich Zauberer. Mal sehen, ob ich etwas dagegen tun kann. Was meinst du?«

Sie nickte. »Kann schon sein.«

Er legte das Brot in seinen Schoß und ließ seine Hände darüber kreisen. Dann zog er die Hände zurück und hielt ihr das Brot wieder hin. Die Risse waren verschwunden! Es sah aus wie neu!

»Jetzt kommt kein Mensch mehr drauf«, kicherte sie.

»Hoffentlich hast du recht, Kind. Ich habe ein magisches Netz, einen Zauber, über das Brot geworfen, damit niemand die magischen Kräfte des Kästchens in seinem Innern erkennen kann.«

Er breitete das Tuch über dem Schemel aus und legte das Brot darauf. Dann nahm er die vier Zipfel in die Hand und verschnürte sie in der Mitte darüber. Dann packte er das Bündel an den Knoten, legte es in seine andere Hand und hielt es ihr hin. Er sah ihr in die Augen, ohne zu lächeln. Er sah fast ein wenig traurig aus.

»Und jetzt kommt das Schwerste, Rachel. Wir müssen das Kästchen von hier fortbringen. Im Schloß dürfen wir es nicht verstecken, man könnte es finden. Weißt du noch, wo ich deine Puppe versteckt habe im Garten?«

Sie lächelte stolz. Sie wußte es noch. »Die dritte Vase rechts.«

Er nickte. »Ich werde das hier auch dort verstecken, genau wie deine Puppe. Du mußt es dort holen gehen wie deine Puppe und dann aus dem Schloß bringen.« Er beugte sich ein Stück vor. »Du mußt es heute nacht tun.«

Sie begann, ihren Finger in den Saum ihres Kleides zu drehen. Sie war den Tränen nahe. »Giller, ich hab' solche Angst, das Kästchen der Königin anzufassen.«

»Ich weiß. Aber denk dran, das Kästchen gehört nicht der Königin. Du willst doch helfen, daß man all diesen Menschen nicht den Kopf abschlägt, oder?«

»Ja«, weinte sie. »Aber kannst du es nicht aus dem Schloß bringen?«

»Wenn ich es könnte, ich schwöre dir, Rachel, würde ich es tun. Aber ich kann nicht. Es gibt Leute, die mich beobachten und nicht wollen, daß ich das Schloß verlasse. Wenn sie mich mit dem Kästchen erwischen, bekommt es Vater Rahl, und das dürfen wir doch nicht zulassen, oder?«

»Nein ...« Dann bekam sie es richtig mit der Angst. »Giller, du hast gesagt, du willst mit mir fortlaufen. Du hast es versprochen.«

»Und glaub mir, ich habe vor, mein Versprechen zu halten. Aber es kann ein paar Tage dauern, bis ich mich aus Tamarang fortschleichen kann. Es wäre sehr gefährlich, wenn das Kästchen noch einen Tag länger hierbliebe, und ich kann es nicht selber fortschaffen. Bringe es an deinen geheimen Platz, in die Launenfichte. Dort wartest du auf mich, bis ich dich holen kommen kann.«

»Ich kann's ja mal versuchen. Wenn es so wichtig ist.«

Giller rückte näher und setzte sich auf den Schemel. Er packte sie an der Taille und hob sie auf sein Knie.

»Hör zu, Rachel. Und wenn du hundert Jahre alt wirst, du wirst nie etwas Wichtigeres tun als das hier. Du mußt ganz tapfer sein. Tapferer, als du je zuvor gewesen bist. Du darfst niemandem trauen. Du darfst niemanden an das Kästchen lassen. Ich werde dich in ein paar Tagen holen kommen, aber wenn irgend etwas schiefgeht und ich nicht komme, mußt du dich mit dem Kästchen bis zum Winter verstecken. Dann wird alles gut werden. Wenn ich irgend jemanden wüßte, der dir helfen könnte, würde ich ihn dazu zwingen. Aber ich kenne niemanden. Du bist die einzige, die es tun kann.«

Sie sah ihn mit großen Augen an. »Ich bin doch noch klein«, sagte sie.

»Deswegen bist du in Sicherheit. Jeder glaubt, du bist ein Niemand. Aber das stimmt nicht. Du bist der wichtigste Mensch auf der Welt, und du kannst sie täuschen, weil sie das nicht wissen. Du mußt es tun, Rachel. Ich bin auf deine Hilfe angewiesen, und alle anderen auch. Ich weiß, du bist klug und tapfer genug, es zu schaffen.«

Sie sah Tränen in seinen Augen. »Ich werde es versuchen, Giller. Ich werde tapfer sein und es tun. Du bist der beste Mensch auf der ganzen Welt, und wenn du sagst, ich soll es tun, dann tue ich es.«

Er schüttelte den Kopf. »Ich war ein großer Narr, Rachel. Ich bin alles andere als der beste Mensch der Welt. Wäre ich vorher klüger gewesen und hätte mich an das erinnert, was man mir beigebracht hat, an meine eigentliche Pflicht, vielleicht brauchte ich dich jetzt nicht darum zu bitten. Aber ebenso, wie dies das Wichtigste für dich ist, ist es auch für mich das Wichtigste, was ich je tun werde. Wir dürfen nicht versagen, Rachel. Egal, was passiert, du darfst dich von niemandem aufhalten lassen. Von niemandem.«

Er legte ihr einen Finger rechts und links an die Stirn, und sie fühlte sich plötzlich ganz sicher. Sie wußte, sie konnte es schaffen, und dann brauchte sie nie mehr zu tun, was die Prinzessin von ihr verlangte. Sie würde frei sein. Plötzlich zog Giller seinen Finger zurück.

»Es kommt jemand«, flüsterte er. Er gab ihr rasch einen Kuß. »Die guten Seelen schützen dich, Rachel.«

Er stand auf und drückte sich mit dem Rücken an die Wand hinter der Tür. Er ließ den Brotlaib unter seinen Umhang gleiten und legte einen Finger an die Lippen. Die Tür ging auf, und Rachel sprang auf die Füße. Prinzessin Violet. Rachel machte einen Knicks. Als sie wieder hochkam, verpaßte die Prinzessin ihr eine Ohrfeige und lachte. Rachel blickte zu Boden, und während sie sich die Wange rieb und die Tränen unterdrückte, erblickte sie zwischen Prinzessin Violets Füßen einen Brotkrümel. Sie warf Giller, der sich hinter der Tür an die Wand drückte, einen Blick zu. Giller entdeckte das Stück. Schneller als eine Katze bückte er sich, hob es auf und stopfte es sich in den Mund. Dann glitt er unbemerkt hinter Prinzessin Violets Rücken zur Tür hinaus.

Kahlan streckte ihm die Arme entgegen, die Hände zu Fäusten geballt, die Innenseiten der Handgelenke zusammengepreßt, und wartete, daß er sie mit dem Seil fesselte. Ihre aufgerissenen Augen starrten ins Nichts. Sie sei nicht müde, hatte sie gemeint. Richard dagegen war es ganz bestimmt. Sein Kopf pochte, ihm wurde schlecht. Also übernahm sie die erste Wache. Was das wert war, bei ihrem leeren Blick, wußte er nicht.

Er hielt das Tau zwischen seinen zitternden Fäusten gespannt. Innerlich spürte er bereits, wie seine letzte Hoffnung endgültig dahinschwand. Nichts änderte sich, nichts wurde besser, wie er gehofft hatte. Es war ein einziger, endloser Kampf zwischen ihm und ihr. Sie wollte sterben, und er versuchte unermüdlich, sie daran zu hindern.

»Ich kann nicht mehr«, hauchte er und blickte im Schein des kleinen Feuers auf ihre Handgelenke. »Du hast vielleicht den Wunsch zu sterben, Kahlan, aber in Wirklichkeit tötest du mich.«

Sie sah ihn aus ihren grünen Augen an. Das Flackern des Feuers spiegelte sich in ihnen. »Dann laß mich gehen, Richard, bitte. Wenn dir irgend etwas an mir liegt, dann laß mich gehen.«

Er ließ das Tau fallen. Mit zitternden Händen zog er ihr Messer aus seinem Gürtel und betrachtete es minutenlang in seiner Hand. Das Funkeln der Klinge verschwamm ihm vor den Augen. Er umklammerte fest den Griff und steckte das Messer in die Scheide an ihrem Gürtel.

»Du hast gewonnen. Verschwinde von hier. Geh mir aus den Augen.«

»Richard ...«

»Ich sagte: verschwinde!« Er zeigte auf den Weg, den sie gekommen waren. »Geh zurück und laß dich von den Gars fressen, mit dem Messer vermasselst du es vielleicht noch! Ich finde den Gedanken unerträglich, daß du nach allem mit dem Leben davonkommen könntest.«

Er drehte ihr den Rücken zu und setzte sich auf eine vom Sturm abgeknickte Fichte ans Feuer. Sie sah ihn schweigend an, dann entfernte sie sich ein paar Schritte weit.

»Richard ... ich will nicht, daß es so endet – nach allem, was wir zusammen durchgemacht haben.«

»Mir ist egal, was du willst. Du hast es verspielt.« Er brachte die Worte nur mit Mühe hervor. »Geh mir aus den Augen.«

Kahlan nickte und starrte zu Boden. Richard beugte sich vor, stützte die Ellenbogen auf die Knie, vergrub das Gesicht in den zitternden Händen. Er glaubte, sich übergeben zu müssen.

»Richard«, sagte sie mit sanfter Stimme, »ich hoffe, du behältst mich in guter Erinnerung, wenn das alles vorbei ist, und denkst dann besser von mir als jetzt.«

Das gab den Ausschlag. Er stemmte einen Stiefel gegen den Stamm und war mit einem Satz bei ihr. Im Nu hatte er ihr Hemd gepackt.

»Du wirst mir nur als das in Erinnerung bleiben, was du bist. Eine Verräterin! Eine Verräterin an allen, die schon gestorben sind, und denen, die noch sterben werden!« Mit aufgerissenen Augen versuchte sie, zurückzuweichen, von ihm fort, doch er hielt sie wie besessen fest. »Eine Verräterin an allen Zauberern, die ihr Leben gegeben haben, an Shar, Siddin und all den Schlammenschen, die getötet wurden! Und eine Verräterin an deiner Schwester!«

»Das ist nicht wahr …«

»Eine Verräterin an all diesen Menschen, und noch mehr! Sollte ich scheitern und Rahl gewinnen, haben wir alle das dir zu verdanken, und Darken Rahl ebenfalls. *Ihm* hilfst du, sonst niemandem.«

»Ich tue das, um dir zu helfen! Du hast gehört, was Shota gesagt hat!« Sie geriet allmählich in Wut.

»Das gilt nicht. Nicht für mich. Ja, ich habe gehört, was Shota gesagt hat. Sie hat gesagt, daß ihr beide, Zedd und du, euch irgendwie gegen mich stellen werdet. Sie hat nicht gesagt, daß dies ein Fehler sei.«

»Was willst du damit sagen …«

»Für mich ist das keine Suche nach irgendeinem heiligen Gral. Es geht darum, Rahl aufzuhalten! Woher willst du wissen, daß ich ihm das Kästchen nicht bringe, sobald wir es gefunden haben? Was, wenn ich uns verrate und nur du und Zedd mich daran hindern könnt, Rahl das Kästchen zu geben?«

»Das ergibt keinen Sinn.«

»Macht es vielleicht mehr Sinn, daß du und Zedd mich töten wollt? Dann müßten zwei sich irren, im anderen Fall nur einer. Es ist doch nur dieses dämliche Hexenrätsel! Du bringst dich wegen eines dämlichen Rätsels um! Wir können unmöglich wissen, was die Zukunft bringen wird. Wir können nicht wissen, wie diese Hexe das gemeint hat, wie und ob es wahr werden wird! Nicht, bevor es geschieht. Erst dann wissen wir, was es bedeutet, erst dann können wir etwas damit anfangen.«

»Ich weiß nur eins: Diese Prophezeiung darf sich durch mein Weiterleben nicht erfüllen. Du bist der Faden, mit dem all diese Bemühungen verwoben sind.«

»Ohne Nadel ist der Faden nutzlos! Und die Nadel bist du! Ohne dich wäre ich gar nicht erst so weit gekommen. Bei jeder Biegung habe ich dich gebraucht. Du kennst die Königin, ich nicht. Selbst wenn es mir gelänge, das Kästchen ohne dich zu finden, was dann? Wo soll ich denn hin? Ich kenne die Midlands nicht. Wo soll ich hin, Kahlan, sag mir das? Woher soll ich wissen, wo es sicher ist? Ich könnte Rahl glatt in die Hände laufen und ihm das Kästchen bringen.«

»Shota hat gesagt, du seist der einzige, der eine Chance hat. Ohne dich ist alles verloren. Nicht ich. Du. Sie hat gesagt, wenn ich lebe … Richard, das kann ich nicht zulassen. Ich werde es nicht zulassen.«

»Du verrätst uns«, fauchte er sie an.

Sie schüttelte langsam den Kopf. »Egal, was du denkst, Richard, ich tue das für uns.«

Mit einem Aufschrei schleuderte Richard sie so fest er konnte nach hinten. Sie landete auf dem Rücken. Er stellte sich über sie, funkelte sie wütend an. Um seine Stiefel wirbelte Staub auf.

»Sag das nicht noch mal!« schrie er, beide Hände zu Fäusten geballt. »Du tust das für dich, und zwar nur, weil es dir an Mumm für einen Sieg fehlt! Wage nicht, zu behaupten, du tätest es für mich!«

Sie rappelte sich auf, ohne die Augen von ihm abzuwenden. »Ich würde so ziemlich alles geben, damit du mich nicht so in Erinnerung behältst, Richard. Aber was ich tue, tue ich, weil ich muß. Für dich. Damit du eine Chance hast. Ich habe geschworen, den Sucher mit meinem Leben zu schützen. Jetzt ist der Zeitpunkt gekommen.« Tränen liefen ihr übers Gesicht, durch den Staub auf ihren Wangen.

Richard sah zu, wie sie in der Dunkelheit verschwand. Er kam sich vor, als hätte man einen Stöpsel in seinem Innern gezogen und sein ganzes Selbst liefe ins Leere.

Er ging zum Feuer und ließ sich am Stamm hinabgleiten, bis er auf dem Boden saß. Dann zog er die Knie hoch, schlang die Arme um sie, preßte sein Gesicht hinein und weinte, wie er noch nie zuvor geweint hatte.

4. Kapitel

Rachel saß auf ihrem kleinen Schemel hinter der Prinzessin, schlug die Knie aneinander und dachte darüber nach, wie sie die Prinzessin dazu bringen könnte, sie rauszuschmeißen, damit sie das Kästchen mitnehmen und für immer verschwinden konnte. Dauernd mußte sie an das Brot mit dem Kästchen denken, das im Garten auf sie wartete. Sie hatte Angst, aber aufgeregt war sie auch. Aufgeregt, weil sie all den Menschen helfen würde, damit man ihnen nicht den Kopf abschlug. Zum ersten Mal hatte sie das Gefühl, wichtig zu sein. Sie drehte ihren Saum zwischen den Fingern. Sie konnte es kaum erwarten, wegzukommen.

Die Lords und Ladies tranken alle ihr ganz besonderes Getränk. Und schienen glücklich dabei. Giller stand zusammen mit den anderen Beratern hinter der Königin. Er unterhielt sich leise mit dem Hofkünstler. Rachel mochte den Künstler nicht, er machte ihr angst. Ständig grinste er sie so komisch an. Außerdem hatte er nur eine Hand. Sie hatte gehört, wie sich die Diener darüber unterhielten, daß sie Angst hätten, der Künstler könnte ein Bild von ihnen malen.

Plötzlich machten alle ein bestürztes Gesicht. Sie starrten die Königin an. Sie wollten sich erheben. Rachel blickte zur Königin hinüber und sah, daß die Leute nicht sie anschauten, sondern etwas anderes hinter ihr. Sie riß die Augen auf, als sie die Männer sah.

Es waren die größten Männer, die sie je gesehen hatte. Ihre Hemden hatten keine Ärmel, dafür waren ihre Arme mit Metallbändern versehen, aus denen scharfe Dorne hervorstachen. Es waren die niederträchtigsten Männer, die sie je gesehen hatte, schlimmer noch als die Wärter im Verlies. Die beiden Männer sahen sich im Raum um, musterten die Leute, dann postierten sie sich zu beiden Seiten des hohen Bogens hinter der Königin und verschränkten die Arme. Mit einem empörten Schnauben drehte sich die Königin auf ihrem Sessel um und wollte sehen, was los war.

Ein Mann mit blauen Augen, langen, blonden Haaren, weißem Umhang und einem Messer mit Goldgriff im Gürtel schritt durch den Torbogen. Der bestaussehendste Mann, den sie je gesehen hatte. Er lächelte der Königin zu. Sie sprang auf.

»Welch unerwartete Überraschung!« sagte sie mit ihrer süßesten Hundestimme. »Wir fühlen uns geehrt. Aber wir hatten Euch erst morgen erwartet.«

Der Mann schenkte ihr ein charmantes Lächeln. »Ich konnte es nicht erwarten, herzukommen und Euer liebreizendes Gesicht wiederzusehen. Vergebt mir, daß ich zu früh bin, Majestät.«

Kichernd reichte die Königin ihm die Hand zum Kuß. Ständig mußte ihr irgend jemand die Hand küssen. Die Bemerkung des nettaussehenden Mannes überraschte Rachel. Sie hätte nie gedacht, jemand könnte die Königin für liebreizend halten. Die Königin ergriff seine Hand und führte ihn nach vorn.

»Lord und Ladies, darf ich Euch Vater Rahl vorstellen.«

Vater Rahl! Sie sah sich um, ob jemand gesehen hatte, wie sie hochgeschreckt war. Doch niemand hatte etwas bemerkt, alle starrten Vater Rahl an. Sie spürte, gleich würde er sie ansehen und merken, daß sie vorhatte, mit dem Kästchen fortzulaufen. Sie sah zu Giller hinüber, doch der erwiderte ihren Blick nicht. Er war kreideweiß. Vater Rahl war hier, bevor sie mit dem Kästchen davongerannt war! Was sollte sie jetzt bloß machen?

Sie würde tun, was Giller ihr gesagt hatte. Sie würde tapfer sein und all diese Menschen retten. Sie mußte sich nur überlegen, wie sie von hier fliehen konnte.

Vater Rahl musterte die Leute. Alle hatten sich mittlerweile erhoben. Der kleine Köter kläffte. Vater Rahls Blick wanderte zu ihm hinüber, und sein Gekläff schwand zu einem kläglichen Winseln. Rahl ließ den Blick über die Leute schweifen. Es wurde vollkommen still.

»Das Abendessen ist vorbei. Ihr werdet uns jetzt entschuldigen«, sagte er mit sanfter Stimme.

Alle fingen an zu tuscheln. Er blickte sie mit seinen stechenden blauen Augen an. Das Getuschel erstarb, und man brach auf. Erst langsam, dann schneller. Vater Rahl musterte einige der königlichen Berater, und sie verließen den Raum und schienen auch noch glücklich darüber. Einige, die er nicht ansah, blieben, darunter auch Giller. Prinzessin Violet blieb ebenfalls, und Rachel versuchte, sich hinter ihr zu verstecken, um nicht aufzufallen. Lächelnd deutete die Königin auf den Tisch.

»Wollt Ihr Euch nicht setzen, Vater Rahl? Ich bin sicher, Ihr hattet eine anstrengende Reise. Erlaubt, daß wir Euch etwas zu essen bringen. Wir haben heute abend einen köstlichen Braten.«

Er sah sie aus stahlstarren blauen Augen an. »Ich habe etwas dagegen, hilflose Tiere niederzumetzeln und dann ihr Fleisch zu verzehren.«

Rachel glaubte, die Königin würde ersticken. »Nun, äh ... wir haben auch eine wunderbare Schwarzwurzsuppe und einige andere Dinge, die gewiß ... es muß doch etwas geben, daß ... wenn nicht, der Koch wird Euch sicherlich ...«

»Vielleicht ein andermal. Ich bin nicht zum Essen gekommen, sondern um Euern Beitrag für unser Bündnis einzufordern.«

»Aber ... es ist früher als erwartet, wir sind noch nicht mit den Vertragsentwürfen fertig. Es gibt zahlreiche Papiere, die unterzeichnet werden müssen, außerdem wollt Ihr sie doch sicher erst durchsehen.«

»Ich werde mit großer Freude alles unterzeichnen, was Ihr bereits fertiggestellt habt, und gebe Euch mein Wort, daß ich sämtliche Zusatzdokumente unterzeichnen werde, die Ihr vorbereitet habt. Ich vertraue auf Eure Ehrlichkeit.« Er lächelte. »Ihr habt doch nicht etwa vor, mich bei diesem Vertrag reinzulegen, oder?«

»Also wirklich, Vater Rahl, nein, natürlich nicht.«

»Seht Ihr. Wozu brauche ich dann jemanden, der die Papiere durchsieht, wenn Ihr aufrichtig und großzügig mit mir verfahrt? Ihr seid doch aufrichtig, oder?«

»Aber natürlich bin ich das. Ich denke, es ist nicht nötig ... aber es ist äußerst ungewöhnlich.«

»Das ist unser Bündnis auch. Fangen wir also an.«

»Ja, ja, selbstverständlich.« Sie wandte sich an einen ihrer Berater. »Geh und hole, was du von dem Bündnisvertrag fertig hast. Bringe Tinte und Federhalter mit. Und mein Siegel.« Der Mann verbeugte sich und ging. Die Königin wandte sich an Giller. »Geh und hole das Kästchen, wo immer du es verborgen hast.«

Er verneigte sich. »Sehr wohl, Majestät.« Rachel fühlte sich allein gelassen und hatte Angst, als sie ihn mit wehender Silberrobe durch die Tür verschwinden sah.

Inzwischen stellte die Königin Violet Vater Rahl vor. Rachel blieb hinter Prinzessin Violets Sessel stehen, als diese vortrat, um sich die Hand küssen zu lassen. Vater Rahl verbeugte sich, küßte ihre Hand und meinte, sie sei ebenso reizend wie ihre Mutter. Die Prinzessin hörte gar nicht mehr auf zu grienen und drückte die Hand, die er geküßt hatte, vor ihre Brust.

Der Berater kam in Begleitung seiner Helfer zurück. Jeder hatte die Arme voller Papiere. Sie schoben die Teller zur Seite, breiteten die Papiere über die ganze Tafel aus und zeigten auf die Stelle, wo die Königin und Vater Rahl mit ihren Namen unterschreiben sollten. Einer der Gehilfen träufelte Wachs auf die Papiere, und die Königin drückte ihr Siegel hinein. Vater Rahl meinte, er hätte kein Siegel, seine Unterschrift müsse genügen. Er sei sicher, seine Handschrift später wiederzuerkennen. Als Giller zurückkehrte, blieb er abseits stehen und wartete, bis sie fertig waren. Die Männer machten sich an das Einsammeln der Papiere und stritten sich um die richtige Reihenfolge. Die Königin winkte Giller zu sich.

»Vater Rahl«, setzte Giller mit seinem freundlichsten Lächeln an, »darf ich Euch Königin Milenas Kästchen der Ordnung überreichen.« Er hielt ihm die Nachbildung vorsichtig mit beiden Händen hin, ganz so, als sei es das echte. Die Steine funkelten richtig hübsch.

Mit einem dünnen Lächeln nahm Vater Rahl das Kästchen aus Gillers Händen entgegen. Eine Weile drehte er es hin und her und begutachtete die hübschen Steine. Dann winkte er einen der riesigen muskelbepackten Männer zu sich. Er kam, und Vater Rahl blickte ihm in die Augen und vertraute ihm das Kästchen an.

Der Riese zerdrückte es mit einer Hand. Es zersplitterte. Die Königin machte mächtig große Augen.

»Was hat das zu bedeuten?« wollte sie wissen.

Vater Rahls Blick bekam etwas Furchterregendes. »Das würde ich gerne von Euch wissen, Majestät. Das Kästchen ist eine Fälschung.«

»Aber das ist schlichtweg unmöglich ... ausgeschlossen ... ich weiß ganz genau ...« Die Königin drehte sich zu Giller um. »Giller! Was weißt du darüber?«

Er hatte seine Hände jeweils in den gegenüberliegenden Ärmel gesteckt. »Majestät ... ich verstehe das nicht ... an dem magischen Siegel hat sich niemand zu schaffen gemacht, darum habe ich mich persönlich gekümmert. Ich versichere Euch, es ist dasselbe Kästchen, das ich bewacht habe, seit Ihr es mir anvertraut habt. Es muß sich von Anfang an um eine Fälschung gehandelt haben. Man hat uns hereingelegt. Das ist die einzig mögliche Erklärung.«

Vater Rahls blaue Augen wichen die ganze Zeit nicht von dem Zauberer. Dann schwenkte sein Blick zu einem seiner Männer. Der Mann kam herbei und packte Giller hinten an seinem Umhang. Mit einer Hand hob er Giller vom Boden.

»Was soll das? Laß mich los, du Ochse! Zeige etwas Respekt vor einem Zauberer, oder du wirst es bereuen, das verspreche ich dir!« Seine Füße zappelten in der Luft.

Rachel hatte einen Kloß im Hals, Tränen in den Augen. Sie versuchte, tapfer zu sein und nicht loszuheulen. Sonst würden sie sie bestimmt bemerken.

Vater Rahl befeuchtete seine Fingerspitzen. »Es ist nicht die einzig mögliche Erklärung, Zauberer. Das echte Kästchen besitzt Magie, eine ganz besondere Magie. Die Magie dieses Kästchens stimmt nicht. Eine Königin würde es nicht erkennen, sie könnte nicht unterscheiden, ob es sich um das echte Kästchen handelt. Ein Zauberer dagegen schon.«

Vater Rahl lächelte sein dünnes Lächeln und sah die Königin an. »Der Zauberer und ich werden jetzt gehen und uns unter vier Augen unterhalten.« Damit machte er kehrt und verließ mit wehendem weißen Umhang den Saal. Der Kerl, der Giller am Kragen gepackt hielt, folgte ihm. Der andere baute sich vor der Tür auf und verschränkte die Arme. Gillers Füße berührten den Boden nicht, als er abtransportiert wurde.

Rachel wollte Giller nachlaufen, solche Angst hatte sie um ihn. Sie sah, wie er den Kopf verdrehte und sich zu den Leuten umschaute. Seine dunklen Augen waren aufgerissen, und eine Sekunde lang sah er ihr geradewegs in die Augen. In diesem Augenblick hörte sie seine Stimme in ihrem Kopf, so deutlich, als hätte er ihr ganz laut etwas zugerufen. Die Stimme in ihrem Kopf rief nur ein Wort.

Lauf.

Dann war er verschwunden. Rachel hätte losheulen können. Stattdessen nuckelte sie am Saum ihres Kleides. Rings um die Königin redeten alle durcheinander. James, der Hofkünstler, sammelte einige Splitter des falschen Kästchens ein, drehte sie in der Hand, betrachtete sie, hielt sie gegen den Stumpf seiner anderen. Prinzessin Violet riß ihm ein größeres Stück aus der Hand, musterte die Juwelen und fuhr mit dem Finger darüber.

Rachel hörte im Kopf immer wieder Gillers Schrei: Lauf! Sie sah sich um. Niemand achtete auf sie. Sie ging um die Tische herum, hielt den Kopf gesenkt, unterhalb der Tischdecken, damit niemand sie sehen konnte. Als sie die gegenüberliegende Seite des Saals erreicht hatte, hob sie den Kopf, um zu sehen, ob jemand guckte. Niemand achtete auf sie.

Sie streckte die Hand aus und stibitzte sich von den Tellern etwas zu essen, ein Stück Fleisch, drei Brötchen und ein großes Stück Hartkäse. Sie stopfte sich alles in die Taschen und drehte sich noch einmal zu den Leuten um.

Dann lief sie zum Flur. Sie unterdrückte die Tränen, sie wollte tapfer sein – für Giller. Mit nackten Füßen lief sie über die Teppiche. Bevor sie die Wachen am Tor erreichte, verlangsamte sie ihr Tempo. Niemand sollte sehen, wie sie rannte. Als sie sie kommen sahen, zogen sie den schweren Riegel hoch und ließen sie wortlos passieren. Die Wachen draußen warfen ihr nur einen kurzen Blick zu, dann richteten sie ihre Blicke wieder in die Ferne und beobachteten das Gelände.

Rachel wischte sich ein paar Tränen aus dem Gesicht und lief die kalten Steinstufen hinunter. Sie hatte sich alle Mühe gegeben, aber ein paar waren doch gekommen. Die patrouillierenden Wachen achteten nicht auf sie, als sie über das Kopfsteinpflaster zum Garten eilte.

Außerhalb des Lichtscheins der Fackeln an den Außenwänden des Schlosses war es dunkel, aber sie kannte den Weg. Das Gras war feucht unter ihren bloßen Füßen. Bei der dritten Vase kniete sie nieder, sah sich um, ob jemand sie beobachtete, und griff unter die Blumen. Sie fühlte das Tuch, in das das Brot gewickelt war, und zog es heraus. Sie zog den Knoten auseinander, klappte die vier Zipfel auf, dann griff sie in ihre Taschen und legte das Fleisch, die drei Brötchen und den Käse auf das Brot und verschnürte die Zipfel des Tuchs wieder.

Sie wollte gerade zum Außentor laufen, da fiel es ihr ein. Ihr stockte der Atem. Sie erstarrte, riß die Augen auf.

Sie hatte Sara vergessen! Ihre Puppe lag noch immer im Schlafkasten! Prinzessin Violet würde sie finden und ins Feuer werfen! Rachel konnte ihre Puppe unmöglich zurücklassen, wenn sie fortlief und nie zurückkehrte. Sara hätte Angst ohne sie. Man würde sie verbrennen.

Sie schob das Bündel mit dem Brot zurück unter die Blumen, sah sich um und rannte zurück zum Schloß. Als sie näher kam und in den Schein der Fackeln trat, mußte sie langsamer gehen. Eine der Wachen am Tor blickte auf sie herab.

»Ich habe dich doch gerade rausgelassen«, sagte er.

Sie schluckte. »Aber ich muß noch einmal kurz hinein.«

»Was vergessen?«

Sie nickte und zwang sich zu antworten. »Ja.«

Kopfschüttelnd öffnete er die kleine Klappe. »Mach das Tor auf«, meinte er zu dem Posten innen. Sie hörte, wie der schwere Riegel zur Seite geschoben wurde.

Wieder drinnen, sah sie den Flur entlang. Der große Raum mit dem schwarz-weißen Fußboden und der Freitreppe war geradeaus, um ein paar Ecken, dann durch einige Flure und ein paar weitere große Räume. Einer davon war der Speisesaal. Das wäre der kürzeste Weg. Aber die Königin oder die Prinzessin könnten dort sein, oder sogar Vater Rahl. Sie könnten sie sehen. Das durfte sie nicht zulassen. Vielleicht nahm Prinzessin Violet sie mit hinauf in ihr Zimmer und steckte sie in ihre Schlafkiste. Es war schon spät.

Sie machte kehrt und ging rechts durch die kleine Tür. Das war der Dienstbotengang. Er war viel weiter, aber in den Gängen und Fluren für die Dienstboten würde sich niemand Wichtiges aufhalten. Keiner der Bediensteten würde sie aufhalten. Alle wußten, sie war die Gespielin der Prinzessin, und niemand wollte die Wut der Prinzessin auf sich ziehen. Sie würde unten durch die Quartiere der

Bediensteten gehen müssen, unter den großen Räumen und der Küche hindurch.

Die Treppen waren alle aus Stein, an den Kanten abgetreten. Eines der oberen Fenster war ungeschützt und ließ den Regen herein, und über die Treppen lief ständig Wasser aus undichten Steinmauern. An manchen Stellen war es nur wenig, an anderen mehr, und einige der Stufen waren schleimig-grün. Sie mußte aufpassen, um nicht in den Schleim zu treten. Fackeln in Eisenhalterungen warfen gelblichrotes Licht auf die Stufen.

In den Fluren des unteren Stockwerks waren einige Leute, Diener mit Decken und Laken, Waschfrauen mit Wassereimer und Mop, Männer, die Bündel von Feuerholz für die Kamine im oberen Stock herbeischleppten. Einige blieben tuschelnd stehen. Sie wirkten aufgeregt. Sie hörte Gillers Namen und bekam einen Kloß im Hals. Neben den Quartieren der Diener brannten sämtliche Öllampen, die von den dicken Balken unter der niedrigen Decke hingen. Gruppen von Menschen standen herum und erzählten sich, was sie gesehen hatten. Rachel sah einen Mann, der sich laut unterhielt, meist mit Frauen, aber auch mit einigen Männern, die um ihn herumstanden. Das war Mr. Sanders, der Mann mit der eleganten Jacke, der die edlen Herrschaften begrüßte, wenn sie zum Abendessen kamen, und allen anderen ihre Namen verkündete.

»Hab' es selbst gehört, von den beiden Wachen am Speisesaal. Ihr wißt schon, wen ich meine, den jungen, Frank, und diesen anderen, der hinkt, Jenkins. Sie meinten, die Wachen aus D'Hara hätten ihnen persönlich mitgeteilt, das Schloß müsse durchsucht werden, von oben bis unten.«

»Was suchen sie denn?« wollte eine Frau wissen.

»Weiß ich nicht. Den beiden haben sie es jedenfalls nicht verraten. Diese Typen aus D'Hara sind ein echter Alptraum.«

»Ich wünschte, sie fänden, was sie suchen, unter Violets Bett«, meinte ein anderer. »Geschähe ihr recht, wenn sie zur Abwechslung selbst mal einen Alptraum hätte, anstatt ihn immer nur anderen zu bereiten.« Alle lachten.

Rachel lief weiter, durch den großen Vorratsraum mit den Säulen. Auf der einen Seite standen Fässer, in Reihen übereinandergestapelt, auf der anderen Seite hatte man Kartons, Kisten und Säcke aufeinandergestellt. Der Raum roch feucht und muffig, überall konnte sie Mäuse scharren hören. Sie lief durch die Mitte, vorbei an den Lampen, die an den Säulen angebracht waren, bis zu der schweren Tür am anderen Ende. Die Angeln aus Bandeisen quietschten, als sie unter großer Mühe an dem eisernen Ring zerrte und die Tür öffnete. Sie bekam Rost vom Ring an die Hände und wischte ihn an den Steinen ab. Eine weitere große Tür rechts führte in die Verliese. Sie stieg die Treppe hoch. Es war dunkel, nur oben brannte eine Fackel. Sie hörte das Geräusch von tropfendem Wasser. Hinter der oberen Tür, die einen Spaltbreit offenstand, rannte sie, flink wie der Wind, der hier immer wehte, durch die Gänge aus Steinquadern. Sie hatte viel zuviel Angst, um zu weinen. Sie wollte, daß Sara bei ihr war. Nur fort von hier.

Endlich im oberen Stockwerk, steckte sie den Kopf durch die Tür und sah rechts und links den Gang entlang, der an Prinzessin Violets Zimmer vorbeiführte. Er war menschenleer. Auf Zehenspitzen schlich sie über den Teppich mit den Bildern von Schiffen darauf und erreichte die Tür, die in einer Nische des Flures lag. Sie drückte sich hinein, nachdem sie sich noch einmal im Flur umgesehen hatte. Vorsichtig öffnete sie die Tür einen Spalt. Im Zimmer war es dunkel. Sie huschte hinein und schloß die Tür.

Im Kamin brannte ein Feuer, aber Lampen hatte man nicht angezündet. Sie schlich durch das Zimmer, spürte das Fell unter ihren nackten Füßen. Auf Händen und Knien kroch sie in ihren Schlafkasten und zog mit einer Hand die Decke zurück. Sara war nicht da. Es war, als wäre ein kalter Hauch über ihre Haut gestrichen.

»Suchst du was?« Die Stimme von Prinzessin Violet.

Minutenlang konnte sie sich nicht bewegen. Sie schnappte nach Luft, aber es gelang ihr, die Tränen zu unterdrücken. Sie durfte nicht zulassen, daß Prinzessin Violet sie weinen sah. Sie kletterte rückwärts aus dem Kasten und sah die dunkle Silhouette vor dem Kamin. Die Prinzessin. Sie löste sich vom Kamin und machte einen Schritt in Rachels Richtung. Sie hatte die Hände hinter dem Rücken. Rachel konnte nicht erkennen, was sie in der Hand hielt.

»Ich wollte gerade in meinen Kasten klettern. Und schlafen gehen.«

»Tatsächlich?« Jetzt konnte Rachel im Dunkeln besser sehen. Sie sah das Grinsen auf Prinzessin Violets Gesicht. »Du hast nicht zufällig das hier gesucht, oder?«

Langsam holte sie die Hände hinter ihrem Rücken hervor. Sara. Rachel riß die Augen auf. Plötzlich hatte sie das Gefühl, wahnsinnig werden zu müssen.

»Prinzessin Violet, bitte ...«, wimmerte sie. Sie streckte flehend die Hände vor.

»Komm her, dann reden wir darüber.«

Rachel ging langsam auf die Prinzessin zu, blieb vor ihr stehen und drehte ihren Finger in den Rocksaum. Plötzlich gab ihr die Prinzessin eine Ohrfeige, fester, als sie es je zuvor getan hatte. So fest, daß Rachel ein kleiner Schrei entfuhr, als sie einen Schritt zurückgeschleudert wurde. Sie legte die linke Hand auf die brennende Wange. Tränen traten ihr in die Augen. Dann rammte sie die Faust in die Tasche, entschlossen, diesmal nicht loszuheulen.

Die Prinzessin kam einen Schritt vor und schlug mit dem Handrücken auf die andere Wange. Dieser zweite war noch schmerzhafter als der erste Schlag. Rachel biß die Zähne zusammen und ballte ihre Faust um einen Gegenstand in ihrer Tasche, damit ihr nicht die Tränen kamen.

Prinzessin Violet trat wieder vor den Kamin. »Ich habe dir doch gesagt, was passiert, wenn du jemals eine Puppe anschleppst.«

»Prinzessin Violet, bitte …« Sie zitterte, weil ihr das Gesicht so weh tat und weil sie solche Angst hatte. »Bitte, kann ich sie behalten? Sie tut Euch doch nichts.«

Die Prinzessin lachte grausam. »Nein. Ich werde sie ins Feuer werfen, genau wie ich gesagt habe. Damit du es endlich lernst. Wie heißt sie?«

»Sie hat keinen Namen.«

»Nun, egal, sie wird trotzdem gut brennen.«

Sie drehte sich zum Feuer. Rachel hatte immer noch die Faust um dieses Ding in ihrer Tasche geballt. Den magischen Feuerstab, den Giller ihr geschenkt hatte. Sie holte ihn heraus und sah ihn an.

»Wag es nicht, meine Puppe ins Feuer zu schmeißen, du wirst es bereuen.«

Die Prinzessin wirbelte herum. »Was hast du gesagt? Wie kannst du es wagen, in diesem Ton mit mir zu sprechen? Du bist ein Niemand, ich bin eine Prinzessin.«

Rachel hielt den magischen Feuerstab an das Häkeldeckchen auf einem kleinen, runden Marmortisch gleich neben sich. »Brenn für mich«, flüsterte sie.

Das Deckchen ging in Flammen auf. Die Prinzessin machte ein überraschtes Gesicht. Rachel hielt den Feuerstab an ein Buch auf einem kleinen Marmortisch. Sie blickte kurz zur Prinzessin hinüber, um sich zu vergewissern, daß sie zusah, dann flüsterte sie ihre Worte, und mit einem Knall ging auch das Buch in Flammen auf. Die Prinzessin riß die Augen auf. Rachel nahm das Buch an einer Ecke und warf es unter den Blicken der Prinzessin in den Kamin. Sie wirbelte herum, machte einen schnellen Schritt und hielt den Stab an die Prinzessin.

»Gib mir meine Puppe, oder ich verbrenne dich.«

»Das wagst du nicht …«

»Sofort! Wenn du es nicht tust, stecke ich dich an, und deine Haut verbrennt.«

Prinzessin Violet drückte ihr die Puppe in die Hand. »Hier. Bitte, Rachel, verbrenn mich nicht. Ich habe Angst vor Feuer.«

Rachel nahm die Puppe mit links und drückte sie an sich. Sie hielt den Feuerstab immer noch an die Prinzessin. Sie bekam Mitleid mit ihr. Dann dachte sie daran, wie sehr ihr Gesicht brannte. Mehr als je zuvor.

»Vergessen wir es einfach, Rachel. Du kannst die Puppe behalten, einverstanden?« Ihre Stimme war jetzt richtig nett, nicht mehr so ekelhaft wie zuvor.

Rachel wußte, das war ein Trick. Sobald die Wachen auftauchten, würde die Prinzessin befehlen, ihr den Kopf abzuschlagen. Dann würde Prinzessin Violet erst richtig über sie lachen, und Sara würde sie auch ins Feuer werfen.

»Steig in den Kasten«, befahl Rachel. »Dann siehst du mal, ob dir das gefällt.«

»Was!«

Rachel drückte den Feuerstab etwas fester an Violet. »Sofort, sonst verbrenne ich dich.«

Sie bewegte sich langsam, den Feuerstab im Rücken. »Überleg dir, was du tust, Rachel. Willst du wirklich ...«

»Sei still und klettere hinein. Es sei denn, du willst, daß ich dich verbrenne.«

Die Prinzessin ging auf die Knie und kletterte hinein. Rachel sah ihr nach.

»Bis ganz hinten durch.«

Sie tat es. Rachel schloß die Tür mit einem Knall, ging zur Schublade und holte den Schlüssel. Sie verschloß die Eisentür an dem eisernen Kasten und steckte den Schlüssel ein. Dann kniete sie sich hin und sah durch das kleine Fenster hinein. In der Dunkelheit waren die Augen der Prinzessin kaum zu erkennen.

»Gute Nacht, Violet, schlaf jetzt. Ich werde heute nacht in deinem Bett schlafen. Ich hab' deine Stimme satt. Wenn du den geringsten Lärm machst, komme ich rüber und setze deine Haut in Flammen. Hast du verstanden?«

»Ja«, kam es schwach durch das dunkle Loch in der Tür.

Rachel legte Sara weg, dann zog sie das Fell heran und warf es über den Kasten, bis es ihn ganz verdeckte. Dann sprang sie aufs Bett, damit es quietschte und Prinzessin Violet dachte, sie würde darin schlafen.

Lächelnd schlich Rachel auf Zehenspitzen zur Tür und drückte Sara an sich.

Nachdem sie denselben Weg wie zuvor zurückgegangen war, durch die Gänge der Dienstboten, warf sie vorsichtig einen Blick in die Halle und ging hinunter zu dem großen Tor mit den Wachen. Rachel sagte nichts. Sie hätte auch nicht gewußt, was. Sie blieb einfach stehen und wartete darauf, daß sie die Tür öffneten.

»Das war's also. Du hast eine Puppe vergessen«, sagte der Posten.

Sie nickte bloß.

Sie hörte das Tor hinter sich zuschlagen und lief in die Dunkelheit, in den Garten. Es waren mehr Wachen unterwegs als gewöhnlich. Die normalen Wachen wurden von neuen begleitet, die anders gekleidet waren. Die neuen betrachteten sie argwöhnischer als die anderen, und sie bemerkte, wie die alten ihnen erklärten, wer sie war. Sie drückte die Puppe fest an sich und mußte sich zusammenreißen, um nicht loszurennen.

Das Bündel mit dem Brot und dem Kästchen darin befand sich noch am alten Platz: unter den Blumen. Rachel zog es hervor, hielt es mit einer Hand am Knoten und drückte Sara mit der anderen an ihre Brust. Auf dem Weg durch den Garten fragte sie sich, ob Prinzessin Violet noch immer glaubte, sie würde in dem großen Bett schlafen, oder ob sie den Trick durchschaut hatte und um Hilfe schrie. Wenn Violet um Hilfe schrie und die Wachen sie in dem Kasten gefunden hatten, würde man vielleicht schon nach ihr suchen. Sie hatte einen Umweg machen müssen, es hatte lange gedauert, bis ihre Füße sie unter dem ganzen Schloß hindurch und wieder nach oben getragen hatten. Rachel lauschte auf Rufe.

Sie konnte kaum atmen, so sehr hoffte sie, aus dem Schloß herauszukommen, bevor man sie verfolgte. Ihr fiel ein, daß Mr. Sanders gesagt hatte, man wolle das ganze Schloß durchsuchen. Sie wußte, was sie suchten. Das Kästchen. Sie hatte Giller versprochen zu fliehen. Es durfte ihnen nicht in die Hände fallen, damit sie nicht all den vielen Menschen weh tun konnten.

Auf dem Wehrgang der Mauer waren eine Menge Männer. Kurz vor dem Tor ging sie langsamer. Vorher hatten dort immer zwei Gardisten der Königin gestanden. Jetzt waren es drei. Zwei erkannte sie wieder, sie trugen die roten Hemden mit dem Wolfskopf, es waren Gardisten der Königin. Der andere jedoch war anders gekleidet, in schwarzem Leder, und er war viel größer. Einer der Neuen. Rachel wußte nicht, ob sie weitergehen oder weglaufen sollte. Aber wohin? Bevor sie wirklich fortlaufen konnte, mußte sie aus den Mauern heraus.

Rachel wurde bemerkt, bevor sie einen Entschluß fällen konnte. Also ging sie weiter. Einer der normalen Wachen drehte sich um, um den Riegel zu heben. Der neue Mann hob den Arm und stoppte ihn.

»Das ist nur die Gespielin der Prinzessin. Die Prinzessin schmeißt sie manchmal raus.«

»Niemand verläßt das Schloß«, sagte der Neue zu ihm.

Die normalen Wachen ließen wieder vom Tor ab. »Tut mir leid, Kleine, aber du hast ihn gehört. Niemand verläßt das Schloß.«

Rachel stand da und brachte keinen Laut hervor. Sie starrte den Neuen an, der auf sie herabblickte. Sie schluckte. Giller verließ sich darauf, daß sie das Kästchen nach draußen brachte. Es gab keinen anderen Ausweg. Sie versuchte zu überlegen, was Giller tun würde.

»Also gut«, sagte sie endlich, »es ist kalt heute nacht. Ich würde sowieso lieber drinnen bleiben.«

»Na siehst du. Jetzt kannst du heute nacht im Schloß bleiben«, sagte der normale Posten.

»Wie heißt du?« fragte Rachel.

Er wirkte ein wenig überrascht. »Reid, Ulan der Königin.«

Rachel zeigte mit der Puppe in der Hand auf den anderen Posten. »Und du?«

»Walcot, Ulan der Königin.«

»Die Ulanen der Königin Reid und Walcot«, wiederholte sie für sich. »Gut, ich glaube, das kann ich behalten.« Dann zeigte sie auf den Neuen. »Und wie heißt du?«

Er hakte die Daumen in seinen Gürtel. »Wozu willst du das wissen?«

Sie drückte Sara an ihre Brust. »Die Prinzessin hat mich angeschrien und mich für die Nacht rausgeschmissen. Wenn ich nicht gehe, wird sie fuchsteufelswild und schlägt mir den Kopf ab, weil ich nicht getan hab', was sie gesagt hat. Deshalb will ich ihr sagen, wer mich nicht rausgelassen hat. Ich will eure Namen wissen, damit sie nicht denkt, ich hätte mir das ausgedacht, und sie euch selber fragen kann. Ich habe Angst vor ihr. Jetzt läßt sie Leuten auch schon die Köpfe abschlagen.«

Die drei wichen erschrocken einen Schritt zurück und sahen sich an. »Es stimmt«, meinte Reid, der Ulan der Königin, zu dem Neuen. »Die Prinzessin wird allmählich wie die Mutter. Ein nettes Früchtchen. Kein Wunder. Die Königin macht ihr mächtig Druck, damit sie erwachsen wird.«

»Keiner verläßt das Schloß. So lautet unser Befehl.«

»Also wir beide sind dafür, die Befehle der Prinzessin zu befolgen.« Ulan Reid drehte sich ein Stück zur Seite und spuckte. »Wenn du darauf bestehst, sie drinnen zu lassen, einverstanden, solange klar ist, wessen Kopf auf dem Block landet. Wenn es soweit kommt, haben wir dir gesagt, du sollst sie rauslassen, genau wie die Prinzessin es befohlen hat. Auf den Block gehen wir nicht mit dir.« Der andere,

Walcot, nickte. Er war derselben Ansicht. »Jedenfalls nicht, weil ein kleines Mädchen, kaum größer als so, uns gedroht hat.« Er hielt die Hand in Höhe ihres Kopfes. »Ich werde ihnen jedenfalls nicht erklären, wieso drei kräftige Soldaten wie wir sich einig waren, daß sie gefährlich ist. Es ist dein Befehl, aber dich kostet es den Kopf und nicht uns, wenn du dich der Prinzessin widersetzt.«

Der Neue blickte auf sie herab. Er wirkte ziemlich aufgebracht. Er sah die beiden anderen eine Weile an, dann wieder sie. »Na schön, es steht ja wohl fest, daß sie keine Bedrohung darstellt. Der Befehl war als Schutz vor Bedrohungen gedacht, ich denke also ...«

Ulan Walcot wollte den schweren Riegel an der Tür heben.

»Aber ich will wissen, was sie da hat«, sagte der Neue.

»Nur mein Abendessen und meine Puppe«, sagte Rachel und tat, als sei es ohne jede Bedeutung.

»Laß mal sehen.«

Rachel legte das Bündel auf den Boden und löste die Knoten. Sara gab sie ihm.

Er nahm Sara in seine große Pranke, drehte sie, musterte sie. Er stellte sie auf den Kopf und hob ihr Kleid mit seinem dicken Finger. Rachel trat ihm vors Schienbein, so fest sie konnte.

»Laß das! Hast du denn gar keinen Anstand?« brüllte sie.

Die beiden anderen Wachen grölten. »Irgendwas Gefährliches darunter entdeckt?« fragte Reid.

Der Neue sah die beiden anderen an und gab ihr Sara zurück. »Was hast du sonst noch?«

»Hab' ich doch gesagt. Mein Abendessen.«

Er wollte sich vorbeugen. »So ein kleines Ding wie du braucht ja wohl kein ganzes Brot.«

Rachel rammte die Hand in die Tasche und schloß ihre Hand fest um den Feuerstab. Sie holte ihn raus und war bereit.

»Das ist meins!« schrie sie. »Laß die Finger davon!«

»Laß sie doch«, meinte Walcot zu dem Neuen. »Die kriegt wenig genug. Oder hast du den Eindruck, die Prinzessin überfüttert sie?«

Der Neue richtete sich auf. »Wohl kaum.« Er stieß einen tiefen Seufzer aus. »Geh schon. Mach, daß du wegkommst.«

Rachel steckte den Feuerstab zurück in die Tasche und knotete das Tuch über dem Brot und dem Essen wieder zusammen, so schnell sie konnte. Mit der einen Hand drückte sie Sara fest an sich und mit der anderen, ebenso fest, das Bündel. Dann huschte sie durch die Beine der Männer zum Tor hinaus.

Als sie hörte, wie es sich mit einem lauten, metallischen Klingen hinter ihr schloß, fing sie an zu rennen. Sie rannte so schnell sie konnte, ohne sich umzudrehen, denn sie hatte zuviel Angst, um nachzusehen, ob sie jemand verfolgte. Nach einer Weile mußte sie es einfach wissen und blieb schließlich stehen, um sicherzugehen. Kein Mensch. Außer Atem setzte sie sich zum Ausruhen auf eine dicke Wurzel mitten auf dem Weg. Die Umrisse des Schlosses, die Zinnen der Mauer, die Türme mit den Lichtern, hoben sich gegen den nächtlichen Sternenhimmel ab. Nie würde sie dorthin zurückkehren, niemals. Sie und Giller wollten dahin fliehen, wo die Menschen freundlich waren, und sie würden niemals zurückkommen. Sie japste noch nach Luft, als sie eine Stimme hörte.

»Rachel?« Es war Sara.

Sie legte Sara auf den Schoß, oben auf das Bündel. »Jetzt sind wir in Sicherheit, Sara. Wir sind entwischt.«

Sara lächelte. »Da bin ich aber froh, Rachel.«

»Wir werden nie wieder an diesen gemeinen Ort zurückkehren.«

»Rachel, Giller möchte, daß du etwas weißt.«

Sie mußte sich vorbeugen. Saras Stimme war kaum zu verstehen. »Was denn?«

»Daß er nicht mitkommen kann. Du mußt ohne ihn gehen.«

Rachel kamen die Tränen. »Aber ich will, daß er mitkommt.«

»Würde er auch gerne, mehr als alles andere, Kind. Aber er muß dableiben und dafür sorgen, daß sie dich nicht finden, damit du fliehen kannst. Nur so bist du in Sicherheit.«

»Aber alleine habe ich Angst.«

»Du wirst nicht alleine sein, Rachel. Ich werde bei dir sein. Immer.«

»Aber was soll ich tun? Wo soll ich denn hin?«

»Du mußt weglaufen. Giller meint, du darfst nicht zurück in deine alte Launenfichte, dort werden sie dich finden.« Rachel machte große Augen, als sie das hörte. »Geh zu einer anderen Launenfichte und am nächsten Tag wieder zu einer anderen, lauf einfach weiter und versteck dich, bis der Winter kommt. Dann mußt du nette Menschen suchen, die sich um dich kümmern.«

»Na gut, wenn Giller das sagt, werde ich das tun.«

»Rachel, Giller hat dich sehr lieb.«

»Ich habe ihn auch lieb«, sagte Rachel. »Lieber als alles andere.«

Die Puppe lächelte.

Urplötzlich erstrahlte der Wald in gelbblauem Licht. Sie hob den Kopf. Dann hörte sie plötzlich einen lauten Knall. Sie sprang auf. Ihr Unterkiefer klappte herunter, und sie riß die Augen auf.

Vom Schloß her, aus dem Innenhof, kam ein gigantischer Feuerball geflogen.

Der Feuerball stieg in die Luft. Funken stiebten, und schwarzer Rauch quoll daraus hervor. Als es höher stieg, verwandelte sich das Feuer in schwarzen Rauch, bis alles wieder dunkel war.

»Hast du das gesehen?« fragte sie Sara.

Sara antwortete nicht.

»Hoffentlich geht es Giller gut.«

Sie schaute auf die Puppe herab, doch die sagte nichts, lächelte nicht einmal.

Rachel drückte Sara an sich und hob das Bündel auf.

»Wir machen uns besser auf den Weg, wie Giller gesagt hat.«

Als sie am See vorbeikam, schmiß sie den Schlüssel zu ihrem

Schlafkasten so weit sie konnte ins Wasser. Sie lächelte, als sie ihn hineinplumpsen hörte.

Sara schwieg, als sie vom Schloß fortliefen, den Weg hinab. Rachel mußte daran denken, was Giller gesagt hatte, daß sie nicht in dieselbe Launenfichte durfte. Sie bog ab und lief einen Wildwechsel entlang, durch Dornendickicht in eine andere Richtung.

Nach Westen.

5. Kapitel

Ein Geräusch. Leise, zart, fauchend.

Es ergab keinen Sinn, im Dunst halb zwischen Schlafen und Wachen, sosehr er auch versuchte, es einzuordnen. Erst langsam, dann mit zunehmender Dringlichkeit wachte er auf und bemerkte den Duft bratenden Fleisches. Sofort bedauerte er, bei Bewußtsein zu sein. Ihm fiel ein, was geschehen war, wie er sich nach Kahlan sehnte. Er hatte die Knie hochgezogen und den Kopf darauf gelegt. Die Borke des Stammes in seinem Rücken drückte sich schmerzhaft ins Fleisch, und seine Muskeln waren vom Schlafen in derselben Stellung die ganze Nacht hindurch steif. Mit dem Kopf auf den Knien konnte er fast nichts erkennen, außer daß es gerade begonnen hatte, zu dämmern.

Irgend jemand oder etwas war dicht neben ihm.

Er tat, als schlafe er weiter, und schätzte ab, wo sich seine Hände und wo sich seine Waffen befanden. Das Schwert war ein gutes Stück entfernt und mußte erst weit herausgezogen werden. Das Messer nicht. Seine Fingerspitzen berührten den Walnußgriff. Er streckte sie langsam, vorsichtig, bis er den Griff in der Hand hielt und fest zupacken konnte. Was immer es war, es befand sich links, dicht neben ihm. Ein Sprung und ein Stoß mit dem Messer, überlegte er.

Vorsichtig riskierte er einen Blick. Er erschrak, als er sah, daß es Kahlan war. Sie saß aufrecht an den Stamm gelehnt und sah ihn an. Über dem Feuer briet ein Kaninchen. Er richtete sich auf.

»Was tust du hier?« fragte er argwöhnisch.

»Können wir reden?«

Richard schob das Messer zurück in die Scheide, streckte die steifen Beine und massierte sie. »Ich dachte, wir hätten uns seit gestern abend nichts mehr zu sagen.« Sofort zuckte er unter seinen eigenen Worten zusammen. Kahlan blickte ihn unergründlich von unten herauf an. »Tut mir leid«, sagte er und mäßigte seinen Ton. »Natürlich können wir reden. Worüber möchtest du sprechen?«

Sie zuckte im schwachen Licht mit den Achseln. »Ich habe viel nachgedacht.« Sie hielt einen Birkenstock in der Hand, den er am Vorabend für das Feuer geschnitten hatte, und schälte die Rinde in Stücken herunter. »Gestern abend, nachdem ich gegangen war, na ja, ich wußte, daß du Kopfschmerzen hattest ...«

»Woher?«

Sie zuckte wieder mit den Achseln. »Ich sehe dir immer an den Augen an, wenn du Kopfschmerzen hast.« Ihre Stimme war leise, zart. »Ich weiß, du hast in der letzten Zeit nicht viel geschlafen, und das war meine Schuld. Ich beschloß also, bevor ich aufbreche, für dich Wache zu halten, während du schläfst. Ich war dort drüben«, sie zeigte mit dem Ast in die Richtung, »zwischen den Bäumen, von wo ich dich sehen konnte.« Sie senkte den Kopf. »Ich wollte, daß du ein wenig schläfst.«

»Du warst die ganze Nacht hier?« In Richard regte sich eine bange Hoffnung.

Sie nickte, ohne aufzusehen. »Ich habe dich gesehen und beschlossen, eine Schlinge zu basteln, wie du es mir beigebracht hast. Ich wollte sehen, ob ich etwas fürs Frühstück fangen kann. Ich habe lange geweint. Der Gedanke, du könntest so über mich denken, war unerträglich. Das hat so weh getan. Und mich wütend gemacht.«

Richard entschied, es wäre das beste zu schweigen, solange sie mit den Worten rang. Er wußte ohnehin nicht, was er sagen sollte. Außerdem hatte er Angst, sie könnte wieder gehen, wenn er etwas sagte. Kahlan pflückte einen Ringel Birkenrinde ab und warf ihn ins Feuer, wo er zischend in Flammen aufging.

»Dann habe ich darüber nachgedacht, was du gesagt hast. Es gibt einiges, was ich dir sagen muß, wie du dich im Beisein der Königin verhalten mußt. Und dann fielen mir noch einige Einzelheiten ein, über die Straßen, die du meiden, die Orte, die du vielleicht aufsuchen solltest. Mir fielen einfach immer mehr Dinge ein, die du wissen mußt. Bevor ich mir richtig darüber im klaren war, merkte ich, daß du recht hattest. In allem.«

Sie schien den Tränen nahe, weinte aber nicht. Statt dessen spielte sie weiter an dem Stock herum und wich seinem Blick aus. Er schwieg immer noch. Dann stellte sie ihm eine unerwartete Frage.

»Findest du Shota hübsch?«

Er grinste. »Sicher. Aber nicht so hübsch wie dich.«

Kahlan mußte schmunzeln und warf ihr Haar über die Schulter. »Das würden sich nicht viele trauen gegenüber einer …« Sie fing sich wieder. Ihr Geheimnis stand zwischen ihnen wie eine dritte Person. Sie setzte erneut an. »Es gibt ein Altweibersprichwort, vielleicht hast du es schon gehört. ›Laß dir nie von einer schönen Frau den Weg zeigen, wenn ein Mann in ihrem Blickfeld steht.‹ «

Richard mußte lachen und stand auf, um sich die Beine zu vertreten. »Nein, das kannte ich noch nicht.« Halb lehnte er sich an den Stamm, halb setzte er sich darauf und verschränkte die Arme. Kahlan brauchte wirklich keine Angst zu haben, Shota könnte sein Herz stehlen, schließlich hatte sie gesagt, sie würde ihn töten, wenn sie ihn noch mal sähe. Auch ohne diese Drohung hatte Kahlan keinen Grund zur Sorge.

Sie warf das Stöckchen fort, stellte sich neben ihn und lehnte sich an den Stamm. Sie sah ihn stirnrunzelnd an. »Richard« – sie sprach sehr leise, fast flüsterte sie – »ich habe gestern abend darüber nachgedacht, daß ich mich sehr dumm verhalten habe. Ich hatte Angst, die Hexe würde mich töten, und plötzlich wurde mir bewußt, daß es ihr fast gelungen wäre. Nur nehme ich ihr die Arbeit ab, wenn ich mir von ihr den Weg vorgeben lasse. Du hattest in jeder Hinsicht recht. Ich hätte es wissen müssen und auf den Sucher hören sollen.«

Sie sah zu Boden, bevor sie ihn erneut mit ihren grünen Augen ansah. »Wenn … wenn es noch nicht zu spät ist, dann hätte ich gerne meinen Posten zurück. Als dein Führer.«

Richard konnte es kaum fassen. In seinem ganzen Leben war er noch nie so glücklich, so erleichtert gewesen. Statt zu antworten, streckte er die Arme aus, zog sie an sich und drückte sie fest. Einen kurzen Augenblick legte sie den Kopf an seine Brust und schlang die Arme um ihn. Dann entzog sie sich ihm wieder.

»Richard, da ist noch etwas. Bevor du mich wieder aufnimmst, mußt du erst den Rest hören. Ich kann nicht mehr. Ich muß dir etwas über mich erzählen. Wer ich bin. Es zerreißt mir das Herz, denn angeblich bin ich doch dein Freund. Ich hätte es dir von Anfang an erzählen sollen. Noch nie hatte ich einen Freund wie dich. Ich will dich nicht verlieren.« Sie wich seinem Blick aus. »Aber jetzt kann ich nicht mehr anders«, fügte sie kaum hörbar hinzu.

»Kahlan, ich hab' dir schon einmal gesagt, du bist mein Freund, und nichts kann daran etwas ändern.«

»Dieses Geheimnis schon.« Sie ließ die Schultern hängen. »Es geht um Zauberei.«

Richard war nicht mehr so sicher, ob er ihr Geheimnis erfahren wollte. Er hockte sich vor das Feuer und nahm den Bratspieß mit dem Kaninchen in die Hand. Funken stiebten in die aufkommende Dämmerung. Er war stolz auf sie, weil sie das Kaninchen allein gefangen hatte, so wie er es ihr gezeigt hatte.

»Kahlan, es ist mir egal, was dein Geheimnis ist. Aber du bist mir nicht egal, und das ist alles, was zählt. Du brauchst es mir nicht zu erzählen. Komm, das Kaninchen ist fertig. Komm und iß etwas.«

Er schnitt mit dem Messer ein Stück ab und reichte es ihr, als sie sich neben ihn auf den Boden setzte und sich die Haare aus dem Gesicht strich. Das Fleisch war heiß. Sie hielt es vorsichtig zwischen den Fingerspitzen und pustete darauf, um es zu kühlen. Richard schnitt auch für sich ein Stück ab und lehnte sich zurück.

»Als du Shota zum ersten Mal gesehen hast, hat sie da wirklich ausgesehen wie deine Mutter?«

Er sah in Kahlans feuerbeschienenes Gesicht und nickte, bevor er einen Bissen nahm.

»Deine Mutter war sehr schön. Du hast ihre Augen und ihren Mund.«

Richard mußte an sie denken und lächelte. »Aber in Wirklichkeit war es nicht sie.«

»Du hast dich also geärgert, weil Shota vorgab, jemand anderes zu sein? Weil sie dich getäuscht hat?« Sie biß ein Stück Fleisch ab und sog die Luft durch den Mund ein, denn es war noch immer heiß. Sie betrachtete ihn genau.

Richard zuckte mit den Achseln, plötzlich tat es ihm leid. »Ich glaube ja. Es war nicht fair.«

Kahlan kaute eine Weile, schluckte. »Deswegen muß ich dir erzählen, wer ich bin, auch wenn du mich deswegen vielleicht hassen wirst. Du bist mein Freund gewesen, und das, obwohl ich dir nicht die Freundin war, die du verdient hättest. Das ist der zweite Grund, weshalb ich zurückgekommen bin. Ich wollte nicht, daß du es von jemand anderem erfährst. Wenn du willst, gehe ich, nachdem ich es dir erzählt habe.«

Richard blickte in den Himmel, der allmählich Farbe bekam. Plötzlich wünschte er, Kahlan würde ihm nicht erzählen, was sie war, und alles könnte beim alten bleiben. »Keine Angst, ich schicke dich nicht fort. Schließlich haben wir etwas zu erledigen. Erinnerst du dich noch, was Shota gesagt hat? Die Königin wird das Kästchen nicht mehr lange haben. Das kann nur bedeuten, daß es ihr jemand wegnimmt. Besser wir als Darken Rahl.«

Kahlan legte ihm die Hand auf den Arm. »Du sollst dich erst entscheiden, wenn du mich angehört hast, wenn du weißt, wer ich bin. Wenn du danach willst, daß ich gehe, werde ich es verstehen.« Sie sah ihm fest in die Augen. »Richard, weißt du, ich habe noch nie jemanden so gemocht wie dich, und das werde ich auch in Zukunft nicht. Aber mehr wird daraus nicht werden. Nichts Gutes jedenfalls.«

Er weigerte sich, das zu glauben. Es mußte einfach einen Weg geben. Richard atmete tief durch. »Also schön, erzähl es mir.«

Sie nickte. »Erinnerst du dich noch, wie ich dir erzählt habe, einige Bewohner der Midlands seien Zauberwesen? Und daß sie diesen Zauber nicht aufgeben könnten, weil er ein Teil von ihnen sei?« Er nickte. »Nun, ich bin eines dieser Wesen. Ich bin mehr als nur eine Frau.«

»Und was bist du dann?«

»Ich bin ein Konfessor.«

Konfessor.

Richard kannte das Wort.

Jeder einzelne Muskel in seinem Körper verkrampfte sich. Ihm blieb die Luft weg. Das Buch der Gezählten Schatten kam ihm in den Sinn. *Werden die Worte des Buches der Gezählten Schatten von einem anderen gesprochen als von dem, der über die Kästchen gebietet, so kann ihre Wahrheit nur bestätigt werden unter Zuhilfenahme eines Konfessors …* Seine Gedanken rasten, als blätterte er in Gedanken in den Seiten, als überflöge er die Worte in dem Versuch, sich an das gesamte Buch zu erinnern, ob vielleicht ein zweites Mal ein *Konfessor* erwähnt wurde. Nein. Er kannte in dem Buch jedes Wort, und Konfessor tauchte nur an einer einzigen Stelle auf, gleich zu Anfang. Er mußte daran denken, wie er gerätselt hatte, was ein Konfessor wohl sein mochte. Er war zuvor nicht sicher gewesen, daß es ein Mensch war. Er spürte das Gewicht des Zahnes um seinen Hals.

Kahlan musterte argwöhnisch den Ausdruck auf seinem Gesicht. »Weißt du, was ein Konfessor ist?«

»Nein«, brachte er hervor. »Ich habe es schon mal gehört … von meinem Vater. Aber ich weiß nicht, was es bedeutet.« Er hatte Mühe, seine Fassung wiederzugewinnen.

Kahlan zog die Knie hoch, schlang die Arme darum und zog sich ein Stück zurück. »Es handelt sich um eine Kraft, eine magische Kraft, die von der Mutter an die Tochter vererbt wird und die fast bis zur Entstehung der Länder zurückreicht, bis vor das finstere Zeitalter.« Richard wußte nicht, was mit dem ›finsteren Zeitalter‹ gemeint war, unterbrach sie aber nicht. »Wir werden damit geboren, der Zauber ist ein Teil von uns und kann von uns ebensowenig getrennt werden wie du von deinem Herzen. Eine Frau, die Konfessor ist, wird auch einen Konfessor gebären. Immer. Doch diese Kraft ist nicht bei allen von uns gleich, bei manchen ist sie schwächer, bei anderen stärker.«

»Du kannst dich also nicht davon lösen, selbst wenn du es wolltest. Aber was ist das für eine Kraft?«

Sie sah fort, ins Feuer. »Es ist eine Kraft, die durch Berührung heraufbeschworen wird. Sie ist immer da, in uns. Wir kehren sie nicht hervor, wenn wir sie benutzen wollen, im Gegenteil, wir müssen sie immer zurückhalten und benutzen sie, indem wir unseren Griff lockern und sie freisetzen.«

»So ähnlich wie den Bauch einziehen?«

Sein Vergleich brachte sie zum Lächeln. »So ähnlich.«

»Und was tut diese Kraft?«

Sie spielte verlegen mit dem Zipfel ihres Umhanges. »Das läßt sich mit Worten nur schwer ausdrücken. Ich hätte nie gedacht, daß eine Erklärung so mühsam wäre. Doch für jemanden, der nicht aus den Midlands ist, läßt es sich nur schwer in Worte fassen. Ich habe es bis jetzt noch nie tun müssen. Genaugenommen bin ich nicht einmal sicher, ob es überhaupt geht. Es ist ein wenig, als wollte man einem Blinden Nebel erklären.«

»Versuche es.«

Sie nickte und sah ihm kurz in die Augen.

»Es ist die Kraft der Liebe.«

Richard hätte fast losgelacht. »Und davor soll ich Angst haben? Vor der Kraft der Liebe?«

Kahlan richtete sich auf. Die Empörung war ihren Augen anzusehen. Empörung und dieser zeitlose Blick, mit dem ihn auch Adie und Shota angeblitzt hatten, und der ihm sagte, daß er sich im Ton vergriffen hatte und selbst sein zaghaftes Lächeln unverschämt war. Eine Haltung, die er von ihr nicht kannte. Eiskalt wurde ihm bewußt, daß Kahlan es nicht gewohnt war, daß jemand ihre Kraft oder ihre Person belächelte. Ihr Blick verriet mehr über ihre Kraft als alle Worte. Was immer diese Kraft war, sie hatte bestimmt nichts Lächerliches. Sein vorsichtiges Lächeln schwand dahin. Als sie sicher war, daß er sich nicht weiter respektlos benehmen würde, fuhr sie fort.

»Du verstehst nicht. Nimm es nicht auf die leichte Schulter.« Sie kniff die Augen zusammen. »Sobald du von ihr berührt wirst, bist du nicht mehr derselbe wie zuvor. Du bist für immer verändert. Darüber hinaus bist du demjenigen ergeben, der dich berührt hat, und zwar ausschließlich. Was immer du gewollt hast, was oder wer du gewesen bist, hat für dich alle Bedeutung verloren. Für den, der dich berührt hat, würdest du alles tun. Dein Leben gehört nicht mehr dir, sondern ihr. Dein altes Selbst existiert nicht mehr.«

Richard spürte die Gänsehaut auf seinen Armen. »Wie lange hält dieser Zauber, oder was es ist, an?«

»Solange derjenige lebt, den ich berühre«, sagte sie tonlos.

Richard spürte, wie die Kälte seinen restlichen Körper ergriff. »Man könnte also sagen, daß du Menschen verhext?«

Sie seufzte. »Nicht ganz so, aber wenn es dir hilft, könntest du es vermutlich so nennen. Aber die Berührung durch einen Konfessor ist viel mehr. Viel stärker und endgültiger. Verhexen kann rückgängig gemacht werden. Shota hat dich verhext, auch wenn du es nicht gemerkt hast. Es bedeutet einen Zuwachs. Hexen können nichts dafür, so sind sie eben. Aber dein Zorn und der Zorn des Schwertes haben dich beschützt. Die Berührung meiner Kraft ist einmalig und unwiderruflich. Nichts könnte dich schützen. Wenn ich jemanden berühre, kann dieser Mensch nicht mehr zurückgeholt werden, weil diese Person nach der Berührung nicht mehr existiert. Dieser

Mensch ist für immer verloren. Wie auch sein freier Wille. Einer der Gründe, warum ich nicht zu Shota wollte, ist der, daß Hexen Konfessoren nicht ausstehen können. Sie sind wahnsinnig eifersüchtig auf unsere Macht. Und zwar weil sich ein Mensch nach der Berührung vollkommen hingibt. Er wird alles tun, was ein Konfessor von ihm verlangt.« Sie sah ihn stechend an. »Alles.«

Richard spürte, wie sein Mund trocken wurde, während seine Gedanken in alle Richtungen gleichzeitig schossen und er sich verzweifelt an seine Hoffnungen und seine Träume klammerte. Nur durch Fragen konnte er Zeit gewinnen und sie zusammenhalten. »Funktioniert es bei jedem?«

»Bei jedem Menschen. Bis auf Darken Rahl. Die Zauberer haben mich gewarnt, daß der Zauber der Ordnung ihn vor unserer Berührung beschützt. Er hat von mir nichts zu fürchten. Bei denen, die keine Menschen sind, funktioniert es hauptsächlich deswegen nicht, weil sie nicht über das nötige Mitgefühl verfügen, damit der Zauber sie verändern kann. Einen Gar zum Beispiel würde meine Berührung nicht verändern. Bei einigen anderen Wesen funktioniert es, wenn auch nicht wie bei Menschen.«

Er sah sie argwöhnisch an. »Und Shar? Sie hast du doch berührt, oder?«

Kahlan nickte und lehnte sich ein wenig zurück. Sie ließ wieder den Kopf hängen. »Ja. Sie lag im Sterben und war einsam. Sic litt darunter, von den anderen ihrer Art entfernt zu sein. Sie wollte nicht einsam sterben. Sie hat mich darum gebeten. Dadurch verlor sie ihre Angst. Sie wurde durch eine Liebe für mich ersetzt, die keinen Raum ließ für Qualen und Einsamkeit. Von ihr war nichts mehr übrig als ihre Liebe zu mir.«

»Und als wir uns kennengelernt haben, als uns das Quadron verfolgt hat? Da hast du doch auch einen der Männer berührt, oder?«

Kahlan nickte und ließ sich an den Stamm sinken. Sie raffte den Umhang um sich und starrte ins Feuer. »Obwohl sie geschworen hatten, mich zu töten, gehören sie mir, sobald ich sie berühre«, sagte sie entschieden. »Sie würden bis zum Tod kämpfen, um mich zu beschützen. Aus diesem Grund schickt Rahl auch vier Männer aus, um Konfessoren zu töten. Man erwartet, daß sie einen berührt, dann sind drei übrig, die diesen und den Konfessor töten können. Es braucht drei, weil der eine so wild kämpft, daß er gewöhnlich einen oder oft auch zwei tötet, aber dann bleibt immer noch einer, der den Konfessor töten kann. Ganz selten gelingt es ihm, die verbliebenen drei zu töten. Das ist mit dem Quadron passiert, das mich vor der Überquerung der Grenze verfolgt hat. Ein Quadron ist die beste Einheit, die man aussenden kann. Sie haben fast immer Erfolg, und wenn nicht, schickt Rahl einfach das nächste. Auf dem Grat wurden wir nur deswegen nicht getötet, weil du sie getrennt hattest. Der, den ich berührt habe, hat seinen Begleiter getötet, während du die beiden anderen beschäftigt hast. Dann ging er auf die beiden übrigen los. Aber du hattest einen vom Felsen gestoßen, also hat er sein Leben geopfert, um den Anführer in die Tiefe zu stürzen. Er tat es, weil er dann nicht mehr in einem Schwertkampf verlieren konnte. Damit verlor er zwar sein Leben, aber das war für ihn nach meiner Berührung ohne Bedeutung. Nur so konnte er sicher sein, mich zu schützen.«

»Kannst du nicht einfach alle vier berühren?«

»Nein. Die Kraft läßt nach der ersten Berührung nach. Es dauert, bis sie sich regeneriert hat.«

Er spürte das Heft des Schwertes an seinem Ellenbogen, und plötzlich kam ihm eine Idee. »Als wir durch die Grenze gingen, hat uns der letzte Mann aus dem Quadron verfolgt. Ich habe ihn getötet, aber … eigentlich habe ich dich damit gar nicht gerettet, stimmt's?«

Sie schwieg einen Augenblick, bevor sie antwortete. »Ein einzelner Mann, ganz gleich wie groß oder kräftig er ist, kann einem Konfessor nicht gefährlich werden, nicht einmal einem schwachen Konfessor, geschweige denn mir. Wärst du nicht gekommen … ich wäre mit ihm fertig geworden. Tut mir leid, Richard«, hauchte sie, »aber du hättest ihn nicht zu töten brauchen.«

»Schön«, meinte er trocken, »wenigstens habe ich dich davor bewahrt, es selbst tun zu müssen.«

Sie antwortete nicht, sondern sah ihn nur traurig an. Offenbar hatte sie keine tröstenden Worte für ihn.

»Wie lange dauert es?« fragte er. »Wie lange braucht ein Konfessor, um seine Kraft wiederzugewinnen?«

»Das ist bei jedem Konfessor anders. Bei manchen ist die Kraft schwächer, und es kann mehrere Tage und Nächte dauern, bis sie sich wieder erholt hat. Bei den meisten dauert es ungefähr einen Tag und eine Nacht.«

Richard sah sie an. »Und bei dir?«

Sie sah ihn an, als wünschte sie, er hätte die Frage nicht gestellt. »Ungefähr zwei Stunden.«

Er drehte sich zum Feuer. Die Antwort gefiel ihm nicht. »Ist das ungewöhnlich?«

Sie seufzte. »Das hat man mir jedenfalls gesagt.« Sie klang erschöpft. »Je schneller die Regeneration, desto stärker ist die Kraft. Sie wirkt stärker bei dem, den sie berührt. Deswegen konnten einige aus den Quadronen auch die drei anderen töten. Bei einem Konfessor mit einer schwächeren Kraft wäre das unmöglich. Die Stellung eines Konfessors bemißt sich nach ihrer Kraft, denn diejenigen mit der stärksten Kraft haben auch die besten Chancen, Töchter mit verstärkter Kraft zu bekommen. Kein Konfessor neidet einem anderen seine Kraft. Wer mehr davon hat, genießt tiefere Zuneigung und wird in schwierigen Zeiten mit mehr Hingabe unterstützt. Was zum Beispiel geschehen ist, seit Rahl die Grenze durchquert hat. Die unteren Ränge beschützen die oberen, wenn nötig mit ihrem Leben, um durch das Überleben derer mit der größten Kraft den Fortbestand unserer Schwesternschaft zu gewährleisten.«

Sie würde es ihm nicht sagen, wenn er nicht fragte, also tat er es. »Und wie ist dein Rang?«

Sie starrte ungerührt ins Feuer. »Alle Konfessoren folgen mir. Viele haben ihr Leben geopfert, um mich zu beschützen ...« Ihre Stimme versagte einen Augenblick lang. »Damit ich überlebe und meine Kraft irgendwie dafür einsetze, daß Rahl aufgehalten wird. Im Augenblick folgt mir natürlich niemand. Ich bin die letzte, die übrig ist. Alle anderen sind von Darken Rahl umgebracht worden.«

»Das tut mir leid, Kahlan«, sagte er leise. Erst allmählich dämmerte ihm, wie bedeutend diese Frau war. »Hast du einen Titel? Wie nennen die Leute dich?«

»Ich bin die Mutter Konfessor.«

Richard erstarrte. Der Klang der Worte ›Mutter Konfessor‹ vermittelte die Kälte fürchterlicher Autorität. Richard war ziemlich überwältigt. Er hatte immer gewußt, daß Kahlan jemand Wichtiges war, aber auch schon als Waldführer hatte er mit wichtigen Persönlichkeiten zu tun gehabt und gelernt, sich nicht von ihnen beeindrucken zu lassen. Aber noch nie war er einer so herausragenden Persönlichkeit begegnet. Mutter Konfessor. Es war ihm egal, ob er nur ein Waldführer war und sie so wichtig. Damit konnte er leben. Und sie bestimmt auch. Er würde sie deswegen nicht verlieren oder wegschicken. »Ich weiß nicht, was das bedeutet. Ist das vergleichbar mit einer Prinzessin oder einer Königin?«

Kahlan zog eine Braue hoch und sah ihn an. »Königinnen verneigen sich vor der Mutter Konfessor.«

Jetzt war er endgültig eingeschüchtert.

»Du stehst höher als eine Königin?« fragte er erschrocken.

»Das Kleid, das ich bei unserem ersten Treffen trug – es war das Kleid eines Konfessors. Wir alle tragen diese Kleider, damit kein Zweifel entsteht, wer wir sind. Die meisten Leute aus den Midlands würden uns allerdings in jedem Fall erkennen, egal wie wir uns kleiden. Alle Konfessoren tragen unabhängig von ihrem Alter ein schwarzes Konfessorenkleid, bis auf die Mutter Konfessor – ihr Kleid ist weiß.« Kahlan wirkte etwas genervt. Offenbar war es ihr unangenehm, ihre hohe Stellung erläutern zu müssen. »Mir ist sehr seltsam dabei zumute, dir dies alles zu erklären, Richard. In den Midlands weiß das jeder, ich brauche also nie darüber nachzudenken, wie ich es in Worte fassen sollte. Es klingt so … ich weiß nicht, so arrogant, wenn ich es ausspreche.«

»Nun, ich bin nicht aus den Midlands. Versuch es einfach, ich muß es verstehen.«

Sie nickte und sah ihn wieder an. »Könige und Königinnen sind Herrscher ihres Landes, sie alle haben ihr eigenes Reich. In den Midlands gibt es eine ganze Menge davon. Andere Länder werden auf andere Art regiert, zum Beispiel von Räten. Wieder andere beherbergen magische Kreaturen. Die Irrlichter, zum Beispiel. In ihrem Land leben keine Menschen.

Das Land der Konfessoren, meine Heimat, wird Aydindril genannt. Es ist gleichzeitig die Heimat der Zauberer und des Zentralrats aller Länder. In Aydindril ist es wunderschön. Es ist lange her, seit ich zu Hause war«, sagte sie wehmütig. »Konfessoren und Zauberer sind eng miteinander verbunden. Ganz so, wie der alte Zedd mit dem Sucher verbunden ist. Niemand erhebt einen Anspruch auf Aydindril. Das würde kein Herrscher wagen. Sie haben alle Angst vor den Konfessoren und Zauberern. Die Länder der Midlands tragen alle zur Unterstützung von Aydindril bei. Sie alle zahlen Steuern. Konfessoren stehen über den Gesetzen der einzelnen Länder, ganz so, wie auch der Sucher letztendlich nur sich selber verpflichtet ist. Gleichzeitig aber dienen wir allen Völkern der Midlands durch den Zentralrat.

In der Vergangenheit sind machtsüchtige Herrscher immer wieder darauf verfallen, die Konfessoren ihren Anordnungen zu unterwerfen. In diesen Zeiten gab es weitsichtige, jetzt als Legende verehrte Konfessoren, die erkannten, daß sie entweder den Grundstein für unsere Unabhängigkeit legen oder sich auf ewig unterwerfen mußten. Die Mutter Konfessor überwältigte die Herrscher also mit ihrer Kraft. Man stieß die Herrscher von ihren Thronen und ersetzte sie durch neue, die wußten, man muß die Konfessoren gewähren lassen. Die alten Herrscher, die man überwältigt hatte, wurden in Aydindril kaum besser als Sklaven gehalten. Die Konfessoren nahmen diese gestürzten Herrscher auf ihre Reisen in andere Länder mit, ließen sie die Vorräte und das Gepäck tragen. Damals war der Umgang mit den Konfessoren sehr viel feierlicher als heute. Wie auch immer, es machte den gewünschten Eindruck.«

»Das verstehe ich nicht«, sagte Richard. »Könige und Königinnen sind mächtige Herrscher. Hatten sie denn keinen Schutz? Hatten sie keine Truppen oder andere Soldaten, die für ihre Sicherheit sorgen? Wie kann ein Konfessor in die Nähe einer Königin oder eines Königs gelangen, um ihn zu berühren?«

»Doch, sie haben Leute, die sie beschützen, eine Menge sogar. Aber es ist nicht so schwer, wie es klingt. Ein Konfessor berührt einen Menschen, sagen wir einen Posten, dann hat sie einen Verbündeten. Der bringt sie zum nächsten, er wird überwältigt, und kurz darauf ist sie drinnen. Jeder, den sie berührt, kann sie zu dem nächsthöheren Rang bringen und verschafft ihr neue Verbündete. Wenn sie sich so durch Vertrauensstellungen und Berater hocharbeitet, ist sie schneller bei der Königin oder dem König, als man meinen möchte. Manchmal schneller, als jemand Verdacht schöpft oder gar Alarm schlägt. Jeder Konfessor kann das. Mutter Konfessor und eine Schar ihrer Schwestern fegen durch einen Palast wie die Pest. Ganz gefahrlos ist es jedoch nicht. Viele sind dabei umgekommen, doch das Ziel war es wert. Deswegen steht den Konfessoren jedes Land offen, selbst wenn es für alle anderen tabu ist. Die Grenzen für Konfessoren zu schließen käme einem Schuldgeständnis gleich und wäre ein ausreichender Grund, dem Herrscher seine Macht zu entreißen. Das ist der Grund, weshalb mich zum Beispiel die

Schlammenschen in ihr Land lassen, obwohl sie oft andere Fremde abweisen. Einen Konfessor abzuweisen, würde Fragen und Verdacht aufkommen lassen. Jeder Herrscher, der irgendwelche Intrigen plant, würde einem Konfessor nur zu gerne freien Zutritt gewähren, weil er dadurch seine Beteiligung an einem Staatsstreich verbergen könnte.

In jenen Zeiten gab es unter den Konfessoren so manche, die mehr als bereit waren, ihre Kraft zu benutzen, um alles Übel an der Wurzel auszureißen, wie sie es sahen. Die Zauberer machten ihren Einfluß geltend, um dies unter Kontrolle zu bekommen, aber die Menschen wußten bereits, zu was ein Konfessor fähig war. Aber das waren andere, härtere Zeiten.«

Herrscher entmachten. Andere Zeiten oder nicht, Richard fand dies alles unglaublich, schwer zu rechtfertigen. »Wer gab den Konfessoren das Recht dazu?«

Sie blickte ihn hart an. »Was tun wir beide, du und ich, eigentlich jetzt? Ist das so anders als das, was man in der Vergangenheit getan hat? Einen Herrscher entmachten?«

Sie schüttelte den Kopf. »Nein. Noch heute haben die Herrscher der Länder einen gesunden Respekt vor den Konfessoren, wenn nicht sogar ausgesprochene Angst. Besonders vor der Mutter Konfessor. Sie alle sind darauf bedacht, nicht aufzufallen. Mit dem Sucher ist es ziemlich das gleiche. War es zumindest früher, bevor wir beide geboren wurden. Damals waren Sucher noch gefürchteter und respektierter als Konfessoren.« Sie sah ihn bedeutungsschwer an. »Auch sie haben Könige entthront. Jetzt jedoch, seit das Schwert zu einer politischen Gefälligkeit verkommen ist, ist ihr Ansehen gesunken. Sie gelten kaum mehr als Bauern oder Diebe.«

»Ich bin nicht sicher, ob sich das geändert hat«, meinte Richard mehr zu sich selbst als zu ihr. »Die meiste Zeit komme ich mir vor, als wäre ich nicht mehr als eine Figur, die von anderen herumgeschoben wird. Selbst von Zedd und …«

Er sprach nicht weiter. Das tat sie für ihn. »Und von mir.«

»So meine ich das nicht. Ich wünsche mir manchmal bloß, ich hätte nie vom Schwert der Wahrheit gehört. Gleichzeitig aber kann ich unmöglich zulassen, daß Rahl gewinnt. Ich bin also zum Handeln verdammt. Ich glaube, ich habe keine Wahl, und genau das hasse ich.«

Kahlan machte ein wehmütiges Gesicht und schlug die Beine übereinander. »Richard, hoffentlich begreifst du jetzt, daß es für mich genau dasselbe war. Auch ich habe keine Wahl. Bei mir ist es sogar noch schlimmer, denn ich wurde mit dieser Kraft geboren. Wenn alles vorüber ist, kannst du wenigstens das Schwert zurückgeben, wenn du willst. Ich bleibe mein Leben lang Konfessor.« Sie zögerte, dann fügte sie hinzu: »Jetzt, wo ich dich kennengelernt habe, würde ich alles dafür geben, eine ganz normale Frau sein zu können.«

Richard wußte nicht, wohin mit seinen Händen. Er nahm ein Stöckchen und zeichnete Linien in den Sand. »Ich verstehe noch immer nicht, warum man euch ›Konfessoren‹ nennt. Was bedeutet das?« Er hatte große Schwierigkeiten, sie anzusehen.

Kahlan machte ein gequältes Gesicht. Sie tat ihm leid. »Das ist unsere Arbeit. Wir sind die endgültigen Gebieter über die Wahrheit. Aus diesem Grund haben uns die Zauberer in längst vergessener Zeit die Kraft gegeben. Auf diese Weise dienen wir den Menschen.«

»Endgültige Gebieter über die Wahrheit.«

Sie nickte. »Wir beide sind durch unsere Ziele verbunden. In gewisser Weise stellen wir die Kehrseiten desselben Zaubers dar. Die Zauberer in alter Zeit waren eher wie Herrscher. Die allgegenwärtige Korruption machte sie zunehmend unzufrieden. Sie haßten all den Lug und Trug. Sie suchten nach einer Möglichkeit, zu verhindern, daß die Korrupten ihre Macht benutzen, um das Volk zu täuschen und zu unterwerfen. Diese skrupellosen Herrscher brauchten ihre politischen Gegner nur eines Verbrechens zu bezichtigen und sie dafür hinrichten zu lassen. So hatten sie sie gleichzeitig entehrt und vernichtet. Die Zauberer suchten einen Weg, das zu beenden. Einen Weg, der keinen Raum für Zweifel ließ. Also schufen sie einen Zauber, dem sie ein Eigenleben einhauchten. Aus einer Gruppe ausgewählter Frauen schufen sie die Konfessoren. Die Frauen wurden sorgfältig ausgesucht, denn der Zauber führte ein Eigenleben, sobald er einmal in diesen Frauen zum Leben erweckt war – und er würde auf ihre Nachkommen übergehen, für immer.« Abwesend betrachtete sie den Stock, mit dem Richard Linien in den Staub zeichnete. »Wir benutzen unsere Kraft, um die Wahrheit herauszufinden. Vorausgesetzt, die Wahrheit ist wichtig genug. Heutzutage stellen wir damit meist sicher, ob ein zum Tode Verurteilter wirklich schuldig ist. Wir berühren die zum Tode Verurteilten, und wenn sie dann uns gehören, lassen wir sie gestehen.«

Richard hatte sich vorgebeugt. Der Stock bewegte sich nicht mehr. Er mußte sich zwingen, weiterzuzeichnen, als sie fortfuhr.

»Nach einer Berührung wird auch der übelste Mörder sich unserem Willen beugen und seine Verbrechen gestehen. Manchmal sind sich die Gerichte nicht sicher, ob sie den Richtigen haben. Man ruft also einen Konfessor, um die Wahrheit herauszufinden. In den meisten Ländern ist es Gesetz, daß niemand ohne Geständnis hingerichtet werden darf, damit auf jeden Fall der Richtige hingerichtet wird und man keinen Unschuldigen umkommen läßt. Einige Völker der Midlands bedienen sich nicht der Konfessoren, die Schlammmenschen zum Beispiel. Sie wollen keine Einmischung von außen, wie sie es sehen. Trotzdem fürchten sie uns, denn sie wissen, wozu wir fähig sind. Wir respektieren die Wünsche dieser Völker. Es gibt kein Gesetz, das ihnen die Inanspruchnahme unserer Dienste vorschreibt. Trotzdem werden wir sie im Falle des Verdachts einer Täuschung dazu zwingen. Die meisten Länder jedoch nehmen unsere Dienste in Anspruch. Sie finden es praktisch.

Konfessoren waren es, die als erste die Intrigen und den Verrat zu Rahls Gunsten aufgedeckt haben. Dazu haben Zauberer Konfessoren in erster Linie erschaffen, um die Wahrheit herauszufinden. Und den Posten des Suchers ebenfalls. Darken Rahl war gar nicht glücklich, daß wir ihm auf die Schliche gekommen sind.

In seltenen Fällen bittet ein ohne Konfessor zum Tode Verurteilter darum, einen zu rufen, damit er zum Beweis seiner Unschuld ein wahrheitsgemäßes Geständnis ablegen kann. Das ist überall in den Midlands das Recht der Verurteilten.« Ihre Stimme wurde sanfter, leiser. »Das hasse ich am meisten. Kein Schuldiger würde einen Konfessor rufen, er würde nur seine Schuld beweisen. Noch bevor ich diese Männer berühre, weiß ich, daß sie unschuldig sind, und doch muß ich es tun. Hättest du je den Blick in ihren Augen gesehen, wenn ich sie berühre ... du würdest es verstehen. Wenn man uns also ruft und diese Männer unschuldig sind, läßt man sie ...«

Es schnürte Richard die Kehle zusammen. Er versuchte zu schlucken. »Wie viele Geständnisse hast du ... abgenommen?«

Sie schüttelte langsam den Kopf. »Unzählig viele. Mein halbes Leben habe ich in Gefängnissen und Verliesen verbracht, bei den abscheulichsten und bösartigsten Tieren, die du dir denken kannst, und doch sehen die meisten nicht anders aus als ein freundlicher Ladenbesitzer oder der eigene Bruder, Vater, Nachbar. Sobald ich sie berührt habe, beichten sie mir all ihre Untaten. Anfangs hatte ich lange Zeit solche Alpträume, daß ich Angst hatte, zu schlafen. Die Dinge, die sie getan hatten ... du kannst es dir nicht vorstellen ...«

Richard warf das Stöckchen fort, nahm ihre Hand und drückte sie leicht. Sie fing an zu weinen. »Kahlan, du brauchst doch nicht ...«

»Ich kann mich noch an den ersten Mann erinnern, den ich getötet habe.« Ihre Lippen bebten. »Er verfolgt mich immer noch in meinen Träumen. Er hat mir gestanden, was er seinen Nachbarn und den drei Töchtern angetan hat ... die älteste war gerade fünf ... nachdem er mir die grausigsten Dinge gebeichtet hatte, die du dir vorstellen kannst, sah er mich aus großen Augen an und sagte: ›Wie lautet dein Wunsch, Herrin?‹, ... und ohne nachzudenken sagte ich: ›Ich wünsche mir deinen Tod.‹« Mit zittrigen Fingern wischte sie sich eine Träne von der Wange. »Er brach auf der Stelle tot zusammen.«

»Was haben die Leute gesagt?«

»Was könnten sie einem Konfessor sagen, auf dessen Befehl hin gerade ein Mensch vor ihren Augen tot zusammengebrochen war? Sie alle wichen zurück und machten Platz, als wir abzogen. Nicht jeder Konfessor bringt so etwas fertig. Sogar meinem Zauberer hatte es vor Angst die Sprache verschlagen.«

Richard runzelte die Stirn. »Dein Zauberer?«

Sie nickte und wischte sich die restlichen Tränen aus dem Gesicht. »Die Konfessoren haben ihre Macht von den Zauberern. Das war zu einer Zeit, als sie noch mehr mit der Verwaltung der Länder befaßt waren. Zu jener Zeit versuchten sie sich als Herrscher, sie wollten sämtliche Länder regieren. Mit der Zeit ließen sie davon wegen katastrophaler Fehlentwicklungen ab und wurden mehr Schutzherren als Regierende für die Völker. Für die Konfessoren fühlten sie sich trotzdem verantwortlich, denn sie konnten ihnen die Bürde der Kraft nicht nehmen, die sie ihnen aufgelastet hatten, noch sahen sie vorher, daß der Zauber, den sie geschaffen hatten, zu einer fürchterlichen Fehlentwicklung werden würde. Sie sahen es als ihre Pflicht an, uns zu schützen, da wir überall gefürchtet und gehaßt wurden. Fast immer reisen Konfessoren unter dem Schutz eines Zauberers. Rahl ist es gelungen, uns von den Zauberern zu trennen, und nun gibt es auch keine Zauberer mehr. Bis auf Zedd und Giller.«

Richard nahm das Kaninchen. Es wurde bereits kalt. Er schnitt ein Stück ab und reichte es ihr, dann riß er ein Stück für sich selbst ab. »Warum sollte jemand die Konfessoren fürchten oder hassen?«

»Die Verwandten und Freunde eines Verurteilten hassen uns oft, weil sie nicht glauben, daß ihre Lieben die Dinge getan haben, die sie uns beichten. Lieber glauben sie, wir bringen sie durch einen Trick zu einem Geständnis.« Sie knabberte an dem Fleisch, riß kleine Stücke ab und kaute sie langsam. »Ich habe festgestellt, daß die meisten Menschen nicht gerne an die Wahrheit glauben. Meist bedeutet sie ihnen nicht viel. Einige haben versucht, mich umzubringen. Aus diesem Grund ist immer ein Zauberer bei uns. Er soll uns beschützen, bis unsere Kraft sich regeneriert hat.«

Richard schluckte seinen Bissen hinunter. »Das scheint mir als Grund nicht ganz zu reichen.«

»Es geht nicht einfach nur um das, was wir tun. Für jemanden, der nicht damit aufgewachsen ist, muß das alles sehr fremd klingen. Die Sitten der Midlands mit ihrer Magie müssen dir sehr seltsam vorkommen.« Seltsam war wohl kaum das richtige Wort, dachte er. Beängstigend käme der Sache schon näher.

»Konfessoren sind unabhängig, und dagegen haben die Menschen was. Die Männer haben etwas gegen uns, weil uns keiner von ihnen beherrschen oder sagen kann, was wir tun sollen. Frauen haben etwas gegen uns, weil wir nicht das gleiche Leben führen wie sie, die traditionelle Frauenrolle. Wir versorgen keinen Mann und ordnen uns auch keinem unter. Wir gelten als privilegiert. Unser Haar ist lang, ein Symbol unserer Macht. Sie zwingt man, die Haare kurz zu tragen als Zeichen der Unterwerfung unter ihren Mann und jede andere Person, die im Rang höher steht als sie. Dir kommt das vielleicht unbedeutend vor, aber in unserem Volk ist nichts unbedeutend, das mit Macht zu tun hat. Eine Frau, die sich die Haare über die für ihren Status schickliche Länge wachsen läßt, muß als Strafe einen Teil ihres Status aufgeben. In den Midlands gelten lange Haare bei einer Frau als Zeichen der Macht, das fast schon an Herausforderung grenzt. Es ist das Zeichen, daß wir tun dürfen, was uns beliebt, und daß niemand uns Befehle geben kann. Wir sind für alle eine Bedrohung. Dein Schwert signalisiert den Menschen so ziemlich dasselbe. Kein Konfessor würde das Haar kurz tragen, und es nagt an den Menschen, daß uns niemand dazu zwingen kann. Ironischerweise sind wir unfreier als sie, doch diesen Aspekt sehen sie nicht. Wir erledigen die unappetitlichen Aufgaben für sie, und doch steht es uns nicht zu, frei über unser Leben zu entscheiden. Wir sind Gefangene unserer Kraft.«

Kahlan aß den Rest des Fleisches, das er ihr gegeben hatte, während er über die Ironie des Ganzen nachdachte. Die Konfessoren brachten den verhaßtesten Kriminellen die Liebe, nicht aber jenen, denen sie sie gerne schenken wollten. Offensichtlich überlegte sie immer noch, wie sie es ihm erklären sollte.

»Ich finde dein langes Haar schön«, sagte er. »Mir gefällt es, wie es ist.«

Kahlan lächelte. »Danke.« Sie warf die Knochen ins Feuer, sah einen Augenblick zu, dann blickte sie auf ihre Hände und tickte die Daumennägel zusammen. »Und dann ist da noch die Geschichte, daß wir uns einen Gatten suchen müssen.«

Richard aß sein Stück Fleisch und schmiß den Knochen ins Feuer. Er lehnte sich an den Stamm. Das gefiel ihm überhaupt nicht. »Einen Gatten suchen? Was soll das heißen?«

Sie betrachtete ihre Hände, als könnte sie dort Zuflucht finden. »Wenn ein Konfessor das Alter erreicht, in dem sie Mutter werden kann, muß sie sich einen Gatten erwählen. Ein Konfessor kann sich jeden Mann aussuchen, den sie will, sogar einen, der bereits verheiratet ist. Sie darf durch die Midlands streifen, um einen geeigneten Vater für ihre Töchter zu suchen, einen, der stark ist und in ihren Augen vielleicht gutaussehend. Was immer sie will. Männer haben entsetzliche Angst vor einem Konfessor, der einen Gatten sucht, weil sie nicht erwählt und nicht von ihr berührt werden wollen. Frauen haben entsetzliche Angst, weil sie nicht wollen, daß ihr Mann, ihr Bruder oder ihr Sohn erwählt wird. Sie alle wissen, in dieser Angelegenheit haben sie nichts zu sagen. Wer sich einem Konfessor bei der Gattenwahl in den Weg stellt, wird von ihm erwählt. Die Menschen haben Angst vor mir, erstens, weil ich die Mutter Konfessor bin, und zweitens, weil ich den Zeitpunkt der Wahl längst überschritten habe.«

Richard klammerte sich noch immer hartnäckig an seine Hoffnungen und Träume. »Aber was ist, wenn du jemanden magst und er dich auch?«

Kahlan schüttelte traurig den Kopf. »Konfessoren haben keine Freunde außer anderen Konfessoren. Das Problem stellt sich nicht, niemand würde etwas für einen Konfessor empfinden. Jeder Mann hat Angst vor uns.« Sie verschwieg, daß sich das Problem jetzt sehr wohl stellte. Ihre Stimme stockte. »Von klein auf hat man uns beigebracht, der Mann, den wir erwählen, müsse stark sein, damit die Kinder, die wir bekommen, ebenfalls stark sind. Aber es darf niemand sein, für den wir etwas empfinden, denn wir würden ihn zerstören. Deswegen kann auch nichts aus ... uns beiden werden.«

»Aber ... warum?« Er spürte, wie er gegen ihre Worte, ihre Kraft, anzukämpfen begann.

»Weil ...« Sie sah fort. Sie konnte nicht verhindern, daß sich die Qual in ihrem Gesicht spiegelte. Ihre Augen füllten sich mit Tränen. »Weil die Kontrolle eines Konfessors im Kampf mit der Leidenschaft nachlassen würde. Sie würde sie, ohne es zu wollen, in ihn hineinströmen lassen, und dann wäre er nicht mehr der, für den sie etwas empfindet. Sie kann nichts dagegen tun. Nichts. Er wäre der ihre, aber es wäre nicht mehr dasselbe. Der, für den sie etwas empfindet, wäre bei ihr, aber nur wegen der Magie und nicht mehr aus freien Stücken, und schon gar nicht, weil er es so will. Er wäre nur eine Schale, die enthält, was sie hineingegeben hat. Kein Konfessor könnte das einem Mann wünschen, für den sie etwas empfindet. Deswegen haben sich Konfessoren seit längst vergessenen Zeiten von den Männern abgeschottet, denn sie haben Angst, sie könnten Zuneigung für einen entwickeln. Wir werden als herzlos bezeichnet, aber das ist nicht wahr. Wir alle fürchten, was unsere Berührung aus dem Mann machen würde, den wir lieben. Manche Konfessoren erwählen Männer, die unbeliebt sind oder gar gehaßt werden, nur um kein gutes Herz zu zerstören. Es sind zwar nur wenige, die diesen Weg gehen, aber es ist ihr gutes Recht. Kein Konfessor würde einen anderen deswegen kritisieren. Wir haben alle Verständnis dafür.« Sie sah ihn aus tränenüberströmten Augen an und flehte, er möge sie verstehen.

»Aber … ich könnte doch …« Er wußte nicht, wie er sein Herz schützen sollte.

»Ich nicht. Für mich wäre das, als wolltest du bei deiner Mutter sein, und statt dessen hättest du Shota, die vorgibt, deine Mutter zu sein. Nur daß es nicht stimmt. Begreifst du das?« schluchzte sie. »Wärst du damit wirklich glücklich?«

Richard fühlte, wie die Welt seiner Hoffnungen in den Flammen seines Begreifens verglühte. Er schluckte die qualvolle Hitze in seiner Kehle.

»Das Haus der Seelen«, fragte er mit belegter Stimme, »war es das, wovon Shota gesprochen hat? Hast du dort um Haaresbreite deine Kraft gegen mich verwendet?« Sein Ton war kühler, als er beabsichtigt hatte.

»Ja.« Ihre Stimme brach vor Mitgefühl, als sie versuchte, nicht zu weinen. »Tut mir leid, Richard.« Sie verknotete ihre Finger. »Nie zuvor habe ich für jemanden so etwas empfunden wie für dich. Ich wollte so sehr bei dir sein. Beinahe hätte ich vergessen, wer ich bin. Fast wäre es mir egal gewesen.« Die Tränen liefen ihr die Wange hinab. »Verstehst du nun, wie gefährlich meine Kraft ist? Siehst du, wie leicht ich dich vernichten könnte? Hättest du mich nicht daran gehindert … du wärst verloren gewesen.«

Sein Mitleid mit ihr, mit dem, was sie war und mit ihrer Ausweglosigkeit, machte sich qualvoll bemerkbar. Er spürte seinen eigenen schmerzlichen Verlust, auch wenn er jetzt erkannte, daß er gar nichts zu verlieren gehabt hatte. Sie hätte nie die seine, oder genauer, er der ihre werden können, es war alles nur eine Ausgeburt seiner Phantasie. Zedd hatte versucht, ihn zu warnen, ihm die Schmerzen zu ersparen. Warum hatte er nur nicht auf ihn gehört? Wieso mußte er so dumm sein und glauben, er wäre klug genug, es hinzubekommen? Er wußte, warum. Langsam erhob er sich und trat ans Feuer, damit sie seine Tränen nicht sah. Er schluckte, um wieder sprechen zu können.

»Wieso sprichst du immer von ›Töchtern‹? Warum immer Frauen? Was ist mit Männern, können Konfessoren keine männlichen Kinder gebären?« Seine Stimme klang wie ein Scharren auf Kies.

Lange lauschte er auf das Knacken des Feuers. Sie antwortete nicht. Er drehte sich um, als er sie weinen hörte. Sie schaute auf und streckte ihre Hand aus, damit er ihr aufhelfen konnte. Dann lehnte sie sich an den Stamm, strich sich die Haare aus dem Gesicht und verschränkte die Arme.

»Doch, Konfessoren können männliche Kinder gebären. Nicht so oft wie früher, aber es kommt noch immer vor.« Sie räusperte sich. »Aber die Kraft in ihnen ist stärker, sie brauchen keine Zeit, sich zu regenerieren. Manchmal wird ihnen die Kraft das Wichtigste und korrumpiert sie. Das ist der Fehler, den die Zauberer gemacht haben. Aus ebendiesem Grund haben sie Frauen ausgesucht, doch haben sie nicht ausreichend bedacht, daß die Kraft ein Eigenleben entwickeln kann. Sie haben nicht vorhergesehen, daß die Kraft an Nachkommen vererbt werden und sich in Männern ganz anders zeigen würde. Vor langer Zeit vereinten einige männliche Konfessoren ihre Kräfte und errichteten ein grausames Regime. Es wurde die finstere Zeit genannt. Dieses Zeitalter glich ein wenig der heutigen mit Darken Rahl. Schließlich machten die Zauberer Jagd auf sie und töteten sie. Dabei starben auch viele Zauberer. Von da an zogen sich die Zauberer aus der Regierung der Länder zurück, es waren ohnehin zu viele umgekommen. Statt dessen versuchten sie nun, dem Volk zu dienen und zu helfen, wo sie konnten. Aber wenn sie es vermeiden können, lassen sie sich nicht mehr mit den Herrschern ein. Sie haben eine bittere Lektion gelernt.«

Kahlan wich seinem Blick aus, dann fuhr sie fort. »Aus irgendeinem Grund bedarf es des einzigartigen Mitgefühls einer Frau, die Kraft zu beherrschen und sich von ihrem korrumpierenden Einfluß frei zu machen. Den Grund dafür kennen auch die Zauberer nicht. Mit dem Sucher ist es ähnlich. Auch er muß genau der richtige sein, ausgewählt von einem Zauberer, oder er läßt sich von der Macht korrumpieren. Deswegen war Zedd auch so wütend, daß ihm der Rat der Midlands die Ernennung abgenommen hat. Die meisten männlichen Konfessoren, nicht alle, verlieren das Gefühl für die Ausgewogenheit ihrer Kraft. Ihnen fehlt die Fähigkeit, sie im entscheidenden Augenblick zurückzuhalten.« Sie sah ihn von unten an. »Wenn sie eine Frau wollten, haben sie einfach ihre Kraft benutzt und sie genommen. Viele. Ihnen fehlte jede Beherrschung oder Verantwortung für das, was sie taten. Nach dem, was man mir erzählt hat, waren die finsteren Zeiten eine einzige lange Nacht des Terrors. Das Regime herrschte viele Jahre. Die Zauberer mußten eine Menge Leute töten. Nach und nach töteten sie alle Nachkommen dieser Gier und verhinderten so, daß sich die Kraft unkontrolliert ausbreiten konnte. Zu behaupten, die Zauberer wären ungehalten darüber gewesen, wäre stark untertrieben.«

»Aber was passiert denn nun?« fragte er matt. »Was geschieht, wenn ein Konfessor ein männliches Kind trägt?«

Sie räusperte sich und schluckte ihr Schluchzen hinunter. »Bringt ein Konfessor einen Jungen zur Welt, dann bringt man ihn an einen besonderen Ort in Aydindril, wo seine Mutter ihn auf den Stein setzt.« Sie verlagerte ihr Gewicht; offensichtlich fiel es ihr schwer, ihm das zu erzählen. Er nahm ihre zarte Hand in beide Hände, strich ihr über den Handrücken, auch wenn er zum ersten Mal das Gefühl hatte, kein Recht zu haben, sie in vertrauter Weise zu berühren. »Wie gesagt, ein Mann, der von einem Konfessor berührt worden ist, wird tun, was immer sie ihm sagt.« Er spürte, wie ihre Hand zitterte. »Die Mutter befiehlt ihrem Mann, was er zu tun hat … und er … legt dem Baby eine Stange auf die Kehle … und tritt auf beide Enden.«

Richard ließ ihre Hand los. Er raufte sich die Haare, drehte sich zum Feuer. »Jeden kleinen Jungen?«

»Ja«, gestand sie mit kaum hörbarer Stimme. »Auf keinen Fall darf riskiert werden, daß ein männlicher Konfessor überlebt, denn es könnte sein, daß er nicht in der Lage ist, die Kraft zu beherrschen, und sie zu seinen eigenen Zwecken mißbraucht. Es wäre die Rückkehr der finsteren Zeit. Die Zauberer und die anderen Konfessoren behalten jeden schwangeren Konfessor sorgfältig im Auge und tun alles, um sie zu trösten, sollte es sich um einen Jungen handeln, der dann …« Ihre Stimme versagte.

Plötzlich wurde Richard bewußt, daß er die Midlands haßte, und das mit einer Besessenheit, die nur der Darken Rahls nachstand. Zum ersten Mal begriff er, warum die Menschen in Westland ein Land ohne Magie gewollt hatten. Er wünschte sich dorthin zurück, fort von aller Zauberei. Tränen traten ihm in die Augen, so sehr vermißte er die Wälder Kernlands. Er schwor sich, sollte es ihm gelingen, Darken Rahl aufzuhalten, dafür zu sorgen, daß die Grenze wieder errichtet wurde. Zedd würde ihm zweifellos dabei helfen. Jetzt verstand Richard, warum Zedd aus den Midlands fortgewollt hatte. Und wenn die Grenze wieder errichtet wurde, würde Richard auf der anderen Seite sein. Sein Leben lang.

Aber da war noch die Geschichte mit dem Schwert. Er wollte es auf keinen Fall zurückgeben. Er nahm sich vor, es zu zerstören.

»Danke, Kahlan«, zwang er sich zu sagen, »daß du es mir erzählt hast. Ich hätte es nur ungerne von einem Fremden erfahren.« Seine Worte verwelkten zu Bedeutungslosigkeit. Der Sieg über Rahl war in seiner Vorstellung immer der Beginn eines neuen Lebens gewesen, ein Punkt, von dem aus es nur aufwärts ging und alles möglich war. Jetzt war es auf einmal das Ende. Nicht nur für Rahl, auch für ihn. Danach kam nichts mehr, danach war alles tot. Wenn er Rahl aufgehalten hatte und Kahlan in Sicherheit war, würde er in die Wälder Kernlands zurückkehren, allein. Sein Leben wäre vorbei.

Er hörte sie hinter sich weinen. »Wenn du mich verlassen willst, Richard, hab bitte keine Angst, es mir zu sagen. Ich würde es verstehen. Konfessoren sind daran gewöhnt.«

Er blickte einen Augenblick in das erlöschende Feuer, dann kniff er die Augen zu, zwang den Kloß in seiner Kehle hinunter, kämpfte gegen die Tränen an. Sprechen konnte er nicht. Ein Schmerz brannte in seiner Brust, jedesmal wenn er mühsam Luft holte.

»Bitte, Kahlan. Gibt es irgendeinen Weg«, fragte er, »egal, welchen, ... daß wir ... für uns ...«

»Nein«, stöhnte sie.

Er rieb seine zitternden Hände. Er hatte alles verloren.

»Kahlan«, brachte er endlich hervor, »gibt es irgendeine Regel, ein Gesetz, das uns verbietet, Freunde zu sein?«

Sie antwortete unter lautem Schluchzen. »Nein.«

Wie betäubt drehte er sich zu ihr um und schlang die Arme um sie. »Im Augenblick könnte ich einen Freund gut gebrauchen«, sagte er leise.

»Ich auch«, sagte sie, weinend an seine Brust geschmiegt. Sie erwiderte seine Umarmung. »Aber mehr kann ich nicht sein.«

»Ich weiß«, sagte er, während ihm die Tränen über die Wangen liefen. »Trotzdem, Kahlan, ich liebe ...«

Sie legte ihm den Zeigefinger auf den Mund und brachte ihn zum Schweigen. »Sprich es nicht aus«, schluchzte sie. »Bitte, Richard, sprich es niemals aus.«

Sie konnte ihn daran hindern, es laut auszusprechen, aber nicht, es zu denken.

Sie klammerte sich schluchzend an ihn, und er mußte an die Launenfichte kurz nach ihrer ersten Begegnung denken, als die Unterwelt sie fast wieder zurückgefordert hatte. Auch da hatte sie sich so an ihn geklammert, und er hatte geglaubt, sie sei nicht gewöhnt, daß jemand sie so umarmte. Jetzt wußte er, warum. Er legte seinen Kopf an ihren.

Eine winzige Flamme des Zorns flackerte in seiner verglühten Welt auf. »Hast du schon einen Gatten erwählt?«

Sie schüttelte den Kopf. »Im Augenblick habe ich wichtigere Sorgen. Aber wenn wir gewinnen und ich überlebe … muß ich es tun.«

»Versprich mir eins.«

»Wenn ich kann.«

Seine Kehle war so heiß, er mußte zweimal schlucken, um sprechen zu können. »Versprich mir, ihn erst zu erwählen, wenn ich wieder in Westland bin. Ich möchte nicht wissen, wer es ist.«

Ein kurzes Schluchzen, dann antwortete sie. Sie krallte sich noch fester in sein Hemd. »Ich verspreche es.«

Lange Zeit stand er nur da, hielt sie fest, versuchte, sich zu beherrschen, dann zwang er sich zu einem Lächeln. »In einem Punkt irrst du dich.«

»Und das wäre?«

»Du hast behauptet, kein Mann könne über einen Konfessor gebieten. Du irrst dich. Ich gebiete sogar über die Mutter Konfessor. Du hast geschworen, mich zu beschützen, und ich habe dich als Führerin in meine Pflicht genommen.«

Sie schmiegte sich an seine Brust und lachte kurz und gequält auf. »Ich glaube, du hast recht. Gratuliere, du bist der erste Mann, der das geschafft hat. Und was verlangt mein Herr und Gebieter von seiner Führerin?«

»Daß sie mir keinen Ärger mehr macht und nicht versucht, sich das Leben zu nehmen. Ich brauche sie. Und sie wird uns zur Königin bringen und zu dem Kästchen und dann wieder sicher zurück.«

Kahlan nickte. »Dein Wunsch sei mir Befehl, Mylord.« Sie löste sich von ihm, legte ihm die Hände auf die Oberarme und drückte sie. Sie lächelte tränenüberströmt. »Du schaffst es immer wieder, daß es mir in den schlimmsten Augenblicken meines Lebens bessergeht.«

Er zuckte mit den Achseln und zwang sich zu einem Grinsen. Obwohl er innerlich das Gefühl hatte zu sterben. »Ich bin der Sucher. Ich kann tun, was ich will.« Er wollte noch etwas sagen, aber seine Stimme versagte.

Sie begann zu strahlen. Und schüttelte den Kopf. »Menschen wie dich gibt es nicht viele, Richard Cypher«, flüsterte sie.

Er wünschte sich nur, allein zu sein, damit er losheulen könnte. Oder sterben.

6. Kapitel

Mit dem Stiefel schob Richard kleine Erdhaufen über die erlöschende Glut des Feuers und erstickte so das einzig Warme an diesem kalt dämmernden neuen Tag. Der Himmel erstrahlte zu eisigem Blau, von Westen her ging ein beißender Wind. Nun, wenigstens hatten sie den Wind im Rücken. Neben seinem Stiefel lag der Stock, auf dem Kahlan das Kaninchen gegrillt hatte, das Kaninchen, das sie selbst gefangen hatte, mit einer Schlinge, die zu binden er ihr beigebracht hatte. Er wurde rot beim Gedanken, daß er, ein Waldführer, ihr solche Sachen gezeigt hatte. Der Mutter Konfessor, die bedeutender war als eine Königin. Königinnen verneigen ihr Haupt vor der Mutter Konfessor, hatte sie gesagt. Er kam sich so dumm vor wie noch nie zuvor in seinem Leben. Mutter Konfessor. Für wen hielt er sich eigentlich? Zedd hatte versucht, ihn zu warnen. Hätte er doch nur auf ihn gehört.

Der Leere drohte ihn zu verschlingen. Er dachte an seinen Bruder, an seine Freunde Zedd und Chase. Sie konnten die Leere zwar nicht füllen, aber sie waren wenigstens für ihn da. Richard sah, wie Kahlan ihr Bündel schulterte. Sie hatte niemanden. Ihre einzigen Freunde, die anderen Konfessoren, waren tot. Sie stand allein in der Welt, allein in den Midlands, umgeben von Menschen, die sie fürchteten und haßten und die sie trotzdem vor einer großen Gefahr zu retten versuchte. Und nicht einmal ihr Zauberer war da, der sie hätte beschützen können. Jetzt wußte er, warum sie Angst hatte, ihm alles zu erzählen. Er war ihr einziger Freund. Er kam sich noch dümmer vor, weil er nur an sich gedacht hatte. Wenn er nicht mehr sein konnte als ihr Freund, nun, dann wollte er eben genau das für sie sein. Auch wenn es ihn das Leben kostete.

»Es muß dir schwergefallen sein, mir das zu erzählen«, sagte er, während er das Schwert an seiner Hüfte zurechtzurrte.

Sie zog den Umhang fester, um sich vor den kalten Böen zu schützen. Ihr Gesicht hatte wieder diesen ruhigen Ausdruck angenommen, der nichts verriet, bis auf jene Andeutung von Schmerz, die er jetzt bemerkte, da er sie etwas besser kannte. »Es wäre einfacher gewesen, mich umzubringen.«

Er sah ihr einen Augenblick lang nach, als sie kehrtmachte und losging, dann folgte er ihr. Er fragte sich, ob er noch bei ihr wäre, wenn sie ihm das alles gleich am Anfang verraten hätte. Würde er sich in ihrer Nähe fürchten wie jeder andere auch? Vielleicht hatte sie mit Recht Angst gehabt, es ihm früher zu erzählen. Andererseits hätte sie ihm damit seine jetzigen Gefühle erspart.

Gegen Mittag erreichten sie eine Wegkreuzung, die mit einem Stein, anderthalbmal so hoch wie Richard, markiert war. Richard blieb stehen und betrachtete die in die glatte Oberfläche geschnittenen Symbole.

»Was bedeutet das?«

»Sie geben den Weg in verschiedene Orte und Dörfer an, und dazu die Entfernungen«, sagte sie und wärmte sich die Hände unter den Achseln. Sie deutete mit dem Kopf auf einen der Wege. »Das ist der beste Weg, wenn wir niemandem begegnen wollen.«

»Wie weit ist es noch?«

Sie sah auf den Stein. »Normalerweise benutze ich die Straßen und nicht diese wenig begangenen Wege. Die Entfernung auf den Wegen ist auf dem Stein nicht angegeben, nur die auf den Straßen. Aber ich würde sagen, noch ein paar Tage.«

Richard trommelte mit den Fingern auf das Heft des Schwertes. »Gibt es hier Orte in der Nähe?«

Sie nickte. »In ein oder zwei Stunden sind wir in Horners Mill. Warum?«

»Wir könnten Zeit sparen, wenn wir Pferde hätten.«

Sie blickte den Weg zum Ort hinauf, als könnte sie ihn bereits irgendwie sehen. »Horners Mill ist eine Holzfällersiedlung, es gibt dort ein Sägewerk. Sie haben eine Menge Pferde dort, trotzdem ist es vielleicht keine so gute Idee. Ich habe gehört, daß sie auf der Seite D'Haras stehen.«

»Warum sehen wir es uns nicht wenigstens an? Wir könnten einen ganzen Tag sparen, wenn wir Pferde hätten. Ich habe etwas Silber und ein oder zwei Goldstücke. Vielleicht können wir welche kaufen.«

»Wenn wir vorsichtig sind, können wir wohl einen Blick riskieren. Aber komm nicht auf die Idee, dein Silber oder Gold zu zeigen. Es trägt den Stempel Westlands, und die Leute hier betrachten jeden von jenseits der Grenze als Bedrohung. Alte Geschichten und Aberglaube.«

»Und wie willst du die Pferde bekommen? Willst du sie etwa stehlen?«

Sie zog eine Braue hoch. »Hast du schon vergessen? Du reist mit der Mutter Konfessor. Ich brauche sie nur darum zu bitten.«

Richard versuchte, sein Unbehagen, so gut es ging, hinter einem leeren Gesichtsausdruck zu verbergen. »Sehen wir es uns also an.«

Horners Mill lag direkt am Ufer des Callisidrin, mit dessen Wasser man die Holzmühle betrieb und auf dem man auch die Stämme transportierte. Abflußkanäle zogen sich durch das Gelände, und die baufälligen Gebäude des Sägewerks überragten die anderen Bauten. Markierte Holzstapel lagen Reihe auf Reihe unter wandlosen Schutzdächern, weitere warteten unter Planen auf ihren Abtransport über den Fluß oder die Straße. Am Hang oberhalb des Sägewerkes drängten sich dicht an dicht die Häuser. Sie sahen aus, als hätten sie ihr Dasein als behelfsmäßige Unterkünfte begonnen, aus denen im trägen Lauf der Jahre bedauerlicherweise feste geworden waren.

Selbst aus der Ferne erkannten Richard und Kahlan, daß etwas nicht stimmte. Im Sägewerk rührte sich nichts, die Straßen waren verlassen. Der ganze Ort hätte vor Leben brodeln, die Läden, der Hafen, die Straßen hätten voller Menschen sein müssen. Doch nirgendwo gab es ein Zeichen von Leben. Bis auf ein paar Planen, die im Wind flatterten, und ein paar quietschende und klappernde Blechschilder an den Gebäuden des Sägewerks lastete statt dessen eine drückende Stille über dem Ort.

Als sie nahe genug waren, wehte der Wind noch etwas anderes herüber als das Geräusch flatternder Planen und klappernden Blechs: den fauligen Gestank des Todes. Richard sah nach, ob sein Schwert griffbereit in der Scheide steckte.

Aus schwammigen und aufgedunsenen Leichen, die jeden Augenblick zu platzen drohten, sickerte eine Flüssigkeit, die Schwärme von Fliegen anzog. In den Ecken und an den Wänden der Gebäude lagen die Toten aufgetürmt wie Herbstlaub, das der Wind zusammengeweht hatte. Die meisten hatten entsetzliche Verletzungen, einige waren von gebrochenen Lanzen durchbohrt. Die Stille schien zu leben. Eingetretene, zertrümmerte Türen hingen schief an einer Angel oder lagen zusammen mit persönlichen Gegenständen und zerbrochenen Möbeln in den Straßen. In sämtlichen Gebäuden waren die Fenster zerbrochen. Einige der Häuser waren nicht mehr als erkaltete, verkohlte Trümmerhaufen aus Balken und Schutt. Richard und Kahlan hielten sich die Umhänge vor Nase und Mund, um sich gegen den Gestank zu schützen. Die Leichen zogen ihre Blicke an.

»Rahl?« fragte er sie.

Sie betrachtete von weitem einige übereinandergestapelte Leichen. »Nein. Das ist nicht Rahls Art, zu töten. Das hier war eine Schlacht.«

»Sieht mir eher nach einem Gemetzel aus.«

Sie nickte. »Erinnerst du dich noch an die Toten bei den Schlammmenschen? So sieht es aus, wenn Rahl tötet. Es ist immer dasselbe. Das hier ist etwas anderes.«

Sie liefen weiter durch den Ort, hielten sich dicht bei den Häusern und von der Straßenmitte fern. Gelegentlich mußten sie über eine Blutlache steigen. Sämtliche Geschäfte waren geplündert, und was man nicht davongeschleppt hatte, war zerstört worden. Aus einem Laden war ein Ballen hellblauen Stoffs mit gleichmäßig verteilten dunklen Punkten über die Straße gerollt, so als hätte man ihn hinausgeworfen, als hätte ihn sein Besitzer durch seinen Tod wertlos gemacht. Kahlan zupfte ihn am Ärmel und zeigte auf etwas. Auf die Wand eines Hauses hatte man mit Blut eine Nachricht geschmiert. *Tod allen Gegnern Westlands.*

»Was hältst du davon?« flüsterte sie, als könnten die Toten sie hören.

Er starrte auf die triefenden Buchstaben. »Keine Ahnung.« Er wollte weiter, drehte sich aber noch zweimal stirnrunzelnd nach den Worten auf der Wand um.

Ein Karren vor einem Getreidegeschäft weckte Richards Aufmerksamkeit. Der Karren war zur Hälfte mit Kleinmöbeln und Kleidungsstücken beladen, der Wind zerrte an den Ärmeln von Kinderkleidern. Er und Kahlan sahen sich an. Es gab doch wohl Überlebende, und diese hatten offenbar vor, abzureisen.

Vorsichtig trat er durch den türlosen Rahmen des Getreidegeschäfts, Kahlan blieb ihm dicht auf den Fersen. Sonnenlicht fiel als Lichtbalken durch Tür und Fenster ins Innere, beschien geplatzte Kornsäcke und zerbrochene Fässer. Richard und Kahlan blieben hinter der Tür stehen, bis sich ihre Augen an die Dunkelheit gewöhnt hatten. Im Staub waren frische Fußspuren zu sehen, kleine meist. Er folgte ihnen mit dem Blick hinter die Ladentheke. Er packte das Schwert am Heft, ohne es zu ziehen, und trat vor die Theke. Dahinter kauerten zitternde Menschen.

»Ich tue euch nichts«, sagte er ruhig. »Kommt raus.«

»Bist du ein Soldat der Friedensarmee des Volkes und gekommen, um uns zu helfen?« fragte eine Frauenstimme hinter der Theke.

Richard und Kahlan sahen sich stirnrunzelnd an. »Nein«, erwiderte sie, »wir sind ... nur auf der Durchreise.«

Eine Frau mit schmutzigem, tränenverschmiertem Gesicht und kurzem dunklen, verfilzten Haar hob den Kopf. Ihr tristbraunes Kleid war zerlumpt. Richard nahm die Hand vom Schwert, um ihr keine Angst zu machen. Ihre Lippen zitterten, und sie blinzelte sie aus tiefliegenden Augen an, während sie den anderen ein Zeichen gab, herauszukommen. Es waren sechs Kinder, fünf Mädchen und ein Junge, eine weitere Frau und ein alter Mann. Nachdem sie hervorgekommen waren, klammerten sich die Kinder steif an die beiden Frauen. Die drei Erwachsenen würdigten Richard eines kurzen Blicks, dann starrten sie Kahlan ganz offen an. Sie rissen die Augen auf und wichen wie ein Mann an die Wand zurück. Richard legte verwirrt die Stirn in Falten, dann wußte er, warum sie so starrten: ihr Haar.

Die drei Erwachsenen fielen auf die Knie, neigten die Köpfe und senkten den Blick. Die Kinder vergruben ihre Gesichter stumm in den Röcken der Frauen. Mit einem Seitenblick auf Richard gab Kahlan ihnen rasch ein Handzeichen, sie sollten sich wieder erheben. Sie hatten den Blick auf den Fußboden geheftet und bekamen ihre wilden Gebärden nicht mit.

»Steht auf«, sagte sie. »Das ist nicht nötig. Steht auf.«

Verwirrt hoben sie die Köpfe. Sie starrten auf ihre Hände, mit denen sie sie zum Aufstehen bewegen wollte. Nur sehr widerwillig folgten sie.

»Auf dein Geheiß, Mutter Konfessor«, sagte eine Frau mit schwacher Stimme. »Vergebt uns, Mutter Konfessor ... wir haben Euch nicht gleich erkannt ... wegen der Kleider. Vergebt uns, wir sind nur bescheidene Leute. Vergebt uns, daß wir ...«

Kahlan schnitt ihr sacht das Wort ab. »Wie heißt du?«

Die Frau verneigte sich tief von der Hüfte an abwärts und verharrte so. »Ich bin Regina Clark, Mutter Konfessor.«

Kahlan faßte sie bei den Schultern und richtete sie auf. »Regina, was ist hier geschehen?«

Regina traten die Tränen in die Augen. Sie warf Richard einen scheuen Blick zu. Ihre Lippen bebten. Kahlan drehte sich zu ihm um.

»Richard«, sagte sie leise, »warum bringst du den alten Mann und die Kinder nicht nach draußen?«

Er hatte verstanden. Die Frauen hatten zuviel Angst, in seiner Gegenwart zu sprechen. Er half dem gebeugten Alten auf die Beine und scheuchte vier der Kinder nach draußen. Die beiden kleinsten Mädchen wollten nicht vom Rockzipfel der Mütter weichen. Mit einem Nicken gab Kahlan ihm zu verstehen, daß es in Ordnung war.

Die vier Kinder hockten sich dichtgedrängt und mit leerem Blick draußen auf die Stufen und stierten ins Nichts. Keines antwortete, als er sie nach ihrem Namen fragte, sie sahen ihn nicht einmal an, höchstens, um sich mit einem angstvollen Blick zu versichern, daß er nicht näher kam. Der Alte starrte nur leer vor sich hin, als Richard ihn nach seinem Namen fragte.

»Kannst du mir sagen, was hier passiert ist?« fragte Richard ihn.

Er riß die Augen auf und blickte über die Straße. »Westländer ...«

Ihm kamen die Tränen. Mehr brachte er nicht heraus. Aus Angst, ihn zu sehr zu bedrängen, ließ Richard den Alten in Ruhe. Richard bot ihm ein Stück Trockenfleisch aus seinem Gepäck an, doch das ignorierte er. Die Kinder schreckten vor seiner Hand zurück, als er ihnen das gleiche Angebot machte. Er packte das Fleisch wieder ein. Das älteste Mädchen war fast erwachsen und sah ihn an, als würde er sie jeden Augenblick niedermetzeln oder auffressen. Noch nie hatte er so verängstigte Menschen gesehen. Er wollte sie und die anderen Kinder nicht noch mehr einschüchtern und blieb auf Distanz, lächelte beruhigend und versprach, ihnen nichts zu tun. Sie schienen ihm nicht zu glauben. Richard sah immer wieder zur Tür. Ihm war unbehaglich zumute, und er wünschte, Kahlan würde herauskommen.

Endlich kam sie. Ihr Gesicht war starr und wirkte eine Spur überspannt. Richard stand auf, und die Kinder liefen zurück ins Haus. Der Alte blieb, wo er war. Sie nahm Richard beim Arm und führte ihn ein Stück fort.

»Es gibt hier keine Pferde«, sagte sie mit starrem Blick geradeaus, während sie den Weg zurückgingen, den sie gekommen waren. »Ich glaube, am besten bleiben wir den Straßen fern und halten uns an die weniger benutzten Wege.«

»Kahlan, was ist?« Er warf einen Blick über die Schulter. »Was ist hier passiert?«

Im Vorübergehen warf sie einen wütenden Blick auf die blutige Botschaft an der Wand. *Tod allen Gegnern Westlands.*

»Missionare waren hier und haben den Leuten vom Ruhm Darken Rahls erzählt. Sie kamen oft und berichteten dem Rat des Ortes von den Dingen, die sie bekommen würden, sobald D'Hara all diese Länder beherrscht. Sie haben ihnen erzählt, wie sehr Rahl all diese Völker liebt.«

»Das ist doch verrückt!« zischte Richard wütend.

»Wie auch immer, es gelang ihnen, die Menschen von Horners Mill für sich zu gewinnen. Man kam überein, den Ort zu D'Hara-Gebiet zu erklären. Die Friedensarmee des Volkes marschierte ein, behandelte jeden mit höchstem Respekt, kaufte bei den Händlern und schmiß mit Gold und Silber nur so um sich.« Sie deutete auf die Holzstapel unter den Planen. »Die Missionare hielten Wort, man bestellte Holz. Eine Menge Holz. Um neue Ortschaften zu bauen, in denen die Menschen unter der leuchtenden Herrschaft Darken Rahls im Wohlstand leben konnten.«

Richard schüttelte ungläubig den Kopf. »Und was geschah dann?«

»Es sprach sich rum. Hier gab es mehr Arbeit, als die Leute aus dem Ort schaffen konnten. Arbeit für Vater Rahl. Die meisten kamen hierher, um im Sägewerk zu arbeiten. Unterdessen erzählten die Missionare den Leuten von der Bedrohung aus Westland. Der Bedrohung für Vater Rahl.«

»Aus Westland!« Richard konnte es kaum fassen.

Sie nickte. »Dann zog die Friedensarmee des Volkes mit der Begründung ab, sie würden für den Kampf gegen die Truppen Westlands gebraucht und müßten die anderen Orte schützen, die D'Hara ihre Ergebenheit geschworen hatten. Sie flehten, einige sollten zu ihrem Schutz bleiben. Als Gegenleistung für ihre Loyalität und Ergebenheit ließ man eine kleine Abteilung zurück.«

Richard warf einen letzten, verstörten Blick zurück über die Schulter und führte sie zurück auf den Pfad. »Dann waren es nicht Rahls Truppen, die das hier angerichtet haben?«

Der Pfad war breit genug, und sie wartete, bis er neben ihr war. Dann fuhr sie fort. »Nein. Sie erzählten, eine Weile sei alles gutgegangen. Dann, vor ungefähr einer Woche, sei bei Sonnenaufgang eine Abteilung der Armee Westlands hereingebrochen und habe die Truppen D'Haras bis auf den letzten Mann aufgerieben. Anschließend begannen sie zu wüten, Menschen ohne Unterschied umzubringen und die Stadt zu plündern. Im Blutrausch brüllten die Soldaten Westlands, so würde es allen Gegnern Westlands ergehen. Noch vor Sonnenuntergang waren sie wieder verschwunden.«

Richard packte sie am Hemd und riß sie zu sich herum.

»Das ist nicht wahr! Kein Westländer würde so etwas tun! Es muß jemand anderes gewesen sein!«

Sie sah ihn erstaunt an. »Richard, ich habe nicht behauptet, daß es stimmt. Ich wiederhole nur, was man mir erzählt hat und was diese Leute da drinnen glauben.«

Er ließ sie los. Zum zweiten Mal hatte er allen Grund, rot zu werden. Er konnte nicht anders, er mußte hinzufügen: »Das hat keine

Armee aus Westland getan.« Er wollte zurück zum Pfad, aber sie hielt ihm am Arm fest.

»Das ist noch nicht alles.«

Er bat sie mit einem Nicken weiterzusprechen.

»Wer überlebt hat, brach sofort auf und nahm mit, was er tragen konnte. Am nächsten Tag brachen weitere auf, einige erst nachdem sie ihre Familienmitglieder begraben hatten. An jenem Abend kam ein Trupp der Westländer zurück, vielleicht fünfzig Mann. Zu dieser Zeit befand sich nur noch eine Handvoll Menschen im Ort. Man sagte ihnen, die Gegner Westlands dürften nicht beerdigt werden. Man müsse sie liegenlassen, damit Tiere sie fressen könnten, als Mahnung an alle, was mit den Gegnern der Herrschaft Westland geschehen würde. Um ihrem Ansinnen Nachdruck zu verleihen, trieben sie alle übriggebliebenen Männer, sogar die Jugendlichen, zusammen und exekutierten sie.« Richard schloß aus der Art, wie Kahlan das Wort »exekutiert« aussprach, daß er nicht wissen wollte, wie es geschehen war. »Der kleine Junge und der alte Mann wurden irgendwie übersehen, sonst hätte man auch sie getötet. Die Frauen wurden gezwungen, zuzusehen.« Sie wartete.

»Wie viele Frauen waren übrig?«

Sie schüttelte den Kopf. »Ich weiß nicht. Nicht viele.« Sie blickte den Pfad hinauf und starrte einen Augenblick zurück auf den Ort, bevor sie ihn wieder mit ihren zornigen Augen ansah. »Die Soldaten haben die Frauen vergewaltigt. Die Mädchen auch.« Ihr Blick brannte sich in seine Augen. »Jedes der Mädchen, die du dort hinten gesehen hast, wurde von mindestens …«

»Das waren keine Westländer!«

Sie musterte sein Gesicht. »Ich weiß. Aber wer war es dann? Und warum?« Ihr Gesicht entspannte sich.

Er starrte sie verzweifelt an. »Gibt es nichts, was wir für sie tun können?«

»Es ist nicht unsere Aufgabe, ein paar Menschen oder die Toten zu beschützen. Wir müssen alle Lebenden beschützen, indem wir Darken Rahl aufhalten. Wir müssen nach Tamarang. Was immer uns auch erwartet, wir halten uns besser von den Straßen fern.«

»Du hast recht«, gab er widerwillig zu. »Aber es gefällt mir nicht.«

»Mir auch nicht.« Ihre Züge entspannten sich. »Richard, ich glaube, sie sind in Sicherheit. Welche Armee das auch immer getan hat, sie wird nicht wegen ein paar Frauen und Kindern zurückkommen. Sie ist auf größere Beute aus.«

Ein schöner Trost, daß die Mörder es vorzogen, mehr Menschen zu quälen, und das im Namen seiner Heimat. Richard haßte das alles. Er mußte daran denken, daß zu Hause in Kernland seine größte Sorge sein Bruder gewesen war, der ihm ständig vorschrieb, was er zu tun hatte.

»Ein Trupp von dieser Größe wird durch einen solch dichten Wald nicht auf Pfaden marschieren, sondern sich auf den Straßen halten. Trotzdem halte ich es für das beste, wenn wir nachts nach Launenfichten Ausschau halten. Man kann nie wissen, wer uns beobachtet.«

Sie nickte. »Richard, viele Menschen aus meiner Heimat haben sich Rahl angeschlossen und unaussprechliche Verbrechen begangen. Denkst du deswegen schlecht über mich?«

»Natürlich nicht.« Er legte die Stirn in Falten.

»Ich würde auch nicht schlechter von dir denken, wenn es Soldaten aus Westland wären. Es ist nicht deine Schuld, wenn Landsleute von dir Verbrechen begehen, die du abscheulich findest. Wir befinden uns im Krieg. Wir versuchen dasselbe zu tun wie unsere Vorfahren, sowohl die Sucher als auch die Konfessoren. Wir wollen einen Herrscher vom Thron stoßen. Dabei können wir nur auf zwei Menschen zählen. Auf dich und auf mich.« Sie sah ihm auf eine Art in die Augen, die ihn schlucken ließ. Ihr Blick hatte etwas Zeitloses. Er merkte, daß er das Heft des Schwertes fest umklammert hielt. »Vielleicht kommt eine Zeit, wenn du dich nur noch auf dich selbst verlassen kannst. Wir tun alle unsere Pflicht.« Das war nicht Kahlan, die da gesprochen hatte, es war die Mutter Konfessor.

Es war ein harter, unbehaglicher Moment, bevor sie den Blickkontakt abbrach, sich endlich umdrehte und ging. Er raffte seinen Umhang fest um sich. Ihm war kalt, von innen wie von außen.

»Das waren keine Westländer«, murmelte er kaum hörbar, als er ihr folgte.

»Brenne für mich«, sagte Rachel. Das kleine Häuflein aus Zweigen mit dem Ring aus Steinen drum herum entzündete sich und tauchte das Innere der Launenfichte in ein strahlend rotes Licht. Sie steckte den Feuerstab zurück in ihre Tasche und wärmte sich fröstelnd die Hände am Feuer, während sie Sara betrachtete, die auf ihrem Schoß lag.

»Heute nacht sind wir hier sicher«, sagte sie zu ihrer Puppe. Sara antwortete nicht. Seit der Nacht, in der sie vom Schloß fortgelaufen waren, hatte sie nicht gesprochen, also tat Rachel einfach so, als redete die Puppe und erzählte ihr, wie lieb sie sie hatte. Als Antwort auf Saras Schweigen drückte sie sie an sich.

Sie holte einige Beeren aus ihrer Tasche und aß sie einzeln. Nach jeder wärmte sie sich die Hände. Sara wollte keine Beeren. Rachel knabberte von einem Stück Hartkäse, all die anderen Lebensmittel, die sie aus dem Schloß mitgebracht hatte, waren aufgegessen. Bis auf das Brot natürlich. Aber das konnte sie nicht essen, denn darin war ja das Kästchen versteckt.

Rachel vermißte Giller sehr. Trotzdem mußte sie tun, was er gesagt hatte, sie mußte weiter fortlaufen und sich jede Nacht eine neue Launenfichte suchen. Sie wußte nicht, wie weit sie vom Schloß entfernt war. Solange es Tag war, lief sie einfach weiter, morgens die Sonne im Rücken, abends im Gesicht. Das hatte sie von Brophy gelernt. Mit der Sonne reisen, hatte er es genannt. Vermutlich tat sie genau das. Reisen.

Ein Fichtenast bewegte sich wie von alleine und ließ sie auffahren. Dann sah sie eine große Hand, die ihn zurückhielt. Dann die blinkende Klinge eines langen Schwertes. Sie starrte mit aufgerissenen Augen, unfähig, sich zu bewegen.

Ein Mann steckte seinen Kopf herein. »Na, wen haben wir denn hier«, grinste er.

Rachel hörte ein jämmerliches Geräusch und mußte feststellen, daß es aus ihrer eigenen Kehle stammte. Noch immer war sie unfähig, sich zu rühren. Eine Frau steckte neben dem Mann ihren Kopf herein. Sie schob sich an dem Mann vorbei. Rachel drückte Sara an sich.

»Steck das Schwert weg«, fuhr die Frau ihn an. »Du machst ihr angst.«

Rachel zog das teilweise aufgeknotete Bündel mit dem Brot dicht an ihren Körper. Sie wollte weglaufen, doch ihre Beine versagten ihr den Dienst. Die Frau schob sich unter die Launenfichte, kam zu ihr und hockte sich hin. Der Mann war dicht hinter ihr. Rachel blickte ihr ins Gesicht, dann sah sie im Schein des Feuers ihre langen Haare. Ihre Augen wurden noch größer, und ihr entfuhr ein zweiter leiser Schrei. Zumindest funktionierten ihre Beine wieder, wenigstens ein bißchen. Im Nu hatte sie sich nach hinten geschoben. Das Brot zog sie mit. Frauen mit langen Haaren bedeuteten immer Ärger. Keuchend biß sie Sara in den Fuß. Mit jedem Atemzug entwich ihr ein verängstigtes Wimmern. Sie drückte Sara an sich, so fest es ging. Nur mit Mühe gelang es ihr, den Blick vom Haar der Frau zu lösen, und sie suchte nach einer Fluchtmöglichkeit.

»Ich tue dir nichts«, sagte die Frau. Ihre Stimme klang nett. Aber Prinzessin Violet sagte das auch manchmal, kurz bevor sie sie ohrfeigte.

Die Frau streckte die Hand vor und berührte Rachel am Arm. Sie stieß einen Schrei aus und sprang zurück.

»Bitte«, sagte sie mit Tränen in den Augen, »du darfst Sara nicht verbrennen.«

»Wer ist denn Sara?« wollte der Mann wissen.

Die Frau drehte sich um und sagte ihm, er solle still sein. Als sie sich wieder umdrehte, glitt ihr langes Haar von den Schultern. Rachel konnte nicht den Blick davon lassen. Wenn eine Frau mit langem Haar in einer netten Stimme sprach, log sie wahrscheinlich. Trotzdem, ihre Stimme klang wirklich nett.

»Bitte«, jammerte sie, »kannst du uns nicht einfach in Ruhe lassen?«

»Uns?« Die Frau sah sich um. Dann sah sie Sara. »Ach, ich verstehe. Das ist also Sara?« Rachel nickte und biß noch fester in Saras Fuß. Wenn sie der Frau mit dem langen Haar nicht antwortete, würde sie eine feste Ohrfeige bekommen, das wußte sie. »Das ist aber eine hübsche Puppe«, sagte sie mit einem Lächeln. Rachel wünschte, sie würde nicht lächeln. Wenn Frauen mit langem Haar lächelten, bedeutete das gewöhnlich Ärger.

Der Mann schob den Kopf vorbei an der Frau. »Ich heiße Richard. Und du?«

Seine Augen gefielen ihr. »Rachel.«

»Rachel. Ein hübscher Name. Aber eins muß ich dir sagen, du hast die häßlichsten Haare, die ich je gesehen habe.«

»Richard!« protestierte die Frau. »Wie kannst du nur so was sagen!«

»Aber es stimmt doch. Wer hat es denn so verhunzt, eine alte Hexe?«

Rachel kicherte.

»Richard!« protestierte die Frau wieder. »Du machst ihr bloß angst.«

»Unsinn! Rachel, ich habe eine kleine Schere in meinem Rucksack, und ich kann ziemlich gut Haare schneiden. Soll ich dir dein Haar zurechtmachen? Ich könnte es wenigstens gerade schneiden. Wenn du es so läßt, verscheuchst du noch einen Drachen damit.«

Rachel kicherte. »Ja, gerne. Ich hätte gerne gerade geschnittenes Haar.«

»Also schön, komm her und setz dich auf meinen Schoß. Das haben wir gleich.«

Rachel stand auf, ging um die Frau herum und behielt ihre Hände im Auge. Sie hielt sich so fern von ihr, wie es in der Launenfichte möglich war. Richard faßte sie mit seinen großen Händen an der Hüfte und setzte sie auf seinen Schoß. Er zupfte ein paar Strähnen heraus. »Dann wollen wir mal sehen.«

Rachel ließ die Frau nicht aus den Augen. Sie hatte Angst, geschlagen zu werden. Er zeigte mit der Schere auf sie.

»Das ist Kahlan. Ich hatte am Anfang auch Angst vor ihr. Sie ist fürchterlich häßlich, stimmt's?«

»Richard! Wer hat dir bloß beigebracht, so mit Kindern zu reden?«

Er grinste. »Ein Grenzposten, den ich gut kenne.«

Rachel kicherte, sie konnte nicht anders. »Ich finde sie nicht häßlich. Ich glaube, sie ist die hübscheste Lady, die ich je gesehen habe.« Es war die Wahrheit. Aber Kahlans Haar machte ihr mächtig angst.

»Danke, Rachel. Und du bist auch sehr hübsch. Hast du Hunger?«

Rachel durfte niemandem mit langen Haaren verraten, egal ob Lord oder Lady, daß sie hungrig war. Prinzessin Violet war der Ansicht, das gehöre sich nicht, und hatte sie einmal deswegen bestraft. Sie sah Richard ins Gesicht. Er lächelte sie an, aber trotzdem hatte sie noch zuviel Angst, Kahlan zu gestehen, was für großen Hunger sie hatte.

Kahlan legte ihr die Hand auf den Arm. »Ich wette, du bist hungrig. Wir haben ein paar Fische gefangen, und wenn wir dein Feuer benutzen dürfen, teilen wir sie mit dir. Was meinst du?« Ihr Lächeln war wirklich nett.

Rachel sah Richard an. Er zwinkerte ihr zu und seufzte. »Ich fürchte, ich habe mehr gefangen, als wir essen können. Wenn du uns nicht hilfst, müssen wir ein paar wegwerfen.«

»Na gut. Wenn du sie sonst wegwirfst, helfe ich euch, sie zu essen.«

Kahlan nahm ihren Rucksack ab. »Wo sind deine Eltern?«

Rachel fiel nichts anderes ein, also erzählte sie die Wahrheit. »Tot.«

Richards Hände hielten kurz inne, machten dann weiter. Kahlan sah plötzlich traurig aus, aber Rachel wußte nicht, ob es echt war. Die Hand, mit der sie sie am Arm drückte, fühlte sich weich an. »Tut mir leid, Rachel.« Rachel war gar nicht so traurig. Sie erinnerte sich kaum an ihre Eltern, nur an das Heim, in dem sie mit den anderen Kindern gelebt hatte.

Richard schnipselte an ihren Haaren herum, während Kahlan eine Pfanne herausholte und mit dem Braten der Fische begann. Richard hatte recht, es gab eine Menge Fische. Kahlan bestreute sie mit irgendwelchen Gewürzen, wie Rachel es bei den Köchen gesehen hatte. Es roch gut, und ihr Magen fing an zu knurren. Um sie herum rieselten kleine Haarschnipsel nieder. Sie mußte lächeln beim Gedanken, wie wütend Prinzessin Violet werden würde, wenn sie erführe, daß Rachel die Haare geschnitten bekam. Richard schnitt eine der längeren Locken ab und band eine dünne, zarte Schlingpflanze darum. Er legte sie ihr in die Hand. Sie sah ihn stirnrunzelnd an.

»Die mußt du aufbewahren. Wenn du dann irgendwann einen Jungen magst, kannst du ihm eine Locke von deinem Haar geben, und er kann sie in seiner Tasche gleich neben seinem Herzen tragen.« Er zwinkerte ihr zu. »Als Andenken an dich.«

Rachel kicherte. »Du bist der verrückteste Mann, den ich je gesehen habe.« Er mußte lachen. Kahlan lächelte. Rachel stopfte die Haarlocke in ihre Tasche. »Bist du ein Lord?«

»Tut mir leid, Rachel, aber ich bin bloß ein Waldführer.« Sein Gesicht bekam etwas Trauriges. Sie war froh, daß er kein Lord war. Er drehte sich um, kramte einen kleinen Spiegel aus der Tasche hervor und gab ihn ihr. »Sieh dich an und sag mir, was du davon hältst.«

Sie hielt ihn hoch und versuchte, sich im Spiegel zu finden. Es war der kleinste Spiegel, den sie je gesehen hatte, und sie brauchte eine ganze Weile, bis sie ihn richtig hielt, um sich im Schein des Feuers zu erkennen. Dann machte sie große Augen, und ihr kamen die Tränen.

Sie schlang die Arme um Richard. »Danke, Richard, danke. So hübsch haben meine Haare noch nie ausgesehen.« Er umarmte sie. Es fühlte sich mindestens genauso gut an wie bei Giller. Er strich ihr mit seiner großen, warmen Hand über den Rücken. Es war eine lange Umarmung, die längste, die sie je bekommen hatte, und sie wünschte, daß sie nie zu Ende ging. Dann war es doch soweit.

Kahlan schüttelte den Kopf. »Jemanden wie dich gibt es selten, Richard Cypher«, flüsterte sie ihm zu.

Kahlan spießte ihr ein großes Stück Fisch auf einen Stock und meinte, sie solle pusten, damit sie sich nicht den Mund verbrannte. Rachel pustete ein wenig, war aber zu hungrig, um lange zu warten. Der beste Fisch, den sie je gegessen hatte. Genauso gut wie das Stück Fleisch, das ihr die Köche damals gegeben hatten.

»Noch ein Stück?« fragte Kahlan. Rachel nickte. Dann zog sie ein Messer aus dem Gürtel. »Sollen wir eine Scheibe Brot zum Fisch essen?« Sie griff nach dem Brot.

Rachel stürzte sich auf das Brot und riß es fort, bevor Kahlan es anfassen konnte. Rachel drückte es mit beiden Armen an sich. »Nein!« Sie stieß sich mit den Hacken von Kahlan fort.

Richard hörte auf zu essen, Kahlan runzelte die Stirn. Rachel griff in ihre Tasche und packte den Feuerstab, den Giller ihr geschenkt hatte.

»Rachel, was ist denn?« fragte Kahlan.

Giller hatte gesagt, sie dürfe keinem vertrauen. Sie mußte sich etwas einfallen lassen. Was würde Giller sagen?

»Das ist für meine Großmutter!« Sie spürte, wie ihr eine Träne die Wange hinablief.

»Also gut«, sagte Richard, »wenn es für deine Großmutter ist, werden wir es nicht anrühren. Versprochen. Nicht wahr, Kahlan?«

»Natürlich. Tut mir leid, Rachel, das haben wir nicht gewußt. Ich verspreche es dir auch. Verzeihst du mir?«

Rachel nahm die Hand aus der Tasche und nickte. Der Kloß in ihrem Hals war zu groß, um zu sprechen.

»Rachel«, fragte Richard, »wo ist deine Großmutter?«

Rachel erstarrte, sie hatte eigentlich gar keine Großmutter. Sie versuchte sich an einen Ortsnamen zu erinnern, von dem sie mal gehört hatte. Ortsnamen, die die Berater der Königin erwähnt hatten. Sie nannte den ersten, der ihr in den Sinn kam.

»Horners Mill.«

Sie hatte es noch nicht ganz ausgesprochen, als sie wußte, daß es ein Fehler war. Richard und Kahlan machten beide ein besorgtes Gesicht und sahen sich an. Einen Augenblick lang wurde es vollkommen still. Rachel wußte nicht, was passieren würde. Sie blickte rechts und links zwischen die Äste der Launenfichte.

»Rachel, wir werden das Brot deiner Großmutter nicht anrühren«, sagte Richard leise. »Versprochen.«

»Komm, iß noch ein Stück Fisch«, meinte Kahlan. »Laß das Brot dort drüben liegen, wir werden es nicht anfassen.«

Rachel rührte sich noch immer nicht. Sie dachte daran, wegzulaufen, so schnell sie konnte, doch sie wußte, die beiden konnten schneller rennen und würden sie fangen. Sie mußte tun, was Giller ihr gesagt hatte, und sich mit dem Kästchen bis zum Winter verstecken. Sonst würden all den Menschen die Köpfe abgeschlagen.

Richard hob Sara auf und setzte sie sich auf den Schoß. Er tat, als gäbe er ihr ein Stück Fisch. »Sara wird noch den ganzen Fisch aufessen. Du solltest herkommen und dir deinen Teil holen, wenn du noch etwas möchtest. Komm, du kannst dich bei mir auf den Schoß setzen und essen. Einverstanden?«

Rachel betrachtete ihre Gesichter und versuchte zu entscheiden, ob sie die Wahrheit sagten. Frauen mit langen Haaren logen oft. Sie sah Richard an. Er sah nicht so aus, als würde er lügen. Sie stand auf und lief zu ihm. Er zog sie zu sich auf den Schoß, dann setzte er ihr Sara auf den Schoß. Rachel schmiegte sich an ihn, während sie den Fisch aßen. Kahlan sah sie nicht an. Prinzessin Violet hatte gesagt, manchmal sei es ungehörig, Frauen mit langen Haaren anzusehen. Sie wollte nichts tun, was ihr eine Ohrfeige einbringen könnte. Oder sie zwang, Richards Schoß zu verlassen. Dort war es warm, und sie fühlte sich sicher.

»Rachel«, sagte Richard. »Es tut mir leid, aber wir können dich unmöglich nach Horners Mill lassen. Dort ist es nicht sicher.«

»In Ordnung. Dann gehe ich eben woandershin.«

»Ich fürchte, es ist nirgendwo sicher, Rachel«, meinte Kahlan. »Wir nehmen dich mit, dann bist du in Sicherheit.«

»Wohin?«

Kahlan lächelte. »Nach Tamarang. Wir wollen die Königin besuchen.« Rachel hörte auf zu kauen. Sie bekam keine Luft. »Wir nehmen dich mit. Ich bin sicher, die Königin wird jemanden finden, der sich um dich kümmert, wenn ich sie darum bitte.«

»Bist du sicher, Kahlan?« flüsterte Richard. »Was ist mit dem Zauberer?«

Kahlan nickte und antwortete ihm leise: »Wir werden uns erst um sie kümmern, und dann ziehe ich Giller das Fell über die Ohren.«

Rachel zwang sich, zu schlucken, damit sie wieder Luft bekam. Sie hatte es geahnt! Sie wußte, einer Frau mit langen Haaren konnte man nicht trauen! Fast hätte sie losgeheult; sie hatte gerade angefangen, Kahlan zu mögen. Richard war so nett. Wieso sollte er zu Kahlan nett sein? Wieso war er überhaupt bei so einer Frau? Sie würde Giller weh tun. Bestimmt war es genauso wie mit Prinzessin Violet. Sie war nett zu ihr, damit die Prinzessin ihr nichts tat. Er hatte bestimmt auch Angst, daß man ihm etwas tat. Richard tat ihr leid. Wenn er Kahlan doch nur fortlaufen könnte, wie sie Prinzessin Violet weggelaufen war. Vielleicht konnte sie Richard von dem Kästchen erzählen, dann könnten sie Kahlan vielleicht zusammen weglaufen.

Nein. Giller hatte gesagt, sie dürfe niemandem trauen. Vielleicht hatte er zu große Angst vor Kahlan und erzählte es ihr. Sie mußte tapfer sein, für Giller. Für all die anderen Leute. Sie mußte fort von hier.

»Darum kümmern wir uns morgen früh«, sagte Kahlan. »Wir sollten jetzt etwas schlafen, damit wir morgen beim ersten Licht aufbrechen können.«

Richard nickte und drückte Rachel an sich. »Ich übernehme die erste Wache. Schlaf du ein bißchen.«

Er hob Rachel hoch und reichte sie Kahlan. Rachel mußte sich auf die Zunge beißen, um nicht loszuschreien. Kahlan drückte sie fest an sich. Rachel warf einen Blick auf ihr Messer. So etwas hatte nicht einmal die Prinzessin. Jammernd streckte sie die Arme nach Richard aus. Mit einem Lächeln legte Richard ihr Sara in die Hände. Das hatte sie zwar nicht gewollt, trotzdem drückte sie die Puppe fest an sich und biß ihr in den Fuß, um nicht loszuheulen.

Richard fuhr ihr durchs Haar. »Dann bis morgen, Kleine.«

Und schon war er verschwunden. Sie war allein mit Kahlan. Sie preßte die Augen fest zusammen, sie mußte tapfer sein und durfte nicht weinen. Aber dann tat sie es doch.

Kahlan drückte sie fest an sich. Rachel zitterte. Finger strichen ihr durchs Haar. Kahlan wiegte Rachel, die dabei auf eine dunkle Lücke zwischen den Ästen auf der anderen Seite der Launenfichte starrte. Kahlans Brust machte seltsame, kleine Bewegungen. Rachel merkte verwundert, daß auch sie weinte. Kahlan schmiegte ihre Wange an Rachels Kopf. Fast begann sie zu glauben … doch dann fiel ihr ein, was Prinzessin Violet manchmal sagte, daß strafen mehr schmerzte, als bestraft zu werden. Voller Entsetzen überlegte sie, was Kahlan im Sinn hatte, daß sie so weinte. Nicht einmal Prinzessin Violet weinte, wenn sie jemanden bestrafte. Rachel weinte bitterlich und fing an zu zittern.

Kahlan ließ sie los und wischte sich die Tränen von den Wangen. Rachel war zu wackelig auf den Beinen, um wegzulaufen.

»Ist dir kalt?« flüsterte Kahlan. Ihre Stimme klang, als weinte sie noch immer.

Rachel hatte Angst, sie würde auf jeden Fall geschlagen werden, ganz gleich, was sie sagte. Sie nickte und war auf alles vorbereitet. Statt dessen nahm Kahlan eine Decke aus ihrem Bündel und wickelte sie um die beiden. Vermutlich, um ihr die Flucht zu erschweren.

»Komm, leg dich her. Ich erzähle dir eine Geschichte. Wir wärmen uns gegenseitig, einverstanden?«

Rachel lag mit dem Rücken zu Kahlan, die sich um sie schmiegte und einen Arm über sie legte. Das war angenehm, aber ein Trick, das wußte sie. Kahlans Gesicht war dicht an ihrem Ohr, und während sie so dalagen, erzählte Kahlan ihr eine Geschichte von einem Fischer, der sich in einen Fisch verwandelte. Die Worte formten Bilder in ihrem Kopf, und für eine Weile vergaß sie ihre Sorgen. Einmal lachten Kahlan und sie sogar zusammen. Als sie mit der Geschichte fertig war, gab Kahlan ihr einen Kuß auf den Kopf und streichelte ihr über die Schläfen. Sie tat, als wäre Kahlan in Wirklichkeit gar nicht gemein. So tun als ob konnte nicht schaden. Noch nie hatte sich etwas so schön angefühlt wie diese Finger und das Lied, das Kahlan ihr ins Ohr sang. So mußte es sein, wenn man eine Mutter hat.

Gegen ihren Willen schlief sie ein und hatte wunderbare Träume.

Mitten in der Nacht, als Richard Kahlan weckte, wachte sie auf, tat aber weiter so, als würde sie schlafen.

»Willst du weiter bei ihr schlafen?« flüsterte er ganz leise.

Rachel hielt den Atem an.

»Nein«, antwortete Kahlan flüsternd, »ich übernehme die Wache.«

Rachel hörte, wie sie ihren Umhang überzog und nach draußen

ging. Sie lauschte, in welche Richtung Kahlans Schritte sich entfernten. Richard tat noch etwas Holz ins Feuer, dann legte er sich dicht neben ihr hin. Sie sah, wie es unter der Fichte heller wurde. Richard beobachtete sie, sie spürte seinen Blick in ihrem Rücken. Gerne hätte sie ihm erzählt, wie gemein Kahlan in Wirklichkeit war, und ihn gebeten, mit ihr fortzulaufen. Er war so nett, es gab nichts Schöneres auf der ganzen Welt, als wenn er einen drückte. Er zog die Decke um sie fester, stopfte sie unter ihr Kinn. Rachel wartete, bis sie seinen gleichmäßigen Atem hörte und wußte, daß er eingeschlafen war. Dann schlüpfte sie unter der Decke hervor.

7. Kapitel

Kahlan drehte sich erwartungsvoll um, als er sich, einen Ast zur Seite schlagend, einen Weg unter die Launenfichte bahnte und sich vor dem Feuer zu Boden fallen ließ. Er zerrte sein Bündel heran und begann, irgendwelche Dinge hineinzustopfen.

»Und?«

Richard warf ihr einen wütenden Blick zu. »Ich habe ihre Spuren gefunden, nach Westen, den Weg zurück, den wir gekommen sind. Hundert Meter weiter stoßen sie auf den Pfad. Sie sind mehrere Stunden alt.« Er deutete auf den Boden hinten in der Launenfichte. »Dort ist sie raus. Sie hat uns in großem Abstand umkreist. Ich bin schon Männern gefolgt, die nicht gefunden werden wollten, und deren Spuren waren leichter zu verfolgen gewesen. Sie geht über Wurzeln und Steine und ist oft zu klein, um einen Abdruck zu hinterlassen. Hast du ihre Arme gesehen?«

»Die langen Striemen, ja. Sie stammen von einer Rute.«

»Nein, ich meine die Kratzer.«

»Ich habe keine Kratzer gesehen.«

»Eben. Ihr Kleid war ganz zerrissen, sie muß durch Dornengestrüpp gekommen sein. Aber auf den Armen hatte sie keinen einzigen Kratzer. Sie ist zart, also paßt sie auf, daß sie nirgendwo drankommt. Ein Erwachsener würde sich einfach durchschieben und eine Spur aus abgebrochenen und verhedderten Ästen hinterlassen. Sie berührt fast nie etwas. Du hättest die Spur sehen sollen, die ich hinterlassen habe, ein Blinder hätte ihr folgen können. Sie huscht durchs Unterholz wie Luft. Ich habe es eine Weile nicht einmal gemerkt, als sie wieder auf dem Pfad war. Ihre Füße sind nackt, sie tritt nicht gerne in Wasser oder Matsch, dabei wird ihr kalt, also geht sie nur über die trockenen Stellen, wo man nichts erkennt.«

»Ich hätte es sehen müssen, als sie gegangen ist.«

Kahlan war offenbar der Ansicht, er wollte ihr die Schuld geben. Verzweifelt stieß er hervor: »Du kannst nichts dafür, Kahlan. Hätte ich Wache gestanden, ich hätte sie auch nicht bemerkt. Sie wollte nicht gesehen werden. Sie ist ziemlich gerissen.«

Danach fühlte sie sich auch nicht besser. »Aber du kannst ihre Spur aufnehmen, oder?«

Er sah sie von der Seite an. »Ja.« Er faßte sich an die Brust. »Das habe ich in meiner Hemdentasche gefunden.« Er zog eine Braue hoch. »Dicht neben meinem Herzen.« Dann zog er Rachels mit einer Schlingpflanze zusammengebundene Haarlocke hervor. »Damit ich an sie denke.«

Kahlan war aschfahl, als sie sich erhob. »Es ist meine Schuld.« Sie ging aus der Launenfichte heraus. Er versuchte, sie am Arm zu packen, doch sie riß sich los.

Richard stellte seinen Rucksack zur Seite und ging ihr nach. Kahlan war ein Stück weiter stehengeblieben, hatte die Arme vor der Brust verschränkt und drehte ihm den Rücken zu. Sie stand da im Licht einer strahlenden Morgendämmerung und starrte in den Wald.

»Du kannst nichts dafür, Kahlan.«

Sie nickte. »Meine Haare waren schuld. Hast du nicht gemerkt, wie verängstigt sie meine Haare angeschaut hat? Ich habe diesen Blick schon tausendmal gesehen. Hast du eine Ahnung, wie es ist, Menschen, sogar Kindern, ständig angst zu machen?« Er antwortete nicht. »Richard? Schneidest du mir die Haare?«

»Was?«

Sie drehte sich mit einem flehenden Blick zu ihm um. »Schneidest du sie mir ab?«

Er sah ihren Augen an, wie schwer ihr das fiel. »Warum hast du sie dir nicht schon selbst abgeschnitten?«

Sie wandte sich ab. »Kann ich nicht. Die Magie läßt nicht zu, daß ein Konfessor sich selbst die Haare abschneidet. Die Schmerzen sind einfach zu groß.«

»Wie ist das möglich?«

»Erinnerst du dich an die Qualen, die du aufgrund der Zauberkraft des Schwertes erleiden mußtest, als du zum ersten Mal einen Mann getötet hast? Es sind die gleichen Schmerzen. Sie machen einen Konfessor bewußtlos, bevor er die Aufgabe erledigen kann. Ich habe es nur einmal versucht. Jeder Konfessor versucht es. Aber nur einmal. Wenn unser Haar geschnitten werden muß, macht es jemand anderes. Aber niemand würde es wagen, es ganz abzuschneiden.« Sie drehte sich wieder zu ihm um. »Tust du das für mich? Schneidest du mir meine Haare ab?«

Er wich ihrem Blick aus, schaute in den heller werdenden, schieferblauen Himmel und versuchte zu begreifen, was er empfand, versuchte zu verstehen, wie sie sich fühlen mußte. Es gab noch immer so viel, was er nicht von ihr wußte. Ihr Leben, ihre Welt, alles war ihm ein Rätsel. Eine Zeitlang hatte er alles wissen wollen. Jetzt wußte er, das war unmöglich. Die Kluft zwischen ihnen war voller Magie. Magie, offenbar ausdrücklich dafür geschaffen, sie voneinander zu trennen.

Er sah ihr in die Augen. Sie wartete. »Nein.«

»Verrätst du mir, warum nicht?«

»Weil ich dich respektiere, so wie du bist. Die Kahlan, die ich kenne, würde niemanden täuschen wollen, indem sie vorgibt, weniger zu sein, als sie ist. Selbst wenn es dir gelänge, den einen oder anderen zu täuschen, es würde nichts ändern. Du bist, wer du bist, die Mutter Konfessor. Wir alle können nicht mehr oder weniger sein, als wir nun mal sind.« Er lächelte. »Das hat mir eine kluge Frau, eine Freundin von mir, einmal gesagt.«

»Jeder Mann würde springen, wenn er die Chance hätte, einem Konfessor die Haare zu schneiden.«

»Ich nicht. Ich bin dein Freund.«

Sie nickte, die Arme immer noch über der Brust verschränkt. »Sie friert bestimmt. Sie hat nicht mal eine Decke mitgenommen.«

»Sie hat auch nichts zu essen mitgenommen, dabei hatte sie solchen Hunger.«

Endlich rang sich Kahlan ein Lächeln ab. »Sie hat mehr gegessen als wir beide zusammen. Wenigstens ist ihr Bauch voll. Richard, wenn sie nach Horners Mill kommt ...«

»Sie geht nicht nach Horners Mill.«

Kahlan kam näher. »Aber dort lebt doch ihre Großmutter.«

Richard schüttelte den Kopf. »Sie hat gar keine. Sie hat nicht mal gezögert, als ich sagte, sie könnte nicht nach Horners Mill. Sie meinte einfach, dann würde sie eben woanders hingehen. Sie hat überhaupt nicht darüber nachgedacht, sich nicht nach ihrer Großmutter erkundigt, nicht widersprochen. Sie läuft vor irgend etwas fort.«

»Sie läuft fort? Vielleicht vor dem Kerl, der ihr die blauen Flecken an den Armen beigebracht hat?«

»Und auf dem Rücken. Sie ist jedesmal zusammengezuckt, wenn ich einen berührt habe, aber gesagt hat sie nichts. So sehr wollte sie in den Arm genommen werden.« Kahlan legte besorgt die Stirn in Falten. »Ich würde sagen, sie ist auf der Flucht vor dem, der ihr Haar so zugerichtet hat.«

»Ihr Haar?«

Er nickte. »Damit sollte sie gebrandmarkt werden, vielleicht sogar als Eigentum. Niemand richtet jemandem die Haare so zu, es sei denn, um jemanden zu brandmarken. Gerade in den Midlands, wo dem Haar soviel Aufmerksamkeit geschenkt wird. Das war Absicht, als Zeichen der Macht über sie. Deswegen habe ich es ihr geschnitten.«

Kahlan starrte auf nichts Bestimmtes. »Deswegen war sie so glücklich, es geschnitten zu bekommen«, sagte sie leise.

»Es steckt allerdings noch mehr dahinter. Sie läuft nicht nur einfach fort. Sie lügt besser als ein Spieler. Sie lügt mit der Leichtigkeit eines Menschen, den ein starkes Bedürfnis treibt.«

Sie sah ihm in die Augen. »Zum Beispiel?«

»Ich weiß es nicht«, seufzte er. »Aber es hatte etwas mit dem Brotlaib zu tun.«

»Dem Brot? Glaubst du wirklich?«

»Sie hatte keine Schuhe, keinen Umhang, nichts. Bis auf ihre Puppe. Sie ist ihr wertvollster Besitz, sie hängt sehr daran, und trotzdem durften wir sie anfassen. Aber diesem Brot durften wir uns nicht auf Armeslänge nähern. Ich weiß nicht viel über die Magie in den Midlands, aber wo ich herkomme, schätzt ein kleines Mädchen einen Laib Brot nicht höher ein als ihre Puppe. Ich glaube nicht, daß das hier anders ist. Hast du den Blick in ihren Augen gesehen, als du nach dem Brot greifen wolltest und sie es an sich gerissen hat? Hätte sie ein Messer gehabt und hättest du die Hand nicht zurückgezogen, hätte sie sich damit gewehrt.«

»Richard«, warnte sie ihn, »so kannst du doch nicht allen Ernstes über ein kleines Mädchen denken. Ein Brot kann ihr unmöglich so wichtig sein.«

»Nein? Du hast selbst gesagt, sie hat soviel gegessen wie wir beide zusammen. Erst dachte ich, sie könnte vielleicht etwas mit Zedd zu tun haben. Erkläre mir doch mal, warum sie das Brot nicht mal angerührt hat, obwohl sie halb verhungert war.« Er schüttelte den Kopf. »Irgend etwas liegt in der Luft, und das Brot ist der Schlüssel dazu.«

Kahlan dachte einen Augenblick lang nach. »Wir gehen ihr also nach?«

Richard spürte das Gewicht des Zahns auf seiner Brust. Er holte tief Luft. »Nein. Wie Zedd gerne sagt, nichts ist jemals einfach. Wie wollen wir die Verfolgung eines kleinen Mädchens rechtfertigen, um das Rätsel ihres Brotes zu lösen, wenn gleichzeitig Rahl hinter dem Kästchen her ist?«

Sie ergriff seine Hand und betrachtete sie. »Was Darken Rahl uns antut, wie er uns verwirrt, ist gemein.« Sie drückte seine Hand. »Sie hat unsere Herzen im Sturm erobert.«

Richard zog sie mit einer Hand an sich. »Allerdings. Sie ist etwas ganz Besonderes. Ich hoffe, sie findet, was sie sucht, und ist in Sicherheit.« Er ließ Kahlan los und wollte zum Baum, um ihre Sachen zu holen. »Brechen wir auf.«

Die beiden verdrängten, daß sie Rachel im Stich ließen und Gefahren aussetzten, die sie nicht kannte und gegen die sie schutzlos war, und konzentrierten sich ganz darauf, so schnell wie möglich vorwärts zu kommen. Der strahlende Tag zog sich ebenso endlos dahin wie der wildwuchernde Wald, und dank ihrer Erschöpfung spürten sie die Kälte nicht. Richard war jedesmal froh, wenn er ein über den Pfad gespanntes Spinnennetz entdeckte. Mittlerweile sah er in den Spinnen so etwas wie seine Beschützer. Als Führer hatte es ihn immer geärgert, wenn sich ihm ihre Netze kitzelnd aufs Gesicht legten. Jetzt bedankte er sich jedesmal, wenn er an einem vorbeikam.

Gegen Mittag machten sie auf sonnenbeschienenen Felsen inmitten eines eiskalten Baches Rast. Richard spritzte sich das eisige Wasser ins Gesicht und versuchte, wieder zu Kräften zu kommen. Er war jetzt schon müde. Zu Mittag gab es nur kaltes Essen, und sie rasteten gerade so lange, wie sie brauchten, es hinunterzuschlingen. Sie stopften sich den letzten Bissen in den Mund, wischten sich die Hände an den Hosen ab und sprangen von dem flachen, rosigen Felsen.

Sosehr er auch versuchte, nicht an Rachel zu denken, immer wieder ertappte er sich dabei, wie er sich Sorgen um das kleine Mädchen machte. Und wenn Kahlan gelegentlich den Kopf drehte und den Blick wachsam schweifen ließ, sah er, daß auch sie ein besorgtes Gesicht machte. Er fragte sie, ob er sich richtig entschieden hatte. Sie wußte sofort, was er meinte, und wollte wissen, wie lange es seiner

Ansicht nach gedauert hätte, sie einzuholen. Zwei Tage, wenn alles gutging, meinte er, wenigstens einen, um sie einzuholen, und einen für den Weg zurück. Zwei Tage, hatte sie geantwortet, waren mehr, als sie sich leisten konnten. Es klang beruhigend aus ihrem Mund.

Später am Nachmittag sank die Sonne hinter einen fernen Gipfel des Rang'Shada-Gebirges. Die Farben des Waldes wurden weicher, gedämpfter, der Wind ebbte ab, und Stille legte sich über die Landschaft. Es gelang Richard, seine Gedanken an Rachel beiseite zu schieben und sich auf das zu konzentrieren, was sie tun würden, sobald sie Tamarang erreicht hatten.

»Kahlan, Zedd meinte, wir müßten uns beide von Rahl fernhalten, weil wir ihm nichts entgegenzusetzen hätten und uns nicht vor ihm schützen könnten.«

Sie blickte kurz über die Schulter. »Stimmt, das hat er gesagt.«

Richard machte ein besorgtes Gesicht. »Und Shota war der Ansicht, die Königin würde das Kästchen nicht mehr lange haben.«

»Vielleicht hat sie damit gemeint, wir würden es bald finden.«

»Nein, es klang eher wie eine Warnung. Die Königin hat es nicht mehr lange, also müssen wir uns beeilen. Was ist, wenn Darken Rahl schon dort ist?«

Sie sah über ihre Schulter und ging langsamer. »Und wennschon. Es gibt keinen anderen Weg. Ich gehe auf jeden Fall nach Tamarang. Willst du hier auf mich warten?«

»Natürlich nicht! Ich meine nur, wir sollten nicht vergessen, auf was wir uns einlassen. Möglicherweise ist Darken Rahl schon dort.«

»Der Gedanke geht mir schon seit einiger Zeit durch den Kopf.«

Er ging eine Minute neben ihr her, ohne ein Wort zu sagen. Schließlich fragte er: »Und zu welchem Schluß bist du gekommen? Was machen wir, wenn er tatsächlich dort ist?«

Sie antwortete, den Blick nach vorne gerichtet. »Wenn Darken Rahl in Tamarang ist, werden wir dort aller Wahrscheinlichkeit nach sterben.«

Richard blieb stehen. Sie wartete nicht auf ihn, sondern ging einfach weiter.

Der Wald wurde dunkler, ein paar kleine Wölkchen leuchteten rot auf, die erlöschende Glut des Tages. Mittlerweile folgte der Pfad dem Callisidrin, gelegentlich so dicht, daß sie ihn zu Gesicht bekamen, aber auch sonst konnten sie das Rauschen seiner braunen Fluten hören. Richard hatte den ganzen Nachmittag keine Launenfichte gesehen. Er ließ den Blick über die Wipfel schweifen, auch jetzt noch ohne Erfolg. Als es dunkel wurde, gab er die Hoffnung auf, noch vor Einbruch der Nacht eine zu finden, und sah sich nach einem Unterschlupf um. In sicherer Entfernung vom Pfad entdeckte er eine niedrige Felsspalte am Fuß eines Hügels. An allen Seiten standen Bäume um sie herum, und sie schien versteckt genug für ein Lager zu sein, auch wenn sie nach oben hin offen war.

Der Mond stand bereits hoch, als Kahlan einen Eintopf aufgesetzt hatte. Mit ein wenig Glück hatte Richard überraschend und schneller als erwartet zwei Kaninchen in der Schlinge gefangen.

»Ich glaube, das würde sogar für Zedd reichen«, meinte sie.

Als hätten ihre Worte ihn herbeigerufen, trat der alte Mann, das weiße Haar wild zerzaust, ins Licht und blieb, die Hände in die Hüften gestemmt, auf der anderen Seite des Feuers stehen. Seine Kleider sahen etwas mitgenommen aus.

»Ich bin völlig ausgehungert!« verkündete er. »Wir wollen essen.«

Richard und Kahlan rissen fassungslos die Augen auf und sprangen auf. Der alte Mann kniff die Augen zusammen, als Richard das Schwert zog. Ein Herzschlag, und Richard war über das Feuer gesprungen und drückte ihm die Schwertspitze in die Rippen.

»Was soll das?« meinte der alte Mann.

»Zurück«, kommandierte Richard. Er drückte ihn mit dem Schwert bis zu den Bäumen. Vorsichtig suchte Richard den Waldrand ab.

»Darf ich vielleicht erfahren, was das soll, Junge?«

»Ich bin dir bereits zweimal begegnet, einmal hast du mich gerufen, und einmal habe ich dich gesehen, und beide Male warst du es nicht. Ein Narr, wer sich dreimal täuschen läßt«, zitierte Richard. »Ich werde mich nicht dreimal täuschen lassen, ich bin nicht bereit, den Narren zu spielen. Da hinüber«, deutete er mit dem Kinn. »Stell dich zwischen die Bäume.«

»Ich denke nicht daran!« protestierte der Alte. »Steck dein Schwert zurück in die Scheide, Junge!«

»Wenn du dich nicht zwischen diese beiden Bäume stellst«, sagte Richard mit zusammengebissenen Zähnen, »stoße ich dir mein Schwert zwischen die Rippen.«

Der Alte hob überrascht die Ellenbogen, dann nahm er seinen Umhang auf und stapfte vor sich hin murmelnd durch das niedrige Unterholz, während Richard ihn mit dem Schwert vor sich herschubste. Er sah sich nur einmal kurz um, bevor er zwischen die Bäume trat. Richard sah, wie ein Spinnennetz zerriß. Er grinste.

»Zedd! Bist du es wirklich?«

Zedd, die Hände in die Hüften gestemmt, zwinkerte ihm zu. »So wahr wie ein wehleidiger Wotan, mein Junge.«

Richard steckte das Schwert zurück, schlug die Arme um seinen alten Freund und hätte ihn fast erdrückt. »Zedd! Ich bin so froh, dich wiederzusehen!«

Zedd fuchtelte mit den Armen und versuchte, wieder zu Atem zu kommen. Richard ließ ihn los, sah ihm strahlend in die Augen, drückte ihn noch mal.

»Was wäre, wenn du dich noch mehr gefreut hättest, mich zu sehen? Nicht auszudenken.«

Richard legte ihm den Arm um die Schultern und begleitete ihn zum Feuer zurück. »Tut mir leid, aber ich mußte sichergehen. Ich kann nicht glauben, daß du hier bist! Ich bin so froh, dich zu sehen! Und daß es dir gutgeht! Wir haben so viel zu besprechen.«

»Ja, ja. Können wir jetzt vielleicht essen?«

Kahlan kam herbei und umarmte ihn ebenfalls. »Wir haben uns solche Sorgen um dich gemacht.«

Während der Umarmung warf Zedd einen sehnsüchtigen Blick über ihre Schulter auf den Kochtopf. »Ja, sicher. Aber mit gefülltem Magen geht das alles viel besser.«

»Aber das Essen ist noch nicht fertig«, lächelte sie.

Zedd sah sie enttäuscht an. »Noch nicht fertig? Bist du sicher? Vielleicht sollten wir mal nachsehen?«

»Ich bin ziemlich sicher. Wir haben gerade erst angefangen.«

»Noch nicht fertig«, murmelte er vor sich hin, stützte den Ellenbogen mit einer Hand und rieb sich mit der anderen das Kinn. »Nun, das werden wir gleich haben. Zurück, ihr beiden.«

Der Zauberer krempelte sich die Ärmel hoch und sah das Feuer an wie ein ungezogenes Kind. Dann reckte er die dürren Arme vor, streckte die Finger. Blaues Licht knisterte um seine Finger, schien Kräfte zu sammeln. Zischend schoß es in blau gezackten Blitzen nach vorn, traf auf den Kessel und brachte ihn zum Springen. Das blaue Feuer hüllte den Kessel ein, umkreiste ihn, streichelte ihn, liebkoste ihn. Der Eintopf begann im blauen Licht zu brodeln, zu spritzen und Blasen zu werfen. Der Zauberer zog seine Hände zurück, und das blaue Feuer erlosch mit einem Zischen.

Zedd lächelte zufrieden. »So, jetzt ist er fertig. Wir wollen essen.«

Kahlan kniete nieder und kostete mit einem Holzlöffel. »Er hat recht. Der Eintopf ist fertig. Steh nicht dumm rum und starr Löcher in die Luft, Junge. Hol die Teller!«

Richard gehorchte kopfschüttelnd. Kahlan teilte einen Teller voll aus, legte ein paar Kekse daneben und reichte ihn Zedd. Der alte Mann setzte sich nicht einmal, er blieb neben ihnen am Feuer stehen und schaufelte den Eintopf gabelweise in sich hinein. Kahlan verteilte etwas auf die anderen beiden Teller, und als sie damit fertig war, reichte ihr Zedd bereits seinen leeren Teller für einen Nachschlag.

Nach der ersten Portion fand Zedd dann auch die Zeit, sich hinzusetzen. Richard setzte sich auf einen kleinen Felsvorsprung, Kahlan schlug neben ihm die Beine unter, Zedd saß ihnen gegenüber auf dem Boden.

Richard wartete, bis Zedd seine Portion zur Hälfte hinuntergeschlungen hatte und er endlich eine kleine Pause einlegte, bevor er fragte: »Wie bist du mit Adie zurechtgekommen? Hat sie sich gut um dich gekümmert?«

Zedd sah auf und kniff die Augen zusammen. Selbst im Schein des Feuers hätte Richard schwören können, daß er rot wurde. »Adie? Nun ja ...« Er sah Kahlans interessiertes Gesicht. »Nun ja, wir ... wir haben uns ... ganz gut verstanden.« Er warf Richard einen finsteren Blick zu. »Was ist denn das für eine Frage?«

Richard und Kahlan sahen sich an. »Ich habe mir nichts dabei gedacht«, sagte er. »Mir ist nur aufgefallen, daß Adie eine gutaussehende Frau ist. Und interessant. Ich dachte nur, vielleicht findest du das auch.« Richard schmunzelte in sich hinein.

Zedd sah wieder auf seinen Teller. »Sie ist eine sehr nette Frau.« Mit der Gabelspitze rollte er etwas auf seinem Teller hin und her. »Was ist das? Jetzt habe ich schon drei davon gegessen und weiß noch immer nicht, was es ist.«

»Tavawurzel«, erklärte Kahlan. »Magst du sie nicht?«

Zedd brummte. »Das hab' ich nicht gesagt. Ich wollte nur wissen, was es ist, das ist alles.« Er sah von seinem Teller auf. »Adie meinte, sie hätte euch einen Stein der Nacht gegeben. Durch ihn habe ich euch gefunden.« Er fuchtelte mit der Gabel vor Richard herum. »Ich hoffe, du gehst vorsichtig damit um. Hole ihn nur im größten Notfall heraus. Im allergrößten Notfall. Steine der Nacht sind höchst gefährlich. Adie hätte dich warnen sollen. Das habe ich ihr auch gesagt!« Er spießte eine Tavawurzel mit der Gabel auf. »Am besten wäre es, ihr wärt ihn wieder los.«

Richard schob ein Stück Fleisch über den Teller. »Das wissen wir.«

Richard hatte den Kopf übervoll mit Fragen, wußte aber nicht, wo er anfangen sollte. Zedd kam ihm zuvor.

»Habt ihr getan, was ich euch gesagt habe? Habt ihr euch aus allem Ärger herausgehalten? Was habt ihr gemacht?«

»Nun«, sagte Richard und atmete tief durch. »Wir waren eine ganze Weile bei den Schlammenschen.«

»Den Schlammenschen?« Zedd ließ sich das durch den Kopf gehen. »Gut«, verkündete er endlich, eine Gabel voller Fleisch in die Höhe haltend. »Bei den Schlammenschen gerät man nicht in große Schwierigkeiten.« Er nahm den Fleischbrocken mit den Zähnen von der Gabel und stocherte wieder in seinem Teller herum, aß ein Stück Keks. Mit vollem Mund fuhr er fort: »Ihr habt also bei den Schlammmenschen eine nette Zeit verbracht?« Er bemerkte, daß sie nicht antworteten, und sein Blick wanderte vom einen zum anderen. »Bei den Schlammenschen kann man keine großen Schwierigkeiten bekommen.« Es klang wie ein Befehl.

Richard sah hinüber zu Kahlan. Sie stippte ihren Keks in den Eintopf. »Ich habe einen der Ältesten getötet«, sagte sie und führte den Keks zum Mund, ohne aufzuschauen.

Zedd ließ die Gabel fallen und fing sie mitten in der Luft auf, kurz bevor sie zu Boden fiel. »Was!«

»Es war Notwehr«, protestierte Richard. »Er hat versucht, sie umzubringen.«

»Was?« Zedd sprang mit dem Teller in der Hand auf, setzte sich dann wieder. »Verdammt! Wieso sollte ein Ältester versuchen, einen ...« Mit einem Seitenblick auf Richard klappte er den Mund zu.

»Einen Konfessor zu töten«, beendete Richard den Satz. Seine Stimmung sank.

Zedds Blick ging zwischen den beiden, die mit gesenktem Kopf dasaßen, hin und her. »So. Du hast es ihm also endlich gesagt.«

Kahlan nickte. »Vor ein paar Tagen.«

»Erst vor ein paar Tagen«, wiederholte Zedd brummig. Dann aß er schweigend weiter und sah sie gelegentlich argwöhnisch an. »Warum sollte ein Ältester auf die Idee kommen, einen Konfessor zu töten?«

»Nun«, meinte Richard, »wir hatten gerade herausgefunden, was ein Stein der Nacht anrichten kann. Kurz bevor sie uns zu Schlammmenschen gemacht hatten.«

»Sie haben euch zu Schlammenschen ernannt?« Zedds Augen wurden größer. »Dann hast du dir eine Frau genommen!«

»Na ja … nein.« Richard zog das lederne Band aus dem Hemd und zeigte Zedd die Pfeife des Vogelmannes. »Sie gaben sich damit zufrieden, mir das zu schenken.«

Zedd warf einen neugierigen Blick auf die Pfeife. »Wieso waren sie einverstanden, daß du keine … Und wieso haben sie euch zu Schlammenschen ernannt?«

»Weil wir sie darum gebeten haben. Es war die einzige Möglichkeit, eine Versammlung für uns einzuberufen.«

»Was! Sie haben für euch eine Versammlung einberufen?«

»Ja. Das war kurz bevor Darken Rahl auftauchte.«

»Was!« brüllte Zedd zum wiederholten Mal und sprang auf. »Darken Rahl war dort! Ich habe euch doch gesagt, ihr sollt euch von ihm fernhalten!«

Richard hob den Kopf. »Wir haben ihn ja schließlich nicht eingeladen.«

»Er hat viele von ihnen getötet«, fügte Kahlan mit leiser Stimme hinzu. Sie blickte immer noch langsam kauend auf ihren Teller.

Zedd starrte sie an und ließ sich langsam zurücksinken. »Das tut mir leid«, sagte er leise. »Und was haben euch die Seelen der Vorfahren erzählt?«

Richard zuckte mit den Achseln. »Daß wir eine Hexe aufsuchen müßten.«

»Eine Hexe!« Zedds Blick verengte sich. »Welche Hexe? Wo?«

»Shota. In Agaden.«

Zedd zuckte zusammen, um ein Haar hätte er den Teller fallen gelassen. Er sog die Luft deutlich hörbar zwischen seinen zusammengebissenen Zähnen ein. »Shota!« Er sah sich um, als könnte jemand lauschen. Er senkte die Stimme, beugte sich vor und flüsterte Kahlan heiser zu: »Verdammt! Was hat dich nur dazu getrieben, ihn nach Agaden zu bringen! Du hast geschworen, ihn zu beschützen!«

»Glaub mir«, antwortete sie und sah ihm in die Augen, »ich wollte es nicht.«

»Wir hatten keine andere Wahl«, sagte Richard zu ihrer Verteidigung.

Zedd sah ihn scharf an. »Wieso?«

»Wir mußten herausfinden, wo das Kästchen ist. Und das haben wir auch. Shota hat es uns verraten.«

»Shota hat es euch verraten«, äffte Zedd ihn nach. »Und was hat sie euch sonst noch erzählt? Shota erzählt niemandem, was er wissen will, ohne etwas hinzuzufügen, was er nicht wissen will.«

Kahlan warf Richard einen Seitenblick zu, den er nicht erwiderte. »Nichts. Sonst hat sie uns nichts erzählt.« Er hielt Zedds Blick stand. »Sie meinte, Königin Milena besäße das letzte Kästchen der Ordnung. Sie tat es, weil auch ihr Leben davon abhing.«

Richard hielt Zedds Blick stand. Er bezweifelte, daß ihm sein alter Freund glaubte, aber er wollte ihm nicht verraten, was Shota gesagt hatte. Wie sollte er ihm beibringen, daß einer oder zwei von ihnen als Verräter enden würden? Daß Zedd sein Zaubererfeuer gegen ihn einsetzen, Kahlan ihn mit ihrer Kraft berühren würde? Vielleicht war es am Ende sogar gerecht, schließlich war er es, der von dem Buch wußte. Und nicht sie.

»Zedd«, sagte er vorsichtig, »du hast gesagt, du willst, daß ich euch in die Midlands bringe und daß du einen Plan hast, sobald wir hier sind. Du bist von dem Monster aus der Unterwelt niedergeschlagen worden, du warst bewußtlos, und wir wußten nicht, wann oder ob du jemals wieder aufwachen würdest. Ich hatte keine Ahnung, was ich tun sollte, ich kannte deinen Plan nicht. Der Winter ist nahe, und wir müssen Darken Rahl aufhalten.« Seine Stimme gewann an Schärfe, als er fortfuhr. »Ich habe mein Bestes gegeben. Ich weiß schon gar nicht mehr, wie oft wir beinahe getötet worden sind. Ich wußte nur, daß ich das Kästchen finden muß. Kahlan hat mir geholfen, und wir haben es herausgefunden. Es hat uns beide eine Menge gekostet. Wenn dir das alles nicht paßt, dann nimm dein verfluchtes Schwert der Wahrheit zurück. Ich habe es bald satt! Alles!«

Er pfefferte seinen Teller auf den Boden, stapfte ein Stück weit in die Dunkelheit und blieb mit dem Rücken zu ihnen stehen. Seine Kehle war wie zugeschnürt. Die dunklen Bäume vor ihm verschwammen. Er war überrascht, wie sehr ihn seine Wut mitgerissen hatte. Er hatte Zedd so gerne wiedersehen wollen, und jetzt war er hier, und er war wütend auf ihn. Er ließ seinem Zorn freien Lauf und wartete, daß er von selbst wieder nachließ.

Zedd und Kahlan sahen sich an. »Ja«, meinte er leise zu ihr, »ich sehe, du hast es ihm tatsächlich erzählt.« Er stellte seinen Teller auf den Boden, erhob sich und legte ihr die Hand auf die Schulter. »Tut mir leid, Liebes.«

Richard rührte sich nicht, als er Zedds Hand auf seiner Schulter spürte.

»Tut mir leid, mein Junge. Schätze, du hast einiges durchmachen müssen.«

Richard nickte und starrte in die Dunkelheit. »Ich habe einen Mann mit dem Schwert getötet. Mit Zauberkraft.«

Zedd wartete einen Augenblick, bevor er antwortete. »Nun, ich kenne dich. Ich weiß, du konntest nicht anders.«

»Nein«, flüsterte Richard gequält. »Ich hätte anders gekonnt. Ich dachte, ich würde Kahlan beschützen, ihr das Leben retten. Ich wußte nicht, daß sie Konfessor ist, daß sie keine Hilfe brauchte. Aber ich wollte es, ganz sicher. Und ich habe es genossen.«

»Das glaubst du nur. Darin liegt die Zauberkraft.«

»Ich bin da nicht so sicher. Ich weiß nicht mehr, was aus mir geworden ist.«

»Richard, vergib mir, wenn ich mich anhöre, als wäre ich dir böse. Vielleicht bin ich mir selbst böse. Du hast dich tapfer geschlagen. Ich bin es, der versagt hat.«

»Wie meinst du das?«

Zedd legte ihm die Hand auf die Schulter. »Komm und setz dich. Ich werde euch beiden erzählen, was passiert ist.«

Sie gingen zurück zum Feuer. Kahlan beobachtete sie und wirkte einsam. Richard setzte sich neben sie und lächelte sie traurig an.

Zedd nahm seinen Teller zur Hand, sah ihn angewidert an und stellte ihn wieder ab. »Ich fürchte, wir stecken in gewaltigen Schwierigkeiten«, sagte er leise.

Richard hatte eine sarkastische Bemerkung auf den Lippen, verkniff sie sich aber. Statt dessen fragte er: »Wieso? Was ist passiert? Was ist mit deinem Plan?«

»Mein Plan.« Zedd lächelte säuerlich, zog die Knie an und zerrte seinen Umhang über die Beine, so daß ein kleines Zelt entstand. »Mein Plan war es, Rahl aufzuhalten, ohne mich mit ihm einlassen zu müssen und ohne daß ihr in Gefahr geratet. Ihr beide solltet allem Ärger aus dem Weg gehen, während ich die Sache in die Hand nehmen wollte. Wie es aussieht, bleibt jetzt wohl nur noch euer Plan. Ich habe euch nicht alles erzählt, was man über die Kästchen der Ordnung wissen muß, denn dieses Wissen ist nicht für euch bestimmt. Es ging euch nichts an, es war nur mir vorbehalten.« Er sah die beiden nacheinander an, und kurz blitzte Wut in seinen Augen auf, die jedoch sofort wieder erlosch. »Ich denke, jetzt spielt es keine Rolle mehr.«

»Was durften wir nicht wissen?« fragte Kahlan stirnrunzelnd. Auch sie schien für einen kurzen Augenblick wütend zu werden. Der Gedanke, in Gefahr geraten zu sein, ohne alles zu wissen, behagte ihr offenbar ebensowenig wie Richard.

»Nun, seht ihr«, meinte Zedd, »die drei Kästchen funktionieren genau, wie ich gesagt habe. Jedes hat seinen ganz eigenen Zweck, man muß nur wissen, welches man öffnet. Das ist alles, was ich weiß. Es steht alles in einem Buch, dem Buch der Gezählten Schatten. Das Buch der Gezählten Schatten ist eine Art Gebrauchsanweisung für die Kästchen. Und ich bin sein Hüter.«

Richard erstarrte. Der Zahn schien ihm von der Brust springen zu wollen. Er konnte keinen Muskel rühren, bekam kaum noch Luft.

»Du weißt, welches Kästchen welches ist?« wollte Kahlan wissen. »Du weißt, welches er öffnen muß?«

»Nein. Ich bin der Hüter des Buches. Das steht alles nur im Buch. Aber ich habe es nie gelesen. Ich weiß nicht, welches Kästchen welches ist oder wie man es herausfindet. Mit dem Öffnen des Buches hätte ich die Verbreitung des Wissens riskiert. Es darf nicht geöffnet werden, das könnte sehr gefährlich werden. Deswegen habe ich es nie getan. Ich bin der Hüter vieler Bücher, dies ist nur eines von ihnen, aber ein sehr wichtiges.«

Richard hatte die Augen aufgerissen und versuchte, sie durch mehrmaliges Zwinkern wieder zu entspannen. Sein Leben lang hatte er sich darauf gefreut, den Hüter des Buches kennenzulernen, und es war die ganze Zeit Zedd gewesen. Der Schock saß tief.

»Wo war es?« fragte Kahlan. »Was ist passiert?«

»Es befand sich in meiner Obhut. Der Zaubererobhut in Aydindril.«

»Du warst in Aydindril?« fragte Kahlan. Ihre Stimme klang besorgt. »Ist das Buch dort sicher?«

Zedd wandte den Blick ab. »Aydindril ist gefallen.«

Kahlan schlug sich die Hand vor den Mund, ihre Augen füllten sich mit Tränen. »Nein.«

Zedd nickte. »Ich fürchte, doch.« Er zupfte verlegen an seinem Umhang. »Wenigstens habe ich den Besatzern einen Denkzettel verpaßt«, fügte er kaum hörbar hinzu.

»Und Hauptmann Riffkin? Leutnant Delis und Leutnant Miller? Die Palastwache?«

Zedd hielt den Blick gesenkt und schüttelte jedesmal den Kopf, wenn sie einen Namen nannte. Kahlan schlug sich die Hände vor die Brust, atmete schwer und biß sich auf die Unterlippe. Wer immer diese Männer waren, Kahlan war erschüttert über die Neuigkeiten.

Richard glaubte, seinen Schock hinter einer Bemerkung verbergen zu müssen. »Was ist diese Zaubererobhut?«

»Ein Zufluchtsort, ein Ort, an dem Zauberer wichtige Gegenstände der Magie aufbewahren, wie zum Beispiel die Bücher der Prophezeiungen, aber auch weit wichtigere Bücher – Bücher der Magie und voller Anleitungen, wie zum Beispiel das Buch der Gezählten Schatten. Einige werden für die Ausbildung neuer Zauberer verwendet, andere als Nachschlagwerke, wieder andere als Waffen. Auch andere Gegenstände der Magie werden dort aufbewahrt, wie zum Beispiel das Schwert der Wahrheit, wenn es nicht gerade ein Sucher benutzt. Die Obhut ist durch Magie versiegelt, und nur ein Zauberer kann dort hinein. So zumindest sollte es sein. Trotzdem ist jemand eingedrungen. Wie er es geschafft hat, ohne getötet zu werden, geht über mein Verständnis. Es muß Darken Rahl gewesen sein. Bestimmt hat er das Buch.«

»Vielleicht war es nicht Darken Rahl«, brachte Richard hervor. Sein Rücken war steif wie ein Brett.

Zedd kniff die Augen zusammen. »Wenn es nicht Darken Rahl war, dann war es ein Dieb. Ein sehr gerissener Dieb, aber trotzdem ein Dieb.«

Richard schluckte trocken. »Zedd … ich … meinst du, dieses Buch, das Buch der Gezählten Schatten, könnte uns verraten, wie Darken Rahl aufgehalten werden könnte? Wie er daran gehindert werden könnte, die Kästchen zu benutzen?«

Zedd zuckte mit seinen knochigen Schultern. »Wie gesagt, ich habe den Einband nie aufgeschlagen. Aber nach den anderen Anleitungen zu urteilen, die ich kenne, wird es nur für denjenigen von Nutzen sein, der die Kästchen hat. Es wurde geschrieben, um bei der Anwendung von Magie zu helfen, und nicht, um jemanden an ihrer Anwendung zu hindern. Aller Wahrscheinlichkeit nach würde es uns nichts nützen. Mein Plan war, das Buch einfach zu besorgen und zu zerstören, um zu verhindern, daß Rahl dieses Wissen bekommt. Das Buch ist für uns verloren, uns bleibt also keine Alternative. Wir müssen das letzte Kästchen finden.«

»Aber kann Rahl auch ohne das Buch die Kästchen öffnen?« fragte Kahlan.

»Bei seinem Wissen kann er das bestimmt. Aber er wird immer noch nicht wissen, welches.«

»Er wird ein Kästchen öffnen, ob mit oder ohne Buch«, überlegte Richard. »Das muß er auch. Tut er es nicht, stirbt er. Er hat nichts zu verlieren. Selbst wenn du das Buch wiedergefunden hättest, würde er ein Kästchen öffnen. Schließlich hat er die Chance, das richtige zu wählen.«

»Wenn er das Buch hat, weiß er auch, welches er öffnen muß. Ich hatte gehofft, wenigstens das Buch vernichten zu können, damit es Rahl nicht in die Hände fällt, wenn wir das letzte Kästchen nicht finden. Damit hätten wir wenigstens diese eine Chance. Die Chance, daß er sich für das richtige entscheidet – das richtige für uns.« Zedds Gesicht wurde bitter. »Ich würde alles dafür geben, wenn ich das Buch zerstören könnte.«

Kahlan legte Richard die Hand auf den Arm. Fast wäre er aufgesprungen. »Dann hat Richard doch genau getan, was ein Sucher tun soll, er hat herausgefunden, wo sich das Kästchen befindet. Königin Milena hat es.« Sie lächelte Richard beruhigend zu. »Der Sucher hat gute Arbeit geleistet.« In seinem Kopf drehte sich alles zu schnell, als daß er ihr Lächeln angemessen hätte erwidern können.

Zedd strich sich mit Daumen und Zeigefinger übers Kinn. »Was schlägst du vor, wie wir es ihr abnehmen sollen? Wissen, wo es ist, ist eine Sache, es bekommen, eine ganz andere.«

Kahlan lächelte Zedd aalglatt an. »Königin Milena war es, der diese Schlange im silbernen Gewand seine Dienste verkauft hat. Ihm steht ein unangenehmer Zusammenstoß mit der Mutter Konfessor bevor.«

»Giller? Giller ist zu Königin Milena gegangen?« Zedds Miene verfinsterte sich im gleichen Maße, wie seine Falten tiefer wurden. »Er wird überrascht sein, mich wiederzusehen.«

Sie legte die Stirn in Falten. »Das überlaß nur mir. Er ist mein Zauberer. Ich werde mich schon um ihn kümmern.«

Richards Blick ging zwischen den beiden hin und her. Er kam sich plötzlich fehl am Platze vor. Der Große Zauberer und Mutter Konfessor diskutierten über die Maßregelung eines aufmüpfigen Zauberers, als handelte es sich um das Ausrupfen von Unkraut im Garten. Er mußte an seinen Vater denken, der ihm erzählt hatte, er hätte das Buch an sich genommen, um zu verhindern, daß es in die falschen Hände fiel. Die Hände Darken Rahls. Er redete, ohne nachzudenken.

»Vielleicht hatte er einen guten Grund für das, was er getan hat.«

Sie drehten sich beide um und sahen ihn an, als hätten sie vergessen, daß er da war.

»Einen guten Grund?« fuhr Kahlan ihn an. »Gier, das war sein Grund. Er hat mich im Stich gelassen und den Quadronen überlassen.«

»Manchmal haben Menschen andere Gründe, als es nach außen scheint.« Richard sah sie ruhig an. »Vielleicht hat er geglaubt, das Kästchen sei wichtiger.«

Kahlan brachte vor Überraschung kein Wort heraus.

Zedd runzelte die Stirn. Sein Haar sah wild aus im Schein des Feuers. »Vielleicht hast du recht. Möglicherweise wußte Giller, daß die Königin das Kästchen hat, und wollte es beschützen. Mit Sicherheit wußte er, welchem Zweck die Kästchen dienen.« Er lächelte Richard voller Ironie an. »Vielleicht hat uns der Sucher zu einer neuen Sichtweise verholfen. Vielleicht haben wir in Tamarang einen Verbündeten.«

»Vielleicht auch nicht«, meinte Kahlan.

»Das werden wir bald wissen«, seufzte der Zauberer.

»Zedd«, meinte Richard, »gestern waren wir an einem Ort namens Horners Mill.«

Zedd nickte. »Ich habe es gesehen. Und viele andere Orte, wo es genauso aussah.«

Richard beugte sich vor. »Das waren doch keine Westländer, oder? Westländer können das unmöglich gewesen sein.«

»Nein, es waren Rahls Leute. Sie handelten auf seinen Befehl.«

»Das macht doch keinen Sinn«, meinte Kahlan. »Die Stadt war D'Hara treu ergeben. Truppen der Friedensarmee des Volkes waren dort stationiert, sie wurden bis auf den letzten Mann umgebracht.«

»Eben aus diesem Grund hat er es ja getan.«

Die beiden sahen ihn verwirrt an. »Das macht keinen Sinn«, meinte Kahlan.

»Das erste Gesetz der Magie.«

Richard runzelte die Stirn. »Was?«

»Das erste Gesetz der Magie. Die Menschen sind dumm.«

Richards und Kahlans Verwirrung nahm zu. »Die Menschen sind dumm. Jeder glaubt so ziemlich fast alles. Wegen ihrer Dummheit glauben die Menschen eine Lüge, weil sie sie entweder für wahr halten wollen oder weil sie Angst haben, sie könnte wahr sein. Die Köpfe der Menschen stecken voller Wissen, Fakten und Glauben, und das meiste davon ist falsch, trotzdem halten sie alles für wahr. Die Menschen sind dumm. Nur selten können sie zwischen einer Lüge und der Wahrheit unterscheiden, obwohl sie dessen so sicher und daher um so leichter zu täuschen sind. Wegen dieses ersten Gesetzes der Magie haben die alten Zauberer Konfessoren und Sucher geschaffen, als Hilfe auf der Suche nach der Wahrheit, wenn sie wichtig genug wird. Rahl kennt die Gesetze der Magie. Er macht sich das erste zunutze. Menschen sind dumm. Die Menschen brauchen einen Feind, um ein Gespür dafür zu bekommen, was ihr Lebenszweck ist. Dieses Gespür ist bei weitem wichtiger als die Wahrheit. Wahrheit hat im Grunde nichts damit zu tun. Darken Rahl verschafft ihnen einen Feind, einen anderen als sich selbst, und damit ein Gespür für ihren Lebenszweck. Die Menschen sind dumm, sie wollen etwas glauben, also tun sie es einfach.«

»Aber es waren seine eigenen Leute«, protestierte Kahlan. »Er hat seine Anhänger umgebracht.«

»Du hast sicher bemerkt, daß nicht alle Menschen getötet wurden. Einige wurden vergewaltigt, gefoltert, aber am Leben gelassen, damit sie fliehen und die Nachricht verbreiten konnten. Dir wird ebenso aufgefallen sein, daß man keine Soldaten am Leben gelassen hat, die der Geschichte hätten widersprechen können. Ob sie der Wahrheit entspricht, spielt keine Rolle. Wer sie hört, wird sie glauben. Denn dann hat er einen Feind, gegen den er sich mit anderen zusammentun kann. Die Überlebenden werden die Kunde rasend schnell verbreiten. Rahl hat zwar einige ihm treu ergebene Orte und ein paar seiner Soldaten vernichtet, gleichzeitig dadurch aber wesentlich mehr Orte auf seine Seite gezogen, hundertmal mehr. Immer mehr Menschen werden sich um ihn scharen und ihn unterstützen, weil er ihnen versprochen hat, sie vor diesem Feind zu beschützen. Die Wahrheit ist schwer zu verkaufen, sie vermittelt keine Ziele. Sie ist einfach nur wahr.«

Richard lehnte sich leicht niedergeschlagen zurück. »Aber es stimmt doch nicht. Wie kann Rahl damit durchkommen? Wie kann das irgend jemand glauben?«

Zedd sah ihn streng an. »Du wußtest es besser. Du wußtest, daß es keine Westländer waren, und selbst du hast an deinem Wissen gezweifelt. Du hattest Angst, es könnte wahr sein. Angst zu haben, etwas könnte wahr sein, bedeutet, eine Möglichkeit zu akzeptieren.

Das ist der erste Schritt, eine Sache zu glauben. Wenigstens warst du klug genug, es in Frage zu stellen. Überleg nur, wie einfach es für Menschen, die nichts in Frage stellen, die nicht einmal wissen, wie man das macht, ist, etwas zu glauben. Den meisten Menschen geht es nicht um die Wahrheit, sondern um die Sache. Rahl ist intelligent, er sagt ihnen, was Sache ist.« Seine Augen glänzten vor Überzeugungswillen. »Dies ist das erste Gesetz der Magie, weil es das wichtigste ist. Denke immer daran.«

»Aber die Schlächter wissen doch Bescheid. Das war Mord. Wie konnten sie das tun?«

Zedd zuckte mit den Achseln. »Sie hatten ein Ziel. Es diente ihrer Sache.«

»Aber das widerstrebt der Natur. Mord widerstrebt der Natur.«

Der Zauberer lächelte. »Mord ist eine Eigenart der Natur, ein Wesenszug alles Lebenden.«

Richard wußte, daß Zedd ihm über war, er zog einem gerne mit einer unerhörten Bemerkung den Boden unter den Füßen weg, aber sein Blut war in Wallung geraten und er konnte nicht anders, er mußte widersprechen. »Nicht überall in der Natur. Nur bei Raubtieren. Und das auch nur, um zu überleben. Sieh dir diese Bäume an, sie können nicht einmal an Mord denken.«

»Mord ist allen Dingen eigen, es ist ein Wesenszug der Natur«, wiederholte Zedd. »Jedes Lebewesen ist ein Mörder.«

Richard suchte Unterstützung bei Kahlan. »Sieh mich nicht so an«, sagte sie, »ich habe schon vor langer Zeit gelernt, nicht mit Zauberern zu streiten.«

Richard schaute nach oben in die wundervolle, große Fichte, die sich, vom Feuer beschienen, über ihnen ausbreitete. Ein Funken des Verstehens zündete in seinem Kopf. Er betrachtete die Äste, die sich in mörderischer Absicht ausbreiteten und in jahrelangem Kampf um das Licht der Sonne die Nachbarn in ihrem Schatten ausgelöscht hatten. Ihr Erfolg schaffte Raum für ihre Nachkommen, von denen viele im Schatten des Elternhauses dahinwelken würden. Mehrere dichtstehende Nachbarn der großen Fichte wirkten welk und schwach, allesamt waren sie Opfer. Es stimmte, der Entwurf der Natur besagte: Töten oder getötet werden.

Zedd beobachtete Richards Augen. Es war eine jener Lektionen, wie sie ihm der Alte seit seiner Kindheit immer wieder erteilt hatte. »Hast du etwas gelernt, mein Junge?«

Richard nickte. »Nur die Stärksten überleben. Für die Dahingemetzelten gibt es keine Gnade, nur Bewunderung für die Kraft des Siegers.«

»Aber so denken die Menschen nicht«, sagte Kahlan, die sich nicht mehr zurückhalten konnte.

Zedd lächelte sie verschlagen an. »Nein?« Er zeigte auf einen kleinen verschrumpelten Baum in ihrer Nähe. »Sieh dir diesen Baum an, meine Liebe.« Dann zeigte er auf die große Fichte. »Und jetzt diesen. Sag mir, welchen du mehr bewunderst.«

»Diesen«, meinte sie und deutete auf die große Fichte. »Es ist ein wundervoller Baum.«

»Diesen also. Verstehst du jetzt? Menschen denken genauso. Er ist wundervoll, hast du gesagt. Du hast den Baum gewählt, der mordet, und nicht den, der ermordet wird.« Zedd lächelte triumphierend. »Der Weg der Natur.«

Kahlan verschränkte die Arme. »Ich weiß, ich hätte meinen Mund halten sollen.«

»Halte den Mund, wenn du willst, aber verschließe nicht deine Gedanken. Nur so können wir Darken Rahl besiegen; wir müssen ihn begreifen, um ihn vernichten zu können.«

»Deswegen gewinnt er soviel Land«, sagte Richard und tippte mit dem Finger auf das Heft seines Schwertes. »Er läßt andere für sich arbeiten, er gibt ihnen ein Ziel. Und er braucht sich nur darum zu kümmern, die Kästchen zu finden. Es gibt niemanden, der seine Pläne durchkreuzen könnte.«

Zedd nickte. »Das erste Gesetz der Magie erledigt den größten Teil der Arbeit für ihn. Das macht unsere Aufgabe so schwer. Er zieht die Menschen auf seine Seite, weil ihnen die Wahrheit egal ist. Sie sind ihm zu Gefallen, weil sie glauben, was sie glauben wollen und bis zum Tod für diesen Glauben kämpfen, egal wie falsch er ist.«

Richard erhob sich langsam und sah hinaus in die Nacht. »Die ganze Zeit über habe ich geglaubt, wir kämpften gegen das Böse. Das wildgewordene Böse, das Amok läuft. Aber darum geht es überhaupt nicht. Womit wir es zu tun haben, ist eher wie eine Plage. Eine Narrenpest.«

»Du hast es begriffen, mein Junge. Eine Narrenpest.«

»Im Auftrag von Darken Rahl«, bemerkte Kahlan.

Zedd linste sie einen Augenblick lang an. »Wenn jemand ein Loch gräbt und es sich mit Wasser füllt, wo liegt dann der Fehler? Ist der Regen schuld? Oder derjenige, der das Loch gegraben hat? Ist Darken Rahl schuld oder jene, die das Loch graben und es vollregnen lassen?«

»Vielleicht beide«, schlug Kahlan vor. »Dann haben wir eine Menge Feinde.«

Zedd hob einen Finger. »Und sehr gefährliche. Narren, die die Wahrheit nicht erkennen, sind eine tödliche Gefahr. Als Konfessor hast du diese Lektion vielleicht schon gelernt?« Sie nickte. »Sie tun nicht immer, was du von ihnen erwartest oder was sie tun sollten, und möglicherweise erwischt es dich in einem unbedachten Augenblick. Menschen, von denen deiner Meinung nach keine Gefahr ausgeht, können plötzlich über dich herfallen.«

»Das ändert nichts«, wandte Kahlan ein. »Wenn Rahl alle Kästchen bekommt und das richtige öffnet, ist er es, der uns alle töten wird. Er ist noch immer der Kopf der Schlange, und den müssen wir abhacken.«

Zedd zuckte mit den Achseln. »Ganz recht. Aber um eine Gelegenheit zu finden, die Schlange zu töten, müssen wir am Leben bleiben. Und es gibt eine Menge kleiner Schlangen, die uns vorher töten könnten.«

»Das ist uns längst klargeworden«, warf Richard ein. »Aber wie Kahlan gesagt hat, das ändert nichts. Wir brauchen noch immer das Kästchen, um Rahl zu töten.« Er setzte sich wieder neben sie.

Zedds Gesicht wurde todernst. »Denkt daran, Darken Rahl kann dich töten«, dabei richtete er seinen knochigen Finger erst auf Richard, dann auf Kahlan, »und dich«, und dann auf sich selbst, »und auch mich – problemlos.«

Richard lehnte sich ein Stück zurück. »Und warum hat er es bisher nicht getan?«

Zedd machte ein erstauntes Gesicht. »Läufst du in einem Zimmer umher und bringst alle Fliegen um? Nein. Du ignorierst sie. Du beachtest sie nicht. Bis sie stechen. Dann schlägst du sie tot.« Er beugte sich dichter zu den beiden heran. »Wir stehen kurz davor, ihn zu stechen.«

Richard und Kahlan sahen sich von der Seite an.

»Das erste Gesetz der Magie.« Richard merkte, wie ihm der Schweiß den Rücken hinunterrann. »Ich werde es nicht vergessen.«

»Und erzähle niemandem davon«, ermahnte ihn der Zauberer. »Nur Zauberer dürfen die Gesetze der Magie kennen. Manchmal kommen sie einem vielleicht zynisch oder trivial vor, aber wenn man weiß, wie man sie zu gebrauchen hat, sind es mächtige Waffen, denn sie sind wahr. Wahrheit ist Macht. Dir habe ich das verraten, weil ich das Oberhaupt der Zauberer bin und ich es für wichtig halte, daß du das begreifst. Du mußt wissen, was Rahl tut, denn wir drei sind es, die ihn aufhalten müssen.«

Richard und Kahlan erneuerten ihren Schwur mit einem Kopfnicken.

»Es ist schon spät«, gähnte Zedd. »Ich war lange unterwegs, um euch zu finden. Morgen reden wir weiter.«

Richard sprang auf. »Ich übernehme die erste Wache.« Er hatte noch etwas zu erledigen und wollte es hinter sich bringen, bevor irgend etwas geschah. »Nimm meine Decke, Zedd.«

»Schon erledigt. Ich übernehme die zweite Wache.« Die zweite von drei Wachen war die unangenehmste, denn sie teilte den Schlaf. Kahlan wollte protestieren und sich für die zweite Wache anbieten. »Ich habe mich zuerst gemeldet, meine Liebe.«

Richard zeigte auf die nackten Felsen, wo er sich aufhalten würde, nachdem er die Gegend abgesucht hätte, und zog los. Tausend Gedanken gingen ihm durch den Kopf, doch einer war wichtiger als alle anderen. Die Nacht war still und kalt, aber nicht unangenehm. Er ließ seinen Umhang offen und tastete sich zielbewußt zwischen den Bäumen hindurch. Die Geschöpfe der Nacht riefen einander, ihm fiel es kaum auf. An einer Stelle kletterte er auf einen Felsbrocken und blickte durch die Lücken zwischen den Bäumen zurück, beobachtete das Feuer und wartete, bis die beiden sich in ihre Decken gehüllt hatten. Dann ließ er sich vom Felsen hinuntergleiten und führte seinen Weg fort zu der Stelle, wo das Wasser rauschte.

Er suchte am Flußufer, bis er ein Stück Treibholz gefunden hatte, das für seine Zwecke groß genug war. Zedd hatte gesagt, er müßte immer den Mut haben, das zu tun, was für ihr Ziel erforderlich wäre, und bereit sein, einen der beiden zu töten, wenn es dazu käme. Richard kannte Zedd. Zedd wollte nicht einfach etwas klarstellen, er meinte, was er sagte. Zedd war fähig, ihn zu töten, und Kahlan auch, was noch wichtiger war.

Er holte den Zahn unter seinem Hemd hervor, zog die Lederschnur über seinen Kopf. Er wog den dreieckigen Zahn in der Hand, betrachtete ihn im Mondlicht und dachte an seinen Vater. Nur mit dem Zahn konnte Richard Zedd beweisen, daß sein Vater kein Dieb war, daß er das Buch an sich genommen hatte, um es vor Darken Rahl zu schützen. Wie gerne hätte Richard Zedd erzählt, daß sein Vater ein Held war, der sein Leben geopfert hatte, um Rahl aufzuhalten, und der als Held gestorben war, um sie alle zu schützen. Er wollte, daß sein Vater wegen seiner Taten in Erinnerung blieb. Er wollte es Zedd erzählen.

Aber er konnte es nicht.

Der Zauberer wollte, daß das Buch der Gezählten Schatten zerstört wurde. Aber das Buch war jetzt Richard. Shota hatte ihn gewarnt, Zedd würde das Zaubererfeuer gegen ihn einsetzen, aber er hätte eine Chance, ihn zu schlagen. Vielleicht war dies der Weg. Um das Buch zu zerstören, mußte Zedd Richard töten. Er selbst war sich egal, er hatte keine Ziele mehr, der Tod war ihm gleichgültig.

Kahlans Tod dagegen nicht. Wüßte Zedd, daß Richard das Buch in sich trug, würde er ihn zwingen, ihm den Inhalt zu verraten, und dann wäre ihm klar, daß Rahl, um die Richtigkeit des Buches zu überprüfen, einen Konfessor brauchte. Und es gab nur noch einen. Kahlan. Wüßte Zedd Bescheid, würde er auch sie umbringen, um Rahl das Wissen vorzuenthalten.

Richard durfte nicht zulassen, daß Zedd das alles erfuhr und Kahlan tötete.

Er wickelte die Schnur um ein Stück Treibholz und klemmte den Zahn in einen langen Spalt, so daß er nicht herausfallen konnte.

»Vergib mir, Vater«, flüsterte er.

Er schleuderte das Holz mit dem daran befestigten Zahn fort, so weit er konnte. Er beobachtete, wie es einen Bogen durch die Luft beschrieb und mit einem fernen Geräusch in den dunklen Fluten kurz versank und wieder auftauchte. Im Mondlicht sah er, wie es über die Wellen tanzte. Mit zugeschnürter Kehle verfolgte er, wie es den Fluß hinabtrieb. Ohne den Zahn fühlte er sich nackt.

Als es außer Sicht war, umkreiste er wie benommen das Lager. Er fühlte sich leer. Richard setzte sich auf den besagten Felsen und beobachtete das Lager unten. Er haßte das. Er haßte es, Zedd anlügen zu müssen, das Gefühl, ihm nicht trauen zu können. Wie weit war es mit ihm gekommen, daß er nicht mal mehr seinem ältesten Freund trauen konnte? Selbst auf diese Entfernung schien Rahl die Hand nach ihm auszustrecken und ihn zu zwingen, Dinge zu tun, die er nicht wollte.

Wenn dies vorbei und Kahlan sicher war, würde er nach Hause gehen – wenn er dann noch lebte.

Seine Wache war zur Hälfte vorüber, als er plötzlich wieder dieses Wesen spürte, das sie verfolgte. Mit den Augen konnte er es nirgends entdecken, aber er spürte es. Es befand sich auf dem Hügel auf der anderen Seite des Lagers. Ihn fröstelte bei dem Gedanken, beobachtet zu werden.

Ein fernes Geräusch ließ ihn auffahren. Ein Knurren, ein Brummen, gefolgt von einem unterdrückten Schrei. Dann wieder Stille. Etwas war gestorben. Richard hatte die Augen aufgerissen, er versuchte, etwas zu erkennen, sah aber nichts als Dunkelheit. Das Wesen, das ihnen gefolgt war, hatte etwas getötet. Oder war selbst getötet worden. Er machte sich seltsamerweise Sorgen. Solange es ihnen gefolgt war, hatte es nie versucht, ihnen etwas anzutun. Das mußte natürlich nichts heißen. Möglicherweise wartete es nur auf den richtigen Augenblick. Aus irgendeinem Grund jedoch glaubte Richard, daß es ihnen nicht böse gesinnt war.

Wieder spürte er die Augen. Richard mußte grinsen, es lebte noch. Er verspürte den Drang, es aufzuscheuchen, herauszufinden, um was es sich handelte, verwarf den Gedanken aber. Dies war nicht der richtige Moment. Es handelte sich um ein Wesen der Nacht, und es war besser, die Bedingungen eines Aufeinandertreffens selbst zu bestimmen.

Noch ein zweites Mal hörte er während seiner Wache, wie etwas starb. Ganz in der Nähe.

Zedd erschien zu seiner Wache, ohne daß Richard ihn wecken mußte. Er sah ausgeruht und erfrischt aus und aß gerade ein Stück Trockenfleisch. Er setzte sich neben ihn und bot ihm ein Stück an. Richard lehnte ab.

»Zedd, was ist mit Chase? Geht es ihm gut?«

»Ja, er ist wohlauf. Soweit ich weiß, ist er losgezogen, um deine Anweisungen auszuführen.«

»Gut. Freut mich zu hören.« Richard hüpfte vom Felsen. Er konnte etwas Schlaf gebrauchen.

»Richard, was hat Shota dir gesagt?«

Die Worte krallten ihn wie eine Klaue. Richard betrachtete das Gesicht seines Freundes im fahlen Licht des Mondes. »Was Shota mir gesagt hat, geht nur mich etwas an. Niemanden sonst.« Die Schärfe seiner Stimme überraschte ihn. »Und dabei bleibt es auch.«

Zedd nahm einen Bissen und beobachtete Richard. »Das Schwert enthält eine große Menge Zorn. Wie ich sehe, hast du Schwierigkeiten, ihn unter Kontrolle zu halten.«

»Schön. Also gut, ich werde dir eine Sache erzählen, die Shota mir gesagt hat. Sie meinte, ich sollte mich mit dir über Samuel unterhalten!«

»Samuel?«

Richard biß die Zähne zusammen und beugte sich vor. »Meinen Vorgänger!«

»Oh. Dieser Samuel.«

»Ja, dieser Samuel. Würdest du mir das vielleicht erklären? Werde ich vielleicht auch so enden? Oder hattest du vor, zu warten, bis ich fertig damit bin, die Arbeit eines Zauberers zu tun und das Schwert an den nächsten Narren weitergebe!« Zedd verfolgte in aller Ruhe, wie sich Richard immer mehr aufregte. Der packte Zedd am Kragen und zog ihn zu sich heran. »Das erste Gesetz der Magie! Ist das die Art, wie Zauberer jemanden finden, der das Schwert übernimmt? Irgend jemand, der dumm genug ist und es nicht besser weiß? Einen neuen Sucher! Hast du sonst noch ein paar Kleinigkeiten vergessen? Noch ein paar Unannehmlichkeiten, die ich vielleicht wissen sollte!«

Richard ließ den Umhang los und stieß Zedd von sich. Er mußte dem mächtigen Drang widerstehen, das Schwert zu ziehen. Seine Brust blähte sich vor Wut. Zedd beobachtete ihn ruhig.

»Es tut mir wirklich leid, mein Junge«, flüsterte er, »daß sie dich so verletzt hat.«

Richard starrte ihn an. Die Ereignisse überstürzten sich und erstickten seine Wut. Alles schien so hoffnungslos. Er brach in Tränen aus, sackte gegen Zedd und schlang die Arme um ihn. Sein Weinen erstickte in Schluchzen, er war unfähig, sich zu beherrschen.

»Zedd, ich will einfach nur nach Hause.«

Zedd hielt ihn fest, legte ihm die Hand auf den Rücken und redete ihm sachte zu. »Ich weiß, Richard, ich weiß.«

»Hätte ich doch nur auf dich gehört. Aber ich kann nicht anders. Ich kann nicht aufhören, so zu fühlen, wie sehr ich es auch versuche. Ich habe das Gefühl zu ertrinken und keine Luft zu bekommen. Ich will, daß dieser Alptraum aufhört. Ich hasse die Midlands. Ich hasse Magie. Ich will einfach nur nach Hause. Zedd, ich will dieses Schwert und seinen Zauber loswerden. Ich will nie wieder etwas von Magie hören.«

Zedd hielt ihn fest und ließ ihn weinen. »Nichts ist jemals einfach.«

»Vielleicht wäre alles nicht so schlimm, wenn Kahlan mich hassen würde, aber sie mag mich. Die Magie ist es. Die Magie steht zwischen uns.«

»Glaube mir, Richard, ich weiß, wie du dich fühlst.«

Richard sackte zu Boden, lehnte sich weinend an den Felsen. Zedd setzte sich neben ihn.

»Was soll bloß aus mir werden?«

»Du wirst einfach weitermachen. Du kannst gar nichts anderes tun.«

»Ich will aber nicht. Und was ist mit Samuel? Soll ich ebenso enden?«

Zedd schüttelte den Kopf. »Tut mir leid, Richard, ich weiß es nicht. Ich habe dir das Schwert gegen den Rat meines Herzens gegeben, weil ich es mußte, zum Wohl aller anderen. Das ist es, was die Magie des Schwertes der Wahrheit einem Sucher am Ende antut. In den Prophezeiungen heißt es, wer die Magie des Schwertes der Wahrheit wahrhaft meistert, wodurch sich die Klinge weiß färbt, dem bleibt dieses Schicksal erspart. Aber wie man das macht, weiß ich nicht. Ich weiß nicht einmal, was es bedeutet. Ich hatte nicht den Mut, es dir zu sagen. Tut mir leid. Wenn du willst, schlage mich tot für das, was ich dir angetan habe. Nur versprich mir erst, daß du weitermachen und Darken Rahl aufhalten wirst.«

Richard lachte bitter unter seinen Tränen. »Dich erschlagen. Das ist doch ein Witz. Du bist alles, was ich habe, der einzige, den ich lieben darf. Wie könnte ich dich töten? Eher würde ich mich selbst umbringen!«

»Sag so etwas nicht«, sagte Zedd ganz leise. »Richard, ich weiß, wie du über die Magie denkst. Ich habe sie auch hinter mir gelassen. Manchmal geschehen Dinge, mit denen man sich auseinandersetzen muß. Du bist alles, was mir geblieben ist. Ich habe nach dem Buch gesucht, weil ich nicht wollte, daß du in Gefahr gerätst. Ich würde alles tun, um dir Verletzungen zu ersparen. Aber dies kann ich dir nicht ersparen. Wir müssen Darken Rahl aufhalten, nicht nur um unseretwegen, sondern wegen all der anderen, die sonst keine Chance haben.«

Richard rieb sich die Augen. »Ich weiß. Ich gebe nicht auf, bis es vollbracht ist. Das verspreche ich dir. Vielleicht kann ich dann das Schwert abgeben, bevor es zu spät für mich ist.«

»Geh und schlafe ein bißchen. Mit jedem Tag wird es ein wenig besser für dich. Ich weiß zwar nicht, wieso Sucher so enden wie Samuel, aber wenn es für dich einen Trost bedeutet, ich glaube ehrlich nicht, daß dir das gleiche geschehen wird. Wenn aber doch, so wird es noch eine Weile dauern, und das kann eigentlich nur heißen, daß du Darken Rahl besiegt haben wirst und die Menschen in allen Ländern gerettet sind. Du sollst wissen, ich werde mich um dich kümmern, wenn es soweit ist. Wenn wir Rahl aufhalten, kann ich dir vielleicht sogar helfen, das Geheimnis zu lösen, wie man es anstellt, daß die Klinge weiß wird.«

Richard nickte und stand auf. Er zog den Umhang fester um sich. »Danke, mein Freund. Tut mir leid, daß ich dir heute nacht so zugesetzt habe. Ich weiß nicht, was in mich gefahren ist. Vielleicht haben mich die guten Seelen verlassen. Tut mir leid, aber … ich kann dir wirklich nicht verraten, was Shota mir gesagt hat.

Und Zedd, sei vorsichtig heute nacht. Dort draußen ist etwas. Es folgt uns schon seit Tagen. Ich weiß nicht, was es ist, ich hatte noch keine Gelegenheit, es einzukreisen. Aber ich glaube, es will uns nichts Böses, zumindest bis jetzt nicht. In den Midlands weiß man das allerdings nie.«

»Ich werde vorsichtig sein.«

Richard wollte gehen. Zedd rief seinen Namen und er blieb stehen und drehte sich um.

»Du solltest froh sein, daß sie dich so sehr mag. Sonst hätte sie dich vielleicht längst berührt.«

Richard sah ihn lange schweigend an. »Ich fürchte, das hat sie schon.«

Kahlan tastete sich in der Dunkelheit zwischen Felsen und Bäumen hindurch und traf Zedd mit untergeschlagenen Beinen auf einem Felsen sitzend an. Er sah sie kommen.

»Ich wäre gekommen und hätte dich rechtzeitig geweckt«, meinte er.

Sie setzte sich neben ihn und zog ihren Umhang um sich. »Ich weiß. Aber ich konnte nicht schlafen und dachte, ich setze mich zu dir.«

»Hast du etwas zu essen mitgebracht?«

Sie griff unter ihren Umhang und zog ein kleines Bündel hervor. »Hier. Kaninchen und ein paar Kekse.«

Zedd machte sich sofort händereibend darüber her. Währenddessen blickte sie in die Nacht hinaus und überlegte, wie sie ihm die Frage stellen sollte, wegen der sie ihn aufgesucht hatte. Er brauchte nicht lange für die kleine Mahlzeit.

»Ausgezeichnet, meine Liebe. Ganz ausgezeichnet. Mehr hast du nicht mitgebracht?«

Kahlan mußte lachen. »Doch, ein paar Beeren.« Sie holte ein zusammengeknotetes Tuch hervor. »Ich dachte, vielleicht magst du etwas Süßes. Kann ich auch ein paar haben?«

Er beäugte sie von Kopf bis Fuß. »Schätze, du bist klein genug. Allzu viele wirst du nicht essen können.«

Sie lachte und nahm sich ein paar aus dem Bündel in seiner Hand. »Ich weiß, warum Richard so gut im Auftreiben von Nahrung ist. Er ist bei dir aufgewachsen, daher blieb ihm nichts anderes übrig. Sonst wäre er verhungert.«

»Das hätte ich nie zugelassen«, protestierte Zedd. »Dafür mag ich ihn zu gerne.«

»Ich weiß. Ich auch.«

Er mampfte ein paar Beeren. »Ich möchte dir danken, daß du dein Wort gehalten hast.«

»Mein Wort?«

Zedd linste sie von unten herauf an, über das Bündel gebeugt, eine Beere nach der anderen verschlingend. »Dein Wort, ihn nicht zu berühren, deine Kraft bei ihm nicht zu benutzen.«

»Oh.« Sie blickte hinaus in die Nacht und nahm all ihren Mut zusammen. »Zedd, du bist der einzige Zauberer, der noch übrig ist, abgesehen von Giller. Du hast in den Midlands gelebt und in Aydindril. Du bist der einzige, der weiß, was es heißt, Konfessor zu sein. Ich habe versucht, es Richard zu erklären, doch man braucht ein ganzes Leben, um es richtig zu begreifen. Außerdem glaube ich, daß nur ein Konfessor oder ein Zauberer es wirklich verstehen kann.«

Zedd legte ihr die Hand auf den Arm. »Da könntest du recht haben.«

»Ich habe niemanden. Ich bin gezwungen, allein zu bleiben. Du kannst dir nicht vorstellen, was das für ein Gefühl ist. Bitte, Zedd«, ihre Stirn legte sich in tiefe Falten, »kannst du deine Magie benutzen, um diesen Fluch von mir zu nehmen? Kannst du mir die Magie eines Konfessors nehmen, damit ich eine normale Frau sein kann?«

Sie fühlte sich, als hinge sie an einem dünnen Faden über einer klaffenden, finsteren, bodenlosen Grube. Am Faden baumelnd, beobachtete sie seine Augen.

Er senkte den Kopf. Sah nicht auf. »Es gibt nur einen Weg, dich von der Magie zu erlösen, Mutter Konfessor.«

Das Herz schlug ihr bis zum Hals. »Und der wäre?« flüsterte sie.

Er sah ihr in die Augen. Sie waren schmerzerfüllt. »Ich könnte dich töten.«

Der Faden der Hoffnung zerriß. Sie mußte ihre ganze Kraft darauf verwenden, sich nichts anmerken zu lassen, gleichzeitig hatte sie das Gefühl, von der Finsternis verschluckt zu werden. »Vielen Dank, Zauberer Zorander, daß du dir mein Ersuchen angehört hast. Ich habe nicht wirklich an eine Lösung geglaubt, aber fragen wollte ich trotzdem. Ich weiß deine Ehrlichkeit zu schätzen. Du schläfst jetzt besser ein wenig.«

Er nickte. »Zuerst mußt du mir noch verraten, was Shota gesagt hat.«

Ihr Gesicht blieb unverändert. »Frag den Sucher. Zu ihm hat sie gesprochen. Ich war währenddessen mit Schlangen bedeckt.«

»Schlangen.« Zedd machte ein erstauntes Gesicht. »Shota muß dich gemocht haben, ich habe sie schon Schlimmeres tun sehen.«

Kahlan hielt seinem Blick stand. »Sie hat mir Schlimmeres angetan.«

»Ich habe Richard gefragt. Er will mir nichts sagen. Du mußt es tun.«

»Du willst, daß ich mich zwischen zwei Freunde stelle? Du bittest mich, sein Vertrauen zu hintergehen? Nein danke.«

»Richard ist klug. Er ist vielleicht der klügste Sucher, den ich je gesehen habe, aber von den Midlands weiß er nur sehr wenig. Er hat nur einen winzigen Teil von ihnen zu Gesicht bekommen. In gewisser Weise ist das sein bester Schutz, sein größter Vorteil. Er hat herausgefunden, wo das letzte Kästchen ist, indem er zu Shota gegangen ist. Kein Sucher aus den Midlands hätte das getan. Du hast dein ganzes Leben hier verbracht, du kennst viele der Gefahren. Es gibt Geschöpfe hier, die die Magie des Schwertes der Wahrheit gegen ihn richten könnten. Es gibt hier Geschöpfe, die ihm die magischen Kräfte heraussaugen und ihn damit töten würden. Es gibt alle möglichen Gefahren. Wir haben nicht die Zeit, ihm alles beizubringen, was er wissen sollte, deswegen müssen wir ihn beschützen, damit er seine Aufgabe erledigen kann. Ich muß wissen, was Shota gesagt hat, damit ich beurteilen kann, ob es wichtig ist, ob wir ihn beschützen müssen.«

»Zedd, bitte. Er ist mein einziger Freund. Ich bin auch dein Freund. Hilf mir, ihn zu beschützen. Ich will ihn vor all dem bewahren, was du mir gesagt hast.«

Sie sah ihn bedeutsam an. »Er hat eine unwahrscheinliche Begabung, Dinge herauszufinden, die man ihm vorenthalten möchte.«

Zedd lächelte wissend, dann wurde sein Gesicht härter. »Mutter Konfessor, dies ist keine Bitte, sondern ein Befehl. Ich erwarte, daß Ihr ihn befolgt.«

Kahlan verschränkte die Arme und wandte sich zornentbrannt halb von ihm ab. Es fiel ihr schwer zu glauben, daß er ihr das antat. Die Entscheidung war ihr genommen. »Shota meinte, Richard sei der einzige, der eine Chance hat, Darken Rahl aufzuhalten. Sie weiß weder wie noch warum, aber er ist der einzige, der eine Chance hat.«

Zedd wartete schweigend. »Sprich weiter.«

Kahlan biß die Zähne zusammen. »Sie meinte, du würdest versuchen, ihn umzubringen, das Zaubererfeuer gegen ihn einsetzen, und daß er eine Chance hätte, dich zu schlagen. Es bestünde die Möglichkeit, daß du scheiterst.«

Es wurde still ringsum. »Mutter Konfessor ...«

»Sie meinte, auch ich würde meine Kraft gegen ihn richten. Doch gegen sie hätte er keine Chance. Ich werde nicht scheitern, vorausgesetzt, ich überlebe.«

Zedd mußte tief durchatmen. »Jetzt weiß ich, warum er mir nichts davon sagen wollte.« Er dachte einen Augenblick lang schweigend nach. »Wieso hat Shota dich nicht umgebracht?«

Kahlan wünschte, er würde aufhören, Fragen zu stellen. Sie drehte sich zu ihm um. »Sie hatte alles geplant. Du warst auch da. Na ja, eigentlich warst du es nicht wirklich, es war nur ein Abbild von dir, aber wir dachten, du seist es. Du, ich meine dein Bild, hat versucht, Shota zu töten. Richard wußte, sie war die einzige Möglichkeit, das Kästchen zu finden, also hat er sie beschützt. Er ... hat dein Zaubererfeuer abgewehrt und Shota eine Gelegenheit gegeben ... ihre Kraft gegen dich zu richten.«

Zedd zog eine Braue hoch. »Tatsächlich ...«

Kahlan nickte. »Als Gegenleistung dafür, daß er sie ›gerettet‹ hat, gewährte sie ihm einen Wunsch. Er hat ihn benutzt, um uns zu retten. Er zwang sie, unser Leben zu schonen. Richard hat sich nicht überreden lassen. Shota war gar nicht glücklich darüber. Sie meinte, sie würde ihn töten, sollte er je nach Agaden zurückkommen.«

»Der Junge verblüfft mich immer wieder. Hat er tatsächlich das Wissen um den Aufenthaltsort des Kästchens meinem Leben vorgezogen?«

Sein Lächeln überraschte sie. Sie nickte. »Er ist geradewegs vor das Zaubererfeuer gesprungen und hat es mit dem Schwert abgewehrt.«

Zedd rieb sich das Kinn. »Außerordentlich. Genau das hätte er auch tun sollen. Ich hatte immer Angst, er könnte im entscheidenden Augenblick versagen, aber ich glaube, das brauche ich nicht länger zu befürchten. Und weiter?«

Kahlan betrachtete ihre Hände. »Ich wollte, daß Shota mich tötet, doch sie weigerte sich, denn sie hatte ihm ja seinen Wunsch gewährt. Zedd, ich hielt die Vorstellung einfach nicht aus, ihm das ... anzutun. Ich flehte ihn an, mich zu töten. Ich wollte nicht weiterleben und die Prophezeiung erfüllen und ihm weh tun.« Kahlan schluckte und verknotete ihre Finger. »Er lehnte ab. Also versuchte ich es selbst. Tagelang. Er nahm mir das Messer ab, fesselte mich nachts, behielt mich jede Sekunde im Auge. Ich glaubte, den Verstand zu verlieren. Hatte ich wohl auch vorübergehend. Schließlich überzeugte er mich, daß ich unmöglich wissen könnte, was die Prophezeiung bedeutet. Vielleicht sei er es sogar, der sich gegen uns stellte und getötet werden mußte, um Rahl zu bezwingen. Er machte mir klar, daß ich mich nicht nach einer Prophezeiung richten konnte, die wir noch nicht richtig begriffen hatten.«

»Tut mir sehr leid, meine Liebe, daß ich dich zwingen mußte, mir das zu erzählen. Aber Richard hat recht. Prophezeiungen sind gefährlich, wenn man sie zu wörtlich nimmt.«

»Doch die Prophezeiungen einer Hexe treffen doch immer zu, oder?«

»Ja«, meinte er leise und mit einem Achselzucken. »Nur nicht immer so, wie man glaubt. Manchmal erfüllen sie sich auch von selbst.«

Sie sah ihn verwirrt an. »Wirklich?«

»Natürlich. Stell dir, nur zur Verdeutlichung, einmal vor, ich würde versuchen, dich zu töten, um Richard davor zu bewahren, daß sich diese Prophezeiung erfüllt. Er merkt das, wir kämpfen, einer von uns gewinnt, sagen wir, er. Dieser Teil der Prophezeiung hat sich also erfüllt, also befürchtet er, der andere wird sich auch erfüllen, und glaubt, er müsse dich töten. Du willst nicht getötet werden, also berührst du ihn, um dich selbst zu schützen. Da hast du es, die Prophezeiung ist erfüllt. Das Problem ist, sie hat sich selbst erfüllt. Ohne sie wäre keines dieser Dinge geschehen. Von der Prophezeiung abgesehen, hat es keine äußeren Einflüsse gegeben. Prophezeiungen bewahrheiten sich immer, doch wissen wir selten, auf welche Weise.« Er sah sie an, als wollte er sich vergewissern, ob sie verstanden hatte.

»Ich dachte immer, man müsse Prophezeiungen ernst nehmen.«

»Soll man auch, aber nur, wer sich auf solche Dinge auch versteht. Prophezeiungen sind gefährlich. Wie du weißt, hüten die Zauberer ein Buch der Prophezeiungen. Als es sich in meiner Obhut befand, habe ich einige der einschlägigen Bücher noch einmal gelesen. Die meisten jedoch habe ich nicht verstanden. Früher gab es Zauberer, die nichts anderes taten, als die Bücher der Prophezeiungen zu studieren. Ich habe Prophezeiungen gelesen, die dich vor Angst blind machen würden. Manchmal wacht man nachts schweißgebadet auf. Manche Dinge, dir mir angst machen, scheinen sich auf Richard zu beziehen, manche beziehen sich ganz sicher auf ihn, doch ich weiß nicht, was sie letztendlich bedeuten, und ich wage es nicht, nur aufgrund dessen zu handeln, was ich gelesen habe. Wir können nicht immer wissen, was die Prophezeiungen bedeuten, deshalb müssen sie geheimgehalten werden. Manche könnten großen Ärger machen, wenn die Menschen sie erfahren.«

Kahlan hatte die Augen aufgerissen. »Richard kommt in den Büchern der Prophezeiungen vor? Ich habe noch nie jemanden getroffen, der darin vorkommt.«

Er sah sie ruhig an. »Du kommst auch darin vor.«

»Ich! Mein Name steht in den Büchern der Prophezeiungen!«

»Ja und nein. So funktioniert das nicht. Genau weiß man es selten. Aber in diesem Falle schon. Es stehen dort einige Bemerkungen über eine ›letzte Mutter Konfessor‹, wie sie dort genannt wird. Es kann aber kein Zweifel daran bestehen, wer die letzte Mutter Konfessor ist. Das bist du, Kahlan. Auch kann kein Zweifel daran bestehen, wer der Sucher ist, ›der den Wind gegen den Erben D'Haras befehligt‹. Das ist Richard. Und der Erbe D'Haras ist Rahl.«

»Den Wind befehligt! Was bedeutet das?«

»Ich habe nicht die geringste Idee.«

Kahlan wurde nachdenklich, senkte den Blick und polkte an dem Felsen herum. »Zedd, was steht über mich im Buch der Prophezeiungen?«

Sie hob den Kopf und sah, daß er sie beobachtete. »Tut mir leid, Liebes, das kann ich dir nicht verraten. Du hättest solche Angst, daß du nie wieder schlafen würdest.«

Sie nickte. »Ich komme mir töricht vor, weil ich mich wegen Shotas Prophezeiung töten wollte. Nur, damit sie sich nicht bewahrheitet, meine ich. Du mußt mich für dumm halten.«

»Kahlan, das können wir erst wissen, wenn sie sich erfüllt. Aber du solltest dir nicht töricht vorkommen. Durchaus möglich, daß sie sich wortwörtlich erfüllt, daß Richard der einzige ist, der eine Chance hat, weil du uns verraten und dadurch Rahl zum Sieg verhelfen wirst. Es kann aber auch sein, daß du all das tust, um uns zu retten.«

Sie sah ihn finster an. »Wie auch immer, es gefällt mir nicht.«

»Prophezeiungen sind nicht dazu da, daß Menschen sie erfahren. Sie können mehr Ärger bereiten, als du dir vorstellen kannst, es hat schon Kriege wegen ihnen gegeben. Die meisten Prophezeiungen verstehe selbst ich nicht. Gäbe es noch die Zauberer von früher, die Experten, vielleicht könnten sie uns helfen. Ohne ihre Anleitung läßt man Shotas Prophezeiung am besten auf sich beruhen. Auf der ersten Seite eines dieser Bücher heißt es: ›Betrachte diese Prophezeiungen mit dem Verstand, doch nicht mit dem Herzen.‹ Das sind die einzigen Worte auf einer ganzen Seite, in einem Buch halb so groß wie ein großer Tisch. Die Buchstaben sind vergoldet. So wichtig ist es.«

»Die Prophezeiung von Shota ist irgendwie anders als die in den Büchern, oder?«

»Ja. Prophezeiungen, die unmittelbar vom einem zum anderen gegeben werden, haben den Zweck, diesem Menschen zu helfen. Shota wollte Richard helfen. Doch sogar sie selbst wird nicht wissen, wie die Hilfe aussehen soll, sie ist nur der Kanal. Vielleicht hat sie eines Tages eine Bedeutung für Richard und hilft ihm. Unmöglich zu sagen. Ich hatte gehofft, es zu verstehen, damit ich ihm helfen kann. Er mag keine Rätsel. Unglücklicherweise gehört sie zu der Sorte der gespaltenen Prophezeiungen. Daher kann sie keine Hilfe sein.«

»Gespalten, heißt das, sie kann sich auf verschiedene Weise bewahrheiten?«

»Ja. Es könnte bedeuten, was es sagt, oder auch so ziemlich alles andere. Gespaltene Prophezeiungen sind fast immer nutzlos. Kaum besser, als würde man einfach raten. Richard hatte recht, sich nicht davon leiten zu lassen. Ich würde gerne glauben, daß es an der guten Ausbildung liegt, die er von mir bekommen hat, es könnte aber auch sein Instinkt sein. Er verfügt über die Instinkte eines Suchers.«

»Zedd, warum erklärst du ihm diese Dinge nicht, wie du sie mir erklärt hast? Hat er kein Recht, das alles zu erfahren?«

Zedd starrte lange in die Nacht hinaus. »Schwer zu erklären. Richard hat ein gewisses Gespür.« Er machte ein seltsam konzentriertes Gesicht. »Hast du jemals mit dem Bogen geschossen?«

Kahlan mußte lachen. Sie zog die Knie an, verschränkte ihre Finger über ihnen und stützte ihr Kinn darauf. »Mädchen dürfen so etwas eigentlich nicht. Ich habe es zum Zeitvertreib gemacht, als ich jung war. Bevor ich die Beichten abnahm.«

Zedd lachte kurz auf. »Hast du das Ziel jemals spüren können? Hast du jemals das Rauschen in deinem Kopf ignorieren und die Stille hören können, und hast du jemals gewußt, wohin der Pfeil fliegen wird?«

Sie nickte, den Kopf immer noch auf den Händen. »Nur ein paarmal. Aber ich weiß, was du meinst.«

»Nun, Richard spürt das Ziel auf diese Weise fast nach Belieben. Manchmal glaube ich, er könnte es sogar mit geschlossenen Augen treffen. Wenn ich ihn frage, wie er das macht, zuckt er mit den Achseln und kann es nicht erklären. Er sagt, er spüre einfach, wohin der Pfeil fliegen wird. Er kann es immer. Aber wenn ich anfange, ihm zu erzählen, wie schnell der Wind, wieviel Fuß die Scheibe entfernt ist oder daß der Bogen vergangene Nacht draußen gestanden hat und es feucht war, so daß der Zug beeinträchtigt ist, trifft er nicht mal mehr ein Scheunentor. Das Denken beeinträchtigt das Gefühl. Mit Menschen macht Richard es genauso. Auf der Suche nach einer Antwort ist er unnachgiebig. Wie ein Pfeil ist er auf das Kästchen zugesteuert. Er ist vorher nie in den Midlands gewesen, trotzdem hat er einen Weg durch die Grenze gefunden, die Antworten bekommen, die er brauchte, um das Ziel ausfindig zu machen. Das zeichnet den echten Sucher aus. Das Problem ist, wenn ich ihm zu viel verrate, folgt er nicht mehr seinem Gefühl, sondern tut das, was ich seiner Ansicht nach von ihm will. Ich muß ihm die richtige Richtung auf das Ziel vorgeben und ihn dann losziehen lassen. Finden muß er es selbst.«

»Klingt ziemlich zynisch. Schließlich ist er ein Mensch und kein Pfeil. Er tut das doch nur, weil er so viel von dir hält. Er würde alles tun, um dir zu gefallen. Du bist für ihn ein Vorbild. Er liebt dich sehr.«

Er sah sie traurig an. »Ich könnte unmöglich stolzer auf ihn sein oder ihn mehr lieben, aber wenn er Darken Rahl nicht aufhält, bin ich ein totes Vorbild. Manchmal bleibt Zauberern nichts anderes übrig, als die Menschen zu benutzen, wenn sie etwas Wichtiges erreichen wollen.«

»Ich schätze, ich weiß, wie du dich fühlst, ihm nicht sagen zu können, was du gerne möchtest.«

Zedd erhob sich. »Tut mir leid, daß es dadurch für euch beide so schwer wird. Vielleicht wird es jetzt einfacher, wenn ich bei euch bin. Gute Nacht, Liebes.« Er zog los, in die Dunkelheit.

»Zedd?« Er blieb stehen und drehte sich zu ihr um – eine dunkle Silhouette vor dem mondbeschienenen Wald. »Du hattest mal eine Frau?«

»Ja, hatte ich.«

Sie räusperte sich und schluckte. »Wie war das? Wenn man jemanden mehr liebt als sich selbst und bei diesem Menschen sein kann und die eigene Liebe erwidert wird?«

Zedd blieb lange still und schweigend stehen und sah sie in der Dunkelheit an. Sie wartete und wünschte, sie könnte sein Gesicht sehen. Er wollte sich offenbar vor der Antwort drücken.

Kahlan reckte das Kinn empor. »Zauberer Zorander, dies ist keine Bitte, sondern ein Befehl. Ihr werdet die Frage beantworten.«

Sie wartete. Dann war seine leise Stimme zu hören. »Es war, als hätte ich meine fehlende Hälfte gefunden, als wäre ich vollständig, ganz, zum ersten Mal in meinem Leben.«

»Danke, Zedd.« Sie war froh, daß er ihre Tränen nicht sehen konnte. Sie hatte Mühe, ihre Stimme zu kontrollieren. »Es hat mich einfach interessiert.«

8. Kapitel

Richard wachte auf, als er Kahlan zurückkommen und Holz aufs Feuer werfen hörte. Das erste Licht kroch gerade über die Gipfel der fernen Berge und tauchte sie in einen rosigen Schimmer. Die dunklen Wolken dahinter ließen die schneebedeckten Bergspitzen um so deutlicher hervortreten. Zedd lag mit weit offenen Augen auf dem Rücken und schnarchte. Richard rieb sich den Schlaf aus den Augen und gähnte.

»Wie wär's mit etwas Tavawurzbrei?« flüsterte er, um Zedd nicht zu wecken.

»Klingt gut«, flüsterte sie zurück.

Richard zog die Wurzeln aus seinem Bündel und machte sich daran, sie mit seinem Messer zu schälen, während Kahlan einen Topf holen ging.

Nach dem Kleinschneiden warf er die Wurzeln ins Wasser, das sie aus einem Schlauch in den Topf geschüttet hatte. »Das sind die letzten. Wir müssen heute abend wieder nach Wurzeln graben, aber ich bezweifle, ob wir Tava finden. Nicht in dieser felsigen Gegend.«

»Ich habe ein paar Beeren gepflückt.«

Sie wärmten sich die Hände am Feuer. Mehr als eine Königin, überlegte er. Er versuchte sich eine Königin in feinen Gewändern und mit einer Krone beim Beerenpflücken vorzustellen.

»Ist dir auf deiner Wache irgend etwas aufgefallen?«

Sie schüttelte den Kopf. Dann schien ihr etwas einzufallen, und sie hob den Kopf. »Da war ein seltsames Geräusch. Hier unten, dicht beim Lager. Wie ein Knurren, gefolgt von einem unterdrückten

Schrei. Ich hätte dich fast geweckt, aber es war so schnell wieder vorbei, wie es angefangen hatte, und ich habe danach nichts mehr gehört.«

»Tatsächlich.« Er warf einen Blick über die Schulter. »Hier unten. Ich frage mich, was das gewesen sein kann. Wahrscheinlich war ich so müde, daß ich nichts davon mitbekommen habe.«

Als die Wurzeln gar waren, zerstampfte Richard sie und gab ein wenig Zucker hinzu. Kahlan verteilte den Brei und streute eine große Handvoll Beeren über jeden Teller.

»Warum weckst du ihn nicht?« meinte sie.

Richard grinste. »Paß auf.«

Er schlug ein paarmal mit dem Löffel gegen die Blechschüssel. Ein kurzes Schnaufen, dann saß Zedd blitzartig kerzengerade.

Der alte Mann blinzelte. »Frühstück?«

Die beiden kicherten, mit dem Rücken zu ihm.

»Du bist heute morgen gut gelaunt«, meinte sie und sah zu ihm hinüber.

»Zedd ist wieder bei uns«, antwortete er.

Richard ging hin und reichte Zedd eine Schale mit Brei, dann ließ er sich mit seiner Portion auf einem niedrigen Felsvorsprung nieder. Kahlan machte es sich auf dem Boden bequem, schlug sich eine Decke um die Füße und balancierte dabei die Schale in einer Hand. Zedd wickelte sich zum Essen nicht einmal aus der Decke. Richard aß langsam und wartete auf eine günstige Gelegenheit, derweil Zedd seinen Brei hinunterschlang.

»Gut!« verkündete Zedd und stand auf, um sich eine zweite Portion aus dem Topf zu holen.

Richard wartete, während sein Freund sich seinen Nachschlag aus dem Topf löffelte, dann sagte er: »Kahlan hat mir gesagt, was geschehen ist. Sie hat mir erzählt, daß du sie gezwungen hast, dir von Shota zu erzählen.«

Kahlan erstarrte wie vom Blitz getroffen.

Zedd zuckte hoch und wirbelte zu ihr herum. »Wieso hast du ihm davon erzählt! Ich dachte, du wolltest nicht, daß er …«

»Zedd … ich habe kein Sterbenswörtchen …«

Zedd verzog das Gesicht. Langsam drehte er sich zu Richard um, der sich über seine Schale beugte und den Brei in den Mund löffelte.

Er sah nicht einmal auf. »Sie hat mir nichts verraten. Aber du gerade eben.«

Richard schob den letzten Löffel in den Mund, schluckte, leckte den Löffel sauber und ließ ihn klirrend in die Blechschale fallen.

Er hob den Kopf und blickte dem Zauberer ruhig und mit einem triumphierenden Blick in die Augen. »Das erste Gesetz der Magie«, verkündete Richard mit dem Anflug eines Lächelns. »Man beginnt etwas zu glauben, wenn man möchte, daß es wahr ist … oder es befürchtet.«

»Ich hab's dir doch gesagt«, fauchte Kahlan Zedd an. »Ich habe dir gesagt, er wird dahinterkommen.«

Zedd achtete nicht auf sie. Er stand immer noch da und starrte Richard mit schiefem Blick an.

»Ich habe über gestern abend nachgedacht«, erklärte Richard und stellte die Schale weg. »Ich denke, du hast recht. Du solltest wissen, was Shota gesagt hat. Schließlich bist du ein Zauberer. Vielleicht kann uns irgend etwas helfen, Darken Rahl aufzuhalten. Du würdest ohnehin keine Ruhe geben, bis du nicht weißt, was geschehen ist. Eigentlich hatte ich es dir heute erzählen wollen, aber dann dachte ich, du würdest es doch irgendwie aus Kahlan herausbekommen.«

Kahlan ließ sich lachend auf die Decke fallen.

Zedd richtete sich auf und stemmte die Fäuste in die Hüften. »Mist! Richard, weißt du eigentlich, was du gerade getan hast?«

»Zauberei«, grinste Richard. »Ein gut ausgeführter Trick ist Zauberei.« Er zuckte mit den Achseln. »Hat man mir jedenfalls gesagt.«

Zedd nickte langsam. »Allerdings.« Er reckte einen seiner dünnen Finger in die Höhe, und in seine stechenden, haselbraunen Augen kam Leben. »Du hast einen Zauberer mit seinem eigenen Gesetz hereingelegt. Das ist keinem meiner Zauberer jemals gelungen.« Er kam näher. Er fing an zu strahlen. »Verdammt, Richard! Du hast es! Du besitzt die Gabe, mein Junge. Du kannst ein Zauberer der ersten Ordnung werden wie ich.«

Richard legte die Stirn in Falten. »Ich will aber kein Zauberer werden.«

Zedd achtete nicht auf ihn. »Du hast die erste Prüfung bestanden.«

»Du hast gerade selbst gesagt, daß kein anderer Zauberer das je geschafft hat. Wie können sie Zauberer sein, wenn sie die Prüfung nicht bestanden haben?«

Zedd machte ein verächtliches Gesicht. »Es waren Zauberer dritter Ordnung. Einer, Giller, ist ein Zauberer zweiter Ordnung. Keiner von ihnen hat die Prüfungen für einen Zauberer erster Ordnung bestanden. Ihnen fehlte die Gabe. Sie waren bestenfalls berufen.«

Richard grinste verlegen. »Es war doch bloß ein Trick. Mach die Sache nicht größer, als sie war.«

»Ein ganz besonderer Trick.« Zedd kniff die Augen zusammen. »Ich bin sehr stolz auf dich.«

»Und wie viele dieser Prüfungen gibt es, wenn dies die erste ist?«

Zedd zuckte mit den Achseln. »Oh, ich weiß nicht. Vielleicht ein paar hundert oder so. Aber du hast die Gabe, Richard.« Für einen Augenblick legte sich ein sorgenvoller Schatten über sein Gesicht, so als hätte er das nicht erwartet. »Du mußt es beherrschen lernen, sonst ...« Sein Blick strahlte wieder auf. »Ich bringe es dir bei. Du könntest ein Zauberer erster Ordnung werden.«

Richard merkte, wie ihn Zedds Gerede einlullte. Er mußte den Kopf schütteln, um ihn wieder klar zu bekommen. »Ich habe dir doch gesagt, ich will kein Zauberer werden.« Leise fügte er hinzu: »Wenn das hier vorbei ist, will ich nie wieder etwas mit Magie zu tun haben.« Er spürte, wie Kahlan ihn anstarrte. Sein Blick schwankte zwischen den beiden erstaunten Gesichtern hin und her. »Es war nur ein dummer, kleiner Trick, mehr nicht.«

»Bei einem anderen wäre es das gewesen, ja. Aber nicht bei einem Zauberer.«

Richard verdrehte die Augen. »Ihr zwei seid ...«

Zedd beugte sich aufgeregt vor und schnitt ihm das Wort ab. »Kannst du den Wind beherrschen?«

Richard lehnte sich ein Stück zurück. »Natürlich kann ich das«, ging er auf das Spiel ein. Er reckte beide Hände in den Himmel. »Komm zu mir, Bruder Wind! Sammle dich! Blas eine Böe nur für mich!« Er breitete theatralisch die Arme aus.

Kahlan raffte erwartungsvoll ihren Umhang um sich. Nichts geschah. Die beiden wirkten ein wenig enttäuscht.

»Was ist los mit euch beiden?« brummte er. »Habt ihr unreife Beeren gegessen?«

Zedd meinte zu ihr: »Das wird er noch lernen müssen.«

Kahlan ließ sich Zedds Worte durch den Kopf gehen und meinte zu Richard: »Nur wenige bekommen das Angebot, Zauberer zu werden, Richard ...«

Zedd rieb sich die Hände. »Verdammt! Hätte ich doch bloß die Bücher bei mir. Ich wette einen Drachenzahn, daß sie etwas hierüber zu sagen hätten.« Sein Gesicht verfinsterte sich. »Und natürlich ist da noch die Sache mit den Schmerzen ... Und ...«

Richard wurde es langsam unbehaglich. »Was bist du eigentlich für ein Zauberer? Du hast ja nicht mal einen Bart.«

Zedd wurde aus seinen Gedanken gerissen und runzelte die Stirn. »Was?«

»Einen Bart. Wo ist dein Bart? Das frage ich mich schon, seit ich weiß, daß du ein Zauberer bist. Zauberer haben einen Bart, mußt du wissen.«

»Wer hat dir denn das erzählt?«

»Ich … ich weiß nicht. Das weiß doch jeder. Zauberer haben einen Bart. Das ist allgemein bekannt. Mich überrascht, daß du das nicht weißt.«

Zedd zog ein Gesicht, als hätte er gerade in eine Zitrone gebissen. »Aber ich kann Bärte nicht ausstehen. Sie jucken.«

Richard zuckte mit den Achseln. »Offenbar weißt du doch nicht soviel über Zauberer, wenn du davon noch nie etwas gehört hast.«

Zedd verschränkte trotzig die Arme. »Einen Bart, ja?« Er rieb sich mit Daumen und Zeigefingern das Kinn. Mit einer zupfenden Bewegung schien er sich einen Schnäuzer aus der Oberlippe zu ziehen. Richard verfolgte mit großen Augen das Geschehen, bis der schneeweiße Bart bis auf Zedds Brust reichte.

Zedd warf seinen Kopf in den Nacken und sah Richard herausfordernd an. »Genügt das, mein Junge?«

Richard merkte, daß sein Mund offenstand. Er machte ihn zu, aber außer einem Nicken brachte er nichts zustande.

Zedd kratzte sich an Kinn und Hals. »Gut. Und nun gib mir dein Messer, damit ich dieses Ding wieder abrasieren kann. Es juckt wie tausend Ameisen.«

»Mein Messer? Wozu brauchst du mein Messer? Warum läßt du ihn nicht einfach ebenso verschwinden, wie du ihn herbeigezaubert hast?«

Kahlan lachte kurz auf, wurde aber sofort wieder ernst, als Zedd sie ansah.

»So funktioniert das nicht. Weiß doch jeder, daß das so nicht funktioniert«, spottete Zedd. Er wandte sich an Kahlan. »Oder etwa nicht? Sag du es ihm.«

»Mit Magie kann man nur etwas verändern, was bereits vorhanden ist. Man kann nichts ungeschehen machen.«

»Das verstehe ich nicht.«

Zedd blinzelte ihn scharf an. »Deine erste Lektion, solltest du dich doch noch entscheiden, Zauberer zu werden. Wir alle drei verfügen über magische Kräfte. Additive magische Kräfte. Diese Art der Magie benutzt, was bereits vorhanden ist, fügt ihm etwas hinzu oder verändert es auf irgendeine Weise. Kahlans Magie macht sich den Funken der Liebe in einem Menschen zunutze, wie klein er auch sein mag, und fügt ihm etwas hinzu, bis er zu etwas anderem geworden ist. Die Magie des Schwertes der Wahrheit macht sich deinen Zorn zunutze, fügt ihm etwas hinzu, gewinnt daraus eine Kraft, bis etwas Neues entsteht. Und ich tue das gleiche. Ich hole mir, was immer ich brauche, aus der Natur und verändere es. Ich kann einen Käfer in eine Blume verwandeln, eine Angst in ein Ungeheuer, ich kann einen gebrochenen Knochen zusammenwachsen lassen, die Hitze aus der Luft ziehen und sie vermehren, vervielfältigen, bis Zaubererfeuer entsteht. Ich kann meinen Bart wachsen lassen. Aber verschwinden lassen kann ich ihn nicht.« Ein Stein, so groß wie seine Faust, stieg in die Luft. »Ich kann Dinge hochheben. Sie verändern.« Der Stein zerplatzte zu Staub.

»Dann kannst du alles«, flüsterte Richard.

»Nein. Ich kann den Stein anheben, zermalmen oder schweben lassen, aber verschwinden lassen kann ich ihn nicht. Wo sollte er hin? Das nennt man subtraktive Magie, das Zunichtemachen von Materie. Meine Magie ist von dieser Welt wie die Kahlans oder des Schwertes. Alle Magie dieser Welt ist additiv. Darken Rahl beherrscht sie ebenso wie ich.« Zedds Gesicht verfinsterte sich. »Subtraktive Magie kommt aus der Unterwelt. Darken Rahl beherrscht auch sie. Ich nicht.«

»Ist sie ebenso mächtig wie additive Magie?«

»Subtraktive Magie ist das Gegenteil der additiven. Sie verhalten sich wie Tag und Nacht. Die Magie der Ordnung beinhaltet beides. Additive sowie subtraktive. Sie kann der Welt etwas hinzufügen oder die Welt in ein Nichts verwandeln. Um die Kästchen öffnen zu können, muß man beide Arten von Magie beherrschen. Die Menschen haben sich darüber niemals Gedanken gemacht, weil niemand in der

Lage war, sich die subtraktive Magie zunutze zu machen. Darken Rahl jedoch beherrscht sie ebenso, wie ich die additive beherrsche.«

»Und wie ist es deiner Ansicht nach dazu gekommen?« erkundigte sich Richard stirnrunzelnd.

»Ich habe keine Ahnung. Aber ich mache mir deswegen große Sorgen.«

Richard atmete tief durch. »Ich glaube trotzdem, daß du dich umsonst aufregst. Ich habe doch nur einen harmlosen Trick angewandt.«

Zedd funkelte ihn ernst an. »Ich gäbe dir recht, wenn ich ein normaler Mensch wäre. Aber ich bin ein Zauberer. Die Magie schützt mich vor den Gesetzen der Magie. Du hättest meine Magie nicht durchdringen können, außer mit deiner eigenen Zauberkraft. Ich habe so manchen zum Zauberer ausgebildet. Was du gerade getan hast, hätte ich ihnen erst beibringen müssen. Sie hätten es nicht tun können, ohne es vorher gelernt zu haben. Ganz selten jedoch wird jemand bereits mit der Gabe geboren. Ich war so jemand. Und du, Richard, hast die Gabe auch. Früher oder später wirst du lernen müssen, sie zu beherrschen.« Er streckte die Hand aus. »Und jetzt gib mir das Messer, damit ich mich von diesem lächerlichen Bart befreien kann.«

Richard drückte Zedd den Griff in die Hand. »Die Klinge ist stumpf. Ich habe damit nach Wurzeln gegraben. Zum Rasieren ist sie zu stumpf.«

»Tatsächlich?« Zedd packte die Klinge zwischen Daumen und Zeigefinger und zog sie hindurch. Dann drehte er das Messer herum und hielt es vorsichtig mit Daumen und zwei Fingern. Richard sah verblüfft zu, wie er sich rasierte. Mit leichtem Schnitt fiel ein Bartbüschel zu Boden.

»Du hast gerade subtraktive Magie gebraucht! Du hast etwas von der Klinge weggenommen, um sie schärfer zu machen!«

Zedd zog eine Braue hoch. »Nein, ich habe benutzt, was bereits vorhanden war, und die Klinge umgestaltet, damit sie wieder scharf wird.«

Kopfschüttelnd machte Richard sich an das Einsammeln der Haare, während Zedd sich den Bart abrasierte. Kahlan half beim Wegräumen.

»Weißt du, Zedd«, meinte Richard, als er die Schale zusammenpackte, »ich glaube, du wirst zu eigenbrötlerisch. Du brauchst jemanden, wenn das alles vorüber ist. Jemanden, der sich um dich sorgt und dir den Kopf zurechtrückt. Der etwas Tageslicht in deine Phantasie läßt. Ich glaube, du brauchst eine Frau.«

»Eine Frau?«

»Bestimmt. Ich glaube, genau das brauchst du. Vielleicht solltest du dir Adie noch einmal genauer ansehen.«

»Adie?«

»Ja, Adie«, wiederholte Richard mit Nachdruck. »Du erinnerst dich doch an sie. Die Einbeinige.«

»Oh, Adie habe ich in sehr guter Erinnerung.« Er setzte eine Unschuldsmiene auf. »Aber Adie hat zwei gesunde Beine, nicht bloß eins.«

Richard und Kahlan sprangen auf. »Was?«

»Ja«, grinste Zedd und wandte sich ab. »Ist wohl nachgewachsen, wie es scheint.« Er bückte sich und holte einen Apfel aus Richards Rucksack. »Ganz plötzlich.«

Richard packte Zedd am Ärmel und zog ihn herum. »Zedd, hast du etwa ...«

Der Zauberer lächelte. »Bist du ganz sicher, daß du kein Zauberer werden möchtest?« Er biß in den Apfel. Richards erstauntes Gesicht schien ihn zu amüsieren. Zedd reichte ihm das Messer, dessen Klinge so scharf war wie ehedem.

Kopfschüttelnd machte Richard sich an die Arbeit. »Ich will nur nach Hause und als Waldführer arbeiten. Sonst nichts.« Er überlegte kurz und fragte: »Zedd, ich bin in deiner Nähe aufgewachsen, und die ganze Zeit wußte ich nicht, daß du ein Zauberer bist. Du hast keine Magie benutzt. Wie hast du das ausgehalten? Warum hast du es nicht getan?«

»Nun ja, es ist nicht ganz ungefährlich, Magie zu benutzen. Und schmerzhaft.«

»Nicht ganz ungefährlich? Wieso?«

Zedd sah ihn einen Augenblick lang an. »Du hast doch auch schon Magie benutzt, mit dem Schwert. Erzähl mir, wie es war.«

»Aber das war das Schwert, das ist etwas anderes. Worin besteht die Gefahr für einen Zauberer, der Magie benutzt? Welche Schmerzen muß er erleiden?«

Zedd lächelte ihn schlau an. »Hat die erste Lektion gerade erst hinter sich, und schon will er die zweite.«

Richard richtete sich auf. »Gut, dann laß es eben.« Er wuchtete sich den Rucksack auf den Rücken. »Ich will nichts weiter, als Waldführer sein.«

Mit dem Apfel in der Hand zog Zedd in Richtung Pfad los. »Das hast du mir schon gesagt.« Er biß ein großes Stück vom Apfel ab. »Und jetzt möchte ich, daß du mir alles erzählst, was passiert ist, seit man mich bewußtlos geschlagen hat. Laß nichts aus, wie nebensächlich es dir auch vorkommen mag.«

Richard und Kahlan wurden rot und sahen sich an. »Ich erzähle es ihm nicht, wenn du es nicht tust«, flüsterte er.

Sie legte ihm die Hand auf den Arm und hielt ihn zurück. »Ich schwöre es, kein Sterbenswörtchen über das, was im Haus der Seelen geschehen ist.«

Ein Blick in ihre Augen genügte, um zu wissen, daß sie gewillt war, ihr Wort zu halten.

Den Rest des Tages marschierten sie über holprige Pfade und hielten sich fernab der Straßen. Dabei erzählten die beiden alles, was sich zugetragen hatte, seit jenem Tag, als sie an der Grenze angegriffen worden waren. An den unmöglichsten Stellen der Erzählung bat Zedd sie, zu früheren Ereignissen zurückzukehren. Mit gegenseitiger Unterstützung gelang es Richard und Kahlan, das Garn der Schlammenschengeschichte zu spinnen, ohne zu erwähnen, was zwischen ihnen im Haus der Seelen geschehen war.

Je näher sie Tamarang kamen, desto häufiger mußten sie Straßen überqueren. Auf ihnen waren viele Flüchtlinge unterwegs, die ihr Hab und Gut auf dem Rücken oder auf kleinen Karren fortschleppten. Richard achtete darauf, daß sie nie zu lange den Blicken der Menschen ausgesetzt waren, und schob sich vor Kahlan, so oft es ging. Die Mutter Konfessor sollte nicht erkannt werden. Er war jedesmal erleichtert, wenn sie wieder in den Wäldern waren. Im Wald fühlte er sich am wohlsten, obwohl es auch dort alles andere als ungefährlich war.

Später waren sie gezwungen, die Straße zu nehmen, um den Callisidrin zu überqueren. Zum Durchwaten war er zu breit und reißend, daher benutzten sie die große Holzbrücke. Zedd und Richard nahmen Kahlan schützend in die Mitte, als sie sich durch die Menschenmenge auf der Brücke schoben. Kahlan behielt die Kapuze ihres Umhanges auf, damit niemand ihr langes Haar sehen konnte. Die meisten Menschen strömten Richtung Tamarang, wo sie Schutz und Sicherheit vor den plündernden Horden zu finden hofften, die angeblich aus Westland in das Land eingefallen waren. Nach Kahlans Ansicht konnten sie Tamarang Mitte des nächsten Tages erreichen. Von nun an waren sie die meiste Zeit gezwungen, die Straße zu benutzen. Richard wußte, wenn sie nachts vor Menschen sicher sein wollten, würden sie sich weit von der Straße entfernen müssen. Er behielt die Sonne im Auge, damit sie genügend Zeit hatten, sich tief im Wald zu verstecken, bevor es zu dunkel wurde.

»Fühlt sich das gut an?«

Rachel tat, als würde Sara antworten, und stopfte noch ein wenig

Gras um ihre Puppe, um ganz sicherzugehen, daß ihr warm genug war. Das in das Tuch geknotete Brot legte sie daneben.

»Jetzt bist du erst mal warm. Ich muß etwas Holz sammeln, bevor es zu dunkel wird, und dann machen wir uns ein Feuer. Damit wir nicht frieren müssen.«

Sie ließ Sara und das Brot in der Launenfichte zurück und ging nach draußen. Die Sonne war untergegangen, aber es war noch hell. Die Wolken hatten eine hübsche rosa Farbe. Ab und zu blieb sie stehen, klemmte die Zweige unter den freien Arm, und betrachtete sie. Sie sah in ihrer Tasche nach, ob der Feuerstab noch da war. Gestern abend hätte sie ihn fast vergessen. Sie bekam Angst, wenn sie nicht nachsah und sich vergewisserte, daß sie ihn nicht liegengelassen hatte.

Sie hob den Kopf und sah die hübschen Wolken. Im selben Augenblick huschte ein großes, dunkles Etwas ein kleines Stück weiter den Hügel hinauf über die Wipfel der Bäume. Ein großer Vogel, dachte sie. Raben waren groß und schwarz. Es mußte einer dieser lärmenden Raben sein. Sie sammelte noch ein paar Äste. Dann entdeckte sie auf dem Boden einer Lichtung einige Blaubeersträucher. Es war bereits recht spät im Jahr, und die Beeren waren schon ziemlich trocken und verschrumpelt, aber immer noch genießbar. Eigentlich schmeckten sie köstlich. Für jede, die sie aß, steckte sie eine ein. Auf Händen und Knien rutschend, pflückte sie Beeren, naschte und steckte sie in ihre Tasche. Es wurde dunkler. Ab und zu hob sie den Kopf und betrachtete die hübschen Wolken. Sie waren dunkler geworden. Violett.

Als sich ihr Bauch langsam besser fühlte und ihre Tasche voll war, hob sie die Äste auf und ging zurück zur Launenfichte. Drinnen angekommen, knotete sie das Tuch um das Brot auf und schüttete die Beeren aus ihrer Tasche in das Tuch. Dann setzte sie sich hin, klaubte die Beeren aus dem Tuch, plauderte mit Sara und bot ihr an, die Beeren mit ihr zu teilen. Sara hatte keinen großen Hunger. Rachel hätte gerne einen Spiegel gehabt. Zu gerne hätte sie ihr Haar im Spiegel betrachtet. Ein paar Stunden zuvor hatte sie sich in einem dunklen Teich gesehen. Ihr Haar sah so wunderschön aus. Es war wirklich nett von Richard gewesen, es ihr zu schneiden.

Sie vermißte Richard. Sie wünschte, er wäre jetzt hier, würde mit ihr zusammen fortlaufen, sie an sich drücken. Wenn er einen drückte, war das das Schönste, was man sich vorstellen konnte. Er könnte Kahlan auch in den Arm nehmen, wenn sie nicht so gemein wäre. Kahlan würde schon merken, wie wunderbar das war. Aus irgendeinem Grund vermißte Rachel sie ebenfalls. Ihre Geschichten, ihre Lieder, die Finger, die sie an der Stirn berührt hatten. Warum mußte sie so gemein sein? Warum wollte sie Giller etwas antun? Giller war einer der nettesten Menschen auf der Welt. Er hatte ihr Sara geschenkt.

Rachel brach die Äste, so gut es ging, damit sie zwischen die Steine paßten, die sie im Kreis zusammengelegt hatte. Nachdem sie sie sorgfältig gestapelt hatte, holte sie den Feuerstab heraus.

»Brenne für mich.«

Sie legte den Feuerstab neben die Beeren auf das Tuch, wärmte sich die Hände und aß ein paar Beeren. Dabei erzählte sie Sara von ihrem Kummer und wie gerne sie sich von Richard in den Arm nehmen lassen würde, wie sehr sie wünschte, daß Kahlan nicht so gemein wäre, daß sie hoffte, sie würde Giller nichts tun, wie gerne sie etwas anderes als Beeren zu essen hätte.

Ein Insekt stach ihr in den Hals. Sie stieß einen kleinen Quiekser aus und schlug es tot. Als sie ihre Hand zurückzog, klebte ein wenig Blut daran. Und eine Mücke.

»Sieh mal, Sara. Diese dämliche Mücke hat mich gestochen. Sie war schon voller Blut.«

Sara schien besorgt wegen des Stichs. Rachel aß noch ein paar Beeren.

Wieder stach ihr eine Mücke in den Hals. Rachel schlug sie tot, diesmal ohne zu quieksen. Auf ihrer Hand klebte wieder ein Blutfleck.

»Das hat weh getan!« meinte sie zu Sara. Mit finsterer Miene warf sie die zerquetschte Mücke ins Feuer.

Als die nächste Mücke ihr in den Arm stach, zuckte sie nur noch zusammen. Sie schlug sie platt. Rachel versuchte die Mücken zu verscheuchen, die ihr Gesicht umschwirrten. Wieder stachen ihr zwei in den Hals und hatten sich mit Blut vollgesogen, bevor sie sie totschlagen konnte. Die Stiche waren so schmerzhaft, daß ihr die Tränen in die Augen traten.

»Haut ab!« schrie sie und fuchtelte mit den Händen herum.

Einige waren unter ihr Kleid gesirrt, stachen sie in Brust und Rücken. Andere stachen sie in den Hals.

Rachel begann zu schreien, während sie auf die Mücken eindrosch und versuchte, sie loszuwerden. Tränen liefen ihr in Strömen über die Wangen. Eine Mücke stach ihr von innen ins Ohr, und sie schrie noch lauter. Kreischend und heulend versuchte sie, mit dem Finger das Sirren aus ihrem Ohr zu bohren, die Mücke herauszubekommen. Sie schrie und schlug wild um sich.

Schrill kreischend stolperte Rachel unter dem Baum hervor und wischte sich die Mücken aus den Augen. Mit den Armen um sich schlagend, rannte sie los, versuchte sich die Mücken vom Leib zu halten. Die Mücken folgten ihr unerbittlich.

Plötzlich blieb sie wie erstarrt stehen.

Mit aufgerissenen Augen blickte sie an dem riesigen pelzbedeckten Körper empor. Der Bauch war rosa und war voller Mücken.

Vor den fahlen Farben des Abendhimmels breitete das Ungetüm langsam seine riesigen Flügel aus. Die Flügel hatten keine Federn, sondern waren mit einer Haut überzogen. Rachel sah die fetten, pulsierenden Adern.

Sie nahm allen Mut zusammen und stopfte ihre zitternde Hand in die Tasche. Der Feuerstab war nicht da. Ihre Beine waren wie angewurzelt. Nicht einmal die Mücken, die sie stachen, spürte sie noch. Sie hörte ein Geräusch wie von einer schnurrenden Katze, nur viel lauter. Ihr Blick wanderte höher.

Grün glühende Augen funkelten sie an. Das Schnurren wurde zum tiefen Knurren.

Das Maul öffnete sich, das Knurren wurde lauter, hinter klaffenden Lippen wurden lange, gekrümmte Reißzähne sichtbar.

Davonlaufen konnte sie nicht. Sie konnte sich nicht von der Stelle rühren. Nicht einmal schreien konnte sie. Zitternd blickte sie mit aufgerissenen Augen in das eklige grüne Funkeln. Sie hatte vergessen, wie man die Füße bewegt.

Eine große Kralle langte nach ihr.

Etwas Warmes rann ihr die Beine hinab.

9. Kapitel

Richard verschränkte die Arme und lehnte sich an einen Felsen. »Das reicht!«

Zedd und Kahlan drehten sich um, als hätten sie vergessen, daß er auch da war. Wenigstens eine halbe Stunde lang hatte er ihrer Streiterei am Feuer gelauscht, jetzt war er es leid. Genaugenommen war er einfach nur müde. Das Abendessen war längst erledigt, und sie sollten etwas schlafen, statt dessen versuchten sie zu entscheiden, was sie morgen tun sollten, wenn sie Tamarang erreicht hatten. Jetzt hörten sie endlich mit der Streiterei auf und legten ihm ihre Standpunkte dar.

»Ich schlage vor, wir spazieren einfach rein, und ich kümmere mich um Giller. Er ist mein Schüler. Ich werde ihn dazu bringen, mir zu verraten, was gespielt wird. Ich bin immer noch Zauberer der ersten Ordnung. Er wird tun, was ich sage, und mir das Kästchen geben.«

Kahlan holte ihr Konfessorenkleid aus dem Rucksack. »Wir werden Giller hiermit beikommen. Er ist mein Zauberer und wird tun, was ich sage, denn er kennt die Konsequenzen.«

Richard atmete tief durch und rieb sich die Augen. »Ihr wollt beide ein Huhn verspeisen, das wir noch nicht einmal gerupft haben. Wir wissen noch nicht einmal, wem es gehört.«

»Was soll das heißen?« fragte Kahlan.

Richard beugte sich vor. Wenigstens hörten sie ihm endlich zu. »Selbst im allergünstigsten Fall wird Tamarang D'Hara wohlwollend gesonnen sein. Im schlimmsten Fall ist Rahl selbst dort. Vermutlich liegt die Wahrheit irgendwo dazwischen. Vielleicht haben sie etwas dagegen, wenn wir einfach hereinspazieren und sagen, was wir wollen. Tamarang verfügt über ein komplettes stehendes Heer, um uns klarzumachen, wie sehr sie etwas dagegen haben. Was dann? Sollen wir uns zu dritt auf eine Auseinandersetzung mit ihrer Armee einlassen? Wie kommen wir auf diese Weise an das Kästchen? Wie sollen wir auf diese Weise auch nur an Giller herankommen? Wenn wir kämpfen müssen, dann besser auf dem Weg nach draußen und nicht schon auf dem Weg nach drinnen.«

Richard erwartete einen Einwand von den beiden, die dasaßen, als müßten sie eine Standpauke über sich ergehen lassen, doch niemand sagte etwas, also fuhr er fort.

»Vielleicht wartet Giller sogar darauf, daß jemand kommt, dem er helfen kann, mit dem Kästchen zu fliehen. Andererseits ist er vielleicht gar nicht bereit, sich so ohne weiteres davon zu trennen. Aber das wissen wir erst, wenn wir bis zu ihm vorgedrungen sind, oder?« Er wandte sich an Zedd. »Du hast gesagt, das Kästchen besäße eine Zauberkraft, die ein Zauberer oder Rahl spüren kann. Andererseits kann ein Zauberer dies durch ein magisches Netz vereiteln und so verhindern, daß das Kästchen entdeckt wird. Vielleicht hat Königin Milena deswegen einen Zauberer haben wollen, damit sie das Kästchen vor Rahl verbergen und als Tauschobjekt benutzen kann. Wenn wir große Verwirrung stiften und Giller Angst einjagen können – egal, wie er über uns denkt, Angst hat er vielleicht trotzdem –, könnten wir diese Gelegenheit zur Flucht nutzen. Vielleicht wartet Rahl ja auch nur darauf, daß das Wild aus seinem Versteck gescheucht wird, damit er zuschlagen kann.«

Zedd wandte sich an Kahlan. »Ich denke, der Sucher hat in einigen Punkten durchaus recht. Vielleicht sollten wir ihn ausreden lassen?«

Kahlan lächelte schwach. »Ich glaube, du hast recht, guter Zauberer.« An Richard gewandt, fragte sie: »Wie lautet dein Vorschlag?«

»Du hattest schon mit dieser Königin Milena zu tun, richtig? Was ist sie für ein Mensch?«

Kahlan brauchte nicht lange nachzudenken. »Tamarang ist ein kleines und recht unbedeutendes Land. Königin Milena dagegen ist so prunksüchtig und überheblich, wie eine Königin nur sein kann.«

»Nur eine kleine Schlange, die jedoch zur tödlichen Gefahr für uns werden kann«, merkte Richard an.

Kahlan nickte. »Aber mit einem großen Kopf.«

»Kleine Schlangen müssen vorsichtig sein, solange sie nicht wissen, mit wem sie es zu tun haben. Als erstes müssen wir sie beunruhigen. Vielleicht ist sie dann so verunsichert, daß sie vergißt, uns zu beißen.«

»Wie meinst du das?« wollte Kahlan wissen.

»Du sagst, du hättest schon mit ihr zu tun gehabt. Konfessoren bereisen die Länder, um Beichten abzunehmen, Gefängnisse zu inspizieren, um alles mögliche herauszufinden. Sie würde doch die Grenzen nicht für einen Konfessor schließen, oder?«

»Nicht, solange sie noch halb bei Verstand ist«, gluckste Zedd.

»Gut, dann werden wir es so machen. Zieh dir dein Kleid an und tue deine Pflicht. Was man eben von einem Konfessor erwartet. Es gefällt ihr vielleicht nicht, aber sie wird dich gut behandeln wollen und dafür sorgen, daß du zufrieden bist. Sie wird dir zeigen, was du sehen willst, damit sie dich wieder loswird. Bestimmt wird sie jedes Aufsehen vermeiden wollen. Du inspizierst also ihr Verlies, lächelst oder machst ein besorgtes Gesicht, was auch immer, und bevor wir wieder aufbrechen, erklärst du ihr, du wolltest deinen früheren Zauberer sehen.«

»Meinst du wirklich, sie sollte alleine gehen?« protestierte Zedd.

»Nein. Wenn Kahlan ohne Zauberer reist, könnte die Königin versucht sein, das als Schwäche auszulegen. Und sie soll ja nicht auf dumme Gedanken kommen.«

Zedd verschränkte die Arme. »Dann spiele ich ihren Zauberer.«

»Nein, das wirst du nicht! Während wir hier sitzen und uns unterhalten, bringt Darken Rahl Menschen um, um dich zu finden.

Wenn du dich zu erkennen gibst, sitzen wir bis zum Hals in der Tinte, bevor wir mit dem Kästchen fliehen können. Wer weiß, welche Belohnung auf deine schrumpelige Haut ausgesetzt ist. Du wirst ihr Schutz sein, aber anonym bleiben. Du wirst ...« Richard tippte nachdenklich gegen das Heft des Schwertes. Er senkte den Kopf. »Du wirst als Wolkenleser auftreten. Als Vertrauter des Konfessors in Abwesenheit eines Zauberers.« Richard registrierte Zedds Knurren mit einem Stirnrunzeln. »Ich bin sicher, du weißt, wie du das anzustellen hast.«

»Und dein Schwert willst du auch vor ihr verstecken und deine Identität?« wollte Kahlan wissen.

»Nein. Die Anwesenheit eines Suchers wird ihr zu denken geben, und sie wird ihre Krallen eingezogen lassen, bis wir wieder fort sind. Im Grunde soll sie mit einer ganz normalen Situation konfrontiert werden, einem Konfessor eben, damit sie keinen Alarm schlägt. Gleichzeitig soll sie etwas zum Nachdenken haben, einen Wolkenleser und einen Sucher, damit sie uns lieber ziehen läßt, als herauszufinden, welchen Ärger zu machen wir imstande sind. So wie du vorgehen willst, kommt es auf jeden Fall zum Kampf, bei dem einer oder alle von uns verletzt werden können. Auf meine Weise ist das Risiko gering, in einen Kampf hineingezogen zu werden, und sollte es doch dazu kommen, dann sind wir schon auf dem Weg nach draußen – und zwar mit dem Kästchen.« Er warf den beiden einen ernsten Blick zu. »Ihr erinnert euch doch an das Kästchen? Falls ihr es vergessen haben solltet, darum geht es, nicht um Gillers Kopf auf einem Silbertablett. Es spielt keine Rolle, auf wessen Seite er steht. Wir müssen nur das Kästchen beschaffen, sonst nichts.«

Kahlan verschränkte stirnrunzelnd die Arme, Zedd rieb sich das Kinn und starrte ins Feuer. Richard ließ sie eine Weile darüber nachdenken. So wie sie vorgehen wollten, würden sie auf jeden Fall Ärger bekommen, und zwar sehr bald, das mußten die beiden einsehen.

Zedd wandte sich wieder an ihn. »Du hast natürlich recht. Ich bin einverstanden.« An Kahlan gewandt fragte er: »Mutter Konfessor?«

Sie musterte einen Augenblick lang sein Gesicht, bevor sie zu Richard aufschaute. »Einverstanden. Aber ihr beide müßt das Gefolge des Konfessors spielen. Zedd kennt das Protokoll, du nicht.«

»Ich bin hoffentlich nicht lange dort. Erklär mir einfach, was ich wissen muß, um mich eine Weile lang über Wasser zu halten.«

Kahlan atmete tief durch. »Nun, das Wichtigste wird sein, daß du aussiehst, als würdest du zu meiner Eskorte gehören, und daß du … dich respektvoll verhältst.« Sie räusperte sich und sah verlegen zur Seite. »Tu einfach so, als sei ich die wichtigste Persönlichkeit, der du je begegnet bist, und behandle mich dementsprechend, dann wird niemand Fragen stellen. Unter Konfessoren ist es üblich, daß sie ihrem Gefolge gewisse Freiheiten einräumen. Solange du dich respektvoll zeigst, wird sich niemand etwas dabei denken, wenn du etwas ein wenig Unpassendes tust. Auch wenn du mein Benehmen … seltsam finden solltest, spiel einfach mit. Einverstanden?«

Richard betrachtete sie eine Weile, während sie den Boden zu studieren schien. Er stand auf. »Es wäre mir eine Ehre, Mutter Konfessor.« Er verbeugte sich.

Zedd räusperte sich. »Ein bißchen tiefer, mein Junge. Du reist nicht einfach mit einem Konfessor. Du gehörst zum Gefolge der Mutter Konfessor höchstpersönlich.«

»Also schön«, seufzte Richard. »Ich werde mein Bestes tun. Schlaft jetzt etwas. Ich übernehme die erste Wache.« Er zog in Richtung Waldrand los.

»Richard«, rief Zedd ihm hinterher. Er blieb stehen und drehte sich um. »In den Midlands verfügt so mancher über magische Kräfte. Über viele verschiedene und gefährliche Arten von Zauberkraft. Unmöglich zu sagen, mit welcher Sorte Speichellecker Königin Milena sich umgeben hat. Achte auf das, was Kahlan und ich dir sagen, und tu dein Bestes, niemandem in die Quere zu kommen. Du wirst nicht wissen, wer oder was ihre Diener sind.«

Richard zog den Umhang um seinen Körper zusammen. »Rein und wieder raus mit dem geringstmöglichen Aufwand. Das ist mein Plan. Wenn alles klappt, haben wir morgen um diese Zeit schon das Kästchen und brauchen uns nur noch darum zu sorgen, ein Loch zu finden, in dem wir es bis zum Winter verstecken können.«

»Gut. Ich sehe, du hast begriffen, Junge. Gute Nacht.«

An einer Stelle mit lichtem Unterholz entdeckte Richard einen moosbedeckten Stamm, auf den er sich setzen konnte, während er das Lager und den umliegenden Wald im Auge behielt. Er sah nach, ob das Moos trocken war. Er hatte nicht vor, sich auf dem feuchten Moos einen Schnupfen zu holen. Das Moos war trocken, also legte er sein Schwert zurecht, setzte sich und zog den Umhang fest um sich. Der Mond war hinter Wolken verschwunden. Ohne den schwachen Schein, den das Feuer auf die Bäume ringsum warf, wäre es vollkommen finster gewesen. Man hätte glauben mögen, blind zu sein.

Richard saß da und grübelte. Der Gedanke, daß Kahlan ihr Kleid anziehen und sich in Gefahr begeben sollte, gefiel ihm nicht. Noch weniger gefiel ihm, daß es seine eigene Idee war. Besorgt dachte er darüber nach, was sie mit ›seltsamem Benehmen‹ gemeint hatte. Wesentlich mehr noch beschäftigte ihn, was sie damit gemeint hatte, er solle sich verhalten, als sei sie die wichtigste Persönlichkeit, der er je begegnet war. Das gefiel ihm überhaupt nicht. Er hatte Kahlan immer zumindest als Freundin gesehen. Sie sich als Mutter Konfessor vorzustellen, behagte ihm gar nicht. Der Magie wegen konnten sie nicht mehr als Freunde füreinander sein. Sie so zu sehen wie alle anderen, als Mutter Konfessor, machte ihm angst. Jede Erinnerung an ihren Status, an ihre Magie trieb den Schmerz tiefer in sein Herz.

Ein leises Geräusch ließ ihn blitzartig auffahren.

Die Augen waren auf ihn gerichtet. Sie waren nah, und obwohl er sie nicht sehen konnte, spürte er sie. Da war etwas ganz in der

Nähe und beobachtete ihn. Und das machte ihm eine Gänsehaut. Er fühlte sich nackt. Verletzlich.

Mit aufgerissenen Augen und klopfendem Herzen starrte er geradeaus, wo sich dieses Etwas versteckt halten mußte. Die Stille war erdrückend, nur sein Herzschlag dröhnte in seinen Ohren. Richard hielt den Atem an und lauschte. Wieder dieses leise Geräusch eines Fußes, der sich verstohlen auf den Waldboden senkt. Es kam näher. Mit aufgerissenen Augen starrte Richard hektisch ins Dunkel und versuchte, eine Bewegung auszumachen.

Es war nicht mehr als zehn Schritte entfernt, als sich die gelben Augen dicht über dem Boden ins Blickfeld schoben. Die Augen funkelten ihn geradewegs an. Es blieb stehen. Richard hielt den Atem an.

Es stürzte sich auf ihn mit Geheul. Richard schnellte hoch, seine Hand griff zum Schwert. Als es abhob, erkannte Richard, daß es sich um einen Wolf handelte. Den größten Wolf, den er je gesehen hatte. Seine Füße schienen den Boden kaum zu berühren. Dann warf er sich auf ihn. Er kam nicht mal mehr mit der Hand zum Griff. Die Vorderpfoten des Wolfs trafen seine Brust. Der mächtige Aufprall schleuderte ihn nach hinten über den Baumstamm, auf dem er gesessen hatte.

Die Luft wurde ihm aus den Lungen getrieben. Im Fallen sah er hinter sich etwas Beängstigenderes als den Wolf.

Einen Herzhund.

Die riesigen Kiefer wollten sich gerade in seine Brust schlagen, als der Wolf den Herzhund erreichte und sich in seiner Kehle verbiß.

Richard schlug mit dem Kopf gegen etwas Hartes. Ein kurzes Aufheulen, dann das Geräusch von Zähnen, die Sehnen zerfetzen. Alles wurde schwarz.

Er öffnete die Augen. Zedd stand über ihn gebeugt und berührte mit den beiden Mittelfingern rechts und links seine Stirn. Kahlan hatte eine Fackel in der Hand. Er war benommen und wackelig auf den Beinen, rappelte sich aber trotzdem auf, bis Kahlan ihn auf den Stamm setzte.

Besorgt strich sie ihm mit den Fingern übers Gesicht. »Alles in Ordnung?«

»Glaube schon«, brachte er hervor. »Mein Kopf ... tut weh.« Er glaubte, sich übergeben zu müssen.

Zedd nahm Kahlan die Fackel aus der Hand und leuchtete damit hinter den Stamm, wo der Kadaver des Herzhundes mit herausgerissener Kehle lag. Zedd blickte auf Richards Schwert, das immer noch in der Scheide steckte.

»Wieso hat der Hund dich nicht erwischt?«

Richard betastete seinen Hinterkopf, der schmerzte, als bohrte jemand mit Dolchen darin herum. »Ich ... keine Ahnung. Es ging alles so schnell.« Langsam kam die Erinnerung zurück wie an einen Traum beim Erwachen. Er stand auf. »Ein Wolf! Uns ist ein Wolf gefolgt!«

Kahlan kam näher und legte ihm stützend einen Arm um die Hüfte. »Ein Wolf?« Ihr seltsam argwöhnischer Ton ließ ihn aufhorchen. Sie sah ihn durchdringend an. »Bist du sicher?«

Richard nickte. »Ich saß hier, und plötzlich wußte ich, daß er mich beobachtete. Er kam näher, und ich sah seine gelben Augen. Dann ging er auf mich los. Ich dachte, er würde angreifen. Er hat mich glatt vom Stamm gestoßen. Er hatte es auf den Herzhund hinter mir abgesehen, wollte mich beschützen. Den Herzhund habe ich erst gesehen, als ich nach hinten fiel. Er muß den Hund getötet haben. Dieser Wolf hat mir das Leben gerettet.«

Kahlan richtete sich auf und stemmte die Fäuste in die Hüften. »Brophy!« rief sie in die Dunkelheit. »Brophy! Ich weiß, daß du da bist. Komm sofort her!«

Der Wolf trabte mit gesenktem Kopf und eingekniffenem Schwanz in den Schein der Fackel. Sein dichtes Fell war kohlrabenschwarz von der Nasen- bis zur Schwanzspitze. Im dunklen Schädel glommen wilde gelbe Augen. Der Wolf ließ sich auf den Bauch fallen und kroch zu Kahlans Füßen. Dort angekommen, wälzte er sich auf den Rücken und reckte winselnd die Pfoten in die Luft.

»Brophy!« schalt sie ihn. »Bist du uns etwa gefolgt?«

»Nur um Euch zu beschützen, Herrin.«

Richards Kiefer klappte herunter. Er fragte sich, wie hart es ihn wohl am Kopf getroffen hatte. »Er kann sprechen! Ich habe es gehört. Der Wolf kann sprechen!«

Zedd und Kahlan sahen seine aufgerissenen Augen. Zedd warf ihr einen Blick zu. »Hast du nicht gesagt, du hättest ihm alles erzählt?«

Kahlan zuckte leicht zusammen. »Wahrscheinlich habe ich ein paar Einzelheiten vergessen. Es ist nicht leicht, an alles zu denken, was er nicht weiß. Wir haben das ganze Leben lang damit gelebt. Man vergißt einfach, daß das bei ihm anders ist.«

»Kommt«, brummte Zedd. »Gehen wir zum Lager zurück. Alle zusammen.«

Der Zauberer ging mit der Fackel voraus, Kahlan folgte. An ihrer Seite schlich mit angelegten Ohren und eingekniffenem Schwanz der Wolf.

Als sie um das Feuer saßen, richtete Richard das Wort an den Wolf, der auf den Hinterbeinen neben Kahlan saß. »Wolf, ich denke ...«

»Brophy. Ich heiße Brophy.«

Richard lehnte sich ein Stück zurück. »Brophy. Tut mir leid. Ich heiße Richard, und das hier ist Zedd. Brophy, ich möchte dir dafür danken, daß du mir das Leben gerettet hast.«

»Nicht der Rede wert«, knurrte er.

»Brophy«, meinte Kahlan tadelnd, »was tust du eigentlich hier?«

Der Wolf legte die Ohren an. »Ihr seid in Gefahr. Ich habe Euch beschützt.«

»Man hat dich freigelassen«, schimpfte sie.

»Warst du das gestern abend?« wollte Richard wissen.

Brophy musterte ihn aus seinen gelben Augen. »Ja. Jedesmal, wenn ihr euer Lager aufgeschlagen habt, habe ich das Gebiet von Herzhunden und ein paar anderen Widerwärtigkeiten gesäubert. Gestern nacht, kurz vor Morgengrauen, hatte sich einer bis dicht an das Lager geschlichen. Ich habe ihn erledigt. Dieser Herzhund heute nacht hatte es auf dich abgesehen. Ich wußte, meine Herrin Kahlan wäre sehr unglücklich, wenn er dich fressen würde, also habe ich ihn daran gehindert.«

Richard mußte schlucken. »Danke«, meinte er mit schwacher Stimme.

»Richard«, fragte Zedd und rieb sich das Kinn, »die Herzhunde sind Monster aus der Unterwelt. Bis jetzt haben sie dich in Ruhe gelassen. Was hat sich verändert?«

Richard hätte sich fast verschluckt. »Nun, Adie hat Kahlan einen Knochen gegeben, den sie bei sich tragen soll. Er sollte uns durch die Grenze bringen und vor den Monstern aus der Unterwelt beschützen. Ich hatte einen alten Knochen, den mir mein Vater gegeben hat, und Adie meinte, er würde den gleichen Zweck erfüllen. Allerdings habe ich ihn vor ein oder zwei Tagen verloren.«

Zedd hatte sein Gesicht nachdenklich in Falten gelegt. Richard sah den Wolf an, in der Hoffnung, das Thema wechseln zu können. »Wieso kannst du sprechen?«

Brophy leckte sich die Lippen mit seiner langen Zunge. »Aus dem gleichen Grund wie du. Ich kann sprechen, weil ...« Er schaute auf zu Kahlan. »Soll das heißen, er weiß nicht, wer ich bin?«

Sie warf ihm einen vielsagenden Blick zu. Er sackte zu Boden und legte den Kopf auf die Pfoten.

Kahlan faltete die Hände um ein Knie und tippte mit den Daumen gegeneinander. »Richard, kannst du dich erinnern, wie ich dir erzählt habe, daß sich im Verlauf der Beichte manchmal die Unschuld eines Menschen herausstellt? Und daß ganz selten jemand, der hingerichtet werden soll, um eine Beichte bittet, um seine Unschuld zu beweisen?« Richard nickte. Sie blickte auf den Wolf herab. »Brophy sollte wegen des Mordes an einem kleinen Jungen hingerichtet werden ...«

»Ich töte keine Kinder«, knurrte der Wolf und kam auf die Beine.

»Möchtest du die Geschichte erzählen?«

Der Wolf sackte zurück. »Nein, Herrin.«

»Brophy wollte sich lieber von der Kraft eines Konfessors berühren lassen, als für einen Kindesmörder gehalten zu werden. Ganz zu schweigen davon, was man dem Kleinen sonst noch alles angetan hat. Er bat um einen Konfessor. Das kommt sehr selten vor. Die meisten Männer wählen den Henker, ihm jedoch war die Sache zu wichtig. Ich habe dir erzählt, daß wir einen Zauberer bei uns haben, wenn wir die Beichte hören. Zum einen als Schutz, aber es gibt auch noch einen anderen Grund. In einem Fall wie diesem, wenn jemand ungerechterweise beschuldigt wird und sich seine Unschuld herausstellt, bleibt dennoch die Wirkung der Berührung durch unsere Kraft bestehen. Niemand kann wieder der werden, der er einmal war. Also verwandelt der Zauberer sie in etwas anderes. Die Verwandlung verringert die Zauberkraft des Konfessors zum Teil und vermittelt ihnen genügend Interesse für sich selbst, um ein neues Leben beginnen zu können.«

Richard staunte. »Du warst unschuldig? Und doch sollst du für den Rest deines Lebens in diesem Zustand bleiben?«

»Völlig unschuldig«, versicherte Brophy.

»Brophy.« Kahlan sprach den Namen mit einer Schärfe aus, die Richard nicht unbekannt war.

Der Wolf sackte wieder zusammen. »Unschuldig, den Jungen getötet zu haben.« Er duckte sich unter Kahlans Blick. »Mehr habe ich nicht gemeint. Unschuldig, den Jungen getötet zu haben.«

Richard runzelte die Stirn. »Was soll das heißen?«

Kahlan sah ihn an. »Das heißt, er hat bei seiner Beichte noch zwei andere Dinge gestanden, die man ihm nicht zur Last gelegt hatte. Du mußt wissen, Brophy war mit sehr zweifelhaften Dingen beschäftigt.« Sie warf einen Blick auf den Wolf. »In der Grauzone des Gesetzes.«

»Ich war ein ehrlicher Geschäftsmann«, protestierte der Wolf.

Den Blick auf Brophy geheftet, sagte Kahlan zu Richard: »Brophy war Händler.«

»Das war mein Vater auch«, meinte Richard. Seine Wut stieg.

»Ich weiß nicht, womit Händler in Westland handeln, in den Midlands jedoch handeln einige von ihnen mit magischen Gegenständen.«

Richard mußte an das Buch der Gezählten Schatten denken. »Und weiter?«

Kahlan zog eine Braue hoch. »Einige davon sind lebendig.«

Brophy stellte sich auf die Vorderpfoten. »Wie soll ich das wissen? Du erkennst das sofort. Manchmal denkt man, etwas sei bloß ein Kunstgegenstand, wie zum Beispiel ein Buch, für das ein Sammler ein hübsches Sümmchen zahlt. Manchmal ist es etwas anderes, ein Stein, eine Figur und ein Stab, oder vielleicht ein … woher soll ich wissen, ob diese Dinge lebendig sind?«

Kahlan hatte den Blick noch immer auf den Wolf geheftet. »Du hast außer Büchern und Figuren noch mit anderen magischen Gegenständen gehandelt«, warf sie ihm vor. »Bei diesen sogenannten harmlosen Geschäften ist er häufig mit Leuten aneinandergeraten. Zum Beispiel über die Besitzverhältnisse. Brophy war als Mann ebenso kräftig wie jetzt als Wolf. Gelegentlich hat er die Leute mit seiner Körpergröße von seinen Vorstellungen ›überzeugt‹. Stimmt das etwa nicht, Brophy?«

Der Wolf legte die Ohren an. »Das ist wahr, Herrin. Ich gerate schnell in Wut. Mein Zorn wird so mächtig wie meine Muskeln. Aber herausgelassen habe ich ihn nur, wenn man mich betrügen wollte. Viele Menschen glauben, man dürfte Händler einfach hereinlegen. Sie glauben, wir seien kaum besser als Diebe, die Angst haben, ihre Interessen zu wahren. Wenn ich eine Meinungsverschiedenheit mit meiner Wut geregelt habe, war der Fall meist entschieden.«

Kahlan lächelte den Wolf schwach an. »Brophys Ruf war zwar nicht ganz unbegründet, entsprach aber nicht ganz der Wahrheit.« Sie sah Richard an. »Sein Geschäft war gefährlich und daher sehr profitabel. Brophy verdiente genug Geld damit, um sein ›Hobby‹ finanzieren zu können. Bis ich ihn berührt und er seine Beichte abgelegt hatte, wußte fast niemand davon.«

Der Wolf legte die Pfote über die Ohren. »Herrin, bitte! Muß das sein?«

Richard runzelte die Stirn. »Was war das für ein ›Hobby‹?«

Kahlans Grinsen wurde breiter. »Brophy hatte eine Schwäche. Kinder. Auf seinen Reisen, wenn er nach Dingen suchte, die sich verkaufen ließen, besuchte er immer wieder Waisenhäuser und sorgte dafür, daß die alles bekamen, was sie für die Versorgung der Kinder brauchten. All das Gold, das er verdient hatte, landete am Ende in verschiedenen Waisenhäusern, damit man sich dort um die Kinder kümmern konnte und sie nicht zu hungern brauchten. Er drehte den Betreibern der Waisenhäuser die Arme auf den Rücken, um sich ihre Verschwiegenheit zu sichern. Er wollte nicht, daß jemand etwas davon erfuhr. Natürlich brauchte er die Arme nicht allzu fest zu verdrehen.«

Brophy hatte die Pfoten immer noch über dem Kopf und die Augen fest geschlossen. »Bitte, Herrin«, winselte er, »denkt an meinen Ruf.« Er öffnete die Augen und stellte sich auf die Vorderpfoten. »Und der ist wohlverdient! Ich habe genug Arme und Nasen gebrochen! Und ein paar üble Dinge getan!«

Kahlan zog eine Braue hoch und sah ihn an. »Allerdings. Grund genug, dich für eine Weile ins Gefängnis zu sperren. Aber nicht, um dir den Kopf abzuschlagen.« Sie sah Richard an. »Man kannte seinen Ruf und hatte ihn häufiger in der Nähe von Waisenhäusern gesehen, daher war niemand überrascht, als man ihn des Mordes an einem kleinen Jungen bezichtigte.«

»Demmin Nass«, knurrte Brophy. »Das war Demmin Nass.« Knurrend bleckte er seine langen Fänge.

»Wieso sind die Leute aus den Waisenhäusern nicht für dich eingetreten?«

»Wegen Demmin Nass«, knurrte Brophy. »Er hätte ihnen die Kehle aufgeschlitzt.«

»Wer ist dieser Demmin Nass?«

Kahlan und der Wolf tauschten einen Blick. »Kannst du dich erinnern, wie Darken Rahl zu den Schlammenschen kam und Siddin entführt hat? Und er sagte, Siddin sei ein Geschenk für einen Freund? Dieser Freund ist Demmin Nass.« Sie sah Richard bedeutungsschwer an. »Demmin Nass hegt ein sehr krankhaftes Interesse an kleinen Jungen.«

Beim Gedanken an Siddin, an Weselan und Savidlin verspürte Richard einen bangen, schmerzhaften Stich. Er mußte daran denken, daß er versprochen hatte, ihren Jungen wiederzufinden. Noch nie war er sich so hilflos vorgekommen.

»Sollte ich ihn jemals finden«, knurrte Brophy wütend, »werde ich ein paar Rechnungen begleichen. Er darf noch nicht sterben. Er muß erst büßen.«

»Laß bloß die Finger von ihm«, warnte ihn Kahlan. »Er ist gefährlich. Ich will nicht, daß du verletzt wirst.«

Der Wolf funkelte Kahlan einen Augenblick aus seinen gelben Augen an, bevor er sich beruhigte. »Ja, Herrin.« Er legte sich wieder hin. »Ich wäre meinem Henker erhobenen Hauptes entgegengetreten. Die Seelen wissen, daß ich es verdient hätte, aber nicht dafür. Ich wollte nicht zulassen, daß sie mich in dem Glauben hinrichten, ich hätte Kindern diese Dinge angetan. Also verlangte ich einen Konfessor.«

»Ich wollte seine Beichte nicht entgegennehmen.« Kahlan nahm einen Stock und stocherte verlegen im Staub. »Er hätte niemals einen Konfessor verlangt, wenn er nicht unschuldig wäre. Ich sprach mit dem Richter. Er meinte, angesichts des Verbrechens könne er die Strafe nicht umwandeln. Entweder der Tod oder eine Beichte. Brophy bestand auf der Beichte.« Richard sah, wie sich der Feuerschein in ihren feuchten Augen widerspiegelte. »Anschließend bat ich ihn, sich ein anderes Geschöpf auszusuchen, das er gerne sein wollte, wenn er die Wahl hätte. Er wählte den Wolf. Warum ausgerechnet den Wolf, weiß ich nicht.« Sie lächelte zaghaft. »Ich nehme an, er entspricht seinem Wesen.«

»Wölfe sind ehrenwerte Geschöpfe«, meinte Richard. »Du hast nie im Wald gelebt, sondern nur unter Menschen. Wölfe sind sehr gemeinschaftliche Lebewesen, sie gehen feste Bindungen und Beziehungen ein. Sie kämpfen wild entschlossen um ihre Jungen. Das ganze Rudel kämpft, um sie zu beschützen. Und alle kümmern sich um die Jungen.«

»Du verstehst mich«, sagte Brophy leise.

»Wirklich, Brophy?« fragte Kahlan.

»Ja, Herrin. Ich habe jetzt ein gutes Leben.« Sein Schwanz wedelte hin und her. »Ich habe eine Gefährtin! Eine schöne Wölfin. Sie duftet himmlisch, und wenn sie mich neckt, bekomme ich eine Gänsehaut, und sie hat die süßeste, kleine … nun, lassen wir das.« Er schaute zu Kahlan hoch. »Sie ist die Anführerin unseres Rudels. Mit mir an ihrer Seite, natürlich. Sie ist zufrieden mit mir. Sie sagt, ich sei der kräftigste Wolf, den sie je gesehen hat. Im Frühling hat sie sechs Junge geworfen. Sie sind wunderbar und fast schon erwachsen. Es ist ein schönes Leben. Hart zwar, aber schön. Danke, Herrin, daß Ihr mich befreit habt.«

»Ich bin sehr froh, Brophy. Aber wieso bist du hier? Warum bist du nicht bei deiner Familie?«

»Auf dem Weg vom Rang'Shada-Gebirge seid Ihr an unserer

Höhle vorbeigekommen. Ich habe Eure Nähe gespürt, Herrin. Ich konnte Euch riechen. Der Drang, Euch zu beschützen, war übermächtig. Ich weiß, daß Ihr in Gefahr seid, und werde in meinem Rudel erst Frieden finden, wenn Ihr in Sicherheit seid. Ich muß Euch beschützen.«

»Brophy«, protestierte sie, »wir kämpfen gegen Darken Rahl. Es ist zu gefährlich für dich, bei uns zu bleiben. Ich will nicht, daß du dein Leben verlierst. Du hast wegen Demmin Nass Darken Rahl bereits zuviel opfern müssen.«

»Herrin, als ich in einen Wolf verwandelt wurde, verschwand damit auch der größte Teil meines Bedürfnisses, Euch zu gefallen. Trotzdem würde ich noch immer mein Leben für Euch geben. Es behagt mir immer noch nicht, gegen Eure Wünsche zu handeln. In dieser Sache jedoch muß ich es tun. Ich werde Euch nicht allein der Gefahr überlassen. Ich muß Euch beschützen, oder ich werde nie meinen Frieden finden. Befehlt mir zu gehen, wenn Ihr wollt, doch ich werde es nicht tun. Ich werde Euer Schatten sein, bis Ihr vor Darken Rahl sicher seid.«

»Brophy«, sagte Richard, als der Wolf zu ihm herübersah, »ich will auch, daß Kahlan beschützt wird, damit sie ihre Aufgabe erledigen und dabei helfen kann, Rahl aufzuhalten. Es wäre mir eine Ehre, dich bei uns zu wissen. Du hast bereits deinen Wert und deinen Mut bewiesen. Wenn du helfen kannst, sie zu beschützen, höre einfach nicht auf sie und tue, was du für richtig hältst.«

Brophy sah sie an. Kahlan lächelte. »Er ist der Sucher. Ich habe bei meinem Leben geschworen, ihn zu beschützen, und Zedd auch. Wenn das seine Worte sind, dann muß ich gehorchen.«

Brophy klappte verblüfft die Schnauze auf. »Er kann Euch befehlen? Er befiehlt der Mutter Konfessor?«

»Ja.«

Der Wolf sah ihn in neuem Licht und schüttelte respektvoll den Kopf. »Wunder über Wunder.« Er leckte die Lippen. »Übrigens möchte ich Euch für das Futter danken, Sucher, das Ihr mir hinterlassen habt.«

Kahlan sah ihn fragend an. »Wie meinst du das?«

»Er hat mir immer etwas übriggelassen, wenn er etwas gefangen hat.«

»Wirklich?« fragte sie.

Richard zuckte mit den Schultern. »Na ja, ich wußte, er war dort draußen. Ich wußte zwar nicht, was er war, war aber überzeugt, daß er uns nichts Böses wollte. Also habe ich ihm etwas zu essen liegengelassen, damit er wußte, daß wir ihm auch nichts Böses wollten.« Er lächelte den Wolf an. »Aber als du mich vorhin angegriffen hast, war ich überzeugt, ich hätte einen Fehler gemacht. Nochmals danke.«

Die Dankbarkeit schien Brophy verlegen zu machen. Er stand auf. »Ich war lange genug hier. Ich muß durch den Wald streifen. Vielleicht schleicht noch etwas herum. Solange Brophy seine Arbeit macht, braucht ihr nicht Wache zu stehen.«

Richard schob einen Ast ins Feuer und verfolgte, wie die Funken gen Himmel stiebten. »Brophy, wie war das, als Kahlan dich berührt hat? Als sie ihre Kraft in dich entlud?«

Keiner sagte etwas. Richard blickte dem Wolf in seine gelben Augen. Brophy drehte den Kopf zu Kahlan.

»Sag es ihm«, hauchte sie mit gebrochener Stimme.

Brophy legte sich wieder hin, legte eine Pfote über die andere, den Kopf hochgereckt. Lange schwieg er. »Es ist schwer, sich an alles aus dieser Zeit zu erinnern, aber ich will versuchen, es so gut wie möglich zu erklären.« Er legte den Kopf ein wenig auf Seite. »Schmerz. Ich erinnere mich an den Schmerz. Er war schlimmer als alles, was man sich vorstellen kann. Das erste, an was ich mich nach dem Schmerz erinnere, ist Angst. Überwältigende Angst, vielleicht falsch zu atmen und ihr damit zu mißfallen. An dieser Angst, ihr zu mißfallen, wäre ich fast gestorben. Und als sie mir dann sagte, was sie wissen wollte, durchströmte mich eine Freude, wie ich sie noch nie gekannt hatte. Freude, weil ich wußte, wie ich ihr gefallen konnte. Ich war überglücklich, daß sie mich um etwas gebeten hatte, was ich für sie tun konnte. Daran erinnere ich mich am besten, an das verzweifelte, panische Verlangen, das zu tun, was sie wollte, sie zufriedenzustellen und glücklich zu machen. Ich kannte keinen anderen Gedanken mehr, als ihr zu gefallen. In ihrer Gegenwart verspürte ich pure Wonne. Ich weinte vor Glück, in ihrer Nähe sein zu können.

Sie sagte mir, ich sollte die Wahrheit sagen, und ich war glücklich, denn das konnte ich. Ich sprach, so schnell ich konne, wollte ihr alles erzählen. Sie mußte mich ermahnen, langsamer zu sprechen, weil sie mich nicht verstand. Hätte ich ein Messer gehabt, ich hätte es gegen mich erhoben, wenn ich ihr mißfallen hätte. Dann meinte sie, es sei in Ordnung, und ich weinte, weil sie mit mir zufrieden war. Ich erzählte ihr, was geschehen war.« Er ließ ein wenig die Ohren hängen. »Ich erinnere mich, nachdem ich ihr erzählt hatte, daß ich den kleinen Jungen nicht umgebracht hatte, legte sie mir die Hand auf den Arm. Ich wäre fast vor Glück in Ohnmacht gefallen, und sie entschuldigte sich. Ich mißverstand. Ich dachte, es täte ihr leid, weil ich den Jungen nicht getötet hatte. Ich bat sie, mich einen anderen Jungen für sie töten zu lassen.« Dem Wolf liefen die Tränen aus den Augenwinkeln. »Dann erklärte sie mir den Irrtum. Und es täte ihr leid, weil ich unschuldig des Mordes angeklagt worden war. Ich weiß noch, wie ich geheult habe und gar nicht mehr aufhören konnte, weil sie so freundlich war. Ich tat ihr leid, sie sorgte sich um mich. Ich glaube, man könnte es Liebe nennen. Aber Worte sind so hohl, verglichen mit dem Verlangen nach ihrer Nähe.«

Richard stand auf. Nur mit Mühe konnte er sich dazu zwingen, Kahlan anzusehen. Sie weinte. »Vielen Dank, Brophy.« Er mußte einen Augenblick warten, weil er Angst hatte, seine Stimme würde versagen. »Es ist spät. Wir schlafen besser, morgen ist ein wichtiger Tag. Ich übernehme meine Wache. Gute Nacht.«

Brophy erhob sich. »Ihr drei schlaft. Ich stehe heute nacht Wache.«

Richard schluckte den Kloß in seinem Hals. »Ich weiß das zu schätzen, aber ich übernehme trotzdem meine Wache. Wenn du willst, kannst du mir den Rücken freihalten.«

Richard machte kehrt und wollte gehen.

»Richard«, rief Zedd ihm nach. Richard blieb stehen, ohne sich umzudrehen. »Was war das für ein Knochen, den dir dein Vater gegeben hat?«

Richards Gedanken rasten in panischer Angst. Bitte, Zedd, wenn du je eine meiner Lügen geglaubt hast, dann diese. »Du müßtest dich doch erinnern. So ein kleiner, runder. Du hast ihn doch gesehen, ich bin ganz sicher.«

»Oh. Ja, richtig. Gute Nacht.«

Das erste Gesetz der Magie. Danke, mein alter Freund, dachte er für sich, daß du mir beigebracht hast, wie ich Kahlans Leben beschützen kann.

Er ging hinaus in die Nacht. Sein Kopf pochte vor Schmerzen.

10. Kapitel

Die Stadt Tamarang war zu klein für die Menschenmassen, die hineindrängten, es waren einfach zu viele. Menschen strömten aus allen Richtungen herbei, suchten Schutz und Sicherheit, hatten das Land um die bebauten Viertel überschwemmt. Zelte und Hütten waren auf dem nackten Boden vor den Stadtmauern aus dem Boden geschossen und erstreckten sich bis in die Hügel. Am Morgen strömten die Menschen von den Hügeln in das improvisierte Marktviertel vor den Toren der Stadt. Menschen aus anderen Orten, Dörfern und Städten standen in planlos angelegten Straßen an windschiefen Ständen und verkauften, was immer sie zu bieten hatten. Straßenhändler boten alles feil von alten Kleidern bis hin zu elegantem Schmuck. An anderen Ständen stapelten sich Obst und Gemüse. Es gab Barbiere und Heiler und Wahrsager, Leute mit Papier, die Portraits zeichneten, oder Leute mit Egeln, die einem das Blut absaugen wollten. Überall wurden Wein und Schnaps verkauft. Trotz der Umstände ihrer Anwesenheit schienen die Menschen in festlicher Stimmung. Die scheinbare Sicherheit und der reiche Vorrat an Getränken, wie Richard vermutete. Überall wurde ausgiebig über die Wunder des Vater Rahl gesprochen. Inmitten kleiner Menschenaufläufe standen Erzähler und verkündeten die letzten Neuigkeiten, die neuesten Abscheulichkeiten. Das zerlumpte Volk stöhnte und wehklagte über die Grausamkeiten, begangen von Westländern. Rufe nach Rache wurden laut.

Richard entdeckte keine einzige Frau, deren Haar weiter als bis zum Kinn reichte.

Das eigentliche Schloß lag auf der Spitze eines steilen Hügels innerhalb der Stadtmauern und war von eigenen Befestigungsanlagen umgeben. Rings um die furchteinflößenden Burgmauern flatterten in gleichmäßigen Abständen die roten Banner mit dem Wolfskopf. Die riesigen Holztore der äußeren Stadtmauern waren geschlossen, offenbar um den Pöbel auf Distanz zu halten.

Berittene Patrouillen streiften durch die Straßen; ihre Rüstungen blitzten in der Mittagssonne, Lichtpunkte in einem Meer von lärmenden Menschen. Richard entdeckte eine Abteilung, die mit fliegendem Wolfskopfbanner über den Häuptern durch die neu angelegten Straßen fegte. Einige Menschen jubelten ihnen zu, manche verneigten sich, alle jedoch wichen zurück, als die Pferde vorbeigaloppierten. Die Soldaten beachteten sie nicht, ganz so, als wären sie Luft. Wer nicht schnell genug aus dem Weg ging, bekam einen Stiefel gegen den Kopf.

Doch vor Kahlan, der Mutter Konfessor, wichen die Leute noch respektvoller zurück, so wie eine Meute Straßenköter vor einem Stachelschwein.

Ihr weißes Kleid leuchtete in der Sonne. Sie ging aufrecht, als gehörte ihr die ganze Stadt. Sie hielt die Augen geradeaus und würdigte niemanden eines Blicks. Ihren Umhang zu tragen, hatte sie sich geweigert, weil er nicht angemessen sei. Außerdem wollte sie keinen Zweifel daran aufkommen lassen, wer sie war.

Die Menschen stürzten übereinander, in dem Bemühen, ihr auszuweichen. Wie eine Welle verbeugten sich alle, wenn sie vorbeiging. Getuschel machte sich breit. Kahlan achtete nicht auf die Verbeugungen. Zedd, der Kahlans Rucksack trug, ging neben Richard, zwei Schritte hinter ihr. Sowohl er als auch Richard ließen den Blick über die Menge schweifen. Seit er ihn kannte, hatte Richard Zedd nie einen Rucksack tragen gesehen. Zu behaupten, es sähe seltsam aus, wäre untertrieben. Richard hatte seinen Umhang hinter das Schwert der Wahrheit gehakt. Einige sahen ihn deswegen überrascht an, doch mit der Reaktion auf Kahlan war es nicht zu vergleichen.

»Ist es überall so, wohin sie auch kommt?« flüsterte Richard Zedd zu.

»Ich fürchte ja, mein Junge.«

Ohne Zögern schritt Kahlan über die massive Steinbrücke auf das Stadttor zu. Die Posten auf dieser Seite der Brücke traten zur Seite. Sie beachtete sie nicht. Richard ließ den Blick schweifen, für den Fall, daß sie einen Fluchtweg brauchten.

Die zwei Dutzend Posten am Stadttor hatten offenbar Befehl, niemanden hereinzulassen. Sie hatten in Hab-acht-Stellung gestanden. Jetzt sahen sie sich nervös an – einen Besuch der Mutter Konfessor hatten sie nicht erwartet. Metall klirrte, als einige zurückwichen und gegeneinanderstießen. Andere blieben hilflos stehen. Kahlan hielt an. Sie sah niemandem in die Augen. Sie starrte geradeaus auf die Tore der Stadt, als erwartete sie, daß sie sich in nichts auflösen würden. Die Posten direkt vor ihr drückten sich mit dem Rücken an das Holz und sahen ihren Hauptmann hilfesuchend an.

Zedd trat vor Kahlan und verbeugte sich tief, als wollte er sich dafür entschuldigen, daß er ihr im Wege stand, dann wandte er sich an den Hauptmann.

»Was ist mit dir? Bist du blind, Mann? Öffne das Tor!«

Die dunklen Augen des Hauptmanns wanderten zwischen Kahlan und Zedd hin und her. »Tut mir leid, aber es darf niemand hinein. Und wie lautet dein Name …?«

Zedds Gesicht wurde leuchtend rot. Richard hatte alle Mühe, keine Miene zu verziehen. Die Stimme des Zauberers wurde zu einem leisen Fauchen. »Willst du etwa behaupten, man hätte dir aufgetragen, der Mutter Konfessor den Zutritt zu verwehren?«

Jede Selbstsicherheit schwand aus dem Blick des Hauptmanns. »Laut Befehl darf ich niemanden …«

»Öffne sofort das Tor!« blaffte Zedd ihn an, die Fäuste in die Hüften gestemmt. »Und schaffe augenblicklich eine angemessene Eskorte herbei!«

Fast wäre der Hauptmann aus seiner Rüstung gefahren. Er schrie ein paar Befehle, und sofort kamen Männer in seine Richtung gerannt. Die Tore schwenkten nach innen. Von hinten kamen Pferde herangedonnert, ritten um die kleine Gesellschaft herum und bildeten mit ihren Bannern voran eine Reihe vor Kahlan. Hinter ihr formierten sich weitere Reiter. Fußsoldaten eilten im Laufschritt herbei und formierten sich rechts und links in gebührendem Abstand.

Zum ersten Mal sah Richard ihre Welt, diese Einsamkeit. Kalt und schmerzhaft wurde ihm klar, warum sie einen Freund brauchte.

»Das soll eine angemessene Eskorte sein?« donnerte Zedd. »Na ja, fürs erste muß es genügen.« Er verneigte sich tief vor Kahlan. »Ich bitte um Vergebung, Mutter Konfessor, für die Unverfrorenheit dieses Mannes und seinen lächerlichen Versuch, eine Eskorte zusammenzustellen.«

Sie sah kurz zu Zedd hinüber und neigte kaum merklich den Kopf.

Ihr Körper in diesem Kleid brachte Richard zum Schwitzen.

Die Männer der Eskorte hielten, so gut es ging, ein wachsames Auge auf Kahlan gerichtet und warteten. Sie schlossen sich an, als sie weiterging. Rings um die Pferde wirbelte Staub auf, als sie durch das Tor ritten.

Zedd gesellte sich zu Richard, während sich die Prozession in Gang setzte, und wandte sich an den Hauptmann. »Du kannst dich mehr als glücklich schätzen, daß die Mutter Konfessor deinen Namen nicht kennt!« fauchte er ihn an.

Richard sah, wie der Hauptmann erleichtert zusammensackte, als sie ihn in sicherem Abstand passierten. Richard mußte innerlich grinsen.

Innerhalb der Stadtmauern herrschte ebenjene Ordnung, die außerhalb fehlte. Geschäfte mit Schaufensterauslagen säumten die strahlenförmig von dem festungsähnlichen Schloß ausgehenden

Straßen. Hier fehlte der Staub und Gestank der Straßen draußen. Es gab Gasthäuser, die eleganter wirkten als alle, die Richard zuvor gesehen oder gar besucht hatte. Vor einigen waren Türsteher mit roten Uniformen und weißen Handschuhen postiert. Über den Türen hingen feingeschnitzte Schilder: Gasthaus zum Silbernen Garten, Collins Gasthaus, Zum Weißen Hengst, Die Kutsche.

Herren in feinen, farbenprächtigen Jacken, begleitet von Damen in prunkvollen Kleidern, gingen mit ruhiger Würde ihren Geschäften nach. In einem Punkt jedoch glichen die Menschen innerhalb der Mauern denen draußen, auch sie verneigten sich tief, sobald sie die Mutter Konfessor erblickten. Sobald das Geräusch von Hufen auf Stein und das Klirren der Rüstungen ihre Aufmerksamkeit erregte, machten sie Platz und verbeugten sich, wenn auch nicht ganz so eilfertig. Ihre Ehrerbietung hatte nichts Zackiges, ihrer Unterwürfigkeit fehlte der Ernst. In ihren Blicken zeigte sich eine Spur von Verachtung. Kahlan ignorierte sie. Auch bemerkten die Menschen innerhalb der Mauern eher das Schwert. Richard sah im Vorübergehen die Blicke der Männer, sah, wie sich die Wangen der Frauen vor Geringschätzung rot färbten.

Auch hier trugen die Frauen kurze Haare, doch gelegentlich reichten sie bei der einen oder anderen bis auf die Schultern. Länger aber nicht. Kahlan ragte deswegen um so mehr heraus, weil ihr Haar über ihre Schultern und einen Teil ihres Rückens herabfiel. Es gab keine Frau, deren Haar auch nur annähernd so lang war. Richard war froh, daß er es ihr nicht geschnitten hatte.

Einer der Reiter erhielt einen Befehl. Er brach aus der Reihe aus und galoppierte in rasendem Tempo zum Schloß, um die Ankunft der Mutter Konfessor zu verkünden. Kahlan behielt den ruhigen Gesichtsausdruck bei, der nichts verriet, einen Ausdruck, den Richard von ihr gewohnt war. Jetzt erkannte er seine Bedeutung. Es war der typische Ausdruck eines Konfessors.

Bevor sie das Schloßtor erreicht hatten, verkündeten Trompeten die Ankunft der Mutter Konfessor. Die Obergänge der Mauern schienen zu leben, überall waren Soldaten: Lanzenträger, Bogenschützen, Schwertträger. Sie alle standen in Reih und Glied und verbeugten sich wie ein Mann, als Kahlan vorbeikam, und verharrten in dieser Haltung, bis sie durch das eiserne Tor geschritten war, das man für sie geöffnet hatte. Auf der anderen Seite des Tores säumten Soldaten in Hab-acht-Stellung beide Seiten der Straße und verbeugten sich im Einklang mit ihrem jeweiligen Gegenüber, als sie passierte.

Auf einigen der Terrassen standen steinerne Vasen, die sich zu beiden Seiten im Nirgendwo verloren. Einige enthielten Grünpflanzen oder Blumen, die man täglich aus den Gewächshäusern herbeigeschafft haben mußte. Hecken in komplizierten Mustern, manchmal sogar als Irrgarten, erstreckten sich über weite, ebene Flächen. Näher an den Schloßmauern waren die Hecken höher und zu kleinen Szenen oder zu Tieren geschnitten. Sie erstreckten sich endlos zu beiden Seiten.

Vor ihnen ragten die Mauern des Schlosses in den Himmel. Das mächtige Bauwerk ließ Richard vor Ehrfurcht erstarren. Nie war er etwas von Menschenhand Geschaffenem von dieser Größe so nahe gewesen. Türme und Zinnen, Mauern und Rampen, Balkone und Erker, sie alle ragten hoch über ihren Köpfen in den Himmel. Staunend erinnerte er sich, daß Kahlan gemeint hatte, dies sei ein unbedeutendes Königreich. Wie mußten erst die Schlösser in den bedeutenderen Ländern aussehen!

Die Reiter hatten sie an der Brustwehr verlassen. Als sie vom Innern des Schlosses verschluckt wurden, marschierten die Fußsoldaten zu sechst nebeneinander, mit Platz für sechs weitere zu jeder Seite, durch das gewaltige, messingbeschlagene Portal, bevor sie sich zu beiden Seiten verteilten und die drei – Kahlan voran – allein weitergehen ließen.

Der Raum war gewaltig. Ein schimmerndes Meer aus schwarzem

und weißem Marmor erstreckte sich vor ihnen. Polierte, geriffelte Säulen aus Stein, die so dick waren, daß zehn Menschen Hand in Hand sie gerade umarmen konnten, erhoben sich, umringt von aus Stein gehauenen Girlanden, in Reih und Glied zu beiden Seiten des Saales und stützten Reihe auf Reihe das zentrale Gewölbe der Decke. Richard kam sich so winzig vor wie eine Fliege.

Gewaltige Wandteppiche mit heroischen Darstellungen ausufernder Schlachten bedeckten die Wände zu beiden Seiten. Er hatte bereits Wandteppiche gesehen, auch sein Bruder besaß zwei. Richards Vater hatte eine Vorliebe für sie gehegt, und er hatte sie immer für einen Ausdruck von besonderem Luxus gehalten. Doch Michaels Wandteppiche verhielten sich zu diesen wie eine Zeichnung mit einem Stock im Staub zu einem eleganten Ölgemälde. Richard hatte nicht einmal gewußt, daß es derart majestätische Dinge überhaupt gab.

Zedd beugte sich ein wenig näher und flüsterte ihm etwas zu. »Hör auf, so herumzustieren, und mach den Mund wieder zu.«

Richard klappte gekränkt den Mund zu und richtete den Blick nach vorn. Er beugte sich zu Zedd vor und fragte ihn leise: »Das ist also Kahlans gewohnte Umgebung?«

»Nein«, höhnte Zedd. »Die Mutter Konfessor ist wesentlich Besseres gewöhnt.«

Richard war beeindruckt und richtete sich auf.

Vor ihnen lag eine riesige Freitreppe. Nach Richards Einschätzung hätte sein Haus bequem auf dem mittleren Absatz Platz gehabt. Marmorgeländer schwangen sich zu beiden Seiten hinauf. Zwischen ihnen und der Treppe wartete eine kleine Gruppe von Leuten.

Ganz vorne stand Königin Milena, eine wohlgenährte Frau in mehreren Lagen aus Seide in gräßlichen Farben. Sie trug ein Cape aus seltenem, gescheckten Fuchsfell. Ihr Haar war so lang wie Kahlans. Zuerst konnte Richard nicht sehen, was sie in der Hand hielt, aber als er das Kläffen hörte, erkannte er, daß es sich um einen kleinen Hund handelte.

Als sie näher kamen, sanken alle bis auf die Königin in tiefer Verbeugung auf ein Knie herab. Sie blieben stehen. Richard starrte die Königin unverhohlen an. Er hatte noch nie eine gesehen. Zedd verpaßte ihm einen Tritt von der Seite. Er ließ sich auf ein Knie fallen und senkte, Zedds Beispiel folgend, sein Haupt. Die beiden einzigen, die weder niederknieten noch sich verneigten, waren Kahlan und die Königin. Er war gerade unten, als sich alle wieder erhoben. Er war der letzte, der sich wieder aufgerichtet hatte. Die beiden Frauen brauchten sich offenbar nicht voreinander zu verbeugen.

Die Königin starrte Kahlan an, die erhobenen Hauptes ihren ruhigen Gesichtsausdruck beibehielt und die Königin keines Blickes würdigte. Niemand sprach ein Wort.

Ohne den Arm zu beugen oder die Hand zu strecken, hob Kahlan ihre Hand ein winziges Stück, so daß sie gerade mal ein paar Zentimeter von ihrem Körper entfernt war. Die Miene der Königin verfinsterte sich. Kahlans blieb unverändert. Hätte jemand mit der Wimper gezuckt, er hätte es gehört, dachte Richard. Die Königin drehte sich leicht zur Seite und drückte den Hund einem Mann in einem leuchtend grünen Ärmelwams, schwarzen, engen Strumpfhosen und gelbrot gestreiften Pantalons in die Hand. Hinter der Königin stand eine Schar von Männern in ähnlicher Aufmachung. Der Hund knurrte zornig und biß den Mann in die Hand. Der tat, was er konnte, um es nicht zu beachten.

Die Königin ließ sich vor Kahlan auf beide Knie fallen.

Sofort eilte ein junger Mann in schlichter, schwarzer Kleidung an die Seite der Königin. Er hielt ein Tablett vor seinem Körper. Er verneigte sich, den Kopf unfaßbar tief gebeugt, und hielt ihr das Tablett hin. Sie nahm ein kleines Handtuch vom Tablett, tauchte es in eine Silberschale mit Wasser und benetzte sich damit die Lippen. Sie legte das Handtuch zurück auf das Tablett.

Dann ergriff die Königin vorsichtig die Hand der Mutter Konfessor und küßte sie mit den frisch gereinigten Lippen.

»Treue allen Konfessoren, bei meiner Krone, meinem Land, meinem Leben.«

Richard hatte selten jemanden so aalglatt lügen gehört.

Endlich bewegte Kahlan die Augen. Sie blickte auf den gebeugten Kopf der Königin herab. »Steh auf, mein Kind.«

Mehr als eine Königin, allerdings, dachte Richard. Er mußte daran denken, wie er Kahlan das Fallenstellen, das Spurenlesen, das Ausgraben von Wurzeln gezeigt hatte und spürte, wie er tiefrot wurde.

Königin Milena hatte Mühe, wieder auf die Beine zu kommen. Um ihre Lippen spielte ein Lächeln. Um ihre Augen nicht. »Wir haben keinen Konfessor bestellt.«

»Nichtsdestotrotz bin ich hier.« Kahlans Stimme hätte aus Eis sein können.

»Ja, nun, das ist ... äh ... großartig. Einfach ... großartig.« Ihr Gesicht leuchtete auf. »Wir werden ein Bankett geben. Genau, ein Bankett. Ich werde sofort Herolde mit den Einladungen aussenden. Alle werden kommen. Ich bin sicher, sie werden höchst erfreut sein, mit der Mutter Konfessor speisen zu können. Es ist eine große Ehre.« Sie drehte sich um und zeigte auf die Männer in den rotgelben Pantalons. »Dies sind meine Rechtsberater.« Die Männer reagierten mit einer tiefen Verbeugung. »Ich kann mich nicht an alle Namen erinnern.« Mit der Hand deutete sie auf zwei Männer in goldenen Roben. »Dies sind Silas Tannic und Branding Gadding, die Obersten Berater der Krone.« Die beiden nickten kurz. »Und hier mein Finanzminister, Lord Rondel, und meine Sterndeuterin, Lady Kyley.« Einen Zauberer im silbernen Gewand konnte Richard im Gefolge der Königin nicht entdecken. Mit einer abfälligen Handbewegung deutete die Königin auf einen schäbig gekleideten Mann im Hintergrund. »Und James, mein Hofkünstler.«

Aus den Augenwinkeln sah Richard, wie Zedd erstarrte. James hielt seinen lüsternen Blick auf Kahlan geheftet, während er sich halbherzig verneigte. Die rechte Hand fehlte ihm. Sein aalglattes Grinsen ließ Richard instinktiv nach dem Schwert greifen, bevor er merkte, was er tat. Ohne hinzusehen, packte Zedd ihn am Handgelenk und zog seine Hand zurück. Richard sah sich um. Niemand hatte etwas bemerkt. Alle Augen ruhten auf der Mutter Konfessor.

Kahlan drehte sich zu den beiden um. »Zedicus Zorander, Wolkenleser, vertraulicher Berater der Mutter Konfessor« – Zedd verbeugte sich dramatisch – »und Richard Cypher, der Sucher, Beschützer der Mutter Konfessor.« Richard ahmte Zedds Verbeugung nach.

Die Königin musterte ihn, zog eine Braue hoch und machte ein säuerliches Gesicht. »Ein recht magerer Schutz für eine Mutter Konfessor.«

Richard verzog keine Miene. Kahlan blieb gelassen. »Es ist das Schwert, das schneidet, der Mann spielt keine Rolle. Sein Verstand ist vielleicht klein, sein Arm dagegen nicht. Er neigt jedoch dazu, das Schwert vorschnell zu gebrauchen.«

Die Königin wirkte wenig überzeugt. Hinter der königlichen Gesellschaft kam ein kleines Mädchen das Geländer heruntergerutscht. Sie trug ein rosa Samtkleid und Schmuck, der viel zu üppig war für sie. Sie schlenderte an die Seite der Königin und warf ihr langes Haar über die Schulter, ohne sich zu verneigen.

»Meine Tochter, Prinzessin Violet. Violet, Liebes, dies ist die Mutter Konfessor.«

Prinzessin Violet sah Kahlan tadelnd an. »Dein Haar ist zu lang. Vielleicht sollten wir es dir abschneiden.«

Richard entdeckte ein winziges Lächeln der Genugtuung im Gesicht der Königin. Er beschloß, es sei an der Zeit, das Ausmaß ihrer Besorgnis ein wenig zu vergrößern.

Das Schwert der Wahrheit blitzte auf. Sein metallisches Klirren hallte durch den gewaltigen Saal und wurde durch den Stein noch verstärkt. Er hielt die Schwertspitze einen Zentimeter vor die Nasenspitze der Prinzessin und ließ sich von dem Zorn durchströmen, damit seine Worte dramatischer klangen.

»Verneige dich vor der Mutter Konfessor«, zischte er, »oder stirb.«

Zedd tat gelangweilt. Kahlan wartete ab. Niemand hatte die Augen so weit aufgerissen wie die Prinzessin, die auf die Schwertspitze starrte. Sie fiel auf die Knie und senkte den Kopf. Als sie sich wieder erhob, sah sie Richard fragend an, als wollte sie wissen, ob die Verneigung in Ordnung gewesen war.

»Hüte deine Zunge«, höhnte Richard. »Das nächste Mal werde ich sie dir rausschneiden.«

Mit einem Kopfnicken versteckte sie sich hinter ihrer Mutter. Richard steckte sein Schwert in die Scheide, drehte sich um und verneigte sich tief vor Kahlan, die ihn keines Blickes würdigte, dann kehrte er auf seinen Platz hinter ihr zurück.

Die Demonstration hatte auf die Königin den gewünschten Eindruck gemacht. Ihre Stimme verwandelte sich in einen süßlichen Singsang. »Ja, nun, wie gesagt, es ist großartig, Euch bei uns zu wissen. Wir alle sind höchst erfreut. Laßt Euch unser bestes Zimmer zeigen. Ihr müßt müde sein von der Reise. Vielleicht wollt Ihr vor dem Abendessen noch etwas ruhen, dann können wir uns alle nach dem Essen nett und lange ...«

»Ich bin nicht zum Essen hier«, schnitt Kahlan ihr das Wort ab. »Ich bin gekommen, um Eure Kerker zu inspizieren.«

»Die Kerker?« Sie zog ein Gesicht. »Dort unten ist es schmutzig. Seid Ihr sicher, daß Ihr nicht lieber ...«

Kahlan setzte sich in Bewegung. »Ich kenne den Weg.« Richard und Zedd schlossen sich an. Sie blieb stehen und drehte sich zur Königin um. »Ihr werdet hier warten, bis ich fertig bin.« Ihre Stimme war wie aus Eis. Die Königin wollte gerade mit einer Verbeugung ihr Einverständnis bekunden, als Kahlan auf dem Absatz kehrtmachte und mit wehendem Gewand von dannen schwebte.

Hätte Richard sie nicht so gut gekannt, ihm wäre bei der Begegnung vor Angst die Luft weggeblieben. Vielleicht war es sogar geschehen, genau wußte er es nicht.

Kahlan führte sie die Treppe hinunter und durch Räume hindurch, die immer weniger prächtig wurden, je tiefer sie in das Schloß vordrangen. Die Größe des Gebäudes verblüffte Richard.

»Ich hatte gehofft, Giller würde da sein«, meinte Kahlan. »Dann könnten wir uns das hier ersparen.«

»Ich auch«, brummte Zedd. »Du mußt dich bei der Inspektion beeilen und fragen, ob jemand die Beichte ablegen möchte, und wenn sie nein sagen, gehen wir wieder hinauf und fragen nach Giller.« Er lächelte sie an. »Bis jetzt, Liebes, hast du deine Sache großartig gemacht.« Sie erwiderte sein Lächeln. »Und Richard, halte dich von diesem Künstler fern, James. «

»Wieso? Hast du Angst, er könnte ein schlechtes Bild von mir malen?«

»Grins nicht so. Halte dich von ihm fern. Er könnte dir einen Fluch zeichnen.«

»Einen Fluch? Wieso braucht man einen Künstler, um jemanden mit einem Fluch zu belegen?«

»Weil es in den Midlands viele verschiedene Sprachen gibt. Man muß einen Fluch verstehen, wenn er wirken soll. Nur wenn du jemandes Sprache sprichst, kannst du ihn mit einem Fluch belegen. Eine Zeichnung dagegen versteht jeder. Er kann fast jedem einen Fluch zeichnen. Nicht Kahlan oder mir, aber dir. Geh ihm aus dem Weg.«

Ihre Schritte hallten, als die drei rasch die steinernen Stufen hinabstiegen. Aus den tief unter der Erde liegenden Mauern sickerte Wasser, an manchen Stellen waren sie mit Moder bedeckt.

Kahlan zeigte auf eine schwere Tür an der Seite. »Hier hindurch.«

Richard zog sie am Eisenring auf. Die Angeln aus Bandeisen

quietschten. Fackeln leuchteten einen engen Gewölbegang aus, dessen Decke so niedrig war, daß er sich bücken mußte, um nicht anzustoßen. Nach Fäulnis stinkendes Stroh bedeckte den modrigen Boden. Gegen Ende des Ganges verlangsamte sie ihr Tempo und trat vor eine eiserne Tür, in die ein Gitter eingelassen war. Augen blickten sie an, als sie stehenblieb.

Zedd beugte sich hinter ihr vor. »Die Mutter Konfessor. Sie ist gekommen, um die Gefangenen zu sehen«, brummte er. »Macht die Tür auf.«

Richard hörte das Echo eines Schlüssels, der im Schloß gedreht wurde. Ein untersetzter Mann in verdreckter Uniform zerrte die Tür nach innen. Eine Axt hing an seinem Gürtel gleich neben den Schlüsseln. Er verbeugte sich vor Kahlan, wirkte aber verärgert. Ohne ein Wort führte er sie durch einen kleinen Raum direkt hinter der Tür, wo er an einem kleinen Tisch gesessen und gegessen hatte. Dann ging es weiter durch einen weiteren finsteren Gang bis vor eine andere Eisentür. Er hämmerte mit der Faust dagegen. Die beiden Wachen dahinter verbeugten sich überrascht. Die drei Wachen griffen sich Fackeln aus den eisernen Halterungen und führten sie durch einen kurzen Gang und durch eine dritte Eisentür, in der sich alle ducken mußten.

Der flackernde Schein der Fackeln bohrte sich in die Dunkelheit. Hinter dem Geflecht aus Bandeisenstreifen zu beiden Seiten drückten sich Männer in die hintersten Winkel, ihre Augen vor der plötzlichen Helligkeit mit den Händen schützend. Kahlan sprach leise Zedds Namen und gab ihm zu verstehen, daß sie etwas wollte. Er schien zu begreifen, nahm einer der Wachen seine Fackel ab und hielt sie so vor Kahlan, daß die Männer in den Zellen sie sehen konnten.

Laute ehrfürchtigen Erstaunens drangen aus der Dunkelheit, als die Männer sahen, wer sie war.

Kahlan sprach eine der Wachen an. »Wie viele von ihnen sind zum Tode verurteilt?«

Er strich sich verlegen das feiste, unrasierte Kinn. »Wieso? Alle natürlich.«

»Alle?« wiederholte sie.

Er nickte. »Verbrechen gegen die Krone.«

Nach einer kurzen Weile löste sie den Blick von ihm und wandte sich an die Gefangenen. »Habt ihr alle Kapitalverbrechen begangen?«

Nach einem Augenblick des Schweigens erschien ein hohlwangiger Mann und umklammerte das Gitter. Er spie sie an. Kahlan hielt Richard mit einer raschen Handbewegung zurück, bevor er Gelegenheit hatte, sich zu bewegen.

»Ihr kommt, um das schmutzige Werk der Königin zu vollenden, Konfessor? Ich spucke auf Euch und Eure dreckige Königin.«

»Ich bin nicht im Auftrag der Königin hier. Ich bin hier im Auftrag der Wahrheit.«

»Der Wahrheit! Die Wahrheit ist, daß keiner von uns auch nur das Geringste getan hat! Außer vielleicht, das Wort gegen die neuen Gesetze zu erheben. Seit wann ist es ein Kapitalverbrechen, sich zu beschweren, wenn die eigene Familie verhungert oder erfriert? Die Steuereintreiber der Königin sind gekommen und haben den größten Teil meiner Ernte gestohlen. Sie haben mir kaum genug übriggelassen, um meine Familie zu ernähren. Als ich das wenige, das ich entbehren konnte, verkaufen wollte, kamen sie und meinten, ich würde überhöhte Preise verlangen. Ich habe nichts anderes versucht, als zu überleben. Und trotzdem soll ich wegen Wucherei geköpft werden. Diese Männer, die man hier mit mir zusammen eingesperrt hat, sind alles unschuldige Bauern, Händler oder Kaufleute. Wir sollen alle dafür sterben, daß wir versucht haben, uns durch unsere Arbeit den Lebensunterhalt zu verdienen.«

Kahlan betrachtete die in der Ecke kauernden Männer. »Möchte einer von euch die Beichte ablegen, um seine Unschuld zu beweisen?«

Leises Getuschel. In der Dunkelheit erhob sich ein drahtiger

Mann und trat vor. Mit angsterfüllten Augen blickte er sie aus der Düsternis an. »Ja. Ich. Ich habe nichts verbrochen, und doch soll ich geköpft werden und meine Frau und Kinder sich selbst überlassen. Ich werde die Beichte ablegen.« Er streckte den Arm durch das Gitter. »Bitte, Mutter Konfessor, nehmt mir die Beichte ab.«

Noch mehr Männer standen auf, kamen vor. Sie alle baten darum, die Beichte ablegen zu dürfen. Bald standen alle am Gitter und flehten, die Beichte ablegen zu dürfen. Kahlan und Zedd wechselten einen bitteren Blick.

»In meinem ganzen Leben habe ich nur drei Männer gesehen, die die Beichte ablegen wollten«, flüsterte sie dem Zauberer zu.

»Kahlan?« Die vertraute Stimme kam aus der Zelle auf der anderen Seite, aus der Dunkelheit.

Kahlan krallte die Finger in das Gitter. »Siddin? Siddin!« Sie wirbelte herum zu den Wachen. »Diese Männer haben alle der Mutter Konfessor die Beichte abgelegt. Ich stelle fest, daß sie alle unschuldig sind. Öffnet das Gitter!«

»Augenblick mal. Ich kann unmöglich all diese Männer freilassen.«

Richard wirbelte herum und zog dabei im Bogen das Schwert. Krachend riß das Schwert einen Spalt in die Eisenbänder, Splitter heißen Stahls und Funken füllten die Luft. Er drehte sich blitzartig und trat die Tür hinter den verblüfften Wachen zu. Er hielt ihnen das Schwert vors Gesicht, bevor es einem von ihnen gelang, die Axt aus seinem Gürtel zu reißen.

»Öffnet das Gitter, oder ich schlitze euch in Stücke und besorge mir so den Schlüssel!«

Der Wachmann mit dem Schlüssel beeilte sich und kam zitternd der Aufforderung nach. Die Tür schwenkte auf, Kahlan trat ein und verschwand in der Dunkelheit. Als sie zurückkam, hielt sie den verängstigten Siddin in den Armen und drückte seinen Kopf an ihre Schulter. Sie flüsterte ihm etwas ins Ohr, um ihn zu beruhigen. Siddin stammelte etwas in der Sprache der Schlammenschen. Freudestrahlend brachte sie ihn mit ein paar Worten zum Lachen. Als sie herauskam, öffnete der Wachmann die Tür der anderen Zelle. Sie stützte Siddin mit einer Hand, während sie den Wachmann mit der anderen am Kragen packte.

»Die Mutter Konfessor stellt fest, daß all diese Männer unschuldig sind.« Ihre Stimme war hart wie das Eisen, das sie umgab. »Sie werden auf meinen Befehl freigelassen. Ihr drei werdet sie aus der Stadt und in Sicherheit bringen.« Er war einen Kopf kleiner als sie, und sie zog ihn dicht zu sich heran. »Wenn du irgendeinen Fehler machst, hast du dich vor mir zu verantworten.«

Er nickte heftig. »Ja, Mutter Konfessor. Ich verstehe. Es wird geschehen, was Ihr verlangt. Mein Wort darauf.«

»Dein Leben«, verbesserte sie ihn.

Sie ließ ihn los. Die Gefangenen strömten aus den Zellen, sanken weinend auf die Knie, ergriffen den Saum ihres Kleides und küßten ihn. Sie scheuchte sie fort.

»Genug. Macht euch auf den Weg, alle. Und denkt immer daran, Konfessoren dienen niemandem. Nur der Wahrheit.«

Alle schworen, es nicht zu vergessen, und folgten den Wachen nach draußen. Richard sah, daß ihre Hemden zerrissen oder mit verkrustetem Blut verschmiert waren und der Rücken vieler mit Schwären bedeckt war.

Bevor sie den Raum betraten, in dem die Königin wartete, blieb Kahlan stehen und schob Siddin Zedd in die Arme. Sie strich ihm übers Haar, strich ihren Rock glatt, seufzte und setzte ein freundliches Gesicht auf.

»Denkt immer dran, weshalb wir hier sind, Mutter Konfessor«, gab der Zauberer zu bedenken.

Sie nickte kurz, reckte ihr Kinn vor und schritt in den Raum der Königin. Königin Milena hatte sich nicht von der Stelle gerührt, ihr Gefolge war noch bei ihr. Der Blick der Königin fiel auf Siddin.

»Ich nehme an, Ihr habt alles in bester Ordnung vorgefunden, Mutter Konfessor?«

Kahlans Gesicht blieb ruhig, aber ihre Stimme klang schneidend scharf. »Wieso befindet sich dieses Kind in Euerm Verlies?«

Die Königin breitete entschuldigend die Hände aus. »Ich weiß es nicht genau. Wenn ich mich recht erinnere, hat man ihn beim Stehlen erwischt und dort untergebracht, bis seine Eltern ausfindig gemacht werden können, das ist alles. Ich versichere Euch, mehr steckt nicht dahinter.«

Kahlan sah sie mit kaltem Blick an. »Ich habe festgestellt, daß alle Gefangenen unschuldig sind und angeordnet, sie freizulassen. Ich nehme an, Ihr freut Euch, weil ich Euch davor bewahrt habe, Unschuldige hinzurichten, und werdet ihre Familien für die Unannehmlichkeiten, die durch dieses ›Versehen‹ entstanden sind, entschädigen. Sollte sich ein ›Versehen‹ dieser Art wiederholen, werde ich bei meinem nächsten Besuch nicht nur das Gefängnis räumen lassen, sondern auch den Thron.«

Richard wußte, Kahlan spielte kein Theater, um an das Kästchen zu kommen, sie tat ihre Arbeit. Dafür hatten Zauberer Konfessoren geschaffen. Das war ihr wahres Ich. Die Mutter Konfessor.

Die Königin bekam große Augen. »Aber ... ja, natürlich. Einige meiner Befehlshaber in der Armee sind etwas übereifrig, sie müssen das veranlaßt haben. Ich habe davon nichts gewußt. Danke ... Ihr habt uns vor einem schweren Fehler bewahrt. Ich werde persönlich dafür sorgen, daß alles Euern Wünschen gemäß ausgeführt wird. Natürlich hätte ich selbst das gleiche getan, wenn ...«

Kahlan unterbrach sie. »Wir werden jetzt aufbrechen.«

Das Gesicht der Königin leuchtete auf. »Ihr wollt gehen? Das ist aber schade. Wir hatten uns alle darauf gefreut, Ihr würdet uns die Ehre erweisen, mit uns zu speisen. Und Ihr wollt wirklich schon aufbrechen?«

»Ich habe noch andere dringende Geschäfte. Bevor ich gehe, möchte ich noch meinen Zauberer sprechen.«

»Euern Zauberer?«

»Giller«, zischte sie.

Einen winzigen Augenblick lang zuckten die Augen der Königin Richtung Decke. »Also … das ist im Augenblick … nicht möglich.«

Kahlan beugte sich vor. »Dann macht es möglich. Und zwar sofort.«

Die Königin wurde aschfahl. »Bitte glaubt mir, Mutter Konfessor, in seiner gegenwärtigen Verfassung wollt Ihr Giller bestimmt nicht sehen.«

»Sofort«, wiederholte Kahlan.

Richard lockerte das Schwert in seiner Scheide gerade so viel, daß es die Königin mitbekommen mußte.

»Also gut. Er befindet sich … oben.«

»Ihr werdet hier warten, bis ich mit ihm fertig bin.«

Die Königin senkte den Blick. »Natürlich, Mutter Konfessor.« Sie wandte sich an einen der Männer in den Pantalons. »Zeig ihr den Weg.«

Der Mann führte sie die große Freitreppe hinauf in das obere Stockwerk, durch mehrere Gänge, dann eine Wendeltreppe hinauf in das oberste Zimmer eines Turmes. Schließlich machte er mit eingeschüchtertem Blick vor einer schweren Holztür auf dem Treppenabsatz halt. Kahlan schickte ihn fort. Er verbeugte sich und war froh, gehen zu dürfen. Richard öffnete die Tür. Sie traten ein, und er schloß sie hinter ihnen wieder.

Kahlan verschlug es den Atem. Sie verbarg ihr Gesicht an Richards Schulter. Zedd verbarg Siddins Gesicht in seinem Gewand.

Das Zimmer war völlig demoliert. Das Dach war verschwunden, als wäre es fortgesprengt worden, der Himmel war zu sehen, das Sonnenlicht fiel hinein. Nur ein paar nackte Balken waren übriggeblieben. Von einem der Balken baumelte ein Strick.

An seinem Ende hing Gillers nackter Leichnam, leicht schaukelnd, verkehrt herum. Man hatte ihm einen Fleischerhaken durch den Knöchel getrieben. Ohne das offene Dach wäre der Gestank nicht auszuhalten gewesen.

Zedd übergab Siddin an Kahlan und begann, die Leiche ignorierend, langsam in dem kreisrunden Raum umherzugehen, das Gesicht nachdenklich in Falten gelegt. Gelegentlich blieb er stehen, berührte Möbelsplitter, die in die Wand getrieben worden waren, als wäre der Stein aus Butter.

Richard stand wie gelähmt da und starrte auf Gillers toten Körper.

»Richard, komm und sieh dir das an«, rief Zedd.

Der Zauberer streckte die Hand aus und fuhr mit dem Finger durch eine rußige, schwarze Stelle in der Wand. Genaugenommen waren es zwei. Sie befanden sich dicht nebeneinander. Zwei verkohlte Stellen in der Gestalt zweier Männer in Hab-acht-Stellung – so als wären sie gegangen und hätten ihre Schatten zurückgelassen. Dicht über ihrem Ellenbogen hatte sich anstelle des schwarzen Flecks ein Streifen goldfarbenen Metalls in den Mauerstein gebrannt.

Zedd drehte sich um und sah ihn fragend an. »Zaubererfeuer.«

Richard konnte es nicht fassen. »Soll das heißen, das sind Männer gewesen?«

Zedd nickte. »Er hat sie glatt in die Wand eingebrannt.« Er zerrieb die rußige Schmiere mit den Fingerspitzen und lächelte. »Aber das hier war mehr als einfaches Zaubererfeuer.« Richard runzelte die Stirn. Zedd zeigte auf den schwarzen Flecken an der Wand. »Probier mal.«

»Wozu?«

Zedd klopfte Richard mit den Knöcheln auf den Schädel. »Damit du etwas lernst.«

Richard verzog das Gesicht, als er wie Zedd mit dem Finger durch die schwarze Schmiere fuhr. »Es schmeckt süß!«

Zedd grinste selbstgefällig. »Das hier ist mehr als nur schlichtes Zaubererfeuer. Giller hat seine ganze Lebensenergie hineingesteckt. Er hat sein Leben für das Feuer geopfert. Das hier, das war das Lebensfeuer eines Zauberers.«

»Er ist dabei gestorben, als er dieses Zaubererfeuer entfacht hat?«

»Genau. Und es schmeckt süß. Das bedeutet, daß er sein Leben geopfert hat, um ein anderes zu retten. Hätte er es nur für sich getan, zum Beispiel um sich die Folter zu ersparen, würde es bitter schmecken. Giller hat es für jemand anderes getan.«

Zedd blieb vor Gillers Leiche stehen, verscheuchte die Fliegen, drehte den Kopf verkehrt herum, um besser sehen zu können. Mit einem Finger schob er einen knotigen Darm zur Seite, damit er Gillers Gesicht sehen konnte. Er richtete sich auf.

»Er hat eine Nachricht hinterlassen.«

»Eine Nachricht?« fragte Kahlan. »Was für eine Nachricht?«

»Auf seinem Gesicht liegt ein Lächeln. Ein Lächeln, gefroren im Tod, das jedem, der sich in diesen Dingen auskennt, verrät, daß er nicht preisgegeben hat, was man von ihm verlangte.« Richard kam näher, als Zedd auf den Schnitt quer über den Unterleib zeigte. »Siehst du, wie dieser Schnitt verläuft? Das hat jemand getan, der den Anthropomanzie-Zauber praktiziert, also Antworten aus der Untersuchung lebender Eingeweide bekommt. Darken Rahl führt seinen Schnitt ganz ähnlich aus wie sein Vater.«

Richard mußte an seinen eigenen Vater denken und daß Rahl ihm genau dies angetan hatte.

»Bist du sicher, es war Darken Rahl?« wollte Kahlan wissen.

Zedd zuckte mit den Achseln. »Wer sonst? Darken Rahl ist der einzige, dem ein Zaubererfeuer nichts anhaben kann. Außerdem ist dieser Schnitt seine Unterschrift. Sieh her. Siehst du das Ende der Wunde? Siehst du, wie sie hier abknickt?«

Kahlan mußte den Blick abwenden. »Und?«

»Das ist der Haken. Sollte er zumindest sein. Er muß in einem spitzen Winkel zurücklaufen. Der Haken wird geschnitten, während die Zauberformeln gesprochen werden, und er verbindet den Fragenden mit dem Befragten. Der Haken zwingt sie, die Antwort auf die gestellte Frage preiszugeben. Aber siehst du das hier? Der Haken wurde begonnen, aber nicht zu Ende geführt.« Zedd lächelte traurig. »In diesem Augenblick hat Giller sein Leben dem Feuer geopfert. Er hat gewartet, bis Rahl fast fertig war, dann, im allerletzten Augenblick, hat er ihm versagt, was er wissen wollte. Vermutlich den Namen desjenigen, der das Kästchen hat. Ohne Leben waren die Eingeweide wertlos für Rahl.«

»Ich hätte nie gedacht, daß Giller einer solchen selbstlosen Handlung fähig wäre«, sagte Kahlan ergriffen.

»Zedd«, fragte Richard ängstlich, »wie hat Giller das geschafft, diese Schmerzen auszuhalten und gleichzeitig noch zu lächeln?«

Zedd sah ihn auf eine Weise an, die es ihm eiskalt den Rücken hinunterlaufen ließ. »Von Zauberern verlangt man, daß sie den Schmerz kennen. Sie müssen ihn sehr, sehr gut kennen. Nur um dir diese Lektion zu ersparen, eine Lektion, die nur wenige überleben, bin ich gerne bereit, deine Entscheidung zu akzeptieren, kein Zauberer zu werden.«

Richard mußte schlucken, als er den glasigen Blick in Zedds Augen sah, hinter denen eine Erinnerung vorüberzog.

Zart legte Zedd Giller die Hand auf die Wange. »Gut gemacht, mein Schüler. Ein ehrenvolles Ende.«

»Ich wette, Darken Rahl war fuchsteufelswild«, meinte Richard. »Zedd, ich glaube, wir sollten machen, daß wir von hier verschwinden. Das sieht mir zu sehr nach einem Köder an einem Haken aus.«

Zedd nickte. »Wo immer das Kästchen stecken mag, hier ist es nicht. Wenigstens hat Rahl es nicht – noch nicht.« Er streckte die Hand aus. »Gib mir den Jungen. Wir müssen auf demselben Weg verschwinden, auf dem wir gekommen sind. Wir wollen ihnen nicht verraten, weshalb wir wirklich hier sind.«

Zedd flüsterte Siddin etwas ins Ohr, und der Junge schlang seine Arme dem Zauberer freudestrahlend um den Hals.

Königin Milena war immer noch blaß. Sie zupfte nervös an einem Zipfel ihres Umhanges herum, als Kahlan entschlossen, aber gefaßt auf sie zutrat.

»Vielen Dank für Eure Gastfreundschaft«, sagte Kahlan. »Wir werden jetzt aufbrechen.«

Die Königin senkte das Haupt. »Es ist mir immer ein Vergnügen, die Mutter Konfessor zu sehen.« Ihre Neugier siegte über ihre Angst. »Was ist mit … Giller?«

Kahlan taxierte sie kühl. »Bedauerlicherweise seid Ihr mir zuvorgekommen. Ich wünschte nur, ich hätte das Vergnügen gehabt, es selbst tun oder wenigstens dabeisein zu können. Doch letzten Endes zählen nur die Ergebnisse. Ein Streit, wie ich vermute?«

Die Farbe kam zurück in Königin Milenas Gesicht. »Er hat etwas gestohlen, das mir gehört.«

»Verstehe. Nun, ich hoffe, Ihr habt es zurückbekommen. Guten Tag.« Sie wollte gehen, blieb aber noch einmal stehen. »Königin Milena, ich werde wiederkommen und mich davon überzeugen, daß Ihr Eure übertrieben ehrgeizigen Befehlshaber in ihre Schranken gewiesen habt und sie nicht fälschlicherweise unschuldige Menschen hinrichten.«

Kahlan machte kehrt und ging. Richard und Zedd, der Siddin an der Hand hielt, schlossen sich ihr an.

Richard wirbelten verzweifelte Gedanken durch den Kopf. Steif ging er neben Zedd, der Kahlan durch die sich verbeugenden Menschenmassen und zur Stadt hinaus folgte. Was sollten sie jetzt machen? Shota hatte ihn gewarnt, daß die Königin das Kästchen nicht mehr lange besitzen würde. Sie hatte recht behalten. Wo mochte es jetzt sein? Er konnte schlecht zu Shota zurückgehen und sie fragen. Wem könnte Giller das Kästchen anvertraut haben? Wie sollten sie es finden? Er fühlte sich verzweifelt und niedergeschlagen. Ihm war nach Aufgeben zumute. Und Kahlan ging es, ihren hängenden Schultern nach, ganz ähnlich. Niemand sagte etwas. Nur Siddin plapperte unablässig, doch den verstand Richard nicht.

»Was erzählt er?« fragte er Zedd.

»Er sagt, er sei tapfer gewesen, genau wie Kahlan ihm gesagt hatte, aber jetzt sei er froh, daß Richard mit dem Zorn gekommen ist, um ihn nach Hause zu bringen.«

»Ich glaube, ich weiß, wie er sich fühlt. Zedd, was sollen wir jetzt tun?«

Zedd blickte ihn verwirrt an. »Woher soll ich das wissen? Du bist der Sucher.«

Großartig. Er hatte sein Bestes gegeben, und doch hatten sie das Kästchen noch immer nicht. Und er sollte es finden. Er kam sich vor, als wäre er geradewegs vor eine Wand gelaufen, von deren Existenz er nichts gewußt hatte. Sie gingen immer weiter, doch wohin sie als nächstes sollten, wußten sie nicht.

Die untergehende Sonne stand golden zwischen den Wolken. Richard glaubte weit vor ihnen etwas zu erkennen. Er schloß auf zu Kahlan. Sie hatte es auch gesehen. Für diese Nacht hatten alle Menschen die Straße bereits verlassen.

Es dauerte nicht lange, bis er wußte, was es war. Vier Pferde kamen auf sie zugaloppiert. Nur eins davon trug einen Reiter.

11. Kapitel

Richard griff nervös zum Heft, als er die vier Pferde in der Staubwolke sah, die sich im Licht der untergehenden Sonne golden verfärbte. Kurz darauf erreichte ihn das Geräusch donnernder Hufe. Der einsame Reiter saß tief über sein Roß gebeugt und trieb es voran. Richard überprüfte den lockeren Sitz des Schwertes durch ein kurzes Herausziehen, dann ließ er es zurückgleiten. Der dunkelgekleidete Reiter kam näher. Richard kannte ihn.

»Chase!«

Der Grenzposten brachte die Pferde vor ihnen zum Stehen. Der Staub legte sich, und er blickte auf sie herab. »Anscheinend seid ihr wohlauf.«

»Chase, wie schön, dich zu sehen!« strahlte Richard. »Wie hast du uns gefunden?«

Er machte ein beleidigtes Gesicht. »Ich bin ein Grenzposten.« Offenbar hielt er das für eine ausreichende Erklärung. »Habt ihr gefunden, was ihr gesucht habt?«

»Nein«, mußte Richard mit einem Seufzer gestehen. Dann sah er die kleinen Arme, die sich an Chase' Seite klammerten. Ein winziges Gesicht lugte hinter seinem schwarzen Umhang hervor. »Rachel? Bist du das?«

Ihr Gesicht schob sich weiter vor, und sie fing an zu grinsen. »Richard! Ich bin ja so froh, dich wiederzusehen. Ist Chase nicht prima? Er hat mit einem Gar gekämpft und mich gerettet. Sonst wäre ich gefressen worden.«

»Ich habe nicht mit ihm gekämpft«, brummte Chase. »Ich habe ihm lediglich einen Bolzen durch den Schädel gejagt, das ist alles.«

»Aber du hättest es getan. Er ist der tapferste Mann, den ich je gesehen habe.«

Chase verzog gequält das Gesicht und verdrehte die Augen. »Habt ihr jemals ein häßlicheres Kind gesehen?« Er lehnte sich zurück und sah sie an. »Ich kann mir einfach nicht vorstellen, daß ein Gar dich fressen will.«

Rachel schlang glucksend die Arme um ihn. »Sieh mal, Richard.« Sie hielt ihm einen Fuß hin und zeigte ihre Schuhe. »Chase hat einen Bock geschossen. Er meinte, es sei ein Fehler, weil er zu groß war, also hat er ihn bei einem Mann eingetauscht. Aber zum Tauschen hatte der Mann nur diese Schuhe und diesen Umhang. Sind sie nicht prima? Chase hat gesagt, ich darf sie behalten.«

Richard strahlte sie an. »Ja, sie sind wirklich sehr hübsch.« Er sah Rachels Puppe und das Bündel mit dem Brot zwischen ihr und Chase stecken. Er sah auch, wie ihr Blick immer wieder zu Siddin hinüberwanderte, so als hätte sie ihn schon einmal gesehen.

Kahlan legte Rachel eine Hand aufs Bein. »Warum bist du weggelaufen? Wir haben uns solche Sorgen um dich gemacht.«

Rachel zuckte zusammen, als Kahlan sie berührte. Sie schlang einen Arm um Chase und stopfte eine Hand in ihre Tasche. Kahlans Frage beantwortete sie nicht, statt dessen starrte sie Siddin an. »Warum ist er bei euch?«

»Kahlan hat ihn gerettet«, erklärte Richard. »Die Königin hatte ihn in den Kerker gesperrt. Aber kleine Jungen gehören da nicht hin, daher hat sie ihn herausgeholt.«

Rachel sah zu Kahlan hinunter. »War die Königin da nicht sehr wütend?«

»Ich erlaube niemandem, Kinder weh zu tun«, sagte Kahlan. »Nicht einmal einer Königin.«

»Steht hier nicht einfach so herum. Ich habe euch Pferde mitgebracht. Steigt auf. Ich war sicher, ich würde euch heute einholen. An euerm Lagerplatz von vergangener Nacht, gleich auf dieser Seite des Callisidrin, wartet ein Wildschwein am Spieß auf euch.«

Mit einer Hand am Sattel und den anderen Arm um Siddin geschlungen, warf Zedd sich auf ein Pferd. »Wildschwein! Du Narr! Ein Wildschwein unbewacht zurückzulassen! Jeder, der vorbeikommt, könnte es einfach mitnehmen!«

»Was meinst du, warum ihr euch beeilen sollt? Es wimmelt dort von Wolfsspuren. Ich glaube allerdings nicht, daß er sich in die Nähe eines Feuers traut.«

»Laß bloß den Wolf in Ruhe«, warnte Zedd. »Er ist ein Freund der Mutter Konfessor.«

Chase sah erst Kahlan an, dann Richard, bevor er sein Pferd wendete und vorausritt in die untergehende Sonne. Jetzt, wo Chase wieder bei ihnen war, schöpfte Richard neuen Mut. Endlich hatte er wieder das Gefühl, daß alles möglich war. Kahlan stieg auf, nahm Siddin zu sich, und die beiden ritten lachend und schwatzend los.

Zedd verschwendete keine Zeit, als er im Lager angekommen war. Sofort sah er nach dem gerösteten Wildschwein und verkündete, es sei bereit, verspeist zu werden. Er zog seinen Umhang zurecht, setzte sich hin und wartete mit einem Grinsen auf seinem faltigen Gesicht, daß jemand mit einem Messer es anschnitt. Strahlend schmiegte sich Siddin an Kahlan, als sie sich gesetzt hatte. Richard und Chase machten sich daran, das Wildschwein anzuschneiden. Rachel wich Chase nicht von der Seite. Sie beobachtete ihn, behielt Kahlan im Auge, ihre Puppe auf dem Schoß und das in ein Tuch gehüllte Brot dicht neben sich.

Richard löste ein großes Stück heraus und reichte es Zedd. »Was ist also passiert? Mit meinem Bruder, meine ich.«

Chase schmunzelte. »Als ich ihm sagte, was du mir aufgetragen hast, meinte er, er würde dir helfen, wenn du in Schwierigkeiten bist. Er hat die Armee zusammengezogen, die wir dann größtenteils auf Verteidigungspositionen entlang der Grenze verteilt haben. Das

Kommando haben die Grenzposten übernommen. Nach dem Fall der Grenze wollte er nicht zurückbleiben und warten. Er hat tausend seiner besten Männer in die Midlands geführt. Im Augenblick haben sie im Rang'Shada-Gebirge ihr Lager aufgeschlagen und warten nur darauf, dir zu Hilfe zu eilen.«

Richard hörte auf, das Wildschwein zu zerlegen, und machte ein überraschtes Gesicht. »Tatsächlich? Das hat mein Bruder wirklich gesagt? Er ist gekommen, um mir zu helfen? Mit einer ganzen Armee?«

Chase nickte. »Er meinte, wenn du in der Sache drinsteckst, dann er auch.«

Richard spürte einen Stich des Bedauerns, weil er an Michael gezweifelt hatte. Er war stolz, weil sein Bruder alles stehen- und liegengelassen hatte, um ihm zu helfen. »Er war nicht böse?«

»Erst sah es ganz danach aus. Ich dachte, er würde mir bestimmt Ärger machen deswegen. Aber dann wollte er nur wissen, wie es dir geht, ob du in Gefahr bist und wo du steckst. Er meinte, schließlich würde er dich kennen, und wenn du die Angelegenheit für so wichtig hältst, dann würde er das auch tun. Er wartet bei seinen Leuten. Wahrscheinlich läuft er gerade nervös in seinem Zelt auf und ab. Ich muß gestehen, ich war auch überrascht.«

Richard machte ein ungläubiges Gesicht. »Mein Bruder zieht mit tausend Mann in die Midlands, um mir zu helfen.« Er warf Kahlan einen Blick zu. »Ist das nicht großartig?« Sie lächelte ihn bloß an.

Chase zerlegte das Wildschwein und warf ihm einen ernsten Blick zu. »Als ich sah, daß eure Spur nach Agaden führt, hatte ich euch für kurze Zeit schon aufgegeben.«

Richard hob den Kopf. »Du warst auch da?«

»Glaubst du, ich bin verrückt? Man wird nicht Chef der Grenzpatrouille, wenn man verrückt ist. Ich hatte schon überlegt, wie ich Michael deinen Tod beibringen soll. Dann fand ich eure Spur, die aus Agaden hinausführte.« Er runzelte die Stirn. »Wie seid ihr bloß lebend aus Agaden rausgekommen?«

Richard grinste ihn an. »Ich glaube, die guten Seelen …«

Rachel stieß einen Schrei aus.

Richard und Chase wirbelten mit dem Messer in der Hand herum. Richard hielt Chase zurück, bevor er sein Messer benutzen konnte.

Es war Brophy. »Rachel? Bist du das, Rachel?«

Sie nahm den Fuß ihrer Puppe aus dem Mund. Sie hatte die Augen aufgerissen. »Du sprichst wie Brophy.«

Der Wolf wedelte mit dem Schwanz. »Weil ich Brophy bin!« Er kam auf sie zugetrabt.

»Brophy, wieso bist du ein Wolf?«

Er setzte sich vor sie auf seine Hinterpfoten. »Ein freundlicher Zauberer hat mich in einen verwandelt. Das war es, was ich sein wollte, und so hat er mich verwandelt.«

»Giller hat dich in einen Wolf verwandelt?«

Richard stockte der Atem.

»Richtig. Ich habe jetzt ein wunderbares, neues Leben.«

Sie schlang dem Wolf die Arme um den Hals. Brophy leckte ihr das Gesicht. Sie ließ es kichernd geschehen.

»Rachel«, sagte Richard. »Du hast Giller gekannt?«

Rachel schlang einen Arm um Brophys Hals. »Giller ist ein netter Mann. Er hat mir Sara geschenkt.« Ein verängstigter Blick zu Kahlan. »Du willst ihm etwas tun. Du bist eine Freundin der Königin. Du bist gemein.« Sie drückte sich zum Schutz an Brophy.

Brophy leckte lange ihr Gesicht. »Du täuschst dich, Rachel. Kahlan ist meine Freundin. Sie ist einer der nettesten Menschen auf der Welt.«

Lächelnd hielt Kahlan Rachel die Hand hin. »Komm zu mir.«

Rachel sah Brophy an. Er nickte. Sie machte einen Schmollmund und ging zu ihr.

Kahlan ergriff Rachels Hand. »Du hast gehört, wie ich etwas über Giller gesagt habe, stimmt's?« Rachel nickte. »Rachel, die Königin ist ein böser Mensch. Wie böse, weiß ich erst seit heute. Giller war mein Freund. Als er mich verließ, um bei der Königin zu leben, dachte ich, er täte es, weil er auch böse und auf ihrer Seite sei. Ich habe mich geirrt. Ich würde Giller nie etwas tun, denn jetzt weiß ich, daß er immer noch mein Freund ist.«

Rachel sah Richard fragend an.

»Sie sagt die Wahrheit. Wir sind auf Gillers Seite.«

Rachel drehte sich zu Brophy um. Er war offenbar derselben Meinung.

»Du und Richard, ihr seid gar keine Freunde der Königin?«

Kahlan mußte lachen. »Nein. Wenn es nach mir geht, wird sie nicht mehr lange Königin sein. Und was Richard anbetrifft, er hat die Prinzessin mit dem Schwert bedroht. Ich glaube, damit hat er sich die Königin kaum zur Freundin gemacht.«

Rachel bekam große Augen. »Prinzessin Violet? Du hast Prinzessin Violet gedroht?«

Richard nickte. »Sie hat ein paar schlimme Dinge zu Kahlan gesagt. Ich habe ihr gedroht, wenn sie das noch einmal tut, schneide ich ihr die Zunge raus.«

Rachel klappte der Unterkiefer runter. »Und sie hat nicht befohlen, euch den Kopf abschlagen zu lassen?«

»Wir werden nicht zulassen, daß sie noch mehr Menschen den Kopf abschlagen läßt«, sagte Kahlan.

Rachel sah Kahlan mit Tränen in den Augen an. »Ich dachte, du wärst gemein und wolltest Giller etwas tun. Ich bin so froh, daß du nicht gemein bist.« Sie schlang Kahlan die Arme um den Hals und drückte sie fest. Kahlan drückte sie ebenso fest.

Chase beugte sich zu Richard vor. »Du hast das Schwert gegen die Prinzessin erhoben? Das ist ein Kapitalverbrechen, wie du weißt.«

Richard sah ihn kühl an. »Hätte ich die Zeit gehabt, ich hätte sie auch noch übers Knie gelegt und verdroschen.« Rachel mußte kichern, als sie das hörte. Richard grinste: »Du kennst die Prinzessin, hab' ich recht?«

Das Lächeln verschwand. »Ich bin ihre Gespielin. Früher hab' ich in einem schönen Haus gewohnt, zusammen mit anderen Kindern. Aber als mein Bruder tot war, ist die Königin gekommen und hat mich für die Prinzessin als Gespielin ausgesucht.«

Richard sah Brophy an. »Das war er?« Der Wolf nickte ernst. »Du hast also bei der Prinzessin gelebt. Sie war es, die dir die Haare so schief geschnitten hat, stimmt's? Sie ist es, die dich schlägt.«

Rachel zog eine Schnute und nickte. »Zu allen ist sie so gemein. Jetzt befiehlt sie auch schon, irgendwelchen Leuten den Kopf abschlagen zu lassen. Ich hatte Angst, sie würde mir auch den Kopf abschlagen lassen, deswegen bin ich weggelaufen.«

Richard hockte sich neben sie. »Und dabei hat dir Giller geholfen, nicht wahr?«

Sie war den Tränen nahe. »Giller hat mir Sara geschenkt. Er wollte mit mir zusammen weglaufen. Aber dann ist dieser böse Mann gekommen. Vater Rahl. Er sah aus, als wäre er richtig wütend auf Giller. Giller meinte, ich soll weglaufen und mich bis zum Winter verstecken und mir dann eine neue Familie suchen, bei der ich leben kann.« Eine Träne kullerte ihr über die Wange. »Sara hat mir erzählt, daß er nicht mehr mitkommen kann.«

Richard legte ihr die Hände auf die Schultern. »Rachel. Zedd, Kahlan, Chase und ich, wir kämpfen gegen Darken Rahl, damit er niemandem mehr etwas zuleide tun kann.«

Sie drehte sich fragend zu Chase um.

Chase nickte. »Er sagt die Wahrheit, Kleines. Sag du ihm auch die Wahrheit.«

Er faßte sie noch fester an den Schultern. »Rachel, hat Giller dir dieses Brot gegeben?« Sie nickte. »Rachel, wir waren auf dem Weg zu Giller, um ein Kästchen zu besorgen, ein Kästchen, mit dem wir Darken Rahl daran hindern wollen, Menschen weh zu tun.

Wirst du es uns geben? Willst du uns helfen, Darken Rahl aufzuhalten?«

Sie sah ihn mit feuchten Augen an, dann lief sie los, holte das Brot und reichte es ihm mit einem tapferen Lächeln. »Es ist in dem Brot. Giller hat es dort mit Zauberkraft versteckt.«

Richard schlang die Arme um sie und hätte sie fast erdrückt. Er stand auf, drückte sie an sich und wirbelte sie im Kreis herum, bis sie anfing zu kichern. »Rachel, du bist das tapferste, klügste und hübscheste Mädchen, das ich je gesehen habe!« Als er sie wieder absetzte, lief sie zu Chase und kletterte auf seinen Schoß. Er strich ihr durchs Haar und legte seine mächtigen Arme um sie. Lachend erwiderte sie seine Umarmung.

Richard nahm das Brot in beide Hände. Er hielt es Kahlan hin. Lächelnd schüttelte sie den Kopf. Er hielt es Zedd hin.

»Der Sucher hat es gefunden«, griente Zedd. »Dann sollte es der Sucher auch öffnen.«

Richard brach das Brot, und dort, mittendrin, steckte das juwelenbesetzte Kästchen der Ordnung. Er wischte sich die Hände an der Hose ab, zog es heraus und hielt es in den Schein des Feuers. Aus dem Buch der Gezählten Schatten wußte er, das glitzernde Kästchen, das sie jetzt sahen, war nur eine Hülle für das eigentliche Kästchen darunter. Aus dem Buch wußte er sogar, wie man die Hülle entfernte.

Er legte das Kästchen in Kahlans Schoß. Sie nahm es in die Hand und lächelte ihn an, wie sie ihn noch nie angelächelt hatte. Noch bevor er wußte, wie ihm geschah, hatte er sich vorgebeugt und Kahlan ein dicken Kuß gegeben. Sie bekam große Augen und erwiderte den Kuß nicht. Plötzlich wurde ihm mit Schrecken bewußt, was er getan hatte.

»Oh. Tut mir leid«, sagte er.

Sie lachte. »Es sei dir verziehen.«

Richard und Zedd umarmten sich lachend. Chase lachte schon

vom Zusehen. Richard konnte es kaum fassen. Noch vor so kurzer Zeit hätte er beinahe aufgegeben, hatte er nicht mehr gewußt, was er noch tun oder wohin er noch gehen sollte, um Rahl aufzuhalten. Und jetzt hatten sie das Kästchen gefunden.

Er stellte es auf einen Stein, wo sie es alle im Schein des Feuers bewundern konnten, während sie das beste Abendessen verspeisten, das sie gehabt hatten, so weit Richard zurückdenken konnte. Richard und Kahlan berichteten Chase von ihren Abenteuern. Zu Richards großer Freude nervte es Chase, daß er damals in Southhaven Bill sein Leben verdankte. Chase berichtete ihm, wie er eine Armee von tausend Mann über das Rang'Shada-Gebirge geführt hatte. Die langatmigen Geschichten über Dummheit und Bürokratie im Feld schienen ihm Spaß zu machen.

Rachel hatte sich in Chase' Schoß zusammengerollt. Sie futterte, und er erzählte. Richard fand es erstaunlich, daß sie sich zum Schutz ausgerechnet den Furchterregendsten von allen ausgesucht hatte. Als er endlich mit seiner Geschichte fertig war, sah sie auf und fragte: »Chase, wo soll ich mich nun bis zum Winter verstecken?«

Er sah sie mit finsterem Blick an. »Du bist zu häßlich, dich kann man nicht allein herumlaufen lassen. Du würdest bestimmt von einem Gar gefressen.« Sie mußte lachen. »Ich habe noch andere Kinder, die sind auch alle häßlich. Da paßt du genau hin. Ich denke, ich nehme dich mit in mein Haus. Du kannst bei mir bleiben.«

»Wirklich, Chase?« wollte Richard wissen.

»Ich bin oft genug nach Hause gekommen und habe mich von meiner Frau mit einem neuen Kind überraschen lassen müssen. Ich denke, es wird Zeit, daß ich den Spieß einmal herumdrehe.« Er schaute auf Rachel hinunter, die sich an ihn klammerte wie an ein lebensrettendes Floß. »Aber ich habe ein paar Regeln. An die mußt du dich halten.«

»Ich tue alles, was du sagst, Chase.«

»Siehst du, da haben wir es schon, das ist die erste Regel. Keines meiner Kinder darf mich Chase nennen. Wenn du zur Familie gehören willst, mußt du mich Vater nennen. Und was dein Haar anbelangt, das ist viel zu kurz. Alle meine Kinder haben langes Haar, und das gefällt mir. Du wirst dir die Haare ein wenig wachsen lassen müssen. Außerdem bekommst du auch eine Mutter. Auf die mußt du hören. Und du mußt mit deinen neuen Geschwistern spielen. Meinst du, du schaffst das alles?«

Sie nickte, schmiegte sich an ihn und brachte kein Wort hervor. Tränen glitzerten in ihren Augen.

Aufgeregt aß jeder, bis er satt war. Selbst Zedd schien genug zu bekommen. Richard fühlte sich gleichzeitig erschöpft und voller Kraft, jetzt wo er endlich das Kästchen in den Händen hielt. Den schwierigen Teil hatten sie hinter sich, sie hatten das Kästchen vor Rahl gefunden. Jetzt mußten sie es nur noch bis zum Winter verstecken.

»Unsere Suche hat wochenlang gedauert«, meinte Kahlan. »Bis zum ersten Tag des Winters ist es noch ein Monat. Noch heute morgen schien das kaum genug Zeit, das Kästchen zu finden. Jetzt, wo wir es haben, ist es wie eine Ewigkeit. Was sollen wir tun, bis alles vorbei ist?«

Chase meldete sich als erster. »Wir selbst können das Kästchen beschützen, und wir haben tausend Mann zu unserem Schutz. Ein Vielfaches davon, sobald wir wieder jenseits der Grenze sind.«

Sie sah Zedd an. »Hältst du das für klug? Wir wären leicht zu entdecken. Tausend Mann, meine ich. Wäre es nicht besser, wir versteckten uns irgendwo allein?«

Zedd lehnte sich zurück und rieb sich den vollen Bauch. »Allein könnten wir uns besser verstecken, aber wir wären im Falle der Entdeckung auch angreifbarer. Vielleicht hat Chase recht. Eine Streitmacht von dieser Größe bietet eine Menge Schutz, und wenn wir wirklich müssen, können wir immer noch irgendwo Unterschlupf suchen.«

»Wir sollten frühzeitig aufbrechen«, meinte Richard.

Es war kaum hell, als sie aufbrachen. Die Reiter ritten zur Straße, und Brophy verschwand in den Wäldern, von wo aus er sie im Auge behielt und gelegentlich vorauslief. Der waffenstarrende Chase führte sie im Trab an, Rachel klammerte sich an ihn. Kahlan hatte wieder ihre Waldkleidung angelegt und ritt neben Zedd, Siddin auf dem Schoß.

Richard hatte drauf bestanden, daß Zedd das Kästchen trug; es war in ein Tuch gehüllt und an seinem Sattelknauf befestigt. Richard folgte als letzter und behielt alles im Auge, während sie rasch in die kalte Morgenluft hineinritten. Jetzt, mit dem Kästchen, fühlte er sich verletzbar. Es schien, als brauchte jemand sie nur anzusehen und wüßte Bescheid.

Richard hörte das Wasser des Callisidrin, noch ehe sie die letzte Biegung vor der Brücke hinter sich hatten. Zum Glück war die Straße menschenleer. Chase gab seinem Pferd die Sporen und näherte sich der großen Holzbrücke im Galopp, die übrigen gaben ihren Pferden die Fersen, um Schritt zu halten.

Richard wußte, was Chase vorhatte. Brücken, hatte der Grenzposten ihm immer wieder eingetrichtert, waren für jeden Unvorsichtigen das sichere Verderben. Richard sah sich nach allen Richtungen um, während die anderen vor ihm hinübergaloppierten. Alles schien ruhig.

Genau mitten auf der Brücke prallte er in vollem Galopp gegen etwas, das gar nicht dort war.

Benommen setzte Richard sich auf, verblüfft, daß er auf dem Boden saß und seine große Mähre mit den anderen Pferden weiterlaufen sah, bis sie bei ihnen stehenblieb und sich umdrehte. Verwirrt sahen die anderen sich um, als Richard sich benommen und wie betäubt mühevoll aufrappelte. Er bürstete sich ab und wollte hinkend seinem Pferd nachsetzen. Bevor er die Mitte der Brücke erreicht hatte, prallte er zum zweiten Mal gegen das Hindernis. Es war, als liefe er gegen eine Wand aus Stein, aber zu sehen war nichts.

Zum zweiten Mal fand er sich auf dem Boden sitzend wieder. Die anderen standen um ihn herum, als er wieder auf die Beine kam.

Zedd war abgestiegen, hielt die Zügel in einer Hand und half Richard mit der anderen auf. »Was ist passiert?«

»Ich weiß nicht«, brachte Richard hervor. »Es ist, als wäre ich gegen eine Mauer gelaufen, mitten auf der Brücke. Wahrscheinlich bin ich einfach nur heruntergefallen, das ist alles. Ich glaube, es geht schon wieder.«

Zedd sah sich um und führte ihn mit einer Hand am Ellenbogen weiter. Er war noch nicht weit gekommen, als er wieder dagegen stieß, aber diesmal bewegte er sich langsam, er wurde nicht zu Boden gestoßen, sondern nur ein paar Schritte zurück. Zedd wirkte ernsthaft besorgt. Richard streckte die Hände vor und tastete die feste, glatte Wand ab, die nur ihn, nicht aber die anderen, am Weitergehen hinderte. Bei der Berührung wurde ihm schwindelig und übel. Zedd spazierte vor und zurück durch die unsichtbare Barriere.

Der Zauberer blieb dort stehen, wo die Mauer zu sein schien. »Geh zurück bis zum Ende der Brücke, und dann komm auf mich zu.«

Seine Beule abtastend, marschierte Richard zum Anfang der Brücke zurück. Kahlan sprang dicht neben Zedd vom Pferd. Brophy erschien an ihrer Seite und wollte wissen, was es für Schwierigkeiten gab. Diesmal hielt Richard beim Gehen die Hände vor sich ausgestreckt.

Er hatte noch nicht die Hälfte des Weges zurückgelegt, als er gegen etwas Festes stieß und nicht weiterkam. Bei der Berührung wurde ihm schlecht, er mußte zurückweichen.

Zedd rieb sich das Kinn. »Verdammt!«

Die anderen gingen zu Richard, da er nicht mehr zu ihnen kommen konnte. Zedd führte ihn ein zweites Mal ein Stück nach vorn. Beim Aufprall wich er ein Stück zurück.

Zedd ergriff Richards linke Hand. »Berühr es mit der anderen Hand.«

Richard tat es, bis ihm so übel wurde, daß er die Hand zurückziehen mußte. Zedd schien es durch Richard hindurch ebenfalls zu fühlen. Mittlerweile befanden sie sich am Brückenpfeiler. Mit jeder Berührung wich das Ding ein Stück zurück in die Richtung, aus der sie gekommen waren.

»Verdammt! Verdammt noch mal!«

»Was ist das?« wollte Richard wissen.

Zedd blickte zu Kahlan und Chase hinüber, bevor er antwortete. »Es handelt sich um einen Sperrzauber.«

»Was ist ein Sperrzauber?«

»Dieser miese Künstler hat ihn gezeichnet, dieser James. Um dich herum. Du hast ihn bei der ersten Berührung aktiviert. Mit jeder Berührung zieht er sich fester wie eine Schlinge. Wenn wir ihn nicht beseitigen können, wird er so lange schrumpfen, bis du das einzige bist, das in ihm enthalten ist. Du wirst dich nicht mehr bewegen können.«

»Und dann?«

Zedd richtete sich auf. »Die Sperre ist giftig. Wenn der Zauber sich wie ein Kokon ganz um dich geschlossen hat, wird er dich entweder zerquetschen, oder das Gift bringt dich um.«

Kahlan packte Zedd am Ärmel seines Gewandes. Panik stand in ihren Augen. »Wir müssen zurück! Wir müssen ihn befreien!«

Zedd riß sich los. »Natürlich müssen wir das. Wir werden die Zeichnung finden und sie ausradieren.«

»Ich weiß, wo sich die heiligen Höhlen befinden«, schlug Kahlan vor, packte ihren Sattelknauf und stellte einen Fuß in den Steigbügel.

Der Zauberer machte kehrt und holte sein Pferd. »Wir dürfen keine Zeit verlieren. Reiten wir los.«

»Nein«, sagte Richard.

Alles drehte sich um und starrte ihn an.

»Es bleibt uns nichts anderes übrig, Richard«, sagte Kahlan.

»Sie hat recht, mein Junge. Es gibt keine andere Möglichkeit.«

»Nein.« Er blickte in ihre verblüfften Gesichter. »Genau das wollen sie doch. Du hast gesagt, dieser Künstler könne weder dich noch Kahlan mit einem Fluch belegen, also hat er es mit mir getan, in dem Glauben, uns auf diese Weise alle zurückzuholen. Das Kästchen ist zu wichtig. Das Risiko dürfen wir nicht eingehen.« Er sah Kahlan an. »Erklär mir einfach, wo diese Höhlen sind. Und Zedd, du sagst mir, wie man diesen Zauber loswird.«

Kahlan packte die Zügel von ihrem und Richards Pferd und zog sie ein Stück vor. »Um das Kästchen können sich Zedd und Chase kümmern, ich komme mit dir.«

»Nein, das wirst du nicht! Ich reite allein. Das Schwert wird mich beschützen. Das Kästchen ist das einzige, was zählt, es ist unsere wichtigste Pflicht. Sein Schutz hat absoluten Vorrang. Sag mir einfach, wo die Höhlen sind und wie man den Zauber bricht. Ich reite euch nach, sobald ich damit fertig bin.«

»Richard, ich finde …«

»Nein! Es geht jetzt darum, Darken Rahl aufzuhalten, und nicht um irgendeinen von uns. Dies ist keine Bitte, sondern ein Befehl!«

Sie richteten sich auf. Zedd und Kahlan sahen sich an. »Sag ihm, wo die Höhlen sind.«

Verärgert gab Kahlan Zedd die Zügel ihres Pferdes und schnappte sich einen Stock vom Boden. Sie zeichnete eine Karte in den Staub der Straße und fuhr mit dem Stock an einer der Linien entlang. »Das hier ist der Callisidrin, und das hier ist die Brücke. Dies hier ist die Straße, hier ist Tamarang und das Schloß.« Sie zeichnete eine Straße nördlich der Stadt ein. »Hier, in diesen Hügeln nordöstlich der Stadt, gibt es einen Fluß, der zwischen Zwillingshügeln hindurchfließt. Sie befinden sich ungefähr eine Meile südlich einer kleinen Brücke, die den Fluß überquert. Zum Fluß hin sind die Hügel schroff und steil. Die heiligen Höhlen befinden sich in den Klippen auf der Nordostseite des Flusses. Dort hat der Künstler seinen Zauber gezeichnet.«

Zedd nahm ihr den Stock aus der Hand und brach zwei fingerlange Stücke ab. Eins davon rollte er zwischen den Handflächen. »Hier, damit kannst du den Fluch auslöschen. Ohne ihn zu sehen, kann ich dir nicht sagen, welchen Teil du auslöschen mußt, aber das müßte sich eigentlich feststellen lassen. Es handelt sich um eine Zeichnung, du kannst dir bestimmt einen Reim darauf machen. Das ist schließlich der Sinn eines gezeichneten Fluches. Du mußt in der Lage sein, dir einen Reim darauf zu machen, sonst wirkt er nicht.«

Das Stöckchen, das Zedd zwischen seinen Handflächen gerollt hatte, fühlte sich nicht mehr an wie Holz. Es war weich und klebrig. Richard steckte es ein. Zedd rollte das andere Stück zwischen seinen Handflächen. Er reichte es Richard; es war ebenfalls nicht mehr aus Holz. Es war schwarz, fast wie Holzkohle, aber härter.

»Hiermit«, meinte der Zauberer, »kannst du den Fluch übermalen und wenn nötig verändern.«

»Wie denn verändern?«

»Das kann ich dir nicht sagen, ohne ihn gesehen zu haben. Du wirst dir selbst ein Urteil bilden müssen. Und jetzt beeil dich. Ich finde, wir sollten trotzdem ...«

»Nein, Zedd. Wir alle wissen, wozu Darken Rahl fähig ist. Nur das Kästchen zählt, und nicht einer von uns.« Er sah seinem alten Freund tief in die Augen. »Paß gut auf dich auf. Und auf Kahlan.« Er schaute hoch zu Chase. »Bring sie zu Michael. Michael kann das Kästchen besser beschützen als wir. Und wartet nicht auf mich. Ich hole euch wieder ein.« Richard blickte ihm scharf in die Augen. »Wenn nicht, soll niemand mich suchen kommen. Bringt einfach das Kästchen fort von hier. Verstanden?«

Chase sah ihn ernst an. »Bei meinem Leben.« Er gab Richard kurz einige Hinweise, wie er die Armee Westlands oben im Rang'Shada-Gebirge finden könnte.

Richard sah Kahlan an. »Paß auf Siddin auf. Keine Sorge, ich bin bald zurück. Und jetzt reitet endlich los.«

Zedd bestieg sein Pferd. Kahlan reichte dem Zauberer Siddin. Sie nickte Chase und Zedd zu. »Macht schon, reitet los. Ich komme in ein paar Minuten nach.«

Zedd wollte protestieren, aber sie schnitt ihm das Wort ab, er solle schon vorreiten. Sie sah den beiden Reitern und dem Wolf nach, wie sie über die Brücke und dann die Straße entlanggaloppierten, bevor sie sich zu Richard umdrehte.

Tiefe Sorgenfalten zerfurchten ihr Gesicht. »Richard, bitte, laß mich...«

»Nein.«

Mit einem Kopfnicken reichte sie ihm die Zügel seines Pferdes. Ihre grünen Augen waren voller Tränen. »In den Midlands gibt es Gefahren, von denen du keine Ahnung hast. Sei vorsichtig.« Eine Träne kullerte ihr über die Wange.

»Ich werde wieder bei dir sein, bevor du Zeit hast, mich zu vermissen.«

»Ich habe Angst um dich.«

»Ich weiß. Aber ich werde es schaffen.«

Sie sah ihn aus Augen an, in denen er sich hätte verlieren können. »Eigentlich sollte ich das nicht tun«, flüsterte sie. Kahlan schlang ihm die Arme um den Hals und gab ihm einen schnellen, verzweifelten Kuß.

Er nahm sie in die Arme und zog sie fest an sich, spürte ihre Lippen, hörte das leise Stöhnen, das sie ausstieß, spürte ihre Finger in seinem Haar, und für einen winzigen Augenblick vergaß er seinen eigenen Namen.

Wie benommen sah er zu, wie sie einen Stiefel in den Steigbügel stellte und sich in den Sattel schwang. Sie riß ihr Pferd herum, dicht neben ihn.

»Wage es nicht, irgendwelche Dummheiten zu machen, Richard Cypher. Versprich es mir.«

»Ich verspreche es.« Er verriet ihr nicht, daß die größte Dummheit für ihn darin bestand, sie in Gefahr zu bringen. »Keine Sorge, ich bin wieder bei dir, sobald ich den Fluch losgeworden bin. Paß auf das Kästchen auf. Es darf Rahl nicht in die Hände fallen. Das ist es, was zählt. Und jetzt reite los.«

Er stand da, hielt die Zügel seines Pferdes in der Hand und sah ihr nach, wie sie über die Brücke galoppierte und in der Ferne verschwand.

»Ich liebe dich, Kahlan Amnell«, hauchte er.

Mit einem ermutigenden Klaps auf die graue Stelle am Hals seines Rotbraunen lenkte Richard das kräftige Pferd nach Überqueren der kleinen Brücke von der Straße herunter, gab ihm die Sporen und eilte am Flußufer entlang. Das Pferd lief mühelos, sprengte mit den Hufen in das flache Wasser, sobald Gebüsch den Weg am Ufer versperrte. Rings um den Fluß erhoben sich sonnenbeschienene, meist kahle Hügel. Als das Ufer steiler wurde, führte er das Pferd auf höhergelegenes Gelände, wo er besser vorankam. Richard hielt Ausschau, ob ihm jemand folgte oder beobachtete, entdeckte jedoch niemanden. Die Hügel wirkten verlassen.

Weiße Kalksteinklippen ragten zu beiden Seiten des Flusses auf, zerfurchte Steilwände identischer Hügel, die sich über das Wasser zu grätschen schienen. Richard sprang ab, ehe sein Pferd noch zum Stehen gekommen war. Er sah sich um und band es an einen Färberbaum, dessen rote Beeren bereits eingetrocknet und verschrumpelt waren. Als er das steile Ufer hinabkletterte, rutschten seine Stiefel über loses Geröll. Mitten durch den Erdrutsch aus Steinen und Staub führte ein schmaler Pfad. Er folgte ihm und gelangte zur breiten Öffnung einer Höhle.

Mit einer Hand am Heft des Schwertes warf er einen Blick hinein. Er suchte den Künstler oder wen auch immer. Niemand war zu sehen. Gleich hinter dem Höhleneingang begannen die Wandzeichnungen. Jede freie Stelle war mit ihnen bedeckt, bis tief hinein in die Dunkelheit.

Richard war überwältigt. Es waren Hunderte, vielleicht Tausende. Manche waren klein, nicht größer als eine Hand, andere waren größer, so groß wie er. Jede stellte eine andere Szene dar. In den meisten Zeichnungen war nur eine Person dargestellt, ein paar zeigten Szenen mit vielen Menschen. Sie stammten deutlich sichtbar von verschiedener Hand. Einige waren sehr realistisch wiedergegeben, mit Schatten und Schlaglichtern: Menschen mit gebrochenen Gliedmaßen oder beim Trinken aus Schalen mit einem Totenschädel und gekreuzten Knochen darauf oder neben Feldern mit verdorrter Ernte. Andere Zeichnungen offenbarten nur wenig Talent. Deren Figuren waren nicht viel mehr als einfache Strichmännchen. Die dargestellten Szenen jedoch waren nicht weniger gruselig. Die künstlerische Begabung des Zeichners spielte vermutlich keine Rolle. Was zählte, war die Botschaft.

Richard entdeckte einige Zeichnungen von verschiedener Hand, doch über das gleiche Thema. Eine Person, manchmal von einer Art Karte umgeben, immer jedoch mit einem Kreis, auf dem irgendwo ein Schädel und gekreuzte Knochen zu sehen waren.

Sperrzauber.

Aber wie sollte er seinen finden? Überall waren Zeichnungen. Er wußte nicht, wie die Zeichnung seines Zaubers aussah. Mit wachsender Panik suchte er die Höhlenwände ab, drang immer tiefer in die Dunkelheit vor. Im Vorübergehen strich er mit der Hand über die Zeichnungen, versuchte, jede einzelne zu betrachten, um seine nicht zu übersehen. Die Zahl der Zauber war überwältigend. Seine Augen schweiften ohne klares Ziel auf der Suche nach etwas Vertrautem hin und her.

Richard arbeitete sich in die Dunkelheit vor. Möglicherweise hatten die Zeichnungen irgendwo ein Ende, und vielleicht befand sich dort die letzte Zeichnung. Es war zu dunkel, um etwas zu erkennen. Er ging zum Eingang zurück, um eine der Schilfrohrfackeln zu holen, die er dort gesehen hatte.

Er war noch nicht weit gekommen, als er gegen die unsichtbare Mauer stieß. Mit wachsender Panik stellte er fest, daß er in der Höhle gefangen war. Die Zeit lief ihm davon. Die Fackeln waren außer Reichweite.

Er rannte zurück in die Dunkelheit, suchte die Wände ab. Er konnte die Zeichnungen kaum mehr erkennen, und immer noch war kein Ende zu sehen. Ihm kam ein Gedanke, der ihm überhaupt nicht behagte.

Sollte die Not je groß genug sein. Der Stein der Nacht.

Er hatte keine Zeit zu verlieren und zerrte den Lederbeutel aus seinem Bündel. Er betrachtete ihn in seiner Hand und überlegte, ob ihm der Stein helfen oder nur noch mehr Ärger bescheren würde. Noch mehr Ärger konnte er nicht gebrauchen. Er mußte an die Male denken, als der Stein den Beutel verlassen hatte. Jedesmal hatte es eine Weile gedauert, bis die Schattenwesen erschienen waren. Wenn er den Stein nur einen kurzen Augenblick herausholte, einen Blick in die Dunkelheit warf und ihn wieder zurücksteckte, hätte er vielleicht gerade genug Zeit, bevor ihn die Schattenwesen entdeckten. Er wußte nicht, ob es eine gute Idee war.

Sollte die Not je groß genug sein.

Er ließ den Stein in seine Hand fallen. Licht erfüllte die Höhle. Richard verschwendete keine Zeit mit einzelnen Zeichnungen, sondern eilte rasch tiefer hinein, um das Ende zu suchen. Aus den Augenwinkeln sah er, wie der erste Schatten Gestalt annahm. Er war immer noch ein gutes Stück entfernt, also lief er weiter.

Endlich hatte er die letzten Zeichnungen erreicht. Und die Schatten ihn – fast. Er stopfte den Stein zurück in den Lederbeutel. In der absoluten Dunkelheit hielt er mit aufgerissenen Augen den Atem an und wartete auf die qualvolle tödliche Berührung. Nichts geschah. Das einzige Licht war ein heller Punkt, der Eingang. Aber zum Erkennen der Zeichnungen reichte es nicht. Er mußte den Stein wieder herausholen.

Davor jedoch tastete er mit den Fingern durch die Taschen und entdeckte das klebrige, weiche Holzstück, das Zedd ihm gegeben hatte. Er nahm es fest in die Hand und holte den Stein wieder hervor. Das Licht blendete ihn eine Sekunde lang. Suchend drehte er den Kopf.

Dann sah er sie. Der Mann in der Zeichnung war so groß wie er selbst, der Rest der Zeichnung war wesentlich größer. Die Zeichnung war grob, und doch erkannte er sich sofort. Das Schwert in der rechten Hand trug das Wort *Wahrheit.* Um die Figur herum war eine Karte gezeichnet, ganz ähnlich der, die Kahlan auf den Boden gemalt hatte. Auf der einen Seite führten die Linien außerhalb der Umgrenzung am Callisidrin entlang und quer über die Brücke. Dort war er dagegengelaufen.

Die Schatten riefen seinen Namen. Er sah auf und erblickte Hände, die nach ihm griffen. Er stopfte den Stein in den Beutel, preßte sich mit dem Rücken an die Wand, auf seine Zeichnung, und lauschte. Sein Herzschlag dröhnte in seinen Ohren. Zu seinem Entsetzen stellte er fest, daß die Zeichnung zu groß war, um den ganzen Kreis rings um ihn auszulöschen. Wenn er nur einen Teil wegwischte, konnte er unmöglich wissen, wo sich die Lücke befand oder wie er die Lücke an der Stelle erzeugen sollte, die seinem Standort in der Höhle entsprach.

Er trat ein Stück zurück, um beim nächsten Mal, wenn er den Stein hervorholte, einen besseren Überblick zu haben. Er stieß an die unsichtbare Wand. Sein Herz schien einen Schlag auszusetzen. Die Wand hatte sich fast um ihn geschlossen. Er hatte keine Zeit mehr.

Er riß den Stein heraus und machte sich sofort daran, das Schwert auszuradieren, in der Hoffnung, damit seine Identität zu löschen und den Fluch von sich zu nehmen. Die Linien ließen sich nur unter großer Mühe entfernen. Er trat einen Schritt zurück, um besser sehen zu können, und stieß an die Wand. Die Schatten griffen nach ihm, riefen verführerisch seinen Namen.

Er steckte den Stein zurück in seine Tasche und stand schwer atmend in völliger Dunkelheit. Das Gefühl, eingesperrt zu sein, brachte ihn an den Rand der Panik. Das Schwert zu ziehen und während der Arbeit an der Zeichnung die Schatten zu bekämpfen, kam nicht in Frage. Er hatte schon einmal gegen die Schatten gekämpft, und es hatte ihm alles abverlangt. Seine Gedanken rasten. Er wußte nicht, was er tun sollte. Er hatte das Schwert fortgewischt, aber das hatte nicht gereicht. Offenbar erkannte der Zauber ihn noch immer. Er konnte unmöglich alle Linien fortwischen, die ihn umgaben. Er keuchte verzweifelt.

Hinter ihm flackerte Licht auf. Er wirbelte herum. Ein Mann mit einer der Schilfrohrfackeln kam auf ihn zu, ein öliges Grinsen auf seiner Visage. Es war James, der Künstler.

»Ich hab' mir gedacht, daß ich dich hier finde. Ich bin gekommen, um zuzusehen. Kann ich dir irgendwie helfen?«

Seine Lache verriet Richard, daß er keinesfalls die Absicht hatte, ihm zu helfen. Im Licht der Fackel war die Zeichnung gut zu erkennen. Die unsichtbare Mauer drückte gegen seine Schulter und schob ihn gegen die Wand. Bei der Berührung durchfuhr ihn eine Welle aus Übelkeit und Schwindel. Er war jetzt nur noch einen Schritt von der Höhlenwand entfernt. In wenigen Augenblicken würde er eingeschlossen, zerdrückt oder vergiftet werden.

Richard wirbelte zur Zeichnung herum. Mit der einen Hand machte er sich an die Arbeit, mit der anderen kramte er in seiner Tasche. Er zog den Stock hervor, von dem Zedd behauptet hatte, mit ihm ließe sich die Zeichnung verändern.

James beugte sich blöde glucksend vor und sah ihm bei der Arbeit zu.

Das Glucksen verstummte. »Was machst du da?«

Richard antwortete nicht. Er entfernte die rechte Hand der Figur.

»Laß das!« brüllte James.

Richard achtete nicht auf ihn. Er radierte weiter. James warf die Fackel zu Boden und zog einen eigenen Zeichenstock hervor. Der Künstler warf rasch einige Striche hin, sein fettiges Haar fiel ihm ins Gesicht. Er zeichnete eine Figur. Einen weiteren Zauber. Eine zweite Chance würde Richard nicht bekommen, sollte James zuerst fertig werden, soviel stand fest.

»Hör auf damit, du Narr!« brüllte James, der sich rasend beeilte, seine Zeichnung fertigzustellen.

Die unsichtbare Wand preßte Richard an die Höhlenwand. Er hatte kaum noch genug Platz, seine Arme zu bewegen. James zeichnete ein Schwert und begann, es zu beschriften. *Wahrheit.*

Richard nahm seinen Zeichenstock und verband die beiden Handgelenke der Figur zu einem Stumpf, genau wie James ihn besaß.

Als er fertig war, ließ der Druck in seinem Rücken nach und auch die Übelkeit.

James schrie auf.

Richard drehte sich um und sah, wie er sich auf dem Boden der Höhle wand und sich kotzend zusammenkrümmte. Schaudernd ergriff Richard die Fackel.

Der Künstler sah mit flehendem Blick zu ihm auf. »Ich … wollte dich nicht töten … nur einfangen …«

»Wer hat dich beauftragt, diesen Zauber für mich zu zeichnen?«

James grinste ihn dünnlippig und böse an. »Die Mord-Sith«, flüsterte er. »Du wirst sterben …«

»Was ist das, eine Mord-Sith?«

Richard hörte, wie ihm die Luft aus dem Leib gepreßt wurde, hörte das Krachen von Knochen. James war tot. Richard konnte nicht behaupten, daß es ihm leid täte.

Was eine Mord-Sith war, wußte er nicht, er hatte aber auch nicht vor zu bleiben, bis er es herausgefunden hätte. Er kam sich plötzlich allein und verletzlich vor. Sowohl Zedd als auch Kahlan hatten ihn gewarnt. In den Midlands gab es vieles, viele magische Wesen, die gefährlich waren und von denen er nichts wußte. Er konnte die Midlands nicht ausstehen, haßte alle Magie. Er wollte einfach nur noch zurück zu Kahlan.

Richard rannte zum Eingang der Höhle, die Fackel warf er unterwegs fort. Er stürzte hinaus in die Sonne, hielt sich die Hände schützend vor die Augen und blieb abrupt stehen. Blinzelnd erkannte er einen Kreis von Leuten, die ihn umringten. Soldaten. Sie hatten Uniformen an aus dunklem Leder und Kettenhemden, trugen Schwerter auf dem Rücken und Streitäxte an ihren breiten Gürteln.

Davor, mit dem Gesicht zur Höhle und zu ihm, stand jemand, der anders aussah. Eine Frau mit langen, rotbraunen Haaren, die zu einem losen Zopf zusammengebunden waren. Sie war von Kopf bis Fuß in engsitzendes Leder gehüllt. Blutrotes Leder. Der einzige Farbtupfer inmitten des Blutrots war ein gelber Halbmond mit Stern quer über ihrem Bauch. Richard sah, daß die Männer den gleichen Halbmond mit Stern auf der Brust trugen, nur war er bei ihnen rot. Die Frau betrachtete ihn ohne jede Regung, bis auf den leichten Anflug eines Lächelns.

Richard stand breitbeinig da, bereit, sich zu verteidigen, die Hand am Heft des Schwertes. Er wußte nicht, was er machen sollte, hatte keine Ahnung, was sie vorhatten. Mit einem leichten Zucken der Augen deutete sie hinter ihn, nach oben. Richard hörte, wie zwei Männer sich aus dem Steilhang hinter ihm auf den Boden fallen ließen. Mit der Hand am Heft spürte er, wie der Zorn des Schwertes mit Macht in ihn hineindrängte. Er biß die Zähne zusammen und ließ es ungehemmt geschehen.

Die Frau schnippte mit den Fingern, ein Zeichen für die Männer hinter ihm, dann zeigte sie auf ihn. »Nehmt ihn fest.« Er hörte das Klirren von Stahl, der aus der Scheide gezogen wird.

Mehr brauchte Richard nicht zu wissen. Er war verhaftet.

Sendbote des Todes.

Er wirbelte herum, zog sein Schwert in großem Bogen. Er ließ seinem Zorn wie besessen freien Lauf. Er explodierte in seinem Körper. Sein Blick fand die Augen der beiden Männer. Die Kiefermuskeln angespannt, hatten sie die Schwerter aus den Scheiden auf ihrem Rücken gerissen.

Richard hielt das Schwert der Wahrheit hüfthoch. Legte seine ganze Kraft hinein und sein Gewicht. Sie senkten die Schwerter zur Verteidigung. Er schrie vor tödlicher Raserei auf. Mit tödlichem Haß. Mit tödlicher Gier. Er überließ sich vollkommen der Lust zu töten. Alles andere wäre sein eigenes Ende. Seine Schwertspitze pfiff durch die Luft.

Sendbote des Todes.

Heiße, zertrümmerte Stahlsplitter sirrten durch die klare Morgenluft.

Ein zweifaches Stöhnen. Beim Aufprall ein doppeltes, feuchtes Klatschen wie von überreifen Melonen, die am Boden zerplatzen. Das Innere in langen, roten Striemen nach außen gekehrt. Die oberen Hälften ihrer toten Körper gerieten ins Wanken, als die Beine unter ihnen wegsackten.

Das Schwert kreiste noch immer, zog eine Spur von roten Blutfäden hinter sich her. Er stellte seinen Zorn, seinen Haß, seine Gier auf ein neues Ziel ein. Die Frau gab die Befehle. Richard wollte ihren Lebenssaft. Die Zauberkraft durchströmte ihn ungehindert. Er schrie noch immer. Sie stand da, eine Hand in die Hüfte gestemmt.

Richard fand ihre Augen und veränderte den Kurs seines Schwertes leicht, damit er sie treffen konnte. Ihr breiter werdendes Grinsen nährte nur noch die Glut seines Zorns. Ihre Blicke trafen sich. Die Schwertspitze näherte sich pfeifend ihrem Kopf. Sein Bedürfnis zu töten wurde unumkehrbar.

Sendbote des Todes.

Der Schmerz der Magie des Schwertes traf ihn wie ein eisiger Wasserfall auf der nackten Haut. Die Klinge kam nie bei ihr an. Das

Schwert fiel scheppernd zu Boden, während der Schmerz ihn auf die Knie riß und durch ihn hindurchschoß, daß er zusammenbrach.

Die Hand immer noch in die Hüfte gestemmt, das Lächeln immer noch im Gesicht, stand sie über ihm und sah zu, wie er sich die Arme um den Unterleib schlang, Blut erbrach, daran zu ersticken drohte. Feuer brannte in jedem Zentimeter seines Körpers, riß ihm den Atem aus den Lungen. Verzweifelt versuchte er, die Magie in den Griff zu bekommen, den Schmerz zu überwinden, wie er es gelernt hatte. Mit wachsender Panik stellte er fest, daß er die Kontrolle über den Schmerz verloren hatte.

Die hatte jetzt sie.

Er fiel mit dem Gesicht in den Staub, versuchte zu schreien, Luft zu holen, konnte es nicht. Einen Augenblick lang dachte er an Kahlan, dann nahm ihm der Schmerz sogar das.

Keiner der Männer hatte sich aus dem Kreis fortbewegt. Die Frau setzte ihm einen Stiefel in den Nacken, stützte sich mit dem Ellenbogen auf das Knie und beugte sich vor. Mit der anderen Hand packte sie ihn in den Haaren und zog seinen Kopf zurück. Sie beugte sich vor. Leder knarzte.

»Sieh mal an«, fauchte sie. »Und ich dachte, ich müßte dich tagelang foltern, um dich wütend genug zu machen, damit du deine Magie gegen mich richtest. Nun, keine Sorge, ich habe auch noch andere Gründe, dich zu quälen.«

Trotz der Schmerzen war Richard eines klar: Er hatte einen entsetzlichen Fehler begangen. Irgendwie hatte er ihr die Kontrolle über die Magie des Schwertes überlassen. Jetzt saß er in der Klemme, tiefer als jemals zuvor. Kahlan war in Sicherheit, versuchte er sich einzureden, und das war alles, was zählte.

»Willst du, daß der Schmerz nachläßt, mein Kleiner?«

Die Frage erzürnte ihn. Seine Wut, sein Wunsch, sie zu töten, schnürte die Schmerzen fester. »Nein«, brachte er unter größter Anstrengung hervor.

Achselzuckend ließ sie seinen Kopf fallen. »Mir soll's recht sein. Aber wenn du willst, daß die Qualen der Magie ein Ende haben, brauchst du bloß aufzuhören, all diese gemeinen Gedanken über mich zu denken. Von nun an werde ich die Zauberkraft deines Schwertes kontrollieren. Wenn du auch nur mit dem Gedanken spielst, mir ein einziges Haar zu krümmen, wird der magische Schmerz dich zermalmen.« Sie lächelte. »Es ist der einzige Schmerz, über den du die Kontrolle haben wirst. Denk einfach etwas Nettes über mich, und er läßt nach. Natürlich kann auch ich den magischen Schmerz kontrollieren und ihn dir zufügen, wann immer mir danach ist. Und ich kann dir noch andere Schmerzen bereiten, wie du noch erfahren wirst.« Ihr Gesicht wurde nachdenklich. »Sag mal, Kleiner, hast du eigentlich versucht, die Magie einzusetzen, weil du ein Narr bist oder weil du dich für tapfer hältst?«

Der Schmerz ließ ein ganz klein wenig nach. Er schnappte keuchend nach Luft.

»Wer … bist … du?«

Sie packte wieder seinen Haarschopf, riß seinen Kopf hoch und drehte ihn so, daß sie ihm in die Augen sehen konnte. Beim Vorbeugen jagte ihm der Stiefel in seinem Nacken einen stechenden Schmerz durch die Schulter. Er konnte die Arme nicht bewegen. Ihr Gesicht war zu einer neugierigen Fratze verzerrt.

»Du weißt nicht, wer ich bin? In den Midlands kennt mich jeder.«

»Ich … Westland.«

Sie zog entzückt die Brauen hoch. »Aus Westland! Du liebe Zeit! Wie wunderbar! Wird das ein Spaß werden.« Ihr Lächeln wurde noch breiter. »Ich bin Denna. Herrin Denna für dich, mein Kleiner. Ich bin eine Mord-Sith.«

»Ich werde … nicht verraten … wo Kahlan ist. Du kannst … mich ebenso … gleich töten.«

»Wer? Kahlan?«

»Die … Mutter Konfessor.«

»Mutter Konfessor«, wiederholte sie angeekelt. »Wozu in aller Welt sollte ich einen Konfessor brauchen? Wegen dir, Richard Cypher, hat Meister Rahl mich losgeschickt, und wegen niemandem sonst. Einer deiner Freunde hat dich bei ihm verraten.« Sie drehte seinen Kopf noch weiter herum, legte noch mehr Gewicht in den Stiefel. »Und jetzt habe ich dich. Ich hatte gedacht, es würde vielleicht schwierig werden, aber du hast mir überhaupt keinen Spaß gemacht. Ich werde für deine Ausbildung verantwortlich sein. Aber das wirst du nicht wissen, schließlich bist du aus Westland. Eine Mord-Sith trägt immer Rot, wenn sie jemanden ausbilden soll. Dann sieht man das Blut nicht so. Ich habe das wunderbare Gefühl, ich werde eine Menge von deinem Blut auf mir haben, bis ich dich ausgebildet habe.« Sie ließ seinen Kopf fallen, verlagerte ihr Gewicht auf den Fuß in seinem Nacken und hielt ihm die Hand vors Gesicht. Er sah, daß der Rücken ihres Handschuhs gepanzert war, sogar die Finger. Ein blutroter Lederstab, ungefähr einen Fuß lang, hing, mit einer Goldkette verbunden, locker an ihrem Handgelenk. Er pendelte vor seinen Augen hin und her. »Das ist der Strafer. Er gehört zu den Dingen, mit denen ich dich ausbilden werde.« Sie lächelte ihn aalglatt an und zog eine Braue hoch. »Neugierig? Willst du mal sehen, wie er funktioniert?«

Denna drückte ihm den Strafer in die Seite. Der Schmerzensschock ließ ihn aufschreien, dabei hatte er keineswegs die Absicht, ihr die Befriedigung zu schaffen und ihr zu zeigen, wie sehr es schmerzte. Dieses Ding in seiner Seite ließ jeden Muskel in seinem Körper verkrampfen. Er hatte nur noch einen Gedanken, er wollte dieses Ding wieder los sein. Denna drückte ein wenig fester. Seine Schreie wurden lauter. Er hörte ein Knacken und spürte, wie eine Rippe brach.

Sie nahm den Strafer fort. Warmes Blut rann an seiner Seite herunter. Richard war schweißgebadet. Er lag keuchend im Dreck, Tränen liefen ihm aus den Augen. Der Schmerz schien jeden Muskel in seinem Körper zu zerreißen. Er hatte Staub im Mund – und Blut.

Denna grinste ihn grausam an. »Und nun, Kleiner, sag ›Danke, Herrin, daß du mir das gezeigt hast‹.« Ihr Gesicht kam näher. »Sag es.«

Richard nahm seine gesamte geistige Kraft zusammen, richtete seine Mordgier auf sie und stellte sich vor, wie das Schwert ihren Kopf spaltete. »Krepier, du Miststück.«

Denna schauderte, schloß halb die Augen und fuhr sich verzückt mit der Zunge über die Oberlippe. »Oh, welch köstliche erregende Vorstellung, mein Kleiner. Du wirst natürlich sehr ernsthaft bedauern, daß du sie gehabt hast. Deine Ausbildung wird mir gefallen. Zu schade, daß du nicht weißt, was eine Mord-Sith ist. Wüßtest du's, hättest du sehr große Angst. Das würde mir noch besser gefallen.« Dank ihres Lächelns sah man ihr perfektes Gebiß. »Aber noch entzückender wird es sein, dich zu überraschen.«

Richard behielt die Vorstellung, wie er sie tötete, so lange vor seinem geistigen Auge, bis er in Ohnmacht fiel.

12. Kapitel

Richards Augen öffneten sich einen winzigen Spalt. Seine Gedanken verschwammen im Nebel. Er lag mit dem Gesicht auf einem kalten Steinfußboden, der von flackerndem Fackelschein erhellt wurde. Die steinernen Mauern hatten keine Fenster, die ihm verraten hätten, ob es Tag war oder Nacht. Er hatte den Geschmack von Kupfer im Mund. Blut. Er versuchte nachzudenken, wo er sein könnte, und warum. Ein stechender Schmerz in seiner Seite ließ ihm den Atem stocken, als er zu tief einatmete. Sein ganzer Körper schmerzte. Alles pochte. Er fühlte sich, als hätte ihn jemand mit einem Knüppel verdroschen.

Die Erinnerung an den Alptraum sickerte zurück in sein Bewußtsein. Beim Gedanken an Denna blitzte sein Ärger auf. Der magische Schmerz ließ ihn keuchend nach Luft schnappen. Bei dem unerwarteten Schock riß er die Knie an den Leib und stöhnte gequält auf. Dann zügelte er seinen Zorn, verbannte ihn aus seinen Gedanken. Er dachte an Kahlan und wie sie ihn geküßt hatte. Der Schmerz schmolz dahin. Verzweifelt versuchte er, sich ganz auf Kahlan zu konzentrieren, noch einmal hätte er die Schmerzen nicht ertragen. Er hielt es einfach nicht aus, schon jetzt tat alles viel zu sehr weh.

Er mußte einen Ausweg finden. Wenn es ihm nicht gelang, seinen Zorn zu beherrschen, hatte er keine Chance. Er mußte an seinen Vater denken, der ihm beigebracht hatte, Zorn sei falsch und wie er ihn den größten Teil seines Lebens hatte im Zaum halten können. Zedd hatte ihm erklärt, daß es Augenblicke gäbe, in denen es gefährlicher war, seine Wut herauszulassen, als sie zu unterdrücken. Dies war so ein Augenblick. Sein ganzes Leben lang hatte er gelernt, seine Wut zu unterdrücken, jetzt mußte er es tun. Der Gedanke gab ihm einen Funken Hoffnung.

Vorsichtig, ohne sich viel zu bewegen, durchdachte er seine Situation. Das Schwert steckte wieder in der Scheide, sein Messer noch in der Hülle, den Stein der Nacht hatte er noch in der Tasche. Sein Rucksack lag an einer fernen Wand. Die linke Seite seines Hemdes war hart von verkrustetem Blut. Sein Kopf pochte vor Schmerzen, fühlte sich aber nicht schlimmer an als der Rest.

Nach einer leichten Drehung des Kopfes sah er Denna. Sie hatte es sich auf einem hölzernen Stuhl bequem gemacht und die Beine untergeschlagen. Ihr linker Ellenbogen ruhte auf einem einfachen Holztisch, und sie löffelte etwas aus einer Schale in sich hinein.

Vielleicht sollte er etwas sagen. »Wo sind deine Männer?«

Denna kaute noch eine Weile weiter und sah ihn an. Endlich setzte sie die Schale ab und zeigte dicht neben sich auf eine Stelle am Boden.

Ihre Stimme klang ruhig, fast freundlich. »Komm, stell dich hierher.«

Richard kam unter großer Mühe auf die Beine und ging zu der Stelle, auf die sie gezeigt hatte. Sie betrachtete ihn teilnahmslos, während er dastand und auf sie herabschaute. Sie erhob sich und schob den Stuhl mit dem Stiefel nach hinten, aus dem Weg. Sie war fast so groß wie er. Sie drehte ihm den Rücken zu, nahm einen Handschuh vom Tisch und zog ihn sich über die rechte Hand, stieß die Finger fest hinein.

Unvermittelt wirbelte sie herum und schlug ihm mit dem Handrücken über den Mund. Die gepanzerte Rückseite des Handschuhs zerfetzte ihm die Oberlippe.

Sofort, noch bevor der Zorn ihn packen konnte, dachte er an einen wunderschönen Ort in den Wäldern Kernlands. Der stechende Schmerz der Platzwunde ließ ihm die Tränen in die Augen treten.

Denna lächelte ihn warm an. »Du hast die Anrede vergessen, mein Kleiner. Ich hab's dir doch erklärt, du sollst mich mit ›Herrin‹ anreden oder mit Herrin Denna. Du hast Glück, daß ich deine Ausbildung übernommen habe, die meisten Mord-Sith sind nicht so nachsichtig wie ich. Sie hätten bei der ersten Verfehlung den Strafer eingesetzt. Aber ich habe eine Schwäche für gutaussehende Männer. Außerdem muß ich gestehen, daß ich den Handschuh recht gerne benutze, auch wenn er keine besonders wirksame Strafe darstellt. Ich mag den direkten Kontakt. Der Strafer hat etwas Belebendes, aber es gibt keinen Ersatz für den Gebrauch der eigenen Hände, wenn man spüren will, was man tut.« Sie runzelte leicht die Stirn, und ihre Stimme wurde schärfer. »Nimm deine Hand weg.«

Richard nahm die Hand vom Mund. Er spürte, wie ihm das Blut vom Kinn tropfte. Denna bemerkte es mit Genugtuung. Unerwartet beugte sie sich vor und leckte ihm Blut vom Kinn; der Geschmack brachte sie zum Lächeln. Er schien sie zu erregen. Sie schmiegte sich an ihn. Diesmal jedoch saugte sie seine Lippe in den Mund und biß fest in die Platzwunde. Richard kniff die Augen zu, ballte die Fäuste und hielt den Atem an, bis sie von ihm abließ und sich lächelnd das Blut von den Lippen leckte. Er zitterte vor Schmerz, aber das Bild der Wälder Kernlands in seinen Gedanken hielt stand.

»Das war nur eine sachte Vorwarnung, wie du bald herausfinden wirst. Und jetzt wiederhole die Frage, wie es sich gehört.«

Richard beschloß in diesem Augenblick, sie Herrin Denna zu nennen. Es sollte Ausdruck seiner Verachtung sein. Niemals würde er sie einfach Herrin nennen. Das war seine Art, sie zu bekämpfen und den Respekt vor sich selbst aufrechtzuerhalten. Zumindest in seinen eigenen Gedanken.

Richard holte tief Luft. »Wo sind Eure Männer, Herrin Denna?«

»Viel besser«, gurrte sie. »Die meisten Mord-Sith gestatten den Auszubildenden nicht, zu sprechen oder Fragen zu stellen. Ich spreche eigentlich ganz gerne mit meinen Schülern. Wie gesagt, du kannst von Glück reden, daß du mich hast.« Sie lächelte ihn kühl an. »Ich habe meine Männer fortgeschickt. Sie werden nur zum Einfangen benötigt. Sie sollen eine Person festhalten, bis diese ihre Magie gegen mich einsetzt, danach werden sie nicht mehr gebraucht. Es gibt nichts, was du tun könntest, um zu fliehen oder dich zu wehren. Nichts.«

»Und warum habe ich immer noch mein Schwert und mein Messer?«

Dann fiel es ihm ein. Zu spät. Mit einem Arm blockte er ihre Faust vor seinem Gesicht ab. Die Abwehr ließ den magischen Schmerz auflodern. Der Strafer bohrte sich ihm in den Magen. Er wälzte sich vor Schmerzen schreiend auf dem Boden.

»Steh auf!«

Richard würgte seinen Zorn herunter, um den magischen Schmerz auszusperren. Der Schmerz des Strafers ließ weniger rasch nach. Er hatte große Mühe, auf die Beine zu kommen.

»Und jetzt runter auf die Knie. Bitte mich um Vergebung.«

Als er sich für ihr Empfinden nicht schnell genug bewegte, legte sie ihm den Strafer auf die Schulter und drückte ihn damit nach unten. Sein rechter Arm wurde taub vor Schmerz.

»Bitte, Herrin Denna, vergebt mir.«

»Schon besser«, grinste sie endlich. »Steh auf.« Sie sah zu, wie er sich aufrappelte. »Du hast dein Schwert und dein Messer noch, weil sie mir nicht gefährlich werden können. Vielleicht wirst du sie eines Tages dazu benutzen, deine Herrin zu beschützen. Ich habe es lieber, wenn meine Kleinen ihre Waffen behalten. Es erinnert sie unablässig daran, wie hilflos sie mir ausgeliefert sind.«

Sie kehrte ihm den Rücken zu und streifte den Handschuh ab. Was das Schwert anbetraf, hatte sie recht. Es besaß Zauberkraft, und die kontrollierte sie. Aber war das die einzige Möglichkeit? Er mußte es herausfinden. Er versuchte, ihr an die Kehle zu greifen.

Unbeirrt streifte sie weiter langsam den Handschuh ab, während er auf die Knie sackte und unter magischen Schmerzen aufschrie. Verzweifelt konzentrierte er sich auf das Bild von den Wäldern Kernlands. Der Schmerz ließ nach, und er kam wieder auf die Beine, als sie es ihm befahl.

Denna sah ihn ungehalten an. »Du willst es dir schwermachen, was?« Ihre Züge entspannten sich, das aalglatte Lächeln kehrte zurück. »Eigentlich gefällt es mir, wenn es sich ein Mann schwermacht. Aber du machst es verkehrt. Ich hab' dir doch gesagt, du sollst etwas Nettes über mich denken, damit die Schmerzen nachlassen. Aber das tust du nicht. Du denkst an irgendwelche langweiligen Bäume. Das ist meine letzte Warnung. Entweder du denkst etwas Nettes über mich, oder ich werde dich die ganze Nacht über mit Schmerzen verrückt machen. Hast du das verstanden?«

»Ja, Herrin Denna.«

Ihr Grinsen wurde breiter. »Das war sehr gut. Siehst du? Du bist doch ganz gelehrig. Vergiß nicht, denk einfach etwas Nettes über mich.« Sie ergriff seine Hände und legte sie auf ihre Brüste, während sie ihm in die Augen sah. »Ich habe festgestellt, daß die meisten Männer ihre netten Gedanken auf das hier konzentrieren.« Sie beugte sich vor, seine Hände noch immer an sich drückend. Ihre Stimme wurde ungezwungener. »Aber wenn dir irgend etwas besser gefällt, darfst du deine Gedanken gerne auch dorthin wandern lassen.«

Richard entschied auf der Stelle, daß ihr Haar hübsch sei. Es war die einzige Stelle, zu der seine Gedanken wandern würden, wenn er etwas Nettes denken sollte. Der Schmerz riß ihn unerwartet auf die Knie und ließ ihn nicht aus dem Griff, bis er nicht mehr atmen konnte. Er riß den Mund auf, bekam aber keine Luft. Seine Augen quollen hervor.

»So, und jetzt zeig mir, ob du tun kannst, was man dir sagt. Schalte den Schmerz ab, wann immer du willst, aber tue es auf die Weise, die ich dir genannt habe.«

Er schaute zu ihr hoch, auf ihr Haar. Sein Blick verschwamm. Er konzentrierte sich darauf, wie attraktiv er ihren Zopf fand. Er zwang sich, ihn wunderschön zu finden. Der Schmerz ließ nach, und er sackte nach Luft schnappend auf die Seite.

»Steh auf.« Er tat, was sie verlangte, immer noch nach Atem ringend. »So gehört sich das. Denk daran, nur so darfst du es wagen, in Zukunft den Schmerz zu bekämpfen, oder ich verändere den Zauber so, daß du ihn überhaupt nicht mehr entfernen kannst. Hast du das verstanden?«

»Ja, Herrin Denna.« Er schnappte noch immer nach Luft. »Herrin Denna, Ihr habt gesagt, jemand hätte mich verraten. Wer war es?«

»Einer von deinen eigenen Leuten.«

»Keiner meiner Freunde würde so etwas tun, Herrin Denna.«

Sie sah ihn voller Verachtung an. »Dann sind es wohl kaum deine Freunde, oder?«

Er senkte den Blick, hatte einen Kloß in der Kehle. »Nein, Herrin Denna. Aber wer war es?«

Sie zuckte mit den Achseln. »Meister Rahl hielt es nicht für wichtig genug, es mir mitzuteilen. Im Augenblick brauchst du nur eins zu wissen: niemand wird dich retten. Du wirst nie wieder frei sein. Je schneller du das begreifst, desto leichter wird dir die Ausbildung fallen.«

»Und was ist der Zweck meiner Ausbildung, Herrin Denna?«

Das Lächeln kehrte in ihr Gesicht zurück. »Sie soll dir die Bedeutung von Schmerz nahebringen. Dir beibringen, daß dein Leben nicht mehr dir gehört, sondern mir, und ich damit machen kann, was immer ich will. Alles. Ich kann dir weh tun, wie ich will, solange ich will, und niemand außer mir wird dir helfen. Ich werde dir beibringen, daß du jeden Augenblick ohne Schmerzen ausschließlich mir zu verdanken hast. Du wirst lernen zu tun, was ich sage, und zwar ohne zu fragen, ohne zu zögern, ganz gleich, um was es sich handelt. Du wirst lernen, um alles zu betteln, was du bekommst. Nach ein paar Tagen der Ausbildung hier wirst du ausreichende Fortschritte gemacht haben, dann werde ich dich an einen anderen Ort bringen, wo es andere Mord-Siths gibt, und dort werde ich deine Ausbildung vervollständigen, bis ich fertig bin, egal wie lange es dauert. Ich werde einige der anderen Mord-Siths mit dir spielen lassen, damit du begreifst, wie glücklich du dich schätzen darfst, mich zu haben. Eigentlich mag ich Männer. Einige von den anderen können Männer nicht ausstehen. Ich werde dich ihnen eine Weile lang überlassen, damit du begreifst, wie freundlich ich im Grunde bin.«

»Und was ist das Ziel dieser Ausbildung, Herrin Denna? Welchen Zweck hat sie? Was wollt ihr?«

Sie schien es aufrichtig zu genießen, ihm diese Dinge zu erzählen. »Du bist etwas Besonderes. Meister Rahl hat deine Ausbildung persönlich angeordnet.« Ihr Lächeln wurde breiter. »Ich könnte mir vorstellen, daß er dir eine Frage stellen möchte. Und du wirst mir keine Schande machen. Wenn ich mit dir fertig bin, wirst du darum betteln, ihm alles zu verraten, was er wissen will. Und wenn er mit dir fertig ist, dann wirst du mir gehören, dein Leben lang. Wie lange das immer sein mag.«

Richard mußte sich auf ihr Haar konzentrieren, mußte kämpfen, um seine Wut im Zaum zu halten. Er wußte, was Darken Rahl wissen wollte, er würde nach dem Buch der Gezählten Schatten fragen. Das Kästchen war in Sicherheit. Kahlan war in Sicherheit. Alles andere war egal. Denna konnte ihn töten, es war ihm egal. Im Grunde würde sie ihm damit einen Gefallen tun.

Denna umkreiste ihn, betrachtete ihn von Kopf bis Fuß. »Solltest du dich als brauchbar erweisen, mein Kleiner, erwähle ich dich vielleicht sogar zu meinem Gatten.« Sie blieb vor ihm stehen, schob ihr Gesicht ganz dicht an seines heran und grinste ihn mit gespielter Schüchternheit an. »Als lebenslänglichen Gatten einer Mord-Sith.« Durch das Grinsen sah man ihre Zähne. »Ich hatte schon viele Gatten. Aber laß dich von der Aussicht nicht allzusehr erregen, mein Kleiner«, hauchte sie. »Ich bezweifele, daß dir diese Erfahrung Vergnügen bereiten wird. Falls du sie überlebst, was bis jetzt noch keiner geschafft hat. Alle meine Gatten sind nach kurzer Zeit verschieden.«

Deswegen brauchte er sich vermutlich kaum Sorgen zu machen. Darken Rahl wollte das Buch. Falls er keine Möglichkeit fand, zu fliehen, würde Darken Rahl ihn auf die gleiche Weise töten, auf die er auch seinen Vater und Giller getötet hatte. Aus Richards Eingeweiden würde er bestenfalls erfahren, wo das Versteck war, nämlich in seinem Kopf, und wie sehr er sich auch in seine Eingeweide vertiefen mochte, daß er dadurch an das Buch gelangen könnte, war ausgeschlossen. Hoffentlich lebte er lange genug, um Darken Rahls überraschtes Gesicht zu sehen, wenn er seinen verhängnisvollen Fehler erkannte.

Kein Buch. Kein Kästchen. Darken Rahl war ein toter Mann. Das war das einzige, was zählte.

Und was den Verrat an ihm anbetraf, so beschloß er, es einfach nicht zu glauben. Darken Rahl kannte die Gesetze der Magie. Und jetzt wandte er das erste an, um ihm angst zu machen, es könnte tatsächlich so sein. Der erste Schritt zum Glauben. Richard beschloß, sich vom ersten Gesetz der Magie nicht täuschen zu lassen. Er kannte Zedd, Chase und Kahlan. Er würde Darken Rahl niemals mehr Glauben schenken als seinen Freunden.

»Übrigens, wo hast du eigentlich das Schwert der Wahrheit her?«

Er sah ihr geradewegs in die Augen. »Ich habe es seinem Vorbesitzer abgekauft, Herrin Denna.«

»Tatsächlich? Was hast du dafür bezahlen müssen?«

Richard hielt ihrem Blick stand. »Alles, was ich hatte. Wie es scheint, hat es mich auch meine Freiheit und möglicherweise mein Leben gekostet.«

Denna lachte. »Du hast Mumm. Ich liebe es, Männer zu brechen, die Mumm haben. Weißt du, warum Meister Rahl mich ausgesucht hat?«

»Nein, Herrin Denna.«

»Weil ich unbarmherzig bin. Ich bin vielleicht nicht so grausam wie einige der anderen, aber es macht mir Spaß, einen Mann zu brechen. Ich liebe es, meinen Hündchen weh zu tun, mehr als alles andere auf der Welt. Es ist mein Lebenszweck.« Sie zog lächelnd eine Braue hoch. »Ich gebe niemals auf, und ich werde niemals müde und lasse niemals nach. Niemals.«

»Ich fühle mich geehrt, Herrin Denna, mich in den Händen der Besten zu wissen.«

Sie drückte ihm den Strafer an den Riß in der Oberlippe und ließ ihn dort, bis er auf den Knien war und ihm die Tränen aus den Augen liefen. »Das ist die letzte Respektlosigkeit, die ich jemals von dir hören möchte.« Sie nahm den Strafer fort und rammte ihm ihr Knie in den Mund. Er landete mit ausgestreckten Armen auf dem Rücken. »Was hast du jetzt zu sagen?«

»Bitte, Herrin Denna«, brachte er unter größten Mühen hervor, »bitte vergebt mir.«

»Na schön, steh auf. Es wird Zeit, mit deiner Ausbildung zu beginnen.«

Sie ging zum Tisch und holte etwas. Dann zeigte sie auf eine Stelle des Fußbodens. »Stell dich da hin! Sofort!«

Richard bewegte sich, so schnell es ging. Er konnte sich nicht aufrichten, die Schmerzen ließen das nicht zu. Er stellte sich auf die Stelle, schwer atmend, schwitzend. Sie reichte ihm einen Gegenstand, an dem eine Kette befestigt war. Es war ein Halsband aus Leder, in der gleichen Farbe, die auch sie trug.

Ihre Stimme verlor alles Angenehme. »Leg es an.«

Richard war nicht danach, Fragen zu stellen. Er merkte, daß er zu glauben begann, er würde alles tun, nur um nicht mit dem Strafer berührt zu werden. Er schnallte sich das Halsband um den Nacken.

Denna ergriff die Kette. An deren Ende befand sich ein Metallring, den sie über eine Strebe der Stuhllehne gleiten ließ.

»Die Magie wird dich dafür bestrafen, gegen meinen Willen zu handeln. Wenn ich diese Kette irgendwo befestige, dann ist es mein Wunsch, daß sie dort bleibt, bis ich sie wieder abnehme.« Sie zeigte auf die offenstehende Tür. »Für die nächste Stunde möchte ich, daß du alles daransetzt, durch diese Tür zu gelangen. Wenn du nicht dein Bestes gibst, wirst du für den Rest der Stunde folgendes tun.« Sie drückte ihm den Strafer seitlich an den Hals, bis er vor Schmerzen schreiend auf die Knie sackte und sie anflehte, aufzuhören. Sie nahm den Strafer fort und befahl ihm, anzufangen. Dann lehnte sie sich an die Wand und verschränkte die Arme.

Als erstes versuchte er einfach, zur Tür zu gehen. Der Schmerz knickte ihm die Beine unter dem Körper weg, bevor er die Kette auch nur ein winziges bißchen unter Spannung setzen konnte, und ließ erst wieder nach, als es ihm gelang, rückwärts zurück zum Stuhl zu kriechen.

Richard versuchte den Ring zu greifen. Der magische Schmerz verkrampfte seinen Arm, bis er vor Anstrengung, den Ring packen zu wollen, zu zittern begann. Der Schweiß rann ihm übers Gesicht. Er versuchte, rückwärts an den Stuhl heranzukommen und sich dann umzudrehen, aber bevor seine Finger den Ring erreicht hatten, riß ihn der Schmerz wieder zu Boden. Er kämpfte gegen die Schmerzen an, reckte sich, wollte den Stuhl greifen, doch er kam nicht gegen die Schmerzen an. Vor Anstrengung brach er Blut spuckend zusammen. Als es vorbei war, hielt er sich mit einer Hand aufrecht. Tränen tropften ihm vom Gesicht, während er sich mit der anderen Hand zitternd den Bauch hielt. Aus den Augenwinkeln sah er, daß Denna die Arme löste und sich aufrichtete. Er versuchte es ein weiteres Mal.

Sein Plan war eindeutig zum Scheitern verurteilt. Er mußte sich etwas anderes einfallen lassen. Er zog das Schwert, in der Absicht, damit die Kette ein Stück anzuheben. Für einen winzigen Augenblick gelang es ihm unter größten Mühen, die Kette mit der Klinge zu berühren. Der Schmerz zwang ihn, das Schwert fallen zu lassen. Nur durch das Zurückstecken des Schwertes in die Scheide ließ sich der Schmerz unterbinden.

Er hatte eine Idee. Er legte sich auf den Boden und trat den Stuhl unter der Kette weg, bevor der Schmerz ihn paralysieren konnte. Der Stuhl schlitterte über den Boden, prallte gegen den Tisch und kippte um. Die Kette war frei. Das Siegesgefühl dauerte nur einen winzigen Augenblick. Jetzt, wo die Kette vom Stuhl heruntergeglitten war, erreichte der Schmerz einen ungekannten Grad. Schwer atmend, keuchend, zog er sich mit letzter Kraft an den Fingernägeln über den Steinboden. Mit jedem Zentimeter wuchs die Pein, bis er von ihr geblendet wurde. Seine Augen schienen aus dem Kopf gedrückt zu werden. Er war gerade mal einen halben Meter weit gekommen. Er wußte nicht, was er machen sollte. Der Schmerz verhinderte jede Bewegung, jeden Gedanken.

»Bitte, Herrin Denna«, brachte er unter größter Anstrengung hervor, »helft mir. Bitte helft mir.« Er stellte fest, daß er weinte, aber das war ihm egal. Er wollte nur, daß die Kette wieder auf dem Stuhl hing, damit der Schmerz nachließ.

Er hörte, wie ihre Stiefel auf ihn zukamen. Sie bückte sich, hob den Stuhl hoch, stellte ihn wieder hin und hängte den Ring wieder an den Stuhl. Der Schmerz ließ nach, und er wälzte sich auf den Rücken. Aber aufhören zu weinen konnte er nicht.

Sie stand über ihm, die Hände in die Hüften gestemmt. »Das waren erst fünfzehn Minuten, aber weil ich dir helfen mußte, fängt die Stunde von vorne an. Wenn ich dir noch mal helfen muß, werden es zwei Stunden werden.« Sie bückte sich und bohrte ihm den Strafer in den Magen. Schmerz schoß ihm durch den Unterleib. »Verstanden?«

»Ja, Herrin Denna«, greinte er. Er hatte Angst, daß es eine Möglichkeit gab, hatte Angst, was geschehen würde, wenn er sie fand,

Angst, es unversucht zu lassen. Wenn es am Ende der Stunde einen Weg gab, dann hatte er ihn nicht gefunden.

Sie kam und stellte sich über ihn. Er stützte sich auf Hände und Knie. »Hast du es jetzt kapiert? Begreifst du jetzt, was geschehen wird, wenn du versuchst, zu fliehen?«

»Ja, Herrin Denna.« Er hatte tatsächlich verstanden. Es gab keine Möglichkeit zur Flucht für ihn. Hoffnungslosigkeit hüllte ihn ein, schien ihn ersticken zu wollen. Er wollte sterben. Dann dachte er an das Messer in seinem Gürtel.

»Steh auf.« Sie sprach leise, als könnte sie seine Gedanken lesen. »Falls du glaubst, du könntest deine Zeit als mein Spielzeug beenden, denk noch einmal nach. Die Magie wird es verhindern, genauso wie sie verhindert, daß du die Kette vom Stuhl nehmen kannst.« Richard blinzelte sie stumpfsinnig an. »Du kannst mir nicht entkommen, nicht einmal durch deinen Tod. Du wirst mir gehören, solange es mir beliebt, dich leben zu lassen.«

»Das wird nicht lange dauern, Herrin Denna. Darken Rahl wird mich töten.«

»Vielleicht. Aber selbst wenn, wird er es erst tun, nachdem du ihm verraten hast, was er wissen will. Ich will, daß du seine Fragen beantwortest, und du wirst tun, was ich verlange, ohne zu zögern.« Ihre braunen Augen waren hart wie Stahl. »Vielleicht glaubst du das im Augenblick nicht, aber du hast keine Vorstellung, wie gut ich im Abrichten von Menschen bin. Ich habe noch jeden Mann gebrochen. Vielleicht glaubst du, du könntest der erste sein, aber schon bald wirst du darum betteln, mir gefallen zu dürfen.«

Der erste Tag mit ihr war noch nicht vorüber, und schon wußte Richard, daß er fast alles tun würde, was sie verlangte. Sie hatte noch wochenlang Zeit, ihn abzurichten. Hätte er kraft seines Willens auf der Stelle sterben können, er hätte es getan. Das schlimmste war, er wußte, daß sie recht hatte. Er konnte nichts tun. Er war ihrer Gnade ausgeliefert, und sie schien keinen Funken davon zu besitzen.

»Ich verstehe, Herrin Denna. Ich glaube Euch.« Ihr süßliches Lächeln zwang ihn, daran zu denken, wie hübsch ihr Zopf war.

»Gut. Und jetzt zieh dein Hemd aus.« Ihr Lächeln wurde breiter, als sie sein verwirrtes Gesicht sah und er sich dennoch sein Hemd aufzuknöpfen begann. Sie hielt ihm den Strafer vors Gesicht. »Es wird Zeit, daß ich dir beibringe, was der Strafer alles kann. Wenn du es anläßt, wird es völlig blutverschmiert sein, und ich finde keine unberührte Stelle mehr. Du wirst sehen, warum meine Kleidung diese Farbe hat.«

Er zerrte seinen Hemdzipfel heraus. Sein Atem ging schwer. Richard stand kurz davor, durchzudrehen. »Aber Herrin Denna, was habe ich denn falsch gemacht?«

Sie legte ihm in gespielter Sorge zärtlich die Hand an die Wange. »Was, das weißt du nicht?« Er schüttelte den Kopf und würgte den Kloß in seinem Hals hinunter. »Du hast dich von einer Mord-Sith fangen lassen. Du hättest alle meine Männer mit deinem Schwert töten sollen. Ich glaube, du hättest es schaffen können. Du warst recht eindrucksvoll bis dahin. Dann hättest du mich mit deinem Messer oder mit den bloßen Händen umbringen müssen, bevor ich deine Magie kontrollieren konnte. Du hättest niemals zulassen dürfen, daß ich dir die Kontrolle über die Zauberkraft abnehme. Du hättest sie niemals gegen mich richten dürfen.«

»Aber warum mußt du mich jetzt mit dem Strafer traktieren?«

Sie lachte. »Weil du etwas lernen sollst. Ich kann tun, was immer mir gefällt, und du hast keine Möglichkeit, mich daran zu hindern. Dir muß klarwerden, daß du vollkommen hilflos bist und daß du jeden Augenblick ohne Schmerzen einzig und allein mir zu verdanken hast. Und nicht dir.« Das Lächeln verschwand aus ihrem Gesicht. Sie ging zum Tisch und kam mit einem Paar Handschellen zurück, die mit einer Kette verbunden waren. »Mich nervt, daß du ständig hinfällst. Das werden wir ändern. Leg sie an.«

Sie warf ihm die Handschellen zu. Er hatte Mühe, seinen Atem zu kontrollieren, als er die beiden Bandeisen um die zitternden Handgelenke klicken ließ. Denna schleifte den Stuhl zu einem Balken und zwang ihn, sich darunter zu stellen. Sie stieg auf den Stuhl und hakte die Kette an einen Eisendorn.

»Streck dich. Das reicht noch nicht.« Er mußte sich recken und auf die Zehenspitzen stellen, bevor sie sie einhaken konnte. »Das wäre geschafft«, lächelte sie. »Jetzt wird uns dein dauerndes Hinfallen keinen Ärger mehr machen.«

Richard hing an der Kette und versuchte, seine entsetzliche Angst zu bändigen. Die Bandeisen schnitten ihm mit dem ganzen Gewicht seines Körpers in die Handgelenke. Er hatte schon vorher gewußt, daß er ihr vollkommen ausgeliefert war, aber das hier war etwas anderes, es verstärkte seine Hilflosigkeit und brachte ihm noch deutlicher zu Bewußtsein, daß er keine Chance hatte, sich zu wehren. Denna zog ihre Handschuhe über und ging, den Strafer in die andere Hand klatschend, ein paarmal um ihn herum, um seine Beklemmung zu steigern.

Wenn er doch nur bei dem Versuch, Darken Rahl aufzuhalten, getötet worden wäre! Auf dieses Opfer war er vorbereitet. Doch das hier war etwas anderes. Dies war der Tod, ohne zu sterben. Der Tod am lebendigen Leib. Ihm blieb nicht einmal die Würde, sich wehren zu können. Er wußte, wie sich der Strafer anfühlte. Sie brauchte ihm nichts mehr zu zeigen. Sie wollte nichts, als ihm den Stolz nehmen, seinen Respekt vor sich selbst. Sie wollte ihn brechen.

Denna umkreiste ihn weiter und tippte immer wieder mit dem Strafer an seine Brust. Jede Berührung war wie ein Dolch, der sich in seinen Leib bohrte. Jede Berührung ließ ihn gequält aufschreien. Er wand sich an der Kette und wußte doch, daß sie noch nicht einmal richtig angefangen hatte. Der erste Tag war noch nicht vorbei, und viele würden folgen. Seine Hilflosigkeit trieb ihm die Tränen in die Augen.

Richard stellte sich sein Selbstwertgefühl, seine Würde als ein lebendes Wesen vor und sah es vor seinem inneren Auge. Er stellte sich einen Raum vor. Einen Raum, der ihn gegen alles schützte, gegen jeden Schmerz. In diesen Raum brachte er seine Würde, seinen Respekt vor sich selbst, und verriegelte die Tür. Für diese Tür besaß niemand einen Schlüssel, Denna nicht, Darken Rahl nicht. Nur er selbst. Was immer ihn erwartete, wie lange es auch dauerte, er würde es über sich ergehen lassen, ohne den Respekt vor sich zu verlieren. Er würde tun, was er tun mußte, und eines Tages würde er die Tür aufschließen und wieder er selbst sein, und sei es im Tod. Im Augenblick jedoch war er ihr Sklave. Jetzt, aber nicht für immer. Eines Tages würde es vorbei sein.

Denna nahm sein Gesicht in beide Hände und küßte ihn grob. So grob, daß seine aufgeplatzte Lippe pochte und brannte. Sie genoß den Kuß um so mehr, als sie sicher war, daß sie ihm damit weh tat. Mit vor Wonne großen Augen löste sie ihr Gesicht von seinem. »Sollen wir anfangen, mein Kleiner?« flüsterte sie.

»Bitte, Herrin Denna«, hauchte er. »Tut das bitte nicht.«

Ihr Lächeln wurde strahlender. »Genau das wollte ich hören.«

Denna begann, ihm die Möglichkeiten des Strafers vorzuführen. Wie ein leichtes Streicheln mit dem Folterinstrument Striemen auf der Haut hervortreten ließ, die sich, wenn sie ein wenig fester drückte, mit Blut füllten. Wenn sie sich etwas mehr anstrengte, spürte er eine warme Feuchtigkeit auf seiner schweißnassen Haut. Sie konnte sogar denselben Schmerz erzeugen, ohne eine Narbe zu hinterlassen. Seine Zähne schmerzten, so sehr biß er sie zusammen. Ab und zu stellte sie sich hinter ihn, wartete, bis er nicht achtgab, und berührte ihn erst dann. Als sie das leid war, zwang sie ihn, die Augen zu schließen und geschlossen zu halten, während sie Richard umkreiste, den Strafer in seinen Körper bohrte, ihn über seine Brust strich. Sie lachte, wenn er seinen Körper in der Erwartung der nächsten Berührung anspannte, die dann nicht kam. Ein besonders scharfer Stoß riß ihm die Augen auf und gab ihr Gelegenheit, den

Handschuh einzusetzen. Sie zwang ihn, um Vergebung zu betteln, weil er die Augen unaufgefordert geöffnet hatte. Die Bandeisen schnitten sich blutig in seine Handgelenke. Es war ihm unmöglich, nicht mit seinem vollen Gewicht in ihnen zu hängen.

Nur ein einziges Mal entfuhr ihm sein Zorn: als sie ihm den Strafer in die Achselhöhle preßte. Mit höhnischem Grinsen verfolgte sie, wie er sich bei dem Versuch wand, an ihr Haar zu denken. Die Berührung mit dem Strafer an dieser Stelle zwang ihn, seinen Ärger entfliehen zu lassen, also konzentrierte sie sich lange auf diesen Punkt. Aber ein zweites Mal beging er diesen Fehler nicht. Er löste den magischen Schmerz nicht mehr aus, also tat sie es für ihn. Sosehr er es auch versuchte, er konnte ihn nicht abstellen. Er mußte sie anflehen, es für ihn zu tun. Manchmal stellte sie sich vor ihn und sah zu, wie er nach Atem rang. Ein paarmal preßte sie sich an ihn, schlang ihm die Arme um die Brust und drückte zu. Das harte Leder ließ den Schmerz jeder Wunde erneut auflodern.

Richard hatte keine Ahnung, wie lange es dauerte. Die meiste Zeit nahm er nichts wahr außer den Schmerzen, so als wären sie ein lebendes Wesen. Er wußte nur noch eins, an einem gewissen Punkt würde er alles tun, was sie verlangte, wenn sie nur damit aufhörte, ihm weh zu tun. Er weigerte sich, den Strafer anzusehen. Sein bloßer Anblick trieb ihm die Tränen in die Augen. Denna hatte sich richtig beschrieben, sie wurde nicht leid, was sie tat, es wurde ihr niemals langweilig. Es schien sie fortwährend zu faszinieren, hielt sie bei Laune, befriedigte sie. Nur eins schien sie noch glücklicher zu machen, als ihm weh zu tun: wenn er sie anflehte, aufzuhören. Er hätte sie viel häufiger angefleht, um sie glücklich zu machen, meist jedoch brachte er einfach kein Wort hervor. Schon das Luftholen überforderte ihn fast.

Längst versuchte er nicht mehr, die Handgelenke zu entlasten. Er ließ sich schlaff hängen, im Delirium. Einmal glaubte er, sie hätte für einen kurzen Augenblick aufgehört, aber da tat ihm alles schon so weh, daß er nicht sicher war. Der Schweiß in seinen Augen blendete ihn, der Schweiß, der in seine Wunden rann, ätzte.

Als sein Kopf wieder etwas klarer war, kehrte sie zurück und ging hinter ihm auf und ab. Er wußte, was kam, und spannte sich an. Statt dessen griff sie in sein Haar und riß seinen Kopf nach hinten.

»Und jetzt, mein Kleiner, werde ich dir etwas Neues zeigen. Ich werde dir zeigen, was für eine nette Herrin ich eigentlich bin.« Sie riß seinen Kopf hart nach hinten, bis er seine Nackenmuskeln anspannte, um sich gegen den Druck zu sperren. Sie drückte ihm den Strafer an die Kehle. »Hör auf, dich zu wehren, sonst nehme ich ihn nicht weg.«

Das Blut sickerte in seinen Mund, und er entspannte die Nackenmuskeln, damit sie ziehen konnte, so fest sie wollte.

»Und jetzt hör gut zu, mein Kleiner. Ich werde dir den Strafer in dein rechtes Ohr stecken.« Richard erstickte fast vor Angst. Sie riß ihm den Kopf nach hinten. »Das ist anders, als wenn man ihn irgendwo anders hinsteckt. Es ist sehr viel schmerzhafter. Aber du mußt genau tun, was ich sage.« Ihr Mund befand sich dicht an seinem Ohr, sie flüsterte ihm zu wie einem Geliebten. »Früher, wenn eine andere Mord-Sith-Schwester bei mir war, haben wir unsere Strafer einem Mann in beide Ohren gleichzeitig gesteckt. Dann hat er geschrien, wie noch niemand je geschrien hat. Das ist berauschend anzuhören. Ich bekomme eine Gänsehaut, wenn ich nur daran denke. Allerdings ist es auch tödlich. Die Anwendung zweier Strafer auf diese Weise zur gleichen Zeit hatte nie Erfolg. Die Männer starben jedesmal. Wir haben es immer wieder versucht, aber sie sind immer gestorben. Du kannst dankbar sein, daß ich deine Herrin bin. Es gibt andere, die es noch immer versuchen.«

»Danke, Herrin Denna.« Er wußte nicht genau, wofür er ihr dankte, aber er wollte nicht, daß sie tat, was immer sie vorhatte.

»Paß auf«, flüsterte sie heiser. Ihre Stimme wurde wieder sanfter. »Wenn ich es tue, darfst du dich nicht bewegen. Wenn du dich bewegst, wird es etwas in dir zerstören. Umbringen wird es dich nicht, aber es wird dich unwiderruflich zum Krüppel machen. Manche Männer werden blind, wenn sie sich bewegen, andere werden halbseitig gelähmt, wieder andere können nicht mehr sprechen oder gehen. In jedem, der sich bewegt, wird etwas zerstört. Ich will, daß du voll funktionsfähig bleibst. Grausamere Mord-Siths als ich sagen ihren Spielzeugen nicht, daß sie sich nicht bewegen dürfen, sie tun es einfach, ohne sie zu warnen. Siehst du? Ich bin gar nicht so grausam, wie du gedacht hast. Trotzdem gelingt es nur wenigen Männern, mit denen ich es mache, sich nicht zu bewegen. Sie zucken, obwohl ich sie gewarnt habe.«

Richard konnte seine Tränen nicht zurückhalten. »Bitte, Herrin Denna, tut es nicht, bitte.«

Er spürte ihren Atem, als sie lächelte. Sie bohrte ihm ihre feuchte Zunge ins Ohr, küßte es. »Aber ich will es, mein Kleiner. Vergiß nicht, halte still, beweg dich nicht.«

Richard biß die Zähne zusammen, aber nichts hätte ihn auf das vorbereiten können, was jetzt kam. Sein Kopf fühlte sich an, als sei er zu Glas geworden, das in tausend Splitter zerspringt. Seine Fingernägel krallten sich in seine Handflächen. Jedes Zeitgefühl zersplitterte wie alles andere auch. Er befand sich in einer Wüste aus Qualen. Ohne Anfang, ohne Ende. Jeder Nerv in seinem Körper brannte vor rasiermesserscharfem, gleißendem Elend. Er hatte keine Ahnung, wie lange sie den Strafer dort ließ, aber als sie ihn herauszog, hallten seine Schreie von den steinernen Wänden wider.

Als er endlich zusammensackte, küßte sie sein Ohr und hauchte atemlos hinein. »Das war ein geradezu köstlicher Schrei, mein Kleiner. Ich habe noch nie einen schöneren gehört. Außer einem Todesschrei natürlich. Du hast das sehr gut gemacht, mein Kleiner, du hast dich kein Stück gerührt.« Zart küßte sie seinen Hals, dann wieder sein Ohr. »Wollen wir jetzt die andere Seite probieren?«

Richard ließ sich in die Kette sacken. Nicht einmal weinen konnte er mehr. Sie riß seinen Kopf noch fester nach hinten und begab sich auf seine andere Seite.

Als sie endlich mit ihm fertig war und die Kette vom Haken löste, brach er auf dem Boden zusammen. Er glaubte, zu keiner Bewegung mehr fähig zu sein, doch als sie ihm mit dem Strafer das Zeichen zum Aufstehen gab, gehorchte er.

»Das wäre für heute alles, mein Kleiner.« Richard hätte vor Freude sterben können. »Ich werde jetzt etwas schlafen. Heute war nur ein halber Tag, morgen werden wir dich den ganzen Tag ausbilden. Ein ganzer Tag wird dir qualvoller erscheinen.«

Richard war zu erschöpft, um sich um den nächsen Tag zu scheren. Er wollte sich nur hinlegen. Selbst der Steinboden würde ihm wie das beste Bett vorkommen, in dem er je geschlafen hatte. Er betrachtete ihn sehnsüchtig.

Denna zog den Stuhl heran, nahm die Kette, die an seinem Halsband befestigt war, und hakte sie an den Eisendorn am Balken. Verwirrt beobachtete er sie, zu matt, ihre Absicht zu erkennen. Als sie fertig war, ging sie zur Tür. Richard stellte fest, daß die Kette zu kurz war, um sich hinzulegen.

»Herrin Denna, wie soll ich schlafen?«

Sie drehte sich um und lächelte ihn herablassend an. »Schlafen? Ich kann mich nicht erinnern, dir das Schlafen erlaubt zu haben. Schlaf ist eine Gunst, die man sich verdienen muß. Das hast du nicht getan. Hast du schon vergessen? Heute morgen wolltest du mich noch mit deinem Schwert töten. Hast du schon vergessen, wie ich dir gesagt habe, es würde dir noch leid tun? Gute Nacht, mein Kleiner.« Sie wollte schon gehen, drehte sich aber noch einmal um. »Und solltest du auf die Idee kommen, die Kette vom Haken zu ziehen, damit du vor Schmerzen ohnmächtig wirst, das würde ich an deiner Stelle nicht versuchen. Ich habe den Zauber verändert. Du kannst nicht mehr in Ohnmacht fallen. Wenn du die Kette abziehst oder aus Versehen vom Stuhl fällst, werde ich nicht da sein, um dir zu helfen. Dann wirst du die ganze Nacht über mit deinen Schmerzen alleine sein. Denke darüber nach, wenn du schläfrig wirst.«

Sie machte auf dem Absatz kehrt und ging. Die Fackel nahm sie mit.

Richard stand in der Dunkelheit und weinte. Nach einer Weile zwang er sich, damit aufzuhören und dachte an Kahlan. Das war etwas, was Denna ihm nicht nehmen konnte. Wenigstens nicht heute abend. Kahlan war in Sicherheit und hatte Leute, die sie beschützten. Der Gedanke tat Richard gut. Er sah sie vor sich, in diesem Augenblick, irgendwo bei einem Nachtlager, mit Siddin und Rachel, um die sie sich kümmerte, denen sie Geschichten erzählte, die sie zum Lachen brachte. Die Vorstellung brachte ihn zum Lächeln. Er genoß die Erinnerung an ihren Kuß, das Gefühl ihres Körpers, der sich an seinen schmiegte. Kahlan brachte ihn selbst dann noch zum Lächeln und machte ihn glücklich, wenn er nicht bei ihr war. Was aus ihm wurde, spielte keine Rolle. Sie war in Sicherheit. Nichts sonst zählte. Kahlan, Zedd und Chase waren in Sicherheit, und sie hatten das letzte Kästchen. Darken Rahl würde sterben und Kahlan überleben.

Was spielte es für eine Rolle, was aus ihm wurde, wenn erst alles vorbei war? Er konnte ebensogut tot sein. Dafür würden Denna und Darken Rahl schon sorgen. Er mußte nur die Schmerzen aushalten, bis es soweit war. Das war zu schaffen. Was spielte es für eine Rolle? Nichts, was Denna tat, kam der Qual gleich, zu wissen, nicht bei Kahlan sein zu können. Der Frau, die er liebte. Der Frau, die er liebte und die einen anderen erwählen würde. Er war froh, daß er tot sein würde, wenn es soweit war. Vielleicht ließ sich die Sache beschleunigen. Denna wütend zu machen, war schließlich nicht schwer. Wenn er sich beim nächsten Mal bewegte, wenn sie ihm den Strafer ins Ohr bohrte, wäre er für immer geschädigt. Vielleicht wäre er dann nutzlos für sie. Vielleicht würde sie ihn dann töten. Noch nie in seinem ganzen Leben hatte er sich so allein gefühlt.

»Ich liebe dich, Kahlan«, flüsterte er in die Dunkelheit.

Wie Denna versprochen hatte, wurde der nächste Tag schlimmer. Sie wirkte ausgeruht und schien darauf bedacht, einen Teil ihrer Kraft darauf zu verschwenden, ihn abzurichten. Er wußte, daß er auf eine Sache Einfluß hatte. Er wartete darauf, daß sie den Strafer wieder an sein Ohr legte, damit er mit aller Kraft seinen Kopf herumreißen und sich ernsthaften Schaden zufügen konnte. Doch sie tat es nicht, ganz so als spürte sie, was er vorhatte. Das gab ihm einen Funken Hoffnung. In diesem Punkt konnte er sie beeinflussen. Er hatte sie dazu gebracht, den Strafer nicht auf diese Weise zu benutzen. Sie besaß nicht die vollkommene Kontrolle, die sie zu haben glaubte, er konnte sie noch immer zwingen, etwas nach seinem Willen zu tun. Das machte ihm Mut. Der Gedanke, daß er seinen Selbstrespekt, seine Würde in seine geheime Kammer gesperrt hatte, verlieh ihm die Kraft, das zu tun, was erforderlich war. Er überließ sich ganz ihren Wünschen.

Nur wenn sie sich zum Essen an den Tisch setzte, legte Denna ein paarmal Pause ein. Sie beobachtete ihn, während sie langsam Obst aß, und lächelte vor sich hin, wenn er stöhnte. Er bekam nichts zu essen, nur Wasser aus einer Tasse, die sie ihm hinhielt, nachdem sie mit dem Essen fertig war.

Am Ende des Tages hakte sie die Kette wieder an den Balken und zwang ihn, die Nacht im Stehen zu verbringen. Er gab sich nicht die Mühe, nach dem Warum zu fragen, es war egal. Sie machte, was sie wollte, und er konnte nichts dagegen tun.

Als sie am Morgen mit der Fackel zurückkehrte, konnte er sich gerade noch auf den Beinen halten. Sie schien guter Laune zu sein.

»Ich möchte ein fröhliches ›Guten Morgen‹ hören«, lächelte sie. »Zeig mir, wie glücklich du bist, deine Herrin zu sehen.«

Er gab sein Bestes, mußte sich aber darauf konzentrieren, wie wunderschön ihr Zopf war. Sie umarmte ihn, und an den Stellen, wo sie sich an ihm rieb, flammte der Schmerz wieder auf. Als sie fertig war und er vor Schmerzen zitterte, zog sie die Kette von dem Dorn und warf sie auf den Boden.

»Du lernst, ein gutes Schoßhündchen zu sein. Du hast dir zwei Stunden Schlaf verdient.«

Er brach auf dem Boden zusammen und war eingeschlafen, bevor ihre Schritte verhallten.

Mit dem Strafer geweckt zu werden, war ein Alptraum ganz eigener Art. Der kurze Schlaf hatte nur wenig zu seiner Erholung beigetragen. Er brauchte viel mehr, als sie ihm zugestanden hatte. Er schwor sich, alles daranzusetzen, diesen Tag ohne einen Fehler zu überstehen. Vielleicht würde sie ihm dann erlauben, eine ganze Nacht zu schlafen. Er gab sich alle Mühe, ihr jeden Wunsch zu erfüllen, und hoffte, sie zu erfreuen. Außerdem hoffte er, etwas zu essen zu bekommen. Er hatte nichts mehr gegessen, seit er gefangengenommen worden war. Er überlegte, was er sich mehr wünschte, Schlaf oder etwas zu essen. Am meisten jedoch wünschte er sich das Ende der Schmerzen. Oder den Tod.

Er war am Ende seiner Kräfte und spürte, wie ihm das Leben entglitt. Er sehnte das Ende immer mehr herbei. Denna schien zu spüren, daß seine Widerstandskraft nachließ, und trat etwas kürzer. Sie ließ ihm mehr Zeit, sich zu erholen, machte längere Pausen. Ihm war es egal. Er wußte, es würde niemals enden, er war verloren. Er gab seinen Lebenswillen auf, seinen Willen weiterzumachen, durchzuhalten. Sie gurrte ihm tröstliche Worte ins Ohr, streichelte sein Gesicht, während er in den Bandeisen hing und sich ausruhte. Sie redete ihm aufmunternd zu, riet ihm, nicht aufzugeben, und versprach, es würde einfacher werden, wenn er erst gebrochen war. Er hörte einfach nur zu, nicht einmal weinen konnte er mehr.

Als sie endlich die Fesseln vom Balken löste, glaubte er, es müsse wieder Nacht sein. Er hatte jedes Zeitgefühl verloren. Er wartete darauf, daß sie die Kette entweder einhakte oder auf den Boden warf und ihm sagte, er könne schlafen. Sie tat nichts dergleichen. Statt dessen hakte sie sie über den Stuhl, befahl ihm, sich hinzustellen, und ging. Als sie wiederkam, hatte sie einen Eimer in der Hand.

»Auf die Knie, Kleiner.« Sie setzte sich neben ihm auf einen Stuhl, holte eine Bürste aus dem heißen Seifenwasser und begann, ihn abzuschrubben. Die harten Borsten erzeugten einen ganz eigenen Schmerz, wenn sie sich in seine Wunden bohrten. »Wir haben eine Einladung zum Abendessen. Ich muß dich zurechtmachen. Eigentlich gefällt mir der Geruch von deinem Schweiß und deiner Angst, aber ich fürchte, das könnte die Gäste beleidigen.« Sie ging mit einer seltsamen Zärtlichkeit zu Werke. Er fühlte sich daran erinnert, wie sich jemand um seinen Hund sorgen würde. Er kippte gegen sie, unfähig, sich aufrecht zu halten. Wenn er die Kraft gehabt hätte, er hätte sich nicht an sie gelehnt, aber er hatte sie nicht. Sie ließ ihn, wo er war, und schrubbte weiter. Er überlegte, von wem die Einladung zum Abendessen stammen mochte, fragte aber nicht nach.

Denna sagte es ihm trotzdem. »Königin Milena hat uns höchstpersönlich gebeten, ihr und ihren Gästen beim Abendessen Gesellschaft zu leisten. Eine ziemliche Ehre für eine niedere Kreatur wie dich, meinst du nicht auch?«

Er nickte bloß. Zum Sprechen fehlte ihm die Kraft.

Königin Milena. Sie befanden sich also in ihrem Schloß. Eigentlich keine Überraschung. Wohin sonst hätten sie ihn in der kurzen Zeit bringen können? Als sie fertig war, erlaubte sie ihm, eine Stunde zu schlafen, um sich für das Abendessen auszuruhen. Er schlief zu ihren Füßen.

Statt mit dem Strafer weckte sie ihn mit dem Stiefel. Fast hätte er angesichts ihrer Barmherzigkeit losgeheult, und er hörte sich selbst überschwenglich für ihre Liebenswürdigkeit danken. Sie gab ihm Anweisungen, wie er sich zu verhalten hatte. Seine Kette würde an ihrem Gürtel festgehakt sein, er hatte sie im Blick zu behalten, durfte mit niemandem sprechen, es sei denn, er würde gefragt, und auch dann nur, wenn er sich erst mit einem Blick zu ihr ihres Einverständnisses versichert hatte. Am Tisch durfte er nicht sitzen, sondern hatte sich auf den Boden zu hocken, und wenn er sich benahm, würde er etwas zu essen bekommen.

Er versprach, alles zu tun, was sie verlangte. Die Vorstellung, auf dem Boden sitzen zu dürfen, erschien ihm wundervoll. Er könnte sich ausruhen, brauchte nicht zu stehen, niemand würde ihm weh tun. Und endlich würde er etwas zu essen bekommen. Er nahm sich vor, alles zu tun, um nicht ihr Mißfallen zu erregen oder sie daran zu hindern, ihm etwas zu essen zu geben.

Richards Hirn war wie im Nebel, als er Denna folgte, mit ihr verbunden durch die Kette an seinem Halsband. Er konzentrierte sich darauf, die Kette in angemessener Weise durchhängen zu lassen. Sie hatte ihm die Handschellen abgenommen, doch die Schnitte waren rot und geschwollen und pochten schmerzhaft. Vage erinnerte er sich an einige der Räume, die sie durchquerten.

Denna ging in dem Raum mit den anderen Leuten umher, blieb stehen und unterhielt sich kurz mit fein gekleideten Herrschaften. Richard heftete den Blick auf ihren Zopf. Sie mußte ihn zurechtgemacht haben, während sie ihn hatte schlafen lassen. Er ertappte sich dabei, wie er darüber nachdachte, daß ihr Haar wirklich wundervoll war, daß sie eleganter aussah als irgendeine der anderen Frauen. Er wußte, die Leute starrten ihn und sein Schwert an, während er an Halsband und Kette herumgeführt wurde. Er erinnerte sich daran, daß er seinen Stolz im Augenblick fortgesperrt hatte. Jetzt ging es darum, sich auszuruhen, etwas zu essen und sich eine Weile nicht von ihr quälen zu lassen.

Richard verbeugte sich und verharrte in dieser Stellung, während Denna mit der Königin sprach. Die Königin und die Mord-Sith verneigten sich nur knapp voreinander. Die Prinzessin stand neben der Königin. Richard mußte daran denken, wie Prinzessin Violet Rachel behandelt hatte, und sah sich gezwungen, seine Gedanken wieder auf Dennas Zopf zu konzentrieren.

Als sie am Tisch saß, schnippte Denna mit den Fingern und zeigte auf den Fußboden hinter ihrem Stuhl. Er wußte, was sie wollte, und hockte sich im Schneidersitz auf den Boden. Denna saß links neben der Königin und rechts neben Prinzessin Violet, die ihn kalt von oben herab ansah. Richard erkannte einige der Berater der Königin. Mit einem verstohlenen Lächeln registrierte er, daß der Hofmaler nicht unter ihnen war. Die Tafel der Königin stand höher als die anderen Tische, aber auf dem Boden sitzend konnte Richard nicht viel von den versammelten Gästen sehen.

»Da Ihr kein Fleisch eßt«, meinte die Königin zu Denna, »habe ich die Köche angewiesen, Euch eine spezielle Mahlzeit zuzubereiten, die Euch zusagen wird. Einige herrliche Suppen und Gemüse sowie ein paar seltene Früchte.«

Denna bedankte sich mit einem Lächeln. Ein Diener brachte ihr eine einfache Schale, während sie aß.

»Für mein Schoßhündchen«, erklärte sie, ihre Unterhaltung nur kurz unterbrechend.

Der Mann nahm die Schale vom Tablett und reichte sie Richard. Es war irgendein Brei, doch Richard, der die Schale in seinen zitternden Händen hielt und sich daranmachte, ihn hinunterzuschlingen, kam es vor wie die köstlichste Mahlzeit, die er je zu Gesicht bekommen hatte.

»Wenn er dein Schoßhündchen ist«, meinte Prinzessin Violet, »wieso erlaubst du ihm dann, so zu essen?«

Denna sah die Prinzessin an. »Was meint Ihr damit?«

»Na ja, wenn er Euer Schoßhündchen ist«, griente die Prinzessin, »dann sollte er vom Boden fressen, ohne seine Hände.«

Denna grinste, ein Funkeln in ihren Augen. »Tu, was sie sagt.«

»Stell sie auf den Boden«, befahl Prinzessin Violet, »und friß wie ein Hund, so, daß wir alle es sehen können. Jeder soll sehen, daß der Sucher nicht besser ist als ein Köter.«

Richard war zu hungrig, um sein Essen zu riskieren. Er konzentrierte sich auf das Bild von Dennas Zopf in seinem Kopf und stellte die Schale auf den Boden und aß den Brei unter allgemeinem Gelächter. Er leckte die Schale sauber und redete sich ein, daß er die Kraft brauchte. Vielleicht bekam er einmal Gelegenheit, sie zu benutzen.

Als die Königin und ihre Gäste mit dem Essen fertig waren, brachte man einen Mann in Ketten herein und zwang ihn, sich mitten in den Raum zu stellen. Richard erkannte ihn wieder. Es war einer der Männer aus dem Verlies, die Kahlan befreit hatte. Sie wechselten einen kurzen verzweifelten Blick.

Man sprach von Verbrechen und üblen Vergehen. Richard tat alles, um nicht darauf zu achten. Er wußte, daß es nur ein Vorwand war. Die Königin hielt eine kurze Ansprache über die Verbrechen des Mannes, dann wandte sie sich an die Prinzessin.

»Vielleicht möchte die Prinzessin die Strafe dieses Mannes verkünden?«

Prinzessin Violet erhob sich strahlend. »Für seine Verbrechen gegen die Krone einhundert Peitschenhiebe. Für seine Verbrechen gegen das Volk seinen Kopf.«

Zustimmendes Gemurmel wurde laut. Richard war übel, gleichzeitig wünschte er sich, mit dem Mann tauschen zu können. Die hundert Hiebe waren ein leichtes, und danach wartete das Beil.

Als sie sich wieder hinsetzte, wandte sich Prinzessin Violet an Denna. »Ich würde gerne einmal zusehen, wie Ihr Eure Bestrafungen durchführt.«

»Schaut vorbei, wann immer es Euch beliebt.« Denna warf kurz einen Blick über die Schulter.

Als sie wieder in der steinernen Kammer waren, hatte Denna es eilig, ihm das Hemd auszuziehen, und kurz darauf hing er wieder an dem Balken. Kühl teilte sie ihm mit, er hätte seine Blicke beim Abendessen zu viel umherschweifen lassen. Richard verließ der Mut. Wieder schnitten ihm die Bandeisen an den Handgelenken ins Fleisch. Dank Dennas Geschick war er im Nu wieder schweißgebadet, rang nach Luft, schrie vor Schmerzen. Sie meinte, es sei noch früh, und sie müsse ihn heute noch ein wenig ausbilden.

Richards Muskeln zuckten, es riß ihn vom Boden, als Denna ihm den Strafer in den Rücken drückte. Er flehte sie an, aufzuhören, aber sie tat es nicht. Als er ein weiteres Mal schlaff in den Bandeisen hing, entdeckte er die Umrisse einer Gestalt im Türrahmen.

»Es gefällt mir, wie du ihn dazu bringst, dich anzuwinseln«, meinte Prinzessin Violet.

Die Mord-Sith sah sie lächelnd an. »Kommt näher, meine Liebe, dann zeige ich Euch noch mehr.«

Denna schlang einen Arm um ihn und preßte sich in seine Wunden. Sie küßte ihn aufs Ohr und flüsterte ihm zu: »Wollen wir der Prinzessin jetzt mal zeigen, wie schön du winseln kannst?«

Richard schwor sich, es nicht zu tun, aber es dauerte nicht lange, bis er seinen Schwur brechen mußte. Denna führte für Prinzessin Violet eine Demonstration durch und zeigte ihr die verschiedenen Arten, wie sie ihm weh tun konnte. Sie schien stolz zu sein, ihre Fähigkeiten zeigen zu können.

»Darf ich auch mal?« fragte die Prinzessin.

Denna sah sie einen Augenblick an. »Warum nicht, natürlich, meine Liebe. Ich bin sicher, mein Kleiner hat nichts dagegen.« Sie lächelte ihn an. »Oder?«

»Bitte, Herrin Denna, das dürft Ihr nicht zulassen. Bitte. Sie ist doch nur ein kleines Mädchen. Ich tue alles, was Ihr verlangt, aber laßt das nicht zu. Bitte.«

»Seht Ihr, meine Liebe, es macht ihm überhaupt nichts aus.«

Denna reichte ihr den Strafer.

Prinzessin Violet stand grinsend vor ihm und befingerte den Strafer. Versuchsweise piekste sie ihn damit in den Oberschenkel und war ganz aufgeregt, als er vor Schmerz zusammenzuckte. Mit dem Ergebnis zufrieden, ging sie um ihn herum und bohrte ihm den Strafer ins Fleisch.

»Ist ganz einfach!« staunte sie. »Ich hätte nie gedacht, daß es so einfach ist, jemanden zum Bluten zu bringen.«

Denna hatte die Arme vor der Brust verschränkt und verfolgte amüsiert, wie die Prinzessin immer beherzter zur Sache ging. Es dauerte nicht lange, bis ihre Grausamkeit vollständig an die Oberfläche trat. Das neue Spiel machte ihr einen Heidenspaß.

»Weißt du noch, was du mir angetan hast?« fragte sie ihn und stieß ihm den Strafer in die Flanke. »Wie du mich blamiert hast? Jetzt bekommst du, was du verdienst, meinst du nicht auch?« Richard hielt die Zähne fest zusammengebissen. »Antworte! Meinst du nicht auch, daß du das verdient hast?«

Richard kniff die Augen zu und versuchte, nicht die Beherrschung über den Schmerz zu verlieren.

»Antworte! Und dann bitte mich, aufzuhören. Ich will dich quälen, während du mich anflehst.«

»Du solltest ihr antworten«, meinte Denna. »Sie scheint ein Naturtalent zu sein.«

»Bitte, Herrin Denna, bringt ihr das nicht bei. Was Ihr ihr antut, ist schlimmer als das, was Ihr mit mir macht. Sie ist doch noch ein kleines Mädchen. Bitte, tut ihr das nicht an. Bringt ihr diese Dinge nicht bei.«

»Ich lerne, was mir gefällt. Fang an zu betteln. Und zwar jetzt gleich!«

Richard wußte, daß er es nur schlimmer für sich machte, trotzdem wartete er mit seiner Antwort, bis er es absolut nicht mehr ertragen konnte. »Entschuldigt, Prinzessin Violet«, keuchte er. »Bitte vergebt mir. Ich habe mich getäuscht.«

Richard mußte erkennen, daß ihr zu antworten ein Fehler war, es schien sie nur noch mehr zu erregen. Es dauerte jedoch nicht lange, bis sie gelernt hatte, ihn zum Betteln – und zum Weinen – zu bringen, obwohl er sich dagegen sperrte. Die Widersinnigkeit, daß ein kleines Mädchen das tat und sogar Spaß daran hatte, erschien ihm unfaßbar. Der reine Irrsinn.

Sie drückte ihm den Strafer leicht in den Magen und grinste ihn lüstern von unten herauf an. »Aber ein Konfessor hat noch viel Schlimmeres verdient. Eines Tages wird sie noch viel mehr leiden. Und zwar von meiner Hand. Meine Mutter hat gesagt, ich darf das machen, wenn sie zurückkommt. Ich will, daß du mich anbettelst, ihr weh zu tun. Los, sag es, bettele darum, daß ich der Mutter Konfessor den Kopf abschlage.«

Richard wußte nicht, was es war, aber irgend etwas erwachte in ihm zum Leben.

Prinzessin Violet biß die Zähne zusammen und rammte ihm den Strafer, so fest sie konnte, in die Eingeweide und drehte ihn einmal herum. »Sag bitte! Bitte mich darum, diese häßliche Kahlan umzubringen!«

Der Schmerz ließ Richard aus vollem Halse kreischen.

Denna trat zwischen die beiden und riß Prinzessin Violet den Strafer aus der Hand. »Das reicht! Ihr bringt ihn noch um, wenn Ihr mit dem Stab so umgeht.«

»Danke, Herrin Denna«, keuchte er. Er empfand eine seltsame Zuneigung zu ihr, weil sie zu seinem Schutz dazwischengegangen war.

Prinzessin Violet trat einen Schritt zurück, ihr Gesicht war wutverzerrt. »Ist mir egal, wenn ich ihn umbringe.«

Dennas Stimme wurde kühl und gebieterisch. »Aber mir nicht. Er ist zu wertvoll, um ihn auf diese Weise zu vergeuden.« Es war eindeutig Denna, die hier das Sagen hatte. Nicht die Prinzessin, nicht einmal die Königin. Denna war eine Agentin von Darken Rahl.

Prinzessin Violet funkelte ihn wütend an. »Meine Mutter hat gesagt, wenn Konfessor Kahlan das nächste Mal herkommt, haben wir eine Überraschung für sie. Ich will bloß, daß du das weißt, weil meine Mutter gesagt hat, bis dahin bist du sowieso tot. Meine Mutter hat gesagt, ich darf mir selbst aussuchen, was ich mit ihr mache. Als erstes werde ich ihr die Haare abschneiden.« Sie hatte die Hände zu Fäusten geballt, ihr Gesicht war rot. »Und dann lasse ich sie von allen Wachen vergewaltigen, von jedem einzelnen! Und dann werfe ich sie für ein paar Jahre ins Verlies, damit sie dort jemanden zum Spielen haben! Und wenn ich es dann leid bin, sie zu quälen, werde ich ihr den Kopf abschlagen lassen und ihn auf einen Pfahl stecken, wo ich zusehen kann, wie er verfault!«

Im Grunde tat Richard die kleine Prinzessin leid. Die Traurigkeit schwappte wie eine Woge über ihn. Zu seiner Überraschung brachte diese Empfindung dieses Etwas, das in ihm erwacht war, an die Oberfläche.

Prinzessin Violet kniff die Augen zusammen und streckte ihre Zunge heraus, so weit sie konnte.

Wie eine rote Flagge.

Die Wucht seiner erwachten Kraft explodierte in seinem ganzen Körper.

Er spürte, wie ihr Kiefer zersplitterte wie ein Kristallpokal auf steinernem Boden, als er seinen Stiefel darunterrammte. Der Tritt hob die Prinzessin in die Luft. Sie zerbiß sich die Zunge mit ihren eigenen Zähnen, bevor auch sie zerplatzten. Sie landete ein Stück weit entfernt auf dem Rücken und versuchte, durch das hervorsprudelnde Blut hindurch zu schreien.

Dennas Blick traf ihn. Einen winzigen Augenblick lang entdeckte er dort einen Anflug von Angst. Richard hatte keine Ahnung, wie er das geschafft hatte, wieso die Magie ihn nicht daran gehindert hatte. Der Ausdruck in Dennas Gesicht verriet ihm, daß er nicht dazu hätte in der Lage sein dürfen.

»Ich habe sie gewarnt«, meinte Richard, ohne Dennas Blick auszuweichen. »Ich halte, was ich verspreche.« Er grinste. »Danke, Herrin Denna, daß Ihr mir das Leben gerettet habt. Ich bin Euch etwas schuldig.«

Sie starrte ihn einen Augenblick lang an, bevor ihr Gesicht sich verfinsterte. Sie stolzierte aus der Kammer. In den Bandeisen hängend, beobachtete er, wie die Prinzessin sich auf dem Fußboden krümmte.

»Dreh dich um, Violet, dreh dich um, oder du ertrinkst in deinem eigenen Blut. Dreh dich um!«

Es gelang der Prinzessin, sich herumzuwerfen. Unter ihr breitete sich eine rote Lache aus. Männer kamen herbeigeeilt und kümmerten sich um sie. Denna sah zu. Sie hoben sie vorsichtig an und trugen sie fort. Er hörte, wie ihre dringlichen Stimmen leiser wurden und in der Tiefe des Ganges verhallten.

Er war alleine mit Denna.

Die stählernen Angeln knarrten, als sie die Tür mit dem langen Nagel eines Fingers zudrückte. Während der letzten paar Tage hatte Richard erkannt, daß Denna eine ebenso aufrichtige wie perverse Zuneigung für ihn hegte. Er hatte gelernt, die Art zu deuten, wie sie den Strafer gebrauchte, ihre Stimmung durch ihn hindurch zu erkennen. Gelegentlich, wenn sie ihn quälte, spürte er, wie sie sich aus einer verdrehten Fürsorge für ihn zurückhielt. Es war Irrsinn, dennoch spürte er, wie sie ihm manchmal ihre Zuneigung dadurch vermitteln wollte, daß sie nicht das Schlimmstmögliche tat, und zu anderen Zeiten eben genau dadurch. Ihm war ebenso klar, daß sie ihm heute abend das Schlimmste antun würde.

Sie stand an der Tür und musterte ihn. Ihre Stimme war sanft. »Du bist ein seltener Mensch, Richard Cypher. Meister Rahl hat mich vor dir gewarnt. Ich soll auf dich achtgeben; die Prophezeiungen sprechen von dir.« Ihre Schritte hallten vom Steinboden wider, als sie langsam auf ihn zukam und dicht vor ihm stehenblieb. Sie sah ihm mit einem leichten Stirnrunzeln in die Augen. Ihr Atem auf seinem Gesicht ging schneller als normal. »Das war ziemlich außergewöhnlich«, flüsterte sie. »Wirklich aufregend.« Ihre Augen suchten gierig sein Gesicht ab. »Ich habe beschlossen«, sagte sie atemlos, »dich zu meinem Gatten zu erwählen.«

Richard sackte angesichts dieses Wahnsinns hilflos in die Ketten.

Er hatte keine Ahnung, woher die Kraft stammte, die in ihm erwacht war, oder wie er sie zurückrufen konnte. Er versuchte es. Nichts geschah.

Denna schien Kontrolle über etwas zu haben, das er nicht verstand, ganz so, als nähme sie den Mut zusammen für etwas, das sie ebenso fürchtete wie herbeisehnte. Ihr Atem wurde schneller, ihre Brust hob sich, als sie ihm in die Augen blickte. Ungläubig entdeckte er etwas, auf das die Häßlichkeit ihrer Grausamkeit bislang immer den Blick verstellt hatte. Sie war schön. Atemberaubend, phantastisch schön. Er glaubte, den Verstand zu verlieren.

Schockiert und mit eigenartiger Besorgnis verfolgte Richard, wie sie sich den Strafer langsam zwischen die Zähne klemmte. An der augenblicklichen Weitung ihrer Pupillen erkannte er, daß es ihr weh tat. Ihre Haut erbleichte. Sie sog scharf den Atem ein und zitterte ganz leicht. Denna grub ihre Finger hinten in seine Haare und hielt seinen Kopf. Langsam drückte sie ihre Lippen auf seinen Mund. Sie küßte ihn tief und leidenschaftlich und teilte den Schmerz des Strafers mit ihm, den sie mit der Zunge zwischen ihre beiden Lippen hielt. Ihr Kuß war wild und bestialisch. Sie rieb ihren Körper an ihm.

Jede Faser seines Seins brannte unter der Tortur. Keuchend saugten sie sich gegenseitig den Atem aus den Lungen. Sie bekamen keine Luft, außer der des anderen. Der Schmerz ließ ihn alles außer ihr vergessen. Er zog plündernd durch seinen Verstand. Von den Geräuschen, die sie von sich gab, wußte er, daß sie die gleichen Qualen durchlitt wie er. Ihre Finger in seinem Haar ballten sich vor Schmerz zu Fäusten. Sie stöhnte gequält auf. Ihre Muskeln spannten sich an. Der Schmerz tobte durch ihre beiden Leiber.

Ohne das Warum zu begreifen, erwiderte er ihren Kuß mit der gleichen Leidenschaft und Wildheit. Der Schmerz veränderte seine Wahrnehmung für alles. Mit derartiger Lust hatte er noch niemanden geküßt. Verzweifelt hoffte er, sie würde aufhören. Verzweifelt wünschte er, sie würde weitermachen.

Die seltsame Kraft erwachte ein zweites Mal. Er versuchte, sie zu packen, sie festzuhalten. Aber sie entglitt seinem Zugriff und war verschwunden.

Der Schmerz überwältigte ihn, als Denna ihre Lippen mit dem Strafer zwischen ihnen auf seine preßte, daß ihre Zähne knirschend aneinanderrieben. Sie preßte ihren Körper an ihn, hakte ein Bein um seins, klammerte sich an ihn. Ihre gequälten Schreie wurden verzweifelter. Er verging sich danach, sie zu umarmen. Als er das Bewußtsein zu verlieren drohte, ließ sie von ihm ab, ihre Fäuste noch immer in sein Haar gekrallt. Tränen liefen ihr über das Gesicht, als sie ihm aus kaum fünf Zentimeter Entfernung in die Augen sah. Sie rollte den Strafer mit der Zunge herum und hielt ihn vor Schmerzen zitternd mit den Zähnen fest, so als wollte sie ihm beweisen, daß sie stärker war als er. Langsam erschien ihre Hand und nahm den Strafer fort. Erleichtert verdrehte sie die Augen nach oben. Sie schnappte nach Luft.

Und kräuselte die Stirn. Tränen des Schmerzes und eines anderen Gefühls strömten ihr aus den Augen. Sie gab ihm einen Kuß. Die Zartheit und Sanftheit schockierte ihn.

»Jetzt sind wir miteinander verbunden«, hauchte sie zärtlich. »Verbunden im Schmerz durch den Strafer. Tut mir leid, Richard.« Mit zitternden Fingern strich sie ihm über die Wange, ihre Augen immer noch glasig vom Schmerz. »Es tut mir leid, was ich dir antun werde. Du bist mein Gatte auf Lebenszeit.«

Das Mitgefühl in ihrer Stimme verblüffte Richard. »Bitte, Herrin Denna. Bitte, laßt mich gehen. Oder helft mir wenigstens, Darken Rahl aufzuhalten. Ich verspreche Euch, ich werde bereitwillig Euer Gatte auf Lebenszeit, wenn Ihr mir helft, ihn aufzuhalten. Ich schwöre bei meinem Leben, wenn Ihr mir helft, werde ich bleiben, ohne daß die Magie mich hält. Für immer.«

Sie legte ihm eine Hand auf die Brust, um sich abzustützen, während sie sich erholte. »Glaubst du vielleicht, ich wüßte nicht, was ich dir antue?« Ihre Augen hatten einen leeren Glanz. »Deine Ausbildung und deine Dienste werden nur noch wenige Wochen dauern, dann stirbst du. Die Ausbildung einer Mord-Sith dauert Jahre. Alles, was ich dir angetan habe, und mehr, ist auch mir angetan worden, tausendfach. Eine Mord-Sith muß ihren Strafer besser kennen als sich selbst. Mein erster Lehrer hat mich zu seiner Gemahlin gemacht, als ich fünfzehn war, nachdem er mich seit meinem zwölften Lebensjahr ausgebildet hatte. Völlig ausgeschlossen, daß ich jemals sein Ausmaß an Grausamkeit oder seine Fähigkeit erlangen könnte, jemanden auf dem schmalen Grad zwischen Leben und Tod zu halten. Er hat mich ausgebildet, bis ich achtzehn war und ihn getötet habe. Dafür bin ich die darauffolgenden zwei Jahre jeden Tag mit dem Strafer gequält worden. Diesem hier. Genau derselbe, den ich bei dir benutze, wurde auch für meine Ausbildung benutzt. Er wurde mir mit meiner Ernennung zur Mord-Sith überreicht. Mein einziger Lebenszweck besteht darin, ihn zu benutzen.«

»Herrin Denna«, flüsterte er. »Das tut mir leid.«

Ihr Blick wurde wieder stählern. Sie nickte. »Das wird es allerdings. Es gibt niemanden, der dir helfen wird. Mich eingeschlossen. Du wirst feststellen, daß du als Gatte einer Mord-Sith keine zusätzlichen Privilegien gewinnst, nur zusätzliche Schmerzen.«

Richard hing hilflos in den Bandeisen, die Ungeheuerlichkeit all dessen hatte ihn überwältigt. Sie ein wenig zu verstehen, vergrößerte nur seine Hoffnungslosigkeit. Es gab für ihn kein Entrinnen. Er war der Gemahl einer Wahnsinnigen.

Sie gewann ihr Lächeln und Stirnrunzeln zurück. »Wieso warst du so dumm, das zu tun? Du mußt doch wissen, daß ich dich dafür quälen werde.«

Einen Augenblick lang betrachtete er ihr verwirrtes Gesicht. »Welchen Unterschied macht das, Herrin Denna? Quälen werdet Ihr mich sowieso. Ich kann mir nicht vorstellen, was Ihr mir noch Schlimmeres antun könntet.«

Sie verzog spöttisch den Mund. »Oh, mein Geliebter, deine Phantasie ist sehr begrenzt.«

Er spürte, wie sie seine Gürtelschnalle aufriß.

Sie knirschte mit den Zähnen. »Es wird Zeit, daß wir ein paar neue Stellen an deinem Körper finden, wo ich dir weh tun kann. Es wird Zeit, festzustellen, woraus du wirklich gemacht bist.« Der Blick in ihren Augen ließ ihn gefrieren. »Danke, mein Geliebter, daß du mir einen Grund dafür gegeben hast. Einem anderen habe ich das noch nie angetan, aber mir ist es oft genug angetan worden. Das war es, was mich im Alter von vierzehn Jahren zerbrochen hat. Heute nacht«, hauchte sie, »wird keiner von uns beiden Schlaf finden.«

13. Kapitel

Selbst ein Eimer kalten Wassers auf seiner nackten Haut brachte ihn kaum zu Bewußtsein. Nur schwach erkannte er die kleinen, rotschlierigen Rinnsale, die von ihm fort durch die Ritzen des Steinfußbodens rannen, an den sich sein Gesicht schmiegte. Jeder noch so flache Atemzug war eine unmenschliche Anstrengung. Träge überlegte er, wie viele Rippen sie ihm gebrochen hatte.

»Zieh dich an. Wir gehen«, rief sie von oben herab.

»Ja, Herrin Denna«, hauchte er. Seine Stimme war vom Brüllen so heiser, daß sie ihn mit Sicherheit nicht hören konnte und ihn für sein Nichtantworten quälen würde, und doch, mehr brachte er nicht hervor.

Als der Strafer ausblieb, bewegte er sich ein wenig, entdeckte seinen Stiefel, streckte die Hand danach aus und zog ihn zu sich. Er setzte sich auf, brachte den Kopf jedoch nicht über seine Schultern. Der hing schlaff herab. Unter größten Mühen begann er, den Stiefel anzuziehen. Die klaffenden Wunden an seinen Füßen trieben ihm die Tränen in die Augen, sobald er am Stiefel zog.

Ihr Knie traf ihn am Kinn und warf ihn flach auf den Rücken. Sie stürzte auf ihn, hockte auf seiner Brust und bearbeitete sein Gesicht mit den Fäusten.

»Was ist los mit dir? Bist du blöd? Erst die Hosen, dann die Stiefel. Muß ich dir alles erklären?«

»Ja, Herrin Denna, nein, Herrin Denna, vergebt mir, Herrin Denna, danke, Herrin Denna, daß Ihr mich gefoltert habt, danke, daß Ihr mich ausgebildet habt«, seiberte er vor sich hin.

Atemlos vor Wut hockte sie auf seiner Brust. Nach einer Weile wurde ihr Atem ruhiger.

»Komm. Ich helfe dir.« Sie beugte sich vor und gab ihm einen Kuß. »Komm, mein Geliebter. Du kannst dich unterwegs ausruhen.«

»Ja, Herrin Denna.« Seine Stimme war kaum mehr als ein Hauchen.

Sie küßte ihn ein zweites Mal. »Komm schon, mein Geliebter. Jetzt wird alles besser, wo ich dich gebrochen habe. Du wirst sehen.«

Im Dunkeln wartete eine geschlossene Kutsche auf sie. Pferdeatem trieb langsam dampfend in der kalten, stillen Luft. Richard stolperte ein paarmal, als er hinter ihr ging, und versuchte, die Kette im rechten Maß durchhängen zu lassen. Er hatte absolut keine Vorstellung, wie lange es her war, daß sie ihn zu ihrem Gemahl erkoren hatte, es war ihm auch egal. Eine Wache öffnete den Kutschenschlag.

Denna warf das Kettenende auf den Boden. »Steig ein.«

Richard krallte sich in den Türrahmen. Undeutlich hörte er, wie jemand sich wutschnaubend näherte. Durch ein kurzes Reißen an der Kette gab Denna ihm zu verstehen, daß er bleiben sollte, wo er war.

»Denna!« Es war die Königin, gefolgt von ihren Beratern.

»Herrin Denna«, korrigierte sie.

Die Königin schien schlechter Laune zu sein. »Wo wollt Ihr mit ihm hin?«

»Das braucht Euch nicht zu kümmern. Es wird Zeit, daß wir uns auf den Weg machen. Wie geht es der Prinzessin?«

Die Königin machte ein finsteres Gesicht. »Noch wissen wir nicht, ob sie überleben wird. Den Sucher übernehme ich. Dafür wird er büßen.«

»Der Sucher ist Eigentum von mir und Darken Rahl. Er wird bestraft werden, und ich werde seine Bestrafung so lange fortsetzen, bis entweder Meister Rahl ihn tötet oder ich. Nichts, was du ihm antun könntest, käme dem gleich, was ihm bereits angetan wurde.«

»Er soll hingerichtet werden. Auf der Stelle.«

Dennas Stimme war kalt wie die Nachtluft. »Geht zurück in Euer Schloß, Königin Milena, solange Ihr es noch habt.«

Richard sah, daß die Königin ein Messer in der Hand hielt. Die Wache neben ihr löste seine Streitaxt und packte sie fest mit der Faust. Für einen Augenblick herrschte kristallklare Stille.

Die Königin schlug mit den Handrücken nach Denna und ging mit dem Messer auf Richard los. Denna hatte keine Mühe, ihr den Strafer gegen ihren fetten Busen zu drücken und sie zurückzuhalten.

Als die Wache an ihm vorbeischoß, um mit der Axt auf Denna loszugehen, erwachte die seltsame Kraft mit Gebrüll. Richard nahm all seinen Mumm zusammen und wurde eins mit ihr. Er schlang der Wache seinen linken Arm um die Kehle und stieß sein Messer ins Ziel. Denna sah sich gelangweilt um, als der Mann seinen Todesschrei herausbrüllte. Mit einem Lächeln in den Augen drehte sie sich wieder zur Königin um, die zitternd, wie gelähmt mit dem Strafer zwischen ihren Brüsten dastand. Denna drehte den Stab. Die Königin sackte auf dem Boden zusammen.

Wütenden Blicks entdeckte Denna die Berater der Königin. »Das Herz der Königin hat versagt.« Sie zog eine Braue hoch. »Völlig überraschend. Bitte richtet dem Volk von Tamarang mein Beileid über den Tod ihrer Herrscherin aus. Ich schlage vor, ihr sucht einen neuen Herrscher, der den Wünschen Meister Rahls etwas mehr Beachtung schenkt.«

Sie verneigten sich knapp. Richards zum Leben erwachte Kraft flackerte noch einmal auf und war verschwunden. Die Anstrengung, die Wache zu überwältigen, hatte ihn völlig erschöpft. Seine zitternden Beine wollten ihn nicht mehr tragen. Der Boden schwankte und schlug ihm entgegen.

Denna packte seine Kette dicht am Kragen und riß seinen Kopf vom Boden. »Ich habe dir nicht befohlen, dich hinzulegen! Dazu hattest du keine Erlaubnis! Auf die Beine!«

Er war bewegungsunfähig. Sie rammte ihm den Strafer in den Bauch, fuhr damit über die Brust bis zum Hals. Richard wand sich in schmerzhaften Zuckungen, konnte seinen Körper aber nicht zwingen, ihr zu gehorchen.

»Leider ...«, hauchte er.

Sie merkte, daß er sich nicht bewegen konnte, und wandte sich an die Wachen. »Tragt ihn rein.«

Sie stieg hinter ihm ein, rief dem Fahrer zu, er solle losfahren, und zog die Tür zu.

»Bitte, Herrin Denna«, lallte er, »vergebt mir, daß ich Euch enttäuscht habe, daß ich es nicht geschafft habe, mich hinzustellen, wie Ihr es verlangt habt. Tut mir leid. Ich werde mir in Zukunft mehr Mühe geben. Bitte bestraft mich, damit ich es besser mache.«

Sie packte die Kette dicht am Kragen und zerrte ihn vom Sitz. Ihre Knöchel wurden weiß, die Lippen über den zusammengebissenen Zähnen waren zu einem höhnischen Grinsen verzogen. »Wage es nicht, mir unter den Händen wegzusterben, noch nicht. Du bist noch nicht fertig.«

Er hatte die Augen geschlossen. »Wie Ihr befehlt ... Herrin Denna.«

Sie ließ die Kette los, packte ihn an den Schultern, legte ihn auf den Sitz und gab ihm einen Kuß auf die Stirn. »Du hast die Erlaubnis, dich jetzt etwas auszuruhen, mein Geliebter. Es ist ein weiter Weg. Du hast reichlich Zeit.«

Richard registrierte, wie sie ihm die Haare zurückstrich, das Holpern der Kutsche, die über die Straße raste. Dann war er eingeschlafen.

Von Zeit zu Zeit erwachte er halb, ohne jedoch ganz das Bewußtsein zu erlangen. Manchmal saß Denna neben ihm, und er durfte sich an sie lehnen, während sie ihm Essen in den Mund löffelte. Das Schlucken war schmerzhaft und verlangte fast mehr Überwindung, als er aufbringen konnte. Bei jedem Löffel zuckte er zusammen. Sein Hunger war nicht stärker als die Schmerzen in seinem Hals, und er drehte den Kopf vom Löffel weg. Denna redete leise aufmunternd auf ihn ein, drängte ihn, ihretwillen etwas zu essen. Das war das einzige, auf das er reagierte.

Jedesmal, wenn ein Holpern ihn aus dem Schlaf riß, klammerte er sich schutzsuchend an sie, bis sie ihm sagte, es sei nichts und er wieder einschlief. Von der Landschaft, durch die sie reisten, sah er nichts, es war ihm auch einerlei. Solange sie nur bei ihm war, das war alles, was zählte. Nichts sonst hatte Bedeutung, nur seine Bereitschaft, ihren Befehlen zu gehorchen. Ein paarmal wachte er langsam auf und stellte fest, daß sie sich in die Ecke geschmiegt hatte und er ausgestreckt und zugedeckt mit dem Kopf auf ihrer Brust lag, während sie ihm übers Haar strich. Dann versuchte er ihr zu verheimlichen, daß er aufgewacht war, damit sie nicht aufhörte.

Wenn er in diesen Augenblicken ihre tröstliche Wärme spürte, spürte er auch, wie die Kraft in ihm erwachte. Er versuchte nicht, sie zu packen oder festzuhalten, er bemerkte sie bloß. Einmal erkannte er sie sofort. Die Zauberkraft des Schwertes. Er lag da, an Denna gelehnt, spürte, wie er sie brauchte, und die Magie richtete sich in seinem Innern auf. Er berührte sie, liebkoste sie, spürte ihre Stärke. Es glich der Kraft, die er angewandt hatte, wenn er mit dem Schwert hatte töten wollen, und doch anders, auf eine Weise, die er nicht begriff. Seine frühere Kraft spürte er nicht mehr. Über die verfügte jetzt Denna. Nicht aber über diese. Als er versuchte, die Magie zu greifen, löste sie sich auf wie Nebel. Irgendein schwacher Teil seines Verstandes wollte ihre Hilfe, aber da er sie weder beherrschen noch anwenden konnte, verlor er das Interesse daran.

Mit der Zeit begannen seine Wunden zu verheilen. Bei jedem Aufwachen war er ein wenig munterer. Als Denna verkündete, sie seien am Ziel, konnte er schon wieder ohne Hilfe stehen, wenn auch sein Kopf noch nicht wieder völlig klar war.

Es war dunkel, als sie ihn von der Kutsche fortführte. Er behielt beim Gehen ihre Füße im Auge, achtete darauf, daß die an ihrem Gürtel befestigte Kette angemessen durchhing. Obwohl er die Augen nicht von ihr ließ, nahm er den Ort, den sie betraten, doch wahr. Er war riesig. Tamarang wirkte im Vergleich zwergenhaft. Mauern verloren sich im Nichts der Weite, Türme und Dächer erhoben sich zu schwindelerregenden Höhen. Er war klar genug, zu erkennen, daß das ausufernde Gebäude elegant und anmutig konstruiert war. Es war beeindruckend, aber nicht grobschlächtig oder abstoßend.

Denna führte ihn durch Hallen aus poliertem Marmor und Granit. Säulen an den Seiten stützten majestätische Bögen. Je weiter sie kamen, desto deutlicher spürte er die Zunahme seiner Kraft. Noch vor ein paar Tagen hätte er nicht einmal so lange stehen können. Sie begegneten niemandem. Richard schaute hoch zu ihrem Zopf und mußte daran denken, wie hübsch ihr Haar war, wie glücklich er sich schätzen durfte, so eine phantastische Gemahlin zu haben. Beim Gedanken, für sie zu sorgen, wuchs seine Kraft. Bevor sie Gelegenheit hatte, wieder nachzulassen, griff jener entfernte Teil seines Verstandes nach ihr und hielt sie fest, während der Rest seines Verstandes über seine Gefühle für sie nachdachte. Die Erkenntnis, sie beherrschen zu können, unterband den Gedanken an sie, und er klammerte sich an die Hoffnung zu fliehen. Die Kraft verflog.

Sein Mut sank. Was spielte es für eine Rolle, überlegte er, er würde niemals fliehen, und warum sollte er überhaupt wollen? Er war Dennas Gatte. Wo sollte er hin? Was sollte er tun, ohne daß sie ihm sagte, was er tun sollte?

Denna ging durch eine Tür, die sie hinter ihm schloß. Ein Fenster mit spitzem Bogen war mit einem einfachen Vorhang geschmückt und zur Dunkelheit draußen geöffnet. Es gab ein Bett mit einer dicken Decke und fetten Kissen. Der Fußboden bestand aus poliertem Holz. Lampen standen brennend auf dem Tisch neben dem Bett sowie auf dem Tisch mit einem Stuhl auf der anderen Seite des Zimmers. Neben einer weiteren Tür hatte man Schränke aus dunklem Holz in die Wand eingelassen. Auf einem Waschtisch standen eine Schüssel und ein Krug.

Denna löste die Kette. »Hier wohne ich. Da du mein Gatte bist, sei es dir gestattet, hier zu schlafen, vorausgesetzt, du bist mir zu Gefallen.« Sie ließ die Schlaufe über den Pfosten am Fußende des Bettes gleiten. »Heute nacht kannst du hier schlafen. Auf den Boden.«

Er betrachtete den Boden. Der Strafer auf seiner Schulter ließ ihn auf die Knie sinken.

»Ich sagte, auf den Boden. Jetzt.«

»Ja, Herrin Denna. Tut mir leid, Herrin Denna.«

»Ich bin erschöpft. Ich will heute nacht keinen Ton mehr von dir hören. Verstanden?«

Er nickte, aus Angst, etwas zu sagen.

»Gut.« Sie ließ sich mit dem Gesicht aufs Bett fallen und war Sekunden später eingeschlafen.

Richard rieb sich die schmerzende Schulter. Sie hatte den Strafer schon eine ganze Weile nicht mehr benutzt. Wenigstens nicht so, daß Blut floß. Vielleicht, überlegte er, wollte sie kein Blut in ihrem Zimmer. Unsinn, Denna liebte sein Blut. Er legte sich auf den Boden. Morgen würde sie ihm wieder weh tun. Er versuchte, nicht daran zu denken, seine Wunden hatten gerade begonnen, zu verheilen.

Er war vor ihr wach, da er auf jeden Fall vermeiden wollte, mit dem Strafer geweckt zu werden. Eine Glocke läutete mit trägem Klang. Denna wachte auf, blieb noch eine Weile, ohne etwas zu sagen, auf dem Rücken liegen, dann setzte sie sich auf und sah, daß er munter war.

»Morgenandacht«, meinte sie. »Das war der Glockenruf. Nach der Andacht wirst du weiter ausgebildet werden.«

»Ja, Herrin Denna.«

Sie hakte seine Kette an ihrem Gürtel fest und führte ihn ein weiteres Mal durch die Korridore in einen quadratischen Innenhof unter freiem Himmel, der auf allen vier Seiten von Säulen getragen wurde. In der Mitte des Platzes hatte man weißen Sand in konzentrischen Kreisen um einen dunklen, narbigen Felsen geharkt. Oben auf dem Stein befand sich die Glocke, die er zuvor gehört hatte. Auf den Steinen zwischen den Säulen knieten überall vornübergebeugt Menschen und berührten mit der Stirn die Steinplatten.

Sie hatten einen monotonen Sprechgesang angestimmt. »Führe uns, Meister Rahl. Lehre uns, Meister Rahl. In deinem Licht werden wir gedeihen. Deine Gnade gebe uns Schutz. Deine Weisheit beschämt uns. Wir leben nur, um zu dienen. Unser Leben gehört dir.«

Immer wieder sangen sie dieselben Worte. Denna schnippte mit den Fingern und zeigte auf den Boden. Richard kniete nieder und machte es wie die anderen. Denna kniete sich neben ihn und berührte den Steinboden mit der Stirn. Sie fiel in den Sprechgesang ein, unterbrach sich aber, als sie merkte, daß er es nicht tat.

»Das wären dann zwei Stunden«, blinzelte sie ihn finster an. »Wenn ich dich noch einmal ermahnen muß, werden es sechs.«

»Ja, Herrin Denna.«

Er fiel in den Sprechgesang ein. Er mußte sich auf ein Bild von Dennas Zopf konzentrieren, um die Worte aufsagen zu können, ohne den magischen Schmerz zu provozieren.

Er war nicht sicher, wie lange das Gesinge gedauert hatte, doch es mußten ungefähr zwei Stunden gewesen sein. Sein Rücken schmerzte von der gekrümmten Haltung mit der Stirn auf dem Boden. Die Worte blieben immer gleich. Nach einer Weile verwandelten sie sich in unverständliches Gebrabbel, das in seinem Mund zu einer gestaltlosen Masse verkam.

Die Glocke klingelte zweimal. Die Menschen erhoben sich und verschwanden in alle Richtungen. Denna stand auf. Unsicher, was er tun sollte, blieb Richard, wo er war. Das konnte ihn zwar in

Schwierigkeiten bringen, aber wenn er ungefragt aufstand, wurde es auf jeden Fall schlimmer. Er hörte Schritte auf sie zukommen, sah aber nicht auf.

Eine rauhe Frauenstimme sprach. »Schwester Denna, schön, dich wieder hier zu sehen. Es war einsam ohne dich in D'Hara.«

D'Hara! Der Name fuhr wie ein Blitz durch den Nebel seines gepeinigten Hirns. Sofort klammerte er sich zum Schutz an das Bild von Dennas Zopf.

»Schwester Constance. Schön, wieder daheim zu sein und dich zu sehen.«

Richard spürte die Aufrichtigkeit in Dennas Stimme. Der Strafer berührte ihn hinten am Hals und raubte ihm den Atem. Wie ein Tau, das sich immer fester um seine Kehle schloß. Nach der Art, wie er gehalten wurde, war es nicht Dennas.

»Und was haben wir hier?« fragte Constance.

Sie zog den Strafer zurück. Richard schnappte unter gequältem Husten nach Luft. Er stand auf, als Denna es ihm befahl, und wünschte, er könnte sich hinter ihr verstecken. Constance war gut einen Kopf kleiner als Denna, ihr drahtiger Körper steckte in der gleichen Lederkluft wie Dennas, nur war sie braun. Ihr mattes, braunes Haar war ebenfalls zu einem Zopf geflochten, war aber nicht so füllig wie Dennas. Sie zog ein Gesicht, als hätte sie gerade etwas gegessen, was sie nicht leiden konnte.

Denna verpaßte ihm einen leichten Klaps mit dem Handrücken auf den Bauch. »Mein neuer Gemahl.«

»Gemahl.« Constance spie das Wort aus, als sei es bitter. »Ich schwöre dir, Denna, ich werde nie begreifen, wie du es aushältst, dir einen Gatten zu nehmen. Der bloße Gedanke bereitet mir Kopfschmerzen. Der Sucher also, wie ich an seinem Schwert sehe. Ganz netter Fang, trotzdem. Muß schwer gewesen sein.«

Denna grinste selbstgefällig. »Er hatte erst zwei meiner Männer getötet, bevor er seine magischen Kräfte gegen mich gerichtet hat.«

Constances schockiertes Gesicht schien Denna zu amüsieren. »Er ist aus Westland.«

Constances Brauen schossen in die Höhe. »Nein!« Sie sah Richard genau in die Augen. »Ist er schon gebrochen?«

»Ja«, seufzte Denna. »Aber er bringt mich noch immer zum Lächeln. Die Morgenandacht ist gerade vorbei, und er hat sich schon zwei Stunden verdient.«

Auf Constances Gesicht machte sich ein Grinsen breit. »Was dagegen, wenn ich mitkomme?«

Denna lächelte sie herzlich an. »Du weißt doch, was mir gehört, gehört auch dir, Constance. Du darfst mir sogar helfen.«

Constances wirkte geschmeichelt und stolz. Richard mußte sich in krampfartiger Panik auf Dennas Zopf konzentrieren, als seine Wut aufflammte.

Denna beugte sich dichter zu ihrer Freundin. »Wenn du ihn dir für eine Nacht ausborgen willst, ganz für dich allein, ich hätte nichts dagegen.« Constance richtete sich angewidert auf. Denna lachte. »Wenn du es nicht versuchst, wirst du nie wissen, wie es ist.«

Constance setzte eine finstere Miene auf. »Ich werde mich auf andere Art an seinem Fleisch ergötzen. Ich gehe und lege mein Rot an. Wir treffen uns dort.«

»Nein ... das Braun ist ganz in Ordnung. Im Augenblick.«

Constance musterte ihr Gesicht. »Das klingt gar nicht nach dir, Denna.«

»Ich habe meine Gründe. Außerdem hat Meister Rahl mich persönlich auf ihn angesetzt.«

»Meister Rahl höchstpersönlich. Also schön, wie du willst. Schließlich gehört er dir, und ich muß tun, was du verlangst.«

Der Ausbildungsraum war ein schlichtes Quadrat mit Wänden und Boden aus grauem Granit und einer Holzdecke. Beim Betreten stellte ihm Constance ein Bein. Er fiel aufs Gesicht. Die Wut packte ihn, bevor er sich beherrschen konnte. Mit sich zufrieden, stand sie über ihn gebeugt und sah zu, wie er sich abmühte, sie wieder unter Kontrolle zu bringen.

Denna schnallte ihm eine Konstruktion um, die ihm Handgelenke und Ellenbogen fest auf dem Rücken zusammenband. Damit wurde er an ein Seil gehakt, das durch einen Flaschenzug an der Decke lief und an der Wand befestigt war. Sie hievte ihn in die Höhe, bis er sich auf die Zehenspitzen stellen mußte, und zurrte ihn an der Wand fest. Die Schmerzen in seinen Schultern waren unerträglich und raubten ihm fast den Atem, dabei hatte sie ihn noch nicht einmal mit dem Strafer berührt. Er war hilflos, konnte sein Gleichgewicht nicht halten und durchlitt Qualen, noch bevor sie überhaupt angefangen hatte. Sein Mut verließ ihn.

Denna nahm auf einem Stuhl an der Wand Platz und bot Constance an, sich zu amüsieren. Denna hatte bei seiner Ausbildung häufig ein Lächeln auf dem Gesicht gehabt. Constance verzog keine Miene. Sie ging zu Werke wie ein Ochse im Geschirr, Haarsträhnen lösten sich, und ihr Gesicht war im Nu schweißbedeckt. Sie veränderte die Berührung mit dem Strafer nie. Es war immer dasselbe, hart, derb, wütend. Richard brauchte keine Angst zu haben, es gab keine Pausen. Sie arbeitete rhythmisch, gönnte ihm keine Ruhe. Aber es floß kein Blut. Denna saß mit unveränderlichem Grinsen auf den an die Wand gekippten Stuhl. Endlich hörte Constance auf. Richard stöhnte und keuchte.

»Er verträgt eine Menge. So habe ich mich schon eine ganze Weile nicht mehr ausgetobt. Alle, die ich in der letzten Zeit hatte, sind schon bei der ersten Berührung zusammengeklappt.«

Der Stuhl kippte mit einem dumpfen Knall auf die Vorderbeine. »Vielleicht kann ich dir ein wenig zur Hand gehen, Schwester Constance. Laß dir zeigen, wo er es gar nicht gerne hat.«

Denna trat hinter ihn und blieb stehen. Er zuckte zusammen und wartete auf etwas, das nicht kam. Er wollte gerade erleichtert ausatmen, als sich der Strafer in eine empfindliche Stelle an seiner rechten Seite bohrte. Er schrie auf, als sie den Druck hielt. Als er sein Gewicht nicht mehr halten konnte, zerrte sie das Seil an seinen Schultern so stramm, daß er fürchtete, die Gelenke würden ausgekugelt. Unter höhnischem Grinsen berührte Denna ihn mit dem Strafer, bis er anfing zu heulen.

»Bitte, Herrin Denna«, schluchzte er, »bitte.«

Sie zog den Strafer zurück. »Siehst du?«

Constance schüttelte den Kopf. »Ich wünschte, ich hätte dein Talent, Denna.«

»Hier ist noch eine Stelle.« Er schrie auf. »Und hier, und hier ist noch eine.« Sie kam herum und lächelte ihm ins Gesicht. »Du hast doch nichts dagegen, wenn ich Constance alle deine kleinen, besonderen Stellen zeige, oder?«

»Bitte, Herrin Denna, alles, nur das nicht. Es tut zu weh.«

»Siehst du? Es macht ihm überhaupt nichts aus.«

Sie ging zurück zu ihrem Stuhl, während ihm die Tränen über das Gesicht strömten. Constance lächelte nicht, sondern machte sich einfach an die Arbeit und hatte ihn bald soweit, daß er sie atemlos anflehte. Aber ihre unnachgiebige Art, niemals den Druck zu verändern, niemals nachzulassen, war schlimmer als Dennas. Sie gönnte ihm nicht die geringste Pause. Richard lernte, ihre Berührung mehr zu fürchten als die Dennas. Denna legte gelegentlich ein seltsames Mitgefühl an den Tag. Constance nie. Jedesmal, wenn ein bestimmter Punkt überschritten war, meinte Denna, sie solle aufhören und einen Augenblick warten. Sie wies sie an, ihn nicht zum Krüppel zu machen. Constance fügte sich ihren Wünschen und überließ es Denna, wie sie ihn quälen lassen wollte.

»Du brauchst nicht hierzubleiben, Denna, wenn du etwas zu erledigen hast. Mir macht das nichts aus.«

Angst und Schrecken rasten durch sein Hirn. Er wollte nicht mit Constance allein gelassen werden. Er wußte, daß Constance ihm

Dinge antun wollte, die Denna ablehnte. Er hatte keine Ahnung, was das sein konnte, nur Angst.

»Ich werde dich ein anderes Mal mit ihm allein lassen ... dann kannst du machen, was du willst. Heute bleibe ich.«

Richard tat alles, sich seine Erleichterung nicht anmerken zu lassen. Constance machte sich wieder ans Werk.

Es dauerte eine Weile, dann stand sie hinter ihm, griff ihm in die Haare und riß seinen Kopf hart nach hinten. Richard wußte genau, was es bedeutete, wenn einem der Kopf auf diese Weise in den Nacken gerissen wurde. Er mußte an die Schmerzen denken, die sie ihm gleich zufügen würde. Die Schmerzen, wenn einem der Strafer ins Ohr geschoben wurde. Er schüttelte sich unbeherrscht, bekam vor Angst keine Luft.

Denna erhob sich von ihrem Stuhl. »Das nicht, Constance.«

Constance blickte ihn mit zusammengebissenen Zähnen an und riß seinen Kopf fester nach hinten. »Wieso nicht? Du hast das doch bestimmt auch gemacht.«

»Ja. Ich will einfach nicht, daß du es tust, das ist alles. Meister Rahl hat noch nicht mit ihm gesprochen. Ich will kein Risiko eingehen.«

Ein Grinsen machte sich auf Constances Gesicht breit. »Laß es uns zusammen machen, Denna, gleichzeitig. Du und ich. Wie früher.«

»Ich hab' doch gerade gesagt, daß Meister Rahl noch mit ihm sprechen will.«

»Und danach?«

Denna mußte grinsen. »Ich habe diesen Schrei schon lange nicht mehr gehört.« Sie blickte Richard in die Augen. »Wenn Meister Rahl ihn nicht tötet und er nicht vorher schon an ... nun, an anderen Dingen stirbt, dann, ja, dann werden wir es tun. Einverstanden? Aber nicht jetzt. Außerdem möchte ich dich bitten, Constance, meine Wünsche bezüglich des Strafers in seinem Ohr zu respektieren.«

Constance nickte und ließ seine Haare los. »Glaub nicht, daß du so einfach davonkommst«, fauchte sie ihn an. »Früher oder später werden wir beide allein sein, und dann werde ich mich mit dir vergnügen.«

Als sie mit seiner Ausbildung fertig waren, gingen sie essen. Richard trottete hinterher, seine Kette war an Dennas Gürtel befestigt. Der Speisesaal wirkte geschmackvoll mit seiner schlichten Eichentäfelung und dem weißen Marmorboden. An verschiedenen Tischen saßen Leute und unterhielten sich leise beim Essen. Denna schnippte mit den Fingern, als sie saß, und zeigte auf den Platz hinter ihrem Stuhl. Diener brachten den beiden Mord-Sith ihr Essen, Richard dagegen bekam nichts. Das Mittagessen bestand aus einer herzhaft aussehenden Suppe, Käse, braunem Brot und Früchten. Der Duft trieb Richard zum Wahnsinn. Fleisch wurde nicht serviert. Mitten beim Essen drehte Denna sich um und teilte ihm mit, er würde deshalb nichts zu essen bekommen, weil er sich am Vormittag zwei Stunden eingehandelt hatte. Wenn er sich benähme, meinte sie, würde er am Abend etwas bekommen.

Der Nachmittag wurde mit andächtigem Gesang und anschließend mit mehreren Stunden Ausbildung verbracht. Denna und Constance teilten sich die Aufgabe. Richard gab sein Bestes, nichts falsch zu machen, und wurde zum Abendessen mit einer Schale Reis und etwas Gemüse belohnt. Nach dem Abendessen folgte eine weitere Andacht und weitere Ausbildung, bis sie sich schließlich von Constance verabschiedeten und Dennas Quartier aufsuchten. Richard war todmüde und konnte vor Schmerzen nur noch gebeugt gehen.

»Ich wünsche ein Bad«, befahl sie. Sie zeigte ihm den an ihr Zimmer angrenzenden Raum. Er war klein und leer bis auf das Seil, an dem die Fesselvorrichtung von der Decke hing, und eine Badewanne in der Ecke. Sie erklärte, der sei für den Fall gedacht, daß er zwischendurch ein wenig ausgebildet werden müsse und sie kein Blut in ihrem Zimmer oder ihn die ganze Nacht über hängen lassen wollte. Sie versprach ihm, er würde in dem kleinen Zimmer eine Menge Zeit zubringen. Sie ließ ihn die Wanne ans Fußende ihres Bettes schleppen. Er nahm den Eimer heraus und bekam Anweisungen, wo das heiße Wasser zu besorgen sei. Er durfte mit niemandem sprechen, nicht einmal, wenn er angesprochen wurde, und mußte hin- und zurückrennen, damit ihr Badewasser nicht kalt wurde, bevor es eingefüllt war. Sie erklärte ihm, sollte er ihre Anweisungen nicht aufs genaueste befolgen, würde ihn der magische Schmerz niederstrecken. Sollte sie nach ihm suchen müssen, würde es ihm noch sehr leid tun, sie enttäuscht zu haben.

Er schwor einen feierlichen Eid, zu tun, was sie befahl. Das Wasser mußte er aus einer heißen Quelle in einem weißen, mit Marmorbänken eingefaßten Becken holen, das weit entfernt war. Nachdem er die Wanne endlich gefüllt hatte, war er schweißnaß und erschöpft.

Richard schrubbte ihr den Rücken, während sie in der Wanne saß. Er mußte ihr die Haare bürsten und ihr beim Waschen helfen.

Denna ließ die Arme über den Wannenrand baumeln, legte den Kopf zurück und schloß entspannt die Augen, während er neben ihr kniete für den Fall, daß sie einen Wunsch verspürte. »Du magst Constance nicht, oder?«

Richard wußte nicht, wie er antworten sollte. Er wollte nichts Schlechtes über ihre Freundin sagen, aber mit Lügen würde er sich auch nur eine Bestrafung einhandeln. »Ich ... ich habe Angst vor ihr, Herrin Denna.«

Denna lächelte, ihre Augen waren noch immer geschlossen. »Eine kluge Antwort, mein Liebster. Du hast doch nicht etwa die Absicht, den Respektlosen zu spielen, oder?«

»Nein, Herrin Denna. Ich habe die Wahrheit gesagt.«

»Gut. Du solltest dich auch vor ihr fürchten. Sie haßt Männer. Jedesmal, wenn sie einen umbringt, brüllt sie den Namen dessen heraus, der sie gebrochen hat. Rastin. Erinnerst du dich noch an den Mann, der mich gebrochen und zu seiner Gattin gemacht hat und den ich später getötet habe? Er war Constances Ausbilder, bevor er mich gebrochen hat. Sein Name war Rastin. Er war es, der sie gebrochen hat. Constance hat mir verraten, wie ich ihn töten kann. Für sie würde ich alles tun. Und weil ich den Mann getötet habe, der sie gebrochen hat, würde sie auch alles für mich tun.«

»Ja, Herrin Denna. Aber, Herrin Denna, bitte laßt mich nicht allein mit ihr, ja?«

»Dann schlage ich vor, daß du dich mit vollster Aufmerksamkeit deinen Pflichten widmest. Wenn du das tust, bleibe ich dabei, solange sie dich abrichtet. Siehst du? Begreifst du jetzt, wie froh du sein mußt, eine gütige Herrin zu haben?«

»Ja, Herrin Denna, vielen Dank, daß Ihr meine Ausbildung übernommen habt. Ihr seid eine gute Lehrerin.«

Sie öffnete ein Auge, als wollte sie sein Gesicht nach einem Anflug von Spott absuchen. Es gab keinen.

»Hol mir ein Handtuch und leg meine Kleidung für die Nacht auf den Tisch neben dem Bett.«

Richard half ihr beim Frottieren der Haare. Denna zog ihr Nachthemd nicht an, sondern legte sich nackt aufs Bett, die feuchten Haare auf dem Kopfkissen ausgebreitet.

»Geh und puste die Lampe auf dem Tisch dort drüben aus.« Er ging sofort und blies die Flamme augenblicklich aus. »Bring mir den Strafer, mein Lieber.«

Richard zuckte zusammen. Er konnte es nicht ausstehen, wenn er ihr den Strafer bringen mußte, es tat weh, wenn er ihn anfaßte. Doch er hatte noch größere Angst vor den Folgen seines Zögerns, also biß er die Zähne zusammen und schnappte sich den Strafer. Er balancierte ihn auf den offenen Flächen beider Hände. Der Schmerz vibrierte hinauf bis in Ellenbogen und Schultern. Er konnte es kaum erwarten, daß sie ihn nahm. Sie hatte die Kissen vor dem Kopfende aufgeschüttelt, saß halb aufrecht und beobachtete ihn. Er stieß einen tiefen Seufzer aus, als sie ihm den Strafer aus den Händen nahm.

»Herrin Denna, warum tut es Euch nicht weh, wenn Ihr ihn berührt?«

»Aber das tut es, genau wie dir. Er tut mir weh, weil es der gleiche ist, mit dem man mich ausgebildet hat.«

Er war fassungslos. »Soll das heißen, Ihr habt die ganze Zeit Schmerzen, wenn Ihr ihn in den Händen haltet? Die ganze Zeit während meiner Ausbildung?«

Sie nickte, spielte mit dem Strafer herum und wich eine Sekunde lang seinem Blick aus. Sie sah ihn mit einem leichten Stirnrunzeln und zaghaft lächelnd an. »Es gibt kaum einen Augenblick, in dem ich nicht irgendwelche Schmerzen der einen oder anderen Art hätte. Deswegen dauert die Ausbildung einer Mord-Sith auch Jahre; sie muß lernen, mit den Schmerzen umzugehen. Vermutlich sind aus diesem Grund auch nur Frauen Mord-Sith; Männer sind einfach zu schwach. Die Kette an meinem Handgelenk gestattet mir, ihn hängen zu lassen. Solange er an der Kette hängt, tut er nicht weh. Aber solange ich ihn bei jemandem anwende, ruft er beständig Schmerzen hervor.«

»Das habe ich nicht gewußt.« Richard drehte sich der Magen um. »Das tut mir leid, Herrin Denna. Es tut mir leid, daß Ihr Schmerzen habt, daß Ihr für meine Ausbildung leiden müßt.«

»Schmerzen können ein ganz eigenes Vergnügen mit sich bringen, mein Lieber. Das ist eines der Dinge, die ich dir beibringe. Es ist übrigens Zeit für die nächste Lektion.« Ihr Blick glitt an ihm auf und ab. »Genug geredet.«

Richard kannte diesen Blick in ihren Augen, dieses hastige Luftholen. »Aber, Herrin Denna, Ihr habt gerade gebadet, und ich bin völlig verschwitzt.«

In ihrem Mundwinkel erschien ein verhaltenes Grinsen. »Ich mag deinen Schweiß.«

Sie sah ihm tief in die Augen und schob sich den Strafer zwischen die Zähne.

Die Tage verstrichen in stumpfer Gleichförmigkeit. Die Andacht machte Richard nichts aus, denn dann wurde er nicht ausgebildet, und niemand tat ihm weh. Das Herunterbeten der Worte konnte er jedoch nicht ausstehen, während des gemeinsamen Gesangs mußte er die ganze Zeit an Dennas Zopf denken. Stunde um Stunde immer dasselbe zu singen, auf den Knien, die Stirn auf die Steinplatten gepreßt, war kaum weniger beschwerlich als die Ausbildung. Richard stellte fest, daß er mitten in der Nacht oder am Morgen aufwachte und die Worte herunterleierte. *»Führe uns, Meister Rahl. Lehre uns, Meister Rahl. In deinem Licht werden wir gedeihen. Deine Gnade gebe uns Schutz. Deine Weisheit beschämt uns. Wir leben nur, um zu dienen. Unser Leben gehört dir.«*

Denna trug kein Rot mehr, statt dessen hatte sie weißes Leder angelegt. Sie erklärte ihm, es sei das Zeichen, daß er gebrochen und zum Gatten erwählt worden sei und daß sie, um ihre Macht über ihn zu demonstrieren, beschlossen hätte, ihn nicht auszubluten. Constance gefiel das überhaupt nicht. Für Richard machte es keinen großen Unterschied. Der Strafer fühlte sich gleich an, ob er dabei blutete oder nicht. Constance war ungefähr die Hälfte der Zeit bei Denna und verschwand gelegentlich, um ein Schoßhündchen abzurichten. Immer häufiger bestand Constance darauf, mit Richard allein gelassen zu werden, doch das ließ Denna nicht zu. Constance legte sich bei seiner Ausbildung mächtig ins Zeug. Je mehr Richard von ihr zu sehen bekam, desto mehr Angst hatte er vor ihr. Denna lächelte ihm zu, wenn sie Constance sagte, sie könne übernehmen.

Eines Tages, nach der Nachmittagsandacht, als Constance gegangen war, um jemand anderes auszubilden, brachte Denna ihn in die kleine Kammer neben ihrem Zimmer. Mit dem Tau hievte sie ihn hoch, bis er kaum noch den Boden berührte.

»Herrin Denna, würdet Ihr mit Eurer gütigen Erlaubnis zustimmen, daß von nun an Constance allein für meine gesamte Ausbildung verantwortlich ist?«

Seine Frage hatte einen unerwarteten Effekt. Sie wurde wütend. Sie starrte ihn an, wurde tiefrot im Gesicht, dann begann sie, mit dem Strafer auf ihn einzudreschen, bohrte ihn in seinen Leib, brüllte ihn an, wie wertlos er sei, wie nichtig und wie sehr sie Gerede leid sei. Denna war kräftig, und sie schlug ihn mit dem Strafer, so hart sie konnte. Es ging endlos so weiter. Richard konnte sich nicht erinnern, sie je so wütend gesehen zu haben, so unerbittlich, so grausam. Bald konnte er sich an nichts mehr erinnern, nicht einmal, wo er war. Er wand sich vor Schmerzen. Er brachte kein Wort hervor, schaffte es nicht, sie anzuflehen, aufzuhören, bekam die meiste Zeit nicht einmal Luft. Sie blieb unnachgiebig hart und ausdauernd. Sie schien immer wütender zu werden. Er sah Blut auf dem Boden, eine Menge Blut. Ihr weißes Leder war über und über damit bespritzt. Sie keuchte vor Anstrengung, vor Wut. Ihr Zopf löste sich.

Denna packte sein Haar und riß ihn nach hinten. Ohne jede Warnung bohrte sie ihm den Strafer härter ins Ohr als jemals zuvor. Immer wieder. Zeit verzerrte sich zu Ewigkeit. Er wußte nicht mehr, wer er war, was passierte. Er versuchte nicht einmal mehr, zu betteln, zu winseln, auszuhalten.

Dann hörte sie auf. Sie stand neben ihm, vor Zorn nach Luft ringend. »Ich gehe jetzt essen.« Er spürte, wie der magische Schmerz quälend in ihm emporstieg. Er riß die Augen auf, schnappte nach Luft. »Während ich fort bin, und ich werde mir viel Zeit lassen, überlasse ich dich dem magischen Schmerz. Du kannst weder ohnmächtig werden noch irgend etwas dagegen tun. Sobald du deinem Ärger freien Lauf läßt, wird der Schmerz schlimmer. Und du wirst ihm freien Lauf lassen. Das verspreche ich dir.«

Sie ging zur Wand und hievte das Seil hoch, bis seine Füße den Boden nicht mehr berührten. Richard schrie auf. Seine Arme fühlten sich an, als würden sie ausgerissen.

»Viel Vergnügen.« Damit machte sie auf dem Absatz kehrt und ging.

Richard balancierte auf dem schmalen Grat zwischen geistiger Klarheit und schierem Wahn. Das Leid fraß sich durch seinen Körper und machte es ihm unmöglich, seinen Zorn zu beherrschen, genau wie sie es ihm versprochen hatte. Er schien in den Flammen seiner Qual zu verglühen. Irgendwie war es schlimmer, weil sie nicht dabei war. Noch nie hatte er sich so allein gefühlt, so hilflos. Die Schmerzen waren so groß, daß er nicht einmal weinen konnte, er konnte bloß gequält nach Luft schnappen.

Er hatte keine Vorstellung, wie lange er allein gelassen wurde. Plötzlich sackte er zu Boden und entdeckte Dennas Stiefel rechts und links neben seinem Kopf. Sie stand über ihm. Sie hatte zwar den magischen Schmerz abgestellt, aber seine Arme waren noch immer hilflos auf dem Rücken gefesselt, und das brennende Inferno aus Schmerzen in seinen Schultern war noch nicht erloschen. Er brüllte in die Blutlache am Boden. Sie stand über ihm.

»Ich habe es dir gesagt«, zischte sie zwischen zusammengebissenen Zähnen hindurch, »du bist mein Gemahl – auf Lebenszeit.« Er hörte ihren schweren Atem, ihren Zorn. »Bevor ich zu weit schlimmeren Dingen übergehe und du nicht mehr in der Lage bist zu sprechen, sollst du mir erklären, warum dich Constance an meiner Stelle ausbilden soll.«

Er würgte Blut und versuchte zu sprechen.

»So spricht man nicht mit mir! Auf die Knie! Sofort!«

Er versuchte, auf die Knie zu kommen, aber mit den auf den Rücken gefesselten Armen war das unmöglich. Denna packte ihn am Haar und riß ihn hoch. Taumelnd sackte er gegen sie, sein Gesicht schleifte durch das feuchte Blut auf ihrem Bauch. Sein Blut.

Sie drückte ihm den Strafer an die Stirn und stieß ihn von sich. Das öffnete ihm die Augen. Er schaute zu ihr auf, wollte antworten.

Denna schlug ihm auf den Mund. »Sieh auf den Boden, wenn du mit mir sprichst! Niemand hat dir erlaubt, mich anzusehen!« Richard senkte den Blick auf ihre Stiefel. »Deine Zeit läuft ab! Beantworte meine Frage!«

Richard würgte noch mehr Blut hervor, es lief ihm am Kinn herunter. Er hatte Mühe, sich nicht zu übergeben. »Weil ich weiß, Herrin Denna«, krächzte er heiser, »daß es Euch schmerzt, den Strafer zu halten. Ich weiß, daß es Euch weh tut, mich auszubilden. Ich möchte, daß Herrin Constance es übernimmt, um Euch den Schmerz zu ersparen. Ich weiß, was es heißt, Schmerzen zu haben, das habt Ihr mir beigebracht. Ihr seid bereits genug gequält worden, und Ihr sollt nicht noch mehr leiden. Mir wäre es lieber, wenn Herrin Constance mich bestraft, damit Ihr keine Schmerzen mehr erleidet.«

Er versuchte mit letzter Kraft, sich auf den Knien zu halten. Lange herrschte Stille. Richard starrte auf ihre Stiefel, hüstelte ein wenig, versuchte mit aller Kraft, trotz der Schmerzen in seinen Schultern zu atmen. Die Stille schien nicht enden zu wollen. Er hatte keine Ahnung, was sie ihm als nächstes antun würde.

»Ich verstehe dich nicht, Richard Cypher«, sagte sie endlich ganz leise. Alle Wut war aus ihrer Stimme gewichen. »Die Seelen mögen mich holen, ich verstehe dich nicht.«

Damit trat sie hinter ihn und löste die Vorrichtung, die seine Arme hielt, und verließ die Kammer ohne ein weiteres Wort. Er konnte seine Arme nicht richtig strecken und stürzte aufs Gesicht. Er versuchte nicht mehr, hochzukommen, sondern lag nur da, auf dem blutverschmierten Steinboden, und weinte.

Nach einer Weile hörte er die Glocke, die sie zur Abendandacht rief. Denna kam wieder herein, hockte sich neben ihn, legte den Arm sachte um ihn und half ihm auf.

»Wir dürfen die Andacht nicht verpassen«, erklärte sie mit ruhiger Stimme und hakte die Kette an ihren Gürtel.

Der Anblick des Blutes überall auf dem weißen Leder war gräßlich. Sie hatte Spritzer im Gesicht und im Haar. Als sie zur Andacht gingen, wendeten Menschen, die sonst mit ihr sprachen, den Blick ab und machten ihr Platz. Das Knien mit dem Kopf auf dem Boden tat ihm an den Rippen weh und erschwerte das Atmen, vom Gesang ganz zu schweigen. Er wußte nicht, ob er die Worte richtig wählte, doch Denna korrigierte ihn nicht, also machte er einfach weiter. Wie er sich die ganze Zeit aufrecht hielt, ohne umzukippen, wußte er nicht.

Als die Glocke zum zweiten Mal läutete, erhob Denna sich, half ihm aber nicht auf. Constance erschien, ein seltenes Lächeln auf dem Gesicht.

»Hallo, Denna, sieht aus, als hättest du eine Menge Spaß.« Constance verpaßte ihm einen Schlag mit dem Handrücken, aber es gelang ihm, auf den Beinen zu bleiben. »Du warst ein böser Junge, richtig?«

»Ja, Herrin Constance.«

»Sehr böse, wie es scheint. Entzückend.« Ihr hungriger Blick wanderte zu Denna. »Ich habe Zeit, gehen wir und zeigen wir ihm, wozu zwei Mord-Sith zusammen in der Lage sind.«

»Heute abend nicht, Constance.«

»Nein? Was soll das heißen, nein?«

Denna explodierte. »Genau, was ich gesagt habe! Er ist mein Gatte, und ich werde ihn zurückbringen und ihm zeigen, was das heißt! Willst du etwa mitkommen und zusehen, wie ich bei meinem Gatten liege? Willst du etwa auch sehen, was ich tue, wenn ich den Strafer zwischen den Zähnen halte?«

Richard sackte zusammen. Das hatte sie also vor. Wenn sie das heute abend tat, so dreckig, wie es ihm ohnehin schon ging …

Leute in weißen Roben – Missionare hatte Denna sie genannt – starrten bereits zu ihnen herüber. Constance erwiderte wütend ihren Blick, und sie huschten davon. Die Gesichter beider Frauen waren gerötet. Dennas vor Wut, Constances vor Verlegenheit.

»Natürlich nicht, Denna«, sagte sie mit gesenkter Stimme. »Entschuldige. Das wußte ich nicht. Ich werde dich allein lassen.« Sie grinste Richard höhnisch an. »Wie es scheint, hast du schon genug Ärger, mein Kleiner, ich hoffe, du wirst deinen Pflichten gerecht.«

Sie verpaßte ihm mit ihrem Strafer einen Stich in den Magen und ging. Taumelnd versuchte Richard sich mit der Hand zu schützen. Er stöhnte. Denna schob ihm die Hand unter den Arm und stützte ihn. Wütend blickte sie Constance nach, dann ging sie los, in der Erwartung, er würde ihr folgen. Was er auch tat.

Wieder im Zimmer gab sie ihm den Eimer. Er brach fast zusammen bei dem Gedanken, ihre Wanne füllen zu müssen.

Ihre Stimme war ruhig. »Geh und hole einen Eimer heißes Wasser.«

Richard hätte vor Erleichterung sterben können, daß er die Wanne nicht füllen mußte. Leicht verwirrt besorgte er das Wasser. Sie schien wütend zu sein, aber nicht auf ihn. Nachdem er den Eimer abgestellt hatte, wartete er mit gesenktem Blick. Denna zog den Stuhl heran. Er war überrascht, daß er es nicht für sie tun mußte.

»Setz dich.« Sie ging zum Tisch neben ihrem Bett und kam mit einer Birne zurück. Sie betrachtete sie einen Augenblick lang in ihrer Hand, drehte sie hin und her, strich mit dem Daumen über sie, dann hielt sie sie ihm hin. »Das habe ich vom Abendessen mitgebracht. Ich habe aber keinen Hunger. Du hast nichts bekommen, iß du sie.«

Richard betrachtete die Birne in ihrer Hand, die sie ihm hinhielt. »Nein, Herrin Denna. Das ist Eure. Nicht meine.«

»Ich weiß, wem sie gehört, Richard.« Ihre Stimme blieb ruhig. »Tu, was ich sage.«

Er nahm die Birne und aß sie, sogar die Kerne. Denna kniete nieder und machte sich daran, ihn zu waschen. Er hatte keinen Schimmer, was gespielt wurde, aber das Waschen tat weh, auch wenn es kein Vergleich mit dem Strafer war. Er fragte sich, warum sie das tat und wann es wieder Zeit für seine Ausbildung wäre.

Denna schien seine Anspannung zu spüren. »Ich habe Rückenschmerzen.«

»Das tut mir leid, Herrin Denna. Daran ist bestimmt mein Verhalten schuld.«

»Sei still«, sagte sie sanft. »Ich will auf etwas Hartem schlafen, für meinen Rücken. Ich werde auf dem Fußboden schlafen. Da ich auf dem Boden schlafe, wirst du in meinem Bett schlafen müssen, und dort will ich kein Blut.«

Richard war verwirrt. Der Fußboden war gewiß groß genug für beide, außerdem hatte sie ganz bestimmt schon sein Blut in ihrem Bett gehabt. Bislang hatte sie das nie gestört. Er entschied, es sei nicht an ihm, Fragen zu stellen, und so ließ er es.

»So«, meinte sie, als sie fertig war. »Leg dich ins Bett.«

Sie sah zu, wie er sich hinlegte. Resigniert nahm er den Strafer vom Nachttisch und hielt ihn ihr hin. Sein Arm schmerzte. Hoffentlich verschonte sie ihn heute abend damit.

Denna nahm ihm den Strafer aus der Hand und legte ihn auf den Nachttisch zurück. »Heute abend nicht. Ich hab' dir doch gesagt, ich habe Rückenschmerzen.« Sie blies die Lampe aus. »Schlaf jetzt.«

Er hörte, wie sie sich leise fluchend auf den Fußboden legte. Zum Nachdenken war er viel zu erschöpft und kurz darauf eingeschlafen.

Als ihn das Glockenläuten weckte, war Denna bereits auf. Sie hatte das Blut von ihrem weißen Lederanzug gewischt und ihren Zopf zurechtgemacht. Auf dem Weg zur Andacht sprach sie kein Wort. Das Niederknien war schmerzhaft für ihn, und er war froh, als die Andacht vorbei war. Constance sah er nirgends. Er ging hinter Denna her und wollte schon in die Ausbildungszelle abbiegen, doch sie ging weiter, und die Kette spannte sich. Der Schmerz veranlaßte ihn, stehenzubleiben.

»Wir gehen nicht dort entlang«, meinte sie.

»Ja, Herrin Denna.«

Sie ging eine Zeitlang weiter, durch Korridore, die sich endlos hinzuziehen schienen, dann warf sie ihm einen ungeduldigen Blick zu. »Geh neben mir. Wir werden etwas spazierengehen. Manchmal macht mir das Spaß. Wenn ich Rückenschmerzen habe. Es hilft mir.«

»Ich bin untröstlich, Herrin Denna. Ich hatte gehofft, es ginge Euch heute morgen besser.«

Sie warf ihm einen kurzen Blick zu, sah dann wieder nach vorne. »Nun, tut es nicht. Gehen wir also spazieren.«

Richard hatte sich noch nie so weit von Dennas Quartier entfernt. Mit den Augen machte er kleine Ausflüge in die neue Umgebung. In Abständen gab es ähnliche Plätze wie jenen, an denen sie ihre Andacht verrichteten, zum Himmel und zur Sonne hin offen, mit einem Felsen und einer Glocke in der Mitte. Nicht alle waren mit Sand ausgelegt, auf einigen wuchs Gras, und ein paar besaßen sogar einen Teich, in dessen Mitte der Felsen stand. Fische glitten in Schwärmen durch das kristallklare Wasser. Die Korridore zwischen diesen Plätzen waren manchmal so breit wie Säle, der Fußboden mit gemusterten Fliesen ausgelegt, es gab Säulen und Bögen ringsum, über denen in großer Höhe die Decke schwebte. Fenster ließen Licht hineinströmen, wodurch alles heiter und gelöst wirkte.

Überall waren Leute, die meisten in weiße Umhänge oder in andere helle Farben gekleidet. Niemand schien es eilig zu haben, und es sah aus, als hätten die meisten ein Ziel, wenn auch einige auf Marmorbänken herumsaßen. Richard sah nur wenige Soldaten. Die meisten Menschen gingen an Denna und ihm vorbei, als seien sie unsichtbar, ein paar jedoch lächelten und wechselten einen Gruß mit ihr.

Die Größe des Gebäudes war verblüffend. Hallen und Durchgänge verloren sich am Horizont. In einer Halle standen Statuen nackter Menschen in stolzen Posen. Die Statuen waren aus poliertem Stein gehauen, größtenteils weiß, gelegentlich mit Goldadern durchzogen, und jede war doppelt so groß wie er. Richard entdeckte keine Stelle, die düster, häßlich oder schmutzig gewesen wäre. Alles, was er sah, war wunderschön. Die Schritte der Menschen hallten durch die Säle wie ehrfurchtsvolles Flüstern. Richard fragte sich, wie es möglich war, ein derart riesiges Gebäude zu erdenken, geschweige denn zu bauen. Es mußte Generationen gedauert haben.

Denna führte ihn zu einem weiten offenen Platz. Überall ragten ausgewachsene Bäume aus dem mit Moos bedeckten Boden empor, ein Pfad aus braunen Fliesen schlängelte sich mitten durch den Innenwald. Sie schlenderten den Pfad entlang, und Richard schaute zu den Bäumen hoch. Sie waren wunderschön, auch wenn sie keine Blätter hatten.

Denna beobachtete ihn. »Die Bäume gefallen dir, nicht wahr?«

Er nickte und sah sich um. »Sehr sogar, Herrin Denna«, flüsterte er.

»Warum gefallen sie dir?«

Richard überlegte einen Augenblick. »Sie scheinen ein Teil meiner Vergangenheit zu sein. Ich kann mich schwach erinnern, einmal ein Führer gewesen zu sein. Ein Waldführer, glaube ich. Aber viel weiß ich nicht mehr davon, Herrin Denna. Nur, daß ich die Wälder mag.«

»Wenn man gebrochen wird, vergißt man Dinge aus der Zeit davor«, sagte sie ruhig. »Je länger ich dich ausbilde, desto mehr wirst du die Vergangenheit vergessen, abgesehen von gezielten Fragen, die ich dir stelle. Bald wirst du dich an gar nichts mehr erinnern.«

»Ja, Herrin Denna. Herrin Denna, was ist dies für ein Ort?«

»Er wird Palast des Volkes genannt. Es ist der Sitz der Macht in D'Hara. Das Zuhause von Darken Rahl.«

Diesmal aßen sie an einem anderen Ort zu Mittag. Sie ließ ihn auf einem Stuhl sitzen, warum, wußte er nicht. Die Nachmittagsandacht verrichteten sie an einem der Orte, wo es Wasser statt Sand gab, und anschließend spazierten sie noch ein wenig durch endlose Hallen, bis sie schließlich zum Abendessen wieder in die vertraute Umgebung kamen. Das Laufen hatte ihm gutgetan. Seine Muskeln hatten die Bewegung nötig gehabt.

Als sie nach der Abendandacht wieder in der kleinen Kammer neben ihrem Zimmer waren, band ihm Denna die Arme mit der Fesselvorrichtung auf den Rücken und hievte ihn hoch, aber nicht so weit, daß das Gewicht nicht mehr auf den Füßen ruhte. Auch so kehrte der Schmerz in seine geschundenen Schultern zurück, aber er zuckte nur wenig zusammen.

»Geht es Eurem Rücken besser, Herrin Denna? Hat Euch das Laufen gutgetan?«

»Es ist nichts, was ich nicht aushalten könnte.«

Sie umkreiste ihn langsam, den Blick auf den Boden gerichtet. Endlich blieb sie vor ihm stehen, rollte den Strafer eine Weile in den Fingern hin und her, betrachtete ihn.

Sie hielt den Blick gesenkt. Ihre Stimme war kaum mehr als ein Flüstern. »Sag mir, daß du mich häßlich findest.«

Er sah sie an, bis sie schließlich den Blick hob. »Nein. Das wäre eine Lüge.«

Ein trauriges Lächeln spielte um ihre Lippen. »Das war ein Fehler, mein Lieber. Du hast einen direkten Befehl mißachtet, und du hast die Anrede vergessen.«

»Ich weiß, Herrin Denna.«

Sie schloß die Augen, aber dann gewann ihre Stimme wieder ein wenig ihrer Kraft zurück. »Du machst mir nichts als Ärger. Ich weiß nicht, warum Meister Rahl mir deine Ausbildung aufgehalst hat. Du hast dir zwei Stunden verdient.«

Sie verabreichte ihm seine zwei Stunden. Nicht ganz so schlimm wie gewöhnlich, aber schlimm genug, daß er vor Schmerzen winselte. Danach teilte sie ihm mit, daß ihr Rücken noch immer schmerzte. Sie schlief wieder auf dem Fußboden und ließ ihn im Bett schlafen.

In den nächsten Tagen kehrte man zur üblichen Routine zurück. Die Ausbildung war nicht ganz so lang und anstrengend wie zuvor, außer wenn Constance dabei war. Denna behielt sie scharf im Auge und gab mehr Anweisungen als zuvor. Constance gefiel das nicht, manchmal sah sie Denna wütend an. War Constance gröber, als Denna es wünschte, wurde sie beim nächsten Mal nicht eingeladen. Allmählich wurde sein Kopf klarer, und er begann, sich an Dinge zu erinnern, Dinge aus der Vergangenheit. Wenn Denna Rückenschmerzen hatte, unternahmen sie gelegentlich lange Spaziergänge und sahen sich die verschiedenen befremdlich schönen Orte an.

Eines Tages nach der Nachmittagsandacht fragte Constance, ob sie mitkommen könne. Denna willigte lächelnd ein. Constance bat, die Ausbildung übernehmen zu dürfen, und erhielt die Erlaubnis. Sie war gröber als gewöhnlich und quälte Richard ausgiebig, bis ihm die Tränen über die Wangen flossen. Richard hoffte, Denna würde dem ein Ende machen, sein Durchhaltevermögen hing an einem seidenen Faden. Denna war gerade aufgestanden, als ein Mann die Kammer betrat.

»Herrin Denna, Meister Rahl wünscht Euch zu sehen.«

»Wann?«

»Sofort.«

Denna seufzte. »Constance, würdest du die Ausbildung zu Ende bringen?«

Richard bekam entsetzliche Angst, wagte aber kein Wort zu sagen.

»Seine Zeit ist fast um, bring ihn einfach in mein Quartier und laß ihn dort. Ich bin sicher, es wird nicht lange dauern.«

»Mit Vergnügen, Denna. Du kannst auf mich zählen.«

Denna wollte gehen. Constance grinste ihn aus nächster Nähe niederträchtig an. Sie packte seinen Gürtel und riß ihn auf. Richard bekam keine Luft.

»Constance!« Denna war wieder hereingekommen. »Ich möchte nicht, daß du das tust.«

Constance war einen Augenblick lang unbedacht. »Wenn du nicht da bist, habe ich die Verantwortung für ihn, und ich tue, was mir gefällt.«

Denna baute sich vor Constance auf. »Er ist mein Gatte, und ich habe gesagt, daß ich das nicht möchte. Ich will auch nicht, daß du ihm den Strafer ins Ohr steckst.«

»Ich werde tun, was mir …«

»Das wirst du nicht.« Denna biß die Zähne zusammen und blickte auf die kleinere Frau herab. »Ich habe die Bestrafung auf mich genommen, nachdem wir Rastin getötet hatten. Ich. Nicht wir beide, sondern ich allein. Ich habe das nie vorher erwähnt, aber jetzt muß ich es. Du weißt, was sie mit mir gemacht haben. Trotzdem habe ich nie verraten, daß du etwas damit zu tun hattest. Er ist mein Gatte, und ich bin seine Mord-Sith, nicht du. Ich allein. Entweder respektierst du meine Wünsche, oder wir bekommen Ärger miteinander.«

»Na schön«, schnaubte sie. »Also schön, ich werde deine Wünsche respektieren.«

Denna funkelte sie immer noch wütend an. »Das will ich auch hoffen, Schwester Constance.«

Danach gab Constance alles, was sie hatte, auch wenn sie den Strafer größtenteils dort ließ, wo Denna ihn haben wollte. Richard wußte, es ging länger als geplant. Als sie ihn in Dennas Unterkunft zurückbrachte, prügelte sie ihn noch eine gute Stunde, dann hakte sie die Kette über das Fußbord des Bettes und befahl ihm stehenzubleiben, bis Denna zurückkam.

Constance schob ihr Gesicht in Anbetracht ihrer Größe, so gut es ging, ganz dicht vor seins und griff ihm zwischen die Schenkel.

»Paß gut für mich darauf auf«, spottete sie. »Du wirst sie nicht mehr lange haben. Ich habe Grund zu der Annahme, daß Meister Rahl dich mir in Kürze überschreiben wird, und wenn er das tut, werde ich deine Anatomie umbauen.« Ihr Gesicht verzog sich zu einem breiten Grinsen. »Und ich glaube kaum, daß dir das gefallen wird.«

Sein Zorn blitzte auf und löste den magischen Schmerz aus. Es warf ihn auf die Knie. Constance verließ lachend das Zimmer. Es gelang ihm, seinen Zorn zu beherrschen, aber der Schmerz ließ erst nach, als er wieder stand.

Warmes Sonnenlicht fiel durch das Fenster. Hoffentlich kehrte Denna bald zurück. Die Sonne ging unter. Die Zeit des Abendessens kam und ging vorüber. Noch immer kam Denna nicht zurück. Richard fing an, sich Sorgen zu machen. Er hatte so eine Ahnung, daß etwas nicht stimmte. Er hörte, wie die Glocke zur Abendandacht schlug, konnte aber nicht hin, da er ans Bett gekettet war. Er überlegte, ob er an Ort und Stelle niederknien sollte, stellte jedoch fest, daß auch das nicht ging; man hatte ihm befohlen, stehenzubleiben. Vielleicht sollte er wenigstens die Lobpreisungen anstimmen, andererseits war niemand da, der ihn hören konnte, es spielte also keine Rolle. Draußen vor dem Fenster war es schon lange dunkel, aber glücklicherweise brannten die Lampen, und er brauchte nicht im Dunkeln zu stehen. Zwei Glockenschläge verkündeten das Ende der Abendandacht. Denna war immer noch nicht zurück. Die Zeit für seine Ausbildung kam und ging. Immer noch keine Denna. Richard war voller Sorge.

Endlich hörte er, wie die Tür aufgedrückt wurde. Denna hielt den Kopf gesenkt, wirkte steif. Der Zopf hatte sich gelockert, das Haar war durcheinander. Sie schloß schwerfällig die Tür. Ihr Gesicht war aschfahl, ihre Augen feucht. Sie sah ihn nicht an.

»Richard«, sagte sie leise. »Fülle das Bad für mich. Bitte. Ich brauche ein Bad, ich komme mir im Augenblick sehr schmutzig vor.«

»Natürlich, Herrin Denna.«

Er schleppte die Wanne herein und lief so schnell er konnte, um sie zu füllen. Er glaubte nicht, daß er jemals schneller gewesen war. Sie stand da und sah zu, wie er Eimer um Eimer heranschleppte. Als er fertig war, blieb er keuchend stehen und wartete.

Mit zitternden Fingern machte sie sich daran, die Lederkluft aufzuknöpfen. »Hilfst du mir? Ich glaube, allein schaffe ich das nicht.«

Er machte ihr die Knöpfe auf, während sie bebend vor ihm stand. Er mußte sich überwinden, ihr das Leder vom Rücken zu schälen, da sich gleichzeitig ein Teil ihrer Haut ablöste. Sein Herz pochte. Denna war vom Halsansatz bis zu den Knöcheln mit Striemen bedeckt. Richard bekam es mit der Angst zu tun, und ihre Qualen taten ihm in der Seele weh. Tränen traten ihm in die Augen. Die Kraft erwachte in ihm mit Gebrüll. Er ignorierte sie.

»Herrin Denna, wer hat Euch das angetan?« wollte er wissen.

»Meister Rahl. Nicht, daß ich es nicht verdient hätte.«

Er nahm ihre Hände und half ihr in die Wanne. Mit einem kleinen Aufstöhnen ließ sie sich langsam in das heiße Wasser gleiten und blieb steif sitzen.

»Herrin Denna, warum sollte er Euch so etwas antun?«

Sie zuckte zusammen, als er mit dem Seifenlappen ihren Rücken berührte. »Constance hat ihm erzählt, ich sei zu nachsichtig mit dir. Ich verdiene, was man mir angetan hat. Ich habe deine Ausbildung vernachlässigt. Ich bin eine Mord-Sith. Ich hätte es besser machen müssen. Ich habe lediglich bekommen, was ich verdiene.«

»Das habt Ihr nicht verdient, Herrin Denna. Ich hätte die Bestrafung auf mich nehmen müssen. Nicht Ihr.«

Sie hielt sich mit zitternden Handen am Rand der Wanne fest, während er sie wusch. Sachte wischte er ihr den Schweiß aus dem blassen Gesicht. Die ganze Zeit, während er arbeitete, starrte sie geradeaus. Ein paar Tränen kullerten ihr über die Wange.

Ihre Lippen bebten. »Morgen wird Meister Rahl dich empfangen.« Seine Hand hielt beim Waschen einen Augenblick inne. »Tut mir leid, Richard. Du wirst seine Fragen beantworten.«

Er sah ihr ins Gesicht, doch sie erwiderte seinen Blick nicht. »Ja, Herrin Denna.« Er spülte sie mit der Hand ab. »Laßt mich Euch abtrocknen.« Er tat es, so sanft er nur konnte. »Möchtet Ihr sitzen, Herrin Denna?«

Sie lächelte verlegen. »Nein, im Augenblick nicht.« Sie drehte steif den Kopf. »Dorthin. Ich lege mich aufs Bett.« Sie ergriff seine Hand. »Das Zittern hört einfach nicht auf. Wieso kann ich nicht aufhören zu zittern?«

»Weil Ihr Schmerzen habt, Herrin Denna.«

»Man hat mir schon viel Schlimmeres angetan als das. Das hier war nur eine kleine Erinnerung an das, was ich bin. Trotzdem, ich kann nicht aufhören zu zittern.«

Sie legte sich bäuchlings aufs Bett, den Blick auf ihn gerichtet. Vor lauter Sorge begann Richards Verstand wieder zu arbeiten.

»Herrin Denna, ist mein Rucksack noch hier?«

»Im Schrank. Warum?«

»Bleibt nur still liegen, Herrin Denna, und laßt mich nur machen, vorausgesetzt, ich weiß noch, wie es geht.«

Er holte seinen Rucksack aus dem Schrank, legte ihn auf den Tisch und begann, darin herumzukramen. Denna beobachtete ihn, ihr Gesicht lag seitlich auf dem Rücken ihrer Hände. Er fand das gesuchte Päckchen und legte es geöffnet auf den Tisch. Er holte eine blecherne Schale hervor, zog das Messer aus seinem Gürtel und legte es ebenfalls auf den Tisch. Dann stand er auf und nahm eine Dose mit Salbe aus dem Schrank. Er hatte gesehen, wie sie sich damit eingerieben hatte. Genau das brauchte er jetzt.

»Darf ich das benutzen, Herrin Denna?«

»Wozu?«

»Bitte.«

»Also gut.«

Richard nahm den ganzen Stapel sorgsam geschichteter, getrockneter Aumblätter, legte sie in die Blechschale, wählte ein paar weitere Kräuter aus, die er vom Geruch her kannte, nicht aber dem Namen nach, und schüttelte sie zu dem Aumblättern. Mit dem Messergriff zerstößelte er alles zu Pulver. Er nahm die Salbe und verrührte sie mit dem Pulver in der Schale. Er trug die Schale zum Bett und setzte sich neben sie.

»Liegt einfach still«, sagte er zu ihr.

»Die Anrede, Richard, die Anrede. Wirst du es nie lernen?«

»Entschuldigung, Herrin Denna«, lächelte er. »Ihr könnt mich später bestrafen. Jetzt liegt erst mal still. Wenn ich mit Euch fertig bin, werdet Ihr Euch kräftig genug fühlen, mich die ganze Nacht lang zu strafen. Das verspreche ich Euch.«

Er verteilte die Salbe vorsichtig auf die Striemen und verrieb sie dabei. Denna stöhnte. Sie schloß die Augen, während er sich um sie bemühte. Als er bei ihren Fersen angelangt war, war sie fast eingeschlafen. Er strich ihr übers Haar, während die Aumsalbe einzog.

»Wie fühlt Ihr Euch jetzt, Herrin Denna?« flüsterte er.

Sie wälzte sich zur Seite und riß verwundert die Augen auf. »Die Schmerzen sind weg. Wie hast du das gemacht? Wie hast du die Schmerzen wegbekommen?«

Richard lächelte zufrieden. »Das habe ich von einem alten Freund gelernt. Er heißt ...« Er runzelte die Stirn. »Ich kann mich nicht an seinen Namen erinnern. Aber er ist ein alter Freund, und er hat es mir beigebracht. Ich bin so erleichtert, Herrin Denna. Ich sehe es nicht gerne, wenn Ihr Schmerzen habt.«

Sie berührte seine Wange zart mit den Fingerspitzen. »Menschen wie dich gibt es nicht viele, Richard Cypher. Ich hatte noch nie einen Gatten wie dich. Die Seelen mögen mich holen, ich habe noch nie jemanden wie dich kennengelernt. Den, der mir das angetan hat, was ich dir angetan habe, den habe ich umgebracht, und du hilfst mir statt dessen.«

»Wir alle können nur sein, wer wir sind, nicht mehr und nicht weniger, Herrin Denna.« Er betrachtete seine Hände. »Mir gefällt nicht, was Meister Rahl Euch angetan hat.«

»Du weißt nicht, was es heißt, Mord-Sith zu sein, mein Lieber. Wir werden sehr sorgfältig als junge Mädchen ausgewählt. Als Mord-Sith werden nur die gütigsten und warmherzigsten ausgewählt, die man finden kann. Es heißt, tiefste Grausamkeit entsteht aus tiefster Fürsorge. Ganz D'Hara wird abgesucht, und jedes Jahr werden nur ungefähr ein halbes Dutzend erwählt. Eine Mord-Sith wird dreimal gebrochen.«

Er riß die Augen auf. »Dreimal?« hauchte er ungläubig.

Denna nickte. »Beim ersten Mal ist es so, wie ich dich gebrochen habe. Damit wird der Geist gebrochen. Das zweite Mal dient dazu, unser Mitgefühl zu brechen. Um das zu erreichen, müssen wir mit ansehen, wie unser Ausbilder unsere Mutter bricht, sie zu seinem Hündchen macht und zu Tode quält. Beim dritten Mal wird die Angst gebrochen, die wir davor haben, anderen weh zu tun, damit wir Spaß dabei empfinden, anderen Schmerzen zu bereiten. Um das zu erreichen, müssen wir unter der Anleitung unserer Ausbilder unseren Vater brechen und zu unserem Hündchen machen und ihm so lange Schmerzen zufügen, bis er stirbt.«

Tränen liefen Richard die Wangen herab. »Das hat man Euch alles angetan?«

»Was ich dir angetan habe, um dich zu brechen, ist nichts im Vergleich dazu, was erforderlich ist, um uns das zweite oder dritte Mal zu brechen. Je warmherziger ein Mädchen ist, desto besser wird sie als Mord-Sith, gleichzeitig wird es aber schwieriger, sie beim zweiten oder dritten Mal zu brechen. Meister Rahl hält mich für etwas Besonderes, weil sie es sehr schwer hatten, mich beim zweiten Mal zu brechen. Meine Mutter hat sehr lange gelebt und versucht, mich davon abzubringen, die Hoffnung aufzugeben, aber das hat alles nur erschwert. Für uns beide. Das dritte Brechen ist gescheitert, man hatte schon aufgegeben, und ich sollte getötet werden. Meister Rahl jedoch meinte, wenn ich trotzdem gebrochen werden könnte, wäre ich etwas Besonderes, also hat er meine Ausbildung selbst übernommen. Er war es, der mich das dritte Mal gebrochen hat. Am Tag, als ich meinen Vater tötete, nahm er mich zu sich ins Bett als Belohnung. Seitdem bin ich unfruchtbar.«

Richard bekam kein Wort an dem Kloß in seiner Kehle vorbei.

Mit zitternden Fingern wischte er ihr eine Haarsträhne aus dem Gesicht. »Ich will nicht, daß Euch jemand weh tut. Niemals mehr, Herrin Denna.«

»Es gilt als Ehre«, flüsterte Denna unter Tränen, »wenn Meister Rahl sich die Zeit nimmt, jemanden so Geringes wie mich mit seinem eigenen Strafer zu foltern.«

Richard war wie betäubt. »Hoffentlich bringt er mich morgen um, damit ich nicht noch mehr dieser qualvollen Dinge hören muß, Herrin Denna.«

Ihre feuchten Augen glänzten im Schein der Lampe. »Ich habe dir Dinge angetan, die ich noch keinem anderen zugemutet habe, und doch bist du der erste, der sich darum bemüht, mir den Schmerz zu nehmen.« Sie setzte sich auf und nahm die Schale zur Hand. »Es ist noch etwas übrig. Ich möchte dir etwas auf die Stellen streichen, wo Constance das getan hat, was ich ihr verboten hatte.«

Denna strich die Aumsalbe auf die Striemen an seinen Schultern, dann auf Brust und Bauch und arbeitete sich hoch bis zum Hals. Ihre Blicke trafen sich. Ihre Hand zögerte. Im Raum war es totenstill. Denna beugte sich vor und gab ihm einen zarten Kuß. Sie legte ihm die Hand mit der Salbe in den Nacken und küßte ihn ein zweites Mal.

Dann legte sie sich zurück aufs Bett und drückte seine Hand mit beiden Händen auf ihren Bauch. »Komm zu mir, mein Geliebter. Ich will dich haben. Jetzt sofort.«

Richard nickte und wollte nach dem Strafer auf dem Nachttisch greifen. Denna berührte sein Handgelenk.

»Heute nacht will ich dich ohne den Strafer. Bitte zeig mir, wie es ohne Schmerzen ist, ja?«

Sie legte ihm eine Hand um den Hals und zog ihn sachte auf sich.

14. Kapitel

Am nächsten Morgen bildete Denna ihn nicht aus, sondern nahm ihn mit auf einen Spaziergang. Meister Rahl hatte gesagt, er wolle Richard nach der zweiten Andacht sehen. Als sie vorüber war und sie gerade gehen wollten, stellte sich Constance ihnen in den Weg.

»Du siehst heute überraschend gut aus, Schwester Denna.«

Denna sah sie ohne Regung an. Richard war wütend auf Constance, weil sie mit Meister Rahl über Denna gesprochen hatte, damit sie bestraft wurde, und mußte sich auf Dennas Zopf konzentrieren.

Constance drehte sich zu Richard. »Ich habe gehört, du sollst heute eine Audienz bei Meister Rahl bekommen. Wenn du danach noch lebst, werden wir uns häufiger sehen. Und zwar allein. Ich will sozusagen auch ein Stück von dir, wenn er mit dir fertig ist.«

Er sprach, ohne nachzudenken. »Das Jahr, in dem man Euch ausgewählt hat, Herrin Constance, muß ein Jahr verzweifelten Mangels gewesen sein, sonst hätte man niemals jemanden von so beschränkter Intelligenz zur Mord-Sith gemacht. Nur der Dümmste stellt seine eigenen armseligen Ziele über den Wert einer Freundin. Besonders wenn es sich um eine handelt, die so viel für Euch geopfert hat. Ihr seid es nicht wert, den Strafer von Herrin Denna zu küssen.« Richard setzte ein glattes, zufriedenes Lächeln auf, als sie wie vom Blitz getroffen dastand. »Ihr solltet darauf hoffen, daß Meister Rahl mich tötet, Herrin Constance, denn wenn er das nicht tut, werde ich Euch bei unserer nächsten Begegnung töten für das, was Ihr Herrin Denna angetan habt.«

Constance starrte ihn schockiert an, dann plötzlich ging sie mit ihrem Strafer auf ihn los. Dennas Arm war länger. Sie riß ihn hoch und rammte Constance ihren Strafer gegen den Kehlkopf, um sie zurückzuhalten. Constances Augen traten überrascht heraus. Sie hustete Blut, sackte auf die Knie und faßte sich mit beiden Händen an die Kehle.

Denna starrte einen Augenblick auf sie herab, bevor sie ohne ein Wort ging. Richard, angekettet, folgte ihr.

Denna hielt den Blick geradeaus gerichtet und verriet keine Regung. »Rate mal, wie viele Stunden dir das eingebracht hat.«

Richard mußte grinsen. »Herrin Denna, wenn je eine Mord-Sith einem Toten einen Schrei entlockt hat, dann Ihr.«

»Und wenn Meister Rahl dich nicht tötet, wie viele Stunden dann?«

»Herrin Denna, ein Leben hat nicht genug Stunden, um meine Freude über das, was ich getan habe, zu trüben.«

Sie lächelte ein wenig, sah ihn aber nicht an. »Ich bin nur froh, daß es dir das wert war.« Sie sah ihn schräg von der Seite an. »Ich begreife dich noch immer nicht. Deinen Worten zufolge können wir nicht mehr oder weniger sein, als wir sind. Ich bedauere, daß ich nicht mehr sein kann, als ich bin, und ich fürchte, du kannst nicht weniger sein. Wären wir keine Krieger, die in diesem Krieg auf verschiedenen Seiten kämpfen, ich würde dich mein Leben lang als Gatten behalten und alles daransetzen, dich an Altersschwäche sterben zu sehen.«

Ihr sanfter Ton erwärmte Richard. »Ich würde mein Bestes versuchen, für Euch ein langes Leben zu leben, Herrin Denna.«

Sie gingen weiter durch die Hallen, vorbei an den Andachtsplätzen, den Statuen, den Menschen. Sie führte ihn Treppen hinauf, durch gewaltige, erlesen dekorierte Säle. Vor einer Doppeltür mit Schnitzereien einer ausgedehnten Hügel- und Waldlandschaft, die mit Gold überzogen waren, blieb sie stehen.

Denna sah ihn an. »Bist du bereit, an diesem Tag zu sterben, mein Geliebter?«

»Noch ist der Tag nicht vorbei, Herrin Denna.«

Sie schlang ihm die Arme um den Hals und küßte ihn zärtlich. Dann nahm sie ihr Gesicht ein paar Zentimeter zurück und streichelte ihm über den Hinterkopf. »Verzeih mir, daß ich dir das antue, Richard, aber man hat mich dazu abgerichtet. Ich kann nicht anders, es ist mein Lebenszweck, dir weh zu tun. Ich tue es nicht aus freien Stücken, sondern weil man mich dazu abgerichtet hat, das solltest du wissen. Ich kann nichts anderes sein als das, was ich bin. Eine Mord-Sith. Solltest du an diesem Tage sterben, mein Geliebter, dann erfülle mich mit Stolz und stirb aufrecht.«

Er war der Lebensgefährte einer Wahnsinnigen, dachte er traurig. Und sie konnte nicht einmal etwas dafür.

Sie drückte die Tür auf und betrat einen imposanten Garten. Hätte Richard nichts anderes im Kopf gehabt, er wäre beeindruckt gewesen. Sie gingen einen Weg zwischen Blumen und Sträuchern entlang, vorbei an niedrigen, weinumrankten Steinmauern und kleinen Bäumen und erreichten eine weite Rasenfläche. Ein Glasdach ließ das Licht herein, damit die Pflanzen gesund blieben und in Blüte standen.

Ein gutes Stück entfernt standen zwei vollkommen gleich aussehende riesige Männer. Sie hatten die Arme verschränkt und trugen dicht über den Ellbogen Metallbänder mit spitzen Dornen. Seitlich von ihnen stand noch ein Mann. Die Muskeln auf seiner glatten Brust wölbten sich beeindruckend. Sein kurzgeschorenes blondes Haar stand borstengleich in die Höhe und wurde von einem einzelnen, schwarzen Streifen durchkreuzt.

Nahe der Mitte des Rasens, dicht bei einem weißen Rund aus Sand, stand, beschienen vom warmen Licht der Nachmittagssonne, mit dem Rücken zu ihnen ein Mann. Das Sonnenlicht ließ seinen weißen Umhang und sein schulterlanges blondes Haar erglühen und brach sich funkensprühend am Gold seines Gürtels und am gebogenen Dolch an seiner Hüfte.

Als sie sich ihm näherten, fiel Denna auf die Knie und berührte mit der Stirn den Boden. Richard hatte Anweisungen bekommen, schob sein Schwert zur Seite und tat es ihr nach.

Zusammen intonierten sie: »Führe uns, Meister Rahl. Lehre uns, Meister Rahl. In deinem Licht werden wir gedeihen. Deine Gnade gebe uns Schutz. Deine Weisheit beschämt uns. Wir leben nur, um zu dienen. Unser Leben gehört dir.«

Sie intonierten den Gesang nur ein einziges Mal, dann warteten sie. Richard zitterte leicht. Er dachte daran, daß er Meister Rahl niemals hätte nahe kommen dürfen, daß er sich von ihm hatte fernhalten sollen, doch wer ihm das gesagt hatte, wußte er nicht mehr – nur daß es wichtig war. Er mußte sich auf Dennas Zopf konzentrieren, um die Wut über das, was Meister Rahl ihr angetan hatte, zu unterdrücken.

»Erhebt euch, meine Kinder.«

Richard stand Schulter an Schulter mit Herrin Denna, während ihn blaue Augen eindringlich musterten. Daß das Gesicht des Meisters Freundlichkeit, Intelligenz und Güte auszustrahlen schien, besänftigte weder Richards bohrende Sorgen noch seine Gedanken, die dicht unter der Oberfläche brodelten. Die blauen Augen schweiften zu Denna.

»Du siehst heute morgen überraschend gut aus, meine Gespielin.«

»Wenn es um Schmerzen geht, ist Herrin Denna im Nehmen ebenso gut wie im Geben, Meister Rahl«, hörte Richard sich sagen.

Die blauen Augen wandten sich ihm wieder zu. Die Ruhe, der Frieden in Rahls Gesicht ließen Richard erschaudern. »Meine Gespielin hat mir berichtet, daß du nichts als Ärger machst. Dem Anschein nach hat sie nicht gelogen. Das freut mich. Was mich nicht freut, ist, daß es der Wahrheit entspricht.« Er klatschte gelassen in die Hände. »Nun, wie auch immer. Schön, dich endlich kennenzulernen, Richard Cypher.«

Denna rammte ihm den Strafer mit einem heftigen Stoß in den Rücken, um ihn daran zu erinnern, was er zu sagen hatte. »Es ist mir eine Ehre, hier zu sein, Meister Rahl. Ich lebe nur, um zu dienen. Eure Gegenwart beschämt mich.«

Ein dünnes Lächeln umspielte Rahls Lippen. »Ja, davon bin ich überzeugt.« Einen unangenehmen Augenblick lang musterte er Richards Gesicht. »Ich habe einige Fragen. Du wirst sie mir beantworten.«

Richard spürte, wie er leicht zitterte. »Ja, Meister Rahl.«

»Knie dich hin«, sagte er leise.

Mit Hilfe des Strafers fiel Richard auf die Knie. Denna trat hinter ihn. Dann preßte sie ihm die Schenkel gegen die Schultern, um ihn zu stützen, um einen besseren Hebel zu haben, während sie sein Haar mit einer Faust packte. Sie zog seinen Kopf ein Stück nach hinten, so daß er gezwungen war, in die blauen Augen des Meisters zu blicken. Richard schluckte entsetzt.

Darken Rahl blickte ohne Regung auf ihn herab. »Hast du das Buch der Gezählten Schatten schon einmal gesehen?«

Irgendeine Macht in einem Winkel seines Verstandes riet Richard, nicht zu antworten. Als er schwieg, wurde Dennas Griff in seinem Haar fester, und sie bohrte ihm den Strafer in den Nacken.

In seinem Kopf explodierte ein überwältigender Schmerz. Dennas Griff in seinem Haar war alles, was ihn noch aufrecht hielt. Es war, als hätte sie den Schmerz eines ganzen Tages Ausbildung in diese eine Berührung gesteckt. Er war bewegungsunfähig, bekam keine Luft, konnte nicht einmal losbrüllen. Er befand sich jenseits allen Schmerzes. Der Schock raubte ihm sämtliches Sein und ließ an dessen Stelle nichts zurück außer alles verschlingenden Höllenqualen aus Feuer und Eis. Sie nahm den Strafer fort. Er wußte nicht, wo er war, wer er war, wer ihn hielt. Er wußte nur, daß er nie größeren

Schmerz erfahren hatte und daß vor ihm ein Mann stand, der in einen weißen Umhang gehüllt war.

Blaue Augen blickten auf ihn herab. »Hast du das Buch der Gezählten Schatten schon einmal gesehen?«

»Ja«, hörte er sich sagen.

»Wo ist es jetzt?«

Richard zögerte, er wußte nicht, wie er antworten sollte. Er wußte nicht, was diese Stimme von ihm wollte. Wieder explodierte der Schmerz in seinem Kopf. Als er nachließ, liefen ihm die Tränen über die Wangen.

»Wo ist es jetzt?« wiederholte die Stimme.

»Bitte, tut mir nicht mehr weh«, jammerte er. »Ich verstehe die Frage nicht.«

»Was gibt es da nicht zu verstehen? Sag mir einfach, wo das Buch sich jetzt befindet.«

»Das Buch oder das Wissen aus dem Buch?« fragte Richard ängstlich nach.

Die blauen Augen verfinsterten sich fragend. »Das Buch.«

»Ich habe es den Flammen übergeben. Vor Jahren schon.«

Richard glaubte, die Augen würden ihn in Stücke reißen. »Und wo befindet sich das Wissen?«

Richard zögerte einen Augenblick zu lange. Als er wieder bei Bewußtsein war, riß Denna gerade seinen Kopf nach hinten, damit er wieder in die blauen Augen blickte. Richard hatte sich noch nie so allein gefühlt, so hilflos, so voller Angst.

»Wo befindet sich das Wissen, das in dem Buch stand?«

»In meinem Kopf. Bevor ich das Buch verbrannt habe, habe ich die Worte, das Wissen, auswendig gelernt.«

Der Mann stand da und starrte, regungslos. Richard wimmerte leise vor sich hin.

»Sag die Worte des Buches auf.«

Um nichts auf der Welt wollte Richard ein weiteres Mal den

Strafer an seinem Hinterkopf spüren. Er zitterte vor Angst. *»Die Wahrheit der Worte aus dem Buch der Gezählten Schatten, so sie von einem anderen gesprochen werden als dem, der über die Kästchen gebietet, kann nur bestätigt werden durch den Einsatz eines Konfessors …*

Konfessor.

Kahlan.

Der Name Kahlan schoß wie ein Blitz durch Richards Verstand. Die Kraft erwachte zum Leben mit Gebrüll, fegte den Nebel mit einem weißglühenden Aufflackern seiner Erinnerung fort. Alles stürzte auf ihn ein, zurückgeholt durch die in ihm aufsteigende Kraft. Richard wurde eins mit der Kraft, als er daran dachte, Darken Rahl könnte Kahlan besitzen. Oder ihr weh tun.

Darken Rahl wandte sich an die anderen Männer. Der mit dem schwarzen Streifen trat vor.

»Siehst du, mein Freund? Das Schicksal arbeitet für mich. Sie ist mit dem Alten bereits auf dem Weg hierher. Finde sie. Sorge dafür, daß man sie zu mir bringt. Nimm dir zwei Quadrone, aber ich will sie lebend, hast du verstanden?« Der Mann nickte. »Du und deine Männer, ihr steht unter dem Schutz meines Zaubers. Der Alte ist bei ihr, aber gegen einen Zauber aus der Unterwelt ist er machtlos, wenn er dann überhaupt noch lebt.« Rahls Stimme wurde härter. »Noch etwas, Demmin. Es schert mich nicht, was deine Männer mit ihr machen. Aber wenn sie hier eintrifft, sollte sie leben und in der Lage sein, ihre Fähigkeiten einzusetzen.«

Ein Teil der Farbe wich aus seinem Gesicht. »Ich verstehe. Es wird geschehen, wie Ihr es wünscht, Lord Rahl.« Er machte eine tiefe Verbeugung.

Er machte kehrt und ging, nicht ohne Richard kurz mit einem wissenden Lächeln in die Augen gesehen zu haben.

Darken Rahl fixierte Richard wieder mit seinen blauen Augen. »Fahr fort.«

Richard war so weit gegangen, wie er gehen wollte. Er erinnerte sich an alles.

Es war Zeit, zu sterben.

»Das werde ich nicht. Es gibt nichts, womit Ihr mich zwingen könntet, es Euch zu sagen. Ich heiße die Schmerzen willkommen. Und den Tod.«

Bevor der Strafer treffen konnte, zuckten Rahls Augen hoch zu Denna. Richard spürte, wie sich der Griff ihrer Faust in seinem Haar lockerte. Einer der Wachen kam heranmarschiert, packte sie mit seiner Pranke an der Kehle und drückte zu. Richard hörte, daß sie Mühe hatte, Luft zu bekommen.

Rahl funkelte sie an. »Du hast mir gesagt, er sei gebrochen.«

»Das war er auch, Meister Rahl.« Das Sprechen im Würgegriff bereitete ihr Mühe. »Ich schwöre es.«

»Ich bin sehr enttäuscht von dir, Denna.«

Richard hörte ihr gequältes Jammern, als der Mann sie von den Füßen hob. Die Kraft in seinem Innern verwandelte sich in weiße Glut. Jemand tat Denna weh. Bevor irgend jemand wußte, was geschah, war er auf den Beinen. Die magische Kraft jagte durch seinen Körper.

Richard schlang dem Mann einen Arm um seinen dicken Hals und packte die gegenüberliegende Schulter. Dann, schneller als ein Augenzwinkern, hatte er mit dem anderen Arm den Kopf des Mannes gepackt und versetzte ihm einen kräftigen Ruck. Das Genick des Mannes brach mit einem peitschenden Knall. Er sackte zu einem Klumpen zusammen. Richard wirbelte herum. Der andere Posten hatte ihn fast erreicht, streckte bereits die Hand aus. Richard packte ihn am Handgelenk und nutzte seine auf ihn zuschnellende Kraft, ihn in das Messer zu ziehen. Er stieß es bis zur Faust hinein und riß es mit voller Kraft nach oben und zerteilte seinen Leib bis zum Herz. Der Mann riß überrascht die Augen auf.

Richard strotzte vor Kraft. Am Rand seines Blickfeldes wurde alles weiß. Weiß von der Glut der Magie. Denna hielt sich vor Schmerz die Kehle.

Darken Rahl stand ungerührt da, befeuchtete sich die Fingerspitzen und betrachtete Richard.

Denna löste den magischen Schmerz aus und zwang Richard auf die Knie. Er hielt sich den Unterleib.

»Meister Rahl«, brachte Denna nach Luft schnappend hervor, »laßt ihn mich heute nacht noch einmal mitnehmen. Ich schwöre, morgen früh wird er alles beantworten, was Ihr ihn fragt. Wenn er dann noch lebt. Gestattet mir, meinen Fehler wiedergutzumachen.«

»Nein«, erwiderte Rahl, tief in Gedanken mit der Hand fuchtelnd. »Ich muß mich entschuldigen, meine Kleine. Der Fehler liegt nicht bei dir. Ich hatte keine Ahnung, mit wem wir es zu tun haben. Stell seine Schmerzen ab.«

Richard erholte sich und kam wieder auf die Beine. Der Nebel aus seinem Kopf war verschwunden. Es war, als erwachte er aus einem Traum, nur um sich in einem Alptraum wiederzufinden. Was von ihm übrig war, hatte die kleine, verriegelte Kammer in seinem Verstand verlassen, und er hatte nicht vor, es dort wieder wegzuschließen. Er wollte bei vollem Verstand sterben, mit all seiner Würde. Nach wie vor unterdrückte er seine Wut, aber sein Blick war voller Feuer. Feuer aus seinem Herzen.

»Hat dir das der Alte beigebracht?« fragte Rahl und legte interessiert die Stirn in Falten.

»Beigebracht? Was denn?«

»Deinen Verstand abzuteilen. Dadurch hast du verhindert gebrochen zu werden.«

»Ich weiß nicht, wovon Ihr redet.«

»Man baut eine Trennwand auf, um den Kern zu schützen. Den Rest opfert man den Qualen. Keine Mord-Sith kann einen abgeteilten Verstand brechen. Quälen, ja. Nicht aber brechen.« Er wandte sich an Denna. »Ich möchte mich noch einmal bei dir entschuldigen, meine Gespielin. Ich dachte, du hättest mich im Stich gelassen. Aber das hast du nicht. Nur jemand mit größtem Talent konnte ihn so weit bringen. Du hast gute Arbeit geleistet, trotzdem ändert dies alles.« Lächelnd befeuchtete er seine Fingerspitzen und glättete seine Brauen. »Richard und ich werden uns jetzt unter vier Augen unterhalten. Solange er mit mir in diesem Zimmer ist, möchte ich, daß du ihn ohne den magischen Schmerz sprechen läßt. Das könnte meine Absichten stören. Solange er hier ist, muß er von deiner Kontrolle befreit sein. Du kannst in dein Quartier zurückgehen. Wenn ich mit ihm fertig bin und er noch lebt, werde ich ihn wie versprochen zu dir zurückschicken.«

Denna machte eine tiefe Verbeugung. »Ich lebe, um zu dienen, Meister Rahl.«

Sie drehte sich mit dunkelrotem Gesicht zu Richard, legte ihm einen Finger unters Kinn und hob es ein wenig an. »Enttäusche mich nicht, mein Geliebter.«

Der Sucher lächelte. »Niemals, Herrin Denna.«

Als sie ging, ließ er seinem Zorn freien Lauf, nur um ihn noch einmal zu spüren. Den Zorn auf sie und auf das, was man ihr angetan hatte. Denk nicht über das Problem nach, redete er sich ein, sondern über die Lösung. Richard drehte sich um und sah Darken Rahl ins Gesicht. Das Gesicht seines Gegenübers blieb gelassen, zeigte keinerlei Regung. Richard zwang sich zu der gleichen Haltung.

»Du kannst dir denken, daß ich wissen will, was sonst noch in dem Buch steht.«

»Tötet mich.«

Rahl lächelte. »Wir haben es wohl recht eilig, zu sterben, was?«

»Ja. Tötet mich. Genau, wie Ihr meinen Vater getötet habt.«

Darken Rahl runzelte die Stirn, das Lächeln noch immer auf den Lippen. »Deinen Vater? Ich habe deinen Vater nicht getötet, Richard.«

»George Cypher! Ihr habt ihn umgebracht! Versucht nicht, es zu leugnen! Ihr habt ihn mit dem Messer an Eurem Gürtel getötet!«

Rahl breitete in gespielter Unschuld seine Hände aus. »Oh, ich bestreite nicht, George Cypher getötet zu haben. Aber deinen Vater habe ich nicht umgebracht.«

Damit hatte er Richard auf dem falschen Fuß erwischt. »Wovon sprecht Ihr?«

Darken Rahl schlenderte um ihn herum. Richard versuchte, ihm mit dem Blick zu folgen. »Nicht schlecht. Wirklich. Das beste, das ich je gesehen habe. Der Alte hat es höchstpersönlich gewoben.«

»Aber was?«

Darken Rahl befeuchtete seine Finger und blieb vor ihm stehen. »Das magische Netz um dich. Ich habe noch nie etwas Vergleichbares gesehen. Es ist so fest um dich gewickelt wie ein Kokon. Es ist ziemlich fein verwoben, ich glaube, nicht einmal ich könnte es entwirren.«

»Wenn Ihr versucht, mich zu überzeugen, daß George Cypher nicht mein Vater ist, so wird Euch das nicht gelingen. Und wenn Ihr mich davon überzeugen wollt, daß Ihr wahnsinnig seid, braucht Ihr Euch die Mühe gar nicht erst zu machen. Das weiß ich bereits.«

»Mein lieber Junge«, lachte Rahl, »es ist mir völlig egal, wen du für deinen Vater hältst. Nichtsdestotrotz hält das magische Netz die Wahrheit von dir fern.«

»Wirklich? Gut, ich spiele mit. Wer ist also mein Vater, wenn es nicht George Cypher ist?«

»Das weiß ich nicht.« Rahl zuckte mit den Achseln. »Das verbirgt das Netz. Aber nach dem, was ich gesehen habe, habe ich einen Verdacht.« Das Lächeln verschwand. »Was steht im Buch der Gezählten Schatten?«

Richard zuckte mit den Achseln. »Das ist Eure Frage? Ihr enttäuscht mich.«

»Wie das?«

»Nun, nach dem, was man Eurem Vater angetan hat, dachte ich, Ihr wolltet bestimmt den Namen des alten Zauberers wissen.«

Darken Rahl machte ein wütendes Gesicht und befeuchtete sich langsam die Fingerspitzen. »Wie lautet der Name des alten Zauberers?«

Jetzt war Richard an der Reihe, zu lächeln. Er breitete die Arme aus. »Schneidet mich auf. Es steht in meinen Gedärmen geschrieben. Ihr werdet dort danach suchen müssen.«

Richard behielt sein spöttisches Grinsen bei. Er wußte, daß er schutzlos war, und hoffte, Darken Rahl würde sich provozieren lassen, ihn zu töten. Mit seinem Tod würde auch das Buch sterben. Kein Kästchen, kein Buch. Rahl würde sterben, und Kahlan wäre in Sicherheit. Das war alles, was zählte.

»Der erste Tag des Winters ist in einer Woche. Bis dahin werde ich den Namen des Zauberers wissen und die Macht haben, ihn herbeizuschaffen, wo immer er sich aufhält.«

»In einer Woche seid Ihr tot. Ihr besitzt nur zwei der Kästchen.«

Darken Rahl befeuchtete sich ein weiteres Mal die Finger und strich sich damit über die Lippen. »Im Augenblick besitze ich zwei. Das dritte befindet sich jetzt, in diesem Augenblick, auf dem Weg hierher.«

Richard versuchte, ihm nicht zu glauben, sich nichts anmerken zu lassen. »Ein mutiger Bluff. Trotzdem eine Lüge. In einer Woche werdet Ihr sterben.«

Rahl zog die Brauen hoch. »Ich sage die Wahrheit. Man hat dich verraten. Und derselbe, der dich an mich verraten hat, hat auch das Kästchen an mich verraten. Es wird in ein paar Tagen hier sein.«

»Ich glaube Euch nicht«, sagte Richard tonlos.

Darken Rahl befeuchtete sich die Fingerspitzen, drehte sich um und umrundete den Kreis aus weißem Sand. »Nein? Ich will dir etwas zeigen.«

Richard folgte ihm zu einem weißen Steinblock, auf dem eine

Granittafel lag, die von zwei gekehlten Säulen getragen wurde. Auf der Tafel standen zwei Kästchen der Ordnung. Eines war reich mit Juwelen verziert wie das eine, das Richard schon gesehen hatte. Das andere war schwarz wie der Stein der Nacht, die Oberfläche ein Vakuum im Licht des Raumes: das Kästchen selbst. Die Schutzhülle hatte man entfernt.

»Zwei der Kästchen der Ordnung«, verkündete Rahl und deutete mit der Hand auf sie. »Warum sollte ich das Buch haben wollen? Ohne das dritte Kästchen wäre das Buch für mich ohne Wert. Du hattest das dritte Kästchen. Das hat mir der preisgegeben, der dich verraten hat. Wäre das Kästchen nicht auf dem Weg hierher, wozu brauchte ich dann das Buch? Ich würde dich statt dessen aufschneiden, um seinen Aufenthaltsort zu erfahren.«

Richard bebte vor Wut. »Wer hat mich und das Kästchen verraten? Sag mir den Namen.«

»Und wenn nicht? Willst du mich dann aufschlitzen und den Namen in meinen Eingeweiden lesen? Ich gebe den Namen dessen, der mir geholfen hat, nicht preis. Du bist nicht der einzige Mensch mit Ehrgefühl.«

Richard wußte nicht, was er glauben sollte. In einem Punkt hatte Rahl recht. Solange er nicht alle drei Kästchen hatte, brauchte er das Buch nicht. Tatsächlich hatte ihn jemand verraten. Es war unmöglich, und doch mußte es stimmen.

»Bringt mich einfach um«, sagte Richard mit schwacher Stimme und drehte sich um. »Ich werde es Euch nicht sagen, Ihr könnt mich genausogut umbringen.«

»Zuerst mußt du mich davon überzeugen, daß du die Wahrheit sprichst. Du könntest mich mit der Behauptung täuschen, das ganze Buch zu kennen. Vielleicht hast du bloß die erste Seite gelesen, bevor du es verbrannt hast, oder den Text erfunden.«

Richard verschränkte die Arme und blickte über die Schulter. »Und warum sollte ich wollen, daß Ihr mir glaubt?«

Rahl zuckte mit den Achseln. »Ich dachte, dir läge etwas an diesem Konfessor. Kahlan. Ich hatte geglaubt, dir läge etwas daran, was mit ihr geschieht. Solltest du mich nicht davon überzeugen können, daß du die Wahrheit sprichst, dann werde ich sie aufschneiden und einen Blick auf ihre Eingeweide werfen müssen, um festzustellen, ob sie etwas dazu zu sagen haben.«

Richard sah ihn wütend an. »Das wäre der größte Fehler, den Ihr machen könnt. Ihr braucht sie, um die Wahrheit des Buches zu bestätigen. Wenn Ihr ihr etwas antut, macht Ihr Eure eigene Chance zunichte.«

Rahl zuckte mit den Achseln. »Das sagst du. Wie soll ich wissen, daß du tatsächlich weißt, was in dem Buch steht? Könnte sein, daß sie auf ebendiese Weise seine Wahrheit bestätigt.«

Richard sagte nichts, seine Gedanken schwirrten in tausend Richtungen gleichzeitig. Denk an die Lösung, redete er sich ein, nicht an das Problem.

»Das Buch der Gezählten Schatten ist nicht die einzige Wissensquelle über die Kästchen. Es gibt andere Stellen, die mir dienlich sein können.« Er blickte auf das schwarze Kästchen herab. »Es hat einen ganzen Tag und all mein Können in Anspruch genommen, die Hülle abzubekommen.« Er schaute wieder auf, zog eine Braue hoch. »Sie wird nur durch Magie gehalten. Trotzdem habe ich es geschafft, und ich werde es auch bei den beiden anderen schaffen.«

Daß Rahl die Hülle abbekommen hatte, war entmutigend. Wollte man ein Kästchen öffnen, wenn man alle drei beisammenhatte, mußte die Hülle entfernt werden. Richard hatte darauf gehofft, Rahl wäre ohne das Buch nicht in der Lage, die Hüllen zu entfernen und die Kästchen zu öffnen. Diese Hoffnung war nun dahin.

Richard starrte mit leerem Blick auf das juwelengeschmückte Kästchen. »Seite zwölf des Buches der Gezählten Schatten. Unter der Überschrift *Abnehmen der Hüllen* heißt es dort: *Die Abdeckung der Kästchen darf von jedem entfernt werden, der über das Wissen verfügt, nicht nur von dem, der sie ins Spiel gebracht hat.«* Richard streckte die Hand aus und hob das juwelenbesetzte Kästchen vom Granit. »Seite siebzehn, dritter Absatz von oben. *Ist es nicht in den Stunden der Dunkelheit, sondern in den Stunden des Sonnenlichts, dann kann die Hülle des zweiten Kästchens auf folgende Art entfernt werden. Man halte das Kästchen so, daß die Sonne darauf fällt, und blicke nach Norden. Gibt es dort Wolken, so halte man das Kästchen dorthin, wo die Sonne darauffallen würde, wären sie nicht vorhanden, blicke dabei aber nach Westen.«* Richard hielt das Kästchen in das Licht des späten Nachmittags. *»Man drehe das Kästchen so, daß die schmale Seite mit dem blauen Stein auf den Quadranten mit der Sonne gerichtet ist.«* Richard drehte das Kästchen. *»Mit dem Zeigefinger der rechten Hand auf dem gelben Stein in der Mitte der Oberseite lege man den Daumen der rechten Hand auf den durchsichtigen Stein in der Ecke der Unterseite.«* Richard faßte das Kästchen wie angegeben an. *»Man lege den Zeigefinger der Linken auf den blauen Stein auf der abgewandten Seite, den Daumen der Linken auf den Rubin auf der nächstgelegenen.«* Richard plazierte seine Finger. *»Man befreie seinen Geist von allen Gedanken und setze an ihre Stelle nichts als Weiß mit einem schwarzen Quadrat in der Mitte. Man ziehe die beiden Hände auseinander und entferne mit ihnen die Hülle.«*

Unter Rahls Blicken befreite Richard sich von allen Gedanken, stellte sich Weiß vor, mit einem schwarzen Quadrat in der Mitte, und zog. Die Abdeckung löste sich mit einem Klicken. Er hielt das Kästchen dicht über den Granit und zog die Hülle fort, so als schlage er ein Ei in die Pfanne. Jetzt standen zwei gleich schwarze Kästchen Seite an Seite und schienen das Licht des Raumes in sich aufzunehmen.

»Erstaunlich«, hauchte Rahl. »Und du kennst alle Teile des Buches so gut?«

»Jedes Wort«, sagte Richard mit wütendem Blick. »Was ich Euch gesagt habe, wird Euch allerdings bei dem Entfernen der dritten Hülle nichts nützen. Jede wird auf andere Art abgenommen.«

Rahl winkte geringschätzig ab. »Spielt keine Rolle. Ich werde es schon schaffen.« Er stützte den Ellenbogen in die Hand und berührte gedankenverloren mit der Fingerspitze das Kinn. »Du kannst gehen.«

Richard runzelte die Stirn. »Was soll das heißen, ich kann gehen? Wollt Ihr nicht versuchen, das Buch aus mir herauszubekommen? Mich umzubringen?«

Rahl nahm es gelassen. »Es würde mir nichts nützen. Meine Art, dein Wissen aus dir herauszubekommen, würde dein Gehirn zerstören. Das Wissen wäre unzusammenhängend. Ginge es um etwas anderes, könnte ich die einzelnen Stücke zusammenfügen und mir zusammenreimen, aber ich sehe, daß das Buch dafür zu genau ist. Am Ende wäre das Wissen nur zerstört und für mich ohne Nutzen. Aus diesem Grund bist auch du im Augenblick für mich ohne Nutzen. Du kannst also gehen.«

Richard war beunruhigt. Dahinter steckte mehr. »Einfach so? Ihr müßt doch wissen, daß ich versuchen werde, Euch aufzuhalten.«

Rahl befeuchtete seine Finger. Er hob den Kopf. »Ich mache mir keine Sorgen über das, was du tun könntest. Aber in einer Woche, wenn ich die Kästchen öffne, mußt du hierher zurückkehren, vorausgesetzt, dich kümmert, was aus den Menschen wird.«

Richard kniff die Augen zusammen. »Was soll das heißen, wenn mich kümmert, was aus den Menschen wird?«

»In einer Woche, am ersten Tag des Winters, werde ich eines der Kästchen öffnen. Aus anderen Quellen als dem Buch der Gezählten Schatten, aus denselben Quellen, die mir verraten haben, wie man die Hülle entfernt, weiß ich, wie ich entscheide, welches Kästchen mich tötet. Darüber hinaus werde ich raten müssen. Wenn ich das richtige öffne, werde ich unangefochten herrschen. Öffne ich das andere, wird die Welt zerstört werden.«

»Das würdet Ihr riskieren?«

Rahl zog die Brauen hoch und beugte sich zu Richard. »Eine Welt oder keine, so wird es sein.«

»Das glaube ich Euch nicht. Ihr wißt nicht, welches Kästchen Euch vernichten wird.«

»Selbst wenn ich lügen sollte, ständen die Chancen, meinen Willen zu bekommen, immer noch zwei zu drei. Deine ständen nur eins zu drei. Es sieht schlecht aus für dich. Aber ich lüge nicht. Entweder die Welt wird zerstört, oder ich werde ihr Herrscher. Du mußt entscheiden, was dir lieber ist. Wenn du mir nicht hilfst und ich das falsche Kästchen öffne, werde ich zusammen mit allen anderen vernichtet, darunter auch die, um die du dich sorgst. Wenn du mir nicht hilfst und ich dasjenige öffne, das ich öffnen will, dann werde ich Kahlan Constance zur Ausbildung übergeben. Sie wird lange dauern. Du wirst es dir ansehen können, bevor ich dich töte. Dann wird Kahlan mir einen Sohn gebären, einen Erben. Einen Sohn, der Konfessor sein wird.«

Richard erstarrte unter Qualen, die schlimmer waren als alle, denen Denna ihn ausgesetzt hatte. »Soll das heißen, daß du mir eine Art Angebot machst?«

Rahl nickte. »Wenn du rechtzeitig zurückkommst und mir hilfst, erhältst du die Erlaubnis, dein Leben zu führen, wie es dir beliebt. Ich werde dich in Ruhe lassen.«

»Und was wird aus Kahlan?«

»Sie wird hier im Palast des Volkes wohnen und wie eine Königin behandelt werden. Sie wird allen Luxus haben, den sich eine Frau nur wünschen kann, ein Leben, wie es einem Konfessor gebührt. Etwas, was du ihr nie wirst bieten können. Sie wird in Frieden und Sicherheit leben, und sie wird mir den Konfessorsohn gebären, den ich mir wünsche. Wie auch immer, sie wird mir einen Sohn gebären. Das habe ich entschieden. Deine Wahl liegt im Wie: entweder als Constances Gespielin oder als Königin. Siehst du? Ich denke, du wirst zurückkommen. Und wenn ich mich irre …« Er zuckte mit den Achseln. »Eine Welt. Oder keine.«

Richard bekam keine Luft mehr. »Ich glaube nicht, daß Ihr wißt, welches Kästchen Euch vernichten wird.«

»Du mußt selbst entscheiden, was du glauben willst. Ich habe nicht das Bedürfnis, dich zu überzeugen.« Sein Ausdruck verfinsterte sich. »Triff einen weisen Entschluß, mein junger Freund. Die Möglichkeiten, die ich dir biete, mögen dir nicht gefallen, aber was geschieht, wenn du mir nicht hilfst, wirst du noch viel weniger mögen. Die Wahlmöglichkeiten im Leben können einem nicht alle gefallen, aber andere werden dir nicht geboten. Manchmal muß man sich eher für das entscheiden, was besser ist für die, die man liebt, als für einen selbst.«

»Ich glaube noch immer nicht, daß Ihr wißt, welches Kästchen Euch töten wird«, sagte Richard leise.

»Glaube, was du willst, aber frage dich, ob du Kahlans Zukunft mit Constance auf diesen Glauben setzen willst. Selbst wenn du recht hättest, deine Chancen stehen nach wie vor eins zu drei.«

Richard fühlte sich leer, ausgelaugt. »Kann ich jetzt gehen?«

»Nun, es gibt noch einige andere Dinge, über die du vielleicht Bescheid wissen möchtest.«

Richard kam sich plötzlich vor wie gelähmt, so als hätten unsichtbare Hände ihn gepackt. Er konnte keinen einzigen Muskel bewegen. Darken Rahl griff in Richards Tasche und zog den Lederbeutel mit dem Stein der Nacht hervor. Richard kämpfte gegen die Kraft an, die ihn hielt, konnte sich aber nicht bewegen. Rahl ließ den Stein der Nacht in seine Hand fallen. Lächelnd hielt er ihn in die Höhe.

Schattenwesen nahmen Gestalt an. Sie scharten sich um Rahl, ihre Zahl wuchs. Richard wäre gerne zurückgewichen, konnte sich aber nicht rühren.

»Zeit, nach Hause zu gehen, meine Freunde.«

Die Schatten begannen um Rahl zu kreisen, schneller und schneller, bis sie zu einem grauen Schleier verschwammen. Geheul wurde laut, als sie in einem Wirbel aus Schatten und Formen in den Stein hineingesogen wurden. Stille. Sie waren verschwunden. Der Stein der Nacht verwandelte sich in Rahls Hand zu Asche. Er blies darüber, und die Asche verpuffte in der Luft.

»Der Alte hat dich die ganze Zeit über kontrolliert und den Stein der Nacht dazu benutzt, festzustellen, wo du steckst. Wenn er das nächste Mal nach dir schaut, wird er eine sehr unangenehme Überraschung erleben. Er wird sich in der Unterwelt wiederfinden.«

Richard war außer sich über das, was Darken Rahl Zedd antun wollte, und voller Zorn, daß er sich nicht rühren und nur hilflos zuschauen konnte.

Richard entspannte sich und löste sich von dem Gedanken, sich bewegen zu müssen. Er wurde ruhig. Er ließ seinen Geist leer werden, wurde weich, beweglich. Die Kraft zerschmolz. Er tat einen Schritt nach vorn und löste sich aus dem Griff, der ihn hielt.

Rahl lächelte freundlich. »Sehr gut, mein Junge. Du weißt, wie man ein magisches Netz zerreißt, wenigstens ein kleines. Trotzdem sehr gut. Der Alte wählt seine Sucher weise aus«, fügte er mit einem Nicken hinzu. »Aber du bist mehr als ein Sucher. Du hast die Gabe. Ich freue mich auf den Tag, an dem wir auf derselben Seite stehen. Es wird mir eine Freude sein, dich in meiner Nähe zu haben. Die, mit denen ich mich herumschlagen muß, sind sehr beschränkt. Nach der Zusammenführung der Welt werde ich dir noch mehr beibringen, wenn du möchtest.«

»Wir werden niemals auf derselben Seite stehen. Niemals.«

»Die Entscheidung liegt bei dir, Richard. Ich bin nicht nachtragend. Ich hoffe, wir werden Freunde.« Rahl musterte Richards Gesicht. »Noch etwas. Du kannst im Palast des Volkes bleiben oder ihn verlassen, ganz wie du willst. Meine Wachen werden sich um dich kümmern. Allerdings wird ein magisches Netz um dich gesponnen sein. Im Gegensatz zu dem, das du gerade zerrissen hast, wird es sich nicht auf dich auswirken, sondern auf die, die dich sehen. Deshalb wirst du es auch nicht zerreißen können. Man nennt es ein Feindesnetz. Wer dich sieht, wird in dir einen Feind sehen. Wer auf meiner Seite steht, der wird dich als den sehen, der du bist, denn im Augenblick bist du mein Feind und daher auch ihrer. Zumindest im Augenblick. Deine Freunde jedoch werden in dir denjenigen sehen, den sie am meisten fürchten, ihren schlimmsten Feind. Ich will, daß du siehst, wie die Menschen von mir denken, daß du die Welt mit meinen Augen siehst und erkennst, wie ungerecht ich beurteilt werde.«

Richard brauchte nicht einmal zu versuchen, seinen Zorn zurückzuhalten, es gab keinen. Er spürte einen seltsamen Frieden. »Kann ich jetzt gehen?«

»Natürlich, mein Junge.«

»Und Herrin Denna?«

»Sobald du diesen Raum verläßt, stehst du wieder unter ihrer Gewalt. Hat eine Mord-Sith einmal deine Zauberkraft, gehört sie ihr. Ich kann sie ihr nicht wegnehmen, um sie dir zurückzugeben. Du mußt sie dir selbst zurückholen.«

»Und inwiefern bin ich dann frei?«

»Ist das nicht deutlich genug? Wenn du gehen möchtest, mußt du sie töten.«

»Sie töten!« Richard war entsetzt. »Meint Ihr nicht, ich hätte sie längst getötet, wenn ich dazu imstande wäre? Meint Ihr, ich hätte das alles über mich ergehen lassen, wenn ich sie hätte töten können?«

Darken Rahl lächelte dünn. »Du warst immer in der Lage, sie zu töten.«

»Und wie?«

»Nichts, was existiert, hat nur eine Seite. Selbst ein Blatt Papier, so dünn es auch ist, hat deren zwei. Auch Magie ist nicht eindimensional. Du hast nur eine Seite gesehen, das tun die meisten. Betrachte das Ganze.« Er zeigte auf die Leichen seiner beiden Posten. Die Posten, die Richard getötet hatte. »Sie kontrolliert deine Zauberkraft, und doch hast du das hier getan.«

»Aber das ist etwas anderes, gegen sie funktioniert das nicht.«

Rahl nickte. »Doch, tut es. Aber du mußt es vollkommen beherrschen. Halbherzigkeiten können dir eine Menge Ärger machen. Sie kontrolliert dich mit nur einer Dimension deiner Zauberkraft, der Seite, die du ihr angeboten hast. Du mußt die andere Seite nutzen. Das hätten alle Sucher gekonnt, doch keinem ist es jemals gelungen, sie zu beherrschen. Vielleicht bist du der erste.«

»Und wenn nicht? Wenn es mir nicht gelingt?« Darken Rahl klang für Richards Empfinden zu sehr nach Zedd. Das war es, was Zedd ihm immer beigebracht hatte, er mußte für sich denken, die Antworten auf seine Art finden, mit seinem eigenen Verstand.

»Dann, mein junger Freund, steht dir eine harte Woche bevor. Denna hat es gar nicht gefallen, wie du sie blamiert hast. Am Ende der Woche wird sie dich zu mir bringen, und du wirst mir deinen Entschluß mitteilen: ob du mir helfen oder alle deine Freunde leiden und sterben lassen willst.«

»Verratet mir nur, wie ich die Magie des Schwertes benutzen, sie beherrschen kann.«

»Natürlich. Sofort, nachdem du mir dein Wissen aus dem Buch der Gezählten Schatten mitgeteilt hast.« Rahl grinste. »Das hätte ich nicht gedacht. Gute Nacht, Richard. Und vergiß nicht, eine Woche.«

Die Sonne ging unter, als Richard den Garten und Darken Rahl verließ. Ihm schwirrte der Kopf von den Dingen, die er erfahren hatte. Daß Darken Rahl wußte, welches Kästchen ihn töten würde, war unangenehm, aber vielleicht wandte er auch bloß das erste Gesetz der Magie an. Schlimmer war, daß Richard von einem seiner eigenen Leute verraten worden war. Das gefiel ihm überhaupt nicht. Noch weniger gefiel ihm, daß er genau wußte, wer dafür in Frage kam. Shota hatte ihm gesagt, daß Zedd und Kahlan ihre Macht gegen ihn benutzen würden. Es mußte einer der beiden gewesen sein. Das wollte einfach nicht passen, sosehr er es auch versuchte, es zu glauben, solange er auch darüber nachgrübelte. Keiner von beiden kam in Frage, und doch mußte es einer von ihnen gewesen sein. Er liebte die beiden mehr als sein Leben. Zedd hatte ihm erklärt, er müsse bereit sein, jeden zu töten, der den Sieg gefährdete, selbst dann, wenn bloß ein Verdacht bestand. Er zwang den Gedanken aus seinem Kopf.

Er mußte sich überlegen, wie er Denna entkommen konnte. Wenn ihm das nicht gelang, war er nutzlos, und alles andere wäre egal. Es nützte nichts, die anderen Probleme zu lösen, wenn er nicht fliehen konnte, und wenn ihm nicht bald etwas einfiel, würde Denna ihn quälen und er wäre zu keinem Gedanken mehr fähig. Was sie ihm antat, machte das Denken schwer, ließ ihn Dinge vergessen. Darauf mußte er sich zuerst konzentrieren, alles andere kam später.

Das Schwert. Denna kontrollierte die Zauberkraft des Schwertes. Er brauchte das Schwert doch überhaupt nicht. Vielleicht konnte er es irgendwie loswerden und damit auch die Zauberkraft, die sie kontrollierte. Er griff zum Heft, doch der magische Schmerz ließ ihn zurückzucken, noch bevor er es berühren konnte.

Er ging durch die Hallen, immer auf Dennas Quartier zu. Es war noch ein weiter Weg. Vielleicht konnte er einfach einen anderen Weg wählen und den Palast des Volkes verlassen. Darken Rahl hatte ihm versprochen, keiner der Posten würde ihn daran hindern. An der nächsten Kreuzung wollte er abbiegen. Der Schmerz zwang ihn auf die Knie. Unter großer Mühe gelangte er in die Halle zurück, durch die sein Weg zu Denna führte. Er mußte stehenbleiben und sich ausruhen, der Schmerz hatte ihm den Atem genommen.

Dicht vor ihm, in der Richtung, in der er ging, läutete die Glocke für die Abendandacht. Er beschloß hinzugehen, denn dort würde er Zeit zum Nachdenken gewinnen. Er kniete nieder und war erleichtert, daß der magische Schmerz nicht einsetzte. Es handelte sich um einen der Plätze am Wasser. Hier war es sehr friedlich. Gleich neben dem Wasser, mitten im Gedränge, legte Richard die Stirn auf den Plattenboden und begann mit dem Singsang, leerte seine Gedanken, wurde eins mit der Leere. Mit Hilfe des Gesangs brachte er seine Sorgen zum Schmelzen, seine Ängste, seine Befürchtungen. Er wies die Gedanken an alle Probleme von sich, ließ seinen Geist vollkommen frei umherwandern und seinen Frieden suchen. Die Andacht schien im Nu vorüber zu sein. Erfrischt und belebt erhob er sich und machte sich wieder auf den Weg in Dennas Quartier.

Die Hallen, die er durchquerte, die Räume und Treppenhäuser waren von atemberaubender Schönheit. Richard betrachtete sie staunend beim Hindurchgehen. Er fragte sich, wie jemandem, der so ekelhaft war wie Darken Rahl, daran gelegen sein konnte, sich mit derartiger Schönheit zu umgeben.

Nichts hat nur eine Dimension. Die zwei Seiten der Magie.

Richard mußte an die Augenblicke denken, als die seltsame Kraft in ihm erwacht war. Als er Mitleid mit Prinzessin Violet empfunden hatte, als die Wache der Königin versucht hatte, Denna etwas anzutun, als er unter Dennas Qualen gelitten hatte, beim Gedanken an Rahl, der Kahlan quält, als Rahls Wachen versucht hatten, Denna weh zu tun. Jedesmal war ein Teil seines Gesichtsfeldes weiß geworden.

Und jedesmal war es die Zauberkraft des Schwertes gewesen. In der Vergangenheit war die Zauberkraft des Schwertes auch immer Zorn gewesen. Doch hier handelte es sich um eine andere Art von Zorn. Er überlegte, wie er sich gefühlt hatte, als er das Schwert im Zorn gezogen hatte. Diese Wut, diese Raserei, dieser Wunsch, zu töten.

Dieser Haß.

Richard blieb wie vom Blitz getroffen mitten in einer ruhigen Halle stehen. Es war schon spät und niemand in der Nähe. Er war allein. Er spürte, wie eine eiskalte Woge ihn durchspülte, auf seiner Haut kribbelte.

Zwei Seiten. Er hatte verstanden.

Die Seelen mögen ihm helfen, er hatte verstanden.

Er ließ ihm freien Lauf, und alles überzog sich mit einem weißen Glanz.

Dumpf umwoben vom weißen Dunst der Magie drückte Richard fast wie in Trance die Tür zu Dennas Zimmer hinter sich ins Schloß. Ruhig hielt er die Kraft, hielt er ihre Weisheit, ihre Freude und Trauer. Der ruhige Raum wurde von einer Nachttischlampe erhellt, die der leicht parfümierten Luft einen flackernden Glanz verlieh. Denna hockte völlig nackt mitten auf dem Bett. Sie hatte die Beine untergeschlagen, den Zopf gelöst, das Haar ausgebürstet. Der Strafer hing an einer Goldkette um ihren Hals, baumelte zwischen ihren Brüsten. Die Hände lagen gefaltet in ihrem Schoß. Sie sah ihn aus großen, sehnsüchtigen Augen an.

»Bist du gekommen, mich zu töten, mein Geliebter?« flüsterte sie.

Er nickte langsam, ohne sie aus den Augen zu lassen. »Ja, Herrin.«

Sie lächelte zaghaft. »Das ist das erste Mal, daß du mich einfach ›Herrin‹ genannt hast. In der Vergangenheit hast du mich immer Herrin Denna genannt. Hat das etwas zu bedeuten?«

»Ja. Es bedeutet alles. Es bedeutet, daß ich dir alles vergebe.«

»Ich bin bereit.«

»Wieso bist du nackt?«

Der Schein der Lampe spiegelte sich in ihren feuchten Augen. »Weil alles, was ich zum Anziehen habe, Mord-Sith ist. Ich habe nichts anderes. Ich möchte nicht in den Kleidern einer Mord-Sith sterben. Ich möchte so sterben, wie ich geboren wurde. Als Denna. Nicht mehr.«

»Ich verstehe«, hauchte er. »Woher wußtest du, daß ich kommen und dich töten würde?«

»Als Meister Rahl mich auswählte, dich zu verfolgen, meinte er, er würde es mir nicht befehlen, ich müßte freiwillig gehen. Er meinte, die Prophezeiungen hätten einen Sucher vorhergesagt, der als erster in der Lage wäre, die Magie des Schwertes zu meistern. Die Weiße Magie. Er wäre in der Lage, die Klinge des Schwertes zur Weißglut zu bringen. Er meinte, solltest du dich als der herausstellen, von dem in den Prophezeiungen die Rede war, dann würde ich durch deine Hand sterben, vorausgesetzt, dies wäre deine Entscheidung. Ich bat darum, entsandt zu werden, deine Mord-Sith zu sein. Manches, was ich dir angetan habe, habe ich keinem anderen angetan, denn ich hatte gehofft, du seist es, und du würdest mich dafür töten. Zum ersten Mal habe ich Verdacht geschöpft, als du Prinzessin Violet geschlagen hast. Bescheid wußte ich, nachdem du die beiden Posten getötet hattest. Das hättest du nicht können dürfen. Denn ich hatte dich in diesem Augenblick über die Magie des Schwertes in meiner Gewalt.«

Rings um die mädchenhafte Schönheit ihres Gesichtes wurde alles weiß. »Es tut mir leid, Denna«, hauchte er.

»Wirst du an mich denken?«

»Ich werde für den Rest meines Lebens Alpträume haben.«

Ihr Lächeln wurde breiter. »Das freut mich.« Sie schien aufrichtig stolz zu sein. »Du liebst diese Kahlan, stimmt's?«

Er runzelte leicht die Stirn. »Woher weißt du das?«

»Manchmal, wenn ich Männern genug weh tue und sie nicht wissen, was sie reden, dann schreien sie nach ihren Müttern oder ihren Frauen. Du hast nach jemandem namens Kahlan geschrien. Wirst du sie zur Gemahlin nehmen?«

»Das kann ich nicht«, brachte er trotz des Kloßes in seinem Hals hervor. »Sie ist Konfessor. Ihre Macht würde mich zerstören.«

»Das tut mir leid. Tut es dir weh?«

Er nickte langsam. »Mehr als alles, was du mir angetan hast.«

»Gut.« Denna lächelte traurig. »Ich bin froh, daß die Frau, die du liebst, dir mehr weh tun kann als ich.«

Auf ihre verquere Art wollte Denna ihn damit trösten. Für sie war es ein Geschenk der Liebe, wenn sie darüber glücklich war, daß er mehr Schmerzen von einer anderen zugefügt bekam. Er wußte, manchmal hatte Denna ihm mittels Schmerzen ihre Zuneigung zeigen wollen. Zumindest in ihren Augen war es ein Beweis für ihre Liebe, wenn diese andere Frau ihm größere Qualen bereiten konnte.

Eine Träne lief ihm übers Gesicht. Was hatten sie diesem armen Kind bloß angetan.

»Es ist ein anderer Schmerz. In dem, was du mir angetan hast, bist du unerreichbar.«

Eine Träne des Stolzes lief ihr über die Wange. »Danke, mein Geliebter«, hauchte sie. Sie nahm den Strafer von ihrem Hals und hielt ihn erwartungsvoll in die Höhe. »Würdest du ihn tragen, als Andenken an mich? Um den Hals oder an der Kette wird er dir nicht weh tun, nur wenn du ihn selbst in die Hand nimmst.«

Richard beließ ihr Gesicht im weißen Glanz. »Es wäre mir eine Ehre, meine Gemahlin.« Er beugte sich vor und ließ ihn sich von ihr umhängen, ließ sich von ihr auf die Wange küssen.

»Wie willst du es tun?« fragte sie.

Er wußte, was sie meinte. Er schluckte den Kloß in seinem Hals herunter. Geschmeidig glitt seine Hand zum Heft des Schwertes.

Langsam zog er das Schwert der Wahrheit. Es klirrte nicht wie sonst.

Es sirrte. Ein weißglühendes Sirren.

Richard sah nicht hin, aber er wußte es. Er wußte, daß die Klinge sich weiß verfärbt hatte. Er blickte in ihre feuchten Augen. Die Kraft durchströmte ihn. Er hatte seinen Frieden gefunden. Aller Ärger, aller Haß, alle Bosheit war verschwunden. Dort, wo er früher all dies durch das Schwert gespürt hatte, verspürte er jetzt nichts als Liebe für dieses junge Mädchen, für dieses Gefäß, das andere mit Schmerz gefüllt hatten, für dieses Auffangbecken aller Grausamkeiten, diese unschuldige, gepeinigte Seele, die man dazu abgerichtet hatte, all das zu tun, was sie am meisten haßte. Anderen weh zu tun. Sein Mitgefühl war quälend. Sie tat ihm leid.

Er liebte sie.

»Denna«, hauchte er. »Wenn du mich einfach gehen lassen könntest, brauchte ich dies nicht zu tun. Bitte. Laß mich gehen. Zwing mich nicht, das zu tun.«

Sie hob stolz den Kopf. »Wenn du versuchst, zu gehen, werde ich dich mit dem magischen Schmerz daran hindern, bis es dir leid tut, daß du mir Ärger gemacht hast. Ich bin eine Mord-Sith. Ich bin deine Herrin. Ich kann nicht mehr sein als das, was ich bin. Und du nicht weniger, mein Gemahl.«

Er nickte traurig und legte die Schwertspitze zwischen ihre Brüste. Die Tränen in seinen Augen und das weißen Gleißen machten es schwer, etwas zu erkennen.

Sachte ergriff Denna die Schwertspitze und schob sie ein paar Zentimeter weiter nach oben. »Hier ist mein Herz, mein Geliebter.«

Das Schwert gegen ihren Körper drückend, beugte er sich vor und schlang seinen linken Arm liebevoll um ihre zarten Schultern. Er mußte die Kraft mit aller Macht halten, als er sie auf die Wange küßte.

»Richard«, flüsterte sie. »Einen Gemahl wie dich hatte ich noch nie. Ich bin froh, daß ich keinen anderen mehr haben werde. Es gibt nicht viele wie dich. Du warst seit meiner Ernennung der einzige, dem es nicht gleichgültig war, daß ich Schmerzen hatte, und der etwas getan hat, um sie zu lindern. Ich danke dir für gestern nacht, als du mir gezeigt hast, wie es hätte sein können.«

Die Tränen tropften ihm vom Gesicht. Er drückte sie fest an sich. »Vergib mir, meine Geliebte.«

Sie lächelte. »Alles. Danke, daß du mich deine Geliebte genannt hast. Es tut gut, es einmal aufrichtig gemeint zu hören, bevor ich sterbe. Dreh das Schwert, damit es auch ganz bestimmt vorbei ist. Und Richard, eine Bitte. Nimmst du meinen letzten Atemzug? Wie ich es dir beigebracht habe? Ich möchte, daß du meinen letzten Atemzug nimmst.«

Wie in Trance legte er seinen Mund auf ihren, küßte sie und spürte nicht einmal, wie seine rechte Hand sich bewegte. Er stieß auf keinen Widerstand. Das Schwert drang durch sie hindurch, als wäre sie aus Gaze. Er spürte, wie seine Rechte das Schwert drehte, und nahm ihren letzten Atemzug.

Vorsichtig legte er sie zurück aufs Bett, legte sich neben sie und heulte wie ein Schloßhund, während er über ihr aschfahles Gesicht streichelte.

Voller Gram wünschte er sich, er könne seine Tat ungeschehen machen.

15. Kapitel

Es war mitten in der Nacht, als er Dennas Quartier verließ. Die Hallen waren leer. Richards Schritte hallten von den polierten Steinböden und -wänden wider. Trost spendete ihm nur das Bündel, das er endlich wieder auf seinem Rücken trug, und der Umstand, daß er den Palast des Volkes verlassen konnte. Er wußte nicht, wohin, nur daß er fort wollte von diesem Ort.

Die schmerzhafte Berührung eines Strafers im Kreuz nagelte ihn auf der Stelle fest. Sofort brach ihm der Schweiß im Gesicht aus, als er erfolglos Luft zu holen versuchte. Feuer versengte Beine und Hüften von innen.

»Noch unterwegs?« ließ sich ein unbarmherziges Flüstern vernehmen.

Constance.

Seine zitternde Hand hatte Mühe, das Schwert zu packen. Sie beobachtete ihn lachend. Die Vorstellung, er könnte ihr die Kontrolle über seine Zauberkraft überlassen, schoß ihm wie ein Blitz durch den Kopf. Er zog seine Hand vom Schwert zurück und unterdrückte seinen Zorn. Sie stellte sich vor ihn, den Arm noch immer um ihn gelegt, wo sie ihm den Strafer ins Kreuz drückte und seine Beine lähmte. Sie trug ihre rote Lederkluft.

»Nein? Du bist noch nicht bereit, die Zauberkraft gegen mich einzusetzen? Es wird nicht mehr lange dauern, und du wirst versuchen, dich damit zu retten.« Sie lächelte. »Erspar dir die unnötigen Schmerzen, benutze die Magie sofort. Vielleicht lasse ich dann Gnade walten.«

Richard dachte an Dennas vielfältige Foltern, mit denen sie ihm beigebracht hatte, Schmerzen zu ertragen, um ihn noch mehr quälen zu können. Er konzentrierte sich auf alles, was er gelernt hatte. Er bekam den Schmerz unter Kontrolle und blockte ihn soweit ab, bis er einmal tief durchatmen konnte.

Dann schlang er seinen linken Arm um Constance und preßte ihren Körper fest an sich. Mit der Faust packte er den Strafer, Dennas Strafer, der um seinen Hals hing. Der Schmerz schoß seinen Arm hinauf. Er hielt ihm stand, verbannte ihn aus seinen Gedanken. Constance stöhnte auf, als er sie von den Beinen hob und an seinem Körper nach oben riß. Sie versuchte, den Strafer fester in seinen Rücken zu bohren, aber ihr fehlte die Kraft. Außerdem hatte er ihren Arm festgeklemmt, so daß sie ihn kaum bewegen konnte.

Als er sie hoch genug hatte und ihr verzerrtes Gesicht vor seinem schwebte, bohrte er ihr Dennas Strafer in die Brust. Ihr Gesicht erschlaffte. Richard mußte daran denken, wie Denna Königin Milena auf diese Weise mit ihrem Strafer berührt hatte. Constance zeigte die gleiche Wirkung. Sie schüttelte sich, und der Druck in seinem Rücken ließ nach. Aber sie tat ihm immer noch weh, genau wie der Strafer in seiner Hand.

Richard biß vor Schmerz die Zähne zusammen. »Ich werde dich nicht mit dem Schwert töten. Dazu müßte ich dir alles vergeben. Ich könnte mich nie überwinden, dir den Verrat an einer Freundin zu verzeihen. Was du mir angetan hast, ja, aber nicht, was du deiner Freundin Denna angetan hast. Das ist etwas, was ich dir niemals vergeben werde.«

Constance schnappte vor Schmerzen nach Luft. »Bitte ...«

»Versprochen ...«, höhnte er.

»Nein ... bitte ... tu das nicht.«

Richard drehte den Strafer, wie er es bei Denna gesehen hatte. Constance zuckte zusammen und erschlaffte in seinen Armen. Blut rann ihr aus den Ohren. Ihr lebloser Körper glitt zu Boden.

»Ist versprochen.«

Richard starrte den Strafer lange an, den er fest mit der Faust umklammert hielt, bis er merkte, wie es schmerzte. Endlich ließ er ihn los und an der Kette um seinen Hals baumeln.

Er blickte auf die tote Mord-Sith herab und versuchte, wieder zu Atem zu kommen. In Gedanken bedankte er sich bei Denna, daß sie ihm beigebracht hatte, Schmerzen zu erdulden. Sie hatte ihm das Leben gerettet.

Es dauerte fast eine Stunde, bis er den Ausweg aus dem Labyrinth von Hallen gefunden hatte und in die frostige Nacht und das weitläufige Gelände hinaustrat. Er hielt das Schwert fest umklammert, als er die beiden kräftigen Posten am offenstehenden Tor der Außenmauer passierte, doch die nickten nur höflich, als wäre er ein geladener Gast, der nach einem königlichen Dinner das Schloß verläßt.

Er blieb stehen und betrachtete die vor ihm liegende Landschaft unter dem Sternenhimmel. Noch nie war er so glücklich gewesen, die Sterne zu sehen. Er drehte sich um, sog alles in sich auf. Der Palast des Volkes, umgeben von hochaufragenden Mauern, lag auf einer gewaltigen Hochebene, die sich vor ihm zu einer Ebene absenkte. Die Hochebene überragte das dürre Land um gut hundert Meter, doch hatte man in die steilen Felsen eine Straße geschlagen, die sich in Serpentinen zum Flachland hinunterwand.

»Ein Pferd, Sir?«

Richard wirbelte herum. Einer der Posten hatte ihn angesprochen. »Was?«

»Ich wollte wissen, ob man Euch ein Pferd bringen soll, Sir. Ihr wollt offenbar aufbrechen. Zu Fuß ist es sehr weit.«

»Was ist zu Fuß sehr weit?«

Der Posten nickte den Steilhang hinab. »Durch die Azrith-Ebene. Ihr habt nach Westen geblickt, über die Azrith-Ebene. Bis zur anderen Seite ist es ein langer Marsch. Möchtet Ihr vielleicht ein Pferd?«

Daß es Darken Rahl so wenig auszumachen schien, was er tat,

und er sich sogar ungehindert ein Pferd besorgen konnte, ging ihm an die Nerven. »Ja, ich möchte ein Pferd.«

Mit einer kleinen Pfeife blies der Posten einem anderen Mann auf der Mauer eine Folge kurzer und langer Töne zu. Richard hörte, wie die kurze Melodie wiederholt wurde und sich in der Ferne verlor.

Der Posten bezog wieder Stellung. »Wird nicht lange dauern, Sir.«

»Wie weit ist es bis zum Rang'Shada-Gebirge?«

Der Mann runzelte leicht die Stirn. »Bis wohin genau? Das Massiv ist sehr weitläufig.«

»Nordwestlich von Tamarang. Dort, wo das Gebirge Tamarang am nächsten ist.«

Er rieb sich nachdenklich das Kinn. »Vier, vielleicht fünf Tage.« Er sah den anderen Posten fragend an. »Oder was meinst du?«

Der andere zuckte mit den Achseln. »Wenn er zügig reitet und häufig, vielleicht fünfmal, die Pferde wechselt. Aber schneller nicht.«

Richards Mut sank. Natürlich war es Darken Rahl egal, ob er ein Pferd hatte oder nicht. Wo sollte er denn hin? Michael und die Armee Westlands waren vier bis fünf Tage von hier entfernt im Rang' Shada-Gebirge. Vor Ablauf einer Woche, bis zum ersten Wintertag, konnte er unmöglich dorthin und wieder zurück. Aber Kahlan mußte näher sein. Rahl hatte diesen Kerl mit dem schwarzen Streifen im Haar und zwei Quadrone losgeschickt, sie zu holen. Was machte sie hier? Er hatte ihnen doch gesagt, sie sollten ihm nicht folgen. Er regte sich kurz über Chase auf, der seine Anweisungen nicht befolgt und sie nicht alle zurückgehalten hatte. Dann ließ sein Ärger nach. An seiner Stelle hätte er ebensowenig die Hände in den Schoß legen können, ohne zu wissen, was seinem Freund zugestoßen war. Vielleicht waren sie gar nicht mehr in den Bergen, sondern schon alle auf dem Weg hierher. Aber was sollte eine Armee hier nützen? Hier konnten zehn gute Leute einen Monat lang einer ganzen Armee trotzen.

Zwei Soldaten in voller Rüstung kamen durch das Tor galoppiert. Sie hatten ein drittes Pferd dabei.

»Möchtet Ihr vielleicht eine Eskorte, Sir?« fragte der Posten. »Die Männer sind gut.«

»Nein!« Richard wurde ungehalten. »Ich reite allein.«

Der Posten winkte die Soldaten fort.

»Ihr reitet also Richtung Südwesten?« Richard antwortete nicht, also fuhr er fort. »Tamarang. Der Palast im Rang'Shada-Gebirge, nach dem Ihr gefragt habt. Er liegt in westsüdwestlicher Richtung. Wenn ich Euch einen Rat geben dürfte, Sir?«

»Sprich weiter«, sagte Richard vorsichtig.

»Wenn Ihr diesen Weg nehmt, durch die Azrith-Ebene, werdet Ihr gegen Morgen in ein Geröllfeld zwischen steilen Hügeln gelangen. Mitten in einer tiefen Schlucht wird sich die Straße teilen. Geht nach links.«

Richard kniff die Augen zusammen. »Warum?«

»Weil es rechts einen Drachen gibt. Einen roten Drachen. Einen roten Drachen mit übelster Laune. Er gehört Meister Rahl.«

Richard stieg auf und sah mit festem Blick auf den Posten herab. »Vielen Dank für den Rat. Ich werde ihn beherzigen.«

Er gab dem Pferd die Sporen und hielt auf die steile Straße zu, die sich in Serpentinen die Flanke der Hochebene hinabwand. Hinter der ersten Kurve sah er, wie bei seinem Näherkommen eine Zugbrücke herabgelassen wurde. Als er sie erreicht hatte, war sie ganz unten, und er jagte sein Pferd im Galopp über die schweren Holzbohlen, ohne das Tempo zu drosseln. Die Straße war der einzige Zugang über die steilen Felsen hinauf zur Ebene, und der gähnende Spalt, den die Brücke überspannte, stellte für eine vorrückende Armee ein unüberwindbares Hindernis dar. Auch ohne die gewaltigen Verteidigungskräfte, die Richard hinter sich wußte, selbst ohne Darken Rahls Zauberkräfte, war der Palast des Volkes schlicht unerreichbar.

Richard trieb das Pferd über die Ebene und warf einen Blick über die Schulter auf die dunklen Umrisse des Palastes des Volkes oben auf der Hochebene, der in den Himmel ragte und einen ganzen Quadranten des Sternenhimmels zu verdecken schien. Die kalte Luft auf dem Gesicht trieb ihm die Tränen in die Augen. Vielleicht war es auch der Gedanke an Denna. Wie sehr er es auch versuchte, er bekam sie nicht aus dem Kopf. Wären da nicht Kahlan und Zedd, er hätte sich dort oben umgebracht, so sehr schmerzte es ihn.

Mit dem Schwert aus Wut zu töten, aus Raserei und Haß, war furchtbar. Mit der Magie des Schwertes zu töten, aus Liebe, übertraf jedes Grauen. Mittlerweile hatte die Klinge wieder ihren silbrigen Glanz angenommen, aber er wußte, wie er sie wieder weiß färben konnte. Hoffentlich mußte er das nicht noch einmal durchmachen. Er wußte nicht, ob er sich jemals wieder dazu würde überwinden können.

Und doch jagte er jetzt hier durch die Nacht auf der Suche nach Kahlan und Zedd, um herauszufinden, wer von den beiden das Kästchen und damit alles und jeden an Darken Rahl verraten hatte.

Das Ganze machte keinen Sinn. Warum sollte Rahl den Stein der Nacht benutzen, um Zedd in eine Falle zu locken, wenn er der Verräter war? Und wozu sollte er Kahlan Männer hinterherschicken, wenn sie es war? Shota dagegen hatte gemeint, beide würden versuchen, ihn umzubringen. Einer von beiden mußte es sein. Was sollte er tun? Das Schwert weiß färben und beide töten? Das wäre töricht. Lieber würde er selbst sterben, als einem von beiden etwas anzutun. Was aber, wenn Zedd sie betrogen hatte und Kahlan nur gerettet werden konnte, wenn er seinen alten Freund tötete? Oder war es vielleicht andersherum? Würde er dann noch immer lieber selbst in den Tod gehen?

Das wichtigste war, Darken Rahl aufzuhalten. Er mußte das letzte Kästchen wiederfinden und durfte seine Gedanken nicht länger an Dinge verschwenden, die er nicht wissen konnte. Nur Darken Rahl aufzuhalten zählte, alles andere würde sich dann schon ergeben. Er hatte das Kästchen einmal gefunden, er würde es ein zweites Mal finden. Aber wie? Die Zeit war knapp. Wie sollte er Zedd und Kahlan ausfindig machen? Er war ein einzelner Mann auf einem Pferd, und vor ihm lag ein ganzes Land, das abgesucht werden mußte. Auf den Straßen würden sie nicht reisen, jedenfalls nicht, wenn Chase bei ihnen war. Chase würde dafür sorgen, daß sie gut versteckt blieben und fern der Straßen. Richard kannte die Straßen nicht, ganz zu schweigen von den versteckten Pfaden.

Nur ein Narr würde sich an eine solche Aufgabe machen. Das Land war zu groß, um es abzusuchen.

Darken Rahl hatte zu viele Zweifel gesät. Die Gedanken schwirrten ihm durch den Kopf, wurden immer verworrener und verzweifelter. Sein Verstand schien im Augenblick sein schlimmster Gegner zu sein. Richard versuchte, einen klaren Kopf zu bekommen, und intonierte den Lobgesang, um nicht nachdenken zu müssen. Er belächelte die Idiotie, einen Lobgesang auf jemanden anzustimmen, den er töten wollte, trotzdem ritt er singend weiter in die Nacht. *»Führe uns, Meister Rahl. Lehre uns, Meister Rahl. In deinem Licht werden wir gedeihen. Deine Gnade gebe uns Schutz. Deine Weisheit beschämt uns. Wir leben nur, um zu dienen. Unser Leben gehört dir.«*

Zweimal stieg er ab und führte das Pferd, um es zu schonen, die übrige Zeit jedoch ritt er schnell. Die Azrith-Ebene schien grenzenlos. Das flache, fast vegetationslose Land wollte kein Ende nehmen. Der Gesang half ihm, seinen Kopf von allen Gedanken zu befreien bis auf einen: das Entsetzen, Denna getötet zu haben. Diese Erinnerung ließ sich nicht abschütteln. Diese Tränen ließen sich nicht zurückhalten.

Mit Einbruch der Dämmerung begann er, seinen eigenen Schatten zu jagen. Felsbrocken tauchten auf, wirkten fehl am Platz in diesem ebenen Gelände. Sie warfen lange Schatten. Sie wurden zahlreicher, je weiter er ritt. Das Gelände wurde hügelig, wurde von Wasserläufen zerrissen, stieg zu Felskämmen auf. Er durchritt schmale Pässe und Spalten, dann eine Schlucht mit bröckelnden Felswänden. Die Straße schwenkte nach links, rechts zweigte eine schmalere Straße ab. Richard dachte an die Worte des Postens und lenkte das Pferd nach links.

Dann schoß ihm ein Gedanke durch den Kopf. Er brachte das Pferd zum Stehen und blickte die rechte Straße hinunter. Einen Augenblick lang überlegte er, dann riß er die Zügel nach rechts und drängte das Tier die Straße hinunter.

Darken Rahl hatte gemeint, er könne gehen, wohin er wolle, hatte ihm sogar ein Pferd überlassen. Dann hatte er vielleicht auch nichts dagegen, wenn er sich seinen Drachen ausborgte.

Er überließ es dem Pferd, sich seinen Weg zu suchen, sah sich vorsichtig um, immer die Hand am Heft seines Schwertes. Ein roter Drache war bestimmt nicht schwer auszumachen. Bis auf die Hufgeräusche auf dem harten Untergrund herrschte völlige Stille. Richard wußte nicht, wie weit es war, und ritt lange durch das Gewirr von Felsbrocken auf dem Grund der Schlucht. Vielleicht war der Drache verschwunden, vielleicht ritt Rahl ihn irgendwo selbst. Möglicherweise sogar, um das Kästchen zu besorgen. Ob das eine gute Idee war, wußte er nicht, aber eine andere Erklärung fiel ihm nicht ein.

Plötzlich erglühte alles ringsum donnernd in einem blendenden Feuerball. Das Pferd scheute. Richard landete auf den Füßen und kroch auf allen vieren hinter einen Felsen, als sich die Luft mit fliegendem Gestein und Feuer füllte. Querschlagende Felssplitter zischten an seinem Kopf vorbei. Er hörte, wie das Pferd mit dumpfem Schlag zu Boden sackte, und roch verbranntes Fell. Ein gräßlich schrilles Wiehern, dann das Zermalmen von Knochen. Richard drückte sich enger an den Felsen. Er hatte Angst, hinzusehen.

Richard lauschte dem rhythmischen Aufbrausen der Flammen, dem Splittern der Knochen, dem Zerreißen von Fleisch und kam zu dem Schluß, daß dies ein äußerst törichter Einfall gewesen war. Kaum zu glauben, daß der Drache sich so gut hatte verstecken können. Hatte er etwa gesehen, wie er sich hinter einen Felsen geworfen hatte? Im Augenblick schien es nicht so. Er sah sich nach einer Fluchtmöglichkeit um, doch das Gelände war zu offen, um unbemerkt einfach losrennen zu können. Er fragte sich, ob Drachen nach dem Schmaus ein Nickerchen hielten. Als er hörte, wie das Pferd gefressen wurde, drehte sich ihm der Magen um. Endlich war es vorbei. Ein paar Schnaufer. Die Schnaufer kamen näher. Richard versuchte, sich kleiner zu machen.

Krallen scharrten über den Felsen, hinter dem er sich versteckt hielt, hoben ihn in die Höhe und schleuderten ihn zur Seite. Richard blickte in stechend gelbe Augen. Fast alles andere war leuchtend rot. Der Kopf mit den biegsamen, schwarzen Dornenspitzen rund um den Unterkiefer und hinter den Ohren saß auf einem langen, dicken Hals, der aus einem gewaltigen Körper herausragte. Der sehnige Schwanz endete in schwarzen Dornenspitzen wie denen am Kopf, nur waren sie steif und fest. Der Schwanz wedelte gelassen hin und her, schob Felsbrocken zur Seite. Kräftige Muskeln spielten unter den rot glänzenden, ineinander verhakten Schuppen an den Schultern, als der Drache seine Flügel reckte. Rasiermesserscharfe Fänge, noch rot vom letzten Mahl, sprossen gleich hinter den zu einem fiesen Grinsen verzogenen Lippen in die Höhe und füllten das längliche Maul. Das Biest schnaubte. Aus der spitzen Schnauze stieg Rauch.

»Was haben wir denn hier?« meinte eine eindeutig weibliche Stimme. »Einen besonders schmackhaften Leckerbissen?«

Richard sprang auf die Füße und zog das Schwert, dessen Klirren die Luft füllte.

»Ich brauche deine Hilfe.«

»Mit dem größten Vergnügen, kleiner Mann. Aber erst werde ich dich fressen.«

»Ich warne dich! Zurück! Das Schwert besitzt magische Kräfte.«

»Magische Kräfte!« keuchte der Drachen in gespieltem Entsetzen. Er legte sich eine Klaue auf die Brust. »Oh, bitte, tapferer Mann, erschlag mich nicht mit deinem Zauberschwert!« Er gab ein rauchiges Grollen von sich, das Richard für Lachen hielt.

Richard ließ das Schwert draußen, kam sich aber plötzlich albern vor. »Du hast also vor, mich zu fressen?«

»Nun, ich muß zugeben, es wäre eher zum Spaß als wegen des Geschmacks.«

»Ich habe gehört, rote Drachen seien eigentlich ein unabhängiger Schlag, du jedoch seist wenig mehr als Darken Rahls Schoßhündchen.« Ein Feuerball quoll aus der Schnauze und stieg in die Luft. »Ich dachte, vielleicht wärst du deine Fesseln gerne los und wieder unabhängig wie früher.«

Der Kopf, der größer war als er selbst, wie Richard zu seinem Entsetzen feststellte, näherte sich bis auf wenige Meter. Die Ohren schwenkten nach vorn. Eine glänzend rote Zunge, an der Spitze gespalten wie die einer Schlange, glitt neugierig auf ihn zu und untersuchte ihn. Richard hielt das Schwert zur Seite, als die Zunge seinen Körper vom Schoß bis zum Hals abtastete. Die Berührung war sanft für einen Drachen, trotzdem torkelte er ein paar Schritte zurück.

»Und wie will das ein Winzling wie du bewerkstelligen?«

»Ich versuche, Darken Rahl aufzuhalten, ihn zu töten. Wenn du mir hilfst, bist du frei.«

Der Drachen warf seinen Kopf in die Höhe. Rauch puffte aus seinen Nasenlöchern, als er lachte. Der Boden bebte. Er blickte auf Richard herab, zwinkerte, dann warf er den Kopf wieder in den Nacken und lachte erneut.

Das Grollen ließ nach, und der Kopf schwenkte zurück, die Brauen verärgert zusammengeballt. »Ich glaube nicht. Ich glaube nicht, daß ich mein Schicksal in die Hände eines Winzlings wie du legen möchte. Lieber diene ich auch in Zukunft Meister Rahl.« Mit einem Grunzen wirbelte er kleine Staubwölkchen zu Richards Füßen zur Seite. »Schluß mit dem Gerede. Es wird Zeit für meinen leckeren Nachtisch.«

»Also gut. Ich bin bereit zu sterben.« Er mußte Zeit gewinnen, brauchte Zeit zum Nachdenken. Wieso stand ein roter Drache in den Diensten Darken Rahls? »Darf ich dir noch etwas sagen, bevor du mich verspeist?«

»Sprich«, schnaubte der Drache. »Aber fasse dich kurz.«

»Ich bin aus Westland. Ich habe noch nie einen Drachen gesehen. Ich hatte immer geglaubt, es seien furchterregende Geschöpfe, und ich muß zugeben, das bist du auch, sicher. Aber auf eins war ich nicht vorbereitet.«

»Und das wäre?«

»Du bist zweifellos das verblüffendste, schönste Geschöpf, das ich je gesehen habe.«

Es stimmte. Er war trotz seines tödlichen Wesens wunderschön. Der Hals des Drachens verformte sich zu einem ›S‹, als er den Kopf, überrascht mit den Augen blinkend, zurückzog. In den Augen regte sich leiser Argwohn.

»Es ist wahr«, meinte Richard. »Schlag mich, ich habe keinen Grund zu lügen. Du bist wunderschön. Ich hätte nie gedacht, daß ich jemals etwas so Erhabenes wie dich zu Gesicht bekommen würde. Hast du einen Namen?«

»Scarlet.«

»Scarlet. Was für ein wunderschöner Name. Sind alle roten Drachen so phantastisch wie du, oder bist du etwas Besonderes?«

Scarlet legte sich eine Kralle auf die Brust. »Das zu entscheiden steht mir nicht zu.« Der Kopf kam wieder auf ihn zugeschlängelt. »Noch nie hat mir ein Mann, den ich fressen wollte, so etwas gesagt.«

Richard hatte eine Idee. Er steckte das Schwert zurück in die Scheide. »Scarlet, kein Geschöpf mit deinem Stolz würde nach der Pfeife eines anderen tanzen, schon gar nicht, wenn er so fordernd ist wie Darken Rahl, es sei denn, es gäbe dafür einen zwingenden Grund. Du bist dafür viel zu schön und edel.«

Scarlets Kopf schwebte näher. »Warum sagst du so etwas?«

»Weil ich an die Wahrheit glaube. Und ich glaube, das tust du auch.«

»Wie lautet dein Name?«

»Richard Cypher. Ich bin der Sucher.«

Scarlet legte eine schwarze Klauenspitze an ihre Zähne. »Der Sucher«, sagte die Drachendame und machte ein nachdenkliches Gesicht. »Ich glaube nicht, daß ich schon mal einen Sucher gesehen habe.« Eine Art Drachenlächeln spielte um ihre Lippen. »Es wird mir ein Vergnügen sein. Unsere Unterhaltung ist vorbei, Richard Cypher. Vielen Dank für das Kompliment.« Der Kopf schwebte näher, die Lippen wurden zu einem höhnischen Grinsen zurückgezogen.

»Darken Rahl hat dir dein Ei gestohlen, nicht wahr?«

Scarlet fuhr zurück. Sie blinzelte ihn an, dann warf sie den Kopf mit aufgerissenem Rachen zurück. Ein ohrenzerfetzendes Dröhnen ließ die Schuppen an ihrem Hals vibrieren. Feuer schoß in einer donnernden Explosion gen Himmel. Das Geräusch hallte von den Steilwänden wider und verursachte kleinere Erdrutsche.

Scarlets Kopf peitschte zu ihm zurück, Rauch stieg aus ihren Nasenlöchern. »Was weißt du davon?«

»Ich weiß nur, daß ein stolzes Geschöpf wie du sich solch erniedrigenden Pflichten nur aus einem einzigen Grund unterwerfen würde. Um etwas sehr Wertvolles zu beschützen. Wie seine Jungen.«

»Du weißt also Bescheid. Das wird dich auch nicht retten«, höhnte sie.

»Ich weiß auch, wo Darken Rahl dein Ei aufbewahrt.«

»Wo?« Richard mußte sich zur Seite werfen, um den Flammen auszuweichen. »Sag mir, wo es sich befindet!«

»Ich dachte, du wolltest mich sofort fressen.«

Ein Auge kam ganz dicht heran. »Jemand sollte dir diese Respektlosigkeiten austreiben«, grollte sie.

»Entschuldige, Scarlet. Eine schlechte Angewohnheit, mit der ich mir in der Vergangenheit schon eine Menge Ärger eingehandelt habe. Paß auf, wenn ich dir dabei helfe, dein Ei zurückzubekommen, hat Rahl nichts mehr gegen dich in der Hand. Angenommen, es gelingt mir, würdest du mir dann helfen?«

»Dir helfen? Wie denn?«

»Nun, du fliegst Rahl herum. Genau das brauche ich. Ich brauche jemanden, der mich ein paar Tage lang herumfliegt und mir bei der Suche nach ein paar Freunden hilft, damit ich sie vor Rahl beschützen kann. Das Gebiet, das ich absuchen muß, ist sehr groß. Wenn ich es wie ein Vogel aus der Luft tun könnte, bliebe mir genügend Zeit, Darken Rahl aufzuhalten.«

»Ich fliege nicht gerne jemanden herum. Es ist erniedrigend.«

»In sechs Tagen ist alles vorbei, so oder so. Mehr Zeit brauche ich nicht. Danach ist alles egal, wie auch immer es ausgeht. Wie lange wirst du Rahl zu Diensten sein müssen, wenn du mir nicht hilfst?«

»Also schön. Sag mir, wo mein Ei sich befindet, und ich werde dich gehen lassen. Ich lasse dich leben.«

»Woher willst du wissen, daß ich dir die Wahrheit sage? Ich könnte mir einfach irgend etwas ausdenken, um mich zu retten.«

»Sucher haben wie Drachen ein ausgeprägtes Ehrgefühl. Das weiß ich. Wenn du es also tatsächlich weißt, wirst du es mir sagen, und ich werde dich freilassen.«

»Nein.«

»Nein!« donnerte Scarlet. »Was soll das heißen ›nein‹!«

»Mein Leben ist mir egal. Mir geht es wie dir um Wichtigeres. Wenn du möchtest, daß ich dir helfe, dein Ei zurückzubekommen, dann mußt du dich bereit erklären, mir zu helfen, meine Freunde zu retten. Zuerst holen wir das Ei, dann hilfst du mir. Ich glaube, der Handel ist mehr als gerecht. Das Leben deiner Nachkommenschaft dafür, daß du mich ein paar Tage herumfliegst.«

Scarlets stechend gelbe Augen näherten sich seinem Gesicht, ihre

Ohren schwenkten nach vorn. »Und woher weißt du, daß ich meinen Teil der Abmachung erfülle, wenn ich erst mein Ei habe?«

»Weil du weißt, wie es ist, sich um die Sicherheit eines anderen zu sorgen, und weil du Ehrgefühl besitzt«, flüsterte Richard. »Außerdem habe ich keine Wahl. Ich wüßte nicht, wie ich sonst meine Freunde retten und davor bewahren sollte, den Rest ihres Lebens so zu verbringen wie du jetzt: unter Darken Rahls Knute. Für dein Ei riskiere ich mein Leben. Ich halte dich für ein ehrenwertes Geschöpf. Ich traue dir und bin bereit, mein Leben darauf zu setzen.«

Scarlet schnaubte, zog den Kopf zurück und betrachtete ihn. Sie faltete ihre riesigen Flügel an den Körper, wedelte mit dem Schwanz und wischte Gestein und kleine Felsbrocken über den Boden. Richard wartete. Ein Arm kam vor, eine einzelne schwarze Krallenspitze, dick wie sein Bein und scharf wie seine Schwertspitze, hakte sich in den Gurt seines Schwertes und zog ihn vertraulich heran. Ihr Kopf kam näher.

»Einverstanden. Bei deiner Ehre und meiner«, zischte Scarlet. »Aber ich gebe dir nicht mein Wort darauf, daß ich dich nach Ablauf der sechs Tage nicht verspeisen werde.«

»Wenn du mir hilfst, meine Freunde zu finden und Darken Rahl aufzuhalten, ist mir egal, was du danach tust.« Scarlet schnaubte. »Können kurzschwänzige Gars Drachen gefährlich werden?«

Der Drache löste die eingehakte Kralle. »Gars!« Scarlet spie den Namen aus. »Ich habe genug von ihnen gefressen. Sie haben gegen mich keine Chance, es sei denn, sie sind zu acht oder zu zehnt. Allerdings scharen sich Gars nicht gerne zusammen, das ist also kein Problem.«

»Doch, im Augenblick schon. Als ich dein Ei gesehen habe, war es von Dutzenden von Gars umzingelt.«

Scarlet grunzte, Flammen züngelten zwischen ihren Reißern hervor. »Dutzende! So viele könnten mich aus dem Himmel reißen. Vor allem dann, wenn ich mein Ei trage.«

Richard lächelte sie an. »Deshalb brauchst du mich. Ich werde mir etwas einfallen lassen.«

Zedd schrie auf. Kahlan und Chase schreckten zurück. Kahlan runzelte die Stirn. Das hatte er noch nie getan, wenn er den Stein der Nacht gesucht hatte. Die Sonne war bereits untergegangen, trotzdem erkannte sie im nachlassenden Licht, daß seine Haut fast so weiß war wie sein Haar.

Sie rüttelte ihn an den Schultern. »Zedd! Was ist?«

Er antwortete nicht. Sein Kopf sackte zur Seite, und er verdrehte die Augen. Er atmete immer noch nicht, aber das wenigstens war normal. Er hatte vorher auch nie geatmet, wenn er nach dem Stein der Nacht gesucht hatte. Sie wechselte einen besorgten Blick mit Chase. Kahlan spürte, wie Zedd unter ihrer Hand zitterte. Sie rüttelte ihn noch einmal.

»Zedd! Hör auf damit! Komm zurück!«

Er keuchte leise, flüsterte etwas. Kahlan legte ihr Ohr an seinen Mund. Wieder flüsterte er etwas.

Kahlan war entsetzt. »Zedd, das kann ich dir unmöglich antun.«

»Was hat er gesagt?« wollte Chase wissen.

Sie sah den Grenzposten mit angstvoll aufgerissenen Augen an. »Er meinte, ich solle ihn mit meiner Kraft berühren.«

»Die Unterwelt«, keuchte Zedd. »Es ist die einzige Möglichkeit.«

»Was ist los, Zedd?«

»Ich sitze in der Falle«, flüsterte er. »Berühre mich, oder ich bin verloren.«

»Tu besser, was er sagt«, warnte Chase.

Kahlan hielt überhaupt nichts von der Idee. »Zedd, das kann ich dir unmöglich antun!«

»Nur so kann der Einfluß gebrochen werden. Beeil dich.«

»Mach schon!« fuhr Chase sie an. »Zum Streiten haben wir keine Zeit!«

»Mögen die guten Seelen mir vergeben«, flüsterte sie und schloß die Augen.

Sie fühlte sich in Panik gefangen; sie hatte keine Wahl. Aus Angst vor dem, was sie tun würde, wurde ihr Verstand ganz still und ruhig. In der Ruhe gab sie ihre Zurückhaltung auf. Sie spürte, wie die Kraft wuchs, ihr den Atem nahm. Endlich befreit, fuhr ihre Kraft in den Zauberer.

Ein heftiger Aufprall in der Luft ringsum. Fichtennadeln regneten überall herab. Chase beugte sich über sie und stöhnte gequält auf. Er war dichter dran gewesen, als er hätte sein dürfen. Stille senkte sich über die Wälder. Der Zauberer atmete noch immer nicht.

Zedd hörte auf zu zittern, seine Augen senkten sich. Er zwinkerte ein paarmal, dann hob er die Hände und packte Kahlans Arme. Er schnappte nach Luft und atmete einmal tief durch.

»Danke, meine Liebe«, brachte er zwischen tiefen Atemzügen hervor.

Kahlan war überrascht, daß die Kraft, ihre Magie, ihn offenbar nicht so übermannt hatte, wie sie es hätte tun müssen. Kahlan war erleichtert und überrascht.

»Zedd, geht es dir gut?«

Der Zauberer nickte. »Das verdanke ich dir. Wärst du nicht hier gewesen oder hättest länger gewartet, ich wäre in der Unterwelt gefangen gewesen. Deine Kraft hat mich zurückgeholt.«

»Wieso hat sie dich nicht verändert?«

Zedd strich seinen Umhang glatt, seine mißliche Lage und seine Hilflosigkeit schien ihm peinlich zu sein. »Wegen des Ortes, an dem ich war«, er reckte sein Kinn empor, »und weil ich ein Zauberer erster Ordnung bin. Ich habe deine Kraft als Rettungsleine benutzt, um meinen Weg zurückzufinden. Sie hat in der Dunkelheit wie ein Leuchtzeichen gewirkt. Ich bin ihr gefolgt, ohne mich von ihr berühren zu lassen.«

»Was hast du in der Unterwelt gemacht?« fragte Chase, bevor sie Gelegenheit dazu hatte.

Zedd warf dem Grenzposten einen erbosten Blick zu und antwortete nicht.

Kahlan war plötzlich sehr besorgt. »Beantworte die Frage, Zedd. Das ist vorher noch nie passiert. Wieso bist du in die Unterwelt gesogen worden?«

»Sobald ich nach dem Stein der Nacht suche, betritt ein Teil von mir diese Welt. Auf diese Weise kann ich feststellen, wo er sich befindet.«

Kahlan versuchte, nicht darüber nachzudenken, was er da sagte. »Aber der Stein der Nacht befindet sich noch immer in D'Hara. Richard ist noch in D'Hara.« Sie packte ihn mit beiden Fäusten an seinem Umhang. »Zedd ...«

Zedd senkte den Blick zum Boden. »Der Stein der Nacht befindet sich nicht mehr in D'Hara. Er befindet sich in der Unterwelt.« Er sah verärgert zu ihr auf. »Aber das heißt nicht, daß Richard nicht noch in D'Hara ist. Es heißt nicht, daß ihm etwas zugestoßen ist. Es betrifft ausschließlich den Stein der Nacht.«

Chase machte sich mit angestrengter Miene daran, noch vor Einbruch der Dunkelheit das Nachtlager aufzuschlagen. Kahlan klammerte sich, noch immer starr vor Entsetzen, an Zedds Umhang.

»Zedd ... bitte. Könnte es sein, daß du dich irrst?«

Er schüttelte langsam den Kopf. »Der Stein der Nacht befindet sich in der Unterwelt. Aber meine Liebe, das bedeutet nicht, daß Richard auch dort ist. Laß die Angst nicht mit dir durchgehen.«

Kahlan nickte. Die Tränen liefen ihr die Wangen herab. »Zedd, es muß ihm einfach gutgehen. Es darf nicht anders sein. Wenn Rahl ihn so lange dortbehalten hat, bringt er ihn doch jetzt nicht um.«

»Wir wissen nicht einmal, ob Rahl ihn tatsächlich in seiner Gewalt hat.«

Offenbar wollte er es bloß nicht zugeben. Wieso sollte er sich im

Palast des Volkes aufhalten, wenn Darken Rahl ihn nicht gefangenhielt?

»Zedd , als du zuvor den Stein der Nacht gesucht hast, hast du gemeint, du könntest ihn spüren, könntest spüren, daß er lebt.« Sie konnte sich kaum überwinden zu fragen, brachte fast die Worte nicht heraus, aus Angst vor seiner Antwort. »Hast du ihn in der Unterwelt gespürt?«

Er sah ihr lange in die Augen. »Ich habe ihn nicht gespürt. Aber ich weiß nicht, ob ich ihn in der Unterwelt überhaupt spüren würde. Wenn er tot wäre.« Er zog sie an sich, als sie zu weinen anfing, legte ihren Kopf an seine Schulter. »Aber ich glaube, daß nur der Stein der Nacht dort war. Ich glaube, Rahl wollte mich dort in eine Falle locken. Er muß Richard den Stein der Nacht abgenommen und ihn in die Unterwelt geschickt haben, um mir dort eine Falle zu stellen.«

»Wir bleiben ihm auf den Fersen«, wimmerte sie. »Ich kehre nicht um.«

»Natürlich tun wir das.«

Kahlan fühlte eine warme Zunge auf ihrem Handrücken. Sie streichelte den Wolfspelz, lächelte ihn an.

»Wir werden ihn finden, Herrin Kahlan. Macht Euch keine Sorgen, wir werden ihn finden.«

»Brophy hat recht«, rief Chase über seine Schulter. »Ich freue mich schon auf die Lektion, die wir ihm damit erteilen werden.«

»Das Kästchen ist in Sicherheit«, sagte der Zauberer, »das allein zählt. Morgen in fünf Tagen beginnt der Winter, und dann wird Darken Rahl tot sein. Danach bekommen wir Richard zurück, wenn nicht schon früher.«

»Keine Sorge, ich bringe uns noch vorher dorthin, falls du das gemeint haben solltest«, brummte Chase.

16. Kapitel

Als ginge es um sein Leben, klammerte sich Richard in die dicken Dornen auf Scarlets Schultern, während sie mit einer Linkskurve zum Sinkflug überging. Zu seiner Verwunderung hatte er herausgefunden, daß er nicht etwa herunterrutschte, wenn sie sich in eine Kurve legte, sondern noch fester an sie gedrückt wurde. Das Fliegen war für Richard eine ebenso aufregende wie angsteinflößende Erfahrung. Unter ihm spannte sich die Muskulatur, wenn sie die Luft mit ihren mächtigen Schwingen schlug und mit jedem Schlag an Höhe gewann. Wenn sie ihre Flügel zusammenklappte und Richtung Erdboden tauchte, traten ihm vom Wind die Tränen in die Augen, stockte ihm der Atem, und sein Magen kletterte in seinem Innern empor. Schon die Vorstellung, auf einem Drachen zu reiten, war für ihn ein Wunder.

»Kannst du sie sehen?« rief er über das Geräusch des Windes hinweg.

Scarlet bejahte mit einem Grunzen. Im schwächer werdenden Licht wirkten die Gars wie schwarze Punkte, die sich über das felsige Gelände tief unten bewegten. Kräuselnd stieg Rauch von den Feuerquellen auf, und selbst in dieser Höhe konnte Richard die beißenden Dämpfe riechen. Scarlet stieg steil in die Höhe, dann kippte sie in einer steilen Rechtskurve nach unten weg.

»Es sind viel zu viele«, rief sie nach hinten.

Sie drehte den Kopf und linste ihn aus einem ihrer gelben Augen an. Richard zeigte nach vorn.

»Geh dort runter, hinter diesen Hügeln, und gib acht, daß sie uns nicht sehen.«

Scarlet stieg mit kräftigen Stößen höher. Als sie höher waren als je zuvor, glitt sie fort von den Feuerquellen. Sie stieß zwischen felsigen Hängen hinab und flog, sich zwischen ihnen hindurchschlängelnd, zurück zu der Stelle, wo sie nach Richards Angaben landen sollte. Mit leisem Flügelschlag setzte sie sanft neben einer Höhlenöffnung auf und senkte ihren Hals, damit er absteigen konnte. Offenbar wollte sie ihn nicht länger als nötig auf dem Rücken haben.

Ihr Kopf schwenkte zu ihm herum. Ihre Augen waren wütend, ungeduldig. »Es sind zu viele Gars. Darken Rahl weiß, daß ich gegen sie keine Chance habe, sollte ich mein Ei jemals finden. Du hast gesagt, du würdest dir etwas einfallen lassen. Was hast du für einen Plan?«

Richard warf einen Blick auf die Öffnung der Höhle. Shadrins Höhle, wie Kahlan ihm verraten hatte. »Wir brauchen etwas, um sie abzulenken, während wir das Ei holen.«

»Während du das Ei holst«, korrigierte Scarlet und unterstrich ihren Standpunkt, indem sie eine kleine Stichflamme spuckte.

Er sah zur Höhle hinüber. »Ich habe gehört, die Höhle reicht durch den Berg bis zu der Stelle, wo das Ei sich befindet. Vielleicht kann ich hindurchgehen, das Ei stehlen und hierherbringen.«

»Dann los.«

»Sollten wir nicht darüber reden, ob die Idee gut ist? Vielleicht fällt uns noch etwas Besseres ein. Außerdem habe ich gehört, die Höhle sei möglicherweise bewohnt.«

Scarlet beäugte ihn verärgert. »Die Höhle soll bewohnt sein?« Sie schob ihren Kopf bis vor die Höhlenöffnung und jagte einen entsetzlichen Feuerstoß in die Dunkelheit. Ihr Kopf kehrte zurück. »Jetzt nicht mehr. Geh jetzt und hol mein Ei.«

Die Höhle war meilenlang. Richard wußte, wer weiter hinten in der Höhle lebte, dem hatte der Feuerstoß nichts anhaben können. Aber er hatte Scarlet sein Wort gegeben. Er sammelte Schilfrohre, die in der Nähe wuchsen, und band sie mit Farn zu mehreren Garben zusammen. Scarlet beobachtete ihn, als er ihr eine davon hinhielt.

»Würdest du das hier für mich anzünden?«

Der Drache schürzte die Lippen und blies einen dünnen Feuerstrahl über das Ende der Schilfrohre.

»Du wartest hier«, sagte er. »Manchmal ist es besser, klein zu sein. Mich entdeckt man nicht so leicht. Ich werde mir etwas einfallen lassen, das Ei holen und es durch die Höhle hierherschaffen. Der Weg ist weit. Vielleicht bin ich erst morgen früh zurück. Ich weiß nicht, wie dicht die Gars mir auf den Fersen sein werden. Es kann also sein, daß wir schnell verschwinden müssen. Halte die Augen offen, ja?« Er hängte seinen Rucksack über einen Dorn auf ihrem Rücken. »Bewahr das für mich auf. Ich möchte nicht mehr mitschleppen als unbedingt nötig.«

Richard hatte keine Ahnung, ob ein Drache ein besorgtes Gesicht machen konnte, aber es sah ganz danach aus.

»Sei vorsichtig mit dem Ei. Das Kleine wird bald schlüpfen. Wenn die Schale vor der Zeit bricht …«

Richard versuchte, sie mit einem Lächeln zu beruhigen. »Keine Sorge, Scarlet, wir bekommen es zurück.«

Sie folgte ihm schwankenden Schritts bis zum Höhleneingang, steckte den Kopf hinein und sah ihm nach, wie er im Innern verschwand.

»Richard Cypher«, rief sie ihm mit hallender Stimme nach, »ich werde dich finden, wenn du versuchst, wegzulaufen, und solltest du ohne das Ei zurückkommen, wirst du wünschen, die Gars hätten dich getötet, denn ich werde dich langsam grillen. Bei den Füßen fange ich an.«

Richard drehte sich um und starrte auf den massigen Körper, der den Höhleneingang füllte. »Ich habe dir mein Wort gegeben. Wenn die Gars mich entdecken, versuche ich, so viele zu töten, daß du dir das Ei schnappen und fliehen kannst.«

Scarlet grunzte. »Laß es nicht soweit kommen. Ich will dich schließlich noch fressen, wenn alles vorbei ist.«

Richard machte sich grinsend auf den Weg in die Dunkelheit. Die Schwärze schien das Licht der Fackel aufzusaugen und gab ihm das Gefühl, ins Nichts zu marschieren. Als er weiterging, senkte sich der Höhlenboden und führte hinab in kalte, stehende Luft. Eine Felsendecke wurde sichtbar, dann die Wände. Die Höhle wurde schmaler und verwandelte sich in einen Tunnel, der sich tiefer und tiefer in den Berg wand. Dann öffnete sich der Tunnel zu einer großen Höhle. Der Pfad führte auf einem schmalen Grat am Rande eines stillen, grünen Sees vorbei. Im flackernden Schein der Fackeln erkannte er eine schroffe Decke und Wände aus glattem Gestein. Die Decke neigte sich weit nach unten, und er mußte sich bücken, um durchzupassen. Eine gute Stunde lang ging er vornübergebeugt weiter, sein Hals begann von der gebückten Haltung zu schmerzen. Ab und zu streifte er die Asche der Fackel an der Decke ab, damit sie besser brannte.

Die Finsternis war bedrückend, sie hüllte ihn ein, folgte ihm, saugte ihn in die Tiefe, lockte ihn mit gespenstischen Ausblicken immer weiter. Zarte, bunte Felsformationen wuchsen wie Vegetation und schienen blühend aus dem nackten Fels zu sprießen. Funkelnde Kristalle blinkten ihn an, sobald er mit der Fackel vorüberging, deren Flamme das einzige Geräusch erzeugte, das ihm aus der Finsternis entgegenhallte.

Richard kam durch Räume von verblüffender Schönheit. Gewaltige Säulen aus geriffeltem Stein erhoben sich in die Dunkelheit, von wo ihr Gegenstück herunterhing, um sie auf halber Strecke zu treffen. An manchen Stellen waren die Wände mit einer Kristallschicht wie aus geschmolzenen Juwelen überzogen.

Manche Durchgänge war bloße Felsspalten, durch die er sich zwängen mußte, andere bestanden aus Löchern, die ihn zwangen, auf Händen und Knien hindurchzukriechen. Seltsamerweise roch es nach nichts. Hier herrschte ewige Nacht, kein Licht, kein Leben kam jemals hierher. Weiter und weiter ging es, ihm wurde warm vor Anstrengung. Wenn er die Fackel in die Nähe seiner anderen Hand hielt, konnte er sehen, wie von jedem seiner Finger in der kalten Luft Dampf aufstieg, so als würde ihm seine Lebenskraft entzogen. Es war zwar nicht so frostig wie im Winter, und doch handelte es sich um eine Kälte, die einem Menschen seine ganze Körperwärme entziehen konnte, wenn er nur lange genug hier blieb. Ein langsamer, auszehrender Tod. Ohne das Licht hätte er sich nach wenigen Minuten verlaufen. Wer glücklos war oder unachtsam, war hier schnell verloren. Richard sah oft nach der Fackel und dem Schilf, das er als Reserve mitgenommen hatte.

Langsam schleppte sich die ewige Nacht dahin. Richard wurden die Beine müde vom ewigen Rauf- und Runterklettern. Er war ohnehin müde. Hoffentlich hörte die Höhle bald auf, fast schien es, als wäre er schon die ganze Nacht unterwegs. Er hatte jedes Zeitgefühl verloren.

Der Fels schloß sich um ihn. Die niedrige Decke der Felsspalte senkte sich so weit, daß er wieder gebückt gehen mußte, dann zwang sie ihn gar auf Hände und Knie. Der Boden war kalt und feucht von glitschigem Schlamm, der nach Verwesung stank. Der erste Geruch nach langer Zeit. Seine Hände waren klamm vom feuchten, stinkenden Schlick.

Der Weg schrumpfte zu einem einzigen, schmalen Durchlaß, im Schein der Fackeln, nicht mehr als ein schwarzes Loch. Ein Luftzug fuhr stöhnend durch die Öffnung und ließ die Flamme flackern. Er hielt die Fackel ins Loch, konnte dahinter aber nichts als bloßes Schwarz erkennen. Er zog die Fackel wieder zurück und überlegte, was er tun sollte. Die Öffnung war schrecklich schmal, oben und unten flach, und er hatte keine Ahnung, wie lang sie war oder was sich dahinter verbarg. Luft kam hindurch, also mußte sie zur anderen Höhlenöffnung führen, zu den Gars, dem Ei, doch behagte ihm nicht, daß sie so schmal war. Die Enge ließ ihn Schlimmes ahnen.

Richard kroch ein Stück zurück. Vielleicht gab es weiter hinten eine Abzweigung, in einem der anderen Räume. Aber wieviel Zeit durfte er vergeuden, um am Ende möglicherweise doch keinen zu finden? Er kehrte zurück vor das Loch und starrte es mit wachsendem Unbehagen an.

Er versuchte, nicht an seine Angst zu denken, nahm das Schwert ab, hielt es zusammen mit der Fackel und der Reserve vor sich und drückte sich in die Öffnung. Sofort versetzte ihn der Druck des Gesteins von oben und unten in panische Angst. Mit ausgestreckten Armen und seitlich verdrehtem Kopf ruckelte er sich tiefer hinein. Die Enge nahm zu und zwang ihn, sich zentimeterweise vorzuschieben. Kaltes Gestein drückte gegen Brust und Rücken. Er konnte nicht mehr durchatmen. Er preßte sich tiefer hinein, es wurde immer enger. Er ruckelte seine Schultern vor und zurück, zog erst ein Bein einige Zentimeter nach, dann das andere. Er kam sich vor wie eine Schlange, die sich häutet. Im Schein der Fackel war weiter vorn nichts als Dunkelheit zu erkennen. Die Angst packte ihn. Du mußt nur durch, redete er sich ein, schieb dich einfach vor und durch.

Mit den Zehenspitzen seiner Stiefel stemmte sich Richard gegen den Fels und versuchte, sich zappelnd vorzuschieben. Der Stoß keilte ihn fest. Er versuchte es ein zweites Mal. Nichts rührte sich. Wütend schob er sich fester vor. Panik packte ihn. Er saß fest. Felsgestein preßte Brust und Rücken zusammen, er bekam kaum noch Luft. Er stellte sich das Felsgebirge vor, das auf seinem Rücken lastete, dieses unvorstellbare Gewicht, das sich über ihm auftürmte. Völlig verängstigt schlängelte und wand er sich und versuchte, zurückzurutschen. Unmöglich. Er versuchte, etwas mit den Händen zu fassen, um sich daran nach hinten drücken zu können. Es half nichts. Er saß fest. Er keuchte und bekam nicht genügend Luft. Er glaubte ersticken zu müssen, seine Lungen brannten nach Luft, so als ertränke er, unfähig zu atmen. Tränen traten ihm in die Augen. Angst schnürte ihm die Kehle zu. Mit den Zehen scharrte er gegen den Fels, versuchte, sich in die eine oder die andere Richtung zu schieben. Nichts. Die Art, wie seine Arme vor seinen Körper geklemmt waren, erinnerte ihn an Dennas Bandeisen. An die Hilflosigkeit. Daß er die Arme kaum bewegen konnte, machte alles noch schlimmer. Kalter Schweiß bedeckte sein Gesicht. Richard begann, panisch zu keuchen: der Fels schien sich zu bewegen und fester zuzudrücken. Verzweifelt sehnte er sich nach Hilfe. Es gab keine.

Ächzend und mit der Kraft der Verzweiflung schob er sich ein paar Zentimeter nach vorn. Das machte es nur schlimmer. Enger. Er hörte sich hysterisch schluchzen. Er rang nach Luft. Der Fels drohte ihn zu zermalmen. *»Führe uns, Meister Rahl. Lehre uns, Meister Rahl. In deinem Licht werden wir gedeihen. Deine Gnade gebe uns Schutz. Deine Weisheit beschämt uns. Wir leben nur, um zu dienen. Unser Leben gehört dir.«*

Immer wieder intonierte er den Lobgesang, konzentrierte all seine Gedanken darauf, bis sein Atem langsamer und er wieder ruhiger wurde. Er saß immer noch fest, aber wenigstens funktionierte sein Verstand wieder.

Etwas berührte ihn am Bein. Er riß die Augen auf.

Die Berührung war tastend, schüchtern. Richard trat mit dem Bein aus. Zumindest, so weit dies in der Enge des Loches möglich war. Es war eher ein Zucken. Was ihn berührt hatte, verschwand.

Und war wieder da. Richard erstarrte. Diesmal strich etwas die Innenseite seines Hosenbeines hinauf. Kalt, feucht, schleimig. Schlitternd arbeitete sich dieses Etwas mit seiner harten Spitze sein Bein hinauf, schmiegte sich an die Haut an der Innenseite seines Schenkels. Richard trat wieder aus, zuckte mit dem Bein. Diesmal verschwand es nicht. Die Spitze tastete sich suchend vor. Irgend etwas bohrte sich in seine Haut. Panik drohte ihn wieder zu übermannen, aber er kämpfte dagegen an.

Jetzt blieb ihm keine Wahl mehr. Der Gedanke war ihm vorher schon gekommen, er hatte jedoch Angst gehabt, es auszuprobieren. Richard preßte alle Luft aus seinen Lungen, und als er so klein war, wie er sich nur machen konnte, stieß er sich mit den Zehen ab, zog sich mit den Fingern vor und wand seinen Körper. Er rutschte einen knappen halben Meter vor.

Hier war es noch enger. Er konnte nicht mehr atmen. Es tat weh. Er kämpfte gegen die aufkommende Panik. Dann ertasteten seine Finger etwas. Vielleicht das Ende des Durchlasses. Vielleicht weitete sich hier das Loch, in dem er steckte. Das Ding krallte sich schmerzhaft und mit Nachdruck in sein Bein. Er vernahm ein bösartiges Knurren. Er zog mit den Fingern, bekam eine Kante zu fassen und stieß sich mit den Zehen ab. Er kam voran. Jetzt hatte er die Kante mit den Ellenbogen erreicht. Etwas Scharfes, wie die Kralle einer Katze, bohrte sich wie ein Haken in sein Bein. Schreien war unmöglich. Er schob sich weiter vor. Das Fleisch seines Oberschenkels brannte wie Feuer.

Fackel, Schilfgarben und Schwert glitten davon. Scheppernd rutschte sein Schwert den Fels hinab. Die Ellenbogen als Hebel benutzend, quetschte er seinen Oberkörper durch die Öffnung und schnappte in tiefen Zügen nach Luft. Der Haken zerrte an seinem Bein. Richard wand sich ganz aus dem Loch hinaus, rutschte aus und stürzte kopfüber einen steilen, glatten Fels hinab.

Die Fackel brannte auf dem ausgekehlten Boden der eiförmigen Kammer. Gleich dahinter lag sein Schwert. Er rutschte kopfüber mit ausgestreckten Händen hinein und versuchte, sein Schwert zu packen. Die hakenartigen Krallen in seinen Beinen hielten ihn zurück. Er blieb kopfüber hängen. Richard schrie vor Schmerz. Sein Schrei hallte durch die Kammer. Das Schwert konnte Richard nicht erreichen.

Quälend langsam wurde er von den Krallen in seinem Bein wieder hinaufgezogen. Das Fleisch riß. Er brüllte. Ein weiterer Wurm kroch ihm das andere Bein hinauf und betastete seinen Wadenmuskel mit seiner harten Spitze.

Richard zückte das Messer, hob den Oberkörper und versuchte das Ding zu erwischen, das ihn festhielt. Wieder und wieder rammte er seine Klinge hinein. Tief aus dem Loch erschallte ein schrilles Quieken. Die Krallen wurden eingezogen. Richard glitt über den Fels und kam neben der Fackel zu liegen. Er packte die Scheide mit einer Hand und zog das Schwert, als schlangengleiche Wurmarme aus dem Loch geschossen kamen und nervös in der Luft herumzappelten. Tastend suchten sie den Fels bis hinunter zu ihm ab. Richard schwang das Schwert und kappte mehrere der Arme. Sie wurden alle unter Geheul ins Loch zurückgezogen. Aus der Tiefe der Finsternis erscholl ein dumpfes Grollen.

Im flackernden Schein der Fackel, die auf dem Steinboden lag, konnte er einen massigen Körper sehen, der sich durch die Öffnung quetschte und sich beim Austritt dehnte. Mit dem Schwert kam er nicht heran, aber als Gesellschaft in der engen Kammer wollte er das Biest bestimmt nicht.

Ein Arm peitschte um seine Hüfte und hob ihn in die Höhe. Er ließ es geschehen. Ein Auge linste ihn an. Es glänzte im fahlen Schein der Fackel. Er entdeckte feucht glitzernde Zähne. Der Arm wollte ihn gerade in den Schlund zerren, als Richard das Schwert in das Auge bohrte. Das Wesen ließ ihn unter Geheul los und zog sich ins Loch zurück, riß die um sich peitschenden Arme mit hinein. Das Geheul verhallte in der fernen Dunkelheit und war verschwunden.

Richard saß zitternd auf dem Boden und fuhr sich mit den Fingern durchs Haar. Nach einer Weile wurde sein Atem ruhiger und seine Angst ließ nach. Er betastete sein Bein. Seine Hose war blutgetränkt. Daran war im Augenblick nichts zu ändern, zuerst mußte er das Ei beschaffen. Auf der anderen Seite der Kammer war ein schwacher Lichtschein zu sehen. Er folgte dem breiten Tunnel auf der anderen Seite und gelangte schließlich zur Mündung der Höhle.

Das fahle Licht der Morgendämmerung und das Gezwitscher der Vögel begrüßten ihn. Unten sah er Dutzende von Gars herumstreifen. Richard ließ sich hinter einem Felsen nieder, um sich auszuruhen. Unten konnte er das Ei sehen, umgeben von aufsteigendem Dampf. Er erkannte auch, daß das Ei viel zu groß war, um es durch die Höhle zurückzutragen. Außerdem wollte er auf keinen Fall noch einmal durch die Höhle. Bald wäre es hell. Er mußte sich etwas einfallen lassen.

Irgend etwas biß ihn ins Bein. Er schlug es tot. Eine Blutmücke.

Er stöhnte. Jetzt würden die Gars ihn finden. Das Blut zog sie an. Er mußte sich etwas einfallen lassen.

Eine zweite Mücke stach ihn, und ihm kam eine Idee. Rasch zog er sein Messer und schnitt die feuchte, blutdurchtränkte Hose in Streifen. Damit wischte er sich das Blut vom Bein, dann band er einen Stein an beide Enden.

Richard nahm die Pfeife des Vogelmenschen zwischen die Lippen und pfiff, so kräftig er konnte. Immer wieder. Dann packte er einen Stoffstreifen, schwang ihn kreisend über dem Kopf und ließ los, ließ ihn in die Tiefe segeln. Mitten unter die Gars. Er schleuderte die blutdurchtränkten Stoffstreifen immer weiter nach rechts, in die Bäume hinein. Hören konnte er sie nicht, aber er wußte, daß die Blutmücken aufgescheucht wurden. Soviel frisches Blut weckte ihre Gier.

Vögel, hungrige Vögel, erst ein paar, dann Hunderte, Tausende, stürzten hinab auf die Feuerquelle und fraßen sich dabei durch die Mücken. Ein unglaubliches Getümmel entstand. Gars heulten auf, als sich die Vögel auf sie stürzten und ihnen die Mücken vom Bauch pickten oder sie aus der Luft schnappten. Überall liefen Gars durcheinander, einige stiegen in die Luft auf. Jeder Vogel, den die Gars aus der Luft griffen, wurde durch hundert neue ersetzt.

Geduckt, von Fels zu Fels springend, stürzte Richard den Hang hinab. Er brauchte nicht zu befürchten, gehört zu werden, dafür machten die Vögel zu viel Lärm. Die Gars wurden wild, schlugen nach den Vögeln, jagten ihnen heulend und kreischend nach. Es schien Federn zu schneien. Wenn das der Vogelmann sehen könnte, dachte er lächelnd.

Richard löste sich von der Felswand und rannte auf das Ei zu. In dem Durcheinander gingen die Gars dazu über, sich gegenseitig anzufallen, sich zu zerfleischen. Einer von ihnen entdeckte Richard. Der Sucher durchbohrte ihn im Vorbeilaufen mit dem Schwert. Dem nächsten durchtrennte er die Beine oberhalb des Knies. Der Gar fiel heulend zu Boden. Dem nächsten schlug er einen Flügel ab, dem übernächsten beide Arme. Er tötete sie absichtlich nicht, sondern ließ sie um sich schlagend, heulend und kreischend auf dem Boden liegen, um das Chaos noch zu vergrößern. In dem Durcheinander griffen ihn nicht einmal alle Gars an, die ihn sahen. Dafür jedoch er sie.

Zwei tötete er in der Nähe des Eis. Mit den Unterarmen hob er das Ei von seinem Platz. Es war heiß, doch nicht so heiß, daß er sich verbrannte. Das Ei war schwerer als erwartet, und er brauchte beide Arme zum Tragen. Ohne Zeit zu vergeuden, rannte er nach links zu der Schlucht zwischen den Hügeln. Vögel flatterten in alle Richtungen, einige prallten gegen ihn. Es herrschte völliges Chaos. Zwei Gars gingen auf ihn los. Er setzte das Ei ab, tötete den ersten und trennte dem zweiten die Beine vom Leib. Mit dem Ei in den Armen lief er, so schnell er konnte, ohne einen Sturz zu riskieren. Der nächste Gar griff an. Er verfehlte ihn mit dem ersten Hieb, durchbohrte ihn aber, als er auf ihn zugesprungen kam.

Vor Anstrengung schwer atmend rannte Richard zwischen die Hügel. Die Arme schmerzten und wurden matt unter dem Gewicht seiner Last. Ringsum landeten Gars, ihre grünen Augen voller Wut. Er setzte das Ei ab und drosch auf den ersten ein, der kam, trennte ihm einen Teil des Flügels ab und den Kopf. Die anderen stürzten sich heulend auf ihn.

Bäume und Felsen ringsum erglühten in strahlendem Licht.

Flammen verbrannten mehrere der Monster zu Asche. Richard hob den Kopf und sah Scarlet, die, mit den gewaltigen Flügeln schlagend, alles ringsum in ein Flammenmeer verwandelte. Mit einer Kralle griff sie nach dem Ei und packte es, dann faßte sie ihn mit der anderen um die Hüfte und trug ihn davon. Sie hoben gerade ab, als zwei weitere Gars angriffen. Einen erwischte er mit dem Schwert, der andere ging in Flammen auf und stürzte zu Boden.

Scarlet röhrte die Gars vor Wut an, als sie mit Richard in der Kralle gen Himmel stieg. Das war zwar nicht Richards bevorzugte Art zu fliegen, aber es war weit besser als unten zwischen den Gars. Ein weiterer Gar näherte sich von unten und schnappte nach dem Ei. Richard hackte ihm einen Flügel ab. Heulend trudelte er zu Boden. Mehr kamen nicht.

Scarlet trug ihn hoch in den Himmel, fort von der Feuerquelle. In ihrer Kralle fühlte er sich wie ein Beutetier, das zu den Jungtieren gebracht wurde. Ihr Griff war an den Rippen ein wenig schmerzhaft, aber er beschwerte sich nicht, er wollte nicht, daß sie locker ließ. Es war weit bis nach unten.

Sie flogen stundenlang. Es gelang Richard, eine andere, bequemere Stellung in ihren Krallen einzunehmen, und er sah zu, wie Hügel und Bäume unten vorüberflogen. Er sah Bäche und Felder, sogar ein paar kleinere Ortschaften. Die Hügel wurden höher und wurden felsiger, als wüchse das Gestein aus dem Boden. Vor ihnen tauchten schroffe Klippen und Gipfel auf. Scarlet trug sie mit sanftem Flügelschlag höher hinauf, über Felsen, die fast seine Füße streiften. Sie brachte ihn in eine verlassene Gegend, bar jeden Lebens. Grünbraunes Gestein schien willkürlich von Riesenhand zu schmalen Säulen gestapelt wie Münzen auf einem Tisch. Einige standen allein, andere waren zu Gruppen gebündelt, noch mehr eingestürzt.

Hinter und über den Felssäulen ragten massive, zerklüftete Felsklippen auf, übersät mit Spalten und Ritzen, Vorsprüngen und Absätzen. An den Felswänden zogen vereinzelte Wolken vorüber. Scarlet hielt in Schräglage auf eine glatte Felswand zu. Richard kam es vor, als würden sie glatt davorfliegen, doch bevor es dazu kam, bremste sie mit einem Schlag ihrer enormen Schwingen und setzte ihn auf einem Sims ab, bevor sie selbst landete.

An der hinteren Seite des Felssims führte eine Öffnung in den Fels. Scarlet zwängte ihren massigen Körper hindurch. Im Hintergrund, in der kühlen Dunkelheit, befand sich ein Nest aus Steinen, in das sie das Ei legte und mit einem Feuerhauch überzog. Richard sah zu, wie sie das Ei mit einer Kralle streichelte, es vorsichtig drehte, untersuchte und beruhigend darauf einredete. Sachte hüllte sie es mit Flammen ein, dann drehte sie aufmerksam lauschend den Kopf.

»Alles in Ordnung?« fragte Richard leise.

Ihr Kopf schwenkte zu ihm herum. Ihre gelben Augen hatten einen verträumten Ausdruck. »Ja, es geht ihm gut.«

Richard nickte. »Das freut mich, Scarlet. Wirklich.«

Er wollte zu ihr, als sie sich neben dem Ei niederlegte. Sofort hob sie warnend den Kopf.

Er blieb stehen. »Ich wollte nur meinen Rucksack holen. Er hängt an einem deiner Dornen auf deiner Schulter.«

»Entschuldige. Bitte.«

Richard holte sich den Rucksack und trat vor eine Seitenwand, ein wenig näher ans Licht. Er warf einen Blick über den Vorsprung. Es mochten mehrere tausend Fuß bis unten sein. Richard hoffte inbrünstig, Scarlet würde Wort halten. Er setzte sich und holte eine saubere Hose aus dem Rucksack. Dabei entdeckte er noch etwas anderes, das Gefäß aus Dennas Zimmer. Darin befand sich ein Teil der Aumsalbe, die er angerührt hatte, nachdem Rahl sie gefoltert hatte. Denna mußte es ihm eingepackt haben. Beim Anblick des Strafers mußte er versonnen lächelnd an sie denken. Wie konnte er jemanden mögen, der ihm so etwas angetan hatte? Ganz einfach, er hatte ihr vergeben – mit der weißen Magie.

Die Aumsalbe tat gut. Er stöhnte leise. Sie kühlte seine brennenden Wunden, linderte den Schmerz. Im stillen dankte Richard Denna. Dann zog er die zerfetzten Überreste seiner Hose aus.

»Du siehst komisch aus ohne deine Hosen.«

Richard wirbelte herum. Scarlet beobachtete ihn.

»Für einen Mann sind das nicht gerade tröstliche Worte von einer Frau, auch wenn es sich bei der Frau um einen Drachen handelt.« Er drehte ihr den Rücken zu und zog sich die saubere Hose über.

»Haben die Gars dich verletzt?«

Richard schüttelte den Kopf. »Das ist in der Höhle passiert.« Die bedrückende Erinnerung lähmte noch immer seine Stimme. Er setzte sich, lehnte sich an die Wand und betrachtete seine Stiefel. »Ich mußte durch ein winziges Loch im Felsen kriechen. Einen anderen Weg gab es nicht. Ich bin steckengeblieben.« Er hob den Kopf und blickte in die großen, gelben Augen. »Ich habe oft Angst bekommen, seit ich ausgezogen bin, um Darken Rahl aufzuhalten. Aber als ich in diesem Loch festsaß, im Dunkeln, und der Felsen so fest drückte, daß ich keine Luft mehr bekam … das war mit das Schlimmste. Als ich dort festsaß, hat sich irgend etwas in mein Bein gekrallt und sich mit scharfen, kleinen Krallen festgehakt. Das hier ist passiert, als ich fliehen wollte.«

Scarlet beobachtete ihn lange schweigend, eine Kralle über das Ei gelegt. »Ich danke dir, Richard Cypher, daß du dein Versprechen gehalten und mein Ei zurückgeholt hast. Du bist tapfer, auch wenn du kein Drache bist. Ich hätte nie gedacht, daß sich ein Mensch so für einen Drachen einsetzen würde.«

»Ich habe es nicht nur wegen deines Eis getan. Ich habe es getan, weil ich nicht anders konnte. Ich mußte jemanden finden, der mir bei der Suche nach meinen Freunden hilft.«

Scarlet schüttelte den Kopf. »Ehrlich bist du auch noch. Ich glaube, du hättest es vielleicht auch so getan. Tut mir leid, daß du verletzt wurdest und du solche Angst erleiden mußtest, als du mir geholfen hast. Normalerweise töten Menschen die Drachen. Du bist vielleicht der erste, der je einem geholfen hat. Aus welchem Grund auch immer. Ich hatte meine Zweifel.«

»Gut, daß du mir rechtzeitig zu Hilfe gekommen bist. Die Gars hätten mich beinahe erwischt. Übrigens, hatte ich dir nicht gesagt, du sollst dort bleiben? Wieso bist du mir gefolgt?«

»Ich muß zu meiner Schande gestehen, ich hatte geglaubt, du wolltest fliehen. Ich wollte gerade nach dem Rechten sehen, als ich den Aufruhr hörte. Ich mache es wieder gut. Ich werde dir wie versprochen helfen, deine Freunde zu finden.«

Richard konnte sich ein Grinsen nicht verkneifen. »Danke, Scarlet. Aber was wird aus dem Ei? Kannst du es allein lassen? Vielleicht stiehlt Rahl es ein zweites Mal?«

»Nicht von hier, ausgeschlossen. Ich habe lange nach diesem Ort gesucht, nachdem er mir das Ei gestohlen hatte, damit ich ein Versteck habe, sollte ich es je zurückbekommen. Hier kann er es unmöglich finden. Ich werde das Gestein mit meinem Feuer erhitzen, um das Ei während meiner Abwesenheit zu wärmen.«

»Die Zeit ist knapp, Scarlet. Wann können wir aufbrechen?«

»Sofort.«

17. Kapitel

Der Tag war enttäuschend verlaufen. Scarlet flog tief über den dichten Wäldern, und die beiden suchten Straßen und Wege ab. Richard war entmutigt, weil sie kein Zeichen von seinen Freunden gefunden hatten. Er war so erschöpft, daß er sich kaum noch an ihren Dornen festhalten konnte. Aber er wollte sich nicht ausruhen, er mußte Zedd und Kahlan finden. Zusätzlich zu seiner Müdigkeit hatte er entsetzliche Kopfschmerzen, weil er seine Augen so anstrengen mußte. Jedesmal, wenn sie am Boden Menschen ausmachten, vergaß er seine Erschöpfung und seinen mangelnden Schlaf, nur um Scarlet dann immer wieder sagen zu müssen, daß es nicht seine Freunde waren.

Scarlet ging herunter, streifte die Wipfel einiger Fichten am Rand eines Feldes. Sie stieß einen durchdringenden Schrei aus, der Richard auffahren ließ, dann schwenkte sie in eine scharfe Kurve, daß Richard schwindelig wurde. Aufgescheucht vom Röhren des Drachen sprang ein Rehbock quer über das Feld davon. Im Sturzflug rasch an Tempo gewinnend, stürzte sie auf das Feld hinab. Mühelos griff Scarlet das Reh aus dem hohen, braunen Gras und brach ihm dabei das Genick. Die Leichtigkeit, mit der sie ihre Beute schlug, machte Richard angst.

Scarlet stieg höher in die Lüfte, in das goldene Licht der untergehenden Sonne, zwischen die bauschigen Wolken. Richards Zuversicht schien mit der Sonne unterzugehen. Scarlet flog zurück zu ihrem Ei. Gerne hätte er sie darum gebeten, noch weiterzusuchen, solange es hell war, aber er wußte, daß sie zurück zu ihrem Nachwuchs mußte.

Es war fast dunkel, als Scarlet auf dem Felsvorsprung landete. Sie wartete, bis er über ihre roten Schuppen heruntergeklettert war, dann eilte sie zu ihrem Nest. Richard legte sich an die Seite und rollte sich vor Kälte zitternd in seinen Umhang.

Nachdem sie nach ihrem Ei gesehen, beruhigend auf es eingeredet und mit Feuer gewärmt hatte, musterte sie den Rehbock. »Du siehst nicht aus, als könntest du viel essen. Ich nehme an, ich könnte dir etwas abgeben.«

»Brätst du es für mich? Ich esse kein rohes Fleisch.«

Sie willigte ein, also schnitt er sich ein Stück heraus, spießte es auf die Schwertspitze und hielt es hoch. Er mußte den Kopf abwenden, als sie einen dünnen Feuerstrahl darüberblies. Richard kehrte an die Seite zurück, verspeiste sein Essen und versuchte, nicht hinzusehen, als der Drache den Bock mit Reißern und Krallen in Stücke riß, riesige Brocken in die Höhe schleuderte und sie fast ganz ohne zu kauen verschlang.

»Was machen wir, wenn wir deine Freunde nicht finden?«

Richards Kehle war wie zugeschnürt. »Wir müssen sie finden, das ist alles.«

»Morgen in vier Tagen ist der erste Tag des Winters.«

Mit Daumen und Zeigefinger riß er einen schmalen Streifen Fleisch ab. »Ich weiß.«

»Ein Drache stirbt lieber, als daß er sich herumkommandieren läßt.«

Richard hob den Kopf und sah, daß sie mit dem Schwanz wedelte. »Vielleicht, wenn man für sich allein entscheidet, aber was ist mit den anderen? Du hast beschlossen, dich herumkommandieren zu lassen, um deinen Nachwuchs zu retten und ihm die Chance zum Leben zu geben.«

Scarlet grunzte, ohne seine Frage zu beantworten, ging noch einmal zu ihrem Ei und strich mit ihren Krallen darüber.

Richard wußte, wenn er das letzte Kästchen nicht fand und Rahl nicht aufhalten konnte, mußte er sich bereit erklären, ihm zu helfen, das richtige Kästchen zu öffnen, um so allen anderen das Leben zu retten und Kahlan die Folter einer Mord-Sith zu ersparen. Danach konnte Kahlan wieder als Konfessor arbeiten.

Der Gedanke, Darken Rahl dabei zu helfen, die uneingeschränkte Macht über alle zu gewinnen, war allerdings niederschmetternd. Doch welche Wahl hatte er? Vielleicht hatte Shota recht. Vielleicht sollte man ihn allein dafür töten, daß er mit dem Gedanken spielte, Darken Rahl zu helfen. Solange er jedoch die Wahl hatte, würde er nicht zulassen, daß eine Mord-Sith Kahlan etwas antat. Er würde Darken Rahl helfen müssen.

Richard legte sich wieder hin, zu angewidert von seinen Möglichkeiten, um sein Mahl zu beenden. Er legte den Kopf auf den Rucksack, zog den Umhang fester um sich und dachte an Kahlan. Wenige Augenblicke später war er eingeschlafen.

Am nächsten Tag brachte Scarlet ihn nach D'Hara, wo, wie sie erzählte, früher die Grenze gewesen war. Sie suchten Straßen und Pfade ab. Hohe, dünne Wolken schwächten das Licht der Sonne. Richard hoffte, seine Freunde nicht so dicht bei Darken Rahl zu finden, doch wenn Zedd nach dem Stein der Nacht gesucht hatte, bevor Darken Rahl ihn zerstören konnte, und er daher wußte, daß er im Palast des Volkes gewesen war, mußten sie bereits auf dem Weg dorthin sein. Der Drache flog im Tiefflug über die Menschen hinweg, die sie entdeckt hatten, und jagte ihnen einen Schrecken ein. Aber es waren nicht die Gesuchten.

Gegen Mittag sah Richard sie. Zedd, Chase und Kahlan ritten auf Pferden in der Nähe der Hauptstraße. Er brüllte Scarlet zu, sie solle runtergehen. Der Drache legte sich in die Kurve und tauchte wie ein roter Strich Richtung Erdboden. Die drei Reiter sahen sie kommen, blieben stehen und stiegen ab.

Scarlet breitete ihre scharlachroten Flügel aus, bremste ab und landete auf einer Lichtung gleich neben dem Pfad. Richard sprang ab und stürzte sofort los, als er den Boden berührte. Die drei standen da und hielten ihre Pferde am Zaumzeug. Chase hatte in der anderen Hand eine Keule. Kahlans Anblick versetzte Richard in Hochstimmung. Eben war sie noch Erinnerung, jetzt stand sie leibhaftig vor ihm. Niemand rührte sich, als er die kurze, steile Senke im Pfad hinabgeeilt kam. Richard sah auf den Boden, um nicht über eine Wurzel zu stolpern.

Als er den Kopf wieder hob, kam ein Zaubererfeuer heulend auf ihn zugeschossen. Er blieb überrascht stehen. Was machte Zedd? Der Ball aus flüssigem Feuer war größer als alle, die er bislang gesehen hatte. Kreischend raste er heran und erhellte mit seinen gelbblauen Flammen sämtliche Bäume in der Umgebung. Mit großen Augen verfolgte Richard, wie er immer größer wurde und kollernd und drehend auf ihn zuschoß.

Voller Panik griff Richard zum Heft und spürte, wie sich das Wort WAHRHEIT in die Muskeln seiner Handfläche preßte. Mit mächtigem Schwung zog er das Schwert, dessen metallisches Klirren die Luft füllte. Augenblicklich durchfuhr ihn die Kraft der Magie. Das Feuer hatte ihn fast erreicht. Wie schon bei Shota hielt er das Schwert wie einen Schild in die Höhe, eine Hand am Heft, die andere an der Spitze. Beim Gedanken, daß Zedd ihn verriet, überkam ihn der Zorn. Das konnte unmöglich Zedd sein.

Der Aufprall drückte ihn einen Schritt nach hinten. Hitze und Feuer hüllten ihn völlig ein. Der Zorn des Zaubererfeuers explodierte und zersplitterte in der Luft.

»Zedd! Was soll das? Bist du verrückt geworden? Ich bin's, Richard!« Wütend ging er auf sie zu. Wütend auf Zedd, wütend durch die Magie des Schwertes. Sein Zorn schoß heiß durch seine Adern.

Zedd sah in seinen schlichten Gewändern so dürr und zerbrechlich aus wie immer. Er wich keinen Schritt zurück. Der waffenstrotzende Chase sah so gefährlich aus wie immer und wich ebensowenig zurück. Zedd packte Kahlans Arm mit seiner dürren Hand und zog sie schützend hinter sich. Chase wollte auf ihn losgehen, der Blick in seinen Augen war so finster wie seine Kleidung.

»Chase«, warnte Zedd ihn mit leiser Stimme, »sei kein Narr. Bleib, wo du bist.«

Richard blickte von einem der drei entschlossenen Gesichter zum anderen. »Was ist los mit euch dreien? Was tut ihr hier? Ich habe doch gesagt, ihr sollt mir nicht nachreiten. Ihr müßt umkehren.«

Zedd, dessen weißes Haar so zerzaust war wie immer, drehte sich ein wenig zu Kahlan. »Verstehst du, was er sagt?«

Kahlan schüttelte den Kopf und schob ein paar lange Haarsträhnen nach hinten. »Nein. Ich glaube, es ist Hoch-D'Hara, aber das spreche ich nicht.«

»Hoch-D'Hara? Was redet ihr da? Was …?«

Die Erkenntnis überkam ihn wie eine kalte Woge. Das Feindesnetz, das Darken Rahl über ihn gelegt hatte. Sie erkannten ihn nicht. Sie hielten ihn für ihren ärgsten Feind. Sie hielten ihn für Darken Rahl.

Dann fiel ihm noch etwas auf. Zumindest Zedd war überzeugt, er sei Darken Rahl, und hatte das Zaubererfeuer gegen ihn eingesetzt. Er war also nicht der Verräter. Blieb nur noch Kahlan. Erkannte sie möglicherweise, wer er wirklich war?

Der entsetzliche Gedanke drohte ihn zu ersticken, als er auf sie zuging und den Blick nicht mehr von ihren grünen Augen ließ. Kahlan drückte das Kreuz durch, hielt die Hände steif an den Seiten, den Kopf aufrecht. Die Haltung kannte Richard, es war eine Warnung. Eine ernstgemeinte Warnung. Er wußte, was ihre Berührung bei ihm anrichten würde. Er mußte an Shotas Warnung denken. Vielleicht würde er Zedd schlagen können, Kahlan aber würde ihn besiegen.

Zedd versuchte sich zwischen die beiden zu stellen. Richard bemerkte den alten Mann kaum, als er ihn aus dem Weg stieß. Zedd stellte sich hinter ihn und legte Richard seinen dünnen Finger in den

Nacken. Der Schmerz glich fast dem des Strafers. Feuer schoß durch seine Arme bis hinunter in die Beine. Wäre er nicht all die ganze Zeit Denna ausgeliefert gewesen, die Finger des Zauberers hätten ihn vor Schmerz gelähmt. Doch Denna hatte lange Zeit damit verbracht, ihn auszubilden, hatte ihn lange gezwungen, Schmerzen auszuhalten, solche wie diese und schlimmere. Zedd war Denna in dieser Hinsicht ebenbürtig, doch Richard riß sich tief in seinem Innern zusammen, verbannte den Schmerz aus seinem Kopf und erlaubte dem magischen Zorn des Schwertes, seinen Platz einzunehmen. Er warf Zedd einen warnenden Blick zu. Der Zauberer ließ nicht von ihm ab. Richard verpaßte ihm zum zweiten Mal einen Stoß. Er stieß fester zu als beabsichtigt, und Zedd ging zu Boden. Kahlan stand wie erstarrt vor ihm.

»Wen siehst du in mir? Darken Rahl oder Richard?«

Sie zitterte leicht, schien sich nicht bewegen zu können. Plötzlich bemerkte Richard, wie er die Spitze seines Schwertes auf ihre Kehle gerichtet hielt. Er hatte es vorher überhaupt nicht wahrgenommen, es war, als hätte die Magie es von allein dorthin geführt. Aber er wußte, daß das nicht stimmte. Das war er selbst gewesen. Deswegen zitterte sie auch. Ein Blutstropfen erschien auf ihrer Haut unterhalb der Schwertspitze und wurde größer. Wenn sie die Verräterin war, mußte er sie töten.

Die Klinge war weiß geworden. Wie Kahlans Gesicht.

»Wen siehst du?« wiederholte er flüsternd.

»Was hast du mit Richard gemacht?« Ihr Flüstern war heiser vor Wut. »Wenn du ihm etwas angetan hast, dann bringe ich dich um, das schwöre ich.«

Er mußte daran denken, wie sie ihn geküßt hatte. Das war nicht der Kuß einer Verräterin gewesen, sondern ein Kuß voller Liebe. Er merkte, daß er sie unter keinen Umständen würde töten können, selbst wenn sie es wäre. Aber sie war es nicht. Mit Tränen in den Augen ließ er das Schwert zurück in die Scheide gleiten.

»Tut mir leid, Kahlan. Die guten Seelen mögen mir vergeben. Ich weiß, du kannst mich nicht verstehen, trotzdem möchte ich mich entschuldigen. Darken Rahl wendet das erste Gesetz der Magie auf mich an und versucht, uns gegeneinander aufzuhetzen. Er will mich zwingen, eine Lüge zu glauben, und fast wäre es ihm gelungen. Ich weiß, du und Zedd würdet mich nie verraten. Vergib mir, daß ich es auch nur in Erwägung gezogen habe.«

»Was willst du?« fragte Zedd. »Wir verstehen dich nicht.«

»Zedd …« Er fuhr sich voller Verzweiflung mit den Fingern durchs Haar. »Was kann ich tun, damit du mich verstehst?« Er packte den Umhang des Zauberers mit beiden Fäusten. »Wo ist das Kästchen, Zedd? Ich muß das Kästchen haben, bevor Rahl es findet! Er darf es nicht in die Hände bekommen!«

Zedd runzelte die Stirn. Richard wußte, es war zwecklos, niemand verstand ihn. Er ging zu den Pferden und fing an, im Gepäck etwas zu suchen.

»Such, soviel du willst, du wirst es niemals finden«, meinte der Zauberer mit einem Grinsen. »Wir haben das Kästchen nicht. In vier Tagen bist du tot.«

Richard spürte eine Bewegung hinter seinem Rücken. Er wirbelte herum. Chase hatte die Keule erhoben. Ein Feuerstrahl schoß zwischen ihnen hindurch. Scarlet ließ das Feuer brennen, bis Chase zurückwich.

»Schöne Freunde hast du«, brummte Scarlet.

»Darken Rahl hat ein magisches Netz um mich gelegt. Sie können mich nicht erkennen.«

»Wenn du noch länger bei ihnen bleibst, werden sie dich sogar töten.«

Richard wurde klar, daß sie das Kästchen nicht bei sich hatten. Nicht, wenn sie nach D'Hara gekommen waren, um ihn zu retten. Sie hätten niemals riskiert, Rahl das Kästchen zu bringen. Die drei beobachteten ihn und den Drachen schweigend.

»Scarlet, sag du etwas zu ihnen, vielleicht verstehen sie dich.«

Der Drache schwenkte den Kopf dichter zu den dreien hinüber. »Das ist nicht Darken Rahl, sondern euer Freund, verborgen unter einem magischen Netz. Versteht mich denn keiner von euch?«

Die drei standen da und schwiegen. Richard ging voller Erregung zu Zedd.

»Zedd, bitte versuch mich zu verstehen. Suche nicht nach dem Stein der Nacht. Wenn du es tust, wird Darken Rahl dich in die Unterwelt verbannen. Versuch doch zu verstehen!«

Keiner der drei verstand auch nur ein Wort von dem, was er sagte. Als erstes mußte er das Kästchen finden, dann wollte er zurückkommen und sie vor den Männern beschützen, die Rahl auf sie angesetzt hatte. Zögernd bestieg er wieder Scarlets Rücken. Sie hielt ein wachsames Auge auf die drei, stieß zur Warnung etwas Rauch und Feuer aus. Richard wünschte sich verzweifelt, bei Kahlan bleiben zu können, aber das war unmöglich – zuerst mußte er das Kästchen finden.

»Nichts wie fort von hier. Wir müssen meinen Bruder finden.«

Mit einem donnernden Feuerball warnte Scarlet die drei, zurückzubleiben, dann erhob sie sich in den Himmel. Richard klammerte sich fest an ihre Dornen. Ihr roter, schuppiger Hals streckte sich, während sie immer höher zwischen die am Himmel treibenden Wolken stieg und sich zwischen ihnen hindurchschlängelte. Er beobachtete, wie seine drei Freunde ihnen nachschauten, bis er sie nicht mehr erkennen konnte. Er fühlte sich hilflos und verzweifelt. Wie gerne hätte er Kahlan wenigstens einmal lächeln gesehen.

»Was jetzt?« fragte Scarlet über die Schulter.

»Wir müssen meinen Bruder finden. Er müßte sich mit einer Armee von mindestens tausend Mann irgendwo zwischen hier und dem Rang'Shada-Gebirge befinden. Sie dürften nicht schwer zu finden sein.«

»Sie konnten mich nicht verstehen. Offenbar wirkt das Netz auch bei mir, weil ich bei dir bin. Das Netz ist trotzdem für Menschen und nicht für Drachen gedacht, denn ich kann die Wahrheit erkennen. Wenn diese drei dich aufgrund des magischen Netzes töten wollten, dann werden das die anderen mit Sicherheit auch wollen. Gegen tausend Mann kann ich dich nicht beschützen.«

»Ich muß es versuchen. Ich lasse mir etwas einfallen. Michael ist mein Bruder, ich werde ihn irgendwie dazu bringen, die Wahrheit zu erkennen. Er ist mit seinen Truppen auf dem Weg hierher, um mir zu helfen. Ich brauche dringend seine Hilfe.«

Da eine Armee leichter zu erkennen war, flogen sie in großer Höhe, um eine größere Fläche überblicken zu können. Scarlet zog weite Schleifen zwischen den gewaltigen, watteähnlichen Wolken. Richard war überrascht, wie groß Wolken tatsächlich waren, als er sie jetzt aus der Nähe sah. Er kam sich vor wie in einem Wunderland aus weißen Bergen und Tälern. Der Drache streifte ihre dunkle Unterseite, durchflog gelegentlich einen feuchten, tiefer hängenden Ausläufer. Dann verschwand Scarlets Kopf im Weiß am Ende ihres Halses, manchmal auch ihre Flügelspitzen. Im Vergleich zu den Wolken wirkte sogar Scarlet klein und unbedeutend.

Sie suchten stundenlang, ohne auch nur die Spur einer Armee zu entdecken. Richard hatte sich so an das Fliegen gewöhnt, daß er sich nicht mehr die ganze Zeit an Scarlets Dornen zu klammern brauchte. Er lehnte sich zwischen zwei, entspannte sich und suchte die Landschaft unter ihnen ab.

Während des Fluges überlegte Richard, was er tun konnte, um Michael von seiner Identität zu überzeugen. Bestimmt hatte Michael das Kästchen, Zedd mußte es bei ihm gelassen haben. Zedd hatte es bestimmt mit Hilfe von Zauberkraft vor Rahl versteckt und es im Schutz der Armee zurückgelassen. Er mußte sich einen Weg überlegen, wie er Michael zeigen konnte, wer er war. Sobald er das Kästchen hatte, wollte er Scarlet bitten, es in ihre Höhle zu ihrem Nachwuchs zu fliegen. Dort war es vor Rahl sicher. Anschließend konnte er zurück zu Kahlan, um sie vor Rahls Leuten zu beschützen. Vielleicht konnte er Scarlet überreden, sie ebenfalls in ihre Höhle zu fliegen. Dort wäre sie vor den Männern sicher. Noch dreieinhalb Tage, dann würde Darken Rahl sterben. Und Kahlan wäre endgültig in Sicherheit. Für immer. Dann würde er zurück nach Westland gehen und wäre diese ganze Zauberei für immer los. Und damit auch Kahlan. Die Vorstellung, sie nie wiederzusehen, quälte ihn, nahm ihm die Kraft.

Am späten Nachmittag entdeckte Scarlet die Armee. Aus dieser Höhe konnte sie besser sehen als er. Sie waren noch ein gutes Stück entfernt, und Richard mußte lange hinschauen. Anfangs sah er nicht mehr als eine dünne Staubwolke, dann erst die Truppen, die sich die Straße entlang bewegten.

»Nun, was hast du für einen Plan? Was willst du tun?« rief sie zu ihm nach hinten.

»Meinst du, du könntest vor ihnen landen, ohne daß sie uns sehen?«

Ein großes, gelbes Auge musterte ihn finster. »Ich bin ein roter Drache. Ich könnte uns mitten unter ihnen absetzen, ohne daß sie mich sehen, wenn ich es will. Wie nah willst du an sie ran?«

»Ich will, daß sie mich nicht sehen. Ich muß zu Michael, ohne daß seine Leute etwas davon merken. Ich muß jedes Aufsehen vermeiden.« Richard überlegte einen Augenblick. »Setz uns ein paar Marschstunden vor ihnen ab. Sie sollen uns entgegenkommen. Es ist bald dunkel, dann kann ich zu Michael.«

Scarlet breitete die Flügel aus und glitt spiralförmig auf eine Hügelgruppe vor der anrückenden Armee zu. Sie ging im Schutz höhergelegenen Geländes runter, flog die Täler hinauf, blieb außer Sichtweite der Straße und landete auf einer kleinen, mit hohem, braunem Gras bewachsenen Lichtung.

Ihre leuchtend roten Schuppen glänzten auffällig im Licht des späten Tages. Richard ließ sich von ihrer Schulter gleiten.

Sie drehte den Kopf. »Und nun?«

»Ich möchte warten, bis es dunkel ist und sie ihr Nachtlager aufschlagen. Sobald sie gegessen haben, kann ich mich zu Michaels Zelt schleichen und allein mit ihm sprechen. Bis dahin werde ich mir überlegen, wie ich ihn von meiner wahren Identität überzeugen kann.«

Der Drache brummte etwas, blickte hinauf in den Himmel, dann zur Straße. Sein Kopf schwenkte wieder herum und neigte sich zur Seite.

»Bald ist es dunkel. Ich muß zu meinem Ei zurück. Es braucht Wärme.«

»Verstehe, Scarlet.« Richard atmete langsam aus und dachte nach. »Hol mich morgen früh wieder ab. Bei Sonnenaufgang werde ich auf diesem Feld auf dich warten.«

Scarlet schaute in den Himmel hinauf. »Es ziehen Wolken auf.« Ihr Kopf kam wieder herunter. »Wenn es Wolken gibt, kann ich nicht fliegen.«

»Wieso?«

Sie knurrte und blies eine Rauchwolke durch ihre Nüstern. »Weil diese Wolken voller Steine sind.«

Richard runzelte die Stirn. »Steine?«

Sie wedelte ungeduldig mit dem Schwanz. »Die Wolken sind wie Nebel, man sieht nichts. Wenn man nichts sieht, stößt man sich, an Hügeln und Bergen zum Beispiel. Vielleicht täusche ich mich, aber mitten im Flug einen Felsen zu rammen, würde mir den Hals brechen. Wenn die Unterseite der Wolken hoch genug ist, kann ich unter ihnen hindurch fliegen. Wenn Spitzen tief genug sind, kann ich über sie hinwegfliegen, aber dann sehe ich den Erdboden nicht. Was ist, wenn es Wolken gibt und ich dich nicht finde oder etwas anderes schiefgeht?«

Richard stützte die Hand auf das Heft des Schwertes und blickte in die Ferne, wo die Straße sein mußte. »Wenn etwas schiefgeht, muß ich zu meinen anderen drei Freunden zurück. Ich versuche, auf der Hauptstraße zu bleiben, damit du mich sehen kannst.« Richard mußte hart schlucken. »Sollte alles andere scheitern, muß ich zurück in den Palast des Volkes. Bitte, Scarlet, wenn ich Darken Rahl in dem, was ich hier vorhabe, nicht aufhalten kann, muß ich unbedingt morgen in drei Tagen im Palast des Volkes sein.«

»Viel Zeit ist das nicht.«

»Ich weiß.«

»Drei Tage, von morgen an gerechnet, dann sind wir quitt.«

Richard lächelte. »Das war unsere Abmachung.«

Scarlet blickte wieder in den Himmel. »Die Wolken gefallen mir überhaupt nicht. Viel Glück, Richard Cypher. Ich bin morgen früh zurück.«

Sie nahm einen kurzen Anlauf und hob ab. Richard sah zu, wie sie ihn noch einmal im Tiefflug umkreiste, davonflog und kleiner wurde, bis sie zwischen den Hügeln verschwunden war. Dann traf ihn die Erinnerung wie ein Schlag, das sichere Gefühl, sie schon einmal gesehen zu haben. Am selben Tag, als er Kahlan kennengelernt hatte, gleich nachdem die Schlingpflanze ihn gestochen hatte. Er hatte sie genau wie jetzt dahinfliegen und zwischen den Hügeln verschwinden sehen. Er fragte sich, was sie an jenem Tag wohl in Westland gemacht hatte.

Durch das hohe, trockene Gras watend, marschierte Richard zu einem nahen Hügel, kletterte den spärlich bewaldeten Hang hinauf, von wo aus er jede Annäherung von Westen her beobachten konnte. Er entdeckte ein Versteck im Gebüsch, machte es sich bequem und holte etwas Trockenfleisch und Obst heraus. Er hatte sogar noch ein paar Äpfel. Das Essen schmeckte ihm nicht. Er hielt nach der Armee Westlands und seinem Bruder Ausschau und überlegte dabei, was er tun konnte, um seinen Bruder von seiner Identität zu überzeugen.

Er dachte daran, es aufzuschreiben oder vielleicht sogar ein Bild oder eine Karte zu zeichnen, aber das hatte wohl wenig Aussicht auf

Erfolg. Wenn das Feindesnetz seine gesprochene Sprache verändert hatte, dann wahrscheinlich auch seine geschriebene. Er versuchte, sich an Spiele zu erinnern, die sie zusammen gespielt hatten, als sie noch jung waren, aber keines fiel ihm ein. Michael hatte als Junge gar nicht so viel mit ihm gespielt. Eigentlich hatte Michael nur gerne mit Spielzeugschwertern gekämpft. Das Schwert gegen seinen Bruder zu ziehen, hätte wohl kaum die gewünschte Wirkung.

Aber da war doch etwas, erinnerte er sich. Beim Spiel mit den Schwertern hatte Michael sich auf einem Knie kniend gern von ihm militärisch die Ehre erweisen lassen. Würde Michael sich daran erinnern? Er wollte es immer wieder, nichts schien ihm mehr Freude zu machen. Michael nannte es den Gruß des Verlierers. Michael verweigerte den Salut, wenn Richard gewonnen hatte. Richard war damals körperlich unterlegen gewesen und hatte Michael nie zu dem Salut zwingen können. Michael dagegen hatte Richard oft genug dazu gebracht. Die Vorstellung ließ ihn lächeln, auch wenn es damals weh getan hatte. Vielleicht erinnerte sich Michael daran. Einen Versuch war es wert.

Noch vor Einbruch der Dunkelheit hörte Richard das Hufgetrappel der anrückenden Pferde, das Klirren der Rüstungen, das Knarren von Leder, das Rasseln von Metall, den Lärm vieler Männer auf dem Marsch. Ungefähr fünfzig schwerbewaffnete Reiter ritten in raschem Galopp vorbei, wirbelten Staub und Dreck auf. Er sah Michael, ganz in Weiß, an ihrer Spitze. Richard erkannte die Uniformen, das Wappen Kernlands auf jeder Schulter, das gelbe Banner mit der blauen Silhouette aus Fichten und den gekreuzten Schwertern darunter. Jeder der Männer trug ein Kurzschwert über der Schulter, eine in den breiten Gürtel gehakte Streitaxt sowie einen kurzen Speer. Auf ihren Kettenhemden, Kampfnetze genannt, blinkte das Sonnenlicht durch den Staub. Das waren keine regulären Westlandtruppen, das war Michaels Leibgarde. Wo war die Armee? Aus der Luft hatte er sie alle, Reiter und Fußsoldaten, vereint gesehen. Diese Pferde ritten zu schnell, als daß Fußtruppen ihnen auf einem Marsch hätten folgen können. Richard stand auf, nachdem sie vorbei waren, und blickte die Straße hinunter, um zu sehen, ob die anderen folgten. Niemand sonst kam.

Anfangs war er besorgt, was dies bedeuten könnte, dann wurde er ruhiger und lächelte, als es ihm dämmerte. Zedd, Chase und Kahlan hatten das Kästchen bei Michael gelassen und ihm gesagt, sie würden nach D'Hara reiten und Richard suchen. Vermutlich hielt es Michael nicht länger aus und wollte ihnen helfen. Die Fußsoldaten konnten mit dem Tempo nicht Schritt halten, das man einschlagen mußte, wenn man den Palast des Volkes rechtzeitig erreichen wollte, also war Michael mit seiner Leibgarde vorausgeritten und hatte die anderen zurückgelassen, damit sie so bald wie möglich aufschließen konnten.

Fünfzig Mann, selbst Michaels Leibgarde, so hart sie auch sein mochten, waren nicht gerade viel, wenn sie auf einen ausreichend großen Trupp von Rahls Leuten stießen. Michael hatte vor Sorge offenbar alle Vernunft vergessen.

Richard hatte sie erst eine ganze Weile nach Einbruch der Dunkelheit eingeholt. Sie waren scharf geritten und hatten erst spät haltgemacht. Sie waren ihm weiter voraus, als er vermutet hatte, und er erreichte ihren Lagerplatz erst eine ganze Weile, nachdem sie gegessen hatten. Die Pferde waren versorgt und für die Nacht eingezäunt worden. Einige der Männer hatten sich bereits in ihre Schlafdecken gerollt. Man hatte Wachen aufgestellt, die im Dunkeln schwer zu entdecken waren. Richard wußte jedoch, wo er sie zu vermuten hatte, als er von einem Hügel auf das Lager hinabblickte und die kleinen Lagerfeuer beobachtete.

Die Nacht war dunkel. Der Mond verbarg sich hinter Wolken. Er arbeitete sich vorsichtig den Hügel hinab und schlich leise zwischen den Posten hindurch. Richard war in seinem Element. Es fiel ihm leicht, er wußte, wo sie waren, und sie erwarteten nicht, daß er zwischen ihnen hindurchschlich. Er behielt sie im Auge und duckte sich, sobald sie in seine Richtung blickten. Nachdem er den Ring aus Posten durchbrochen hatte, ging er sofort Richtung Lager. Michael hatte es ihm leichtgemacht. Sein Zelt befand sich etwas abseits, ein Stück von den Männern entfernt. Hätte es in der Mitte gestanden, wäre es wesentlich schwieriger gewesen. Allerdings waren rings um das Zelt Wachen postiert. Richard beobachtete sie eine Zeitlang, bis er eine Stelle gefunden hatte, wo er zwischen ihnen hindurchschlüpfen konnte: im Schatten des Zeltes, dem Schatten, der von den Feuern geworfen wurde.

Richard pirschte durch die Dunkelheit bis zum Zelt und ging in die Hocke. Er rührte sich nicht und kauerte still da. Lange lauschte er, um herauszufinden, ob jemand bei Michael im Zelt war. Er hörte das Rascheln von Papieren, eine Lampe brannte, aber sonst hörte er drinnen niemanden. Vorsichtig schnitt er ein winziges Loch in das Zelt, gerade groß genug, um hindurchzusehen. Michael saß mit der linken Seite zu ihm an einem kleinen, klappbaren Feldtisch und sah Papiere durch. Er hatte den Kopf mit dem widerspenstigen Haarschopf auf die Hand gestützt. Die Papiere schienen weder Linien noch Worte aufzuweisen, und soweit Richard sehen konnte, waren sie groß. Vermutlich Karten.

Er mußte hineingehen, sich aufrichten, auf ein Knie fallen lassen und seinen Gruß vorbringen, bevor Michael Gelegenheit hatte, Alarm zu schlagen. Drinnen, gleich unter ihm, stand ein Feldbett. Genau das Richtige, um unbemerkt ins Zelt zu gelangen. Er hielt das Seil unter Spannung, damit es keinen plötzlichen Ruck gab, dann schnitt er das Halteseil ungefähr in der Mitte durch, wo das Feldbett stand, rollte das Segeltuch ein Stück nach oben und glitt vorsichtig hindurch, hinter das Bett.

Als sich Michael nach einem Geräusch umdrehte, erhob sich Richard vor dem kleinen Tisch, dicht vor seinem Bruder. Richard mußte grinsen, als er seinen älteren Bruder wiedersah. Michaels

Kopf fuhr herum. Die Farbe wich aus seinen weichen Zügen. Er sprang auf. Richard wollte gerade seinen Gruß anbringen, als Michael zu sprechen anfing.

»Richard … wie bist du … was tust du hier? Es ist so … so schön … dich wiederzusehen. Wir haben uns … alle solche Sorgen gemacht.«

Richards Lächeln erstarb.

Rahl hatte gesagt, mit dem Feindesnetz würden ihn nur die Verehrer Rahls erkennen.

Und Michael hatte ihn erkannt.

Michael war der Verräter. Michael hatte akzeptiert, daß er gefangengenommen und von einer Mord-Sith gefoltert worden war. Michael war es, der Kahlan und Zedd an Rahl ausliefern würde. Und alle anderen auch. Sein Innerstes gefror zu Eis.

Richard brachte nicht mehr als ein Flüstern hervor. »Wo ist das Kästchen?«

»Äh … du siehst hungrig aus, Richard. Ich werde dir etwas zu essen bringen lassen. Dann unterhalten wir uns. Es ist so lange her.«

Richard ließ die Hände vom Schwert, aus Angst, er könnte es gebrauchen. Eisern erinnerte er sich daran, daß er der Sucher war, und das war alles, was im Augenblick zählte. Er war nicht Richard, er war der Sucher. Er hatte eine Aufgabe zu erledigen. Er durfte sich nicht wie Richard verhalten. Im Augenblick gab es Wichtigeres. Viel Wichtigeres.

»Wo ist das Kästchen?«

Michaels Blicke flogen umher. »Das Kästchen … Nun … Zedd hat mir davon erzählt … er wollte es mir geben … aber dann meinte er, er wolle dich mit Hilfe irgendeines Steines in D'Hara finden, und dann sind die drei aufgebrochen, um dich zu suchen. Ich sagte, ich wolle mitkommen, um meinen Bruder zu retten, müßte aber meine Männer sammeln und Vorbereitungen treffen, also sind sie vorausgeritten. Zedd hat das Kästchen behalten. Er hat es.«

Jetzt war es Richard klar; Darken Rahl hatte das dritte Kästchen. Er hatte die Wahrheit gesagt.

Der Sucher unterdrückte seine Gefühle und schätzte kurz die Lage ab. Er mußte zu Kahlan, das war das einzige, was jetzt zählte. Sie war es, die darunter zu leiden hätte, wenn er jetzt den Kopf verlor. Sie war es, die es mit dem Strafer zu tun bekommen würde. Er stellte fest, daß er sich in Gedanken auf Dennas Zopf konzentrierte. Er ließ es geschehen. Hauptsache, es funktionierte, redete er sich ein. Er konnte Michael nicht töten und riskieren, von all den Männern draußen gefangengenommen zu werden. Er durfte Michael nicht einmal sagen, was er wußte. Das führte zu nichts und würde nur andere in Gefahr bringen.

Er atmete tief durch und zwang sich zu einem Lächeln. »Nun, Hauptsache, das Kästchen ist in Sicherheit. Das allein zählt.«

Ein Teil der Farbe kehrte in Michaels Gesicht zurück, und er fing an zu lächeln. »Richard, wie geht es dir? Du ... hast dich verändert. Du siehst aus, als hättest du ... eine Menge durchgemacht.«

»Mehr als du dir vorstellen kannst, Michael.« Er ließ sich auf dem Feldbett nieder. Michael ging zögernd wieder zu seinem Stuhl. In seinen weiten, weißen Hosen, dem Hemd und dem goldenen Gürtel um seine Hüften sah er aus wie ein Jünger Darken Rahls. Richard bemerkte die Karten, die sein Bruder betrachtet hatte. Karten von Westland. Für Darken Rahl. »Ich war in D'Hara, genau wie Zedd dir erzählt hat, aber ich bin geflohen. Wir müssen fort von D'Hara. So weit fort wie möglich. Ich muß die anderen finden, bevor sie dort nach mir suchen. Du kannst deine Männer jetzt zurückziehen, die Armee zurückbringen und Westland beschützen. Ich danke dir, Michael, daß du gekommen bist, um mir zu helfen.«

Das Lächeln seines Bruders wurde breiter. »Du bist schließlich mein Bruder. Was hätte ich sonst tun sollen?«

Richard zwang sich zu einem Lächeln, obwohl der Haß glühend heiß in ihm brannte. In mancherlei Hinsicht war es schlimmer, als wäre Kahlan die Verräterin gewesen. Mit Michael war er aufgewachsen, sie waren Brüder und hatten einen großen Teil ihres Lebens zusammen verbracht. Er hatte Michael immer bewundert, ihn immer unterstützt, ihm seine bedingungslose Liebe geschenkt. Er mußte daran denken, wie er vor anderen Jungen mit seinem großen Bruder geprahlt hatte.

»Michael, ich brauche ein Pferd. Ich muß aufbrechen. Jetzt sofort.«

»Wir werden dich alle begleiten. Meine Männer und ich.« Sein Grinsen wurde noch breiter. »Jetzt, wo wir wieder zusammen sind, lasse ich dich nicht mehr aus den Augen.«

Richard sprang auf. »Nein!« Er zwang sich, ruhiger zu sprechen. »Du kennst mich, ich bin es gewohnt, allein durch die Wälder zu streifen. Das kann ich am besten. Du würdest mich nur aufhalten. So viel Zeit habe ich jetzt nicht.«

Michael stand auf. Sein Blick wanderte zur Zeltöffnung. »Kommt überhaupt nicht in Frage. Wir sind ...«

»Nein. Du bist Oberster Rat von Westland. Du mußt das Land beschützen, das ist deine erste Pflicht, nicht das Behüten deines kleinen Bruders. Bitte, Michael, führe die Armee nach Westland zurück. Ich komme zurecht.«

Michael rieb sich das Kinn. »Vermutlich hast du recht. Natürlich sind wir nur nach D'Hara gezogen, um dir zu helfen, und jetzt, wo du in Sicherheit bist ...«

»Danke, daß du gekommen bist, Michael. Ich werde mir selbst ein Pferd aussuchen. Geh wieder an deine Arbeit.«

Richard kam sich vor wie der größte Narr aller Zeiten. Er hätte es wissen müssen. Er hätte schon vor langer Zeit darauf kommen müssen. Er mußte an die Rede denken, die Michael über das Feuer, den Feind der Menschen, gehalten hatte. Da schon hätte er Bescheid wissen müssen. Kahlan hatte ihn an jenem ersten Abend warnen wollen. Ihre Vermutung, daß Michael auf Rahls Seite stand, war richtig gewesen. Hätte er bloß auf seinen Kopf gehört statt auf sein

Herz. Das erste Gesetz der Magie: die Menschen sind dumm, sie glauben, was sie glauben wollen. Und er war der Dümmste von allen gewesen. Er ärgerte sich zu sehr über sich selbst, als daß er wütend auf Michael hätte sein können.

Durch seine Weigerung, die Wahrheit zu sehen, würde er alles verlieren. Er hatte keine Wahl mehr. Er hatte den Tod verdient.

Ohne die feuchten Augen von Michael abzuwenden, sank Richard langsam auf ein Knie und erbot den Gruß des Verlierers.

Michael stemmte die Hände in die Hüften und lächelte. »Das weißt du noch! Das ist schon lange her, mein kleiner Bruder.«

Richard stand wieder auf. »So lange auch wieder nicht. Einige Dinge ändern sich nie. Ich habe dich immer geliebt. Auf Wiedersehen, Michael.«

Richard dachte zum zweiten Mal kurz daran, seinen Bruder zu töten. Er würde es mit dem Zorn des Schwertes tun müssen, könnte sich aber niemals überwinden, Michael zu vergeben und die Klinge weiß zu färben. Was ihn anbetraf, vielleicht, aber nicht, was er Zedd und Kahlan angetan hatte. Niemals. Michael zu töten war nicht so wichtig, wie Kahlan zu helfen. Er durfte das Risiko nicht eingehen, nur weil er so dumm gewesen war. Er trat durch die Zeltöffnung. Michael folgte ihm.

»Bleib wenigstens eine Weile und iß etwas. Es gibt noch andere Dinge, die wir besprechen müssen. Ich bin immer noch nicht sicher …«

Richard drehte sich um und sah seinen Bruder vor der Stirnseite des Zeltes stehen. Ein leichter Nieselregen hatte eingesetzt. Michaels Gesichtsausdruck verriet ihm, daß er nicht die geringste Absicht hatte, ihn gehen zu lassen. Er wartete nur darauf, daß er seine Leute rufen konnte, damit sie ihm halfen.

»Ich mache es auf meine Art, Michael. Bitte. Ich muß gehen.«

»Männer«, rief er den Wachen zu. »Ich möchte, daß mein Bruder hier bleibt, zu seinem eigenen Schutz.«

Die drei Wachen gingen auf ihn los. Richard sprang über das Gebüsch und hinein ins Schwarz der Nacht. Sie setzten ihm schwerfällig nach. Es waren keine Waldläufer, sondern Soldaten. Richard wollte sie nicht töten, schließlich waren es Westländer. Während er durch die Dunkelheit huschte, erwachte das Lager unter dem Geschrei von Befehlen zum Leben. Er hörte Michael brüllen, man solle ihn aufhalten, aber nicht töten. Natürlich nicht. Schließlich wollte er ihn Darken Rahl persönlich übergeben.

Richard schlich zwischen den Posten hindurch und umkreiste das Lager bis zu den Pferden. Er durchschnitt sämtliche Zügel, dann bestieg er eines der Tiere, ohne Sattel. Schreiend trat und schlug er nach den anderen. Sie brachen voller Panik aus. Männer und Pferde stiebten in sämtliche Richtungen davon. Er gab seinem Pferd die Sporen.

Der Lärm erregter Stimmen verebbte hinter ihm. Sein Gesicht war feucht von Nebel und Tränen, während er sein Pferd in die Dunkelheit jagte.

18. Kapitel

Zedd lag wach im ersten Licht der Dämmerung, den Kopf voller Sorgen. Über Nacht waren Wolken aufgezogen, es sah aus, als sollte die vor ihnen liegende Reise feucht werden. Kahlan lag dicht neben ihm auf der Seite, das Gesicht ihm zugewandt, atmete langsam. Sie schlief fest. Chase stand irgendwo Wache.

Die Welt zerbrach in Stücke, und er fühlte sich machtlos. Wie ein Blatt im Wind. Als Zauberer sollte er eigentlich nach all den Jahren einen gewissen Einfluß auf die Entwicklung haben. Aber er war kaum mehr als ein Zuschauer, der daneben stand und mit ansah, wie andere verletzt, getötet wurden, während er versuchte, diejenigen zu führen, die das Zünglein an der Waage werden konnten und taten, was getan werden mußte. Als Zauberer der ersten Ordnung war er eigentlich klug genug, nicht nach D'Hara zu ziehen, doch welche Möglichkeit blieb ihm sonst? Wenn irgendeine Chance bestand, Richard zu retten, mußte er dorthin. Drei Tage waren es noch bis zum ersten Tag des Winters. Darken Rahl hatte erst zwei Kästchen. Er würde sterben. Wenn sie Richard nicht dort rausholten, würde Rahl ihn vorher töten.

Er dachte noch einmal über die Begegnung mit Darken Rahl vom Vortag nach. Er begriff es nicht, sosehr er es auch versuchte. Sie war äußerst bizarr gewesen. Offenbar war Rahl verzweifelt auf der Suche nach dem Kästchen, so verzweifelt, daß er ihn nicht einmal getötet hatte, als sich ihm die Gelegenheit bot. Den Zauberer, der seinen Vater getötet hatte, nach dem er gesucht hatte – und dann findet er ihn und unternimmt nichts. Aber auch sein anderes Verhalten widersprach jeder Vernunft. Sein Anblick mit Richards Schwert an seiner Seite ließ Zedd frösteln. Warum sollte Darken Rahl, Beherrscher der Magie beider Welten, das Schwert der Wahrheit tragen? Was noch wichtiger war, was hatte er Richard angetan, um das Schwert von ihm zu bekommen? Am beunruhigendsten war sein Verhalten, als er Kahlan mit dem Schwert bedroht hatte. Noch nie in seinem Leben war Zedd sich hilfloser vorgekommen. Der Versuch, ihm mit magischem Schmerz beizukommen, war dumm gewesen. Wer die Gabe besaß und die Schmerzprüfung überlebt hatte, würde auch diese Berührung überstehen. Aber was hätte er tun sollen? Es hatte weh getan, mit ansehen zu müssen, wie Darken Rahl ihr das Schwert der Wahrheit an die Kehle gehalten hatte. Einen Augenblick lang war er sicher gewesen, daß Rahl sie umbringen würde, und schon im nächsten Augenblick, noch bevor Zedd etwas, wenn auch noch so Fruchtloses, hatte tun können, waren Rahl die Tränen in die Augen getreten und er hatte das Schwert weggesteckt. Wieso sollte Rahl sich die Mühe machen, das Schwert zu benutzen, wenn er sie oder einen der beiden töten wollte? Er könnte sie mit einem Fingerschnippen töten. Warum sollte er das Schwert benutzen wollen? Und es dann doch nicht tun?

Schlimmer noch war, daß er die Klinge weiß gefärbt hatte. Als Zedd das gesehen hatte, wäre er am liebsten aus der Haut gefahren. In den Prophezeiungen war die Rede davon, jemand würde das Schwert der Wahrheit weiß färben. Daß es Darken Rahl sein sollte, ließ ihn bis ins Mark erschaudern. An sich war es schon entsetzlich genug, daß Richard es sein sollte, aber Darken Rahl …

Der Schleier, wie er in den Prophezeiungen hieß, der Schleier zwischen der Welt des Lebens und der Unterwelt. Wenn der Schleier durch die Magie der Ordnung zerrissen wurde, durch einen Agenten, dann, so hieß es in den Prophezeiungen, könne nur der ihn wiederherstellen, der das Schwert der Wahrheit weiß gefärbt hatte. War er dazu nicht in der Lage, würde die Unterwelt auf die Welt der Lebenden losgelassen. Das Wort ›Agent‹ hatte eine grauenhafte Bedeutung, die Zedd größte Sorge bereitete. Es konnte bedeuten, daß Darken Rahl nicht aus eigenem Antrieb handelte, sondern als Beauftragter. Als Beauftragter der Unterwelt. Daß er die subtraktive Magie, die Magie der Unterwelt, gemeistert hatte, deutete darauf hin. Das hieß auch, sollte Rahl scheitern und würde er getötet, könnte die Magie der Ordnung nach wie vor den Schleier zerreißen. Zedd versuchte, sich nicht auszumalen, was diese Prophezeiungen bedeuteten. Die Vorstellung, die Unterwelt könne freigesetzt werden, schnürte ihm die Kehle zu. Lieber würde er vorher sterben. Am besten würden alle vorher sterben.

Zedd drehte den Kopf zur Seite und beobachtete Kahlan im Schlaf. Die Mutter Konfessor. Die letzte aus der Schöpfung der alten Zauberer. Ihre Qual tat ihm in der Seele weh. Auch weil er ihr nicht hatte helfen können, als Darken Rahl ihr das Schwert an die Kehle gehalten hatte. Ihn quälte, was sie für Richard empfand und was er ihr nicht erzählen durfte.

Wäre es bloß nicht Richard gewesen. Jeder, nur nicht Richard. Nichts war jemals einfach.

Zedd setzte sich wie gehetzt auf. Etwas stimmte nicht. Es war schon zu hell, und Chase war noch nicht zurück. Er berührte Kahlans Stirn mit dem Finger. Sie war sofort hellwach.

Seine Sorgen spiegelten sich in Kahlans Gesicht. »Was ist?« flüsterte sie.

Zedd saß regungslos da und spürte die Umgebung nach Leben ab. »Chase ist noch nicht zurück. Sollte er aber.«

Sie sah sich um. »Vielleicht ist er eingeschlafen.« Zedd zog eine Braue hoch. »Vielleicht gibt es einen triftigen Grund. Vielleicht ist es auch nichts.«

»Unsere Pferde sind verschwunden.«

Kahlan sprang auf und griff nach ihrem Messer. »Kannst du spüren, wo er sich befindet?«

Zedd zuckte zusammen. »Es ist jemand in der Nähe. Leute, die von der Unterwelt berührt worden sind.«

Er sprang auf die Beine. Im selben Augenblick wurde Chase ins Lager gestoßen, stolperte und stürzte aufs Gesicht. Man hatte ihm die Arme fest auf den Rücken gebunden, und er war voller Blut. Einer Menge Blut. Er stöhnte. Zedd spürte die Gegenwart von vier Männern, die sie umzingelten. Vier Männer. Was er von ihnen spürte, ließ ihn zurückweichen.

Der Große, der Chase ins Lager gestoßen hatte, trat vor. Sein kurzes blondes Haar stand struppig in die Höhe und war durchzogen von einem schwarzen Streifen. Seine kalten Augen, sein Grinsen ließen den Zauberer gefrieren.

Kahlan stand halb geduckt. »Demmin Nass«, zischte sie.

Er hakte seine Daumen in den Gürtel. »Aha. Du hast also schon von mir gehört, Mutter Konfessor.« Sein boshaftes Grinsen wurde breiter. »Auf jeden Fall habe ich schon von dir gehört. Dein Freund hier hat fünf meiner besten Männer getötet. Ich werde ihn später, nach den Feierlichkeiten, exekutieren. Ich möchte, daß er in den Genuß kommt, sich anzuschauen, was wir mit dir machen.«

Kahlan sah sich um, als drei weitere Männer, nicht ganz so groß wie Demmin Nass, aber größer als Chase, aus dem Wald traten. Sie waren umzingelt, doch das war für einen Zauberer kein Problem. Die Männer waren alle blond, muskelbepackt und trotz der Kühle in der Luft schweißbedeckt. Im Augenblick hatten sie ihre Waffen weggesteckt; offenbar waren sie sich ihrer Sache sehr sicher. Ihre Dreistigkeit nervte Zedd. Ihr Grinsen machte ihn wild. Im frühen Licht wirkten die vier blauen Augenpaare noch stechender.

Zedd wußte sehr wohl, daß es sich um ein Quadron handelte, und er wußte ebensogut, was sie mit Konfessoren machten. Sehr gut sogar. Das Wissen brachte sein Blut in Wallung. Auf keinen Fall würde er zulassen, daß Kahlan etwas zustieß. Nicht, solange er lebte.

Demmin Nass und Kahlan starrten sich an.

»Wo ist Richard? Was hat Rahl mit ihm gemacht?« wollte sie wissen.

»Wer?«

Sie knirschte mit den Zähnen. »Der Sucher.«

Demmin grinste. »Also, das geht nur Meister Rahl und mich etwas an. Dich nicht.«

»Raus damit.« Sie starrte ihn haßerfüllt an.

Sein Grinsen wurde breiter. »Du hast jetzt wichtigere Sorgen, Konfessor. Du wirst meinen Männern gleich eine Menge Freude machen. Ich möchte, daß du deine Gedanken darauf konzentrierst und alles tust, damit sie ihren Spaß haben. Der Sucher braucht dich nicht zu interessieren.«

Zedd beschloß, daß es an der Zeit war, dem ein Ende zu machen, bevor noch mehr passierte. Er hob die Arme und setzte das stärkste Lähmungsnetz frei, das er zustande brachte. Das Lager erglühte mit einem lauten Krachen in grünem Licht, das gleichzeitig in vier Richtungen davonschoß, auf jeden der blauäugigen Männer. Das grüne Licht traf mit einem dumpfen Schlag gegen jeden der Männer.

Bevor der Zauberer Zeit hatte zu reagieren, liefen ihm die Dinge grausam aus der Hand.

So schnell es sie getroffen hatte, so schnell wurde es von jedem zurückgeworfen. Zu spät erkannte Zedd, daß sie durch irgendeinen Zauber geschützt waren – einen Unterweltzauber, den er nicht hatte sehen können. Das Licht traf ihn aus vier Richtungen gleichzeitig. Sein eigenes Netz lähmte ihn auf der Stelle. Er wurde starr wie Stein. Hilflos. Was er auch tat, er konnte sich nicht bewegen.

Demmin Nass nahm den Daumen aus seinem Gürtel. »Schwierigkeiten, alter Mann?«

Mit zornerfülltem Blick streckte Kahlan die Hand aus und legte sie ihm auf die glatte Brust. Zedd bereitete sich auf die Freisetzung ihrer Kraft vor, auf den Donner ohne Hall.

Nichts geschah.

Kahlans überraschtem Gesichtsausdruck entnahm er, daß das nicht hätte passieren dürfen.

Demmin Nass schlug mit seiner Faust zu und brach ihr den Arm.

Kahlan sackte mit einem Schmerzensschrei auf die Knie. Sie kam wieder hoch, mit ihrem Messer in der anderen Hand, und ging auf den Mann vor ihr los. Er packte ihr Haar mit der Faust und hielt sie sich vom Leib. Sie bohrte ihm das Messer in den Arm, mit dem er sie gepackt hielt. Er riß das Messer heraus, drehte es ihr aus der Hand und schleuderte es in einen Baum. Dann hielt er sie am Haar und drosch ihr ein paarmal mit dem Handrücken übers Gesicht. Hart. Sie trat um sich, kratzte und schrie, er lachte bloß. Die anderen drei kamen hinzu.

»Tut mir leid, Mutter Konfessor, ich fürchte, du bist nicht mein Typ. Aber keine Sorge, die Jungs hier werden sich glücklich schätzen, dir die Ehre zu erweisen. »Und beweg deinen Arsch«, grinste er fies, »das mag ich nämlich.«

Demmin schleuderte sie am Haar zu den anderen dreien. Sie stießen sie hin und her, ohrfeigten sie, schlugen sie, schleuderten sie so schnell herum, bis sie zum Stehen zu schwindlig war und vom einen Armpaar in das nächste torkelte. Sie war so hilflos wie eine Maus, mit der drei Katzen spielen. Das Haar hing ihr ins Gesicht. Kahlan schlug mit den Fäusten nach ihnen, zu orientierungslos, um jemanden zu treffen. Sie lachten nur noch mehr.

Einer von ihnen rammte ihr die Faust in den Magen. Kahlan knickte zusammen, sackte auf die Knie, wand sich vor krampfartigen Schmerzen. Ein anderer zog sie am Haar in die Höhe. Der dritte fetzte ihr die Knöpfe von der Hemdenbrust. Sie schleuderten sie derb hin und her, zerrissen ihr das Hemd, zerrten es mit jedem Mal ein Stück weiter herunter. Als sie es ihr über den gebrochenen Arm zerrten, schrie sie vor Schmerz auf.

Zedd konnte nicht einmal vor Wut beben. Er konnte nicht die Augen vor diesem Anblick verschließen, sich die Ohren gegen diesen Lärm zuhalten. Quälende Erinnerungen an eine ähnliche Szene legten sich über das gegenwärtige Geschehen. Die Erinnerungen raubten ihm den Atem. Er hätte sein Leben gegeben, um sich befreien zu können. Wenn sie sich doch nur nicht wehren würde, es machte alles nur noch schlimmer. Doch Konfessoren kämpften immer dagegen an. Mit allem, was sie hatten. Aber das würde nicht genügen.

Aus dem Gefängnis seines scheinbar zu Stein erstarrten Körpers ging Zedd mit allem, was er hatte, gegen seine Hilflosigkeit an, mit jedem Zauber, jedem Trick, jeder Macht, die er besaß. Es reichte nicht. Er spürte, wie ihm die Tränen die Wangen herunterliefen.

Kahlan kreischte, als einer der Männer sie an ihrem gebrochenen Arm in die kräftigen Hände der anderen beiden schleuderte. Das Gesicht zur Grimasse verzerrt, die Zähne zusammengebissen, wand sie sich und trat nach ihnen, während sie sie an Armen und Haaren festhielten. Der dritte Kerl löste ihre Gürtelschnalle und riß die Knöpfe auf. Sie spie ihn an. Verfluchte ihn brüllend. Lachend riß er ihr die Hosen von den Beinen und zerrte sie ihr umgestülpt über die Füße. Die anderen zwei hatten alle Hände voll damit zu tun, sie festzuhalten, fast wurden sie mit ihr nicht fertig. Wäre ihr Arm nicht gebrochen gewesen, sie hätten sie vielleicht nicht festhalten können. Einer verdrehte ihn brutal, bis sie schrie.

Die zwei, die sie hielten, rissen ihr den Kopf an den Haaren nach hinten, während der dritte Zähne und Lippen an den Hals legte und zubiß. Während er sie mit einer Hand betatschte, löste er mit der anderen seinen Gürtel und öffnete seine Hose. Er drückte ihr seinen Mund auf die Lippen und erstickte so ihre Schreie, während seine plumpen Finger von ihren Brüsten glitten und in der Dunkelheit zwischen ihren Beinen verschwanden.

Seine Hose fiel, er drückte ihre Schenkel auseinander. Sie stöhnte vor Anstrengung, als sie versuchte, ihn an seinem Vorhaben zu hindern. Sie schaffte es nicht. Seine feisten Finger krallten und bohrten sich in ihren Körper. Sie riß die Augen auf. Ihr Gesicht war wutentbrannt, ihr Busen wogte vor Zorn.

»Legt sie auf den Boden und haltet sie fest«, brummte er mit belegter Stimme.

Kahlan rammte ihm das Knie in den Unterleib, hart. Er knickte stöhnend ein, während die beiden anderen lachten. Feuer loderte in seinen Augen, als er sich wieder aufrichtete. Mit der Faust schlug er ihr die Lippen auf. Das Blut floß ihr übers Kinn.

Chase, dessen Arme noch immer fest hinter seinem Rücken zusammengebunden waren, rammte dem Mann seinen Schädel krachend in den Leib. Sie gingen beide zu Boden. Der Mann war über seine heruntergelassenen Hosen gestolpert. Chase hatte ihm die Beine um den feisten Hals geschlungen, bevor er reagieren konnte. Seine Augen traten vor. Der Grenzposten rollte auf die Seite und riß den Kopf scharf nach hinten. Ein lautes Krachen, und der Mann erschlaffte.

Demmin trat Chase in die Rippen und gegen den Kopf, bis er sich nicht mehr rührte.

Scheinbar aus dem Nichts landete ein Knäuel aus Fell und Reißern auf Demmin. Unter wütendem Geknurre verbiß er sich in den kräftigen Mann. Sie stürzten zu Boden, überschlugen sich im Staub, rollten durchs Feuer. Ein Messer blitzte auf.

»Nein!« schrie Kahlan. »Brophy! Nein! Lauf weg!«

Zu spät. Das Messer bohrte sich in den Wolf, als die Faust, die es umklammert hielt, den Brustkorb rammte. Immer wieder stach Demmin zu. Augenblicke später war alles vorbei. Brophy lag ausgestreckt auf dem Boden, das Fell blutgetränkt. Seine Beine zuckten noch einmal, dann waren sie still.

Kahlan hing weinend an Armen und Haaren und rief schluchzend den Namen des Wolfes.

Demmin richtete sich keuchend auf. Der kurze, aber bestialische Kampf war anstrengend gewesen. Blut lief aus den Wunden an Brust und Arm. In seinen Augen flackerte Wut.

»Dafür wird sie bezahlen«, zischte er den beiden zu, die sie festhielten. »Gebt's ihr, aber richtig.«

Kahlan wand sich, versuchte sich loszureißen. »Was ist los, Demmin«, kreischte sie. »Bist du nicht Manns genug, es selbst zu machen? Brauchst du richtige Männer, die das für dich erledigen?«

Kahlan, bitte, flehte Zedd sie stumm in Gedanken an, bitte halt den Mund. Bitte sag jetzt kein Wort mehr.

Demmins Gesicht erglühte tiefrot. Seine Brust hob sich. Er blickte sie wütend an.

»Wenigstens sind das echte Männer! Die haben wenigstens, was man braucht, um mit einer Frau fertig zu werden! Du wohl kaum! Bei dir reicht es gerade für kleine Jungen! Was ist, Kleiner? Hast du Angst, einer richtigen Frau zu zeigen, was du in der Hose hast? Ich werde dich auslachen, während ein paar echte Männer das tun, wozu du nicht in der Lage bist!«

Demmin trat einen Schritt näher, die Zähne fest zusammengebissen. »Halt's Maul, du Schlampe.«

Sie spuckte ihm ins Gesicht. »Das würde dein Vater mit dir machen, wenn er wüßte, daß du mit einer Frau nicht fertig wirst. Du bist eine Schande für den Namen deines Vaters!«

Zedd fragte sich, ob Kahlan den Verstand verloren hatte. Er hatte absolut keine Ahnung, wozu sie das machte. Es war genau das richtige, wenn sie vorhatte, Demmin zu Schlimmerem zu provozieren.

Demmin sah aus, als wollte er jeden Augenblick explodieren, aber dann entspannte sich sein Gesicht, und sein Grinsen kehrte zurück. Er sah sich um und entdeckte, wonach er gesucht hatte.

»Hierher«, zeigte er. »Haltet ihr das Gesicht über den Stamm hier.« Er brachte sein Gesicht ganz dicht an ihres. »Du willst es von mir? Also schön, du Schlampe, kannst du haben. Aber du kriegst es auf meine Art. Jetzt wollen wir doch mal sehen, wie gut du mit dem Arsch wackeln kannst.«

Kahlans Gesicht war tiefrot vor Wut. »Große Worte, nichts dahinter. Du wirst dich blamieren. Deine Männer und ich werden etwas zu lachen bekommen. Und anschließend müssen sie dann die Arbeit für dich tun.« Ihr Mund verzog sich zu einem trotzigen Grinsen. »Ich warte, Kleiner. Mach's mir, wie es dein Vater mit dir gemacht hat. Wir werden alle was zu lachen kriegen, wenn wir daran denken, wie du vor ihm gekniet hast. Zeig mir, wie er's dir gemacht hat.«

Die Adern an seiner Stirn drohten zu platzen, seine Augen traten vor. Demmins Hand schnellte an ihre Kehle, packte zu und hob sie in die Höhe. Er zitterte vor Wut. Sein Griff wurde fester, schnürte ihr die Luft ab.

»Kommandant Nass«, warnte einer der Männer mit gesenkter Stimme. »Ihr bringt sie noch um.«

Demmin sah auf und blinzelte den Mann wütend an, lockerte jedoch seinen Griff. Er sah Kahlan an. »Was weiß denn eine Schlampe wie du?«

»Ich weiß, daß du ein Lügner bist. Ich weiß, daß dein Herr einem kleinen Jungen wie dir nicht erzählen würde, was mit dem Sucher gemacht worden ist. Du weißt überhaupt nichts. Du konntest es mir nicht sagen, weil du keine Ahnung hast und obendrein so feige bist, daß du es nicht einmal zugeben kannst.«

Das war es also. Jetzt begriff Zedd. Kahlan wußte, sie würde sterben, und sie war dazu bereit, alles, was Demmin ihr antun konnte, gegen das Wissen um Richards Zustand einzutauschen. Sie wollte nicht sterben, ohne zu erfahren, ob er in Sicherheit war. Angesichts der Ungeheuerlichkeit der Situation liefen Zedd die Tränen über die Wangen. Er hörte, wie Chase sich direkt vor ihm rührte.

Demmin ließ ihre Kehle los und gab den beiden Kerlen ein Zeichen, sie sollten sie loslassen. In einem plötzlichen Wutanfall schlug er sie mit der Faust. Sie landete unsanft auf dem Rücken. Er beugte sich vor und riß sie an den Haaren in die Höhe, als hätte sie kein Gewicht.

»Du weißt nichts! Deine Faust sagt alles. Dein Herr erzählt es vielleicht deinem Vater«, höhnte sie, »aber dem kleinen Mädchen deines Vaters würde er kein Wort erzählen.«

»Also gut, na schön. Ich werde es dir sagen. Dann macht es noch mehr Spaß, wenn ich es dir besorge, weil du dann weißt, was wir mit Ungeziefer wie dem Sucher machen. Vielleicht kapierst du dann, daß du deine Zeit verschwendest, wenn du gegen uns kämpfst.«

Kahlan stand nackt vor ihm, ihr Gesicht rot vor Wut. Sie war keine kleine Frau, aber vor Demmin Nass wirkte sie zierlich. Schwer atmend wartete sie, die Fäuste in die Hüften gestemmt, ihre Brust blutverschmiert.

»Vor fast einem Monat hat ein Künstler einen Zauber gezeichnet, damit der Sucher gefangen werden konnte. Er hat den Künstler getötet, aber gefangen wurde er trotzdem. Von einer Mord-Sith.«

Die Farbe wich aus Kahlans Gesicht. Sie wurde weiß wie eine Lilie.

Zedd fühlte sich, als hätte er einen Stich ins Herz bekommen. Hätte er gekonnt, er wäre vor Schmerz zu Boden gefallen.

»Nein«, flüsterte sie mit aufgerissenen Augen.

»Doch«, äffte er ihren Tonfall nach. »Von einer besonders bösartigen Mord-Sith übrigens. Denna ist ihr Name. Selbst ich mache einen großen Bogen um sie. Sie ist der Liebling von Meister Rahl, wegen ihres …« – er grinste – »Geschicks. Nach dem, was ich gehört habe, hat sie sich an dem Sucher regelrecht verausgabt. Ich habe sie sogar selbst an einem Tag gesehen, beim Essen. Sie war von Kopf bis Fuß mit seinem Blut verschmiert.«

Kahlan zitterte leicht, ihre Augen wurden feucht. Zedd war sicher, daß sie noch blasser wurde.

»Aber er lebt noch«, flüsterte sie mit gebrochener Stimme.

Demmin grinste selbstgefällig, er war glücklich, es ihr erzählt zu haben und ihre Reaktion zu sehen. »Um genau zu sein, Mutter Konfessor, als ich den Sucher das letzte Mal gesehen habe, kniete er vor

Darken Rahl und hatte Dennas Strafer am Hinterkopf. Ich glaube, er wußte nicht mal mehr seinen eigenen Namen. Meister Rahl wirkte derzeit nicht gerade glücklich. Und wenn Meister Rahl unglücklich ist, gibt es immer Tote. Nach seinen Worten zu urteilen, als ich ging, hat sich der Sucher nie wieder von den Knien erhoben. Seine Leiche ist sicher mittlerweile verfault.«

Zedd weinte, weil er sie nicht trösten konnte, weil sie ihn nicht trösten konnte.

Kahlan wurde totenstill.

Langsam hob sie die Arme in die Luft, reckte die Fäuste gen Himmel. Ihr Kopf fiel in den Nacken.

Sie stieß einen unfaßbaren Schrei aus. Er fuhr durch Zedd wie tausend Nadeln aus Eis, hallte von den Bergen zurück, durch die Täler, ließ die Bäume ringsum erzittern. Raubte Zedd den Atem. Demmin und die beiden anderen torkelten ein paar Schritte zurück.

Wäre es nicht bereits passiert, die Angst vor dem, was sie jetzt tat, hätte ihn zu Stein erstarren lassen. Sie hätte dazu nicht fähig sein dürfen.

Sie holte tief Luft, reckte die Fäuste höher. Tränen strömten ihr übers Gesicht.

Kahlan schrie ein zweites Mal. Lang, durchdringend, wie aus einer anderen Welt. Der Ton wälzte sich wie eine Lawine durch die Luft. Kiesel tanzten über den Boden. Das Wasser tanzte in den Seen ringsum. Sogar die Luft tanzte, begann sich zu bewegen. Die Männer hielten sich die Ohren zu. Das hätte Zedd auch getan, hätte er es gekonnt.

Sie holte noch einmal tief Luft. Ihr Rücken bog sich, als sie sich in den Himmel reckte.

Der dritte Schrei war noch schlimmer. Sein Zauber zerschlug das Gewebe der Luft. Zedd fühlte sich, als würde sein Körper auseinandergerissen. Die Luft begann um sie zu kreisen, wirbelte Staub auf.

Finsternis senkte sich, die Magie des Schreis raubte sogar das Licht und zog die Dunkelheit an wie den Wind. Licht und Dunkelheit umwirbelten die Mutter Konfessor, als sie mit dem Schrei einen uralten Zauber freisetzte.

Zedd erstickte fast vor Angst. Er hatte dies zuvor erst einmal gesehen, und es hatte kein gutes Ende genommen. Sie verband die Magie des Konfessors, die additive Magie, die Liebe, mit seinem Gegenstück aus der Unterwelt, dem Haß.

Kahlan stand schreiend im Mittelpunkt eines Mahlstromes. Das Licht wurde in sie hineingesogen. Dunkelheit legte sich über alles. Wo Zedd stand, wurde es schwarz wie die Nacht. Das einzige vorhandene Licht leuchtete rings um Kahlan. Nacht umgab den Tag.

Ein Blitz zerriß tosend die Schwärze des Himmels, zuckte rasend schnell in jede Richtung, gabelte, verdoppelte sich wieder und wieder, bis der Himmel brannte. Donner grollte übers Land, verschmolz zu steter Raserei, vermischte sich mit dem Schrei und wurde zu einem Teil von ihm.

Der Erdboden bebte. Der Schrei wurde zu mehr als einem Geräusch, zu etwas völlig anderem. Ringsum brach der Boden, formte Spalten. Aus den Spalten schossen violette Lichtbalken in die Höhe. Die blau-violetten Lichtvorhänge vibrierten, tanzten und wurden in den Wirbel hineingesogen, zu Kahlan. Sie wurde zu einer glühenden Lichtgesalt in einem Meer der Finsternis. Nur sie existierte noch, alles andere war pures Nichts, frei selbst von Licht. Außer Kahlan konnte Zedd nichts erkennen.

In der Luft ringsum gab es einen fürchterlichen Schlag. In einem kurzen, gewaltigen Aufzucken des Lichts sah Zedd, wie die umstehenden Bäume plötzlich ihrer Nadeln beraubt wurden, als jeder einzelne von ihnen inmitten einer Wolke aus Grün zu Boden gedrückt wurde. Eine Wand aus Staub und Sand prallte gegen sein Gesicht, als wollte sie ihm in ihrer explosionsartigen Ausdehnung die Haut von den Knochen reißen.

Die Heftigkeit der Erschütterung riß die Finsternis mit sich fort. Das Licht kehrte zurück.

Die Verbindung war abgeschlossen.

Zedd sah, daß Chase staunend neben ihm stand. Die Arme waren ihm noch immer auf den Rücken gebunden. Grenzposten, überlegte Zedd, waren zäher, als man es für möglich hielt.

Fahlblaues Licht verschmolz zu einer zerrissen-eiförmigen Gestalt um sie und nahm an Leuchtkraft, Wirkung und irgendwie auch Brutalität zu. Kahlan drehte sich um. Ein Arm, der gebrochene, hing an ihrer Seite. Der andere machte auf halbem Wege halt. Sie streckte die Hand nach dem Zauberer aus. Das blaue Licht strömte aus dem Ring, der sie umgab, und sammelte sich in dem Punkt, an dem sich ihre Faust befand. Es schien sich zu vereinigen und schoß, plötzlich freigesetzt, als Lichtbalken durch den leeren Raum zwischen den beiden. Es prallte deutlich spürbar gegen ihn und erleuchtete ihn im Augenblick des Aufpralls, als wäre er mit Kahlan durch einen Faden lebendigen Lichts verbunden. Es hüllte ihn in einen fahlblauen Glanz. Der Zauberer spürte die vertraute Berührung der additiven Magie und das unbekannte Prickeln der subtraktiven aus der Unterwelt. Er wurde einen Schritt zurückgeschleudert, und das Netz, das ihn gefesselt hatte, zerbarst. Er war frei. Der Lichtfaden erlosch wie von selbst.

Zedd drehte sich zu Chase um und zertrennte die Taue mit einem raschen Zauber. Chase stöhnte vor Schmerzen auf, als seine Arme plötzlich wieder frei waren.

»Zedd«, flüsterte er, »was im Namen der Propheten geht hier eigentlich vor? Was hat sie getan?«

Kahlan fuhr mit den Fingern durch das fahlblaue Licht, das sie umgab, streichelte es zärtlich, badete darin. Demmin Nass und einer seiner Männer beobachteten sie dabei, wichen jedoch nicht von der Stelle und warteten ab. Kahlans starrer Blick war auf Dinge gerichtet, die sie nicht sehen konnten. Ihre Augen waren in einer anderen Welt. Ihre Augen, das wußte Zedd, sahen die Erinnerung an Richard.

»Man nennt es Con Dar. Den Blutrausch.« Zedds Blick schwenkte langsam von Kahlan zum Grenzposten hinüber. »Nur die stärksten Konfessoren sind dazu in der Lage. Und eigentlich dürfte sie es überhaupt nicht können.«

Chase runzelte die Stirn. »Wieso nicht?«

»Weil es von ihrer richtigen Mutter gelehrt werden muß, nur die Mutter kann einem beibringen, wie es ausgelöst wird, wenn das Verlangen stark genug ist. Es handelt sich um einen uralten Zauber, so alt wie die Magie der Konfessoren, wird jedoch selten benutzt. Er kann nur gelehrt werden, wenn die Tochter ein gewisses Alter erreicht hat. Kahlans Mutter starb, bevor sie es ihr beibringen konnte. Das hat Adie mir erzählt. Kahlan dürfte das eigentlich gar nicht können. Und doch hat sie es getan. Daß sie dazu allein durch Instinkt und ihren Willen in der Lage war, spricht in den Prophezeiungen für große Gefahr.«

»Aber warum hat sie es dann nicht schon vorher getan? Warum hat sie nicht schon vorher all dem ein Ende gemacht?«

»Kein Konfessor kann den Zauber für sich allein beanspruchen, sondern nur für einen anderen. Sie hat ihn in Richards Namen erfleht. Aus Zorn über seine Ermordung. Wir stecken in größten Schwierigkeiten.«

»Wieso?«

»Der Con Dar wird aus Rache eingesetzt. Konfessoren überleben ihn nur selten, sie verschreiben ihr Leben einem Ziel, damit die Rache ausgeführt werden kann. Kahlan setzt ihre Macht gegen Darken Rahl ein.«

Chase war schockiert. »Du hast mir erzählt, ihre Macht kann ihn nicht erreichen, kann ihm nichts anhaben.«

»Bislang war es so. Ich weiß nicht, ob es sich jetzt geändert hat, aber ich habe meine Zweifel. Sie wird es nichtsdestotrotz versuchen.

Der Con Dar, der Blutrausch, hat sie in seiner Gewalt. Es ist ihr egal, ob sie dabei draufgeht. Sie wird es versuchen, sie wird Darken Rahl berühren, selbst wenn es sinnlos ist und sie dabei stirbt. Sie wird jeden umbringen, der sich ihr in den Weg stellt. Ohne zweimal nachzudenken.« Er beugte sich hinüber zu Chase, um seinen Worten Nachdruck zu verleihen. »Das gilt auch für uns.«

Kahlan hatte sich auf dem Boden zu einem Ball zusammengerollt, den Kopf eingezogen, die Hände auf die gegenüberliegenden Schultern gelegt. Das fahlblaue Licht hüllte sie ein. Sie streckte sich langsam, erhob sich und schälte sich aus dem Licht wie aus einer Schale. Frisches, noch feuchtes Blut rann ihr über die Brust und tropfte von ihrem Kinn. Doch ihr Gesicht war von anderen als körperlichen Schmerzen gezeichnet. Dann verschwand auch dieser Ausdruck, und übrig blieb nichts als das typische Gesicht eines Konfessors.

Kahlan drehte sich ein Stück zu einem der beiden Männer, die sie festgehalten hatten. Der andere war nirgends zu sehen. Ruhig hob sie eine Hand in seine Richtung. Er befand sich gut vier Meter entfernt.

Ein Aufprall in der Luft, der Donner ohne Hall. Zedd spürte den Schmerz bis in die Knochen.

»Herrin!« schrie der Mann und sank auf die Knie. »Wie lautet Euer Befehl? Was verlangt Ihr von mir?«

Sie musterte ihn kühl. »Ich will, daß du für mich stirbst. Jetzt.«

Er zuckte zusammen und stürzte mit dem Gesicht nach vorn in den Staub – tot. Kahlan drehte sich um und ging auf Demmin Nass zu. Er hatte ein Grinsen im Gesicht, die Arme verschränkt. Kahlans gebrochener Arm hing herab. Sie schlug ihm den anderen mit einem lauten Klatschen gegen die Brust. Dort verharrte sie, als sich ihre Blicke ineinander verschränkten. Er türmte sich vor ihr auf.

»Sehr eindrucksvoll, du Schlampe. Aber du hast nicht nur deine Macht verbraucht, ich bin obendrein noch durch Meister Rahls Zauber geschützt. Du kannst mich mit deiner Macht nicht berühren. Du mußt doch noch immer einiges lernen, und ich werde es dir beibringen, wie ich noch nie jemandem etwas beigebracht habe.« Er hob die Hand und packte ihr wirres, verfilztes Haar. »Bück dich.«

Kahlans Gesicht zeigte keinerlei Regung. Sie sagte nichts.

Wieder ein Aufprall in der Luft, der Donner ohne Hall. Wieder spürte Zedd den Schmerz bis ins Mark. Demmin riß die Augen auf. Sein Unterkiefer klappte herunter.

»Herrin!« hauchte er.

Chase beugte sich herüber. »Wie hat sie das gemacht? Den ersten hat sie nicht einmal berührt, außerdem können Konfessoren ihre Macht nur einmal einsetzen, dann müssen sie ruhen, um sich zu erholen.«

»Jetzt nicht mehr. Sie ist im Con Dar.«

»Bleib stehen und warte«, sagte sie zu Demmin.

Kahlan ging mit elegant geschmeidigen Bewegungen auf den Zauberer zu. Sie blieb stehen und zeigte ihm den gebrochenen Arm. Ihre Augen hatten einen seltsamen Glanz. »Bitte bring das für mich in Ordnung. Ich brauche ihn.«

Zedd löste den Blick von ihrem Gesicht und betrachtete den Arm. Er nahm ihn sachte in die Hand und redete leise auf sie ein, um sie von den Schmerzen abzulenken, während er den Arm unter- und oberhalb der Bruchstelle faßte und den Knochen mit einem Ruck richtete. Sie schrie nicht, zuckte nicht einmal. Er fragte sich, ob sie es überhaupt gespürt hatte. Zärtlich umfaßte er die gebrochene Stelle mit den Fingern und ließ die Wärme der Magie in sie hineinströmen. Dabei sog er den kalten Schmerz in sich hinein, spürte ihn, litt unter ihm, entschlossen, ihn auf sich zu nehmen. Sein Atem stockte kurz unter der Schärfe des Stichs. Er spürte ihre ganze Qual, sie verschmolz mit seinem eigenen Schmerz und drohte, ihn zu überwältigen, bis er ihn endlich ablegen konnte. Er fühlte, wie der Knochen zusammenwuchs, und verströmte weiter magische Energie, um ihn zu schützen und zu stärken, bis er von selbst heilen konnte. Endlich löste er seine Hände von ihr. Er war fertig. Sie hob den Kopf und blickte ihn aus grünen Augen an. Die kalte Wut in ihnen war furchteinflößend.

»Danke«, sagte sie leise. »Warte hier.«

Sie ging zurück zu Demmin Nass, der wie befohlen an Ort und Stelle gewartet hatte.

Er hatte Tränen in den Augen. »Bitte, Herrin, befehlt mir.«

Kahlan ignorierte sein Flehen und zog ein Messer aus seinem Gürtel. Mit der anderen löste sie die dornenbesetzte Schlachtkeule von ihrem Haken. »Zieh deine Hose aus.« Sie wartete, bis er sie heruntergelassen hatte und wieder vor ihr stand. »Auf die Knie.«

Die Kälte ihrer Stimme ließ Zedd erschaudern. Er sah zu, wie der Mann vor ihr auf die Knie ging.

Chase packte ihn mit einer Faust am Umhang. »Zedd, wir müssen sie aufhalten! Sie wird ihn umbringen! Wir müssen ihn ausfragen! Sobald er uns erzählt hat, was wir wissen müssen, kann sie mit ihm machen, was immer sie will. Aber erst müssen wir ihn ausfragen.«

Zedd warf ihm einen unnachgiebigen Blick zu. »Ich bin durchaus deiner Meinung, aber es gibt nichts, was wir tun könnten. Wenn wir uns einmischen, bringt sie uns um. Sobald du zwei Schritte in ihre Richtung machst, wird sie dich töten, bevor du den dritten machen kannst. Mit einem Konfessor im Blutrausch kann man nicht reden. Es ist, als wollte man ein Unwetter zur Vernunft bringen, man wird bestenfalls vom Blitz erschlagen.«

Chase ließ den Zauberer mit einem verstimmten Brummen los und verschränkte resigniert die Arme. Kahlan drehte die Keule herum und hielt Demmin den Griff hin.

»Halte das für mich.«

Er nahm sie und ließ sie an der Seite herabhängen. Kahlan ging dicht vor ihm in die Knie.

»Mach die Beine breit«, befahl sie mit eiskalter Stimme. Sie griff zwischen seine Beine, packte ihn mit einer Hand. Er zuckte zusammen und verzog das Gesicht. »Keine Bewegung«, warnte sie. Er rührte sich nicht. »Wie viele kleine Jungen hast du geschändet und umgebracht?«

»Ich weiß es nicht, Herrin. Ich habe nie nachgezählt. Ich tue das schon viele Jahre, seit meiner Jugend. Ich bringe sie nicht immer um. Die meisten leben noch.«

»Dann rate eben.«

Er überlegte einen Augenblick. »Mehr als achtzig. Weniger als hundertundzwanzig.«

Zedd sah das Messer aufblitzen, als sie es unter ihn hielt. Chase verschränkte die Arme und richtete sich auf. Seine Kinnmuskeln spannten sich, als er hörte, was Demmin Nass verbrochen hatte.

»Ich werde diese Dinger abschneiden. Dabei möchte ich von dir keinen Ton hören«, flüsterte sie. »Nicht den geringsten. Nicht einmal mit der Wimper zucken darfst du.«

»Ja, Herrin.«

»Sieh mir in die Augen. Ich will es in deinen Augen sehen.«

Sie spannte den Arm mit dem Messer an und riß ihn hoch. Als die Klinge wieder zum Vorschein kam, war sie rot.

Demmins Knöchel an der Keule waren weiß.

Die Mutter Konfessor erhob sich und blieb vor ihm stehen. »Halte deine Hand auf.«

Demmin hielt ihr zitternd die Hand hin. Sie drückte ihm das blutige Etwas in die Hand.

»Iß.«

Chase sah grinsend zu. »Das wird ihr guttun«, flüsterte er, ohne jemand Bestimmtes zu meinen. »Eine Frau, die weiß, was Gerechtigkeit ist.«

Sie stand vor ihm und sah zu, bis er fertig war. Sie warf das Messer fort. »Gib mir die Keule.«

Er reichte sie ihr. »Herrin, ich verliere eine Menge Blut. Ich weiß nicht, ob ich mich auf den Beinen halten kann.«

»Ich wäre äußerst ungehalten, wenn du es nicht schaffst. Bleib standhaft. Es wird nicht lange dauern.«

»Ja, Herrin.«

»Was du mir über Richard, den Sucher, erzählt hast, war das wahr?«

»Ja, Herrin.«

Kahlans Stimme war tödlich ruhig. »Wirklich alles?«

Demmin überlegte einen Augenblick, sicherheitshalber. »Alles, was ich Euch erzählt habe, Herrin.«

»Du hast mir also etwas verschwiegen?«

»Ja, Herrin. Ich habe dir verschwiegen, daß diese Mord-Sith, Denna, ihn zu ihrem Gatten genommen hat. Vermutlich, weil sie ihm so größere Schmerzen zufügen konnte.«

Die Stille schien ewig zu dauern. Kahlan stand regungslos über Demmin. Zedd bekam vor Qual kaum Luft, ein Kloß versperrte seinen Hals. Ihm zitterten die Knie.

Kahlans Stimme war so leise, daß Zedd sie kaum verstand. »Und du bist sicher, daß er tot ist?«

»Ich habe nicht gesehen, wie er getötet wurde, Herrin. Aber ich bin sicher.«

»Wie das?«

»Mir schien es, als wäre Meister Rahl in der Stimmung gewesen, ihn zu töten. Und wenn er es nicht getan hat, dann bestimmt Denna. Das ist die Aufgabe einer Mord-Sith. Der Gatte einer Mord-Sith lebt nicht sehr lange. Ich war überrascht, daß er noch lebte, als ich ihn verließ. Er schien in schlimmer Verfassung zu sein. Ich habe noch nie gesehen, daß ein Mann den Strafer so oft ins Genick bekommt und es überlebt. Er hat Euern Namen gerufen. Denna hat nur deswegen nicht zugelassen, daß er vor jenem Tag stirbt, weil Meister Rahl ihn vorher sprechen wollte. Ich habe es nicht mit eigenen Augen gesehen, Herrin, aber ich bin trotzdem sicher. Denna hat ihn durch die Magie des Schwertes an sich gebunden, es gab für ihn kein Entrinnen. Sie hatte ihn länger als gewöhnlich, sie hat ihm mehr als gewöhnlich weh getan, und sie hat ihn länger als üblich auf dem schmalen Grat zwischen Leben und Tod wandern lassen. Aus irgendeinem Grund wollte Meister Rahl, daß der Sucher lange leidet. Deswegen hat er Denna ausgesucht. Keine genießt es mehr als sie, keine verfügt über mehr Talent, die Qualen in die Länge zu ziehen. Die anderen wissen nicht, wie sie ihre Opfer so lange am Leben lassen können. Wenn schon aus keinem anderen Grund, dann ist er jetzt tot, weil er der Gatte einer Mord-Sith war. Er kann unmöglich bis jetzt überlebt haben.«

Zedd sank auf die Knie, ihm brach das Herz vor Qual. Er weinte vor Schmerz. Er fühlte sich, als wäre dies das Ende der Welt. Er wollte nicht mehr. Er wollte sterben. Was hatte er bloß getan? Wie hatte er zulassen können, daß Richard in diese Sache hineingezogen wurde? Ausgerechnet Richard. Jetzt wußte er, warum Darken Rahl ihn nicht getötet hatte, als er die Gelegenheit dazu hatte. Er wollte, das Zedd zuerst litt. Das war seine Art.

Chase hockte sich neben ihn und legte den Arm um ihn. »Tut mir leid, Zedd«, flüsterte er. »Richard war auch mein Freund. Es tut mir so leid.«

»Sieh mich an«, sagte Kahlan, die Keule mit beiden Händen erhoben.

Demmin hob den Kopf und sah ihr in die Augen. Sie wuchtete die Keule mit aller Kraft nach unten. Sie grub sich mit einem ekligen Geräusch in seine Stirn, saß fest und wurde ihr aus den Händen gerissen, als er schlaff und gleitend niederging, so als hätte er keine Knochen.

Zedd unterdrückte seine Tränen und stand auf, als sie auf die beiden zukam. Unterwegs holte sie eine Blechschale aus einem Rucksack.

Sie reichte sie Chase. »Fülle sie zur Hälfte mit Giftbeeren vom Blutkehlenstrauch.«

Chase starrte ein wenig verwirrt auf die Schale. »Jetzt sofort?«

»Ja.«

Er bemerkte Zedds warnenden Blick und richtete sich auf. »Na schön.« Er drehte sich um und wollte gehen, machte jedoch kehrt, zog seinen schweren, schwarzen Umhang aus und legte ihn ihr über die Schultern, um ihre Blöße zu bedecken. »Kahlan ...« Er starrte sie an, brachte schließlich doch kein Wort hervor und machte sich an seine Aufgabe.

Kahlan starrte mit leerem Blick ins Nichts. Zedd legte den Arm um sie und setzte sie auf eine zusammengerollte Decke. Dann sammelte er die Überreste ihres Hemdes ein und riß es in Streifen, die er mit Wasser aus einem Schlauch befeuchtete. Sie ließ es widerstandslos geschehen, als er ihr das Blut abwusch, einige ihrer Wunden mit Salbe, andere magisch versorgte. Als er fertig war, hob er mit den Fingern ihr Kinn und blickte ihr in die Augen.

Zedd sprach leise. »Er ist nicht umsonst gestorben, meine Liebe. Er hat das Kästchen gefunden und alle gerettet. Behalte ihn in deiner Erinnerung als jemand, der das getan hat, was niemand sonst hätte tun können.«

Leichter Nebel aus den dicken, dicht über dem Boden ziehenden Wolken legte sich allmählich feucht auf ihre Gesichter.

»Ich werde immer nur daran denken, daß ich ihn geliebt habe und es ihm nie habe sagen können.«

Zedd verschloß die Augen angesichts der Bürde, ein Zauberer zu sein.

Chase kehrte zurück und reichte ihr die Schale mit giftigen Beeren. Sie bat um etwas, mit dem sie sie zerstoßen konnte. Mit ein paar raschen Schnitten hatte Chase einen dicken Ast zurechtgeschnitzt, mit dem sie zufrieden war. Sie machte sich an die Arbeit.

Sie hielt inne, als wäre ihr etwas eingefallen. Sie hob den Kopf und sah Zedd an, ihre Augen glühten. »Darken Rahl gehört mir.« Es war eine Warnung. Eine Drohung.

Er nickte. »Ich weiß, meine Liebe.«

Sie zerquetschte die Beeren weiter. Eine Träne lief ihr die Wange hinunter.

»Ich werde Brophy begraben«, meinte Chase leise zu Zedd. »Die anderen können von mir aus verfaulen.«

Kahlan zerdrückte die Beeren zu einer Paste, indem sie ein wenig Asche aus dem Feuer hinzufügte. Als sie fertig war, mußte Zedd ihr den kleinen Spiegel halten, während sie sich mit der Paste das Zeichen des Con Dar aufmalte: Doppelblitze. Die Magie führte ihr die Hand. Sie setzte auf beiden Seiten an der Schläfe an. Die beiden Blitze waren einander Spiegelbilder, der obere Teil des Blitzes verlief im Zickzack über je eine Braue, das jeweilige Mittelstück über ein Lid und der untere Teil über die Wangenknochen, bis sie schließlich in den Grübchen einer jeden Wange endeten.

Der Effekt war furchteinflößend – und sollte es auch sein. Es war eine Warnung an die Unschuldigen. Und für die Schuldigen ein Gelübde.

Nachdem sie sich die Zotteln aus dem Haar gebürstet hatte, holte sie das Konfessorkleid aus ihrem Rucksack, legte den Umhang fort und zog es über. Chase kam zurück. Kahlan reichte ihm seinen Umhang und bedankte sich bei ihm.

»Trag du ihn«, meinte Chase, »er ist wärmer als deiner.«

»Ich bin die Mutter Konfessor. Ich trage keinen Umhang.«

Der Grenzposten widersprach nicht. »Die Pferde sind verschwunden. Alle.«

Sie sah ihn gleichgültig an. »Dann gehen wir eben zu Fuß. Wir werden nachts nicht anhalten, sondern weitermarschieren. Du kannst mitkommen, wenn du willst, vorausgesetzt, du hältst mich nicht auf.«

Chase reagierte erstaunt auf die unbeabsichtigte Beleidigung, ließ es aber dabei bewenden. Kahlan machte kehrt und ging los, ohne etwas von ihren Sachen zusammenzusuchen. Chase warf Zedd einen Blick zu und stieß geräuschvoll einen Seufzer aus.

Er bückte sich, um seine Sachen einzusammeln. »Ohne meine Waffen breche ich nicht auf.«

»Wir sollten uns beeilen, bevor sie einen zu großen Vorsprung hat. Sie wird nicht auf uns warten.« Der Zauberer schnappte sich Kahlans Rucksack und stopfte hinein, was er fand. »Wir sollten zumindest etwas von unseren Vorräten mitnehmen.« Er strich eine Falte aus dem Rucksack. »Chase, ich fürchte, wir werden nicht wieder zurückkommen. Der Con Dar ist ein Selbstmordkommando. Du hast Familie. Du brauchst nicht mitzukommen.«

Chase sah nicht einmal auf. »Was ist eine Mord-Sith?« fragte er ruhig.

Der Zauberer mußte schlucken, er hielt den Rucksack so fest umklammert, daß seine Hände zitterten. »Mord-Siths werden von klein auf in der Kunst der Folter und im Gebrauch eines gnadenlosen Schmerzbereiters, dem Strafer, ausgebildet. Das war dieses rote Ding, das um Darken Rahls Hals hing. Die Mord-Sith sind durch Magie dagegen gefeit. Sie besitzen die Macht, einem Menschen die Zauberkraft zu nehmen und sie gegen ihn zu richten.« Zedds Stimme brach. »Richard hat das bestimmt nicht gewußt. Er hatte keine Chance. Der einzige Lebenszweck einer Mord-Sith, ihr einziges Ziel ist es, jemanden mittels dieser Zauberkraft zu Tode zu quälen.«

Chase rammte ein Stück Decke in den Rucksack. »Ich komme mit.«

Zedd nickte, er hatte verstanden. »Ich bin froh, daß du uns begleitest.«

»Können diese Mord-Siths uns gefährlich werden?«

»Dir nicht, du besitzt keine Zauberkräfte, und Zauberern ebenfalls nicht, ich bin gegen sie geschützt.«

»Und was ist mit Kahlan?«

Zedd schüttelte den Kopf. »Die Zauberkraft eines Konfessors funktioniert anders als alle anderen. Eine Berührung mit der Magie eines Konfessors bedeutet für eine Mord-Sith den Tod. Einen äußerst üblen Tod. Ich habe es einmal gesehen. Ich will es nicht noch einmal sehen.« Zedd ließ den Blick über das blutverschmierte Chaos schweifen und dachte daran, was sie Kahlan angetan hatten oder beinahe angetan hätten. »Ich habe wohl eine Menge Dinge gesehen, die ich nicht noch einmal sehen möchte.«

Zedd hievte gerade Kahlans Rucksack über die Schultern, als ein Beben die Luft erschütterte, der Donner ohne Hall. Die beiden rannten zum Pfad Kahlan hinterher. Sie waren erst ein kurzes Stück weit gekommen, als sie den letzten Mann, alle viere von sich gestreckt, quer über dem Pfad liegend fanden, dort wo er gelauert hatte. Sein eigenes Schwert ragte ihm aus der Brust. Er hielt das Heft mit tödlichen Griff umklammert.

Sie rannten weiter, bis sie sie eingeholt hatten. Sie schritt zielstrebig voran, die Augen geradeaus, ohne einen Blick für ihre Umgebung. Das Konfessorkleid flatterte hinter ihr wie eine Flamme im Wind. Zedd hatte immer angenommen, Konfessoren sähen in ihren Kleidern wunderschön aus, besonders, wenn es weiß war wie das der Mutter Konfessor.

Jetzt erkannte er, was es wirklich war. Eine Rüstung für die Schlacht.

19. Kapitel

Der Nieselregen sammelte sich auf Richards Gesicht und lief an seiner Nase hinunter, blieb kitzelnd als Tröpfchen an der Spitze hängen. Genervt wischte er es fort. Er war so müde, daß er kaum noch wußte, was er tat. Nur eins wußte er sicher, er war nicht imstande, Kahlan, Zedd oder Chase zu finden. Er hatte unablässig gesucht, war endlose Pfade und Straßen in beiden Richtungen entlanggewandert, hatte sich im Zickzack dem Palast des Volkes genähert und doch kein Zeichen von ihnen gesehen. Überall gab es Wege und Pfade, und er wußte, daß er nur einen Bruchteil von ihnen abgesucht hatte. Nachts hatte er nur für ein paar Stunden haltgemacht, meist, um dem Pferd ein wenig Ruhe zu gönnen, und selbst dann hatte er noch zu Fuß weitergesucht. Seit er seinen Bruder verlassen hatte, hatte die dichte Wolkendecke tief über dem Boden gehangen und die Sicht begrenzt. Er war wütend, daß der Himmel ausgerechnet jetzt verhangen war, wo er Scarlet nötiger denn je brauchte.

Alles schien sich gegen ihn verschworen zu haben, so als arbeite das Schicksal für Darken Rahl. Bestimmt hatte Rahl Kahlan inzwischen gefangen. Es war zu spät, sie befand sich längst im Palast des Volkes.

Er trieb das Pferd den Bergpfad hinauf, durch die hohen Nadelwälder, die auf dem steilen Untergrund wuchsen. Schwammiges Moos dämpfte das Geräusch der Hufe. In der Dunkelheit war fast nichts zu erkennen. Als er durch Dunkelheit und Nebel höher kam, wurde der Baumbestand spärlicher und setzte ihn dem kalten Wind aus, der den steilen Hang hinaufwehte. Er zerrte an seinem Umhang und heulte ihm in den Ohren. Dunkel wehten Wolken- und Nebelfetzen über den Pfad. Richard zog seine Kapuze über, um sich gegen die Widrigkeiten des Wetters zu schützen. Er konnte zwar nichts erkennen, wußte aber, daß er den höchsten Punkt des Passes erreicht hatte, und begann den Abstieg auf der anderen Seite.

Es war tief in der Nacht. Mit der Dämmerung begänne der erste Tag des Winters. Der letzte Tag der Freiheit.

Unter einem überhängenden Felsen entdeckte Richard eine geschützte Stelle und beschloß, vor seiner letzten Morgendämmerung noch ein paar Stunden zu schlafen. Ermattet glitt er vom nassen Rücken des Pferdes und band es an eine nahe Krüppelfichte, die sich in das hohe Gras duckte. Er nahm nicht einmal seinen Rucksack ab, sondern rollte sich einfach in seinem Umhang unter den Felsen und versuchte einzuschlafen. Dachte an Kahlan und daran, was er unternehmen mußte, um sie vor den Händen einer Mord-Sith zu bewahren. Sobald er Darken Rahl beim Öffnen des Kästchens geholfen hätte, das ihm die gesuchte Macht verschaffen würde, würde dieser ihn töten. Darken Rahl hatte ihm zwar versichert, er wäre frei und könne sein Leben leben – aber was für ein Leben wäre das, nachdem er von Kahlans Macht berührt worden war? Außerdem wußte er, daß Darken Rahl log. Rahl hatte vor, ihn zu töten. Hoffentlich ging es wenigstens schnell. Sein Entschluß, Darken Rahl zu helfen, wäre sicher auch Zedds Tod, aber wenigstens würden viele andere überleben. Leben unter der brutalen Herrschaft von Darken Rahl, trotzdem, sie würden leben. Richard ertrug die Vorstellung nicht, für den Tod von allen und jedem verantwortlich zu sein. Rahl hatte die Wahrheit gesagt, Richard war verraten worden, und wahrscheinlich wußte er auch, welches Kästchen ihn töten würde. Selbst wenn er log, durfte Richard nicht das Leben aller mit dieser einzigen Chance verspielen. Richard hatte keine Alternative mehr, ihm blieb nichts anderes übrig, als Darken Rahl zu helfen.

Seine Rippen schmerzten noch immer von Dennas Folter. Das Liegen fiel ihm nach wie vor schwer, genau wie das Atmen. Seit er den Palast des Volkes verlassen hatte, verfolgten ihn im Schlaf Alpträume, Alpträume von Dennas Folter, genau wie sie es ihm versprochen hatte. Er träumte, hilflos dazuhängen, während Denna ihn traktierte, träumte von seiner Hilflosigkeit, sie daran zu hindern, träumte, niemals fliehen zu können. Er träumte, Michael stände daneben und sähe zu. Er träumte, wie auch Kahlan gefoltert wurde und Michael dabei zusah.

Er wachte schweißgebadet auf, zitternd vor Angst, und hörte sich winseln. Sonnenlicht fiel schräg unter den Felsvorsprung. Die orangefarbene Sonne schob sich gerade über den östlichen Horizont.

Richard stand auf, räkelte sich und betrachtete die Dämmerung des ersten Wintertages. Er befand sich hoch auf einem Berg. Die umliegenden Gipfel durchstießen eine tiefhängende Wolkendecke. Die Wolken erstreckten sich weit vor ihm bis zum östlichen Horizont wie ein orangegefärbtes Meer aus Grau.

Das Wolkenmeer wurde nur an einer einzigen Stelle durchbrochen – durch den Palast des Volkes. Von der Sonne beschienen erhob er sich in weiter Ferne stolz auf seiner Hochebene, überragte die Wolken, als wartete er auf ihn. Ein Gefühl der Kälte zog durch seinen Unterleib. Der Palast war noch sehr weit entfernt. Er hatte die Entfernung bis dorthin unterschätzt, es war viel weiter, als er gedacht hatte. Er durfte keine Zeit mehr verlieren. Sobald die Sonne im Zenit stand, konnten die Kästchen geöffnet werden.

Beim Umdrehen nahm er aus den Augenwinkeln eine Bewegung wahr. Das Pferd wieherte verängstigt. Geheul zerriß die Stille des Morgens. Herzhunde.

Richard zückte sein Schwert, als sie sich in Scharen über den Felsen stürzten. Er wollte zum Pferd, doch die Herzhunde hatten es bereits gerissen. Immer mehr stürmten wie blind auf ihn zu. Nur für einen winzigen Augenblick war er vor Schreck wie gelähmt, dann sprang er auf den Felsen, unter dem er geschlafen hatte. Die Hunde sprangen mit schnappenden Zähnen hinter ihm her. Die erste Angriffswelle streckte er nieder, dann, als immer weitere Hunde angriffen, zog er sich weiter nach oben auf den Felsen zurück. Richard pflügte mit dem Schwert durch die vorrückende, knurrende, heulende Meute. Es war wie ein Meer aus dunkelbraunem Fell, das in Wellen über ihn schwappte. Ungestüm drosch und stach er auf sie ein und versuchte gleichzeitig zurückzuweichen. Hinter ihm kamen Hunde über den Felsen. Er sprang zur Seite, als die beiden Meuten ineinanderprallten und sich bei dem Versuch zerfleischten, als erste an sein Herz heranzukommen.

Richard kletterte höher, hielt sich die Bestien vom Leib und tötete jede, die ihm zu nahe kam. Er wußte, daß es aussichtslos war; es waren mehr, als er je abwehren könnte. Er ließ dem Zorn der Magie des Schwertes freien Lauf und rückte wie besessen in ihre vordersten Reihen vor. Er durfte Kahlan nicht enttäuschen, nicht jetzt. Die Luft schien voller gelber Reißer, die nach ihm schnappten. Überall war Blut von dem Gemetzel. Die Welt färbte sich rot.

Und stand plötzlich in Flammen. Hunde heulten vor tödlicher Qual auf. Der Drache röhrte vor Wut. Scarlets Schatten wischte über ihm hinweg. Richards Schwert durchtrennte jeden Hund, der ihm zu nahe kam. Die Luft stank nach Blut und versengtem Fell.

Scarlet packte ihn mit der Kralle um die Taille und hob ihn aus der nach ihm springenden, schnappenden Meute. Richard keuchte, vom grimmigen Kampf erschöpft, während der Drache ihn zu einer Lichtung auf einem anderen Berg flog. Sachte setzte sie ihn auf dem Boden ab und landete.

Richard war den Tränen nahe. Er warf sich gegen ihre roten Schuppen, streichelte sie, legte den Kopf gegen sie. »Danke, meine Freundin. Du hast mir das Leben gerettet. Du hast vielen das Leben gerettet. Du bist ein Drache mit Ehrgefühl.«

»Wir haben eine Abmachung, das ist alles.« Sie schnaubte ein

Rauchwölkchen. »Außerdem, irgend jemand muß dir schließlich helfen, allein gerätst du laufend in Schwierigkeiten.«

Richard mußte grinsen. »Du bist die schönste Bestie, die ich je gesehen habe.« Richard, der noch immer nicht wieder zu Atem gekommen war, zeigte auf die Hochebene. »Ich muß zum Palast des Volkes, Scarlet. Bringst du mich hin? Bitte!«

»Hast du deine Freunde nicht gefunden? Oder deinen Bruder?«

Er schluckte den Kloß in seiner Kehle hinunter. »Mein Bruder hat mich verraten. Mich und alle anderen, und zwar an Darken Rahl. Ich wünschte, die Menschen hätten nur halb soviel Ehrgefühl wie Drachen.«

Scarlet stieß ein Knurren aus, das die Schuppen an ihrem Hals zum Vibrieren brachte. »Tut mir leid für dich, Richard. Steig auf. Ich bringe dich hin.«

Mit langsamen, steten Schlägen ihrer Flügel trug Scarlet ihn über das Meer aus Wolken, das die Azrith-Ebene bedeckte, und brachte ihn an den letzten Platz der Welt, den er aus freien Stücken aufgesucht hätte. Zu Pferd hätte ihn der Weg fast eine Tagesreise gekostet, auf dem Drachen dauerte er weniger als eine Stunde. Sie faltete ihre Flügel nach hinten und stieß hinab auf die Hochebene. Während des Sturzfluges zerrte der Wind an seinen Kleidern. Aus der Luft konnte Richard die wahren Ausmaße des Palastes des Volkes erkennen. Kaum zu glauben, daß er von Menschen erbaut worden war, selbst ein Traum schien ihm nicht gerecht zu werden. Er glich einer gewaltigen, zu einem einzigen Gebäudekomplex verschmolzenen Stadt.

Scarlet umkreiste die Hochebene, passierte Türme, Mauern, Dächer. Die Gebäude zogen in nicht enden wollender, schwindelerregender Vielfalt unter ihnen vorüber. Scarlet überflog die Außenmauer, stieß herab und landete flügelschlagend inmitten eines weitläufigen Innenhofs. Es waren weder Wachen noch sonst jemand zu sehen.

Richard glitt von ihren roten Schuppen herunter und landete auf den Füßen. Sie drehte den Kopf, neigte ihn zur Seite und sah ihn an. Ihre Ohren drehten sich nach vorn.

»Bist du sicher, daß ich dich hier allein lassen soll?« Richard nickte und senkte den Blick. Scarlet schnaubte. »Damit wären die sechs Tage dann vorbei. Wir sind quitt. Wenn ich dich das nächste Mal sehe, wirst du Jagdbeute für mich sein.«

Richard lächelte sie an. »Das ist schon in Ordnung, meine Freundin. Aber dazu wirst du keine Gelegenheit haben. Ich werde noch heute sterben.«

Scarlet linste ihn aus einem ihrer gelben Augen an. »Laß es nicht soweit kommen, Richard Cypher. Ich würde dich gerne fressen.«

Richards Lächeln wurde breiter, als er eine glänzende Schuppe tätschelte. »Paß auf deinen Nachwuchs auf, sobald er geschlüpft ist. Ich würde ihn gerne sehen. Er wird bestimmt auch sehr schön sein, davon bin ich überzeugt. Ich weiß, du fliegst nicht gerne Menschen, weil das deinem Stolz widerstrebt, trotzdem möchte ich mich dafür bedanken, daß du mir die Freuden des Fliegens gezeigt hast. Ich betrachte es als eine Ehre.«

Sie nickte. »Das Fliegen macht mir auch Spaß.« Sie stieß ein Rauchwölkchen aus. »Es gibt nicht viele wie dich, Richard Cypher. Ich habe noch keinen gesehen, der es mit dir aufnehmen könnte.«

»Ich bin der Sucher. Der letzte Sucher.«

Sie nickte mit ihrem großen Kopf. »Paß auf dich auf, Sucher. Du hast die Gabe. Nutze sie. Nutze alles, was du hast, um dich zu wehren. Gib nicht nach. Laß dich nicht von ihm beherrschen. Wenn du stirbst, dann stirb kämpfend, mit allem, was du hast, all deinem Wissen. So wie es die Drachen tun.«

»Wenn es nur so einfach wäre.« Richard blickte zu dem roten Drachen hoch. »Scarlet, hast du Darken Rahl vor dem Fall der Grenze nach Westland geflogen?«

Sie nickte. »Mehrere Male.«

»Wohin hast du ihn gebracht?«

»Zu einem Haus, größer als alle anderen. Es war aus weißen Steinen, mit einem Schieferdach. Einmal habe ich ihn zu einem anderen Haus gebracht. Einem einfachen Haus. Dort hat er einen Mann getötet. Ich habe die Schreie gehört. Und dann noch einmal zu einem anderen einfachen Haus.«

Michaels Haus, das seines Vaters und sein eigenes.

Das zu hören tat weh. Richard starrte auf seine Füße und nickte. »Danke, Scarlet.« Er schluckte den Kloß in seinem Hals hinunter und sah zu ihr hoch. »Sollte Darken Rahl jemals wieder versuchen, dich zu beherrschen, dann hoffe ich, daß wenigstens dein kleiner Drache in Sicherheit ist und du bis zum Tod kämpfen kannst. Du bist zu erhaben, um von jemandem beherrscht zu werden.«

Mit einem Grinsen stieg Scarlet auf in die Lüfte. Richard sah ihr nach, als sie oben kreisend auf ihn herabblickte. Dann schwenkte ihr Kopf nach Westen, und der Rest folgte. Richard sah ihr noch ein paar Minuten nach. Sie wurde kleiner und kleiner. Dann drehte er sich zum Palast um.

Richard musterte die Wachen vor einem der Eingänge und bereitete sich auf einen Kampf vor, doch sie nickten ihm nur höflich zu. Er war ein zurückkehrender Gast. Die riesigen Hallen schluckten ihn.

Er wußte in etwa, wo sich der Wintergarten befand, in dem Darken Rahl die Kästchen aufbewahrte, und diese Richtung schlug er ein. Lange Zeit erkannte er die Hallen nicht wieder, doch nach einer Weile sahen einige bekannt aus. Er erkannte die Bögen und Säulen, die Stätten der Andacht. Er durchquerte den Korridor, an dem sich Dennas Quartier befand.

Er war in Gedanken wie benommen von der überwältigenden Entscheidung, die er getroffen hatte. Schon die Vorstellung, derjenige zu sein, welcher Darken Rahl die Macht der Ordnung überlassen würde, war überwältigend. Er wußte, daß er Kahlan dadurch vor einem schlimmeren Schicksal und viele andere vor dem Tod bewahrte, trotzdem kam er sich vor wie ein Verräter. Wie schön wäre es gewesen, wenn irgend jemand anderes Darken Rahl helfen könnte. Aber das war nicht möglich. Nur er allein befand sich im Besitz der Antworten, die Rahl brauchte.

An der Gebetsstätte mit dem kleinen Teich machte er halt, starrte auf das kräuselnde Wasser und beobachtete die Fische, die durch das Wasser glitten. Kämpfe mit allem, was du hast, hatte Scarlet gesagt. Was konnte er dadurch gewinnen? Was konnte überhaupt jemand dadurch gewinnen? Am Ende wäre es das gleiche oder schlimmer. Sein eigenes Leben durfte er aufs Spiel setzen, aber nicht das aller anderen. Und Kahlans schon gar nicht. Er war gekommen, um Darken Rahl zu helfen, und genau das mußte er tun. Sein Entschluß war gefaßt.

Die Glocke schlug zum Gebet. Richard beobachtete, wie sich die Menschen ringsum sammelten, sich verneigten und ihren Gesang anstimmten. Zwei Mord-Sith in roter Lederkleidung kamen herbei, blieben stehen und musterten ihn. Jetzt nur keinen Ärger. Er kniete nieder, berührte mit der Stirn die Steinplatten und stimmte seine Gebete an. Da er seinen Beschluß bereits gefaßt hatte, gab es keinen Grund zum Nachdenken, und er entließ seinen Verstand in die Leere. *»Führe uns, Meister Rahl. Lehre uns, Meister Rahl. In deinem Licht werden wir gedeihen. Deine Gnade gebe uns Schutz. Deine Weisheit beschämt uns. Wir leben nur, um zu dienen. Unser Leben gehört dir.«*

Immer wieder sang er die Worte, ließ sich vollkommen gehen, ließ seine Sorgen los. Er wurde ruhig im Geist, fand den Frieden in seinem Innern und wurde eins mit ihm.

Ein Gedanke ließ ihm die Worte in der Kehle stocken.

Wenn er schon ein Gebet sprach, dann eines, daß ihm etwas bedeutete. Er veränderte den Text.

»Führe mich, Kahlan. Lehre mich, Kahlan. Kahlan, beschütze mich. In deinem Licht werde ich gedeihen. Deine Gnade gebe mir

Schutz. Deine Weisheit beschämt mich. Ich lebe nur, dich zu lieben. Mein Leben gehört dir.«

Die Erkenntnis war wie ein Schock. Plötzlich hockte er mit aufgerissenen Augen auf seinen Hacken.

Er wußte, was er zu tun hatte.

Zedd hatte es ihm gesagt, er hatte ihm klargemacht, die meisten der Dinge, die die Menschen glaubten, seien falsch. Das erste Gesetz der Magie. Er war lange genug der Narr gewesen, hatte lange genug auf andere gehört. Er war nicht länger bereit, der Wahrheit aus dem Weg zu gehen. Sein Gesicht verzog sich zu einem Lächeln.

Er stand auf. Er war von ganzem Herzen überzeugt. Aufgeregt machte er kehrt und stakste durch die Menschen, die kniend ihr Glaubensbekenntnis herunterleierten.

Die beiden Mord-Sith erhoben sich. Sie stellten sich ihm in den Weg, mit entschlossener Miene, Schulter an Schulter. Er blieb abrupt stehen. Die mit den blonden Haaren und den blauen Augen hob ihren Strafer in einer bedrohlichen Geste und fuchtelte vor ihm damit herum.

»Es ist niemandem gestattet, eine Andacht zu versäumen. Niemandem.«

Richard erwiderte den drohenden Blick. »Ich bin der Sucher.« Er hob die Faust mit Dennas Strafer. »Dennas Gemahl. Ich bin es, der sie getötet hat. Mit jener Magie, mit der sie mich hielt. Ich habe zum letzten Mal zu Vater Rahl gebetet. Deine nächste Bewegung wird darüber entscheiden, ob du lebst oder stirbst. Entscheide dich.«

Die kalten, blauen Augen nahmen einen erstaunten Ausdruck an. Die beiden Mord-Sith sahen sich an. Sie traten zur Seite. Richard marschierte davon, in den Garten des Lebens, zu Darken Rahl.

Zedd suchte aufmerksam die Felsränder ab, als sie die Straße an der Flanke der Hochebene hinaufgingen. Je höher sie kamen, desto heller erstrahlte die Umgebung. Die drei verließen den Nebel und traten hinaus in die Vormittagssonne. Vor ihnen wurde eine Zugbrücke heruntergelassen, und die Kette ratterte über die Zahnräder, als sich der Brückenbogen über einen Einschnitt senkte. Chase lockerte das Kurzschwert in der Scheide auf seinem Rücken, als die heruntergelassene Brücke den Blick auf ein paar Dutzend Soldaten freigab, die auf der anderen Seite warteten. Keiner der Soldaten griff zur Waffe, auch versperrten sie nicht den Weg, sondern blieben bequem an den Seiten stehen und schienen sich für die drei nicht zu interessieren.

Kahlan schenkte ihnen im Vorübergehen keinerlei Beachtung. Chase dagegen schon. Er sah aus wie ein Mann, der jeden Augenblick zu einem Gemetzel bereit war. Die Wachen nickten ihm zu und lächelten ihn höflich an.

Der Grenzposten beugte sich ein wenig zu Zedd hinüber, behielt die gut bewaffneten Soldaten aber im Blick. »Das gefällt mir nicht. Es ist zu einfach.«

Zedd grinste. »Wenn Darken Rahl uns umbringen will, muß er uns erst dorthin gehen lassen, wo wir getötet werden sollen.«

Chase sah den Zauberer stirnrunzelnd an. »Sehr ermutigend.«

Zedd legte Chase die Hand auf die Schulter. »Es wäre kein Ehrverlust, mein Freund. Kehr um, bevor sich die Pforten für immer hinter uns schließen.«

Chase warf sich in die Brust. »Nicht, bis alles erledigt ist.«

Zedd nickte und beschleunigte seine Schritte, um dicht hinter Kahlan zu bleiben. Als sie den oberen Rand der Hochebene erreicht hatten, standen sie vor einer gewaltigen Mauer, die sich zu beiden Seiten erstreckte. Auf den Befestigungsanlagen wimmelte es von Soldaten. Kahlan ging ohne Zögern zum Tor. Zwei Soldaten mühten sich mit dem Gewicht des gewaltigen Tores ab und drückten auf, als sie näher kam. Sie schritt ohne Zögern hindurch.

Chase funkelte den Hauptmann der Wachen an. »Läßt du eigentlich jeden rein?«

Der Hauptmann starrte ihn überrascht an. »Sie wird erwartet. Von Meister Rahl.«

Chase folgte ihr mit einem Grunzen. »Damit wäre der Überraschungseffekt wohl dahin.«

»Ein Zauberer mit Rahls Fähigkeiten läßt sich nicht überraschen.«

Chase packte Zedd am Arm. »Zauberer! Rahl ist ein Zauberer?«

Zedd sah ihn stirnrunzelnd an. »Natürlich. Wie soll er sonst deiner Ansicht nach die Zauberkräfte beherrschen? Er stammt aus einem alten Zauberergeschlecht.«

Chase wirkte genervt. »Ich dachte, Zauberer wären dazu da, den Menschen zu helfen, und nicht, sie zu beherrschen.«

Zedd stieß einen langen Atem aus. »Zauberer galten als Herrscher, bis dann einige von uns beschlossen, sich nicht mehr in die Angelegenheiten der Menschen einzumischen. Es kam zur Spaltung, dem Krieg der Zauberer, wie man es nannte. Ein paar auf der anderen Seite haben überlebt, gingen weiter den alten Methoden nach, nahmen sich Macht für sich selbst, beherrschten die Menschen weiterhin. Darken Rahl ist ein direkter Nachfahre dieses Geschlechtes – dem Hause Rahl. Er wurde mit der Gabe geboren; er ist ein Mensch, der keinerlei Gewissen kennt.«

Chase wurde still, als sie eine breite Treppe hinaufstiegen, zwischen den Schatten gekehlter Säulen hindurchschritten und durch einen Eingang traten, der mit aus Stein gehauenen Weinblättern umrankt war. Sie betraten die Halle. Chase sah sich nach allen Seiten um, erstaunt über die Größe, die Schönheit und die schier überwältigenden Ausmaße des polierten Steins, der sie umgab. Kahlan schritt mitten durch die weitläufige Halle, ohne einen Blick dafür zu haben. Ihr Kleid wehte nach hinten, als sei es flüssig, das leise Geräusch ihrer Stiefel verhallte flüsternd in der höhlenähnlichen Weite.

Menschen in weißen Gewändern schlenderten durch die Gänge.

Einige saßen auf Marmorbänken, andere knieten an Plätzen mit einem Stein und einer Glocke und beteten. Sie alle trugen das selige Lächeln göttlicher Verblendung; die friedliche Maske jener, denen Gewißheit und Glaube falsche Sicherheit verleihen. Die Wahrheit war für sie nur ein vorüberziehender Dunst, der im Licht ihres selbstgenügsamen Denkens verbrannte. Gefolgsleute, Anhänger Darken Rahls, einer wie der andere. Die meisten schenkten den dreien keine Beachtung, nickten ihnen bestenfalls mit leerem Blick zu.

Zedd entdeckte zwei Mord-Sith, die in ihrer roten Lederkleidung stolz durch einen Nebengang auf sie zumarschiert kamen. Als sie Kahlan mit den Doppelblitzen des Con Dar auf ihrem Gesicht entdeckten, erbleichten die beiden, machten kehrt und waren rasch verschwunden.

Ihr Weg führte sie zu einer Kreuzung, wo sich viele Gänge sternförmig trafen. Bemalte Fenster in der Mittelachse über ihren Köpfen ließen das Sonnenlicht herein, das in bunten Balken in die höhlenähnliche Zentralkuppel strömte.

Kahlan blieb stehen und sah den Zauberer aus ihren grünen Augen an. »Wohin?«

Zedd zeigte in einen Gang auf der rechten Seite. Kahlan wollte ohne Zögern weiter.

»Woher weißt du, wohin wir müssen?« wollte Chase wissen.

»Zwei Gründe. Erstens ist der Palast des Volkes nach einem Muster gebaut, daß ich wiedererkannt habe, dem Muster eines magischen Zaubers. Der gesamte Palast ist ein gewaltiger, auf dem Boden gezeichneter Zauber. Es handelt sich um einen Zauber der Macht, der Darken Rahl beschützen, ihm hier Sicherheit geben und seine Macht vergrößern soll. Der Zauber wurde gezeichnet, um ihn vor anderen Zauberern zu schützen. Ich habe hier nur wenig Macht. Ich bin praktisch hilflos. Das Zentrum ist ein Ort mit dem Namen Garten des Lebens. Dort wird Darken Rahl sich aufhalten.«

Chase machte ein besorgtes Gesicht. »Und der zweite?«

Zedd zögerte. »Die Kästchen. Man hat ihre Schutzhülle entfernt. Ich kann sie spüren. Auch sie befinden sich im Garten des Lebens.« Irgend etwas stimmte nicht. Er wußte, wie es war, ein Kästchen zu spüren, zwei müßten zweimal so stark sein, aber es war anders. Es war dreimal so stark.

Der Zauberer leitete die Mutter Konfessor durch die richtigen hallenartigen Gänge, die richtigen Treppen hinauf. Jeder Gang, jedes neue Stockwerk waren mit Stein verkleidet, einzig in Farbe und Art unterschieden sie sich. An manchen Stellen ragten die Säulen mehrere Stockwerke in die Höhe. Balkone dazwischen blickten in die Halle hinab. Die Treppen waren sämtlich aus Marmor, jede in einer anderen Farbe. Sie kamen an riesigen Statuen vorbei, die wie steinerne Wachen an den Wänden zu beiden Seiten standen. Die drei liefen mehrere Stunden lang und arbeiteten sich immer weiter ins Zentrum des Palastes des Volkes vor. Es war unmöglich, einen direkten Weg zu wählen, es gab ihn nicht.

Endlich kamen sie zu einer verschlossenen Doppeltür, in die eine Landschaftsszene geschnitzt und die mit Gold überzogen war. Kahlan blieb stehen und sah den Zauberer an.

»Hier ist es, meine Liebe. Der Garten des Lebens. Die Kästchen sind dort drinnen und Darken Rahl ebenfalls.«

Sie sah die beiden durchdringend an. »Danke, Zedd, und dir auch, Chase.«

Kahlan wollte die Tür öffnen, doch Zedd legte ihr sachte die Hand auf die Schulter und drehte sie herum. »Darken Rahl hat nur zwei der Kästchen. Er wird bald nicht mehr leben. Es sei denn, du hilfst ihm.«

Ihre Augen glühten wie kaltes Feuer inmitten der gezackten, roten Blitze, die auf ihr entschlossenes Gesicht gemalt waren. »Dann habe ich keine Zeit zu verlieren.«

Sie stieß die Türen auf und schritt mitten in den Garten des Lebens.

20. Kapitel

Blumenduft umgab sie, als sie den Garten des Lebens betraten. Zedd merkte sofort, daß etwas nicht stimmte. Es bestand kein Zweifel, alle drei Kästchen befanden sich in diesem Raum. Er hatte sich geirrt. Rahl hatte alle drei. Er spürte auch noch etwas anderes, etwas, das nicht hierhergehörte, dessen Kraft jedoch vermindert war, doch traute er seinem Gefühl nicht ganz. Dicht gefolgt von Chase blieb er Kahlan auf den Fersen, als sie den Pfad entlangging, zwischen den Bäumen hindurch, vorbei an den weinberankten Mauern und bunten Blumen. Sie kamen zu einer Rasenfläche. Kahlan blieb stehen.

Auf der anderen Seite der Rasenfläche war ein Kreis aus weißem Sand. Zauberersand. Noch nie hatte Zedd soviel davon an einem einzigen Ort gesehen, nie mehr als einen Beutel voll. Die Menge hier war zehn Königreiche wert. Winzige Flecken regenbogenfarbenen Lichts wurden reflektiert und in die Höhe geworfen. Mit wachsender Beklommenheit fragte sich Zedd, wozu Rahl soviel Zauberersand benötigte. Es fiel ihm schwer, den Blick davon zu lösen.

Hinter dem Zauberersand stand ein Opferaltar. Dort, auf dem steinernen Altar, standen die drei Kästchen der Ordnung. Zedd hatte das Gefühl, sein Herz würde einen Schlag aussetzen, als er sich überzeugte, daß dort wirklich alle drei beisammenstanden. Von jedem war die Schutzhülle entfernt worden. Jedes war schwarz wie die Nacht.

Vor den Kästchen stand mit dem Rücken zu ihnen Darken Rahl. Der Anblick des Menschen, der Richard so gequält hatte, brachte

Zedd schier zur Verzweiflung. Das senkrecht durch das Glasdach hereinfallende Sonnenlicht fiel auf das blonde Haar und den weißen Umhang und ließ beides erstrahlen. Rahl stand da und betrachtete die Kästchen, seinen Lohn.

Zedd spürte, wie sein Gesicht heiß wurde. Wie hatte Rahl das letzte Kästchen gefunden? Wie hatte er es an sich gebracht? Er verwarf die Fragen, sie waren ohne Bedeutung. Die Frage war, was blieb jetzt zu tun. Rahl besaß alle drei und konnte eines der Kästchen öffnen. Zedd beobachtete Kahlan, die zu Darken Rahl hinüberstarrte. Wenn sie Rahl tatsächlich mit ihrer Kraft berühren konnte, wären sie gerettet, doch er bezweifelte, daß sie dazu stark genug war. Zedd spürte, wie seine eigene Macht in diesem Palast, besonders in diesem Raum, praktisch nutzlos war. Dieser Ort war ein einziger gewaltiger Zauber, der sich gegen jeden Zauberer richtete, es sei denn, er war ein Rahl. Wenn jemand Rahl aufhalten konnte, dann Kahlan. Er spürte, wie der Blutrausch in ihr aufstieg, die blanke Raserei.

Kahlan betrat die Rasenfläche. Zedd und Chase folgten ihr, doch als sie den Sand gegenüber von Rahl erreicht hatten, blieb sie stehen und legte dem Zauberer die Hand auf die Brust.

»Ihr beide werdet hier warten.«

Zedd spürte den Zorn in ihrem Blick und begriff, weil er ihn teilte. Auch ihn quälte Richards Verlust.

Als Zedd den Kopf wieder hob, starrte er in die blauen Augen Darken Rahls. Die beiden hielten dem Blick des anderen für einen Augenblick stand. Rahls Blick wanderte weiter zu Kahlan, die mit vollkommen ruhigem Blick um den Kreis aus Sand herumging.

Chase beugte sich vor und flüsterte: »Was tun wir, wenn es nicht funktioniert?«

»Wir werden sterben.«

Zedds Hoffnung stieg, als er den besorgten Ausdruck auf Rahls Gesicht erblickte. Besorgnis und Angst, als er Kahlan mit dem doppelten Lichtblitz des Con Dar auf dem Gesicht erblickte. Zedd mußte grinsen. Damit hatte Rahl nicht gerechnet, und offenbar machte es ihm angst.

Die Sorge wurde zur Tat. Als Kahlan näher kam, zog Rahl plötzlich das Schwert der Wahrheit. Es sirrte beim Herausziehen, und es war weiß. Er hielt es vor sich und brachte Kahlan mit vorgehaltener Spitze zum Stehen.

Sie standen zu nah, um sich aufhalten zu lassen. Zedd mußte ihr helfen, das einzige einzusetzen, was sie retten konnte. Der Zauberer nahm alle Kraft zusammen, was nicht so viel war, wie er sich gewünscht hätte, und schleuderte einen Blitz über den weißen Zauberersand. Er legte seine gesamte Kraft hinein. Der blaue Blitz prallte gegen das Schwert und riß es Rahl aus der Hand. Es segelte durch die Luft und landete ein gutes Stück entfernt. Darken Rahl schrie Zedd etwas zu, dann drehte er sich zu Kahlan und sprach zu ihr. Aber keiner von beiden verstand etwas.

Darken Rahl wich zurück, als Kahlan vorrückte. Er stieß gegen den Altar, konnte nicht weiter nach hinten. Er fuhr sich mit den Fingern durchs Haar, als Kahlan vor ihm stehenblieb.

Zedds Lächeln schwand. Irgend etwas stimmte nicht. Wie Rahl sich mit den Fingern durch die Haare fuhr, erinnerte ihn an etwas.

Die Mutter Konfessor streckte die Hand aus und packte Rahl an der Kehle. »Das ist für Richard.«

Zedd riß die Augen auf. Eisige Kälte durchfuhr ihn. Er begriff, was nicht stimmte. Ihm stockte der Atem.

Das war nicht Darken Rahl.

Zedd schrie. »Kahlan, nein! Halt! Das ist …«

Ein Beben in der Luft, der Donner ohne Hall. Die Blätter in den Bäumen ringsum zitterten. Das Gras schlug Wellen, die sich nach außen fortsetzten.

»… Richard!« Zu spät erkannte der Zauberer die Wahrheit. Der Schmerz übermannte ihn.

»Herrin«, flüsterte er und sank vor ihr auf die Knie.

Zedd stand da wie erstarrt. Verzweiflung zermalmte die Erleichterung darüber, daß Richard noch lebte. Eine weinumrankte Tür in der Seitenmauer öffnete sich. Der echte Darken Rahl kam heraus, gefolgt von Michael und zwei kräftigen Wachen. Kahlan kniff verwirrt die Augen zusammen.

Das Feindesnetz begann zu flackern, und in einem Lichtschimmer verwandelte sich der unechte Darken Rahl in den, der er wirklich war, Richard.

Kahlan riß entsetzt die Augen auf und wich erschrocken zurück. Die Kraft des Con Dar ließ nach und war erloschen. Sie schrie auf, als sie erkannte, was sie getan hatte.

Die beiden Wachen traten hinter sie. Chase griff nach seinem Schwert. Er war auf der Stelle erstarrt, bevor seine Hand es erreicht hatte. Zedd hob die Hände, hatte aber nicht mehr genügend Kraft. Nichts geschah. Er rannte auf sie zu, aber noch bevor er zwei Schritte machen konnte, stieß er gegen eine unsichtbare Wand. Er war gefangen wie in einer Zelle aus Stein. Wütend verfluchte er seine eigene Dummheit.

Als sie merkte, was sie angerichtet hatte, riß Kahlan einem der Posten das Messer aus dem Gürtel. Mit einem gequälten Aufschrei hielt sie es mit beiden Händen in die Höhe, bereit, es sich in den Leib zu rammen.

Michael packte sie von hinten, entwand ihr das Messer und hielt es ihr an die Kehle. Richard wollte sich wütend auf seinen Bruder stürzen, prallte jedoch gegen eine unsichtbare Wand und wurde zurückgeschleudert. Kahlan hatte ihre ganze Kraft für den Con Dar aufgebraucht und war zu schwach, sich zu wehren. Sie sackte in Tränen aufgelöst zusammen. Einer der Wachen versuchte, ihr einen Knebel in den Mund zu schieben und sie daran zu hindern, Richards Namen auszusprechen.

Richard, auf den Knien, warf sich Darken Rahl vor die Füße, packte sein Gewand, flehte ihn an. »Tut ihr nichts! Bitte! Tut ihr nichts.«

Darken Rahl legte Richard eine Hand auf die Schulter. »Freut mich sehr, daß du wieder zurück bist, Richard. Ich hatte es mir fast gedacht. Ich bin froh, daß du dich entschlossen hast, mir zu helfen. Ich bewundere, wie sehr du dich deinen Freunden verpflichtet fühlst.«

Zedd war verwirrt. Wozu konnte Rahl Richards Hilfe benötigen?

»Bitte«, flehte Richard unter Tränen, »tut ihr nicht weh.«

»Nun, das liegt ganz bei dir.« Er entfernte Richards Hände von seinem Umhang.

»Ich werde alles tun. Alles. Tut ihr nur nicht weh!«

Ein Lächeln machte sich auf Darken Rahls Lippen breit. Er befeuchtete seine Fingerspitzen. Mit der anderen Hand fuhr er Richard durchs Haar. »Tut mir leid, daß es so kommen mußte, Richard. Wirklich. Es wäre mir ein Vergnügen gewesen, dich in deinem ursprünglichen Zustand um mich zu haben. Du merkst es vielleicht nicht, aber wir beide sind uns sehr ähnlich. Ich fürchte jedoch, daß du Opfer des ersten Gesetzes der Magie geworden bist.«

»Tut Herrin Kahlan nichts«, winselte Richard. »Bitte.«

»Wenn du tust, was ich dir sage, werde ich mein Versprechen halten, und man wird sie gut behandeln. Vielleicht verwandle ich dich sogar in etwas Ansehnliches, etwas, was du gerne sein möchtest, vielleicht ein Schoßhündchen. Möglicherweise lasse ich dich sogar bei uns im Schlafzimmer schlafen, damit du siehst, wie ich Wort halte. Vielleicht nenne ich im Gedenken an dich sogar meinen Sohn nach dir, schließlich hast du mir geholfen. Wie gefällt dir das? Richard Rahl. Es hat eine gewisse Ironie, findest du nicht auch?«

»Macht mit mir, was immer Euch beliebt, aber bitte tut Herrin Kahlan nichts. Sagt, was Ihr verlangt, bitte.«

Darken Rahl tätschelte Richards Kopf. »Bald, mein Sohn. Bald. Warte hier.«

Darken Rahl ließ Richard auf den Knien sitzen und ging um den

Kreis aus weißem Sand herum zu Zedd. Als er näher kam, fixierte er den alten Mann mit seinen blauen Augen. Zedd fühlte sich leer, ausgehöhlt.

Rahl blieb vor ihm stehen, befeuchtete seine Finger und strich sich damit über die Brauen.

»Wie lautetet dein Name, alter Mann?«

Zedd starrte zurück, seine Hoffnungen waren dahin. »Zeddicus Zu'l Zorander.« Er reckte das Kinn empor. »Ich war es, der deinen Vater getötet hat.«

Darken Rahl nickte. »Weißt du auch, daß dein Zaubererfeuer mich versengt hat? Weißt du, daß es mich beinahe getötet hätte, als ich noch ein kleines Kind war? Und daß ich monatelange Qualen erlitten habe? Und daß ich bis zum heutigen Tag die Narben deiner Untaten trage, sowohl körperlich als auch seelisch?«

»Es tut mir leid, daß ich einem Kind weh getan habe, unabhängig davon, wer dieses Kind war. In diesem Fall möchte ich es jedoch vorzeitige Bestrafung nennen.«

Rahls Gesicht blieb freundlich, der Hauch eines Lächelns umspielte noch immer seine Lippen. »Wir werden sehr viel Zeit miteinander verbringen, du und ich. Ich werde dir beibringen, welche Qualen ich durchlitten habe, und mehr. Danach wirst du wissen, wie es gewesen ist.«

Zedd sah ihn bitter an. »Nichts könnte den Qualen gleichen, die du mir schon jetzt bereitet hast.«

Darken Rahl befeuchtete seine Finger und drehte sich um. »Wir werden sehen.«

Zedd mußte in verzweifelter Ohnmacht mit ansehen, wie Rahl sich wieder vor Richard aufbaute. »Richard!« schrie Zedd. »Hilf ihm nicht! Kahlan würde lieber sterben, als daß du ihm hilfst!«

Richard warf dem Zauberer einen leeren Blick zu, bevor er zu Darken Rahl aufschaute. »Ich tue alles, wenn Ihr ihr nichts tut.«

Darken Rahl gab ihm ein Zeichen, sich zu erheben. »Du hast mein

Wort, mein Sohn. Wenn du tust, was ich verlange.« Richard nickte. »Sprich den Text des Buches der Gezählten Schatten.«

Zedd geriet vor Schreck ins Wanken. Richard drehte sich zu Kahlan um.

»Was soll ich tun, Herrin?«

Kahlan versuchte, sich aus Michaels Griff, von dem Messer an ihrer Kehle, zu befreien, schrie gedämpfte Laute in den Knebel.

Rahls Stimme war ruhig, gelassen. »Sprich den Text des Buches der Gezählten Schatten, Richard, oder ich werde Michael Anweisung geben, mit dem Abschneiden ihrer Finger zu beginnen, einen nach dem anderen. Je länger du schweigst …«

Richards Blick ging zu Rahl zurück. Der Sucher hatte Panik in den Augen.

»Die Überprüfung der Richtigkeit der Worte des Buches der Gezählten Schatten, so sie gesprochen werden von einem anderen als jenem, der über die Kästchen gebietet, kann nur gewährleistet werden durch den Einsatz eines Konfessors …«

Zedd sank zu Boden. Er konnte nicht glauben, was er dort hörte. Er hörte, wie Richard das Buch vortrug, und wußte, daß es stimmte, er erkannte die für Bücher der Magie einzigartige Wortstellung. Richard konnte sich das unmöglich ausgedacht haben. Es handelte sich tatsächlich um das Buch der Gezählten Schatten. Zedd fehlte die Kraft, sich zu fragen, woher Richard es kannte.

Die Welt, wie sie sie kannten, ging ihrem Ende entgegen. Dies war der erste Tag der Herrschaft von Rahl. Alles war verloren. Darken Rahl hatte gesiegt. Die Welt gehörte ihm.

Zedd saß wie benommen da und hörte zu. Einige der Wörter waren selbst Magie, und niemand außer einem, der die Gabe besaß, hätte sie sich merken können – auf gewisse magische Schlüsselwörter hin würden sie per Zauberkraft gelöscht. Als Schutz vor unvorhersehbaren Ereignissen. Als Schutz dagegen, daß sich einfach irgend jemand die Magie aus diesem Buche aneignete. Richards

Vortrag bewies, daß er dazu geboren war. Aus der Magie und für sie. Sosehr er sie auch haßte, er war selbst Teil der Magie, genau wie es in den Prophezeiungen geheißen hatte.

Zedd bedauerte die Dinge, die er getan hatte. Er bedauerte, versucht zu haben, Richard vor denjenigen zu schützen, die ihn vielleicht hätten mißbrauchen wollen, vorausgesetzt, sie hätten geahnt, was er darstellte. Wer mit der Gabe geboren wurde, war in jungen Jahren immer verwundbar. Darken Rahl war dafür das beste Beispiel. Zedd hatte sich voller Absicht entschieden, Richard nicht auszubilden, um ihn zu schützen. Zedd hatte immer gehofft und befürchtet, Richard könnte die Gabe besitzen, hatte aber darauf vertraut, er wäre erwachsen, bevor sie sich offenbarte. Dann hätte Zedd ihm alles zeigen können, wenn er stark und alt genug dafür gewesen wäre. Ohne daß die Gefahr bestand, daß es ihn umbrachte. Vergebens. Es war nichts Gutes dabei herausgekommen. Vermutlich hatte Zedd immer geahnt, daß Richard die Gabe besaß und etwas Besonderes war. Das wußte jeder, der ihn kannte. Außergewöhnlich. Das Mal der Magie.

Zedd weinte vor Glück, daß ihm wenigstens diese Zeit mit Richard beschieden gewesen war. Die vielen schönen Jahre. Die besten in seinem Leben. Die Jahre ohne Magie. Jemand hatte ihn ohne Furcht geliebt, nur um seiner selbst willen. Als Freund.

Richard trug das Buch ohne Zögern oder das geringste Stocken vor. Zedd staunte, wie perfekt er es beherrschte, und erwischte sich dabei, daß er stolz darauf war, auch wenn es ihm anders lieber gewesen wäre. Große Teile des Vortrages befaßten sich mit Dingen, die bereits abgeschlossen waren, wie dem Entfernen der Schutzhüllen der Kästchen. Darken Rahl unterbrach ihn trotzdem nicht, trieb ihn, aus Angst, er könnte etwas verpassen, an diesen Stellen auch nicht zu größerer Eile. Er ließ Richard den Text so vortragen, wie er wollte, stand nur stumm da und hörte aufmerksam zu. Gelegentlich ließ Rahl ihn eine Passage wiederholen, um sicherzugehen, daß er sie richtig verstanden hatte. Dann stand er wieder in Gedanken versunken da, während Richard ihm über Sonnenwinkel, Wolken und Winde berichtete.

Der Nachmittag zog sich dahin. Richard trug vor, Rahl stand vor ihm und lauschte, Michael hatte Kahlan das Messer an die Kehle gesetzt, während zwei Wachen ihre Arme hielten, Chase stand da wie erstarrt, seine Hand auf halbem Weg zum Schwert eingefroren, und Zedd hockte dem Untergang geweiht auf dem Boden, eingesperrt in sein unsichtbares Verlies. Die Prozedur des Öffnens der Kästchen würde offenbar länger dauern, als er gedacht hatte. Sie würde die ganze Nacht in Anspruch nehmen. Zaubersprüche mußten gezeichnet werden. Aus diesem Grund benötigte Rahl auch solche Mengen Zauberersand. Die Kästchen mußten in einer ganz bestimmten Stellung ausgerichtet werden, damit die erste Sonne des Winters sie berührte und so ihre Position bestimmte, sobald sie einen Schatten warfen.

Jedes Kästchen warf einen anderen Schatten, obwohl sie alle gleich aussahen. Als die Sonne am Himmel tiefer sank, wuchsen die Schattenfinger aus jedem Kästchen heraus. Aus dem ersten wuchs ein einzelner Schattenfinger, aus dem zweiten deren zwei, aus dem dritten drei. Jetzt wurde ihm klar, warum es das Buch der Gezählten Schatten hieß. Die Kästchen wurden durch die Anzahl ihrer Schatten unterschieden.

Darken Rahl unterbrach Richard jeweils an den entsprechenden Stellen, an denen die Zaubersprüche in den Zauberersand gezeichnet werden mußten. Einige der Zaubersprüche waren mit Namen bezeichnet, die Zedd noch nie gehört hatte. Rahl dagegen schon. Er zeichnete ohne Zögern. Als sich die Dunkelheit senkte, entzündete er einen Ring aus Fackeln um den Sand und zeichnete in ihrem Licht die Zaubersprüche, so wie sie abgerufen wurden. Alle standen schweigend da und verfolgten, wie er vorsichtig in den Sand kratzte. Zedd war beeindruckt von Rahls Geschick und mehr als beunruhigt, als er die Runen der Unterwelt erkannte.

Die geometrischen Muster waren komplex. Zedd wußte, daß sie fehlerlos und in der richtigen Reihenfolge gezeichnet werden mußten, jeder Strich zur rechten Zeit, in der richtigen Abfolge. Ein Fehler konnte nicht gelöscht und mit einem zweiten Versuch behoben werden. Jeder Fehler bedeutete den Tod. Zedd hatte Zauberer gekannt, die aus Angst, einen fatalen Fehler zu machen, Jahre auf das Studium eines Zaubers verwandt hatten, bevor sie es wagten, ihn in den Zauberersand zu zeichnen. Rahl schien nicht die geringsten Schwierigkeiten zu haben. Mit sicherer Hand führte er präzise Bewegungen aus. Zedd hatte noch nie einen Zauberer mit solcher Begabung gesehen. Wenigstens, so dachte er bitter, würden sie vom Allerbesten umgebracht werden. Er konnte nicht anders, er mußte das meisterhafte Geschick bewundern. Ein solches Höchstmaß an Fertigkeit hatte er noch nie gesehen.

All diese Bemühungen dienten lediglich dazu festzustellen, welches Kästchen Rahl wählen mußte. Im Buch hieß es, er könne eines nach dem anderen öffnen. Aus anderen Anleitungsbüchern wußte Zedd, all dieser Umstand stellte nur eine Vorsichtsmaßnahme dagegen dar, daß die Magie leichtfertig mißbraucht wurde. Niemand sollte einfach beschließen können, sich zum Herrscher der Welt aufzuschwingen, und in einem Buch der Magie nachlesen können, wie das funktionierte. Darken Rahl hatte sich fast sein ganzes Leben lang auf diesen Augenblick vorbereitet. Vermutlich hatte sein Vater schon mit der Unterweisung begonnen, als er noch sehr jung war. Hätte doch bloß das Zaubererfeuer nicht nur seinen Vater, sondern auch ihn getötet. Einen Augenblick lang hing Zedd diesem Gedanken nach, dann verwarf er ihn.

Bei Tagesanbruch, als alle Zaubersprüche gezeichnet waren, wurden die Kästchen darauf gestellt, jedes einzelne, unterschieden durch die Anzahl der Schatten, die es warf, auf eine eigene Zeichnung. Zaubersprüche wurden gesprochen. Als die Sonnenstrahlen des zweiten Wintertages den Stein beleuchteten, wurden die Kästchen wieder auf den Altar zurückgestellt. Zu seiner Überraschung stellte Zedd fest, daß die Kästchen jetzt eine andere Zahl an Schatten warfen als am Tag zuvor – eine weitere Vorsichtsmaßnahme. Die Kästchen wurden wie angegeben aufgestellt, dasjenige, welches nur einen einzigen Schatten warf, links, jenes, das zwei warf, in der Mitte und das mit den drei Schatten ganz nach rechts.

Darken starrte auf die schwarzen Kästchen. »Fahre fort.«

Richard sprach ohne Zögern weiter. *»Ist dies geschehen, so ist die Ordnung bereit, beherrscht zu werden. Wo ein Schatten nicht genügt zum Gewinn der Macht und zum Erhalt des Lebens des Spielers und drei mehr sind, als alles Leben dulden kann, erzielt man Ausgewogenheit durch Öffnen eines Kästchens mit zwei Schatten: einen für dich selbst, den anderen für jene Welt, die dir kraft der Macht der Ordnung gehören soll. Eine Welt unter einer Herrschaft, das meint, das Kästchen mit zwei Schatten. Öffne es, und du wirst deinen gerechten Lohn erhalten.«*

Darken Rahl wandte sich langsam Richard zu. »Fahre fort.«

Richard machte ein verständnisloses Gesicht. *»Und nun herrsche, wie es dir beliebt.* Das ist das Ende.«

»Das ist vollkommen unmöglich.«

»Doch, Meister Rahl. *Und nun herrsche, wie es dir beliebt.* Das ist das Ende, die letzten Worte.«

Rahl packte Richard an der Kehle. »Hast du auch alles auswendig gelernt? Das ganze Buch?«

»Ja, Meister Rahl.«

Rahl wurde rot vor Wut. »Ausgeschlossen! Das ist niemals das richtige Kästchen! Das Kästchen mit zwei Schatten ist dasjenige, das mich töten wird! Ich habe dir doch gesagt, daß ich soviel schon weiß! Ich weiß, welches mich umbringen wird!«

»Ich habe Euch alles wahrheitsgemäß vorgetragen. Jedes einzelne Wort.«

Darken Rahl ließ seine Kehle los. »Ich glaube dir nicht.« Er sah zu Michael hinüber. »Schneide ihr die Kehle durch.«

Richard ließ sich mit einem Aufschrei auf die Knie fallen. »Bitte! Ihr habt mir Euer Wort gegeben! Ihr habt gesagt, wenn ich es Euch erzähle, würdet Ihr ihr nichts tun! Bitte! Ich habe Euch die Wahrheit gesagt!«

Rahl hielt Michael mit einer Handbewegung zurück, ließ Richard jedoch nicht aus den Augen. »Ich glaube dir nicht. Ich werde sie aufschlitzen, es sei denn, du sagst mir die Wahrheit, und zwar sofort. Ich werde deine Herrin töten.«

»Nein!« schrie Richard. »Ich habe Euch die Wahrheit gesagt! Etwas anderes kann ich Euch nicht sagen, es wäre gelogen!«

»Deine letzte Chance, Richard. Sag mir die Wahrheit, oder sie stirbt.«

»Ich kann Euch nichts anderes sagen«, jammerte Richard. »Alles andere wäre gelogen. Ich habe Euch jedes Wort wahrheitsgemäß vorgetragen.«

Zedd erhob sich. Er betrachtete das Messer an Kahlans Kehle, ihre weit aufgerissenen, grünen Augen, den zögernden Darken Rahl. Offenbar hatte Rahl einen Teil seines Wissens aus einer anderen Quelle als dem Buch der Gezählten Schatten, und dieses Wissen stimmte nicht mit dem aus dem Buch überein. Das war nichts Ungewöhnliches, sicher wußte Darken Rahl das auch. Bei Unstimmigkeiten hatte die Aussage aus dem Anleitungsbuch für diesen speziellen Zauber immer Vorrang. Sich anders zu verhalten, war stets ein tödlicher Fehler, es war eine Sicherung zum Schutz des Zaubers. Gegen jede Aussicht hoffte Zedd, Rahl wäre so überheblich, sich gegen das Buch zu wenden.

Das Lächeln kehrte auf Darken Rahls Gesicht zurück. Er befeuchtete seine Fingerspitzen, fuhr sich damit über die Augenbrauen. »Also schön, Richard. Ich mußte nur sichergehen, daß du die Wahrheit sagst.«

»Das tue ich. Ich schwöre es bei Herrin Kahlans Leben. Jedes Wort, das ich gesagt habe, entspricht der Wahrheit.«

Rahl nickte. Er gab Michael einen Wink mit der Hand. Michael senkte das Messer. Kahlan schloß die Augen. Tränen liefen ihr über die Wangen. Rahl wandte sich mit einem tiefen Seufzer den Kästchen zu.

»Endlich«, flüsterte er. »Die Magie der Ordnung gehört mir.«

Zedd konnte es nicht sehen, aber er wußte, daß Darken Rahl den Deckel des mittleren Kästchens, das mit den zwei Schatten, öffnete. Er sah es an dem Licht, das daraus hervorströmte. Goldenes Licht stieg in die Höhe und legte sich wie eine Zentnerlast über Darken Rahl und tauchte ihn in einen goldenen Glanz. Er drehte sich lächelnd um. Das Licht um ihn folgte seinen Bewegungen. Er ging leicht in die Höhe, gerade genug, um seine Füße zu entlasten, und schwebte mit ausgestreckten Armen zur Mitte des Zauberersandes, wo das Licht ihn langsam zu umkreisen begann. Er drehte sich mit dem Gesicht zu Richard.

»Ich danke dir, mein Sohn, daß du zurückgekommen bist und Vater Rahl geholfen hast. Du wirst für deine Hilfe belohnt werden, wie ich es versprochen habe. Du hast mir gegeben, was mir gehört. Das spüre ich. Es ist phantastisch. Ich spüre die Kraft.«

Richard stand teilnahmslos da und sah zu. Zedd sank wieder zu Boden. Was hatte Richard nur getan? Wie konnte er nur? Wie konnte er Rahl die Magie der Ordnung überlassen? Und die Herrschaft über die Welt? Er war von einem Konfessor berührt worden, das mußte es sein, er hatte sich nicht mehr in der Hand. Es war vorbei. Zedd vergab ihm. Hätte er die Kraft dazu gehabt, Zedd hätte ein Lebensfeuer entfacht und sein Leben dafür geopfert. Doch hier besaß er keine Macht, nicht im Angesicht von Meister Rahl. Er fühlte sich sehr müde, sehr alt. Er würde keine Gelegenheit erhalten, viel älter zu werden. Dafür würde Darken Rahl sorgen. Doch er trauerte nicht um sich selbst – sondern um all die anderen.

In goldenes Licht getaucht erhob sich Darken Rahl einige Fuß vom Erdboden über dem Zauberersand. Er hatte ein selbstgefälliges Grinsen auf dem Gesicht, seine blauen Augen funkelten. Verzückt rollte er den Kopf in den Nacken, schloß die Augen und ließ sein blondes Haar hinunterhängen. Funkelndes Licht umkreiste ihn.

Der weiße Sand färbte sich golden und wurde immer dunkler, bis hin zu einem verbrannten Braun. Das Licht um Rahl dunkelte nach zu Bernstein. Dann senkte er den Kopf, schlug die Augen auf, und sein Lächeln erstarb.

Der Zauberersand war schwarz verkohlt. Der Erdboden bebte.

Richards Gesicht verzog sich zu einem Lächeln. Er ging und holte sich das Schwert der Wahrheit zurück, und der Zorn der Magie des Schwertes durchströmte ihn. Zedd sprang auf. Das Licht rings um Darken Rahl wurde zu einem häßlichen Braun. Er riß seine blauen Augen auf.

Aus dem Erdboden entwich ein klagendes Grollen. Im schwarzen Sand unter Rahls Füßen tat sich ein Spalt auf. Violettes Licht schoß empor, hüllte ihn ein. Schreiend wand er sich darin.

Richards Brust hob sich. Er stand wie gebannt da und sah zu.

Zedds unsichtbares Verlies zersprang. Plötzlich hatte auch Chases Hand ihre Reise zu seinem Schwert beendet und riß es heraus, als er auf Kahlan zustürzte. Die beiden Wachen ließen ihre Arme los und stellten sich ihm auf halbem Weg. Michael wurde blaß. Wie gelähmt mußte er mit ansehen, wie Chase einen der Männer niederstreckte. Kahlan bohrte Michael den Ellenbogen in den Unterleib, packte das Messer und drehte es ihm aus der Hand. Unbewaffnet sah Michael sich mit wirrem Blick und ruckartigen Bewegungen seines Kopfes um, dann stürzte er einen Pfad zwischen den Bäumen entlang. Chase und der zweite Wachmann stürzten zu Boden und wälzten sich stöhnend und jeder mit tödlicher Absicht herum. Die Wache stieß einen Schrei aus. Chase kam wieder auf die Beine. Die Wache nicht. Chase warf einen kurzen Blick auf Darken Rahl, dann stürzte er denselben Weg entlang, den auch Michael genommen hatte. Aus den Augenwinkeln sah Zedd Kahlans Kleid aufblitzen. Sie verschwand in entgegengesetzter Richtung.

Zedd stand genauso da wie Richard. Wie gebannt hingen ihre Blicke an Darken Rahl, der sich abmühte, gefangen im Zugriff der Magie der Ordnung. Violettes Licht und dunkle Schatten hielten ihn fest in der Luft über dem schwarzen Loch.

»Richard!« kreischte Rahl. »Was hast du getan!«

Der Sucher trat näher an den Kreis aus schwarzem Sand. »Nur das, was Ihr von mir verlangt habt, Meister Rahl«, antwortete er unschuldig. »Ich habe Euch erzählt, was Ihr hören wolltet.«

»Aber es war die Wahrheit! Du hast die Worte wahrheitsgemäß wiedergegeben!«

Richard nickte. »Ja, das habe ich. Ich habe nur ein paar ausgelassen. Den größten Teil des letzten Abschnitts. *Sei gewarnt. Die Wirkung der Kästchen ist fließend. Sie verändert sich mit der Absicht. Um Herrscher von allen zu werden, auf daß du ihnen helfen kannst, schiebe eines der Kästchen nach rechts. Um Herrscher von allen zu werden, auf daß sie deinem Geheiß folgen, schiebe eines der Kästchen nach links. Und nun herrsche, wie es dir beliebt.* Dein Wissen war richtig. Das Kästchen mit den zwei Schatten war es, das dich töten würde.«

»Aber du mußtest genau das tun, was ich sage! Du warst von der Kraft eines Konfessors berührt worden!«

Richard mußte grinsen. »Tatsächlich? Das erste Gesetz der Magie. Es ist das erste Gesetz, weil es das wichtigste ist. Ihr hättet Euch besser dagegen schützen sollen. Das ist der Preis der Überheblichkeit. Ich habe meine Verletzbarkeit angenommen, Ihr dagegen nicht. Die Wahl, vor die Ihr mich gestellt habt, hat mir nicht gefallen. Nach Euern Regeln konnte ich nicht gewinnen, also habe ich neue gemacht. Im Buch steht, daß die Wahrheit durch Hinzuziehen eines Konfessors bestätigt werden muß. Ihr habt bloß geglaubt, das getan zu haben. Das erste Gesetz der Magie. Ihr habt es geglaubt, weil Ihr es habt glauben wollen. Ich habe Euch besiegt.«

»Das darf nicht sein! Unmöglich! Woher hättest du wissen sollen, wie das geht?«

»Ihr habt es mir selbst beigebracht: nichts hat nur eine Dimension, auch Magie nicht. Betrachte das Ganze, habt Ihr gesagt, nichts, was existiert, hat nur eine Seite.« Richard schüttelte langsam den Kopf. »Ihr hättet mir nie etwas beibringen sollen, was ich nicht wissen durfte. Wenn Ihr mir etwas beibringt, steht es mir auch frei, davon Gebrauch zu machen. Danke, Vater Rahl, daß Ihr mir das Wichtigste beigebracht habt, das ich je wissen werde – wie ich Kahlan lieben kann.«

Darken Rahls Gesicht war schmerzverzerrt. »Wo steckt Kahlan?«

Zedd zeigte mit seinem langen Finger. »Ich habe sie in diese Richtung fortlaufen sehen.«

Richard ließ das Schwert in die Scheide zurückgleiten und betrachtete die von Schatten und Licht gehaltene Gestalt. »Lebt wohl, Vater Rahl. Ich denke, Ihr werdet auch sterben, ohne daß ich dabei zuschaue.«

»Richard!« kreischte Rahl dem aufbrechenden Sucher hinterher. »Richard!«

Zedd blieb mit Darken Rahl allein. Er sah, wie durchsichtige Finger aus Rauch sich um die weißen Gewänder wanden und ihm die Arme an den Körper preßten. Zedd trat näher, und die blauen Augen schwenkten zu dem alten Zauberer herüber.

»Zeddicus Zu'l Zorander, bis hierhin hast du gewonnen, aber vielleicht noch nicht alles.«

»Überheblich bis zum Ende?«

Rahl grinste. »Sag mir, wer er ist.«

Zedd zuckte mit den Schultern. »Der Sucher.«

Rahl grölte vor Lachen, zappelte dabei schmerzgequält. Seine blauen Augen fanden Zedd ein weiteres Mal. »Er ist dein Sohn, hab' ich recht? Wenigstens bin ich von Zaubererblut geschlagen worden. Du bist sein Vater.«

Zedd schüttelte langsam den Kopf, ein nachdenkliches Lächeln kam auf seine Lippen. »Er ist mein Enkel.«

»Du lügst! Warum hast du ein Netz um ihn gelegt und die Identität seines Vaters verborgen, wenn du es nicht selbst bist!«

»Ich habe ein Netz um ihn gelegt, weil ich nicht wollte, daß er erfährt, wer dieser blauäugige Bastard ist, der seine Mutter vergewaltigt und ihm so das Leben geschenkt hat.«

Darken Rahl riß die Augen auf. »Deine Tochter wurde umgebracht. Das hat mir mein Vater erzählt.«

»Ein kleiner Trick, damit sie sicher war.« Zedds Gesichtsausdruck verfinsterte sich. »Obwohl du nicht wußtest, wer sie war, hast du sie geschändet. Ohne es zu wollen, hast du ihr Glück gebracht. Richard.«

»Ich bin sein Vater?« flüsterte Rahl.

»Ich wußte, daß ich dir nichts anhaben konnte, als du meine Tochter vergewaltigt hattest, daher war mein erster Gedanke, sie zu trösten, sie zu beschützen. Deswegen habe ich sie nach Westland gebracht. Sie lernte einen jungen Mann kennen, einen Witwer mit einem kleinen Sohn. George Cypher war ein rechtschaffener, gütiger Mann, und ich war stolz, ihn als Mann meiner Tochter zu bekommen. George liebte Richard wie seinen eigenen Sohn, aber er kannte die Wahrheit. Nur nicht über mich. Er wußte nicht, wer ich war, das blieb verborgen unter dem Netz. Ich hätte Richard für die Verbrechen seines Vaters hassen können, entschied mich aber stattdessen, ihn um seiner selbst willen zu lieben. Er hat sich zu einem prächtigen Mann entwickelt, findest du nicht? Du bist von ebendem Erben besiegt worden, den du dir immer gewünscht hast. Einem Erben, der mit der Gabe geboren wurde. Das ist sehr selten. Richard ist der wahre Sucher. Vom Blut der Rahls hat er die Kraft des Zorns, die Fähigkeit zur Gewalt. Aber sie wird ausgeglichen durch das Blut der Zorander, der Fähigkeit zu lieben, zu verstehen, zu vergeben.«

Darken Rahl schimmerte inmitten der Schatten der Magie der Ordnung. Er wand sich gequält, als er durchsichtig wurde wie Rauch. »Man stelle sich vor, die Geschlechter derer von Rahl und Zorander, im Blute vereint. Trotzdem ist er mein Erbe. In gewisser Hinsicht«, brachte er hervor, »habe ich gesiegt.«

Zedd schüttelte den Kopf. »Du hast verloren, in mehr als einer Hinsicht.«

Dampf, Rauch und Schatten vermischten sich zu einem tosenden Wirbel. Der Erdboden bebte heftig. Der mittlerweile pechschwarze Zauberersand wurde in den Strudel hineingezogen. Das Ganze rotierte über dem Strudel, und die Geräusche der Welt des Lebens und des Todes vermengten sich zu einem gräßlichen Geheul.

Darken Rahls Stimme wurde hohl, leer, tot. »Lies die Prophezeiungen, alter Mann, noch ist nichts so endgültig, wie du vielleicht glaubst. Ich bin ein Agent.«

Inmitten der wirbelnden Masse zündete ein blendender Lichtpunkt. Zedd schützte seine Augen. Balken weißglühenden Lichts schossen in die Höhe, durch die Fenster in der Decke in den Himmel sowie nach unten in die Schwärze des Abgrunds. Ein Blitz ließ alles ringsum weiß erglühen, dann war es still.

Vorsichtig nahm Zedd die Hand von den Augen. Es war verschwunden. Das Ganze war nicht mehr da. Die Wintersonne wärmte den Erdboden, wo noch Augenblicke zuvor der schwarze Abgrund gewesen war. Der Zauberersand war nicht mehr da. Nur noch der Kreis aus nacktem Erdboden, den er bedeckt hatte, war zu sehen.

Er stand vor dem Altar, breitete im Sonnenlicht die Arme aus und schloß die Augen.

»Ich rufe die Netze zurück. Ich bin der, der ich vorher war, Zeddicus Z'ul Zorander, Zauberer der ersten Ordnung. Laß es alle noch einmal wissen. Und die übrigen auch.«

Richard war es, der sie fand. Sie kniete vor einem der verlassenen Gebetsteiche, den Knebel immer noch um ihren Hals, wo sie ihn hatte hängen lassen, nachdem sie ihn sich aus dem Mund gerissen hatte. Kahlan hockte zusammengesunken da und weinte, das lange Haar fiel ihr über die Schultern, während sie sich vorbeugte. Das Messer hielt sie mit beiden Händen gepackt, die Spitze auf ihre Brust gerichtet. Ihre Schultern schüttelten sich unter ihrem Schluchzen. Richard blieb neben den Falten ihres weißen Kleides stehen.

»Tu es nicht«, flüsterte er.

»Ich muß. Ich liebe dich.« Kahlan stöhnte leise. »Ich habe dich mit meiner Kraft berührt. Lieber sterbe ich, als daß ich deine Herrin werde. Es gibt keinen anderen Weg, dich freizulassen.« Ein tränenreiches Schütteln. »Ich möchte, daß du mir einen Kuß gibst und dann gehst. Du sollst nicht dabeisein.«

»Nein.«

Sie hob abrupt den Kopf. »Was hast du gesagt?« flüsterte sie ungläubig.

Richard stemmte die Hände in die Hüften. »Ich habe ›nein‹ gesagt. Solange du diese alberne Kriegsbemalung auf dem Gesicht hast, werde ich dir keinen Kuß geben. Sie hätte mich fast zu Tode erschreckt.«

Sie starrte ihn aus ihren grünen Augen ungläubig an. »Du kannst dich mir nicht widersetzen, ich habe dich mit meiner Kraft berührt.«

Richard hockte sich dicht neben sie. Er band ihr den Knebel vom Hals. »Schön, du hast mir befohlen, dich zu küssen« – er tauchte den Fetzen ins Wasser – »und ich habe gesagt, kommt nicht in Frage, solange du dieses Zeug im Gesicht hast.« Er begann, ihr die Blitze aus dem Gesicht zu wischen. »Es gibt also keine andere Lösung, sie müssen weg.«

Sie blieb wie erstarrt auf den Knien sitzen, während er ihr das Rot aus dem Gesicht wischte. Als er fertig war, sah Richard ihr in die aufgerissenen Augen. Er warf den Fetzen fort, kniete sich vor sie hin und schlang ihr die Arme um die Hüfte.

»Richard, ich habe dich mit meiner Zauberkraft berührt. Ich habe es gehört. Wie ist es möglich, daß die Kraft dich nicht übermannt hat?«

»Weil ich geschützt war.«

»Geschützt? Wodurch?«

»Durch meine Liebe zu dir. Ich habe erkannt, daß ich dich mehr liebe als das Leben selbst und mich lieber deiner Zauberkraft überlassen würde, als ohne dich zu leben. Nichts, was die Zauberkräfte mir hätten anhaben können, wäre schlimmer gewesen als ein Leben ohne dich. Ich war bereit, mich dir vollkommen hinzugeben. Ich habe der Kraft alles gegeben, was ich hatte. Als ich wußte, wie sehr ich dich liebe und bereit war, mich dir unter allen Bedingungen zu unterwerfen, habe ich begriffen, daß mir die Magie nichts anhaben konnte. Ich war dir bereits ergeben, sie brauchte mich nicht mehr zu verändern. Ich war geschützt, weil du mich längst berührt hattest – mit deiner Liebe. Ich war vollkommen sicher, daß du genauso empfindest, daher hatte ich überhaupt keine Angst. Hätte ich Zweifel gehabt, hätte mich die Magie in diesen Spalt gerissen, aber ich war mir sicher. Meine Liebe für dich hat mich vor der Magie bewahrt.«

Sie schenkte ihm ihr ganz besonderes Lächeln. »So hast du empfunden? Du hattest keinen Zweifel?«

Richard erwiderte das Lächeln. »Ich muß zugeben, als ich die Blitze auf deinem Gesicht gesehen habe, da war ich einen Augenblick lang besorgt. Ich wußte nicht, was sie darstellten, was sie bedeuteten. Ich zog das Schwert, um Zeit zum Nachdenken zu gewinnen. Aber dann habe ich gemerkt, daß es keine Rolle spielte, du warst noch immer Kahlan, und ich habe dich noch immer geliebt, egal, was passiert war. Mehr als alles andere wollte ich, daß du mich berührst, damit ich dir meine Liebe und Hingabe beweisen konnte, aber wegen Darken Rahl mußte ich dir eine kleine Komödie vorspielen.«

»Diese Symbole besagen, daß auch ich bereit bin, mich dir völlig hinzugeben«, hauchte sie.

Kahlan schlang ihm die Arme um den Hals und gab ihm einen Kuß. Aneinandergeschmiegt knieten sie auf den Steinplatten vor dem Gebetsteich. Richard küßte sie auf den zarten Mund, wie er es sich tausend Male erträumt hatte. Er küßte sie, bis ihm schwindelig wurde, ohne darauf zu achten, daß verwirrte Passanten sie beobachteten.

Richard hatte keine Ahnung, wie lange sie dort gekniet und sich umarmt hatten, beschloß aber schließlich, daß sie sich auf die Suche nach Zedd machen sollten. Den Arm um seine Hüfte und den Kopf an ihn gelehnt, schlenderten sie zurück zum Garten des Lebens und gaben sich noch einen Kuß, bevor sie durch die Pforten traten.

Zedd stand da, eine Hand in seine knochige Hüfte gestemmt, mit der anderen sich das Kinn reibend, und musterte den Altar und die anderen Dinge dahinter. Kahlan fiel vor ihm auf die Knie, ergriff seine Hand und küßte sie.

»Zedd, er liebt mich! Er hat herausgefunden, wie es trotz der Magie funktionieren kann. Es gab einen Weg, und er hat ihn gefunden.«

Zedd runzelte die Stirn und blickte auf sie herab. »Er hat schließlich lange genug dafür gebraucht.«

Kahlan kam wieder auf die Beine. »Du hast gewußt, wie es geht?«

Die Frage schien Zedd zu empören. »Ich bin ein Zauberer der ersten Ordnung. Natürlich wußte ich, wie es geht.«

»Und du hast es uns nie erzählt?«

Zedd mußte grinsen. »Hätte ich es euch erzählt, meine Liebe, dann hätte es nicht funktioniert. Das Vorwissen hätte die Saat des Zweifels gesät. Und aus diesem einen Körnchen wäre das Scheitern erwachsen. Um die Magie als wahrer Geliebter einer Konfessorin umgehen zu können, muß man sich ihr vollkommen hingeben. Ohne den absoluten, selbstlosen Willen dazu, und trotz des Wissens um die möglichen Folgen, würde es nicht funktionieren.«

»Du scheinst eine ganze Menge darüber zu wissen«, meinte Kahlan stirnrunzelnd. »Davon habe ich noch nie gehört. Wie oft kommt das vor?«

Zedd rieb sich nachdenklich das Kinn und blickte zu den Fenstern hinauf. »Soweit ich weiß, ist es bis jetzt nur ein einziges Mal passiert.« Er senkte den Blick und sah die beiden an. »Aber man darf es niemandem erzählen. Egal, wieviel Schmerz es bereiten, welche Folgen es haben kann, man darf es nicht erzählen. Sobald nur ein anderer etwas davon weiß, könnte es weitergegeben werden, und die Möglichkeit wäre allen für immer verschlossen. Dies ist eben die Ironie der Magie, man muß das Scheitern akzeptieren, bevor man Erfolg haben kann. Gleichzeitig ist das eine der Bürden der Magie: man muß die Ergebnisse, ja, sogar den Tod von anderen akzeptieren, um die Hoffnung auf die Zukunft bewahren zu können. Die Möglichkeiten und das Leben der jetzt noch Ungeborenen sind der Preis des Egoismus.«

Kahlan nickte. »Ich gelobe es.«

»Ich auch«, meinte Richard. »Ist es damit vorbei, Zedd? Mit Darken Rahl, meine ich. Ist er tot?«

Zedd warf Richard einen Blick zu, den dieser unerwartet unangenehm fand. »Darken Rahl ist tot.« Zedd legte Richard seine dürre Hand auf die Schulter und packte ihn fest mit seinen knochigen Fingern. »Du hast alles richtig gemacht, Richard, alles. Du hast mich vor Angst fast um den Verstand gebracht. Noch nie habe ich etwas Vergleichbares gesehen.«

Richard strahlte vor Stolz. »Es war doch nur ein einfacher Trick.«

Zedd nickte. Sein wildaussehendes Haar stieb in alle Richtungen davon. »Das war mehr als ein Trick, mein Junge. Und schon gar kein einfacher.«

Sie drehten sich alle um, als sie jemanden kommen hörten. Chase kam und schleppte Michael am Kragen herein. Seine verdreckten weißen Hosen und sein schmutziges weißes Hemd verrieten, daß er nicht freiwillig mitgekommen war. Chase verpaßte ihm einen Stoß und zwang ihn vor Richard zu Boden.

Richards Stimmung wurde düster, als er seinen Bruder ansah. Michael hob den Blick und sah Richard voller Verachtung an.

»Ich werde es nicht zulassen, daß man mich auf diese Weise mißhandelt, mein kleiner Bruder.« Seine Stimme klang so überheblich wie immer. »Du hast keine Ahnung, auf was du dich eingelassen hast, keinen Schimmer von meinen Plänen. Du weißt nicht, wie ich allen durch die Vereinigung von Westland und D'Hara geholfen hätte. Du hast das Volk zu sinnlosem Leiden verdammt, das Darken Rahl ihnen hätte ersparen können. Du bist ein Narr.«

Richard dachte darüber nach, was er alles hatte durchmachen müssen, was Zedd, Chase und Kahlan hatten durchmachen müssen. Er mußte an all jene denken, die durch Rahls Hände gestorben waren, sowie die zahllosen Toten, von denen er nie etwas hören würde. All das Leid, die Grausamkeit und Brutalität. Er mußte an all die Tyrannen denken, die unter Darken Rahl hatten gedeihen können, angefangen von Darken Rahl selbst bis hin zu Prinzessin Violet. Er dachte an die Menschen, die er getötet hatte. Beim Gedanken an das, was er hatte tun müssen, verspürte er Kummer und Qual.

Das metallische Klirren des Schwertes der Wahrheit füllte die Luft. Michael riß die Augen auf, als er sah, daß die Spitze auf seine Kehle gerichtet war.

Richard beugte sich ein wenig dichter zu seinem Bruder herüber. »Grüße mich mit dem Gruß des Verlierers, Michael.«

Michaels Gesicht verfärbte sich tiefrot. »Lieber sterbe ich.«

Richard nickte und richtete sich auf. Er blickte seinem Bruder tief in die Augen, als er das Schwert fortnahm. Richard hielt seinen Zorn im Zaum und versuchte, das Schwert weiß zu färben. Es ging nicht. Er ließ die Klinge zurück in die Scheide gleiten.

»Ich bin froh, daß wir beide etwas gemeinsam haben, Michael.

Wir würden beide für unsere Überzeugungen sterben.« Er löste den Blick von Michael und musterte die große, geschwungene Streitaxt an Chase' Gürtel. Er hob den Kopf und blickte dem Grenzposten in das entschlossene Gesicht. »Richte ihn«, sagte er leise. »Bringe seinen Kopf seiner Leibgarde. Sag ihnen, er sei auf meinen Befehl hin wegen Verrats an Westland hingerichtet worden. Westland wird sich einen neuen Obersten Rat suchen müssen.«

Chase vergrub seine riesige Faust in Michaels Haar. Michael stieß einen Schrei aus, sank auf die Knie und entbot den Salut des Verlierers.

»Richard! Ich flehe dich an, du bist doch mein Bruder. Du darfst nicht zulassen, daß er mich tötet! Es tut mir leid, vergib mir. Ich habe mich geirrt. Bitte, Richard, vergib mir.«

Richard blickte auf seinen Bruder herab, der zitternd vor ihm auf den Knien lag und die Hände flehend in den Himmel reckte. Richard nahm den Strafer in die Faust, spürte den Schmerz, den er ihm bereitete, und akzeptierte ihn. Erinnerungen blitzten bildhaft durch sein Gedächtnis. »Darken Rahl hat dir gesagt, was er mit mir tun würde. Du hast Bescheid gewußt. Du hast gewußt, was mit mir geschehen würde, und es war dir egal, weil du dir einen persönlichen Vorteil davon versprochen hast. Michael, ich vergebe dir alles, was du mir angetan hast.« Michael sackte erleichtert zusammen. Der Sucher richtete sich auf. »Aber was du anderen angetan hast, kann ich dir unmöglich vergeben. Wegen deiner Taten haben andere ihr Leben eingebüßt. Wegen dieser Verbrechen wirst du hingerichtet werden, nicht wegen derer gegen mich.«

Michael schrie auf und kreischte, während Chase ihn fortschleppte. Zitternd, gequält verfolgte Richard, wie sein Bruder zur Hinrichtung geführt wurde.

Zedd hob die Hand und legte sie auf Richards Hand, die den Strafer hielt. »Laß ihn los, Richard.«

Richards Gedanken überdeckten den Schmerz, den er ihm bereitete. Er blickte Zedd an, der vor ihm stand und seine knochige, ledrige Hand auf seine gelegt hatte, Zedd sah Dinge in den Augen seines Freundes, die er dort noch nie gesehen hatte: er verstand Richards Schmerz. Richard ließ den Strafer los.

Kahlans Blick fiel auf ihn, als er wieder um seinen Hals baumelte. »Richard, mußt du dieses Ding wirklich behalten?«

»Im Augenblick ja. Ich habe es jemandem versprochen, den ich getötet habe. Jemandem, der mir beigebracht hat, wie sehr ich dich liebe. Darken Rahl hat geglaubt, mich hiermit besiegen zu können. Statt dessen hat er mir gezeigt, wie ich ihn besiegen kann. Wenn ich ihn jetzt fortwerfe, würde ich leugnen, was in meinem Innersten steckt.«

Kahlan legte ihm die Hand auf den Arm. »Im Augenblick verstehe ich das nicht, aber irgendwann werde ich es verstehen, ganz bestimmt.«

Zedd strich sich verärgert seinen Umhang glatt. »Verdammt! In einem so großen Gebäude müßte es doch eigentlich etwas zu essen geben, meint ihr nicht auch?«

Richard grinste, legte den beiden einen Arm um die Schulter und führte sie aus dem Garten des Lebens. Er brachte sie zu einem Speisesaal, an den er sich noch erinnerte. Die Leute saßen an den Tischen, als hätte sich nichts verändert. In einer Ecke fanden die drei einen freien Tisch. Diener brachten Platten mit Reis, Gemüse, braunem Brot, Käse, Schalen mit dampfender Gewürzsuppe. Die überraschten Diener brachten lächelnd laufend Nachschub, sobald Zedd entschlossen die Teller mit den Speisen geleert hatte.

Richard probierte den Käse und stellte zu seiner Überraschung fest, daß ihm von dem Geschmack schlecht wurde. Er warf ihn auf den Tisch zurück und machte ein angewidertes Gesicht.

»Was ist?« wollte Zedd wissen.

»Das ist bestimmt der widerlichste Käse, den ich je probiert habe!«

Zedd schnupperte daran und biß ein Stück ab. »Mit dem Käse ist alles in Ordnung, mein Junge.«

»Schön, dann iß du ihn doch.«

Zedd war nur zu bereit. Richard und Kahlan aßen Gewürzsuppe und Schwarzbrot und sahen ihrem alten Freund schmunzelnd beim Essen zu. Endlich hatte Zedd genug, und sie setzten ihren Weg aus dem Palast des Volkes fort.

Während sie durch die Hallen liefen, ertönten die Glocken in einem einzigen, langen Schlag und riefen die Menschen zur Andacht. Kahlan verfolgte argwöhnisch, wie alles auf den Plätzen zusammenkam, sich zur Mitte hin verneigte und den Gesang anstimmte. Richard hatte die Worte des Gebetes verändert und verspürte den Sog, dieses nervöse Verlangen nicht mehr, sich zu diesen Menschen zu gesellen. Sie passierten eine Reihe von Plätzen, die alle voller betender Menschen waren. Richard überlegte, ob er nicht etwas dagegen unternehmen, sie irgendwie daran hindern müßte, entschied dann aber, daß er das Wichtigste bereits getan hatte.

Die drei verließen die höhlenartigen Hallen und traten hinaus in die Wintersonne. Vor ihnen ergoß sich eine riesige Freitreppe in die endlose Weite des Innenhofes. Die drei blieben am obersten Rand stehen. Richard stockte der Atem, als er sah, welche Menschenmassen sich dort versammelt hatten.

Tausende von Männern standen in Reih und Glied über den ganzen Platz verteilt. An deren Spitze, am Fuße der Treppen, stand Michaels Leibgarde, die vormals Heimatgarde genannt worden war, bevor Michael ihr den neuen Namen gegeben hatte. Ihre Kettenhemden, Schilde und gelben Banner leuchteten hell in der Sonne. Hinter ihnen standen nahezu tausend Mann der Westlandarmee. Vor ihnen allen stand mit verschränkten Armen Chase und blickte die Treppen hinauf. Neben ihm hatte man einen Pfahl mit Michaels Kopf in die Erde gerammt. Richard stand da, von der Stille wie gelähmt. Hätte ein Mann ganz hinten, eine halbe Meile entfernt, gehustet, er hätte es gehört.

Zedd legte ihm die Hand auf die Schulter und drängte ihn die

Treppe hinunter. Es fühlte sich ein wenig zu sehr an, als würde er geschoben. Kahlan ergriff seinen Arm, drückte ihn und begann erhobenen Hauptes, die Folge von Stufen und ausgedehnten Absätzen hinunterzusteigen. Chase sah Richard in die Augen. Neben ihm entdeckte Richard Rachel. Sie hielt mit einem Arm sein Bein umklammert, in der anderen Hand hielt sie Sara. Siddin hielt die andere Hand der Puppe. Er entdeckte Kahlan, riß sich los und kam ihr entgegengelaufen. Sie empfing ihn lachend mit offenen Armen und hob ihn hoch. Er grinste Richard an und stammelte etwas, das Richard nicht verstand, dann schlang er Kahlan die Arme um den Hals. Nachdem sie ihn liebkost und ihm etwas zugeflüstert hatte, setzte sie ihn ab und hielt ihn fest an der Hand.

Der Hauptmann der Heimatgarde trat vor. »Die Heimatgarde steht bereit, Euch ihre Ergebenheit zu schwören.«

Der Kommandant der Westlandarmee stellte sich neben den Hauptmann. »Die Armee Westlands ebenfalls.«

Ein Offizier aus D'Hara trat vor. »Und die Streitmacht D'Haras.«

Richard starrte sie benommen an, ungläubig. Er spürte, wie der Zorn in ihm aufstieg.

»Niemand wird irgend jemandem seine Ergebenheit schwören, und erst recht nicht mir. Ich bin ein Waldführer. Sonst nichts. Bekommt das endlich in eure Köpfe. Ein Waldführer!«

Richard ließ den Blick über das Meer von Köpfen schweifen. Er sah zu Michaels blutverkrustetem Kopf auf dem Pfahl hinüber. Er schloß einen Augenblick lang die Augen, dann wandte er sich an einige Männer der Heimatgarde und zeigte auf den Kopf.

»Vergrabt dieses Ding mit seinen anderen Überresten.« Niemand rührte sich. »Jetzt gleich!«

Sie sprangen herbei und stürzten zum Kopf. Richard sah den Offizier aus D'Hara an, der vor ihm stand. Alle warteten.

»Gebt bekannt, daß alle Feindseligkeiten beendet sind. Der Krieg ist vorbei. Sorgt dafür, daß alle Truppen in ihre Heimat zurückkehren und sämtliche Besatzungstruppen zurückgezogen werden. Ich erwarte, daß jeder, ob Soldat oder General, der Verbrechen gegen hilflose Menschen begangen hat, vor Gericht gestellt und nach dem Gesetz bestraft wird, sollte er für schuldig befunden werden. Die Streitkräfte D'Haras sollen helfen, jenen Menschen, die ansonsten über Winter verhungern würden, Lebensmittel zu bringen. Feuer ist nicht mehr ungesetzlich. Sollten sich irgendwelche Truppen, denen Ihr begegnet, diesen Befehlen widersetzen, werdet Ihr Euch um sie kümmern müssen.« Richard deutete auf den Kommandanten der Westlandarmee. »Nehmt Eure Truppen und helft ihm. Zusammen seid Ihr stark genug, um Euch gegen jeden durchzusetzen.« Die beiden Offiziere starrten sich an. Richard beugte sich vor. »Von allein wird es nicht geschehen.«

Die beiden Männer legten zum Gruß die Faust übers Herz und verneigten sich.

Der Offizier aus D'Hara hob den Kopf und sah Richard in die Augen. Er hatte die Faust noch immer über dem Herzen. »Wie Ihr befehlt, Meister Rahl.«

Richard machte ein überraschtes Gesicht, dann tat er es als unwesentlich ab. Vermutlich war der Mann zu sehr daran gewöhnt, ›Meister Rahl‹ zu sagen.

Richard bemerkte an der Seite einen Posten. Er erkannte den Mann wieder. Er war Hauptmann der Wachmannschaft gewesen, als Richard den Palast des Volkes verlassen hatte. Er war es gewesen, der ihm ein Pferd angeboten und ihn vor dem Drachen gewarnt hatte. Richard gab ihm ein Zeichen, vorzutreten. Der Mann kam herbei und nahm Haltung an. Er wirkte ein wenig besorgt.

»Ich habe eine Aufgabe für dich.« Der Mann wartete schweigend. »Ich denke, es ist genau das richtige für dich. Ich möchte, daß du alle Mord-Siths zusammentrommelst. Ausnahmslos alle.«

»Jawohl, Sir.« Er wirkte ein wenig blaß. »Sie werden alle bei Sonnenaufgang hingerichtet werden.«

»Nein! Ich will nicht, daß sie hingerichtet werden!«

Der Mann machte ein ungläubiges Gesicht. »Was soll ich dann mit ihnen tun?«

»Du wirst ihre Strafer vernichten. Jeden einzelnen. Ich will nie wieder einen davon sehen.« Er hielt den hoch, der um seinen Hals hing. »Bis auf diesen einen. Dann wirst du ihnen neue Kleider besorgen. Verbrenne die Kleider der Mord-Sith bis auf den letzten Fetzen. Sie sollen freundlich und mit Respekt behandelt werden.«

Der Mann riß die Augen auf. »Freundlich«, hauchte er, »und mit Respekt?«

»Genau das habe ich gesagt. Sie sollen eine Aufgabe bekommen, bei der sie Menschen dienlich sein können, und man wird ihnen beibringen, die Menschen auf die gleiche Weise zu behandeln, wie man sie behandelt, freundlich und mit Respekt. Wie du das anstellst, weiß ich nicht, du wirst dir etwas einfallen lassen müssen. Du scheinst ein kluger Kopf zu sein. Noch Fragen?«

Er machte ein finsteres Gesicht. »Und wenn sie sich weigern, sich zu ändern?«

Richard sah den Mann wütend an. »Sag ihnen, wenn sie lieber auf dem alten Weg bleiben wollen, als einen neuen zu beschreiten, dann werden sie am Ende ihres Weges dem Sucher begegnen.«

Der Posten grinste, legte die Faust zum Gruß auf sein Herz und verneigte sich zackig.

Zedd beugte sich vor. »Richard, die Strafer sind magisch, man kann sie nicht einfach so vernichten.«

»Dann hilf du ihm, Zedd. Hilf ihm, sie zu vernichten, oder schließe sie fort, was auch immer. Einverstanden? Ich will nicht, daß noch irgend jemand mit einem Strafer verletzt wird.«

Zedd lächelte verhalten und verneigte sich. »Dabei helfe ich gern, mein Junge.« Zedd zögerte und strich sich mit einem seiner langen Finger übers Kinn. Leise fragte er: »Richard, meinst du wirklich, das funktioniert? Die Truppen zurückzurufen mit Hilfe der Westlandarmee?«

»Vielleicht auch nicht. Aber beim ersten Gesetz der Magie weiß man nie, außerdem gewinnen wir so Zeit, bis wir alle nach Hause gebracht haben und du die Grenze wieder errichten kannst. Dann sind wir endlich wieder sicher. Und fertig mit der Magie.«

Im Himmel donnerte es. Richard schaute nach oben und sah Scarlet am Himmel kreisen. Der dunkelrote Drache kreiste spiralförmig durch die schneidende Luft. Die Männer wichen zurück, schrien und liefen durcheinander, als sie sahen, daß er vor den Stufen landen würde. Flügelschlagend setzte Scarlet vor Richard, Zedd, Kahlan, Chase und den beiden Kindern auf.

»Richard! Richard!« rief Scarlet, von einem Bein auf das andere hüpfend, die Flügel ausgebreitet, zitternd vor Erregung. Ihr riesiger roter Kopf schwenkte zu ihm herüber. »Mein Junges ist geschlüpft! Ein wunderhübscher kleiner Kerl, genau wie du es gesagt hast. Ich möchte, daß du mitkommst und ihn dir ansiehst! Er ist so kräftig, ich wette, in einem Monat kann er fliegen!« Plötzlich schien Scarlet all die Menschen zu bemerken. Ihr Kopf schwenkte herum und musterte sie. Sie kniff die großen gelben Augen ungläubig zusammen, dann schwenkte sie den Kopf wieder herunter zu Richard. »Gibt es Ärger? Brauchen wir ein wenig Drachenfeuer?«

Richard mußte grinsen. »Nein. Es ist alles in Ordnung.«

»Also schön, dann steig auf, und ich nehme dich mit, damit du dir den Kleinen ansehen kannst.«

Richard legte den Arm um Kahlans Hüfte. »Gerne, wenn du Kahlan auch mitnimmst.«

Scarlet musterte Kahlan von Kopf bis Fuß. »Wenn sie zu dir gehört, ist sie willkommen.«

»Richard«, sagte Kahlan, »was wird aus Siddin? Weselan und Savidlin werden schon krank vor Sorge um ihn sein.« Sie sah ihm tief in die Augen, beugte sich vor und flüsterte: »Außerdem haben wir im Haus der Seelen noch etwas zu erledigen. Ich glaube, dort liegt immer noch ein Apfel, den wir noch nicht aufgegessen haben.« Ihr Arm legte sich fester um seine Hüfte, ihre Lippen verzogen sich zu einem verhalten schelmischen Lächeln. Das Lächeln raubte ihm den Atem.

Richard hatte Schwierigkeiten, den Blick von ihr zu lösen und Scarlet anzusehen. »Dieser Kleine hier wurde von den Schlammenschen entführt, als du Darken Rahl dorthin gebracht hast. Seine Mutter ist ebenso darauf bedacht, ihn zurückzubekommen, wie du auf dein Ei versessen warst. Könntest du uns dorthin bringen, nachdem wir uns deinen kleinen Drachen angesehen haben?«

Scarlet musterte Siddin mit ihren großen Augen. »Ich denke, ich kann verstehen, daß seine Mutter besorgt ist. Ist so gut wie erledigt. Steigt auf.«

Zedd trat vor, die Hände in die Hüften gestemmt, seine Stimme fassungslos. »Du läßt Menschen auf dir fliegen? Ein roter Drache? Du bringst ihn hin, wohin er will?«

Scarlet umhüllte den Zauberer mit einer Rauchwolke und zwang ihn einen Schritt zurück. »Einen Menschen nicht. Aber das hier ist der Sucher. Er befehligt mich. Er befehligt den Wind. Diesen Mann hier würde ich bis in die Unterwelt fliegen, wenn es sein müßte.«

Richard hielt sich an den Dornen fest und stieg auf Scarlets Schultern, als sie sich für ihn bückte. Kahlan reichte Siddin nach oben. Richard nahm ihn auf den Schoß und ergriff Kahlans Hand, als sie das Bein hinter ihm über Scarlets Rücken schwang. Sie legte ihm die Arme um die Hüften, drückte die Hände gegen seine Brust, den Kopf an seine Schulter, schmiegte sich fest an ihn.

Richard beugte sich ein wenig zu Zedd. »Paß auf dich auf, mein Freund.« Er lächelte. »Der Vogelmann wird zufrieden sein, daß ich am Ende doch noch eine Frau von den Schlammenschen zum Weib genommen habe. Wo werde ich dich finden?«

Zedd reckte seinen dünnen Arm nach oben, bekam Richards Knöchel zu fassen und tätschelte ihn. »Ich werde in Aydindril sein. Komm mich besuchen, wenn du fertig bist.«

Richard beugte sich noch weiter vor und sah ihn an, so streng es ging. »Und dann werden wir uns unterhalten. Und zwar sehr ausführlich.«

Zedd nickte lächelnd. »Ja, ich denke, das werden wir tun.«

Richard lächelte Rachel an, winkte ihr und Chase zu, dann versetzte er einer von Scarlets Schuppen einen Klaps. »Und jetzt los, meine rote Freundin!«

Scarlet stieß röhrend einen Feuerball aus, dann stieg sie in die Lüfte, Richards Träume und sein Glück auf dem Rücken.

Zedd stand da und beobachtete, wie der Drache am Himmel immer kleiner wurde – seine Sorgen behielt er für sich. Chase strich Rachel übers Haar, dann verschränkte er die Arme, zog eine Braue hoch und sah den Zauberer an.

»Für einen Waldführer erteilt er eine Menge Befehle.«

Zedd mußte lachen. »Ja, das stimmt.«

Ein kleiner, kahlköpfiger Mann kam winkend den Abhang aus Stufen herabgerannt. »Zauberer Zorander! Zauberer Zorander!« Schließlich stand er keuchend vor ihnen. »Zauberer Zorander.«

»Was gibt's?« fragte Zedd mißtrauisch.

Er hatte Mühe, seinen Atem wiederzufinden. »Zauberer Zorander, es gibt Ärger.«

»Was für einen Ärger? Und wer bist du?«

Er beugte sich verschwörerisch vor, senkte die Stimme. »Ich bin der Leiter der Bediensteten in der Gruft. Es gibt Ärger.« Sein Blick schweifte umher. »In der Gruft.«

»In welcher Gruft?«

Die Frage schien ihn zu überraschen. »In der Gruft von Panis Rahl, Meister Rahls Großvater, natürlich.«

Zedd runzelte die Stirn. »Und um was für einen Ärger handelt es sich?«

Der Leiter der Gruftdiener hielt sich nervös den Finger auf die Lippen. »Ich habe es nicht mit eigenen Augen gesehen, Zauberer Zorander, aber meine Leute würden niemals lügen.«

»Was ist denn los!« fuhr Zedd ihn an. »Sag mir endlich, was los ist!«

Wieder zuckten seine Augen umher, seine Stimme war nur noch ein Flüstern. »Die Mauern, Zauberer Zorander. Die Mauern!«

Zedd biß die Zähne zusammen. »Was ist mit den Mauern?«

Er sah den Zauberer mit großen Augen an. »Sie scheinen zu schmelzen, Zauberer Zorander. Die Mauern der Gruft scheinen zu schmelzen.«

Zedd richtete sich auf. »Verdammt! Habt ihr weißen Stein zur Hand, weißen Stein aus dem Steinbruch der Propheten?«

Der Mann nickte heftig. »Natürlich.«

Zedd griff in seinen Umhang und holte einen kleinen Beutel hervor. »Versiegelt den Grabeingang mit weißem Gestein aus dem Steinbruch der Propheten.«

»Vollständig?« hauchte er ungläubig.

»Ja. Vollständig. Sonst schmilzt der ganze Palast.« Er gab dem Mann den Beutel. »Mische diesen magischen Staub unter den Mörtel. Es muß vor Sonnenuntergang erledigt sein, verstanden? Er muß bis Sonnenuntergang vollständig versiegelt sein.«

Der Mann nickte, riß Zedd den Beutel aus der Hand und rannte die Stufen hinauf, so schnell ihn die kurzen Beine trugen. Auf dem Weg nach oben begegnete ihm ein anderer, größerer Mann, der die Hände in den gegenüberliegenden Ärmeln seines weißen Umhanges stecken hatte. Chase warf Zedd einen wütenden Blick zu und bohrte ihm seinen kräftigen Finger in die Brust.

»Panis Rahl, Meister Rahls Großvater?«

Zedd räusperte sich verlegen. »Nun ja, ich denke, wir werden uns unterhalten müssen.«

Der Mann in dem weißen Umhang kam näher. »Zauberer Zorander, ist Meister Rahl in der Nähe? Es gibt einiges zu besprechen.«

Zedd warf dem Drachen einen letzten Blick zu, bevor er am Himmel verschwand. »Meister Rahl wird einige Zeit nicht hier sein.«

»Aber er wird zurückkehren?«

»Ja.« Zedd blickte wieder in das erwartungsvolle Gesicht des Mannes. »Ja, er wird zurückkommen. Bis dahin werdet ihr ohne ihn auskommen müssen.«

Der Mann zuckte mit den Achseln. »Daran sind wir hier im Palast des Volkes gewöhnt – darauf zu warten, daß der Meister zurückkehrt.« Er machte kehrt und wollte gehen, blieb jedoch stehen, als Zedd ihn zurückrief.

»Ich verhungere, ich habe seit Tagen nichts mehr gegessen. Kann man hier irgendwo etwas zu essen bekommen?«

Lächelnd deutete der Mann auf den Eingang am Palast. »Aber natürlich, Zauberer Zorander. Erlaubt mir, Euch zu einem Speisesaal zu bringen.«

»Wie wär's, Chase. Möchtest du nicht auch etwas essen?«

Der Grenzposten schaute zu Rachel hinunter. »Und? Möchtest du?« Sie mußte grinsen und nickte. »Also gut, Zedd. Und wohin führt dich deine Reise?«

Zedd zupfte verlegen sein Gewand zurecht. »Ich werde Adie besuchen.«

Chase zog eine Braue hoch. »Ein bißchen Ruhe und Entspannung?« grinste er.

Zedd konnte nicht anders, er mußte ebenfalls grinsen. »Das auch. Außerdem muß ich sie nach Aydindril bringen, in das magische Versteck. Wir müssen eine ganze Menge nachlesen.«

»Wozu in aller Welt willst du Adie nach Aydindril bringen, in das magische Versteck, noch dazu, um zu lesen?«

Zedd warf dem Grenzposten einen Seitenblick zu. »Weil sie mehr als jeder andere über die Unterwelt weiß.«

Rätselhaftes Ägypten

Die Menschen fanden das alte Ägypten schon immer spannend. Dort gab es versteckte Gräber, Goldschätze und schaurige Tiergötter. Aber wie lebten eigentlich die Leute?

Die ägyptischen Gräber verraten uns viel. Wir können auch die ägyptische Schrift lesen. Trotzdem bleibt einiges rätselhaft.

Viele Leute fürchten sich vor Mumien. Andere staunen über die großartigen Pyramiden, die vor 5000 Jahren erbaut wurden. Wenn du mehr über die Ägypter erfahren willst, lies einfach weiter!

Ägyptische Verzierungen sind bis heute beliebt. Sie schmückten auch das berühmte Schiff Titanic.

Am Nil

Der Nil ist der längste Fluss der Erde. Die Ägypter nannten ihn einfach „der Fluss“. Er lieferte ihnen Wasser und Nahrung.

Der Nil trat jedes Jahr über die Ufer. Das Wasser schwemmte schwarzen Schlamm ins trockene Umland. Für die Ägypter war der Schlamm ein Geschenk der Götter. Ohne ihn hätten sie keinen Ackerbau betreiben können.

Die Ägypter richteten ihr Leben auf den Nil aus. Sie teilten das Jahr in drei Jahreszeiten ein: Überschwemmung, Saatzeit und Trockenzeit.

In der Saatzeit stampften die Tiere das Saatgut mit den Hufen in den Schlamm.

In der Trockenzeit hoben die Bauern Gräben aus. Darin leiteten sie Nilwasser auf die Felder. So konnten sie mehr ernten.

Die meisten Ägypter lebten am Nil. Der Rest des Landes bestand fast nur aus Wüste.

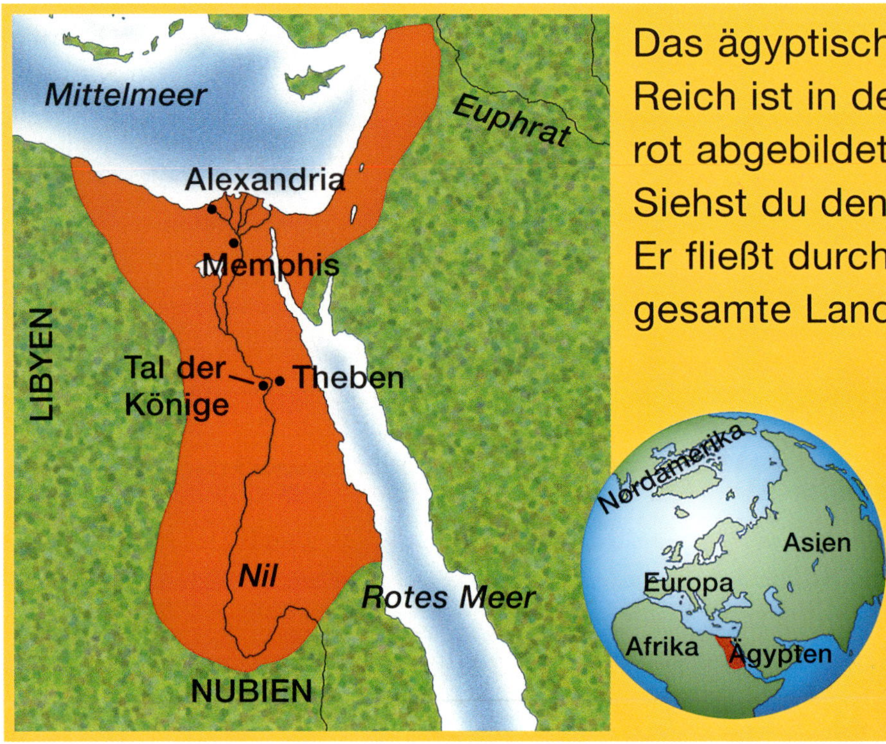

Das ägyptische Reich ist in der Karte rot abgebildet. Siehst du den Nil? Er fließt durch das gesamte Land.

Beim Bau der Bewässerungsgräben arbeiteten viele Menschen zusammen. Daher brauchten sie einen mächtigen König, den Pharao.

Wenn ein Pharao starb, rückte einer seiner Verwandten nach. Manche Familien regierten mehrere hundert Jahre. Rund um den Nil bauten die Pharaonen ein mächtiges Reich auf. Es überdauerte 3000 Jahre.

Der Pharao und sein Volk waren stolz auf ihr Reich. Davon berichten uns Tausende in Stein gemeißelte Schriften mit Bildzeichen.

Am Ende eroberten erst die Griechen, dann die Römer Ägypten. Die Römer schlossen die Tempel und verjagten die Priester – die Letzten, die die Schrift beherrschten.

Über 1500 Jahre lang konnte niemand die alten Bildzeichen entziffern. Man vergaß die ägyptische Kultur.

Die Ägypter schrieben in Bildern. Diese Bilder nennt man Hieroglyphen.

Ausgrabungen

Sammler im Innern einer Pyramide

Vor 200 Jahren griff der französische Kaiser Napoleon Ägypten an. Mit den Soldaten kamen Wissenschaftler, die das alte Ägypten erforschten.

Eines Tages fanden sie einen schwarzen Stein mit einem Text in drei Sprachen: zwei Arten von Ägyptisch und Altgriechisch.

Einige Jahre später entzifferte der junge Franzose Jean-François Champollion die Hieroglyphen. Endlich konnte man alles lesen, was die Ägypter geschrieben hatten.

Sammler brachten alte ägyptische Gegenstände in die Museen. Dann kamen die Archäologen. Das sind Forscher, die Ausgrabungen machen und die Funde untersuchen.

Ihr größter Fund war das Grab des Königs Tutenchamun im Tal der Könige. Es war mit vielen Schätzen ausgestattet.

Die Goldmaske des Tutenchamun wiegt über 10 Kilogramm.

Die Grabung vor achtzig Jahren leitete der Brite Howard Carter.

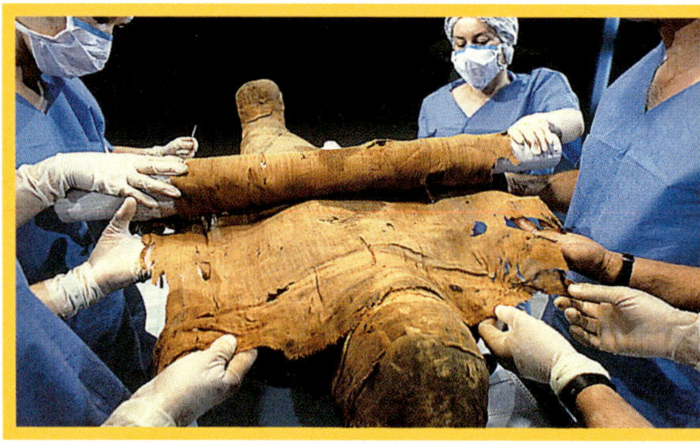

Gestorbene Pharaonen balsamierte man und wickelte sie in Tücher. Der Körper blieb als Mumie erhalten.

Ein Junge entdeckte nach zwei Tagen Grabung eine Stufe im Sand. Bald öffnete man dort eine Kammer. Im Innern sah Carter „seltsame Tiere, Statuen und Gold – überall glitzerte es golden“.

Mithilfe solcher Funde kann man sich ein Bild vom alten Ägypten machen. Es ist ein Glück für uns, dass die Ägypter den Toten so viel mit ins Grab gegeben haben.

Die Ägypter stellten schöne Holzmöbel her. Viele blieben in den Grabkammern erhalten.

Das Volk

Der Pharao war sehr mächtig. Für die Ägypter war er gleichzeitig König und Gott. Er sorgte für die Nil-Überschwemmung und redete mit den anderen Göttern. Alle Übrigen konnten nur über die Priester mit den Göttern sprechen.

Manchmal wurde eine Frau Pharao. Eine war Königin Hatschepsut. Auf Bildern hatte sie aber einen Bart und man nannte sie „Seine Majestät".

Ein Pharao hatte eine Hauptfrau und mehrere Nebenfrauen. Manche Pharaonen heirateten ihre Schwestern.

Der Tempel der Königin Hatschepsut ist bis heute eines der schönsten Bauwerke der Welt.

Die Pharaonen erkennt man an ihren langen, schmalen Bärten.

Auch Königinnen waren mächtig. Nofretete übernahm wahrscheinlich nach dem Tod ihres Mannes die Regierung.

Die Pharaonen hatten auch Konkubinen. Konkubinen waren so etwas wie Ehefrauen, hatten aber nicht die gleichen Rechte. Pharao Ramses II. soll hundert Konkubinen und ebenso viele Kinder gehabt haben.

Die wichtigsten Posten – die der Priester, Generäle und Minister – bekamen die Verwandten des Pharaos und kluge Leute, die er aussuchte.

Angesehen waren auch die Berufe des Schreibers, des Steuereintreibers, des Baumeisters und des Armeeausrüsters.

Eine Stufe darunter standen die Handwerker. Sie fertigten wunderschöne Kunstwerke aus Stein, Metall, Holz und Ton, außerdem Möbel, Töpfe, Wandschmuck und Schmuck, der bis heute beliebt ist.

In Ägypten gab es keine Anwälte. Vor Gericht musste sich jeder selbst verteidigen.

Ganz unten kamen die Bauern. Sie halfen auch, die riesigen Tempel und Pyramiden zu erbauen. Man bezahlte sie mit Stoffen und Lebensmitteln (meist Brot und Bier).

Die reichen Ägypter hatten Sklaven, die im Haus und auf dem Feld für sie arbeiteten. Für die Jagd hielten sie Hunde. Manche brachten sogar Paviane dazu, ihnen das Obst von den Bäumen zu pflücken.

Auf den Wandmalereien sehen wir, wie die Ägypter arbeiteten. Was tun sie hier? (Lösung auf Seite 32)

Die Frauen führten den Haushalt, halfen auf dem Feld und webten Stoffe. Einige arbeiteten als Sängerinnen und Tänzerinnen.

Im alten Ägypten durfte eine Frau Land besitzen und ihren Mann verlassen, wenn sie wollte. Das war in vielen Ländern Europas vor hundert Jahren noch nicht möglich!

Diese Frau zeigt (wie die Figur unten), wie die Ägypterinnen Getreide zu Mehl mahlten.

Im Krieg

Die Ägypter führten nicht gern Krieg. Doch hin und wieder mussten sie in den Krieg ziehen. Es gab auch Kämpfe zwischen Oberägypten im Süden und Unterägypten im Norden.

Menes' Krone

Unter Pharao Menes wurden die zwei Reiche vereinigt. Menes trug eine Doppelkrone: Weiß steht für Oberägypten, Rot für Unterägypten.

Die ägyptischen Soldaten kämpften mit Pfeil und Bogen und kleinen Äxten.

Die Ägypter segelten den Nil entlang nach Norden bis ins Mittelmeer. Sie nannten es „das Große Grün“. Die Händler kamen auch bis an die ostafrikanische Küste.

Später führte Ägypten im Westen Krieg gegen Libyen und im Süden gegen Nubien. (Findest du die beiden Länder auf Seite 6?) Zeitweise herrschte der Pharao über Nubien. Er eroberte auch Gebiete am Euphrat in Asien.

Später kämpften die Pharaonen in Streitwagen. In den meisten Streitwagen fuhren zwei Leute mit. Warum wohl? (Lösung auf Seite 32)

Der Alltag

Die ägyptischen Häuser waren aus Lehmziegeln erbaut, die Holzdächer mit Gips und Palmwedeln gedeckt. Die meisten Häuser hatten nur ein oder zwei Räume. Die reichen Leute besaßen größere Villen.

Die Häuser hatten dicke Wände und kleine, hohe Fenster, die kaum Sonne hereinließen. So blieb es innen kühl.

Die reichen Ägypter wohnten in großen Villen mit Garten und Schwimmbecken.

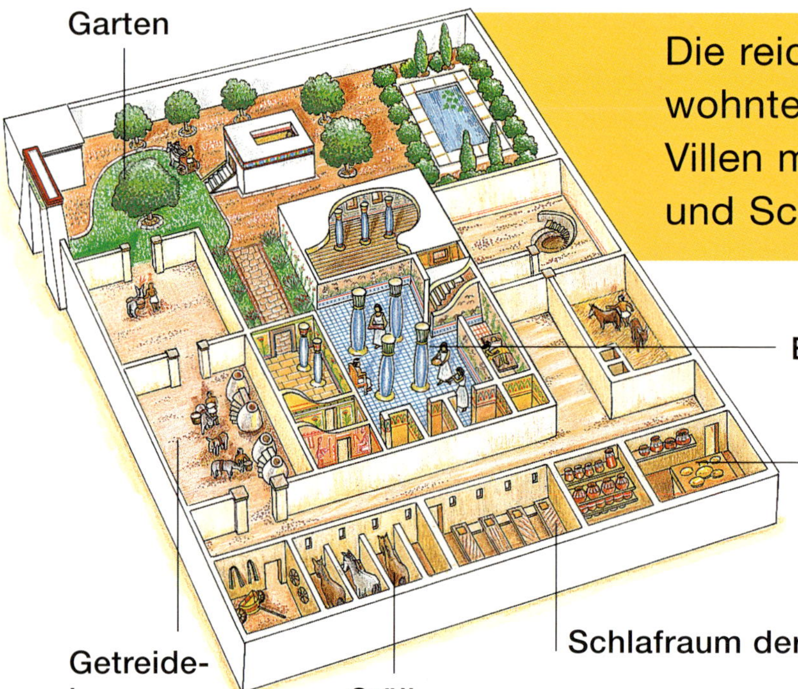

Es gab nur wenige Dinge in den Häusern: z. B. solche Kopfstützen aus Holz. Man verwendete sie als Kissen.

Die reichen Ägypter besaßen wunderschöne Möbel. Die einfachen Leute dagegen hatten nur ein paar Stühle und Truhen für ihre Sachen.

In der Stadt waren die Häuser meist schmal und hoch. Auf den Straßen waren viele Menschen und Tiere unterwegs. Es war staubig, laut und voll.

Die Handwerker lebten in solchen einfachen Häusern.

Auf dem Markt gab es einfach alles: von Stoffen über Tiere bis hin zu Schüsseln und Töpfen. Die Leute bezahlten nicht mit Geld, sondern tauschten.

Gekocht wurde meist im Freien. Aufs Feuer kamen Äste und Tierdung: Der gab dem Essen sicher einen ganz besonderen Geschmack!

Die Bauern lieferten Obst und Gemüse, Fleisch, Milch und Käse. Außerdem fischte man im Nil und jagte Wild und Vögel.

Die reichen Ägypter feierten gern. Auf den Festen gab es Musik, Gaukler und Tänzer.

Die Ägypter mochten süßes Gebäck und Kuchen besonders gern. Außerdem gab es mindestens zwölf verschiedene Biersorten, die alle dick wie Quark waren.

Die Frauen trugen meistens weiße, eng anliegende Leinenkleider mit Falten. Die Männer banden sich kurze Röcke um die Taille.

Die Ägypterinnen schminkten und schmückten sich gern. Mit schwarzem Kajal betonten sie die Augen. Außerdem wuschen sie sich mit Duftseifen und ölten sich ein.

Die Ägypterinnen trugen Halsschmuck (oben), Parfüm, Perücken, Gürtel und Armreifen. Manche waren tätowiert.

Weißt du, was das ist? (Lösung auf Seite 32)

Manche Leute schoren sich wegen der Hitze den Kopf. Andere trugen Perlen in den langen, gelockten Haaren. Die Kinder hatten rasierte Köpfe – bis auf eine einzige Strähne.

Nur reiche Jungen gingen in die Schule. Die anderen arbeiteten auf dem Feld oder lernten ein Handwerk. Die Mädchen halfen zu Hause. Die Kinder hatten oft Tiernamen: „Frosch“, „Affe“ oder „Nilpferd“.

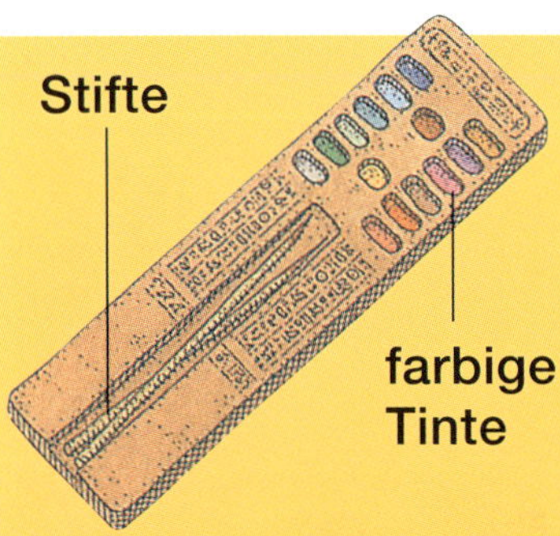

Schreiben war eine hohe Kunst. Nur die Schreiber konnten die Hieroglyphen in den Tempeln und Grabkammern lesen.

Götter und Gräber

Die Ägypter nahmen ihre Religion sehr ernst. Jeder Bereich des Lebens wurde von einer anderen Gottheit bestimmt. Man bat z. B. die Katzengöttin Bastet um Glück; Kranke baten den Gott Anubis um Heilung. Der mächtigste Gott war Amun-Re.

Amun-Re	**Sobek**	**Isis**	**Bastet**
Sonnengott	Wassergott	Frauengöttin	Glücksgöttin

Die Ägypter bildeten viele ihrer Götter mit menschlichem Körper und Tierkopf ab. Der Tierkopf beschrieb die Gottheit. Der Wassergott Sobek zum Beispiel hatte den Kopf eines Krokodils, das am Fluss lebt.

Die meisten Ägypter beteten zu Hause und an geweihten öffentlichen Orten. Jede Stadt hatte einen Tempel, in dem die Priester zu den Göttern beteten.

Der Pharao war das Bindeglied zwischen den Menschen und den Göttern. Für die Ägypter war er der Sohn des Sonnengottes Amun-Re.

Der Pharao, so glaubte man, ließ morgens die Sonne aufgehen. Er sorgte auch dafür, dass der Nil das Land überschwemmte.

Jeder Gott, auch der Pharao, hatte einen Tempel. Der Große Tempel des Amun-Re bei Theben wurde 2000 Jahre lang benutzt. Er war so glanzvoll wie der Felsentempel von Abu Simbel (rechts).

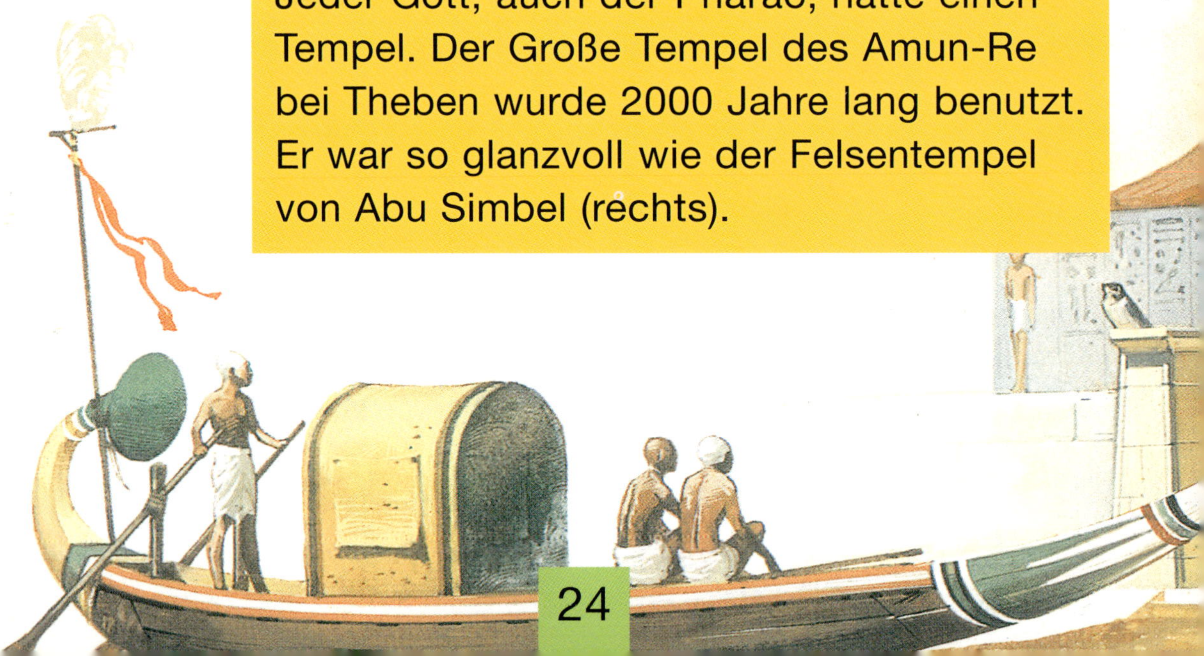

Die Cheopspyramide besteht aus 2,6 Millionen Steinquadern. Ihr Bau dauerte 23 Jahre.

Weil der Pharao so mächtig war, wollten die Ägypter, dass er ihnen auch nach seinem Tod noch hilft. Sie bauten Grabmäler und gaben ihm all die Dinge mit, die er in der nächsten Welt brauchte.

Jeder Pharao hatte daher nicht nur einen Tempel, sondern auch ein gewaltiges Grab. Die berühmtesten Grabmäler sind die Pyramiden.

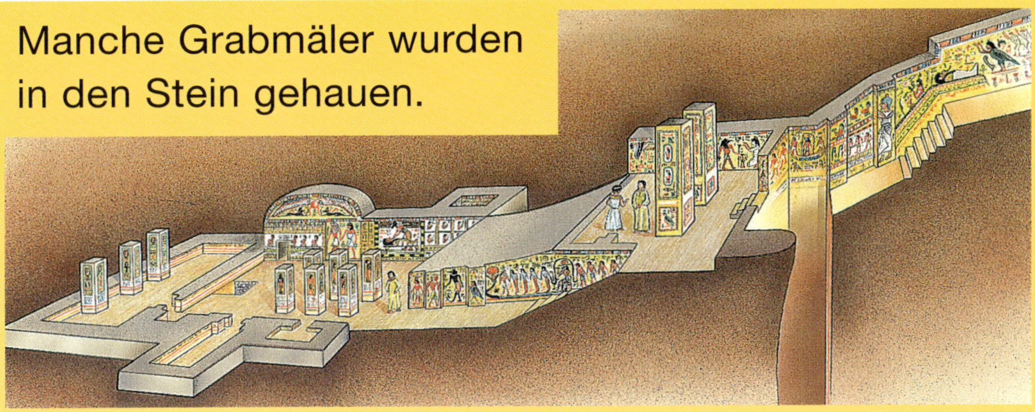

Manche Grabmäler wurden in den Stein gehauen.

Weil Grabräuber die Pyramiden plünderten, ließen die Pharaonen später ihre Gräber in den Fels hauen. Im Tal der Könige (siehe Karte Seite 6) gibt es einige versteckte Gräber. Viele davon fanden die Räuber trotzdem.

Die Ägypter glaubten an Zauberei. Amulette und Zaubersprüche sollten sie schützen.

Zum Schutz vor Krankheit und Unglück trug man Amulette.

Nach dem Tod, so glaubten sie, kämen sie in eine bessere Welt.

Für das Leben nach dem Tod brauchten die Ägypter ihre Körper. Daher machten sie tote Menschen und Tiere als Mumien haltbar.

Die Priester entfernten die Eingeweide, trockneten den Körper und wickelten ihn in viele hundert Meter Stoff, der mit einer Art Kleister getränkt war.

Priester bereiten einen Körper für seine Reise in die nächste Welt vor.

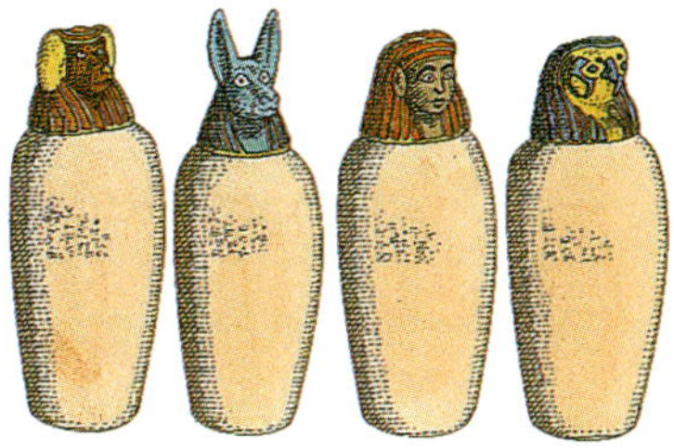

Die Eingeweide bewahrten die Priester in speziellen Gefäßen auf, den Kanopen.

Kanopen

Den Toten gab man alles mit, was sie für ihre Reise brauchten. Ein Pharao bekam zahlreiche Diener (oder Dienerstatuen), Nahrung, Kleider und Möbel.

Modell eines Bootes

Tutenchamun erhielt 30 verschiedene Weinsorten, 100 Paar Schuhe, 30 Bumerangs und ein Schlafsofa.

Die Ägypter begruben auch Tiermumien: Katzen, Hunde und sogar Krokodile!

Mumien und Grabbeigaben sagen viel über das Leben in Ägypten aus. Und doch sind noch viele Rätsel ungelöst!

Mehr über die Ägypter

Die Gräber der Ägypter verraten uns viel über ihr Volk. Fallen dir fünf Sachen ein, die man in einem Grab finden könnte? Ein Tipp: Sieh dir die Bilder an. (Lösung auf Seite 32)

Schwierige Begriffe

Archäologen Forscher, die sich mit dem Altertum beschäftigen. Sie graben alte Gebäude und Gegenstände aus.

Grabmal Pyramiden waren Grabmäler. Manche Grabmäler lagen über, andere unter der Erde.

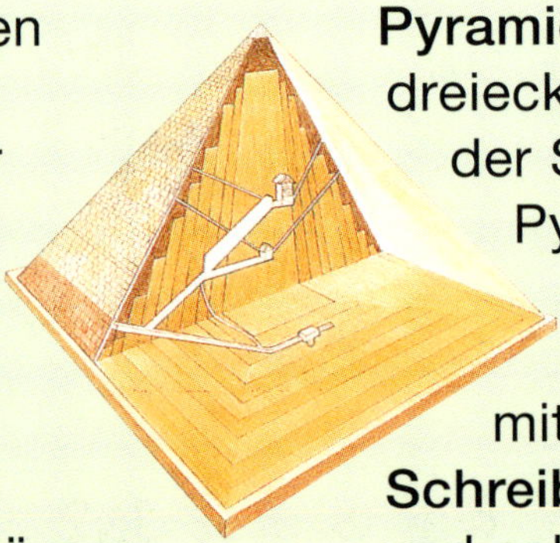

Kanope Gefäß für die Eingeweide einer Mumie.

Mumie Ein toter Körper, der einbalsamiert und in Tücher gewickelt wurde; „Mumie“ kommt vom persischen Wort mum (Wachs). Früher dachte man, die Mumien seien mit einer Wachsschicht bedeckt.

Pharao Der ägyptische König; man hielt ihn auch für einen Gott und den Sohn des Sonnengottes Amun-Re.

Pyramide Ein Gebäude mit vier dreieckigen Seiten, die sich in der Spitze treffen; die ersten Pyramiden waren stufenförmig. Später bauten die Ägypter Pyramiden mit glatten Seiten.

Schreiber Beamte, die lesen und schreiben gelernt hatten; der Beruf des Schreibers war hoch angesehen.

Tempel Gebäude, in dem Priester zu einem Gott beteten.